Henning Mankell, né en 1948, est romancier et dramaturge. Depuis une dizaine d'années, il vit et travaille essentiellement au Mozambique – « ce qui aiguise le regard que je pose sur mon propre pays », dit-il. Il a commencé sa carrière comme auteur dramatique, d'où une grande maîtrise du dialogue. Il a également écrit nombre de livres pour enfants, couronnés par plusieurs prix littéraires, qui soulèvent des problèmes souvent graves et qui sont marqués par une grande tendresse. Mais c'est en se lançant dans une série de romans policiers centrés autour de l'inspecteur Wallander qu'il a définitivement conquis la critique et le public suédois. Cette série, pour laquelle l'Académie suédoise lui a décerné le Grand Prix de littérature policière, décrit la vie d'une petite ville de Scanie et les interrogations inquiètes de ses policiers face à une société qui leur échappe. Il s'est imposé comme le premier auteur de romans policiers suédois. En France, il a reçu le prix Mystère de la Critique, le prix Calibre 38 et le Trophée 813.

HENNING MANKELL

Les deux premières enquêtes cultes de Wallander

MEURTRIERS SANS VISAGE

LES CHIENS DE RIGA

Traduit du suédois

Éditions du Seuil

TEXTE INTÉGRAL

Meurtriers sans visage

TITRE ORIGINAL
Mördare utan ansikte
© Henning Mankell, 1991
© Christian Bourgois éditeur, 1994 et 2001, pour la traduction française

Les Chiens de Riga

TITRE ORIGINAL
Hundarna i Riga
© Henning Mankell, 1992
© Éditions du Seuil, 2003, pour la traduction française

Ce volume est publié en accord avec Leopard Förlag, Stockholm,
et l'agence littéraire Leonhardt & Høier, Copenhague

ISBN 978-2-7578-3875-4

© Éditions Points, 2014, pour la présente édition

MEURTRIERS SANS VISAGE

ROMAN

*traduit du suédois
par Philippe Bouquet*

1

Il a oublié quelque chose, il le sait avec certitude en se réveil lant. Il a rêvé de quelque chose au cours de la nuit. Il faut qu'il s'en souvienne.

Il tente de se rappeler. Mais le sommeil ressemble à un trou noir. Un puits qui ne révèle rien de ce qu'il contient.

Je n'ai pourtant pas rêvé des taureaux, se dit-il. Dans ce cas-là, je serais en sueur, comme si j'avais eu pendant la nuit un accès de fièvre se traduisant par des douleurs. Cette nuit, les taureaux m'ont laissé en paix.

Il reste couché dans l'obscurité, sans bouger, et tend l'oreille. La respiration de sa femme est si faible, à côté de lui, qu'il la perçoit à peine.

Un matin, je la retrouverai morte près de moi sans que je m'en sois aperçu, se dit-il. Ou bien l'inverse. Il faudra bien que l'un de nous meure avant l'autre. Un jour, l'aube impliquera que l'un des deux est désormais seul.

Il regarde le réveil posé sur la table, près du lit. Ses aiguilles phosphorescentes indiquent cinq heures moins le quart.

Pourquoi me suis-je réveillé ? se demande-t-il. D'habitude, je dors jusqu'à six heures et demie. Ça fait plus de quarante ans que c'est ainsi. Pourquoi est-ce que je suis réveillé à cette heure-là ?

Il tend l'oreille dans le noir et soudain il est parfaitement conscient.

Il y a quelque chose qui a changé. Quelque chose n'est plus comme d'habitude.

Il étend prudemment la main jusqu'à toucher le visage de sa femme. Du bout des doigts, il sent sa chaleur corporelle. Ce n'est donc pas elle qui est morte. Aucun des deux n'a encore laissé l'autre seul.

Il tend l'oreille dans le noir.

La jument, se dit-il. Elle ne hennit pas. C'est pour cette raison que je me suis réveillé. D'habitude, elle pousse des cris, pendant la nuit. Je l'entends sans me réveiller et, dans mon subconscient, je sais que je peux continuer à dormir.

Il se lève avec précaution de ce lit qui grince. Cela fait quarante ans qu'il dort dedans. C'est le seul meuble qu'ils aient acheté en se mariant. C'est aussi le seul lit qu'ils utiliseront pendant toute leur vie.

En traversant la chambre pour gagner la fenêtre, il ressent une douleur au genou gauche.

Je suis vieux, se dit-il. Vieux et usé. Chaque matin, en me réveil lant, je m'étonne toujours autant d'avoir déjà soixante-dix ans.

Il regarde à l'extérieur, dans cette nuit hivernale. C'est le 8 janvier 1990 et il n'a pas encore neigé, cet hiver-là, dans cette province méridionale de la Suède qu'est la Scanie. La lampe au-dessus de la porte de la cuisine éclaire le jardin, le châtaignier dénudé et, au-delà, les champs. Il plisse les yeux pour regarder en direction de la ferme voisine, celle des Lövgren. Le long bâtiment blanc et bas est plongé dans l'obscurité. Une lampe jaune pâle brille au-dessus de la porte de l'écurie, qui forme un angle droit avec la maison d'habitation. C'est là que se trouve la jument, dans son box, et c'est là qu'elle se met soudain à hennir d'inquiétude, chaque nuit.

Il tend l'oreille dans le noir.

Brusquement, le lit se met à grincer derrière lui.

— Qu'est-ce que tu fais ? marmonne sa femme.

— Dors, répond-il. Je me dégourdis les jambes.

— Tu as mal ?

— Non.

— Eh bien, viens dormir ! Ne reste pas là à attraper froid.

Il l'entend se retourner dans le lit et se mettre sur le côté.

Jadis, nous nous aimions, se dit-il. Mais il écarte aussitôt cette pensée. Aimer, c'est un trop grand mot. Il n'est pas fait pour des gens comme nous. Quelqu'un qui a été paysan pendant quarante ans, toujours plié en deux sur cette lourde argile de Scanie, n'utilise pas le mot « amour » pour parler de sa femme. Dans notre vie, l'amour a toujours été quelque chose de bien différent...

Il observe la maison des voisins, plisse les yeux, essayant de percer les ténèbres de cette nuit d'hiver.

Hennis donc, pense-t-il. Hennis dans ton box, afin que je sache que tout est en ordre. Et que je puisse aller me recoucher un moment. La journée de l'agriculteur à la retraite tout perclus de douleurs est déjà bien assez longue et pénible comme ça.

Soudain, il s'aperçoit qu'il est en train d'observer la fenêtre de la cuisine des voisins. Quelque chose n'est pas comme d'habitude. Cela fait des années qu'il jette de temps en temps un coup d'œil à cette fenêtre. Or, tout d'un coup, voici qu'il y a quelque chose qui n'a plus son aspect normal. À moins que ce ne soit l'obscurité qui lui brouille la vue ? Il ferme les yeux et compte jusqu'à vingt pour les reposer. Puis il regarde de nouveau la fenêtre et maintenant il est certain qu'elle est ouverte. Une fenêtre qui a toujours été fermée, la nuit, se trouve brusquement ouverte. Et la jument n'a pas henni...

Elle n'a pas henni parce que le vieux Lövgren n'a pas fait son petit tour nocturne habituel dans l'écurie, lorsque sa prostate se rappelle à son bon souvenir et le tire de son lit bien chaud...

C'est le fait de mon imagination, se dit-il à lui-même. J'ai la vue basse. Tout est comme d'habitude. Qu'est-ce qui pourrait arriver, à vrai dire, dans ce coin perdu ? Dans le petit village de

Lenarp, juste au nord de Kadesjö, au beau milieu de la Scanie, sur la route du magnifique lac de Krageholm ? Il ne se passe rien, par ici. Le temps reste immobile, dans cette bourgade où la vie s'écoule comme un ruisseau sans énergie ni volonté. Il n'est habité que par un petit nombre de vieux paysans qui ont vendu leurs terres ou les ont affermées. Il n'est habité que par nous autres, qui attendons l'inévitable…

Il regarde de nouveau cette fenêtre de cuisine et se dit que ni Maria ni Johannes Lövgren n'oublieraient de la fermer. Avec l'âge, on devient de plus en plus craintif, on installe de plus en plus de serrures. Vieillir, c'est être en proie à l'inquiétude. L'inquiétude envers tout ce qui vous faisait peur quand on était enfant revient quand on est vieux…

Je n'ai qu'à m'habiller et aller voir, se dit-il. Traverser le jardin en clopinant, avec le vent d'hiver dans le nez, et avancer jusqu'à la clôture qui sépare nos terres. Comme ça, je verrai de mes propres yeux que j'ai la berlue.

Mais il décide de ne pas bouger. Johannes ne va pas tarder à se lever pour faire chauffer le café. Il commencera par allumer la lampe des toilettes, puis celle de la cuisine. Tout sera comme à l'accoutumée…

Soudain, il sent qu'il a froid, là, près de la fenêtre. C'est le froid de la vieillesse qui s'insinue en vous, même dans la pièce la plus surchauffée. Il pense à Maria et à Johannes. On a formé une sorte de ménage avec eux également, se dit-il, comme voisins et comme cultivateurs. On s'est prêté main-forte, on a partagé la peine et les mauvaises années. Mais aussi les bons côtés de la vie. On a fêté la Saint-Jean et pris le repas de Noël ensemble. Nos enfants allaient d'une ferme à l'autre comme si elles ne faisaient qu'une. Et maintenant, on partage cette longue vieillesse qui n'en finit pas…

Sans savoir pourquoi, il ouvre la fenêtre. Prudemment, afin de ne pas tirer Hanna de son sommeil. Il tient fermement la crémone pour que les bourrasques ne la lui arrachent pas des mains. Mais, en fait, il n'y a pas le moindre souffle de vent et il se souvient que la météo n'a pas annoncé de tempête ou quoi que ce soit de ce genre sur la plaine de Scanie.

Le ciel étoilé est dépourvu de nuages et il fait très froid. Il s'apprête à refermer la fenêtre lorsqu'il a l'impression d'entendre un bruit. Il écoute et tend l'oreille gauche vers l'extérieur. Sa bonne oreille, l'autre ayant souffert de tout ce temps passé dans une cabine de tracteur étouffante et pleine de vacarme.

C'est un oiseau, se dit-il. Un oiseau de nuit qui lance son cri.

Puis il prend peur. Venue de nulle part, l'angoisse s'empare soudain de lui.

On dirait des cris humains. Les cris de quelqu'un qui tente désespérément de se faire entendre.

Une voix qui sait qu'il faut qu'elle perce de gros murs de pierre pour éveiller l'attention des voisins…

C'est le fait de mon imagination, se dit-il de nouveau. Il n'y a personne qui crie. Qui est-ce que ça pourrait bien être ?

Il referme la fenêtre si brusquement qu'un pot de fleurs vacille et que Hanna se réveille.

– Qu'est-ce que tu fais ? demande-t-elle d'une voix irritée, il l'entend bien.

Au moment de répondre, il en est tout à coup certain.

Sa peur n'a rien d'imaginaire.

– La jument ne hennit pas, dit-il en s'asseyant sur le bord du lit. Et la fenêtre des Lövgren est ouverte. Et puis il y a quelqu'un qui crie.

Elle se met sur son séant.

– Qu'est-ce que tu dis ?

Il ne veut pas répondre, mais maintenant il est sûr que ce qu'il a entendu, ce n'est pas un oiseau.

– C'est Johannes ou Maria, dit-il. C'est l'un des deux qui est en train d'appeler au secours.

Elle sort du lit et va jusqu'à la fenêtre. Elle est là, imposante, dans sa chemise de nuit, et regarde dans le noir.

13

– La fenêtre de la cuisine n'est pas ouverte, dit-elle à voix basse. Elle a été fracassée.

Il va la rejoindre et, maintenant, il tremble véritablement de froid.

– Il y a quelqu'un qui appelle au secours, dit-elle d'une voix mal assurée.

– Qu'est-ce qu'on fait ? demande-t-il.

– Va voir, dit-elle. Dépêche-toi !

– Mais c'est peut-être bien dangereux ?

– Il faut tout de même aller aider nos meilleurs amis, s'il leur est arrivé quelque chose, non ?

Il s'habille en toute hâte, prend la lampe de poche dans l'armoire de la cuisine, à côté des bouchons et de la boîte à café. Sous ses pieds, la terre est gelée. En se retournant, il entrevoit la silhouette de Hanna, à la fenêtre.

Arrivé à la clôture, il s'arrête. Tout est calme. Il voit bien, maintenant, que la fenêtre de la cuisine des Lövgren a été fracassée. Il enjambe prudemment la petite clôture et s'approche du bâtiment blanc. Mais aucune voix ne l'appelle.

C'est le fait de mon imagination, se dit-il une fois de plus. Je suis vieux et je ne suis même plus capable de me rendre compte de ce qui se passe véritablement. J'ai peut-être rêvé des taureaux, cette nuit, après tout ? Ce vieux rêve que je faisais étant enfant, ces taureaux qui se précipitaient dans ma direction et qui me faisaient comprendre que je mourrais un jour…

À ce moment précis, il entend de nouveau le cri. Une sorte de plainte très faible. C'est Maria.

Il avance jusqu'à la fenêtre de la chambre à coucher et regarde par l'interstice entre le rideau et le carreau.

Tout à coup, il sait que Johannes est mort. Il braque sa lampe de poche vers l'intérieur de la chambre et ferme très fort les yeux, avant de se forcer à regarder.

Maria est assise sur le sol, recroquevillée sur elle-même et attachée à une chaise. Elle a le visage en sang et son dentier gît, en morceaux, sur sa chemise de nuit maculée.

Puis il voit l'un des pieds de Johannes. Mais seulement le pied. Le reste de son corps est caché derrière le rideau.

Il revient vers sa maison en boitillant et enjambe de nouveau la clôture. Son genou lui fait mal, tandis qu'il avance ainsi, en titubant de désespoir, sur cette terre durcie par le gel.

Il commence par appeler la police.

Puis il sort son pied-de-biche d'une penderie qui sent l'antimite.

— Reste là, dit-il à Hanna. Tu n'as pas besoin de voir ça.

— Qu'est-ce qui s'est passé ? demanda-t-elle, avec des larmes de peur dans les yeux.

— Je ne sais pas, dit-il. Mais je suis absolument certain d'une chose : c'est que je me suis réveillé parce que la jument n'a pas henni, cette nuit.

C'est le 8 janvier 1990.

L'aube est encore loin.

2

À la police d'Ystad, l'appel téléphonique fut enregistré à cinq heures treize. Il fut reçu par un agent à bout de forces qui avait été de service de façon presque ininterrompue depuis la veille du Nouvel An. Le fonctionnaire avait écouté cette voix bégayante, au bout du fil, et s'était dit que ce n'était qu'un vieux bonhomme qui n'avait plus tous ses esprits. Mais quelque chose avait malgré tout éveillé sa méfiance et il s'était mis à lui poser des questions. Une fois la communication terminée, il avait réfléchi un instant avant de décrocher de nouveau et de composer ce numéro qu'il connaissait par cœur.

Kurt Wallander dormait. Il avait veillé beaucoup trop longtemps, la nuit précédente, à écouter ces enregistrements de Maria Callas qu'un de ses amis lui avait envoyés de Bulgarie. Il avait passé plusieurs fois de suite sa *Traviata* et il était près de deux heures quand il était enfin allé se coucher. Au moment où la sonnerie du téléphone l'arracha au sommeil, il était au beau milieu d'un rêve très puissamment érotique. Comme pour s'assurer qu'il ne s'agissait que d'un rêve, il étendit le bras pour tâter la couverture. Mais il était bien seul dans le lit. Aucune trace ni de son épouse légitime, qui l'avait d'ailleurs quitté trois mois plus tôt, ni de cette femme de couleur avec laquelle il était en train de se livrer à un coït passionné.

Il regarda l'heure tout en tendant la main pour prendre le combiné. Un accident de voiture, pensa-t-il fugitivement. Du verglas et quelqu'un qui va trop vite et qui quitte la route sur la E14. Ou bien des histoires avec des étrangers débarqués du ferry du matin en provenance de Pologne.

Il se mit péniblement sur son séant et colla l'écouteur à sa joue. Ses poils de barbe le démangeaient.

— Wallander à l'appareil.

— J'espère que je ne te réveille pas ?

— Non, non. Je le suis déjà.

Pourquoi mentir ? s'interrogea-t-il. Pourquoi ne pas dire les choses comme elles sont ? À savoir que je ne demande qu'une chose : pouvoir me rendormir et retrouver ce rêve envolé qui avait la forme d'une femme nue ?

— Je me suis dit qu'il fallait que je t'appelle.

— Un accident de voiture ?

— Non, pas vraiment. Je viens d'avoir un coup de téléphone d'un vieux paysan qui dit s'appeler Nyström et habiter Lenarp. Il affirme qu'une de ses voisines est ligotée sur le sol de sa chambre et que quelqu'un est mort.

Il réfléchit très rapidement, afin de se rappeler où se trouvait Lenarp. Pas très loin du château de Marsvinsholm, dans une région très accidentée pour la Scanie.

— Ça avait l'air sérieux. Alors je me suis dit qu'il valait mieux que je t'appelle tout de suite.

— Qui est de service, en ce moment, là-bas ?

— Peters et Norén sont partis à la recherche de quelqu'un qui a cassé un carreau au Continental. Tu veux que je les rappelle ?

— Dis-leur de se rendre au carrefour qui se trouve entre Kadesjö et Katslösa et d'attendre que j'arrive. Donne-leur l'adresse exacte. Quand as-tu reçu cet appel ?

— Il y a quelques minutes.

— Tu es sûr que ce n'est pas un bobard d'ivrogne ?

— Je n'ai pas eu cette impression, à l'entendre.

— Bon. Très bien.

Il s'habilla en hâte, sans prendre de douche, se versa une

tasse de café tiède de ce qui restait dans la bouteille thermos et regarda par la fenêtre. Il habitait Mariagatan, dans le centre d'Ystad, et la façade de la maison qui se trouvait devant sa fenêtre était grise et fendillée. Allait-il vraiment neiger en Scanie, cet hiver-là ? Il espérait bien que non. Les tempêtes de neige, dans cette région, entraînaient toujours de nombreuses complications : accidents de voiture, femmes sur le point d'accoucher se trouvant bloquées par la neige, vieillards coupés du monde et lignes électriques endommagées. Les tempêtes de neige, c'était le chaos, et il se dit qu'il serait bien en peine de faire face à cela cet hiver. Il n'était pas encore vraiment remis du choc que lui avait causé le départ de sa femme.

Il suivit Regementsgatan en direction d'Österleden. Au carrefour de Dragongatan, il dut s'arrêter au feu rouge et en profita pour mettre la radio, afin d'écouter les nouvelles. Une voix encore sous le coup de l'émotion parlait d'un avion qui venait de s'écraser sur un continent lointain.

Il y a un temps pour vivre et un temps pour mourir, se dit-il en se frottant les yeux pour en extraire les restes de sommeil. C'était une façon d'exorciser le sort qu'il avait adoptée bien des années auparavant. Il était alors un jeune policier affecté au maintien de l'ordre dans les rues de sa ville natale de Malmö. Un jour, un ivrogne avait soudain tiré un grand couteau, alors qu'ils s'apprêtaient à l'embarquer, dans un parc municipal de Malmö. Et il le lui avait enfoncé profondément dans le corps, juste à côté du cœur. Quelques millimètres de plus et c'était la mort, une mort bien inattendue. Il avait alors vingt-trois ans et avait ainsi été efficacement instruit des risques du métier. Cette phrase était donc une façon de conjurer le sort en éloignant de lui ce souvenir si cuisant.

Il sortit de la ville, passa devant la nouvelle grande surface de meubles située juste à l'entrée et aperçut un petit coin de mer, derrière. Elle était grise, mais d'un calme étrange si l'on pensait qu'on était en plein cœur de l'hiver. Très loin à l'horizon, il distingua un navire qui se dirigeait vers l'est.

Les tempêtes de neige arrivent, se dit-il. On ne va pas tarder à les avoir sur le dos.

Il éteignit la radio et s'efforça de se concentrer sur ce qui l'attendait.

Que savait-il, au juste ?

Une vieille femme ligotée sur le sol ? Quelqu'un qui disait l'avoir vue par la fenêtre ? Une fois passé le carrefour de la route de Bjäresjö, il accéléra et se dit que ce n'était peut-être qu'un vieil homme qui était victime d'un accès de sénilité foudroyante. Au cours des nombreuses années qu'il avait passées dans la police, il avait eu plus d'une fois l'occasion d'avoir affaire à des vieilles personnes de ce genre, coupées de tout, qui n'avaient plus qu'elle comme ultime recours contre la solitude.

La voiture de police l'attendait au carrefour menant à Kadesjö. Peters en était sorti et était en train de contempler un lièvre bondissant en tous sens dans un champ.

Lorsqu'il vit Wallander arriver dans sa Peugeot bleue, il leva la main en un geste de salut et s'installa au volant.

La terre battue gelée crissait sous les pneus. Wallander suivit la voiture de police. Ils franchirent le croisement de la route menant à Trunnerup, montèrent et descendirent quelques côtes assez raides et furent bientôt arrivés à Lenarp. Là, ils s'engagèrent sur un chemin de terre très étroit se réduisant presque à la trace des roues d'un tracteur. Au bout d'un kilomètre, ils parvinrent à destination. Deux fermes l'une à côté de l'autre, deux longs bâtiments blanchis à la chaux entourés de jardins entretenus avec amour.

Un homme d'un certain âge vint à leur rencontre. Wallander nota qu'il boitait légèrement, comme s'il avait mal à un genou.

En sortant de sa voiture, il s'aperçut que le vent s'était levé. Peut-être la neige s'annonçait-elle déjà ?

Il n'eut pas plus tôt vu ce vieil homme qu'il comprit que

quelque chose de très désagréable l'attendait. Dans les yeux de ce paysan luisait une peur qui ne pouvait être imaginaire.

— J'ai enfoncé la porte, répéta-t-il plusieurs fois de suite, très agité. J'ai enfoncé la porte, parce qu'il fallait bien que je voie ce qui s'était passé. Mais elle est presque morte, elle aussi.

Ils pénétrèrent dans la maison par la porte qu'il avait enfoncée. Wallander sentit aussitôt une âcre odeur de vieilles personnes monter vers lui. La tapisserie était bien vieille, elle aussi, et il dut plisser les yeux pour distinguer quelque chose dans l'obscurité.

— Eh bien, qu'est-ce qui s'est passé ? demanda-t-il.

— C'est là, répondit le vieil homme.

Puis il se mit à pleurer.

Les trois policiers se regardèrent.

Wallander ouvrit la porte du bout du pied.

Ce qu'il vit dépassa tout ce qu'il avait pu imaginer. Et de loin. Par la suite, il devait dire que c'était ce qu'il avait vu de pire dans sa vie. Et pourtant, il en avait vu pas mal.

La chambre à coucher du vieux couple était maculée de sang. Il y en avait même qui avait giclé jusque sur l'abat-jour en porcelaine suspendu au plafond. Un vieil homme était étendu à plat ventre sur le lit, le haut du corps dénudé et son caleçon long baissé sur ses chevilles. Son visage avait été maltraité au point d'être méconnaissable. On aurait dit que quelqu'un avait essayé de lui arracher le nez. Ses mains étaient attachées derrière le dos et son fémur gauche était cassé. On voyait la tache blanche de l'os au milieu de tout ce rouge.

— Oh, merde ! entendit-il Norén gémir derrière lui.

Pour sa part, il se sentit pris de nausées.

— Une ambulance, dit-il. Vite, vite...

Puis il se pencha sur la femme qui était affalée sur le sol, attachée à une chaise. Celui qui l'avait ligotée avait passé un nœud coulant formant lacet autour de son cou décharné. Elle respirait faiblement et Wallander cria à Peters d'aller chercher un couteau. Ils section nèrent la cordelette, qui avait profondément entaillé ses poignets et son cou, et ils l'étendirent sur le sol avec beaucoup de précautions. Wallander garda sa tête sur ses genoux.

Il regarda Peters et comprit qu'ils pensaient la même chose, tous les deux.

Qui pouvait avoir été assez cruel pour passer ainsi un lacet au cou d'une vieille femme ?

– Attends-nous[1] dehors, dit Wallander au vieil homme en larmes qui se tenait sur le pas de la porte. Attends-nous dehors et, surtout, ne touche à rien.

Il fut surpris d'entendre sa propre voix : il hurlait, au lieu de parler.

Si je crie aussi fort, c'est que j'ai peur, se dit-il. Dans quel monde vivons-nous ?

L'ambulance se fit attendre une vingtaine de minutes. La respiration de la femme était de plus en plus saccadée et Wallander commençait à avoir peur que la voiture n'arrive trop tard.

Il reconnut son conducteur, qui s'appelait Antonsson.

L'accompagnateur était un jeune homme qu'il n'avait encore jamais vu.

– Salut, dit Wallander. L'homme est mort, mais la femme ne l'est pas encore. Essayez de la maintenir en vie.

– Qu'est-ce qui s'est passé ? demanda Antonsson.

– J'espère qu'elle pourra nous le dire, si elle ne meurt pas avant. Alors, faites vite !

Lorsque l'ambulance se fut éloignée le long du chemin de terre, Wallander et Peters sortirent de la maison. Norén s'essuya le visage avec un mouchoir. L'aube s'était lentement rapprochée. Wallander regarda sa montre : sept heures vingt-huit.

– On se croirait à l'abattoir, dit Peters.

---

1. Le tutoiement est généralisé en Suède depuis les années 1970 – même si le « vous » de politesse existe, et continue d'être employé dans certains cas. *(N.d.É.)*

– C'est peu dire, répliqua Wallander. Demande qu'on nous envoie tout le personnel disponible. Dis à Norén d'interdire l'accès du secteur. Moi, je vais parler au voisin, pendant ce temps-là.

Au moment où il prononçait ces paroles, il entendit une sorte de cri. Il sursauta et alors le cri se renouvela.

C'était celui d'un cheval.

Ils allèrent ouvrir la porte de l'écurie. Tout au fond, dans l'obscurité, un cheval frappait le sol avec son sabot, inquiet. Cela sentait le fumier encore chaud et l'urine.

– Donne-lui de l'eau et du foin, dit Wallander. Il y a d'ailleurs peut-être d'autres bêtes, quelque part par là.

En sortant de l'écurie, il fut pris de frissons. Dans un arbre solitaire, au milieu d'un champ, des oiseaux noirs croassaient. Il respira profondément l'air frais de la nuit et constata que le vent avait forci.

– Tu dois être Nyström, dit-il à l'homme, qui avait maintenant cessé de pleurer. À présent, il va falloir que tu me racontes ce qui s'est passé. Si je comprends bien, tu habites la maison juste à côté.

L'homme se contenta d'un hochement de tête.

– Qu'est-ce qui s'est passé ? demanda-t-il d'une voix qui tremblait.

– J'espère que tu vas pouvoir nous le dire, lui répondit Wallander. On pourrait peut-être entrer chez toi ?

Dans la cuisine, une femme vêtue d'une robe de chambre démodée était effondrée sur une chaise, en train de pleurer. Mais dès que Wallander se fut présenté, elle se leva pour faire chauffer du café. Ils s'assirent tous trois à la table de la cuisine. Wallander observa les décorations de Noël qui étaient encore accrochées à la fenêtre. Devant celle-ci était également couché un vieux chat qui le regardait sans se lasser. Il tendit la main pour le caresser.

– Attention, il mord, dit Nyström. Il n'est pas habitué aux gens. Il ne connaît que Hanna et moi.

Wallander pensa à sa femme qui l'avait quitté et se demanda par quel bout commencer. Un meurtre sauvage, se dit-il. Dans le pire des cas, il pourrait même bientôt s'agir de deux.

Soudain, il eut une idée. Il alla frapper au carreau pour appeler Norén.

– Excusez-moi un instant, dit-il en quittant la pièce.

– Inutile de donner du foin et de l'eau au cheval, dit Norén. Il en avait déjà. Il n'y a pas d'autres bêtes.

– Envoie quelqu'un à l'hôpital, dit Wallander. Pour le cas où elle reprendrait conscience et dirait quelque chose. Elle a forcément vu ce qui s'est passé.

Norén acquiesça d'un signe de tête.

– Qu'ils choisissent quelqu'un qui a l'oreille fine. Et même de préférence quelqu'un qui sait lire sur les lèvres.

En revenant dans la cuisine, il ôta son manteau et le posa sur le dossier de sa chaise.

– Alors, je vous écoute, dit-il. Racontez-moi tout, n'omettez surtout aucun détail. Prenez tout le temps qu'il vous faudra.

Au bout de deux tasses de café, il comprit que ni Nyström ni sa femme n'avaient grand-chose d'important à raconter. Tout ce qu'il avait obtenu, c'était le récit de la vie des deux victimes et quelques indications quant à l'heure qu'il était.

Deux points restaient à éclaircir.

– Savez-vous s'ils gardaient de grosses sommes d'argent chez eux ?

– Non, dit Nyström. Ils déposaient tout à la banque. Y compris le montant de leur retraite. D'ailleurs, ils n'étaient pas bien riches. Quand ils ont vendu leurs terres, les machines et les bêtes, ils ont tout donné à leurs enfants.

L'autre question lui parut parfaitement stupide, mais il la posa tout de même. Étant donné les circonstances, il n'avait pas vraiment le choix.

– Savez-vous s'ils avaient des ennemis ?

– Des ennemis ?

– Oui, des gens qui pourraient avoir des raisons de faire ça ? Nyström ne parut pas comprendre ce qu'il voulait dire par là. Il répéta donc sa question.

Les deux vieux le regardèrent d'un air de stupéfaction.

– Les gens comme nous n'ont pas d'ennemis, répondit le mari, et Wallander remarqua au ton de sa voix qu'il était quelque peu froissé. Bien sûr, on se dispute parfois un peu. À propos de l'entretien d'un chemin de terre ou bien de limites de propriété. Mais on ne se tue pas pour des raisons pareilles.

Wallander accepta cette réponse d'un hochement de tête.

– Je ne tarderai pas à reprendre contact avec vous, dit-il en se levant, le manteau à la main. Si vous vous rappelez tout d'un coup un détail, n'hésitez pas à téléphoner à la police. Demandez à me parler. Je m'appelle Kurt Wallander.

– Et s'ils reviennent ? demanda la vieille femme.

Wallander secoua la tête.

– Vous n'avez aucune crainte à avoir. Ceux qui se livrent à ce genre d'agression ne sont pas assez fous pour revenir au même endroit. Vous n'avez pas besoin d'avoir peur.

Il se dit qu'il devrait bien leur dire quelque chose d'autre pour les rassurer. Mais quoi ? Comment pourrait-il rassurer deux personnes qui venaient de voir leur voisin le plus proche assassiné dans de pareilles conditions ? Et qui avaient pour toute perspective le décès probable de sa femme ?

– Le cheval, dit-il. Qui lui donnera son foin ?

– Nous, dit le vieil homme. Je vais m'en occuper.

Wallander sortit dans le petit matin glacial. Le vent avait forci et il gagna sa voiture, penché en avant. À vrai dire, il aurait dû rester sur place pour prêter main-forte aux policiers qui allaient procéder aux constatations d'usage. Mais il se sentait trop mal, avait trop froid et n'avait nulle envie de rester là plus longtemps qu'il n'était strictement nécessaire. D'ailleurs, il avait vu par la fenêtre que Rydberg était arrivé dans la voiture d'intervention. Cela voulait dire que l'équipe technique ne quitterait pas l'endroit avant d'avoir retourné et examiné chaque motte de terre sur les lieux du crime. Rydberg, qui approchait de l'âge de la retraite, était un policier épris de son métier. Même s'il pouvait parfois paraître un peu pédant et flegmatique, c'était une garantie de sérieux quant aux examens faits sur place.

Rydberg avait des rhumatismes et marchait avec une canne. Il traversa la cour de la ferme dans sa direction, en boitant légèrement.

— Ce n'est pas beau à voir, dit-il. On se dirait vraiment à l'abattoir.

— Tu n'es pas le premier à avoir cette impression, dit Wallander.

Rydberg avait l'air grave.

— Est-ce qu'on a une piste ?

Wallander secoua négativement la tête.

— Rien du tout ? ajouta Rydberg, presque sur le ton de la supplication.

— Les voisins n'ont rien vu ni entendu. Je crois qu'il s'agit d'un banal vol à main armée.

— Tu appelles ça banal ? Une pareille démence et sauvagerie ?

Rydberg avait l'air scandalisé et Wallander regretta le choix de ses termes.

— Je voulais dire par là qu'on a bien sûr affaire à des types particulièrement abjects. Mais du genre qui se spécialisent dans l'attaque des fermes isolées habitées par de vieilles personnes.

— Il faut absolument qu'on leur mette la main dessus, dit Rydberg. Avant qu'ils ne remettent ça.

— Oui, répondit Wallander. Même si c'est les seuls qu'on doit prendre cette année, il ne faut pas qu'ils nous échappent, ceux-là.

Il se mit au volant et quitta les lieux. Sur le petit chemin de terre, il faillit entrer en collision avec une voiture qui arrivait en face à toute allure. Il reconnut le conducteur au passage. C'était un journaliste travaillant pour l'un des grands quotidiens nationaux, auquel on faisait appel lorsqu'un événement extra-ordinaire se produisait dans la région d'Ystad.

Wallander fit plusieurs fois le tour de Lenarp au volant. Il y avait de la lumière aux fenêtres, mais personne dans les rues.

Qu'est-ce qu'ils vont penser, quand ils vont apprendre ça ? se demanda-t-il.

Le spectacle de la vieille femme avec ce lacet autour du cou ne le laissait pas en paix et il éprouvait un malaise indescriptible. Qui pouvait bien avoir commis un acte d'une pareille barbarie ? Pourquoi ne pas lui avoir assené un coup de hache sur la tête, afin d'en finir tout de suite ? Pourquoi un tel supplice ?

Tout en parcourant les rues de ce village à faible allure, il s'efforça d'organiser mentalement les recherches auxquelles il allait falloir procéder. Au carrefour de la route de Blentarp, il s'arrêta, monta le chauffage de la voiture pour lutter contre le froid qui le gagnait et resta ensuite absolument immobile, les yeux fixés sur l'horizon.

Il savait que ce serait à lui de diriger ces recherches. Il n'y avait guère d'alternative. Après Rydberg, il était celui, parmi les enquêteurs de la brigade criminelle d'Ystad, qui avait le plus d'expérience, bien qu'il n'eût encore que quarante-deux ans.

Une bonne partie de tout cela serait du travail de pure routine. Les constatations sur place, les questions à poser aux gens de Lenarp et aux personnes habitant le long de l'itinéraire supposé des assassins, après le meurtre. Avaient-ils remarqué quoi que ce soit de suspect ? D'inhabituel ? Les questions résonnaient déjà dans sa tête.

Mais il savait aussi par expérience que les affaires d'attaque à main armée à la campagne étaient souvent bien difficiles à résoudre.

Son principal espoir, pour l'instant, était que la femme de la victime survive.

Elle avait vu. Elle savait.

Mais, si elle mourait, ce double crime serait bien difficile à tirer au clair.

Il était inquiet.

En général, le sentiment de révolte intérieure avait sur lui un effet stimulant. Étant donné que c'était la condition première de tout travail policier, il s'était fixé pour but de bien faire son métier. Mais, en ce moment précis, il se sentait las et dépourvu de confiance en lui.

Il se força à passer la première. La voiture avança de quelques mètres. Mais il s'arrêta de nouveau.

Il venait seulement de se rendre compte de ce dont il avait été témoin en ce matin d'hiver, sous la morsure du gel.

L'indicible sauvagerie de l'agression dont avaient été victimes ces deux vieillards sans défense le glaçait soudain de peur.

Il s'était passé quelque chose qui n'aurait jamais dû se produire.

Il regarda par la vitre de la voiture. Le vent sifflait autour des portières, qu'il secouait violemment.

Il faut que je m'y mette, se dit-il.

Rydberg a parfaitement raison.

Il faut absolument qu'on mette la main sur ceux qui ont commis un tel acte.

Il se rendit tout droit à l'hôpital d'Ystad et prit l'ascenseur menant aux urgences. Dans le couloir, il vit aussitôt le jeune Martinsson, encore en cours de formation, assis sur une chaise devant une porte.

Wallander sentit la moutarde lui monter au nez.

N'avait-on vraiment personne d'autre à envoyer à l'hôpital que ce jeune homme sans expérience ? Et pourquoi était-il assis à l'extérieur de la chambre ? Pourquoi pas au chevet de la vieille femme, prêt à recueillir le moindre murmure qui pourrait s'échapper de ses lèvres ?

— Salut, dit Wallander. Où en est-on ?

— Elle n'a toujours pas repris conscience, répondit Martinsson. Les médecins n'ont pas l'air d'être trop optimistes.

– Pourquoi est-ce que tu n'es pas à l'intérieur de la chambre ?

– Ils me feront signe s'il se passe quelque chose.

Wallander nota que Martinsson perdait de son assurance.

Je dois avoir l'air d'un vieux prof grincheux, se dit-il.

Il poussa prudemment la porte et passa la tête par l'entre-bâillement. Divers appareils étaient en marche, chacun avec son bruit caractéristique, dans cette antichambre de la mort. Des tuyaux couraient le long des murs, semblables à de longs vers de terre transparents. Au moment où il ouvrit la porte, une infirmière était précisément en train de consulter un diagramme.

– On n'entre pas, lui dit-elle sèchement.

– Je suis de la police, répondit timidement Wallander. Je voulais juste savoir comment elle va.

– On vous a déjà dit d'attendre à l'extérieur, répondit l'infirmière.

Avant que Wallander ait eu le temps de répliquer, un médecin pénétra brusquement dans la chambre. Il le trouva étonnamment jeune.

– Les personnes qui ne sont pas du service n'ont rien à faire ici, dit le jeune docteur en le voyant.

– Je m'en vais. Je voulais simplement savoir dans quel état elle est. Je m'appelle Kurt Wallander et je suis de la police. De la criminelle, précisa-t-il sans être bien sûr que cela lui dirait quelque chose. C'est moi qui suis chargé de retrouver celui ou ceux qui ont commis ça. Comment va-t-elle ?

– Le plus étonnant, c'est qu'elle soit encore en vie, dit le médecin en lui faisant signe de le suivre jusqu'au bord du lit. Mais sa gorge est en très mauvais état. On dirait que quelqu'un a tenté de l'étrangler.

– C'est bien ce qui s'est passé, dit Wallander en regardant le peu que l'on apercevait de ce visage décharné, entre les draps et les tuyaux.

– Elle devrait être morte.

– J'espère qu'elle va survivre. C'est le seul témoin dont nous disposons.

– Pour notre part, nous espérons que tous nos malades vont survivre, répondit le jeune docteur d'un ton un peu sec en approchant de l'écran sur lequel des lignes vertes dessinaient des sortes de vagues ininterrompues.

Le médecin lui ayant confirmé qu'il ne pouvait pas se prononcer, Wallander quitta la pièce. L'issue était incertaine. Maria Lövgren pouvait décéder sans avoir repris connaissance. Personne ne pouvait savoir.

– Sais-tu lire sur les lèvres ? demanda-t-il à Martinsson.

– Non, répondit celui-ci, tout étonné.

– Dommage, dit Wallander en s'éloignant.

De l'hôpital il regagna directement, au volant de sa voiture, le commissariat aux murs bruns situé à la sortie est de la ville.

Il s'assit à son bureau et regarda par la fenêtre le vieux château d'eau en brique, en face.

Peut-être notre époque nécessite-t-elle une nouvelle sorte de policiers ? pensa-t-il. Des gens capables de pénétrer dans un abattoir humain de la campagne du sud de la Suède, un petit matin de janvier, sans réaction particulière. Des policiers qui ne soient pas en proie à des doutes et à des tourments moraux, comme moi.

Le fil de ses pensées fut interrompu par la sonnerie du téléphone.

L'hôpital, pensa-t-il en un éclair. Ils m'appellent pour me dire que Maria Lövgren est morte.

Mais a-t-elle pu reprendre conscience un instant ? A-t-elle dit quelque chose ?

Il fixa du regard ce téléphone toujours en train de sonner.

Merde de merde, pensa-t-il. Tout, mais pas ça.

Mais quand il décrocha, ce fut la voix de sa fille qui résonna dans le combiné. Il sursauta au point de manquer de faire chuter l'appareil en tirant sur le fil.

— Papa, dit-elle.

Il entendit le bruit que faisaient les pièces en tombant dans le réceptacle de l'appareil.

— Salut, dit-il. D'où appelles-tu ?

Pourvu que ce ne soit pas de Lima. Ou de Katmandou. Ou encore de Kinshasa.

— Je suis à Ystad.

Quel bonheur. Cela voulait dire qu'ils allaient se voir.

— Je suis venue pour te voir, dit-elle. Mais j'ai changé d'avis. Je suis à la gare et je vais prendre le train. Alors je voulais simplement te dire que j'avais au moins eu l'intention de venir te dire bonjour.

À ce moment-là, la liaison fut interrompue et il resta interdit, les yeux rivés sur ce combiné qu'il tenait toujours à la main.

Quelque chose de mort au bout de son bras, quelque chose qui avait été tranché.

Sale gosse, pensa-t-il. Pourquoi se comporte-t-elle comme ça ?

Sa fille s'appelait Linda et avait dix-neuf ans. Jusqu'à l'âge de quinze ans, les choses s'étaient bien passées entre eux. C'était à lui, et non pas à sa mère, qu'elle venait confier ses difficultés, ou bien qu'elle s'adressait quand elle désirait quelque chose sans vraiment l'oser de sa propre initiative. Il l'avait vue changer : l'enfant bien dodue s'était transformée en une jeune femme à la beauté rebelle. Avant l'âge de quinze ans, elle n'avait pas donné l'impression d'être possédée par ces démons secrets qui devaient, à un moment, l'inciter à mener cette existence énigmatique, sans cesse en mouvement.

Un jour de printemps, juste après son quinzième anniversaire, elle avait soudain effectué une tentative de suicide, sans le moindre signe annonciateur. Cela s'était passé un samedi après-midi. Wallander était en train de réparer une chaise de jardin et sa femme de nettoyer les carreaux. Pris d'une soudaine angoisse, il avait posé son marteau et était rentré dans la maison. Elle gisait sur son lit, la gorge et les deux poignets tailladés au moyen d'une lame de rasoir. Par la suite, une fois les choses rentrées dans l'ordre, le médecin lui avait dit que s'il était arrivé quelques instants plus tard et n'avait pas eu la présence d'esprit de lui faire des pansements à l'aide de compresses absorbantes, elle ne serait plus parmi eux.

Il ne s'était jamais remis de ce choc. La confiance entre eux était brisée. Elle était rentrée dans sa coquille et il n'était jamais parvenu à comprendre ce qui avait pu la pousser à cet acte. Elle avait interrompu ses études et avait fait divers petits boulots, disparaissant parfois pendant de longues périodes. À deux reprises, sa femme l'avait obligé à lancer un avis de recherche. Ses collègues avaient constaté à quel point il souffrait de devoir mener ainsi une enquête à propos de sa propre fille. Mais, un beau jour, elle était revenue sans rien dire et ce n'est qu'en fouillant dans ses poches en cachette et en feuilletant son passeport qu'il avait pu se faire une idée des endroits où elle avait pu aller.

Bon sang, se dit-il. Pourquoi ne restes-tu pas ? Pourquoi as-tu changé d'avis ?

Le téléphone sonna de nouveau et il empoigna le combiné.

– C'est papa, dit-il sans réfléchir.

– Comment ça, papa ? demanda son propre père. C'est la nouvelle façon de répondre, au commissariat ?

– Je n'ai pas le temps de te parler, pour l'instant. Est-ce que je peux te rappeler un peu plus tard ?

– Non, impossible. Qu'est-ce qu'il y a de si important ?

– Il s'est passé quelque chose de grave, ce matin. Je t'appellerai plus tard.

– Qu'est-ce qui est arrivé ?

Son vieux père l'appelait presque quotidiennement. Il avait déjà, à plusieurs reprises, donné ordre au standard de ne pas lui passer ses appels. Mais son père avait fini par s'en apercevoir et s'était mis à indiquer de fausses identités et à déformer sa voix pour donner le change.

Wallander ne voyait donc plus qu'une possibilité de se débarrasser de lui.

— Je viendrai te voir en soirée, dit-il. Comme ça, on pourra parler.

Son père se laissa fléchir bien à regret.

— Viens ce soir à sept heures. J'aurai du temps à te consacrer, à ce moment-là.

— Bon, je serai là à sept heures. À tout à l'heure.

Il raccrocha et demanda au standard de ne lui passer aucune communication jusqu'à nouvel ordre.

L'idée lui traversa l'esprit de prendre sa voiture et de partir chercher sa fille à la gare. De lui parler, de tenter de redonner vie à cette ancienne complicité disparue de façon tellement énigmatique. Mais il savait bien qu'il ne le ferait pas. Il ne voulait pas risquer de la perdre pour toujours.

La porte s'ouvrit et Näslund passa la tête.

— Salut, dit-il. Est-ce que je le fais entrer ?

— Qui ça ?

Näslund regarda sa montre.

— Il est neuf heures. Hier, tu as dit que tu voulais avoir Klas Månson dans ton bureau à cette heure-là pour l'interroger.

— Klas Månson ? Qui c'est ?

Näslund le regarda d'un air incrédule.

— Celui qui a attaqué la boutique sur Österleden. Tu l'as oublié ?

Cela lui revint brusquement à l'esprit. En même temps qu'il s'avisait que Näslund n'était apparemment pas au courant du meurtre commis pendant la nuit.

— Il va falloir que tu te charges toi-même de Månson, dit-il. Il y a eu un meurtre, cette nuit, à Lenarp. Peut-être même deux. Un couple de personnes âgées. Alors, je vais être obligé de te laisser Månson. Mais pas tout de suite. Il faut d'abord qu'on organise les recherches dans le secteur de Lenarp.

– L'avocat de Månson est déjà là, dit Näslund. Si je le renvoie, il va faire un raffut de tous les diables.

– Procède à un interrogatoire préliminaire. Si l'avocat fait du potin ensuite, eh bien tant pis. Mais convoque une séance de travail dans mon bureau à dix heures. Je veux que tout le monde soit là.

Soudain, Wallander se retrouvait, il était de nouveau dans son rôle de policier. Le reste, sa fille, sa femme, ce serait pour plus tard. Pour l'instant, il fallait lancer la chasse au meurtrier, tâche bien laborieuse.

Il débarrassa son bureau de tous les papiers traînant dessus, déchira une grille de Loto sportif que, de toute façon, il n'aurait pas le temps de remplir, puis alla se servir une tasse de café à la cafétéria.

À dix heures, tout le monde était dans son bureau. On avait rappelé Rydberg, qui était assis sur une chaise, près de la fenêtre. La pièce était remplie de policiers, au nombre de sept au total, tant debout qu'assis. Wallander appela l'hôpital et réussit péniblement à obtenir une réponse quant à l'état de la vieille femme : celui-ci était toujours aussi critique.

Puis il expliqua ce qui s'était passé au cours de la nuit.

– C'était pire que tout ce que vous pouvez imaginer, dit-il. N'est-ce pas, Rydberg ?

– Exact, répondit Rydberg. On se serait cru dans un film américain. Ça sentait même le sang. En général, ça ne va pas jusque-là.

– Il faut absolument mettre la main sur ceux qui ont fait ça, dit Wallander pour conclure son exposé. Impossible de laisser en liberté des fous furieux de cette espèce.

Le silence se fit dans la pièce. Rydberg se mit à tambouriner avec les doigts sur le dossier de sa chaise. Dans le couloir, on entendit une femme éclater de rire.

Wallander fit le tour de son bureau du regard. Tous ceux qui étaient là étaient ses collaborateurs. Il n'était l'intime d'aucun d'entre eux en particulier. Mais ils formaient tous une équipe.

– Eh bien, dit-il, qu'est-ce qu'on attend ? Il faut se mettre au boulot.

Il était onze heures moins vingt.

3

À quinze heures quarante-cinq, Wallander sentit qu'il avait faim. Il n'avait pas eu le temps de déjeuner, ce jour-là. Après la séance de travail qui s'était tenue dans son bureau, le matin, il avait consacré tout son temps au lancement de la chasse aux meurtriers de Lenarp. En fait, il pensait toujours à eux au pluriel, car il avait du mal à imaginer qu'une personne seule ait pu causer un pareil bain de sang.

L'obscurité était déjà tombée quand il se laissa choir dans son fauteuil, derrière son bureau, pour tenter de rédiger un communiqué de presse. Devant lui étaient posés une foule de petits morceaux de papier rédigés par l'une des standardistes et portant le nom de personnes l'ayant appelé. Après avoir vainement cherché celui de sa fille parmi eux, il les mit tous en tas dans la corbeille destinée au courrier venant d'arriver. Afin de s'éviter le pénible devoir de parler devant les caméras des actualités régionales pour dire que la police ne disposait pour l'instant d'aucun indice pouvant la mettre sur la piste des criminels qui avaient commis le meurtre barbare venant d'être perpétré à Lenarp, il avait demandé à Rydberg de bien vouloir s'en charger. Mais encore fallait-il rédiger le communiqué. Il sortit une feuille de papier du tiroir de son bureau. Mais que dire ? Le bilan de cette journée de travail se réduisait presque à une série de questions sans réponse.

La journée s'était passée à attendre. Au service des urgences de l'hôpital, la vieille femme étranglée luttait toujours contre la mort.

Sauraient-ils jamais ce qu'elle avait vu au cours de cette nuit d'horreur, dans cette ferme isolée ? Ou bien mourrait-elle sans avoir eu le temps de le leur dire ?

Wallander scruta les ténèbres par la fenêtre.

Au lieu d'un communiqué de presse, il se mit à rédiger un résumé de ce qui avait été fait au cours de la journée et de ce dont disposait la police comme base de travail.

Autant dire rien, soupira-t-il, quand il en eut terminé. Deux vieilles personnes auxquelles on ne connaît pas d'ennemis et qui n'ont pas d'argent caché chez elles sont abattues et torturées de la façon la plus cruelle. Les voisins n'ont rien entendu. Ce n'est qu'une fois les auteurs du crime envolés qu'ils s'aperçoivent qu'une fenêtre a été fracassée et qu'ils entendent les cris de leur voisine appelant au secours. Rydberg n'a pas encore trouvé le moindre indice. C'est tout.

Les vieilles personnes vivant dans des fermes isolées ont de tout temps été exposées à des attaques à main armée. Et il est arrivé qu'elles soient ligotées, tabassées, parfois même assassinées.

Mais ceci est tout à fait différent, se dit Wallander. Un nœud coulant, cela laisse supposer des sentiments violents, de la haine, voire de la vengeance.

Il y avait quelque chose de bizarre dans cette histoire.

Il ne restait plus qu'à espérer. Au cours de la journée, plusieurs patrouilles de police avaient interrogé les habitants de Lenarp. Quel-qu'un avait-il vu quoi que ce soit ? Il était fréquent que les auteurs de ce genre d'attaques sur des personnes âgées procèdent, avant de frapper, à des tournées de reconnaissance. Et peut-être Rydberg finirait-il par découvrir certains indices sur le lieu du crime ?

Wallander regarda sa montre.

Quand avait-il appelé l'hôpital pour la dernière fois ? Trois quarts d'heure auparavant ? Une heure ?

Il décida d'attendre d'avoir rédigé son communiqué de presse.

Il enfonça dans ses oreilles les écouteurs de son petit magnétophone et inséra une cassette de Jussi Björling. Le bruit de fond typique des enregistrements datant des années 1930 ne parvenait pas à gâcher l'harmonie de la musique de *Rigoletto*.

Le communiqué de presse tint finalement en huit lignes. Wallander alla le porter à l'une des secrétaires pour qu'elle le tape et en fasse des copies. Puis il relut le texte d'un questionnaire qui devait être expédié par la poste à tous ceux qui résidaient dans le voisinage de Lenarp. Quelqu'un avait-il vu quoi que ce soit d'inhabituel ? Un détail qui puisse avoir un rapport avec cette sauvage agression ? Il ne pensait pas que ce formulaire puisse servir à autre chose qu'à leur faire perdre du temps. Il savait que le téléphone allait se mettre à sonner sans discontinuer et qu'il faudrait affecter deux hommes exclusivement à l'écoute de messages qui ne mèneraient nulle part.

Et pourtant, impossible de faire autrement, se dit-il. À défaut d'autre chose, on aura peut-être ainsi la certitude que personne n'a rien vu.

Il regagna son bureau et appela l'hôpital. Mais il n'y avait aucun changement. La vieille femme était toujours entre la vie et la mort.

Au moment où il raccrochait, Näslund pénétra dans son bureau.

— J'avais raison, dit-il.

— Raison ?

— L'avocat de Månson est furieux.

Wallander haussa les épaules.

— S'il n'y avait que ça.

Näslund se gratta le front et demanda où on en était.

— Nulle part, pour l'instant. On a lancé les recherches. C'est tout.

– J'ai vu que les conclusions provisoires de l'autopsie sont arrivées.

Cette fois, Wallander haussa les sourcils.

– Pourquoi est-ce qu'elles ne m'ont pas été communiquées ?

– Elles étaient chez Hansson.

– Elles n'ont rien à faire là-bas, bon sang !

Wallander se leva et sortit dans le couloir. Toujours la même chose, se dit-il. Les papiers n'arrivent jamais là où il faut. Même si une partie de plus en plus grande du travail de la police est maintenant mise sur ordinateur, les papiers les plus importants ont toujours tendance à s'égarer.

Hansson était au téléphone lorsque Wallander pénétra dans son bureau après avoir frappé à la porte. Il vit que la table était jonchée de grilles de tiercé et de programmes des divers hippodromes du pays, le tout bien mal dissimulé. Au commissariat, il était de notoriété publique que Hansson passait le plus clair de son temps à téléphoner à certains entraîneurs d'écuries de courses afin de leur extorquer les derniers tuyaux. Quant à ses soirées, il les passait à imaginer des combinaisons ingénieuses devant lui assurer des gains considérables. La rumeur faisait également état, de temps en temps, de certaines petites fortunes qu'il aurait ainsi gagnées. Mais personne ne savait rien avec certitude. Et Hansson ne vivait pas sur un grand pied.

Lorsque Wallander entra, Hansson posa la main sur le microphone.

– Le rapport d'autopsie, dit Wallander. Où est-ce qu'il est ?

Hansson le sortit de dessous le programme des courses de trot de Jägersro.

– J'allais justement te le porter.

– Je te conseille le numéro quatre dans la septième, dit Wallander en prenant sur la table la chemise en plastique.

– Qu'est-ce que tu veux dire ?

– C'est un tuyau de première.

Wallander sortit, laissant derrière lui Hansson bouche bée. Une fois dans le couloir, il constata qu'il lui restait une demi-heure avant la conférence de presse. Il retourna dans son bureau et lut attentivement le rapport d'autopsie.

La sauvagerie de ce meurtre apparaissait plus clairement encore, si possible, à la lecture de ce document que sur les lieux mêmes, ce matin-là, à Lenarp.

Le médecin légiste avait été incapable, lors de ce premier examen du cadavre, de déterminer avec certitude la cause du décès.

Il y en avait tout simplement trop entre lesquelles choisir.

Le cadavre portait la trace de huit coups portés avec un objet à la fois long et denté. Le médecin émettait l'hypothèse qu'il pût s'agir d'une scie à main. En outre, le fémur droit était cassé, de même que l'humérus et le poignet gauches. Il portait aussi des traces de brûlures, les bourses étaient enflées et l'os du front enfoncé. La cause exacte du décès était encore impossible à établir.

En marge du rapport officiel, le médecin légiste avait ajouté une annotation manuscrite.

C'est l'œuvre d'un dément, écrivait-il. *La victime a été l'objet d'actes de violence suffisants pour causer la mort de cinq ou six personnes.*

Wallander posa le rapport.

Il se sentait de plus en plus mal à l'aise.

Il y avait quelque chose de bizarre, dans cette affaire.

Les voleurs qui attaquent ainsi les vieilles personnes sont rarement motivés par la haine. Ce qui les intéresse, c'est l'argent.

Pourquoi donc un tel déchaînement de violence ?

Quand il eut compris qu'il ne pourrait jamais obtenir une réponse satisfaisante à cette question, il relut le résumé qu'il avait rédigé. N'avait-il rien oublié ? N'aurait-il pas négligé un détail quelconque qui pourrait s'avérer important par la suite ? Même si le travail de la police consistait, pour l'essentiel, à rechercher patiemment des faits qu'il serait ensuite possible de rapprocher les uns des autres, l'expérience lui avait également enseigné que la première impression laissée par le lieu du crime n'était pas moins importante. Surtout lorsque la police était parmi les tout premiers à arriver sur place.

Il y avait, dans ce résumé qu'il avait rédigé, quelque chose qui le laissait pensif. N'avait-il vraiment oublié aucun détail ?

Il resta longtemps assis dans son fauteuil sans pouvoir réussir à trouver de quoi il pouvait s'agir.

La secrétaire ouvrit la porte et déposa sur son bureau le texte du communiqué de presse dactylographié et tiré en plusieurs exemplaires. En se rendant à la salle où il devait faire face aux journalistes, il s'arrêta aux toilettes et se regarda dans la glace. Il nota qu'il était grand temps qu'il aille chez le coiffeur. Ses cheveux bruns dépassaient dans tous les sens, autour de ses oreilles. Et il serait bon qu'il perde du poids, également. Au cours des trois mois qui s'étaient écoulés depuis le départ précipité de sa femme, il avait pris sept kilos. Dans sa solitude et son désarroi, il n'avait rien mangé d'autre que des pizzas, des hamburgers nageant dans la graisse, des petits pains et autres spécialités de la restauration rapide.

Espèce de gros lard, se dit-il tout haut. Tu tiens vraiment à avoir l'air d'un vieux chnoque tout avachi ?

Il décida de modifier immédiatement ses habitudes alimentaires. Au cas où ce serait nécessaire pour maigrir, il faudrait peut-être qu'il envisage de recommencer à fumer.

Il se demanda à quoi cela tenait, au juste. Le fait qu'un policier sur deux divorce. Que les femmes de policier aient une telle propension à quitter leur mari. En lisant un roman policier, peu de temps auparavant, il avait constaté avec un soupir que ce n'était pas mieux dans la fiction que dans la réalité.

Les policiers étaient divorcés. Un point c'est tout...

La salle dans laquelle la conférence de presse devait se dérouler était pleine à craquer. Il connaissait déjà la plupart des journalistes. Mais il y avait également des têtes inconnues et une jeune fille au visage boutonneux le dévorait des yeux tout en installant une bande dans son magnétophone.

Wallander distribua son squelettique communiqué de presse et alla s'asseoir sur une petite estrade, à l'une des extrémités de la pièce. En fait, le chef de la police d'Ystad aurait dû être présent, mais il se trouvait pour le moment en vacances d'hiver en Espagne. Rydberg avait promis de venir, s'il en avait fini à temps avec la télévision. Wallander était donc seul, au moins pour commencer.

– Vous avez pu prendre connaissance du communiqué, dit-il. En fait, je n'ai rien de plus à vous dire, pour l'instant.

– Est-ce qu'on peut poser des questions ? demanda un journaliste en qui Wallander reconnut le correspondant local d'*Arbetet*[1].

– C'est pour ça que je suis ici.

– Si je peux me permettre de dire le fond de ma pensée, je trouve que ce communiqué de presse est une véritable caricature, dit le journaliste. Vous ne pouvez pas vous contenter de ça.

– Nous ne disposons d'aucun indice pouvant nous permettre d'identifier les auteurs de ce crime, dit Wallander.

– Ils étaient donc plusieurs ?

– Probablement.

– Qu'est-ce qui vous fait croire ça ?

– Nous le pensons. Mais nous n'en sommes pas certains.

Le journaliste fit une grimace et Wallander un signe de tête en direction d'un autre journaliste de sa connaissance.

– Comment est-il mort ?

– Des suites des violences qui lui ont été infligées.

– Ça peut vouloir dire tout un tas de choses différentes !

– Nous ne savons encore rien sur ce point. L'autopsie est en cours. Il faudra attendre un ou deux jours pour être en possession des conclusions définitives.

1. *Le Travail*, journal socialiste de Malmö, à l'époque. *(N.d.T.)*

Le journaliste avait d'autres questions à poser, mais la jeune boutonneuse au magnétophone lui coupa la parole. Wallander put voir sur le boîtier qu'elle était envoyée par la station de radio locale.

– Qu'est-ce que les voleurs ont emporté ?

– Nous ne le savons pas, répondit Wallander. Nous ne savons même pas s'il s'agit vraiment d'un vol à main armée.

– De quoi d'autre pourrait-il s'agir ?

– Nous ne le savons pas.

– Est-ce que quelque chose s'oppose à ce que ce soit un vol à main armée ?

– Non.

Wallander s'aperçut qu'il commençait à être en nage, dans cette petite pièce bondée. Il se souvint qu'étant jeune policier il avait rêvé de tenir un jour des conférences de presse. Mais jamais, dans ses rêves, la salle n'avait été aussi petite et il n'avait eu aussi chaud.

– J'ai posé une question, entendit-il l'une des personnes situées tout au fond de la pièce dire d'une voix forte.

– Je ne l'ai pas entendue, répondit Wallander.

– La police considère-t-elle que cette affaire est importante ? demanda le journaliste.

Wallander fut étonné d'une pareille question.

– Bien sûr qu'il est important que nous parvenions à tirer ce meurtre au clair. Je ne vois pas pourquoi ce ne le serait pas.

– Allez-vous demander des renforts ?

– Il est encore trop tôt pour se prononcer sur ce point. Nous espérons, bien entendu, une solution rapide. Je crains de ne pas très bien comprendre la question.

Son auteur, un jeune homme à grosses lunettes, se fraya un chemin vers le devant de la salle. Wallander ne l'avait encore jamais vu.

– Je veux dire ceci : en Suède, aujourd'hui, personne ne se soucie plus des personnes âgées.

– Nous nous en soucions, nous, répondit Wallander. Nous allons faire tout ce qui est en notre pouvoir pour mettre la main sur les auteurs de ce crime. En Scanie, bien des vieilles personnes seules vivent dans des fermes isolées. Elles doivent être certaines que nous faisons, pour notre part, tout ce que nous pouvons.

Il se leva.

– Nous vous préviendrons quand nous disposerons d'autres informations, dit-il. Je vous remercie d'avoir bien voulu vous déplacer.

Alors qu'il s'apprêtait à quitter la salle, la jeune fille de la radio lui barra le passage.

– Je n'ai rien d'autre à déclarer, dit-il.

– Je connais Linda, ta fille, dit-elle.

Wallander se figea sur place.

– Ah bon ? Comment ça ?

– On s'est rencontrées plusieurs fois. À droite et à gauche.

Il essaya de se souvenir s'il l'avait déjà vue. Avaient-elles été camarades de classe ?

Elle secoua négativement la tête, comme si elle lisait dans ses pensées.

– Nous ne nous sommes jamais vus, dit-elle. Tu ne me connais pas. Linda et moi avons fait connaissance à Malmö.

– Ah ah, dit Wallander. Très intéressant.

– Je l'aime beaucoup. Est-ce que je peux encore te poser quelques questions ?

Wallander répéta dans son micro ce qu'il avait déjà dit. Il aurait préféré de beaucoup l'interroger sur Linda, mais il ne put se résoudre à le faire.

– Dis-lui bonjour de ma part, dit la jeune fille en rangeant son magnétophone. Je m'appelle Cathrin. Ou Cattis.

– Je n'y manquerai pas, dit Wallander.

En regagnant son bureau, il ressentit des tiraillements à l'estomac. Était-ce la faim ou bien l'inquiétude ?

Il faut que je cesse de m'en faire, se dit-il. Il faut que j'admette que ma femme m'a quitté. Il faut que j'admette que je ne peux pas faire grand-chose d'autre qu'attendre que Linda reprenne contact avec moi. Il faut que je prenne la vie telle qu'elle se présente...

Juste avant dix-huit heures, il convoqua une nouvelle réunion. Aucune nouvelle en provenance de l'hôpital. Wallander établit rapidement un roulement, sur place, pour la nuit à venir.

– Est-ce que c'est vraiment nécessaire ? demanda Hansson. Il n'y a qu'à laisser un magnétophone là-bas. La première infirmière venue n'aura qu'à le mettre en marche si la vieille se réveille.

– C'est nécessaire, répondit Wallander. J'assurerai moi-même la garde de minuit à six heures. Est-ce que je peux avoir un volontaire avant ça ?

Rydberg accepta d'un signe de tête.

– Je peux aussi bien être à l'hôpital qu'ailleurs, dit-il.

Wallander fit le tour de la pièce des yeux. À la lueur des néons du plafond, tout le monde avait la mine assez pâle.

– Est-ce qu'on a avancé ? demanda-t-il.

– On en a terminé avec Lenarp, dit Peters, qui avait été chargé du porte-à-porte. Tout le monde dit ne rien avoir vu. En général, il faut leur laisser au moins un jour de réflexion. Mais ce n'est pas marrant, là-bas. Les gens ont peur. Il n'y a presque que des personnes âgées. Et une jeune famille polonaise terrorisée qui est sans doute en situation illégale. Mais je les ai laissés tranquilles. On continuera demain.

Wallander opina de la tête et regarda Rydberg.

– J'ai trouvé un tas d'empreintes digitales, dit celui-ci. Ça nous fournira peut-être quelque chose. Mais j'en doute. À part ça, ce qui m'intéresse, c'est surtout un nœud.

Wallander le regarda, l'air étonné.

– Un nœud ?

– Le nœud coulant qui a servi de lacet.

– Qu'est-ce qu'il a de particulier ?

– Il n'est pas comme les autres. Je n'en ai encore jamais vu comme ça.

– Tu en as déjà vu beaucoup ? demanda Hansson sur le pas de la porte, impatient de partir.

– Oui, répondit Rydberg, pas mal. On verra bien ce que celui-ci pourra nous fournir comme indications.

Wallander savait que Rydberg ne désirait pas en dire plus. Mais si ce nœud l'intéressait tellement, ce ne pouvait être que parce qu'il risquait de revêtir une certaine importance.

– Demain matin, j'irai de nouveau voir les voisins, dit-il. Au fait, est-ce qu'on a retrouvé la trace des enfants des Lövgren ?

– C'est Martinsson qui en était chargé, dit Hansson.

– Je croyais que Martinsson était à l'hôpital ? s'étonna Wallander.

– Il a permuté avec Svedberg.

– Où est-ce qu'il est maintenant ?

Personne ne savait où se trouvait Martinsson. Wallander appela le standard et s'entendit répondre qu'il était parti une heure plus tôt.

– Appelez-le chez lui, dit-il.

Puis il regarda sa montre.

– Nouvelle réunion demain à dix heures. Je vous remercie pour aujourd'hui. À bientôt.

Il était seul dans son bureau lorsqu'on lui passa Martinsson au téléphone.

– Toutes mes excuses, dit Martinsson. J'ai oublié qu'il y avait une réunion.

– Et les enfants ?

– Je me demande si Richard n'a pas attrapé la varicelle.

– Je voulais parler des enfants des Lövgren. Leurs deux filles.

Martinsson répondit, tout étonné :

– Tu n'as pas reçu mon message ?

– Je n'ai rien reçu.

– J'ai passé la commission à l'une des standardistes.

– Je verrai ça. Pour l'instant, je t'écoute.

– L'une des filles a cinquante ans et habite au Canada. À Winnipeg, paraît-il, je n'ai aucune idée de l'endroit où ça se trouve. Et je n'ai pas pensé au décalage horaire, ce qui fait que je l'ai réveillée au beau milieu de la nuit. Elle a d'abord refusé de me croire. Ce n'est que quand son mari a pris la communication qu'ils ont commencé à comprendre ce qui s'était passé. Il a d'ailleurs été dans la police. Tu sais : la fameuse police montée canadienne. Ils doivent nous donner de leurs nouvelles demain matin. Mais elle prend l'avion pour venir, c'est sûr. L'autre fille a été plus difficile à localiser, bien qu'elle vive en Suède. Elle a quarante-sept ans et elle est préposée au buffet au restaurant Le Rubis, à Göteborg. Apparemment, elle entraîne une équipe de handball qui est actuellement à Skien, en Norvège. Mais ils m'ont promis qu'ils allaient la prévenir de ce qui est arrivé. J'ai laissé au standard toute une liste des autres membres de la famille Lövgren. Il y en a une bonne quantité. La plupart vivent en Scanie. Il y en a peut-être d'autres qui se manifesteront demain, quand ils auront lu les journaux.

– Bien, dit Wallander. Est-ce que tu peux venir me relayer à l'hôpital demain matin à six heures ? Du moins si elle n'est pas morte avant.

– J'y serai, répondit Martinsson. Mais est-ce que c'est vraiment une bonne idée que tu passes la nuit là-bas ?

– Pourquoi pas ?

– C'est toi qui mènes l'enquête. Tu as besoin de dormir.

– Je tiendrai bien le coup une nuit, répondit Wallander, avant de mettre fin à la communication.

Il resta absolument immobile, à regarder droit devant lui.

Est-ce qu'on va y arriver ? se demanda-t-il.

Ou bien ont-ils déjà trop d'avance ?

Il enfila son manteau, éteignit sa lampe de bureau et quitta la pièce. Le couloir menant à l'accueil était désert. Il passa la tête dans la cage de verre où la standardiste de service était en train de feuilleter un journal. Il vit que c'était un programme de courses de trot. On dirait que tout le monde joue aux courses, de nos jours, se dit-il.

– Martinsson m'a dit qu'il avait laissé un message à mon intention, dit-il.

La standardiste, qui s'appelait Ebba et était dans la police depuis plus de trente ans, hocha gentiment la tête et montra du doigt le comptoir.

– On a une petite nouvelle qui nous a été envoyée par le bureau de placement des jeunes. Elle est gentille et très mignonne, mais totalement incompétente. Elle a peut-être oublié de te le faire passer.

Wallander hocha la tête.

– Je m'en vais, dit-il. Je pense que je serai chez moi dans deux heures. S'il se passe quelque chose d'ici là, appelle-moi chez mon père.

– Tu penses à cette pauvre femme qui est à l'hôpital ? demanda Ebba.

Wallander hocha la tête.

– Quelle horreur.

– Oui, dit-il. Il y a des moments où je me demande ce que va devenir ce pays.

Lorsqu'il franchit les portes vitrées du commissariat, il prit le vent en pleine face. Celui-ci était glacial et il dut marcher plié en deux pour gagner sa voiture, sur le parking. Pourvu qu'il ne neige pas, pensa-t-il. Pas avant que nous ayons mis la main sur ceux qui sont venus en visite à Lenarp.

Il se glissa rapidement dans sa voiture et fouilla parmi les cassettes qu'il conservait dans la boîte à gants. Sans en avoir vraiment décidé ainsi, il enfonça le *Requiem* de Verdi dans l'appareil. Il avait fait installer de coûteux haut-parleurs et des notes majestueuses montèrent vers lui. Il tourna à droite et descendit Dragongatan, en direction d'Österleden. Des feuilles tourbillonnaient dans la rue, çà et là, et un cycliste peinait pour avancer, le vent dans le nez. La faim s'empara de lui et il traversa la voie principale pour aller se garer près de la cafétéria de la station-service. En ce qui concerne mes habitudes alimentaires, je verrai demain, se dit-il. Si je suis chez mon père à dix-neuf heures et une minute, je vais encore m'entendre dire que je l'ai abandonné.

Il commanda un hamburger et le mangea tellement vite qu'il eut mal à l'estomac. Il dut se précipiter aux toilettes.

Il se rendit compte soudain à quel point il était fatigué.

De retour à sa voiture, il fit le plein et continua vers l'est, traversa le bois de Sandskogen et prit la route de Kåseberga. Son père habitait une petite maison perdue au milieu des champs, entre la mer et Löderup.

Il était dix-huit heures cinquante-six lorsqu'il vint se ranger devant la maison, dans la cour gravillonnée.

Cette cour avait été l'occasion de la dernière en date et la plus longue des disputes entre le père et le fils. Auparavant, il y avait à cet endroit un beau revêtement en pierres rondes, aussi ancien que la maison dans laquelle logeait son père. Un beau jour, celui-ci s'était mis dans la tête de le recouvrir de gravier. Lorsque Wallander lui avait fait part de son désaccord, le père avait explosé :

– Je n'ai pas besoin de toi pour savoir ce qu'il faut que je fasse !

– Mais pourquoi tiens-tu absolument à abîmer ta belle cour en pierres rondes ? avait demandé Wallander.

Après cela, ils s'étaient disputés.

Et maintenant la cour était recouverte d'un gravier gris qui crissait sous les pneus de la voiture.

Il vit qu'il y avait de la lumière dans l'atelier.

La prochaine fois, ça pourrait très bien être le tour de mon père, pensa-t-il soudain.

Des meurtriers du clair de lune qui le repéreraient comme une proie facile pour une agression et qui n'hésiteraient peut-être même pas à le tuer.

Personne ne l'entendrait appeler au secours. Pas avec un vent pareil et à cinq cents mètres du voisin le plus proche. Qui est lui aussi un vieillard.

Il écouta la fin du *Dies Irae* avant de descendre de voiture et de s'étirer.

Il poussa la porte de l'ancienne écurie, qui servait d'atelier à son père. C'est là qu'il peignait ses tableaux, comme il l'avait toujours fait.

C'était l'un des plus anciens souvenirs d'enfance de Kurt Wallander. Cette odeur de térébenthine et d'huile qui s'attachait à son père. Et cette façon de se tenir tout le temps devant son chevalet poisseux, en bleu de travail foncé et bottes en caoutchouc à tige coupée.

Ce n'est que lorsqu'il avait atteint l'âge de cinq ou six ans qu'il avait compris que son père ne peignait pas toujours le même tableau, année après année.

Mais le sujet de ces tableaux, lui, était toujours le même.

Il peignait un paysage d'automne mélancolique, au milieu duquel figurait invariablement un lac lisse comme un miroir ; au premier plan un arbre tourmenté aux branches dénudées, et, au loin, à l'horizon, on apercevait des chaînes de montagnes entourées de nuages luisant sous les rayons d'un soleil vespéral aux couleurs un peu trop agressives pour être vraies.

De temps en temps il ajoutait un coq de bruyère, perché sur une souche, tout à fait sur le bord gauche du tableau.

À intervalles réguliers, leur foyer recevait la visite de messieurs en costume de soie et portant au doigt de lourdes bagues en or. Ils arrivaient au volant de vieilles camionnettes rouillées ou de voitures américaines aux chromes rutilants et achetaient les tableaux, avec ou sans coq de bruyère.

C'est ainsi que son père avait peint le même tableau pendant toute sa vie. Ceux qu'il arrivait à écouler sur les marchés ou lors de ventes aux enchères leur avaient procuré de quoi vivre.

Ils avaient vécu à Limhamn, près de Malmö. C'est là que

Kurt Wallander avait grandi avec sa sœur, Kristina, et leur enfance avait baigné dans cette odeur tenace de térébenthine.

Ce n'est que lorsque son père était devenu veuf qu'il était allé habiter à la campagne. Wallander n'avait jamais compris pourquoi, à vrai dire, étant donné que son père n'arrêtait pas de se plaindre de la solitude.

Il ouvrit la porte et vit qu'il était occupé à peindre un tableau sur lequel il n'y avait pas de coq de bruyère. En ce moment précis, il se consacrait à l'arbre, au premier plan. Il marmonna un salut et continua à manier le pinceau.

Wallander se versa une tasse de café à la cafetière sale posée sur un réchaud à alcool qui empestait.

Il regarda son père, petit homme trapu qui avait près de quatre-vingts ans mais rayonnait d'énergie et de volonté.

Est-ce que je serai comme lui, quand je serai vieux ? se demanda-t-il.

Quand j'étais petit, je ressemblais à ma mère. Maintenant, je ressemble à mon grand-père maternel. Peut-être finirai-je par ressembler à mon père, en vieillissant ?

– Prends une tasse de café, dit le père. J'ai fini tout de suite.

– C'est déjà fait, dit Wallander.

– Eh bien, reprends-en une, alors.

Il est de mauvais poil. Ses changements d'humeur sont vraiment insupportables. Pourquoi est-ce qu'il m'a fait venir, au juste ?

– J'ai beaucoup à faire, dit Wallander. À vrai dire, je vais travailler toute la nuit. J'ai cru comprendre que tu avais quelque chose à me dire.

– Pourquoi est-ce que tu dois travailler toute la nuit ?

– Il faut que je sois de garde à l'hôpital.

– Pourquoi ça ? Qui est-ce qui est malade ?

Wallander poussa un soupir. Malgré les centaines d'interrogatoires auxquels il avait déjà procédé, il serait incapable de parvenir au degré d'obstination dont son père faisait preuve lorsqu'il lui posait des questions. Et ceci bien qu'il ne s'intéressât pas le moins du monde à son métier de policier. Wallander savait que son père avait été profondément déçu lorsque, à l'âge de dix-huit ans, il lui avait fait part de sa décision d'entrer dans la police. Mais il n'avait jamais réussi à déterminer quelles espérances exactes son père avait placées en lui.

Il avait été tenté d'en parler, mais n'avait jamais réussi à le faire.

Les rares fois où il avait eu l'occasion de rencontrer sa sœur, qui était établie à Stockholm comme coiffeuse pour dames, il avait essayé de lui poser la question, car il savait que leur père et elle s'entendaient très bien. Mais d'après lui elle ne connaissait pas la réponse, elle non plus.

Il but ce café tiède et se dit que son père avait peut-être espéré qu'un jour il prendrait sa relève et continuerait à peindre le même tableau pendant une génération de plus.

Soudain, le vieil homme posa son pinceau et s'essuya les mains à un chiffon sale. Quand il s'approcha de lui pour se verser une tasse à son tour, Wallander s'aperçut qu'il sentait le linge sale et qu'il ne devait pas se laver beaucoup non plus.

Comment dire à son propre père qu'il sent mauvais ? se demanda-t-il.

Peut-être qu'il est maintenant trop vieux pour prendre vraiment soin de lui-même ?

Que faire, dans ce cas-là ?

Impossible de le prendre chez moi, on finirait par en venir aux mains.

Il observa son père, en train de s'essuyer le nez avec une main, tout en sirotant son café.

— Ça fait un bout de temps que tu n'es pas venu me voir, dit ce dernier d'un ton de reproche.

— Mais je suis venu avant-hier !

— Une demi-heure !

— Je suis tout de même venu.

– Pourquoi est-ce que tu ne veux pas me voir ?

– Ce n'est pas vrai ! Mais, tu sais, il y a des moments où j'ai vraiment beaucoup à faire.

Le père s'assit sur un vieux traîneau qui grinça sous son poids.

– Je voulais simplement te dire que ta fille est venue me voir hier.

Wallander resta interloqué quelques secondes.

– Linda est venue ici ?

– Tu n'entends pas ce que je te dis ?

– Pourquoi ça ?

– Elle voulait un tableau.

– Un tableau ?

– Elle n'est pas comme toi, elle apprécie ce que je fais, elle.

Il avait du mal à en croire ses oreilles.

Linda ne s'était jamais intéressée à son grand-père paternel, sauf lorsqu'elle était toute petite.

– Qu'est-ce qu'elle voulait ?

– Je viens de te le dire : un tableau. Mais tu n'écoutes jamais ce qu'on te dit.

– Mais si, j'écoute ! D'où venait-elle ? Où allait-elle ? Comment est-ce qu'elle a bien pu faire pour venir ici ? Est-ce qu'il va falloir que je t'arrache tout ça mot par mot ?

– Elle est venue en voiture, dit le père. C'est un jeune homme au visage noir qui conduisait.

– Qu'est-ce que tu veux dire par là ? Un Noir ?

– Tu n'as jamais entendu parler des nègres ? Il était très poli et parlait très bien suédois. Je lui ai donné son tableau et ils sont partis. Je me suis dit que tu serais content de le savoir, étant donné que vous vous entendez tellement mal.

– Où sont-ils partis ?

– Comment est-ce que je pourrais le savoir ?

Wallander comprit que ni l'un ni l'autre ne savaient où elle habitait. Il lui arrivait de passer la nuit chez sa mère. Mais ensuite elle ne tardait pas à reprendre ses chemins bien particuliers, connus d'elle seule.

Il faut que j'en parle à Mona, se dit-il. Divorcés ou pas, il faut que nous parlions. Ça ne peut plus continuer comme ça.

– Tu veux prendre un petit verre ? demanda son père.

Wallander ne voulait surtout pas boire d'alcool. Mais il savait également qu'il ne servait à rien de dire non.

– Oui, merci, dit-il.

L'atelier était relié par un couloir à la maison d'habitation, qui était basse de plafond et meublée sommairement. Wallander vit aussitôt que c'était sale et en désordre.

Il ne le remarque pas, se dit-il. Et pourquoi ne me suis-je aperçu de rien ?

Il faut que j'en parle à Kristina. Il ne peut pas continuer à habiter là tout seul.

Au même moment, le téléphone se mit à sonner.

Son père alla répondre.

– C'est pour toi, dit-il, sans faire le moindre effort pour dissimuler sa contrariété.

Linda, se dit-il. C'est certainement elle.

En réalité, c'était Rydberg qui appelait de l'hôpital.

– Elle est morte, dit-il.

– Elle n'a pas repris connaissance ?

– En fait, si. Pendant dix minutes. Les médecins pensaient que le pire était passé. Mais ensuite elle est morte.

– Est-ce qu'elle a dit quelque chose ?

Rydberg répondit de façon extrêmement pensive :

– Je crois qu'il vaut mieux que tu rentres en ville.

– Qu'est-ce qu'elle a dit ?

– Quelque chose qui ne te fera pas plaisir à entendre.

– Je te rejoins à l'hôpital.

– Je préfère au commissariat. N'oublie pas qu'elle est morte.

Wallander raccrocha.

– Il faut que je m'en aille, dit-il.

Son père le regarda d'un œil méchant.

– Tu te fiches pas mal de moi, dit-il.

– Je reviendrai demain, répondit Wallander tout en se demandant ce qu'il allait bien pouvoir faire pour remédier au laisser-aller dans lequel vivait son père. Je te promets que je reviendrai demain. On aura le temps de bavarder. On pourra faire un peu de cuisine. Et même jouer au poker, si tu veux.

Bien que jouant fort mal aux cartes, il savait que cette perspective ne manquerait pas de radoucir son père.

– Je viendrai demain soir à sept heures, dit-il.

Puis il reprit la route d'Ystad.

À dix-neuf heures cinquante-cinq, il poussa les mêmes portes vitrées qu'il avait franchies en sens inverse deux heures auparavant. Ebba l'accueillit d'un petit signe de tête.

– Rydberg t'attend à la cafétéria, dit-elle.

Il y était en effet, penché sur une tasse de café. Lorsque Wallander vit sa tête, il comprit qu'il avait quelque chose de désagréable à son intention.

4

Wallander et Rydberg étaient seuls dans la cafétéria. Dans les profondeurs du bâtiment, on entendait le vacarme que faisait un ivrogne protestant très vertement contre le fait qu'on l'ait amené là. Mais, à part cela, le silence régnait. On entendait tout juste le petit sifflement des radiateurs.

Wallander vint s'asseoir en face de Rydberg.

– Enlève ton manteau, dit celui-ci, sans ça tu vas geler quand tu sortiras de nouveau dans cette tempête.

– Je veux d'abord savoir ce que tu as à me dire. Ensuite, je déciderai si je dois enlever mon manteau ou non.

Rydberg haussa les épaules.

– Elle est morte, dit-il.

– Je sais.

– Mais elle a repris conscience un moment, juste avant de décéder.

– Et elle a parlé ?

– Ce serait trop dire. Elle a murmuré quelque chose. Ou plutôt laissé échapper quelques paroles entre ses dents.

– Tu les as enregistrées sur le magnéto ?

Rydberg secoua la tête.

– Ça n'aurait pas marché, dit-il. Il était déjà presque impossible d'entendre ce qu'elle disait. C'était une sorte de délire. Mais j'ai noté ce que je suis certain d'avoir compris.

Il sortit de sa poche un carnet de notes à moitié déchiré. Il était maintenu par un large ruban en caoutchouc et un crayon était inséré entre ses pages.

– Elle a prononcé le nom de son mari, dit Rydberg. Je crois qu'elle voulait savoir comment il allait. Ensuite, elle a marmonné quelque chose d'incompréhensible. À ce moment-là, j'ai essayé de lui demander : qui est-ce qui est venu, cette nuit ? Est-ce que vous les connaissiez ? Comment étaient-ils ? Voilà ce que je lui ai demandé. J'ai répété ces questions pendant tout le temps où elle a été consciente. Et je crois vraiment qu'elle a compris ce que je lui demandais.

– Et qu'est-ce qu'elle t'a répondu ?

– Je n'ai réussi à comprendre qu'une seule chose. Le mot « étranger ».

– « Étranger » ?

– Oui, c'est ça. « Étranger. »

– Elle voulait dire que ceux qui les ont tués, elle et son mari, étaient étrangers ?

Rydberg hocha la tête.

– Tu es sûr ?

– Est-ce que j'ai l'habitude d'avancer des choses dont je ne suis pas certain ?

– Non.

– Eh bien. Comme ça, on sait que son dernier message au monde était le mot « étranger ». En réponse à la question de savoir qui avait commis cet acte de démence.

Wallander ôta son manteau et alla chercher une tasse de café.

– Qu'est-ce qu'elle peut bien avoir voulu dire, bon sang ? marmonna-t-il.

– J'ai passé mon temps à me le demander tout en t'attendant, répondit Rydberg. C'est peut-être parce qu'ils n'avaient pas l'air suédois. Peut-être parce qu'ils parlaient une langue étrangère. Ou bien parce qu'ils parlaient suédois avec un accent. Il y a pas mal d'explications possibles.

– Qu'est-ce que c'est que quelqu'un qui n'a pas l'air suédois ? demanda Wallander.

– Tu sais ce que j'en pense, répondit Rydberg. Ou plus exactement : on peut avoir une idée de ce qu'elle pensait ou voulait dire.

– Ça peut donc être imaginaire ?

Rydberg hocha la tête.

– C'est tout à fait possible.

– Mais pas particulièrement vraisemblable ?

– Pourquoi aurait-elle mis à profit les tout derniers instants de sa vie pour dire quelque chose qui n'était pas vrai ? Les vieilles personnes ne mentent pas, en général.

Wallander but quelques gorgées de café tiède.

– Ça veut dire qu'il va falloir qu'on se lance sur la piste d'un ou plusieurs étrangers. J'aurais préféré qu'elle dise quelque chose d'autre.

– C'est vrai que c'est pas marrant.

Ils gardèrent le silence un certain temps, chacun plongé dans ses pensées.

L'ivrogne s'était calmé, au fond du couloir.

Il était maintenant vingt heures quarante et une.

– Tu imagines un peu ça, dit Wallander au bout d'un moment : *Le seul indice dont dispose la police, après le double meurtre de Lenarp, est le fait que ses auteurs sont probablement des étrangers.*

– J'imagine encore bien pire que ça, répondit Rydberg.

Wallander comprit ce qu'il voulait dire.

À vingt kilomètres de Lenarp se trouvait un grand camp de réfugiés qui avait déjà à plusieurs reprises été l'objet d'attentats xénophobes. On avait mis le feu à des croix, dans la cour, au milieu de la nuit, on avait jeté des pierres dans les carreaux et tracé des slogans à la bombe sur les murs. De violentes protestations s'étaient élevées, dans les communes avoisinantes, contre l'installation de ce camp de réfugiés dans le vieux château de Hageholm. Et elles s'élevaient toujours.

L'hostilité envers les réfugiés ne faisait que croître.

Wallander et Rydberg savaient en outre quelque chose que le public ignorait.

Certains de ces réfugiés avaient été pris en flagrant délit alors qu'ils cambriolaient une entreprise de location de matériel agricole. Heureusement, le propriétaire ne faisait pas partie des opposants les plus féroces à l'accueil des étrangers, et cela avait donc pu être passé sous silence. Les deux coupables ne se trouvaient d'ailleurs plus sur le sol suédois, leur demande d'asile ayant été rejetée.

Mais Wallander avait déjà eu l'occasion d'évoquer ce qui aurait pu se passer si la nouvelle avait été divulguée.

— J'ai du mal à croire que des demandeurs d'asile puissent commettre un meurtre, dit-il.

Rydberg le regarda d'un air pensif.

— Tu te souviens de ce que je t'ai dit à propos du lacet ? demanda-t-il.

— Le nœud, c'est ça ?

— Je n'ai pas réussi à l'identifier. Et pourtant, je m'y connais pas mal en matière de nœuds, depuis l'époque de ma jeunesse, où je passais mon temps à faire du bateau, l'été.

Wallander le dévisagea.

— Où veux-tu en venir ? demanda-t-il.

— Je veux en venir au fait qu'un tel nœud peut difficilement avoir été fait par quelqu'un qui a été membre des scouts de Suède.

— Ce qui veut dire… ?

— Qu'il a été fait par un étranger.

Avant que Wallander ait eu le temps de répondre, Ebba pénétra dans la cafétéria pour chercher une tasse de café.

— Allez vous coucher, si vous en avez encore la force, dit-elle.

Je vous signale d'ailleurs que les journalistes n'arrêtent pas d'appeler pour avoir une déclaration de votre part.

— À quel sujet ? demanda Wallander. Le temps qu'il fait ?

— Ils ont l'air d'avoir déjà été informés que la femme est morte.

Wallander regarda Rydberg, qui secoua la tête.

— On ne dira rien ce soir, dit-il. On attend jusqu'à demain.

Wallander se leva et alla jusqu'à la fenêtre. Le vent avait encore forci, mais le ciel était toujours dégagé. La nuit promettait d'être froide, de nouveau.

— On ne peut pas vraiment éviter de dire ce qu'il en est, fit-il observer. À savoir qu'elle a parlé avant de mourir. Et si on admet qu'elle a parlé, on sera bien obligés de révéler ce qu'elle a dit. Et alors, ça va faire du chambard.

— On pourrait essayer que ça ne sorte pas de la maison, dit Rydberg en se levant et en mettant son chapeau. En invoquant les nécessités de l'enquête.

Wallander le regarda, surpris.

— Et risquer que ça se sache et qu'on se fasse ensuite taper sur les doigts pour avoir caché à la presse une information de toute première importance ? Pour avoir sciemment fait le jeu de meurtriers étrangers ?

— Ça risque de retomber sur bien des innocents, dit Rydberg. Qu'est-ce que tu crois qu'il va se passer là-bas, dans le camp de réfugiés, quand on saura que la police recherche des étrangers ?

Wallander savait que Rydberg avait raison.

Il sentit soudain toute son assurance s'envoler.

— La nuit porte conseil, dit-il. On en discutera demain matin, rien que toi et moi, à huit heures. Et alors on prendra une décision.

Rydberg approuva d'un hochement de tête et se dirigea vers la sortie en boitillant. Arrivé près de la porte, il s'arrêta et se retourna.

— Il ne faut pas oublier une éventualité que nous avons

un peu trop tendance à négliger. Que ce soient vraiment des demandeurs d'asile qui aient fait le coup.

Wallander alla rincer sa tasse à café et la posa sur l'égouttoir.

À vrai dire, c'est à espérer, se dit-il. J'espère vraiment que les meurtriers se trouvent dans ce camp de réfugiés. Ça contribuerait peut-être à mettre un terme à cette habitude laxiste et irresponsable de laisser n'importe qui franchir la frontière suédoise pour n'importe quelle raison.

Mais il n'avait bien sûr pas l'intention de dire cela à Rydberg. C'était une opinion qu'il avait bien l'intention de garder pour lui.

Il dut affronter de nouveau la tempête pour reprendre sa voiture. Malgré sa fatigue, il n'avait pas envie de rentrer chez lui.

Chaque soir, la solitude se rappelait à son bon souvenir.

Il mit le contact et changea de cassette. Cette fois, c'est l'ouverture de *Fidelio* qui retentit dans la voiture plongée dans l'obscurité.

Le départ inopiné de sa femme l'avait pris totalement au dépourvu. Mais, au fond de lui-même, il se rendait bien compte, même s'il avait du mal à l'admettre, qu'il aurait dû s'en aviser longtemps auparavant. Comprendre qu'il menait une vie conjugale qui était en train de succomber à sa propre inanité. Ils s'étaient mariés très jeunes et avaient compris bien trop tard qu'ils s'éloignaient l'un de l'autre au fil des ans. Peut-être était-ce Linda qui, des trois, avait réagi le plus vivement à ce vide au milieu duquel ils évoluaient ?

Lorsque, ce soir d'octobre, Mona lui avait annoncé son intention de divorcer, il s'était dit qu'en fait il s'y attendait. Mais, comme cette idée recelait une menace, il l'avait écartée, prétextant toujours qu'il avait trop à faire. Il avait compris trop tard qu'elle avait préparé son départ dans les moindres détails. Le vendredi soir, elle lui disait qu'elle voulait divorcer et le dimanche elle le quittait pour aller vivre dans cet appartement de Malmö qu'elle avait pris la précaution de louer. Le fait d'être ainsi abandonné l'avait rendu furieux et l'avait rempli d'un sentiment de honte. Impuissant face à elle, dans cet enfer où tout son univers affectif était paralysé, il l'avait frappée au visage.

Après cela, il n'y avait plus eu que le silence. Elle était revenue chercher certaines de ses affaires au cours de la journée, pendant son absence. Mais elle en avait laissé la plus grande partie et il avait été profondément froissé par le fait qu'elle semblait disposée à échanger son passé contre un avenir dans lequel il ne figurerait même pas à l'état de souvenir.

Il l'avait appelée au téléphone. Certains soirs, tard, leurs voix s'étaient croisées. Fou de jalousie, il avait tenté de savoir si elle l'avait quitté pour un autre homme.

– Une autre vie, avait-elle rectifié. Une autre vie, avant qu'il ne soit trop tard.

Il avait fait appel à ses sentiments. Il avait tenté de faire celui qui s'en fichait. Il lui avait demandé pardon pour toute cette attention dont il n'avait pas su faire preuve envers elle. Mais rien de ce qu'il avait dit n'avait pu la faire revenir sur sa décision.

Deux jours avant la veille de Noël, la notification du divorce était arrivée par la poste.

Quand il avait ouvert la lettre et compris que tout était terminé, quelque chose s'était brisé en lui. Il avait tenté de fuir en se mettant en congé de maladie pendant la période de Noël et en partant à l'aventure pour un voyage qui l'avait conduit au Danemark. En Seeland du Nord, une tempête soudaine l'avait empêché de sortir et il avait passé Noël dans une chambre glaciale d'une pension de famille, près de Gilleleje. Là, il lui avait écrit de longues lettres qu'il avait ensuite déchirées et jetées à la mer en un geste symbolique du fait qu'il avait, malgré tout, commencé à accepter ce qui s'était passé.

Deux jours avant le Nouvel An, il était rentré à Ystad et avait repris son service. Il avait passé la soirée de réveillon à démêler une histoire de femme battue à Svarte, et il avait soudain eu la révélation qu'il aurait très bien pu se trouver lui-même dans la peau de ce mari qui frappait sa femme...

La musique de *Fidelio* s'interrompit soudain avec un bruit affreux.

La bande magnétique s'était emmêlée.

La radio prit automatiquement le relais et il comprit que c'était un reportage de match de hockey.

Il quitta le parking et décida de rentrer chez lui, dans Mariagatan.

Pourtant, il prit la direction opposée et longea la côte, vers Trelleborg et Skanör. En passant devant l'ancienne prison, il accéléra. Conduire l'avait toujours distrait...

Soudain, il se rendit compte qu'il arrivait à Trelleborg. Un grand ferry-boat était en train d'entrer dans le port et, pris d'une impulsion soudaine, il décida de s'arrêter.

Il savait que certains anciens policiers d'Ystad étaient maintenant préposés au contrôle des passeports à l'arrivée des ferries, à Trelleborg. Il se dit que l'un d'entre eux était peut-être de service, ce soir-là.

Il traversa à pied la zone portuaire, baignée dans une lumière jaune pâle. Un gros camion passa près de lui dans un grand fracas, semblable à un animal préhistorique un peu fantomatique.

Mais lorsqu'il poussa la porte où un panneau indiquait que l'accès était interdit aux personnes étrangères au service, il constata qu'il ne connaissait ni l'un ni l'autre des deux collègues...

Wallander salua d'un signe de tête et se présenta. Le plus âgé des deux policiers portait une barbe grise et une cicatrice en travers du front.

– Sale histoire, ce qui vient de vous arriver, dit-il. Est-ce que vous avez mis la main dessus ?

– Pas encore, dit Wallander.

La conversation fut interrompue par l'arrivée des passagers débarquant du ferry. Il s'agissait pour la plupart de Suédois étant allés passer les fêtes du Nouvel An à Berlin. Mais il y avait également quelques Allemands de l'Est qui mettaient à profit leur liberté toute récente pour venir en Suède.

Au bout de vingt minutes, il ne restait plus que neuf passagers. Tous s'efforçaient d'expliquer de façon différente qu'ils demandaient l'asile en Suède.

— Ce soir, c'est calme, dit le plus jeune des deux policiers. Mais il arrive qu'on ait une centaine de demandeurs d'asile par ferry. Tu imagines un peu.

Cinq de ces réfugiés étaient membres de la même famille éthiopienne. Un seul d'entre eux détenait un passeport et Wallander se demanda comment ils avaient pu accomplir un aussi long voyage et franchir toutes ces frontières avec un seul passeport. Outre cette famille éthiopienne, deux Libanais et deux Iraniens étaient toujours retenus au contrôle.

Il eut du mal à déterminer si ces neuf réfugiés paraissaient pleins d'espoir ou bien s'ils avaient peur.

— Qu'est-ce qui va se passer, maintenant ? demanda-t-il.

— Malmö va venir les chercher, répondit le plus âgé des deux policiers. C'est eux qui sont de permanence, ce soir. On est avertis par radio, depuis le ferry, du nombre de passagers sans passeport qu'il y a à bord. Et il arrive qu'on soit obligés de demander des renforts.

— Qu'est-ce qui va se passer, à Malmö ? demanda Wallander.

— Ils vont finir par se retrouver sur l'un des bateaux qui sont ancrés dans le port pétrolier. Et ils y resteront en attendant d'être expédiés ailleurs. S'ils obtiennent le droit de rester dans le pays.

— Quel est ton avis, en ce qui concerne ceux-là ?

Le policier haussa les épaules.

— Ils vont sans doute pouvoir rester, répondit-il. Tu veux du café ? Le prochain ferry n'est pas pour tout de suite.

Wallander secoua la tête.

— Une autre fois. Il faut que je m'en aille.

— J'espère que vous allez mettre la main sur ces types.

– Oui. Je l'espère bien, moi aussi.

Sur le chemin du retour à Ystad, Wallander tua un lièvre qui traversait la route. Lorsqu'il l'aperçut dans la lumière de ses phares, il freina brusquement, mais l'animal heurta la roue avant gauche avec un bruit sourd. Il ne lui vint même pas à l'idée de s'arrêter pour voir s'il était encore vivant.

Qu'est-ce qui m'arrive ? se demanda-t-il.

Cette nuit-là, il dormit d'un sommeil agité. Peu après cinq heures, il se réveilla en sursaut. Il avait la bouche sèche et avait rêvé que quelqu'un était en train de chercher à l'étrangler. Quand il eut compris qu'il ne parviendrait pas à se rendormir, il se leva pour aller faire chauffer du café.

Le thermomètre fixé à l'extérieur de la fenêtre de la cuisine indiquait qu'il faisait moins six degrés. Le réverbère se balançait dans le vent. Il s'assit à la table et repensa à la conversation qu'il avait eue avec Rydberg la veille au soir. Ce qu'il avait redouté était arrivé. La femme était morte avant de pouvoir leur fournir une piste. Le mot « étranger » qu'elle avait prononcé était beaucoup trop vague. Il se rendait bien compte qu'ils ne disposaient d'aucun indice véritable.

À six heures et demie, il s'habilla et chercha longtemps avant de trouver le gros chandail qu'il désirait mettre.

Il sortit dans la rue, sentit que le vent était toujours aussi violent et glacial et s'installa au volant. Il prit la direction de Malmö. Avant de retrouver Rydberg à huit heures, il voulait rendre une nouvelle visite aux voisins du vieux couple assassiné. Il ne parvenait pas à se débarrasser de l'impression qu'il y avait quelque chose de bizarre dans cette affaire. Les attaques de vieilles personnes seules sont rarement le fait du hasard. Elles sont généralement précédées de rumeurs sur un magot caché quelque part. Et même si ces attaques sont parfois perpétrées de façon assez sauvage, elles sont rarement marquées par le genre de barbarie méthodique qu'il avait pu constater cette fois-ci.

À la campagne, les gens se lèvent tôt le matin, se dit-il en s'engageant sur le chemin de terre menant à la maison des Nyström. Ils ont peut-être eu le temps de réfléchir ?

Il arrêta sa voiture et coupa le moteur. Au même instant, il vit la lumière s'éteindre à la fenêtre de la cuisine.

Ils ont peur, se dit-il. Ils s'imaginent peut-être que ce sont les meurtriers qui reviennent sur le lieu du crime.

Il laissa ses phares allumés, en descendant de voiture, et traversa la cour pour rejoindre le perron.

Il devina plutôt qu'il ne vit la flamme qui jaillit du canon d'une arme, depuis un bosquet situé sur le côté de la maison. La violence du bruit l'incita à se jeter à plat ventre. Une pierre vint ricocher contre sa joue et, pendant un moment, il crut qu'il avait été touché.

– C'est la police, bon sang ! Ne tirez pas ! Vous m'entendez ?

La lumière d'une lampe de poche vint lui éclairer le visage. La main qui la tenait n'était pas très assurée et le cercle de lumière bougeait dans tous les sens. C'était Nyström qui était là, devant lui, une vieille carabine à la main.

– Ah, c'est toi ? dit-il.

Wallander se mit debout et secoua la poussière de ses vêtements.

– Qu'est-ce que tu visais ? demanda-t-il.

– J'ai tiré en l'air, répondit Nyström.

– Tu as un permis de port d'arme ? demanda Wallander. Sinon, tu pourrais avoir des ennuis.

– J'ai passé toute la nuit à faire le guet, dit Nyström.

Wallander comprit à quel point cet homme avait dû être ébranlé.

– Je vais éteindre les lumières de ma voiture, dit-il. Ensuite, on va causer, toi et moi.

Dans la cuisine, deux boîtes de cartouches étaient posées sur la table. Sur le divan, il y avait un pied-de-biche et une grosse masse. Le chat noir était toujours couché devant la fenêtre et il le regarda d'un air menaçant lorsqu'il entra. La femme de Nyström était devant la cuisinière, en train de s'occuper de la cafetière.

– Je ne pouvais pas savoir que c'était la police, moi, dit Nyström d'un ton un peu embarrassé. À cette heure-ci.

Wallander poussa légèrement la masse afin de s'asseoir.

– La femme de votre voisin est morte hier soir. J'ai préféré venir vous annoncer la nouvelle moi-même.

Chaque fois qu'il était ainsi obligé de venir annoncer la mort de quelqu'un, Wallander éprouvait le même sentiment d'irréalité. Il était impossible de dire, en conservant toute la dignité voulue, à des inconnus qu'un enfant ou un parent avait soudain disparu. Les décès qu'il revenait à la police de faire connaître étaient toujours inattendus, le plus souvent cruels et le résultat d'actes violents. Quelqu'un prend sa voiture pour aller faire des courses et ne revient pas. Un enfant à bicyclette est renversé par une voiture en rentrant d'un terrain de jeux. Une autre personne est victime d'une attaque à main armée, se suicide ou bien se noie. Quand la police est sur le pas de la porte, les gens refusent d'accepter la nouvelle.

Les deux vieillards restaient silencieux. La femme tournait quelque chose dans la cafetière à l'aide d'une cuiller. Le mari, lui, tournait sa carabine entre ses mains et Wallander s'écarta discrètement de sa ligne de tir.

– Alors elle est partie, comme ça, Maria, dit-il lentement.

– Les médecins ont fait ce qu'ils ont pu.

– C'est peut-être aussi bien comme ça, dit la femme, près de la cuisinière. Qu'est-ce qu'elle aurait fait sur terre, puisqu'il n'est plus là, lui ?

Le mari posa sa carabine sur la table de la cuisine et se leva. Wallander nota qu'il avait mal à un genou.

– Je vais donner du foin à la jument, dit-il en mettant une vieille casquette à visière.

– Est-ce que ça te gêne si je t'accompagne ? demanda Wallander.

– Pourquoi est-ce que ça me gênerait ? demanda l'homme en ouvrant la porte.

Quand ils entrèrent dans l'écurie, la jument se mit à hennir. Cela sentait le fumier chaud et, d'une main experte, Nyström lança une botte de foin dans le box.

– Je viendrai nettoyer plus tard, dit-il en caressant la crinière de la jument.

– Pourquoi gardaient-ils un cheval ? demanda Wallander.

– Pour un vieux paysan qui a l'habitude d'avoir des bêtes, un box vide c'est comme une morgue, répondit Nyström. C'était une compagnie.

Wallander se dit qu'il pouvait aussi bien commencer à poser ses questions dans l'écurie.

– Tu as fait le guet, cette nuit, dit-il. Tu as peur et je te comprends. Tu as dû te demander : pourquoi est-ce eux qui ont été attaqués ? Tu as dû te dire : pourquoi eux et non pas nous ?

– Ils n'avaient pas d'argent, répondit Nyström. Et rien d'autre de valeur, non plus. En tout cas, rien n'a disparu. Je l'ai dit au policier qui est venu hier. Il m'a demandé de bien chercher partout. La seule chose qui a peut-être disparu, c'est une vieille pendule murale.

– Peut-être ?

– Il se peut que l'une des filles l'ait emportée. On ne peut pas se souvenir de tout.

– Pas d'argent, dit Wallander. Et pas d'ennemis.

Une pensée le frappa soudain.

– Est-ce que tu as de l'argent chez toi ? demanda-t-il. Est-il pensable que ceux qui ont fait ça se soient trompés de maison ?

– Ce qu'on a est à la banque, répondit Nyström. Et on n'a pas d'ennemis non plus.

Ils rentrèrent dans la maison et prirent du café. Wallander vit que la femme avait les yeux rouges, comme si elle avait profité de leur absence pour pleurer.

– Avez-vous remarqué quelque chose d'inhabituel, ces derniers temps ? demanda-t-il. Par exemple des gens qui seraient venus voir Lövgren et que vous ne connaissiez pas.

Les deux vieux se regardèrent et secouèrent ensuite négativement la tête.

– Quand leur avez-vous parlé pour la dernière fois ?

– On est allés prendre le café chez eux avant-hier, dit Hanna. Ça n'avait rien d'extraordinaire. On prenait le café les uns chez les autres tous les jours. Depuis plus de quarante ans.

– Est-ce qu'ils avaient l'air d'avoir peur ?

– Johannes était enrhumé, dit Hanna. À part ça, tout était comme d'habitude.

Aucun espoir. Wallander ne savait plus quelle question poser. Chacune des réponses qu'il obtenait lui faisait l'effet d'une porte qui se refermait.

– Avaient-ils des connaissances qui étaient des étrangers ? demanda-t-il.

Le mari haussa les sourcils.

– Des étrangers ?

– Oui, des gens qui n'étaient pas suédois, précisa Wallander.

– Il y a quelques années, des Danois sont venus planter leur tente sur leur terrain, à la Saint-Jean.

Wallander regarda la pendule. Bientôt sept heures et demie. Il devait retrouver Rydberg à huit heures et tenait à ne pas être en retard.

– Cherchez bien, dit-il. Tout ce que vous pourrez trouver est susceptible de nous aider.

Nyström l'accompagna jusqu'à sa voiture.

– J'ai un permis de port d'arme, dit-il. Et je n'ai pas visé. Je voulais simplement faire peur.

– Tu y as parfaitement réussi, répondit Wallander. Mais je trouve que, la nuit, tu devrais dormir. Ceux qui ont fait ça ne reviendront pas.

– Tu pourrais dormir, toi ? demanda Nyström. Tu pourrais dormir, alors que tes voisins viennent d'être abattus comme des bêtes de boucherie ?

Incapable de trouver une bonne réponse à cette question, Wallander préféra garder le silence.

– Merci pour le café, se contenta-t-il de dire, avant de s'installer au volant et de quitter la ferme.

Cela ne va pas du tout, pensa-t-il. Pas le moindre indice, absolument rien. Uniquement ce nœud bizarre, selon Rydberg, et le mot « étranger ». Un vieux couple qui n'a pas d'argent caché dans son matelas ni de vieux meubles de valeur est assassiné d'une façon qui laisse penser qu'il y a derrière cela d'autres mobiles que la simple convoitise. La haine ou bien la vengeance.

Il doit bien y avoir quelque chose, se dit-il encore. Quelque chose qui sorte de l'ordinaire, à propos de ces deux vieux.

Si seulement la jument avait pu parler !

Cette jument le tourmentait d'ailleurs un peu. Il éprouvait une vague intuition. Et il avait trop l'expérience de son métier pour négliger un tel sentiment. Il y avait quelque chose à propos de cette jument !

À huit heures moins quatre, il vint ranger sa voiture devant le commissariat d'Ystad. Le vent avait encore forci et soufflait maintenant en rafales. Pourtant, la température donnait l'impression de s'être réchauffée de quelques degrés.

Pourvu qu'on n'ait pas de neige, se dit-il.

Il fit un petit signe de tête à l'intention d'Ebba, fidèle au poste à l'accueil.

– Rydberg est arrivé ? demanda-t-il.

– Il est dans son bureau, répondit Ebba. Ils ont tous déjà commencé à appeler. Les journaux, la radio, la télé. Même le patron de la police du département.

– Fais-les patienter encore un peu, dit Wallander. Il faut d'abord que je parle à Rydberg.

Il accrocha sa veste dans son bureau avant d'aller retrouver Rydberg, dont le bureau était quelques portes plus loin, dans le couloir. Quand il frappa, un grognement lui répondit.

Rydberg était debout à la fenêtre, en train de regarder à

l'extérieur. Wallander vit tout de suite qu'il n'avait pas l'air d'avoir beaucoup dormi.

– Salut, dit Wallander. Je vais te chercher du café ?

– Je veux bien. Sans sucre. Ça fait un certain temps que je n'en prends plus.

Wallander alla chercher deux gobelets en plastique de café et revint vers le bureau de Rydberg.

Devant la porte, il s'immobilisa brusquement.

Quelle ligne vais-je adopter ? se demanda-t-il. Dissimuler les dernières paroles de cette femme au nom de ce que nous avons coutume d'appeler les nécessités de l'enquête ? Ou bien alors les rendre publiques ? Quel est mon point de vue ?

Je n'en ai pas le moindre, constata-t-il avec amertume en poussant la porte avec le bout de sa chaussure.

Rydberg était maintenant assis derrière son bureau et peignait le peu de cheveux qui lui restait. Wallander se laissa tomber dans l'un des fauteuils destinés aux visiteurs, dont les ressorts étaient un peu fatigués.

– Tu devrais t'offrir un fauteuil neuf, dit-il.

– Y a pas d'argent pour ça, répondit Rydberg en rangeant son peigne dans l'un des tiroirs de son bureau.

Wallander posa sa tasse à café par terre, à côté de son fauteuil.

– Je me suis réveillé vachement tôt, ce matin, dit-il. Alors je suis allé de nouveau trouver les Nyström. Le vieux était à l'affût derrière un buisson et m'a accueilli à coups de carabine.

Rydberg montra du doigt la marque sur sa joue.

– Non, ce n'est pas un plomb. Je me suis jeté à plat ventre. Il affirme qu'il a un permis de port d'arme. J'aimerais bien savoir si c'est vrai.

– Est-ce qu'ils avaient du nouveau à t'annoncer ?

– Rien. Rien d'inhabituel. Pas d'argent, rien. À supposer qu'ils disent la vérité.

– Pourquoi mentiraient-ils ?

– Oui, en effet.

Rydberg se mit à siroter son café en grimaçant.

– Savais-tu que le personnel de police est particulièrement sujet au cancer de l'estomac ? demanda-t-il.

– Non, je l'ignorais.

– Si c'est vrai, ça vient sûrement de tout le mauvais café qu'on boit.

– C'est un gobelet de café à la main que nous résolvons nos énigmes.

– En ce moment, par exemple ?

Wallander secoua la tête.

– De quoi disposons-nous ? De rien.

– Tu n'as pas assez de patience, Kurt.

Rydberg le regarda tout en se frottant le nez.

– Excuse-moi si je prends des allures de vieux prof, poursuivit-il. Mais, dans le cas qui nous occupe, je crois qu'il va falloir faire preuve de patience.

Ils examinèrent de nouveau la situation. L'équipe technique était en train de recueillir les empreintes digitales et de les comparer avec le fichier central. Hansson, lui, passait en revue tous les auteurs d'attaques sur des vieilles personnes : pour chacun il vérifiait s'il était en prison ou avait un alibi. Le porte-à-porte allait se poursuivre dans le voisinage de Lenarp et le questionnaire qui allait être envoyé par la poste pourrait peut-être donner quelque chose, lui aussi. Rydberg et Wallander savaient tous deux que la police d'Ystad s'acquittait de sa tâche de façon méthodique et scrupuleuse. Tôt ou tard se présenterait une piste, un fil à dérouler. Tout ce qu'il fallait, c'était attendre. Travailler méthodiquement et attendre.

– Le mobile, s'obstina à dire Wallander. Si ce n'est pas l'argent. Ou bien des on-dit faisant état d'argent caché quelque part. Qu'est-ce que ça peut bien être, alors ? Et puis ce nœud coulant ? Tu t'es certainement fait la même réflexion que moi. Ce double meurtre est une affaire de haine ou de vengeance. Peut-être même les deux.

– Imaginons deux ou trois voleurs suffisamment à bout de ressources. Supposons qu'ils aient été à peu près sûrs que les Lövgren avaient de l'argent caché quelque part. Supposons qu'ils aient été suffisamment à bout de ressources et indifférents à la vie humaine. À ce moment-là, il n'y a plus bien loin jusqu'à la torture.

– Qui peut être poussé à bout à ce point ?

– Tu sais aussi bien que moi qu'il y a tout un tas de drogues, de nos jours, qui mettent ceux qui en prennent dans un tel état de dépendance qu'ils sont prêts à n'importe quoi pour s'en procurer.

Wallander ne l'ignorait pas. Il avait vu de près la montée des actes de violence et, presque toujours, il y avait derrière cela la drogue et la dépendance. Même si le district de police d'Ystad n'était que rarement affecté par des manifestations visibles de cette violence croissante, il ne se faisait aucune illusion à ce sujet : elle ne cessait de se rapprocher sournoisement.

Maintenant, plus personne n'était à l'abri. La meilleure preuve, c'était ce petit village de Lenarp.

Il se redressa sur ce fauteuil si peu confortable.

– Qu'est-ce qu'on fait ? demanda-t-il.

– C'est toi qui commandes, répondit Rydberg.

– Ça ne m'empêche pas de désirer connaître ton point de vue.

Rydberg se leva et alla jusqu'à la fenêtre. Avec le bout du doigt, il tâta la terre d'un pot de fleurs. Elle était toute sèche.

– Si tu veux savoir ce que j'en pense, je vais te le dire. Mais il faut que tu saches que je ne suis absolument pas certain d'avoir raison. J'ai en effet l'impression que, quelle que soit la ligne de conduite que nous adoptions, ça va faire du bruit. Mais, malgré tout, on ferait peut-être bien de garder ça pour nous pendant quelques jours. On peut toujours suivre certaines pistes, pendant ce temps-là.

– Lesquelles ?

– Les Lövgren avaient-ils des étrangers parmi leurs connaissances ?

– J'ai posé la question ce matin. Il est possible qu'ils aient connu des Danois.

– Tu vois bien.

– Je ne crois quand même pas que des campeurs danois aient pu commettre ce meurtre.

– Pourquoi pas ? De toute façon, il faut examiner ça. Et puis, il y a d'autres voisins à interroger. Si j'ai bien compris ce que tu as dit hier soir, les Lövgren ne manquaient pas de famille.

Wallander comprit que Rydberg avait raison. Les nécessités de l'enquête motivaient parfaitement que la police ne fasse pas savoir qu'elle recherchait une ou plusieurs personnes d'origine étrangère.

– Qu'est-ce qu'on sait au juste sur les étrangers qui commettent des crimes en Suède ? dit-il. Existe-t-il des fichiers là-dessus à la direction centrale ?

– Il y a des fichiers sur tout, répondit Rydberg. Tu n'as qu'à mettre quelqu'un au travail sur un ordinateur et le brancher sur les fichiers criminels centraux. On verra bien ce que ça donnera.

Wallander se leva. Rydberg le regarda, surpris.

– Tu ne me poses pas de question au sujet du nœud coulant ? demanda-t-il.

– C'est vrai, j'oubliais.

– Il paraît qu'il existe à Limhamn un vieux voilier qui sait tout sur les différentes sortes de nœuds. J'ai lu un article sur lui dans un journal, l'année dernière. Je me suis dit qu'un jour je prendrais le temps d'aller le voir. Je ne sais pas si ça peut nous être utile. Mais on ne risque rien.

– Je veux que tu sois présent à la réunion de ce matin. Ensuite, tu pourras aller à Limhamn.

À dix heures, tout le monde était réuni dans le bureau de Wallander.

Celui-ci fit brièvement le résumé de la situation. Il rapporta ce que la vieille femme avait dit avant de mourir. Il précisa également que cette information allait pour le moment rester confidentielle. Personne ne sembla avoir quoi que ce soit à objecter.

Martinsson se vit attribuer les recherches sur ordinateur, avec mission de recenser les criminels d'origine étrangère. Les policiers chargés de poursuivre le porte-à-porte à Lenarp s'en allèrent. Wallander confia à Svedberg le cas particulier de cette famille polonaise qui séjournait probablement de façon illégale dans le pays. Il voulait savoir pourquoi elle s'était installée à Lenarp. À onze heures moins le quart, Rydberg partit pour Limhamn afin de s'entretenir avec ce voilier.

Une fois seul, de nouveau, dans son bureau, Wallander resta un moment debout à regarder la carte fixée au mur. D'où étaient venus les meurtriers ? Quel itinéraire avaient-ils emprunté, une fois leur forfait accompli ?

Après cela, il s'assit à son bureau et demanda à Ebba de lui passer de nouveau les coups de téléphone qu'elle avait jusque-là bloqués au standard. À la suite de cela, il s'entretint pendant plus d'une heure avec différents journalistes. Mais la jeune fille de la radio locale ne se manifesta pas.

À midi et quart, Norén frappa à sa porte.

— Tu n'es pas à Lenarp ? demanda Wallander, surpris.

— Si. Mais j'ai pensé à autre chose.

Il s'assit sur le bord extrême d'un fauteuil, car il était mouillé. Il avait commencé à pleuvoir. La température était remontée à un degré au-dessus de zéro.

— Il se peut bien que ça n'ait aucune importance, dit Norén. C'est une idée qui m'est venue, comme ça.

— La plupart des choses n'ont aucune importance, dit Wallander.

— Tu te souviens de la jument ? demanda Norén.

— Bien sûr que je m'en souviens.

— Tu m'as dit de lui donner du foin.

— Et de l'eau !

– De l'eau et du foin. Mais je ne lui en ai pas donné.

Wallander fronça les sourcils.

– Pourquoi pas ?

– Ce n'était pas nécessaire. Elle avait déjà du foin. Et de l'eau.

Wallander resta un moment sans rien dire, à observer Norén.

– Continue, dit-il ensuite. Tu m'as dit qu'une idée t'était venue.

Norén haussa les épaules.

– Quand j'étais petit, on avait un cheval, dit-il. Quand il était à l'écurie et qu'on lui amenait du foin, il mangeait tout ce qu'on lui donnait. Ce que je veux dire, c'est que quelqu'un a dû lui donner du foin, à cette jument. Peut-être pas plus d'une heure avant notre arrivée.

Wallander tendit la main vers le téléphone.

– Si tu as l'intention de téléphoner à Nyström, c'est inutile, dit Norén.

Il laissa retomber sa main.

– Je lui ai posé la question avant de venir ici. Et il dit qu'il n'a pas donné de foin à la jument.

– Les morts ne donnent pas à manger à leurs chevaux. Qui l'a fait, alors ?

Norén se leva.

– C'est bizarre, dit-il. On commence par tuer quelqu'un. Puis on passe un nœud coulant autour du cou de quelqu'un d'autre. Et ensuite on s'en va dans l'écurie donner du foin à la jument. Qui est-ce qui peut bien se comporter de façon aussi bizarre ?

– En effet, dit Wallander. Qui ?

– Ça n'a peut-être aucune importance, dit Norén.

– Ou bien le contraire. Tu as bien fait de venir me parler de ça.

Norén salua et sortit.

Wallander resta assis à réfléchir à ce qu'il venait d'entendre.

Cette idée qui le tracassait s'était bel et bien révélée exacte. Cette jument avait en effet quelque chose de particulier.

Il fut interrompu dans ses pensées par la sonnerie du téléphone.

C'était de nouveau un journaliste qui voulait lui parler.

Wallander quitta le commissariat à midi quarante-cinq. Il avait l'intention de rendre visite à un vieil ami qu'il n'avait pas vu depuis bien des années.

5

Kurt Wallander quitta la E14 à l'endroit où un panneau indiquait la direction des ruines du château de Stjärnsund. Il descendit de voiture pour uriner. À travers le vent, il entendait le bruit des réacteurs des avions en train de décoller de l'aérodrome de Sturup. Avant de remonter dans son véhicule, il gratta la boue qui collait à la semelle de ses chaussures. Le temps avait changé très brusquement. Le thermomètre fixé sur sa voiture indiquait une température extérieure de plus de cinq degrés. Lorsqu'il reprit la route, il vit dans le ciel des lambeaux de nuages filant à vive allure.

Juste après les ruines du château, la route de terre battue bifurquait : il prit la branche de gauche. Il n'était encore jamais venu par là, mais il était certain que c'était la bonne direction. Cela faisait près de dix ans qu'on lui avait décrit cette route et pourtant il s'en souvenait dans les moindres détails. Son cerveau était peut-être programmé tout particulièrement pour se souvenir des paysages et des itinéraires.

Au bout d'environ un kilomètre, la route commença à devenir vraiment mauvaise. Il n'avançait plus que très lentement, maintenant, et se demandait comment de gros camions pouvaient bien réussir à passer par là.

Soudain, il parvint au sommet d'une côte très raide et vit en dessous de lui une grande ferme aux vastes dépendances. Il ne s'arrêta qu'une fois parvenu au centre de la cour. Lorsqu'il descendit de voiture, il entendit un vol de corbeaux croasser au-dessus de sa tête.

La ferme paraissait étrangement abandonnée. Une porte d'écurie battait au vent. Un bref instant, il se demanda s'il ne se serait pas trompé de chemin, malgré tout.

Le désert, se dit-il.

La Scanie hivernale avec ses bandes d'oiseaux noirs au cri sinistre.

La glaise qui colle à vos chaussures.

Tout à coup, une jeune fille blonde sortit de l'un des bâtiments. Il eut fugitivement l'impression qu'elle ressemblait à Linda. Elle avait les mêmes cheveux, la même maigreur, les mêmes mouvements saccadés lorsqu'elle se déplaçait. Il l'observa attentivement.

Elle empoigna une échelle donnant accès au grenier de l'écurie.

En le voyant, elle lâcha l'échelle et s'essuya les mains sur sa culotte de cheval grise.

– Bonjour, dit Wallander. J'espère que je ne me suis pas trompé. Je cherche quelqu'un du nom de Sten Widén.

– Tu es de la police ? demanda la jeune fille.

– Oui, répondit Wallander, tout étonné. Comment le sais-tu ?

– Ça s'entend à la voix, dit la jeune fille en se mettant de nouveau à tirer sur l'échelle, qui semblait s'être coincée.

– Est-ce qu'il est ici ?

– Tu ne veux pas m'aider ? demanda-t-elle.

Il vit alors que l'un des barreaux de l'échelle était pris dans le revêtement en bois du mur du bâtiment. Il la saisit et la tourna jusqu'à ce que le barreau se décroche.

– Merci, dit la jeune fille. Sten doit être dans son bureau, à cette heure-ci.

Elle lui montra de la main un bâtiment en brique, à une certaine distance de là.

– Tu travailles ici ? demanda Wallander.

– Oui, dit-elle en commençant à escalader lestement l'échelle. Attention à toi !

Avec une facilité étonnante, elle se mit à jeter de grosses bottes de foin par l'ouverture du grenier. Wallander se dirigea vers l'endroit qu'elle lui avait indiqué. Au moment précis où il allait cogner à la grosse porte, un homme tourna le coin du bâtiment, monté sur un cheval.

Cela faisait des années qu'il n'avait pas vu Sten Widén. Pourtant, celui-ci ne semblait pas avoir changé le moins du monde. Il avait toujours les cheveux en bataille, le visage émacié et cette tache rouge d'eczéma près de la lèvre inférieure.

– Ça, c'est une surprise, dit l'homme en éclatant de rire. J'attendais le maréchal-ferrant et c'est toi qui arrives. On peut vraiment dire que ça ne date pas d'hier.

– Ça fait onze ans, dit Wallander. Depuis l'été 1979.

– L'été qui a vu la ruine de tous nos rêves, dit Widén. Tu veux du café ?

Ils pénétrèrent dans le bâtiment en brique. Une forte odeur d'huile émanait des murs. Dans la pénombre, Wallander aperçut une vieille moissonneuse-batteuse toute rouillée. Widén ouvrit une seconde porte, dérangeant au passage un chat qui s'écarta d'un bond, et ils entrèrent dans une pièce qui semblait servir à la fois de bureau et de lieu d'habitation. Le long de l'un des murs se trouvait un lit défait. Il y avait également un poste de télévision et un magnétoscope ainsi que, posé sur une table, un four à micro-ondes. Des vêtements avaient été jetés à la hâte, en tas, sur un vieux fauteuil. Sten Widén alla prendre la bouteille thermos posée près d'un fax, dans le renfoncement de l'une des fenêtres, et leur versa du café.

Wallander pensa aux ambitions que Widén avait jadis nourries de devenir chanteur d'opéra. Il se souvint qu'à la fin des années 1970 ils avaient tous deux imaginé un avenir que ni l'un ni l'autre ne devaient parvenir à réaliser. Wallander voulait devenir son agent et la voix de ténor de Sten Widén devait retentir sur la scène des opéras du monde entier.

À cette époque-là, il était dans la police. Onze ans après, il y était encore.

Lorsque Sten Widén avait compris qu'il n'avait aucune chance, avec la voix qu'il possédait, il avait repris le haras de son père, qui avait connu des jours meilleurs mais se chargeait toujours de l'entraînement des chevaux de course. Leur ancienne amitié n'avait pas résisté à une déception pourtant partagée. Alors qu'ils se voyaient jadis quotidiennement, leur dernière rencontre datait maintenant de onze ans. Et pourtant, ils n'habitaient qu'à cinquante kilomètres l'un de l'autre.

— Tu as grossi, dit Widén en débarrassant une chaise de la pile de journaux qui était posée dessus.

— Mais pas toi, répondit Wallander en s'apercevant soudain de sa contrariété.

— Mon métier ne s'y prête pas beaucoup, dit Widén en partant de nouveau de ce rire nerveux qui était le sien. Il n'est bon ni pour le tour de taille, ni pour le portefeuille. Sauf pour les gens célèbres, comme les Khan ou les Strasser. Eux, ils s'engraissent – à tous les sens du terme.

— Comment ça va ? demanda Wallander en s'asseyant sur la chaise.

— Ni bien ni mal. On ne peut pas dire que j'aie réussi, mais pas que j'aie échoué non plus. J'ai toujours un cheval, dans le tas, qui fait un peu parler de lui. On m'en confie de temps en temps des jeunes à dresser et, l'un dans l'autre, je m'en tire. Mais, à dire la vérité…

Widén s'interrompit brusquement au beau milieu de sa phrase.

Puis il tendit le bras et ouvrit un tiroir d'où il sortit une bouteille de whisky à moitié vide.

— Tu en veux ? demanda-t-il.

Wallander secoua la tête en signe de refus.

– Dans mon métier, ça fait mauvais effet de se faire pincer pour ivresse au volant. Pourtant, ça arrive, de temps en temps.

– À la tienne quand même, dit Sten Widén en buvant à la bouteille.

Il sortit une cigarette d'un paquet tout froissé et fouilla sur sa table, parmi les papiers et les programmes de réunions hippiques, avant de trouver son briquet.

– Comment va Mona ? demanda-t-il. Et Linda ? Et ton père ? Et puis ta sœur ? Comment s'appelle-t-elle, déjà ? Kerstin ?

– Kristina.

– Ah oui, c'est vrai. Kristina. Je n'ai jamais eu une très bonne mémoire, comme tu le sais.

– Sauf en ce qui concerne la musique.

– Tu crois ?

Il but une nouvelle gorgée directement au goulot et Wallander s'aperçut alors que quelque chose le tourmentait. Peut-être n'aurait-il pas dû venir le trouver chez lui ? Peut-être son ami ne souhaitait-il pas trop évoquer certains souvenirs ?

– Mona et moi sommes séparés, dit-il. Et Linda vit de son côté. Mon père, lui, est toujours le même. Il peint son éternel tableau. Mais je commence à croire qu'il est un peu atteint de sénilité. Je ne sais vraiment plus quoi faire de lui.

– Est-ce que tu savais que je suis marié ? demanda Sten Widén.

Wallander eut à ce moment le sentiment qu'il n'avait pas du tout écouté ce qu'il lui disait.

– Non, dit-il.

– Comme tu le sais, j'ai repris ce fichu haras. Quand mon père a fini par comprendre qu'il était trop vieux pour continuer à s'occuper de chevaux, il s'est mis à boire pour de bon. Auparavant, il était malgré tout capable de se rendre compte de ce qu'il ingurgitait. Pour ma part, je me suis alors aperçu que je ne les supportais plus, lui et ses copains de beuveries. Et j'ai épousé une des filles qui travaillaient ici. Je crois que c'était surtout parce qu'elle avait le chic avec lui. Elle le traitait comme un vieux canasson. Elle le laissait faire ce qu'il voulait tout en lui imposant certaines limites. Quand il était un peu trop dégoûtant, elle prenait le jet d'eau pour le nettoyer. Mais quand il est mort, on aurait dit qu'elle se mettait à puer comme lui. Alors, j'ai divorcé.

Il but une nouvelle gorgée et Wallander nota que l'influence de la boisson commençait à se faire sentir.

— Tous les jours, je me dis que je vais vendre cet endroit. Ce qui m'appartient, c'est le terrain et les bâtiments. Je crois que je pourrai en tirer un million. Une fois mes dettes payées, il m'en restera peut-être quatre cent mille. Alors je m'achèterai un camping-car et je ficherai le camp.

— Où ça ?

— C'est ça le problème. Je n'en ai aucune idée. Il n'y a aucun endroit qui m'attire.

Ces paroles mirent Wallander mal à l'aise. Même si Widén était apparemment toujours le même que dix ans auparavant, il semblait avoir beaucoup changé en profondeur. La voix qui lui parlait était celle d'un fantôme, elle était brisée et désespérée. Onze ans auparavant, il était toujours de bonne humeur et le premier à vouloir faire la fête. Maintenant, il semblait avoir perdu toute son ancienne joie de vivre.

La jeune fille qui avait demandé à Wallander s'il était dans la police passa à cheval devant la fenêtre.

— Qui est-ce ? Elle a tout de suite vu que j'étais dans la police.

— Elle s'appelle Louise, répondit Widén. Elle t'a certainement identifié à l'odeur. Depuis l'âge de douze ans, elle a fait pas mal de séjours dans divers établissements de redressement. Elle est ici sous tutelle. Elle a vraiment le chic avec les chevaux. Mais elle ne peut pas encaisser les flics. Elle dit qu'il y en a un qui l'a violée, une fois.

Il but une nouvelle gorgée et fit un geste en direction du lit défait.

— Elle couche avec moi, de temps en temps, dit-il. C'est du

moins l'impression que ça me fait : que c'est elle qui couche avec moi et non pas l'inverse. C'est peut-être répréhensible ?

— Pourquoi ça ? Elle n'est quand même plus mineure ?

— Elle a dix-neuf ans. Mais les tuteurs n'ont peut-être pas le droit de coucher avec les personnes dont ils ont la garde ?

Wallander crut comprendre, au ton de sa voix, qu'il commençait à devenir hargneux.

Soudain, il regretta d'être venu.

Même s'il pouvait justifier cette visite par les besoins de son enquête, il se demandait maintenant si ce n'était pas plutôt un prétexte. Ne serait-il pas venu voir Sten Widén pour parler de Mona ? Pour chercher un peu de réconfort ?

Il ne savait plus où il en était.

— Je suis venu pour te parler de chevaux, dit-il. Je suppose que tu as entendu parler par les journaux du double meurtre de Lenarp, l'autre nuit ?

— Je ne lis pas les journaux, répondit Widén. Je ne lis que les programmes des réunions hippiques et la liste des partants. C'est tout. Ce qui se passe par ailleurs dans le monde, je m'en fiche pas mal.

— Eh bien, reprit Wallander, deux vieilles personnes qui habitaient pas très loin d'ici ont été assassinées. Et elles avaient un cheval.

— Il a été assassiné, lui aussi ?

— Non. Mais j'ai des raisons de penser que les meurtriers lui ont donné du foin avant de quitter les lieux. Et c'est la question que je voulais te poser : combien de temps met un cheval à manger une brassée de foin ?

Cette fois, Sten Widén vida la bouteille avant d'allumer une nouvelle cigarette.

— C'est une plaisanterie ? demanda-t-il. Tu ne vas pas me dire que tu es venu ici pour me demander combien de temps met un cheval pour manger son picotin ?

Wallander sentit qu'il commençait à perdre patience et prit rapidement sa décision :

— En fait, j'avais l'intention de te demander si tu ne pourrais pas venir voir ce cheval avec moi.

— Je n'ai pas le temps. Je te l'ai dit : j'attends le maréchal-ferrant. Il faut que je fasse administrer des vitamines à seize de mes pensionnaires.

— Et demain ?

Widén le regarda avec des yeux que l'alcool rendait brillants.

— C'est rémunéré ? demanda-t-il.

— Oui, répondit Wallander.

Widén inscrivit son numéro de téléphone sur un morceau de papier défraîchi.

— Peut-être, dit-il. Appelle-moi demain matin.

Lorsqu'ils sortirent dans la cour, Wallander nota que le vent avait forci.

La jeune fille passa de nouveau sur son cheval.

— Belle bête, dit-il.

— Elle s'appelle Masquerade Queen, dit Sten Widén. Je peux te jurer qu'elle ne gagnera pas une seule course dans toute son existence. C'est une femme qui est pleine aux as qui en est propriétaire, la veuve d'un entrepreneur de Trelleborg. J'ai même eu l'honnêteté de lui suggérer de la vendre à une école d'équitation. Mais la bonne femme est persuadée qu'elle gagnera un jour. Et elle me paie pour l'entraîner. Mais ça ne sert strictement à rien.

Ils se séparèrent près de la voiture.

— Tu sais comment mon père est mort ? demanda soudain Sten Widén.

— Non.

— Une nuit d'automne, il est parti dans les ruines du château, à moitié ivre. Il avait l'habitude d'aller picoler là-bas. Mais ce jour-là, il est tombé dans la douve sans le faire exprès et s'est noyé. Il y a tellement d'algues qu'on n'y voit rien, sous l'eau.

Tout ce qui est remonté à la surface, c'est sa casquette. Tu sais ce qui était marqué sur la visière ? « Jouissez de la vie. » C'est de la réclame pour une agence de voyages qui organise des croisières du sexe à Bangkok.

— Je suis content de t'avoir revu, dit Wallander. Je t'appelle demain matin.

— Comme tu veux, dit Sten Widén en s'éloignant en direction de l'écurie.

Wallander prit le volant. Dans le rétroviseur, il vit Widén en train de s'entretenir avec la jeune fille montée sur le cheval.

Pourquoi est-ce que je suis venu ici ? se demanda-t-il de nouveau.

Jadis, il y a bien longtemps de ça, on était amis. On partageait un rêve irréalisable. Et quand ce rêve s'est dissipé, il n'est plus rien resté. C'est peut-être vrai qu'on aimait l'opéra, tous les deux. Mais peut-être n'était-ce aussi que le fait de notre imagination ?

Il conduisait vite, comme si la pression de son pied sur l'accélérateur était fonction de la vivacité de ses sentiments.

Au moment où il s'arrêtait au stop, au croisement de la route principale, le téléphone de bord se mit à sonner. La liaison était tellement mauvaise qu'il eut bien du mal à comprendre que c'était Hansson qui était au bout du fil.

— Il faudrait que tu rentres tout de suite ! s'égosilla celui-ci. Tu entends ce que je dis ?

— Qu'est-ce qui se passe ? demanda Wallander en criant lui aussi.

— J'ai ici un paysan de Hagestad qui me dit qu'il sait qui a assassiné les deux vieux ! hurla Hansson.

Il sentit les battements de son cœur s'accélérer.

— Qui ça ? s'écria-t-il. Qui ?

La communication fut brutalement interrompue et il n'entendit plus dans l'écouteur que divers sifflements et bruits bizarres.

Merde ! se dit-il tout haut.

Il rentra à Ystad sans trop attacher d'importance aux limitations de vitesse. Si Norén et Peters avaient été de service, aujourd'hui, j'aurais été bon pour un PV, se dit-il.

Au milieu de la descente menant vers le centre de la ville, le moteur se mit soudain à tousser.

Panne d'essence.

Le voyant lumineux qui aurait dû le mettre en garde était apparemment en panne, lui aussi.

Il réussit malgré tout à gagner la station-service en face de l'hôpital juste avant que le moteur ne s'arrête définitivement. Au moment d'insérer des billets dans le distributeur automatique, il s'aperçut qu'il n'avait pas d'argent sur lui. Il alla donc jusque chez le serrurier installé dans le même bâtiment et lui emprunta vingt couronnes : l'homme le reconnut aussitôt pour avoir eu affaire à lui lors d'une enquête à propos d'un cambriolage, deux ou trois ans auparavant.

Il se rangea sur la place de parking qui lui était réservée et pénétra précipitamment dans le commissariat. Ebba tenta de lui dire quelque chose au passage, mais il lui fit signe de la main qu'il n'avait pas le temps.

La porte du bureau de Hansson était entrouverte et il entra sans frapper.

Mais c'était vide.

Dans le couloir, il se trouva face à face avec Martinsson, qui arrivait avec un bloc de listings informatiques à la main.

— Ah, c'est toi que je cherchais, dit Martinsson. J'ai réussi à dénicher des informations qui pourraient t'intéresser. On dirait bien qu'il pourrait s'agir de Finlandais, bon sang.

— Quand on ne sait pas de qui il s'agit, on dit toujours que c'est eux qui ont fait le coup, remarqua Wallander. Je n'ai pas le temps pour l'instant. Sais-tu où est Hansson ?

— Tout le monde sait qu'il ne sort jamais de son bureau.

— Alors, il va falloir lancer un avis de recherche, parce qu'il n'y est pas en ce moment.

Il alla jeter un coup d'œil à la cafétéria, mais il n'y avait qu'une secrétaire en train de se faire cuire une omelette.

Où pouvait-il bien être passé, ce fichu Hansson ? se demandat-il en ouvrant brutalement la porte de son propre bureau.

Personne par là non plus. Le mieux était d'interroger Ebba, au standard.

– Où est Hansson ? demanda-t-il.

– Si tu n'avais pas été aussi pressé, je te l'aurais dit quand tu es arrivé, répondit Ebba. Il m'a demandé de te dire qu'il descendait à la Föreningsbanken.

– Qu'est-ce qu'il peut bien avoir à faire à cette banque ? Est-ce qu'il était accompagné ?

– Oui. Mais je ne sais pas par qui.

Wallander reposa brutalement le combiné.

Qu'est-ce que Hansson pouvait bien être en train de faire ?

Il décrocha de nouveau le téléphone.

– Trouve-moi Hansson, dit-il à Ebba.

– À la Föreningsbanken ?

– Eh bien oui, puisque tu me dis que c'est là qu'il est.

Il lui arrivait très rarement de demander à Ebba de l'aider à trouver la personne qu'il cherchait à joindre. Il n'avait encore pas réussi à s'habituer à l'idée d'avoir une secrétaire. S'il avait quelque chose à faire, c'était à lui de s'en charger et à personne d'autre. Il lui était déjà arrivé de penser que c'était une mauvaise habitude qu'il avait contractée dès ses jeunes années. Seuls les riches et les gens haut placés envoient les autres faire le boulot ingrat. Être incapable de trouver un numéro dans l'annuaire ou de le composer soi-même lui semblait être le signe d'une paresse inadmissible…

Il fut interrompu dans ses pensées par la sonnerie du téléphone. C'était Hansson qui appelait justement de la Föreningsbanken.

– Je pensais que je serais revenu avant toi, dit Hansson. Tu te demandes peut-être ce que je fais ici.

– Parbleu !

– On est venus jeter un coup d'œil sur les comptes en banque des Lövgren.

– Qui ça : on ?

– Il s'appelle Herdin. Mais il vaut mieux que tu lui parles toi-même. On sera là dans une demi-heure au plus.

En fait, il s'écoula près d'une heure et quart avant que Wallander puisse parler au dénommé Herdin. C'était un homme sec et maigre mesurant près de deux mètres. Lorsque Wallander lui serra la main, il eut le sentiment d'être en train de dire bonjour à un géant.

– Ça a été un peu long, dit Hansson. Mais loin d'être inutile. Herdin va te dire ce qu'il sait. Et puis ce qu'on a découvert à la banque.

Herdin était là, sur sa chaise, aussi muet qu'il était grand.

Wallander eut l'impression qu'il s'était mis sur son trente et un pour venir trouver la police. Même s'il ne s'agissait guère, en l'occurrence, que d'un costume élimé et d'une chemise au col râpé.

– Eh bien, commençons par le commencement, dit-il en prenant un bloc-notes.

Herdin regarda Hansson, l'air étonné.

– Il faut que je répète tout ce que j'ai déjà dit ?

– Je crois que ce sera mieux ainsi, répondit Hansson.

– Ça va être assez long, dit Herdin d'une voix hésitante.

– Si tu veux bien me dire comment tu t'appelles, ce sera déjà une bonne entrée en matière, dit Wallander.

– Lars Herdin. J'ai une ferme de quarante arpents à Hagestad. Je tente de survivre en élevant des animaux de boucherie. Mais j'ai bien du mal à y arriver.

– J'ai tout son état civil, coupa Hansson.

Wallander se dit que son collègue était sans doute pressé d'aller retrouver son activité favorite.

– Si je comprends bien, tu es venu ici parce que tu considères que tu disposes d'informations sur le meurtre des époux Lövgren, dit-il, regrettant de ne pas s'exprimer plus simplement.

– Bien sûr que c'était pour l'argent, dit Lars Herdin.

– Quel argent ?

– Tout l'argent qu'ils avaient !

– Est-ce que tu pourrais t'exprimer un peu plus clairement ?

– L'argent allemand.

Wallander regarda Hansson, qui répondit par un discret haussement d'épaules qu'il interpréta comme une incitation à la patience.

– Je crois qu'il va falloir qu'on rentre un peu dans les détails, dit-il. Est-ce que tu ne pourrais pas être un peu plus explicite ?

– Lövgren et son père ont gagné de l'argent pendant la guerre, dit Herdin. Ils élevaient des bestiaux en cachette dans la forêt, là-bas, dans le Småland. Et puis ils achetaient des chevaux qui étaient sur le point de crever et qu'ils revendaient ensuite en douce en Allemagne. Et ils ont gagné une petite fortune, comme ça, je peux vous le dire. Mais personne ne les a jamais pincés. Il était malin, Lövgren, et près de ses sous. Il les a placés là où il fallait et, depuis le temps, ils ont fait pas mal de petits.

– Tu veux parler du père de celui qui vient d'être assassiné ?

– Non, lui il est mort juste après la guerre. C'est de Lövgren qu'il s'agit.

– Alors, selon toi, les Lövgren étaient riches ?

– Pas tous les deux. Lui seulement. Elle, elle ne savait pas qu'ils avaient de l'argent.

– Tu veux dire qu'il avait caché à sa femme la fortune dont il disposait ?

Herdin opina d'un signe de tête.

– Il y a pas beaucoup de gens qui ont été autant menés en bateau que ma sœur, ajouta-t-il.

Wallander haussa les sourcils, tout étonné.

– Maria Lövgren était ma sœur, reprit Herdin. Elle a été tuée parce que son mari avait dissimulé une fortune.

Wallander ne put manquer de noter l'amertume mal dissimulée avec laquelle il prononçait ces paroles. C'était donc peut-être bien une affaire de haine, pensa-t-il.

– Et cet argent, il le conservait chez lui ?

– Seulement de temps en temps.

– De temps en temps ?

– Quand il procédait à un retrait important.

– Est-ce que tu pourrais me donner un peu plus de précisions ?

Soudain, l'homme au costume élimé donna l'impression de se laisser aller à des sentiments longtemps refrénés.

– Johannes Lövgren était un salaud, dit-il. Je suis bien content qu'il soit mort. Mais ce que je ne pourrai jamais pardonner, c'est que Maria ait été tuée, elle aussi…

L'explosion de colère de Lars Herdin survint de façon tellement inattendue que ni Hansson ni Wallander n'eurent le temps de réagir : saisissant un gros cendrier en verre posé sur la table, il le jeta de toutes ses forces contre le mur, juste à côté de la tête de Wallander. Les éclats de verre fusèrent à la ronde et l'un d'entre eux l'atteignit à la lèvre supérieure.

Le silence qui suivit cette explosion fut assourdissant.

Hansson s'était levé de son siège et semblait prêt à se jeter sur Lars Herdin, malgré la différence de taille. Mais Wallander leva la main pour le tempérer et il se rassit aussitôt.

– Je vous prie de m'excuser, dit Herdin. Si vous avez une pelle et une brosse, je vais nettoyer ça. Et, naturellement, je paierai les dégâts.

– Les femmes de ménage s'en chargeront, dit Wallander. Je préfère que nous poursuivions notre conversation.

Herdin paraissait de nouveau tout à fait calme.

– Johannes Lövgren était un salaud, répéta-t-il. Il faisait semblant d'être comme tout le monde. Mais il ne pensait à rien d'autre qu'à tout cet argent que son père et lui avaient gagné malhonnêtement pendant la guerre. Il n'arrêtait pas de se plaindre que tout coûtait tellement cher et que les paysans n'avaient pas d'argent. Mais le sien, il se multipliait, bien à l'abri.

– À la banque ?

Lars Herdin haussa les épaules.

– À la banque, en actions, en obligations, est-ce que je sais, moi.

– Mais pourquoi en conservait-il parfois chez lui ?

– Johannes Lövgren avait une maîtresse. Pendant les années 50, il a eu un enfant avec une femme de Kristianstad. Maria n'en a rien su. Ni en ce qui concerne l'enfant ni en ce qui concerne la femme. Je crois bien qu'il dépensait plus d'argent chaque année pour cette femme qu'il n'en a donné à Maria pendant toute sa vie.

– De combien s'agissait-il ?

– Vingt-cinq, trente mille. Deux ou trois fois par an. Il le sortait en liquide. Et puis après il trouvait un bon prétexte pour aller à Kristianstad.

Wallander réfléchit un moment à ce qu'il venait d'entendre.

Il s'efforça d'établir une priorité parmi les questions qu'il désirait poser. Il faudrait des heures pour tirer au clair tous les détails.

– Qu'est-ce qu'ils ont dit, à la banque ? demanda-t-il à Hansson.

– À moins d'avoir un mandat en bonne et due forme, la banque ne vous dit jamais rien. Je n'ai même pas pu jeter un coup d'œil sur la situation de ses comptes. Mais j'ai quand même pu obtenir une réponse à une question. Quand j'ai demandé s'il était venu ces derniers temps.

– Et cette réponse était positive ?

Hansson hocha la tête de haut en bas.

– Jeudi dernier. Trois jours avant qu'on l'assassine dans les conditions qu'on connaît.

– C'est certain ?

– L'une des caissières le connaissait bien de vue.

– Et il a retiré une grosse somme d'argent ?

– Ça, ils n'ont pas vraiment voulu me le dire. Mais la caissière m'a fait un signe affirmatif de la tête une fois que le directeur de la banque a eu le dos tourné.

– Il faudra qu'on en parle au procureur quand on aura mis ce témoignage noir sur blanc. Comme ça on pourra examiner sa situation financière et nous faire une idée d'ensemble.

– Cet argent, il a été gagné de façon criminelle, dit Lars Herdin.

Wallander se demanda un instant s'il n'allait pas de nouveau se mettre à expédier des projectiles à la ronde.

– Il subsiste bien des questions, dit-il. Mais, pour le moment, il y en a une qui est beaucoup plus importante que toutes les autres. Comment se fait-il que tu sois au courant de toutes ces choses-là ? Tu dis toi-même que Johannes Lövgren les cachait à sa femme. Mais toi, tu en es informé ?

Herdin ne répondit pas à cette question. Il resta assis, fixant le sol des yeux sans rien dire.

Wallander regarda Hansson, qui secoua la tête.

– Je crois que tu vas être obligé de répondre à cette question, reprit Wallander.

– Pas du tout, répondit Lars Herdin. Ce n'est pas moi qui les ai tués. Vous croyez que je serais capable de tuer ma propre sœur ?

Wallander tenta de revenir sur ce point d'une autre façon :

– Combien de personnes sont au courant de ce que tu viens de me dire ? demanda-t-il.

Toujours le même mutisme.

– Ce que tu nous diras ne sortira pas de cette pièce, reprit Wallander.

Herdin gardait les yeux fixés sur le plancher.

Wallander comprit instinctivement qu'il valait mieux attendre.

– Tu veux bien aller nous chercher un peu de café ? demanda-t-il à Hansson. Profites-en pour voir s'il n'y aurait pas quelque chose à grignoter, par la même occasion.

Son collègue s'éclipsa. Herdin continua à fixer le sol et Wallander à attendre.

Hansson revint avec du café et un petit gâteau sec que mangea Lars Herdin.

Wallander se dit que le moment était venu de poser de nouveau sa question.

— Tôt ou tard, tu seras obligé de répondre, dit-il.

Herdin leva alors la tête et le regarda droit dans les yeux.

— Dès leur mariage, j'ai compris que Johannes Lövgren n'était pas celui qu'il faisait semblant d'être, bien gentil et pas bavard. Je l'ai tout de suite trouvé fourbe. Maria était ma petite sœur. Je voulais qu'elle soit heureuse. Mais j'ai eu des soupçons envers Johannes Lövgren depuis le jour où il a mis les pieds chez nous pour la première fois afin de demander la main de Maria. Il m'a fallu trente ans pour savoir vraiment qui il était. Quant à la façon dont je m'y suis pris, ça ne vous regarde pas.

— Est-ce que tu as dit à ta sœur tout ce que tu avais appris ?

— Je ne lui en ai pas touché un seul mot.

— Et à quelqu'un d'autre ? À ta propre femme ?

— Je ne suis pas marié.

Wallander regarda l'homme qui était assis en face de lui. Il y avait en lui quelque chose de dur et d'inflexible. Comme chez quelqu'un ayant appris à se contenter de très peu dans la vie.

— Une dernière question, pour l'instant, dit-il. On sait maintenant que Johannes Lövgren avait pas mal d'argent. Il est également possible qu'il ait eu une grosse somme chez lui le jour où il a été assassiné. On finira bien par le savoir. Mais qui pouvait bien être au courant ? Qui d'autre que toi ?

Herdin le regarda. Wallander vit tout à coup la peur briller dans ses yeux.

— Je n'en savais rien, répondit Lars Herdin.

Wallander hocha la tête.

– Restons-en là pour l'instant, dit-il en repoussant le bloc sur lequel il n'avait pas cessé de prendre des notes. Mais on aura certainement encore besoin de ton aide, à l'avenir.

– Est-ce que je peux m'en aller ? demanda Herdin en se levant.

– Oui, répondit Wallander. Mais je te prie de ne pas quitter ton domicile sans nous en informer au préalable. Et si tu repenses à d'autres détails, ne manque pas de nous le faire savoir.

Lars Herdin s'arrêta sur le seuil, comme s'il s'apprêtait à ajouter quelque chose.

Puis il ouvrit la porte et sortit.

– Dis à Martinsson de fouiller un peu dans le passé de ce type, dit Wallander à Hansson. Ça ne donnera certainement rien. Mais il vaut mieux être sûr.

– Qu'est-ce que tu penses de ce qu'il nous a dit ?

Wallander réfléchit longuement avant de répondre.

– Je l'ai trouvé assez convaincant. Je ne crois pas qu'il mente, qu'il se fasse des idées ou bien qu'il ait inventé tout ça. Je pense qu'il a découvert que Johannes Lövgren menait une double vie. Et je crois qu'il cherchait vraiment à protéger sa sœur.

– Tu penses qu'il est possible qu'il soit impliqué ?

La réponse de Wallander fut dépourvue de toute espèce de doute :

– Ce n'est pas Lars Herdin qui les a tués. Je ne crois pas non plus qu'il sache qui a commis ces meurtres. Je pense qu'il est venu nous voir pour deux raisons. Il désire nous aider à retrouver une ou plusieurs personnes qu'il a de bonnes raisons de remercier tout en ayant envie de leur cracher au visage. Ceux qui ont tué Johannes et qui, selon lui, ont fait une bonne action. Et ceux qui ont tué Maria et qui, toujours selon lui, devraient être décapités en public.

Hansson se leva.

– Je vais faire ta commission à Martinsson. Est-ce qu'il y a quelque chose d'autre, pour l'instant ?

Wallander regarda sa montre-bracelet.

– On se réunit dans mon bureau dans une heure. Essaie de voir si tu peux mettre la main sur Rydberg. Il devait aller à Malmö pour parler à quelqu'un qui répare des voiles.

Hansson le regarda, l'air de ne rien comprendre.

– Le lacet, dit Wallander. Le nœud. Tu saisiras plus tard.

Hansson sortit et il resta seul.

Un premier indice, se dit-il. Toutes les enquêtes criminelles qui aboutissent passent par une phase où on a l'impression de traverser un mur. On ne sait pas vraiment ce qu'on va découvrir. Mais la solution doit se trouver quelque part derrière.

Il alla jusqu'à la fenêtre et regarda le crépuscule qui tombait, au-dehors. Un vent glacial filtrait sous les fenêtres mal jointes et il put constater, en voyant un réverbère se balancer, qu'il avait encore forci.

Il pensa à Nyström et à sa femme.

Ils avaient passé toute une vie auprès d'un individu qui n'était absolument pas celui qu'il faisait semblant d'être.

Comment réagiraient-ils en apprenant la vérité ?

Refuseraient-ils de la croire ? Se montreraient-ils amers ? Étonnés ?

Il regagna son bureau et s'y assit. Le sentiment de soulagement qu'entraînait le fait de trouver un premier indice, dans le cadre d'une enquête criminelle, était en général bien fugace. Mais au moins il disposait maintenant d'un mobile plausible, le plus banal entre tous : l'argent. Cependant, aucune main secourable ne pointait encore l'index dans une direction quelconque.

Il n'avait toujours pas de coupables.

Wallander jeta de nouveau un coup d'œil à sa montre. En se dépêchant, il aurait le temps de faire un saut en voiture jusqu'au kiosque, près de la gare, où on vendait des saucisses grillées, et de manger une miette avant le début de la réunion. Ce ne serait pas encore ce jour-là qu'il remédierait à ses mauvaises habitudes alimentaires.

Il se préparait à enfiler sa veste lorsque la sonnerie du téléphone retentit. Au même moment, on frappa à la porte. Sa veste glissa par terre tandis qu'il saisissait le combiné tout en criant :

— Entrez !

Rydberg poussa la porte, tenant à la main un volumineux sac en plastique.

Au téléphone, c'était la voix d'Ebba.

— La télé veut absolument te voir, dit-elle.

Il décida de parler tout d'abord avec Rydberg avant d'affronter de nouveau les médias.

— Dis que je suis en réunion et que je ne serai libre que dans une demi-heure.

— Juré ?

— Quoi ?

— Que tu leur parleras dans une demi-heure. La télévision suédoise n'aime pas beaucoup attendre. Ils ont plutôt l'habitude que les gens se mettent à genoux devant eux, quand ils arrivent quelque part.

— Moi, je ne me mettrai pas à genoux devant eux. Mais je peux leur parler dans une demi-heure.

Il raccrocha.

Rydberg s'était installé dans le fauteuil près de la fenêtre. Il était en train de s'essuyer les cheveux avec une serviette en papier.

— J'ai de bonnes nouvelles, dit Wallander.

Rydberg continuait à se sécher les cheveux.

— J'ai des raisons de penser qu'on tient le mobile. L'argent. Et je pense que les assassins sont à chercher dans l'entourage des Lövgren.

Rydberg jeta la serviette trempée dans la corbeille à papier.

— J'ai passé une sale journée, dit-il. Les bonnes nouvelles sont les bienvenues.

Wallander consacra cinq minutes à lui raconter la visite de Lars Herdin. Rydberg observa d'un œil sombre les éclats de verre du cendrier qui gisaient encore sur le sol.

— Étrange histoire, dit-il lorsque Wallander en eut terminé. Elle est suffisamment étrange pour être parfaitement vraie.

— Je vais essayer de résumer la situation, poursuivit Wallander. Quelqu'un savait que, de temps en temps, Johannes Lövgren avait une grosse somme d'argent chez lui. Ce qui permet de penser que le vol était le mobile originel de ce crime. Mais le simple vol s'est changé en meurtre. Si ce que Lars Herdin dit de Lövgren est vrai, à savoir que c'était quelqu'un qui était très près de ses sous, on peut supposer qu'il a refusé de révéler où il avait caché son argent. Et Maria, qui n'a pas dû comprendre grand-chose à ce qui lui arrivait en cette dernière nuit de sa vie, l'a accompagné dans son dernier voyage. Toute la question est donc de savoir qui d'autre que Lars Herdin était au courant de ces retraits d'argent irréguliers mais importants. Si on trouve la réponse à cette question, je crois qu'on ne tardera pas à avoir le fin mot de toute cette histoire.

Rydberg resta un moment plongé dans ses pensées.

— Est-ce que j'ai oublié quelque chose ? demanda Wallander.

— Je pense à ce qu'elle a dit avant de mourir, répondit Rydberg. Le mot « étranger ». Et puis je pense à ce que je ramène dans ce sac.

Il se leva et en vida le contenu sur le bureau.

Il consistait en un tas de morceaux de corde. Chacun d'entre eux était noué d'une façon bien particulière.

— J'ai passé des heures en compagnie d'un vieux voilier dans un appartement qui empestait bien au-delà de ce que tu peux imaginer, dit Rydberg en faisant une grimace. Il s'est avéré que cet homme avait près de quatre-vingt-dix ans et se trouvait à un stade de sénilité déjà assez avancé. C'est au point que je me demande si je ne devrais pas avertir les services sociaux. Il avait tellement perdu la tête, ce pauvre homme, qu'il m'a pris pour son propre fils. L'un de ses voisins m'a dit que ce fils est mort depuis trente ans. Mais, en ce qui concerne les nœuds, il a encore toute sa tête, le vieux. Quand j'ai enfin pu partir, ça faisait quatre heures que j'étais là. Et ces bouts de corde, c'est un cadeau.

— Est-ce que tu as obtenu le renseignement que tu étais venu chercher ?

— Le vieux a regardé le lacet et a dit qu'il trouvait le nœud très laid. Ensuite, j'ai bien mis trois heures à lui faire dire quelque chose d'autre sur le sujet. Il est vrai qu'il a dormi un peu, entre-temps.

Rydberg remit les morceaux de corde dans son sac en plastique en ajoutant :

— Tout d'un coup, il s'est mis à me parler de ses années en mer. Et alors il m'a dit qu'il avait vu ce genre de nœud coulant en Argentine. Les marins argentins s'en servaient pour faire tenir leurs chiens tranquilles.

Wallander hocha la tête.

— Tu avais donc raison, dit-il. Il est bel et bien étranger, ce nœud. Toute la question est maintenant de savoir quel rapprochement on peut opérer avec ce que nous a dit Lars Herdin.

Ils sortirent dans le couloir. Rydberg disparut dans son bureau, tandis que Wallander allait retrouver Martinsson pour examiner avec lui ses listings. Il s'avérait qu'il existait des statistiques étonnamment bien tenues sur les ressortissants étrangers ayant commis des crimes sur le territoire suédois ou seulement suspectés d'en avoir commis. Martinsson avait également eu le temps de consulter les fichiers ayant trait aux agressions sur des personnes âgées. Au cours de l'année venant de s'écouler, il y avait au moins quatre individus ou bandes qui avaient attaqué des vieillards vivant à l'écart, rien qu'en Scanie. Mais, toujours d'après Martinsson, tous étaient pour l'instant en train de purger une peine dans différents établissements pénitentiaires. Il attendait maintenant le dernier renseignement demandé : à savoir si l'un d'entre eux avait bénéficié d'une autorisation de sortie au moment des faits.

L'une des secrétaires ayant proposé de passer l'aspirateur

dans le bureau de Wallander, la réunion se tint en définitive dans celui de Rydberg. Le téléphone n'arrêta guère de sonner, mais elle ne s'en soucia pas.

La réunion traîna en longueur. Tout le monde fut d'accord pour considérer que ce qu'avait dit Lars Herdin constituait un élément de toute première importance. Ils disposaient maintenant d'une direction dans laquelle mener leurs investigations. On passa ensuite de nouveau en revue tout ce qui était ressorti des conversations avec les gens de Lenarp ainsi qu'avec ceux qui avaient appelé la police au téléphone ou bien avaient répondu au questionnaire envoyé par la poste. Il fut en particulier fait état d'une voiture ayant traversé à toute allure un village situé à quelques kilomètres seulement de Lenarp, tard dans la nuit du dimanche. Un chauffeur de camion partant pour Göteborg à trois heures du matin l'avait croisée dans un virage assez serré et avait bien failli entrer en collision avec elle. Après avoir entendu parler du double meurtre, le chauffeur avait repensé à cet incident et avait appelé la police. Sans oser être très affirmatif et après avoir passé en revue toute une série de photos de voitures, il avait cru reconnaître une Nissan.

— Il ne faut pas oublier les voitures de location, fit remarquer Wallander. Ces types-là ne prennent pas de risques. Il leur arrive tout aussi souvent de louer la voiture avec laquelle ils se livrent à leurs agressions que de la voler.

Il était dix-huit heures lorsque la réunion se termina. Wallander comprit que tous ses collaborateurs étaient maintenant passés à l'offensive. La visite de Lars Herdin avait nettement fait remonter le moral de ses troupes.

Il regagna son bureau et mit au propre les notes qu'il avait prises au cours de l'entretien avec Lars Herdin. Hansson lui avait remis les siennes et il put donc les comparer. Il vit tout de suite que les propos du frère de Maria Lövgren ne souffraient d'aucune ambiguïté. Les deux versions concordaient parfaitement.

Une heure après, il mit ses papiers de côté. Il se souvenait tout à coup que la télévision ne s'était pas manifestée de nouveau. Il appela le standard et demanda si Ebba n'aurait pas laissé un mot avant de rentrer chez elle. La personne qui lui répondit était une remplaçante.

– Je ne vois rien, dit-elle.

Poussé par une inspiration qu'il ne comprit pas vraiment lui-même, il alla allumer le poste qui se trouvait dans la cafétéria. C'était justement l'heure des informations régionales. Il s'appuya sur une table et regarda ce qu'elles avaient à dire sur le mauvais état des finances municipales de Malmö.

Il pensa à Sten Widén.

Et à Johannes Lövgren, qui avait vendu de la viande aux nazis allemands, pendant la guerre.

Puis il pensa à lui-même et à son tour de taille un peu trop imposant à son gré.

Il s'apprêtait à éteindre le poste lorsque la présentatrice aborda le sujet du double meurtre de Lenarp.

Il eut alors la stupéfaction d'entendre que la police concentrait ses recherches sur des ressortissants étrangers dont l'identité était encore inconnue. Mais elle était désormais convaincue que les meurtriers étaient d'origine étrangère. On ne pouvait pas exclure, non plus, qu'il s'agisse de demandeurs d'asile.

Pour terminer, il fut question de lui.

En dépit de tous les efforts, il avait été impossible d'obtenir une déclaration quelconque de la part des responsables de l'enquête quant à ces révélations de source anonyme mais certainement bien informée.

En arrière-plan, on pouvait voir une grande photo du commissariat d'Ystad.

Puis vint l'heure des prévisions météorologiques.

Celles-ci annonçaient l'arrivée d'une tempête en provenance de l'ouest. Le vent allait encore forcir. Mais il n'y avait aucun risque de neige. La température devait rester supérieure à zéro.

Wallander éteignit alors le poste.

Il avait du mal à savoir s'il était en colère ou simplement fatigué. À moins qu'il n'eût tout bonnement faim.

Quelqu'un, au commissariat, avait donc mangé le morceau.

Peut-être même moyennant espèces sonnantes et trébuchantes, car il avait entendu dire que cela arrivait.

La télévision d'État disposerait-elle de fonds secrets pour ce genre de tractations ?

Qui ? se demanda-t-il.

Ce pouvait être n'importe qui, à part lui.

Et pourquoi ?

Pouvait-il y avoir d'autres explications que l'argent ?

Le racisme ? La peur des réfugiés ?

Il regagna son bureau et, alors qu'il était encore dans le couloir, il entendit le téléphone sonner.

La journée avait été longue. Il n'avait pas de désir plus ardent que de pouvoir rentrer chez lui et se faire un peu à manger. Il poussa un soupir en s'asseyant dans son fauteuil et en tirant l'appareil vers lui.

Il n'y a plus qu'à s'y mettre, se dit-il. Se mettre à démentir les informations données par la télévision.

Et espérer que de nouvelles croix de bois ne vont pas brûler un peu partout au cours des jours à venir.

6

Au cours de la nuit, une tempête balaya la Scanie. Kurt Wallander resta dans son appartement en désordre à écouter le vent tenter d'arracher les tuiles du bâtiment. Il était en train de boire un whisky et d'écouter un enregistrement allemand d'*Aïda* lorsque, brusquement, le noir et le silence se firent autour de lui. Il alla jusqu'à la fenêtre pour regarder au-dehors. Le vent hurlait et, quelque part, une enseigne cognait contre un mur.

Les aiguilles phosphorescentes de sa montre-bracelet indiquaient trois heures moins dix. Curieusement, il ne se sentait pas du tout fatigué. La veille, il n'avait pas réussi à quitter le commissariat avant vingt-trois heures trente. La dernière personne à l'appeler au téléphone avait refusé de décliner son identité. Cet homme avait suggéré que la police fasse cause commune avec les mouvements nationa listes locaux et chasse une bonne fois pour toutes les étrangers du pays. Il avait essayé un instant d'écouter ce que cette voix anonyme avait à lui dire. Mais il avait fini par raccrocher brutalement, appeler le standard et demander qu'on cesse désormais de lui passer les appels. Il avait éteint la lumière dans son bureau, enfilé le couloir désert et était rentré directement chez lui. En ouvrant la porte de son appartement, il avait pris la décision de tenter de savoir qui était à l'origine de cette fuite. À vrai dire, ce n'était pas à lui de le faire. En cas de conflit interne, c'était au supérieur hiérarchique de la police d'intervenir. Dans quelques jours, Björk serait de retour de ses vacances d'hiver et ce serait à lui de faire en sorte que la vérité éclate.

Mais, après avoir bu son premier whisky, Wallander avait déjà compris que Björk ne ferait rien. Même si chaque membre de la police était tenu au secret professionnel, il était difficile de considérer comme particulièrement délictueux le fait, pour l'un d'entre eux, d'appeler quelqu'un de connaissance à la télévision suédoise et de lui dire de quoi il avait été question au cours d'une réunion de l'équipe chargée de l'enquête. Sans doute serait-il impossible de prouver quoi que ce soit, même dans le cas où cet informateur discret aurait été rémunéré. Wallander se demanda soudain si une ligne budgétaire spéciale était affectée à ce genre de dépenses, à la télévision.

Puis il s'était dit que Björk ne devait guère avoir envie de se mettre à sonder la loyauté de chacun au beau milieu d'une enquête criminelle qui s'avérait difficile.

En dégustant son second verre de whisky, il s'était demandé de nouveau qui pouvait être à l'origine de cette fuite. Mis à part lui-même, il ne lui semblait guère pouvoir exclure avec certitude que Rydberg. Mais pourquoi était-il tellement sûr de ce dernier ? Qu'est-ce qui lui permettait de penser qu'il voyait plus clairement en lui qu'en tous les autres ?

C'est alors que la tempête avait coupé le courant, le plongeant dans l'obscurité.

La pensée du couple assassiné, de Lars Herdin et de cet étrange nœud coulant se mêlait à d'autres ayant trait à Mona, à Linda et à son vieux père. Quelque part au fond de l'obscurité, une sorte d'immense absurdité lui faisait signe. Un visage ricanant qui se moquait ouvertement de ses vains efforts en vue de prendre sa vie en main.

Le rétablissement du courant le réveilla. En regardant sa montre, il put constater qu'il avait dormi plus d'une heure. Le disque tournait à vide sur la platine. Il vida son verre et alla se coucher par-dessus les draps de son lit.

Il faut que je parle à Mona, se dit-il. Il faut que je lui parle de tout ce qui s'est passé. Et il faut que je parle à ma fille. Il faut que j'aille rendre visite à mon père et voir ce que je peux faire pour lui. Mais, au milieu de tout ça, il faut surtout que je mette la main sur un meurtrier…

Il avait dû somnoler de nouveau. Lorsque le téléphone sonna, il se crut à son bureau. À moitié réveillé, il gagna la cuisine d'un pas mal assuré et décrocha. Qui pouvait bien l'appeler à quatre heures et quart du matin ?

Avant de répondre, il eut le temps de souhaiter que ce soit Mona.

La voix qu'il entendit lui parut tout d'abord ressembler un peu à celle de Sten Widén.

— On vous laisse trois jours pour vous racheter, dit l'homme.

— Qui êtes-vous ? demanda Wallander.

— Aucune importance, répondit l'homme. Je suis l'un des Dix Mille Libérateurs.

— Je refuse de parler à quelqu'un qui ne veut pas me dire son nom, répliqua Wallander, désormais tout à fait réveillé.

— N'aggrave pas ton cas, dit l'homme. On vous laisse trois jours pour vous racheter d'avoir tenté de soustraire des criminels étrangers à la justice. Trois jours, pas un de plus.

— Je ne comprends pas de quoi tu parles, dit Wallander, plein de dégoût envers cette voix inconnue.

— Trois jours pour mettre la main sur les coupables et les présenter au public, dit l'homme. Sans ça, c'est nous qui nous en chargerons.

— Vous charger de quoi ? Qui ça : nous ?

— Trois jours. Pas plus. Après, ça va brûler.

La communication fut coupée.

Wallander alluma la lampe de la cuisine et s'assit à la table. Il prit note de cette conversation sur un vieux carnet que Mona utilisait jadis pour faire ses courses. Tout en haut, il y avait marqué « pain ». Mais ce qui était écrit en dessous était illisible.

Ce n'était pas la première fois depuis son entrée dans la police qu'il recevait des menaces anonymes. Quelques années auparavant, un homme qui considérait avoir été condamné à tort pour voies de fait l'avait accablé de lettres fielleuses et d'appels téléphoniques nocturnes. Mona avait fini par se lasser et exiger qu'il réagisse. Il avait donc envoyé Svedberg trouver cet homme et le menacer à son tour d'une lourde peine s'il ne mettait pas fin à ses procédés. Une autre fois, quelqu'un avait crevé les pneus de sa voiture.

Mais, cette fois-ci, il s'agissait de quelque chose de différent.

Ça allait brûler, avait-il dit. Mais quoi ? Dans l'esprit de Wallander, il pouvait s'agir de n'importe quoi, depuis des camps de réfugiés jusqu'à des restaurants, en passant par des logements occupés par des étrangers.

Trois jours. Peut-être trois jours et trois nuits. C'est-à-dire jusqu'à vendredi, ou au plus tard le samedi 13.

Il alla de nouveau s'étendre sur son lit et essaya de se rendormir.

Le vent secouait toujours les murs de l'immeuble.

Comment pourrait-il dormir alors que, en fait, il n'attendait qu'une seule chose : que cet homme l'appelle de nouveau ?

À six heures et demie, il était de retour au commissariat. Il échangea quelques mots avec ceux qui étaient de service et s'entendit répondre que cette nuit de tempête avait, malgré tout, été calme. Un poids lourd s'était bien renversé à l'entrée d'Ystad et un échafaudage avait été emporté par le vent à Skårby, mais c'était tout.

Il alla chercher du café et revint dans son bureau. À l'aide d'un vieux rasoir qu'il conservait dans l'un de ses tiroirs, il rendit ses joues à peu près présentables. Puis il sortit acheter les journaux du matin. Mais plus il les feuilletait, plus il sentait la colère monter en lui. Bien qu'il soit resté très tard, la veille, à parler au téléphone à divers journalistes, les démentis à propos de l'information selon laquelle la police concentrait ses recherches sur des ressortissants étrangers étaient vagues et incomplets. On aurait dit que les journaux n'acceptaient la vérité qu'à contrecœur.

Il décida donc de convoquer une nouvelle conférence de presse dans l'après-midi et de procéder à un bilan des investigations en cours. De plus, il ferait état des menaces anonymes dont il avait été l'objet en pleine nuit.

Il prit un dossier qui se trouvait sur une étagère, derrière son dos. Il contenait des informations sur les divers lieux d'hébergement pour réfugiés existant dans la région. Mis à part le grand camp qui se trouvait sur le territoire de la commune d'Ystad elle-même, le dossier faisait état d'un certain nombre d'unités de plus petite taille disséminées aux alentours.

Mais qu'est-ce qui prouvait, au juste, que cette menace visait précisément un camp de réfugiés de la région d'Ystad ? Rien. En outre, elle pouvait parfaitement avoir pour objet un restaurant ou même une résidence particulière. Combien de pizzerias existait-il, par exemple, dans le secteur d'Ystad ? Une quinzaine ? Peut-être même plus.

Une seule chose était certaine, à ses yeux. Il fallait prendre au sérieux cette menace proférée nuitamment. Au cours de l'année qui venait de s'écouler, il était survenu bien trop d'événements confirmant l'existence, dans le pays, de forces plus ou moins organisées n'hésitant pas à avoir ouvertement recours à la violence à l'égard de ressortissants étrangers ou de demandeurs d'asile.

Il regarda sa montre. Huit heures moins le quart. Il décrocha le téléphone et composa le numéro personnel de Rydberg. Au bout de dix sonneries, il raccrocha. Rydberg était certainement déjà en route.

Martinsson passa la tête par la porte.

— Salut, dit-il. À quelle heure est-ce qu'on se réunit, aujourd'hui ?

— À dix heures, répondit Wallander.

— Quel temps !

– Du moment qu'il ne neige pas, le vent peut bien souffler autant qu'il veut, en ce qui me concerne.

Tout en attendant Rydberg, il chercha le morceau de papier sur lequel Sten Widén avait inscrit son numéro. Après la visite de Lars Herdin, il se disait qu'après tout il n'était peut-être pas si étrange que ça que quelqu'un ait donné du foin à la jument pendant la nuit. Si les assassins se trouvaient parmi les connaissances de Johannes et Maria Lövgren – ou peut-être même parmi les membres de leur famille – ils étaient naturellement au courant de l'existence de l'animal. Peut-être savaient-ils également que Johannes avait l'habitude de se rendre à l'écurie pendant la nuit ?

Il ne voyait plus très bien quelle autre information Sten Widén pourrait lui fournir. Peut-être l'appelait-il essentiellement pour ne pas perdre de nouveau contact avec lui ?

Il laissa sonner pendant plus d'une minute, mais personne ne répondit. Il raccrocha et décida d'essayer encore un peu plus tard.

D'ailleurs, il y avait quelqu'un d'autre qu'il espérait toucher avant l'arrivée de Rydberg. Il composa le numéro et attendit.

– Bureau du procureur, répondit une voix de femme assez enjouée.

– Kurt Wallander à l'appareil. Est-ce que je pourrais parler à Åkeson ?

– Je regrette, mais il est en congé, répondit la standardiste.

C'est vrai, il avait oublié. Le fait que Per Åkeson soit en congé de formation permanente lui était sorti de la tête. Et pourtant, ils avaient dîné ensemble quelques semaines auparavant, à la fin du mois de novembre.

– Mais je peux te passer la personne qui le remplace, ajouta la standardiste.

– Volontiers, merci.

À sa grande surprise, c'est une femme qui répondit.

– Anette Brolin.

— Je désirais parler au procureur, dit Wallander.

— Eh bien, c'est moi, répondit la femme. De quoi s'agit-il ?

Wallander se rendit compte, à ce moment, qu'il ne s'était pas présenté. Il déclina donc son identité et poursuivit :

— C'est à propos du double meurtre de Lenarp. Il m'a semblé que le moment était venu d'informer le procureur de l'état de l'affaire. J'avais oublié que Per Åkeson était en congé.

— Si je n'avais pas reçu cet appel, ce matin, c'est moi qui aurais appelé, dit la femme.

Wallander crut discerner une pointe de reproche dans le ton de sa voix. Ce n'est quand même pas une bonne femme qui va m'apprendre ce que je dois faire en pareille circonstance, pensa-t-il.

— C'est que, en fait, nous ne disposons pas de beaucoup d'éléments, dit-il, s'avisant de ce que le ton de sa propre voix pouvait avoir de distant.

— Peut-on s'attendre à une arrestation ?

— Non. Je voulais surtout vous informer de la situation.

— Très volontiers, dit la femme. Disons à onze heures dans mon bureau. Je dois procéder à une incarcération à dix heures et quart. Je serai de retour à onze heures.

— Je serai peut-être un peu en retard. Nous avons une réunion à dix heures pour faire le point sur l'enquête. Il se peut que cela traîne un peu en longueur.

— Disons tout de même onze heures.

Elle raccrocha et il resta le combiné à la main, un peu interloqué.

La collaboration entre la police et le procureur n'était pas toujours des plus simples. Mais, avec Per Åkeson, Wallander avait réussi à établir des relations de confiance permettant de procéder de façon non bureaucratique. Il leur arrivait de s'appeler au téléphone pour se demander conseil. Et il était très rare que leurs avis divergent en matière d'incarcération ou de mise en liberté.

Anette Brolin, qui c'est ça, bon sang ? se dit-il tout haut.

À ce moment, il perçut, dans le couloir, le bruit aisément reconnaissable du clopinement de Rydberg. Il passa la tête par la porte et lui demanda de venir dans son bureau. Rydberg portait une veste de fourrure d'un modèle tout à fait démodé et un béret basque. Il s'assit en faisant la grimace.

– Ça fait mal ? demanda Wallander en montrant sa jambe.

– La pluie, ça va, dit Rydberg. Le froid aussi et même la neige. Mais ce qu'elle ne supporte pas, cette foutue jambe, c'est le vent. Qu'est-ce que tu veux ?

Wallander lui raconta le coup de téléphone anonyme de la nuit.

– Qu'est-ce que tu en penses ? dit-il une fois qu'il eut terminé. C'est sérieux ou pas ?

– Sérieux. De toute façon, on est obligés de faire comme si ça l'était.

– J'ai envie de tenir une conférence de presse, cet après-midi. On fera le point sur l'enquête en insistant sur ce que nous a dit Lars Herdin. Sans citer son nom, bien entendu. Ensuite, je parlerai de ces menaces. Et je préciserai que tout ce qu'on a pu dire à propos d'étrangers est sans fondement.

– Tu envisages de mentir froidement ? demanda Rydberg, pensif.

– Qu'est-ce que tu veux dire ?

– La femme a quand même bien dit ce qu'elle a dit. Et puis le nœud coulant est peut-être argentin.

– À ton avis, comment peut-on concilier ça avec le fait que ce double meurtre a sans doute été commis par des gens connaissant très bien Johannes Lövgren ?

– Je ne sais pas encore. Je crois qu'il est trop tôt pour tirer des conclusions. Tu ne trouves pas ?

– Des conclusions provisoires, dit Wallander. En matière de police, tout l'art est de procéder à des déductions. Pour mieux les rejeter ou les affiner par la suite.

Rydberg changea sa jambe de position.

– Qu'est-ce que tu comptes faire à propos de cette fuite ? demanda-t-il.

– J'ai l'intention de pousser un coup de gueule au cours de notre réunion. Ensuite, ce sera à Björk de faire ce qu'il jugera bon, quand il reviendra de vacances.

– Qu'est-ce que tu penses qu'il fera ?

– Rien.

– C'est bien mon avis.

Wallander écarta les bras.

– Autant l'admettre tout de suite. Celui qui est allé cafarder à la télé ne va pas se faire tordre les oreilles. Au fait, combien crois-tu qu'ils donnent pour ce genre d'information ?

– Probablement beaucoup trop, répondit Rydberg. C'est pour ça qu'ils n'ont plus assez d'argent, ensuite, pour faire de bonnes émissions.

Il se leva.

– N'oublie pas une chose, dit-il, la main sur le bouton de la porte. Un flic qui cafarde le fait rarement une seule fois.

– Qu'est-ce que tu veux dire ?

– Il peut très bien continuer à affirmer que les indices dont nous disposons mettent en cause des étrangers. Après tout, ce n'est jamais que la vérité, n'est-ce pas ?

– On ne peut pas vraiment parler d'indices, dit Wallander. C'est seulement le dernier mot prononcé par une vieille femme à l'agonie et qui n'avait plus toute sa tête à elle.

Rydberg haussa les épaules.

– Fais comme tu voudras, dit-il. À tout à l'heure.

La réunion se déroula aussi mal qu'une assemblée de ce genre peut raisonnablement se dérouler. Wallander avait décidé de commencer par parler de la fuite et des conséquences qu'elle pourrait avoir. Puis il se proposait d'évoquer le coup de téléphone anonyme de la nuit et ensuite de recueillir les avis sur ce qu'il convenait de faire avant l'expiration du délai imparti. Mais lorsqu'il regretta, en termes très vifs, que l'un des présents ait pu être assez déloyal pour divulguer une information confidentielle et peut-être même accepter de l'argent en échange, il fut accueilli par une salve de protestations. Plusieurs de ses hommes firent remarquer que la fuite pouvait aussi bien être le fait du personnel de l'hôpital. Des médecins et des infirmières n'étaient-ils pas présents lorsque la vieille femme avait prononcé ses dernières paroles ?

Wallander tenta de réfuter ces objections, mais les protestations ne firent que redoubler. Lorsqu'il put enfin aborder la question de l'enquête proprement dite, l'atmosphère n'était pas vraiment au beau fixe dans la pièce. L'optimisme de la veille avait fait place à un certain scepticisme et à un manque total d'idées. Il comprit alors qu'il avait pris les choses par le mauvais bout.

Les recherches entreprises pour tenter d'identifier la voiture avec laquelle le chauffeur de camion avait failli entrer en collision n'avaient encore donné aucun résultat. Afin de conférer un surcroît d'efficacité à cette mesure, un homme supplémentaire fut affecté à cette tâche.

L'examen du passé de Lars Herdin était en cours. Une première vérification n'avait rien laissé apparaître. Lars Herdin n'avait jamais été condamné et ne semblait pas crouler sous les dettes.

— Il ne faut pas s'arrêter là, dit Wallander. Il faut absolument que nous sachions tout ce qu'il y a à savoir sur son compte. J'ai rendez-vous avec la procureure, tout à l'heure. Je vais lui demander les autorisations nécessaires pour avoir accès aux informations bancaires dont nous avons besoin.

Celui qui avait la nouvelle la plus sensationnelle à annoncer, ce jour-là, c'était Peters.

— Johannes Lövgren disposait de deux coffres, dit-il. L'un à la Föreningsbanken et l'autre à la Handelsbanken. Je l'ai appris en examinant d'un peu plus près son trousseau de clés.

— Très bien, dit Wallander. On ira voir ce qu'ils contiennent dans le courant de la journée.

On devait également continuer à sonder la famille, proche et lointaine, ainsi que les amis des Lövgren.

On décida de confier à Rydberg celle des filles qui habitait au Canada et qui allait arriver à Malmö par l'aéroglisseur de Copenhague, peu après trois heures de l'après-midi.

– Où est l'autre fille ? demanda Wallander. Celle qui joue au handball ?

– Elle est arrivée, dit Svedberg. Pour l'instant, elle est chez des membres de la famille.

– Je te la confie, dit Wallander. Est-ce qu'il y a d'autres pistes à suivre ? Ah oui : demandez aux deux filles si leurs parents leur ont donné une horloge, à l'une ou à l'autre.

Martinsson avait fait le tri des renseignements recueillis. Tout ce qui parvenait à la connaissance de la police était ensuite mis sur ordinateur. À partir de là, Martinsson procédait à un premier tri. Les informations les plus farfelues ne sortaient pas des listings.

– Hulda Yngveson a appelé de Vallby pour dire que c'était Dieu qui avait frappé pour punir des pécheurs, dit Martinsson.

– Ce n'est pas la première fois qu'elle nous le dit, soupira Rydberg. À chaque fois qu'on signale un veau égaré, elle y voit également la main de Dieu.

– Je l'ai classée F.A.L., répondit Martinsson.

L'atmosphère se détendit un peu lorsqu'il expliqua que F.A.L. voulait dire « fous à lier ».

Aucun renseignement qu'il fût urgent d'exploiter n'était parvenu. Mais tout serait examiné en temps voulu.

Il ne resta plus, finalement, que la question de cette liaison que Johannes Lövgren entretenait à Kristianstad et de l'enfant qu'il avait eu avec cette femme.

Wallander fit le tour de la pièce des yeux. Dans un coin était assis Thomas Näslund, un jeune policier discret mais très sérieux dans son travail. Il tirait sur sa lèvre inférieure tout en écoutant.

– Toi, tu vas venir avec moi, lui dit Wallander. Mais, d'abord, tu vas faire un peu de travail ingrat. Tu vas appeler Herdin et tâcher de tirer de lui tout ce qu'il sait sur cette femme de Kristianstad. Et sur son fils, bien entendu.

La conférence de presse fut convoquée pour seize heures. D'ici là, Wallander et Näslund auraient le temps d'aller faire un tour à Kristian stad. S'ils étaient retardés, Rydberg promit de tenir la conférence de presse à la place de Wallander.

– Je me charge de rédiger le communiqué, dit celui-ci. S'il n'y a rien d'autre, vous pouvez disposer.

Il était déjà onze heures vingt-cinq lorsqu'il frappa à la porte du bureau de la procureure, à l'autre bout du commissariat.

La femme qui vint lui ouvrir était jeune et belle. Wallander ne put s'empêcher de la dévisager longuement.

– Vous avez terminé ? demanda-t-elle finalement. Vous avez presque une demi-heure de retard.

– Je vous avais prévenue que la réunion pouvait traîner un peu en longueur, répondit-il.

Le bureau de Per Åkeson, assez froid et terne, était méconnais sable : des rideaux de couleur étaient accrochés aux fenêtres et des grandes plantes en pot avaient été disposées le long des murs.

Wallander ne put s'empêcher de la suivre du regard lorsqu'elle regagna sa place, derrière le bureau. Il se dit qu'elle ne pouvait pas avoir plus de trente ans. Elle était vêtue d'un tailleur rouille de coupe élégante et qui avait dû coûter son prix.

– Asseyez-vous, dit-elle. Je remplace Per Åkeson pendant toute la durée de son congé. Nous allons donc sans doute avoir pas mal affaire l'un à l'autre.

Il lui tendit la main et s'aperçut alors qu'elle portait une alliance. À son propre étonnement, il constata que cela le décevait fort.

Elle avait les cheveux châtain foncé, coupés court. Une boucle un peu plus blonde courait le long de l'une de ses oreilles.

– Je vous souhaite la bienvenue à Ystad, dit-il. Je dois avouer que j'avais totalement oublié que Per était en congé.

– Je propose que nous nous tutoyions, dit-elle. Je m'appelle Anette.

– Et moi Kurt. Est-ce que tu te plais à Ystad ?

Elle écarta cette question au moyen d'une réponse assez évasive.

– Je ne sais pas encore. Les Stockholmois comme moi ont toujours un peu de mal à se faire au flegme des Scaniens.

– Leur flegme ?

– Une demi-heure de retard.

Wallander sentit la moutarde lui monter au nez. Était-ce une plaisanterie ? Ou bien était-elle vraiment incapable de comprendre qu'une réunion de ce genre n'est pas facile à limiter dans le temps ? Considérait-elle vraiment tous les Scaniens comme « flegmatiques » ?

– Je ne crois pas que nous soyons plus paresseux que les autres, dit-il. Tous les Stockholmois ne sont pas grands et gros, n'est-ce pas ?

– Pardon ?

– Rien.

Elle se rejeta en arrière sur son fauteuil. Il s'aperçut qu'il avait du mal à soutenir son regard.

– Eh bien, où en êtes-vous ? demanda-t-elle alors.

Wallander s'efforça d'être aussi concis que possible. Il se rendait bien compte que, sans vraiment le vouloir, il était sur la défensive.

Il s'abstint de mentionner cette histoire de fuite.

Elle lui posa quelques questions précises auxquelles il répondit. Il comprit que, malgré sa jeunesse, elle ne manquait pas d'expérience professionnelle.

– Il faut absolument que nous puissions examiner les comptes en banque des Lövgren, dit-il. Ainsi que voir ce qu'il y a dans leurs deux coffres.

Elle rédigea aussitôt les autorisations demandées.

— Est-ce qu'il ne faut pas également obtenir l'aval d'un juge ? demanda Wallander lorsqu'elle les lui tendit.

— Nous verrons ça par la suite, dit-elle. Pour ma part, je te serais reconnaissante de me faire parvenir une copie de tous les documents de l'enquête.

Il opina de la tête et se prépara à partir.

— Il y a aussi ce dont la presse a fait état, dit-elle. À propos d'étrangers qui pourraient être impliqués.

— Des rumeurs. Tu sais ce que c'est.

— Ah bon ?

Une fois sorti de son bureau, il constata qu'il était en sueur. Quelle femme, se dit-il. Comment une femme pareille peut-elle devenir procureure ? Passer sa vie à mettre en taule des petits voyous et à veiller à ce que l'ordre règne dans les rues de la ville ?

Il resta debout dans le hall du commissariat, incapable de décider quoi faire.

Déjeuner, finit-il par conclure. Si je ne mange pas maintenant, je n'aurai jamais le temps après. Je vais rédiger le communiqué de presse tout en déjeunant.

Il faillit être renversé par le vent, en sortant du bâtiment. La tempête n'avait pas faibli.

Il se dit que le mieux serait de rentrer chez lui et de se préparer une salade toute simple. Il n'avait encore presque rien pris, depuis le matin, et pourtant il avait l'estomac ballonné et lourd. Cependant il ne put résister à la tentation de descendre jusqu'au Joueur de cor, un restaurant sur la place du marché. Ce ne serait pas encore ce jour-là qu'il commencerait à mettre pour de bon de l'ordre dans ses habitudes alimentaires.

À midi quarante-cinq, il fut de retour au commissariat. Mais comme il avait mangé trop vite, il fut pris de coliques et dut gagner précipitamment les toilettes. Une fois son estomac calmé, il remit le communiqué de presse à l'une des secrétaires et poussa ensuite jusqu'au bureau de Näslund.

— Impossible de toucher Herdin, dit celui-ci. Il est parti pour une marche organisée par une association de protection de la nature, pas très loin d'ici.

— Eh bien alors, il va falloir qu'on y aille nous aussi, dit Wallander.

— Je me suis dit que je pourrais peut-être m'en charger tout seul, pendant que tu t'occupes des coffres. Si tout ce qui concerne cette femme et son enfant est tellement secret, les papiers qui ont trait à eux sont peut-être en lieu sûr. Comme ça, on perdrait moins de temps.

Wallander opina de la tête. Näslund avait raison. Il fonçait tête baissée, sans réfléchir.

— D'accord, dit-il. Si on n'a pas le temps aujourd'hui, on ira à Kristianstad demain matin.

Avant de prendre place dans sa voiture pour se rendre à la banque, il tenta une nouvelle fois de joindre Sten Widén au téléphone. Mais de nouveau en vain.

Il laissa le numéro à Ebba, à l'accueil.

— Tu auras peut-être plus de chance que moi, dit-il. Vérifie que c'est le bon numéro. Il s'agit d'un certain Sten Widén. Ou bien d'une écurie de chevaux de galop dont je ne connais pas le nom.

— Hansson saura bien, dit Ebba.

— J'ai dit : de galop. Pas de trot.

— De toute façon, il joue sur tout ce qui court, dit Ebba avec un sourire.

— S'il y a quelque chose d'important, je suis à la Förenings-banken, dit Wallander.

Il laissa sa voiture sur la place, devant la librairie. La violence du vent faillit lui arracher des mains le ticket de parking, une fois qu'il eut mis les pièces nécessaires dans la machine. La ville paraissait abandonnée. La tempête ne devait guère inciter aux promenades.

Il s'arrêta devant le magasin de matériel hi-fi qui se trouvait sur la place. Il lui était venu l'idée de s'acheter un magnéto-scope, afin d'atténuer la solitude de ses soirées. Il consulta les prix et s'efforça de calculer s'il avait vraiment les moyens de se l'offrir ce mois-ci. À moins d'investir plutôt dans une nou-velle chaîne stéréo. Malgré tout, la musique restait sa grande consolation, quand il se retournait dans son lit sans pouvoir trouver le sommeil.

Il s'arracha à la contemplation de la vitrine et prit la rue piétonnière, au coin du restaurant chinois. La succursale de la Föreningsbanken était tout près de là. Il n'y avait qu'un seul client dans le petit hall, quand il poussa les portes de verre. C'était un cultivateur un peu dur d'oreille qui se plaignait à haute voix du coût du crédit. Sur la gauche s'ouvrait une porte donnant sur un bureau dans lequel était assis un homme plongé dans la consultation d'un écran d'ordinateur. Il eut l'impres-sion que c'était là qu'il fallait qu'il s'adresse. Lorsqu'il fut sur le pas de la porte, l'homme se leva d'un bond, comme si Wallander était venu là dans la ferme intention de dévaliser son établissement.

Il entra et se présenta.

— Ta visite n'est pas de celles qu'on affectionne, dit l'homme derrière son bureau. Depuis que je suis ici, nous n'avons encore jamais eu affaire à la police.

Ce genre d'accueil ne lui plut pas beaucoup. La Suède était maintenant un pays où les gens semblaient redouter avant toute chose d'être dérangés. Ils ne voulaient surtout pas s'écarter de leur routine.

— On n'y peut rien, dit Wallander en sortant les papiers que lui avait remis Anette Brolin.

L'homme les parcourut attentivement.

— C'est vraiment indispensable ? demanda-t-il ensuite. Les coffres bancaires sont justement faits pour mettre à l'abri des regards indiscrets.

— C'est indispensable, dit Wallander. Et mon temps est compté.

L'homme se leva en poussant un soupir. Wallander comprit qu'il s'était préparé à cette visite.

Ils franchirent une grille et pénétrèrent dans la salle des coffres. Celui de Johannes Lövgren était dans un coin, tout en bas. Wallander l'ouvrit, sortit la boîte qu'il contenait et la posa sur une table.

Puis il ôta le couvercle et se mit à examiner les papiers qui s'y trouvaient. Il y avait là des attestations de concessions à perpétuité, les titres de propriété de la ferme de Lenarp. Ainsi que de vieilles photographies et une enveloppe défraîchie contenant de vieux timbres. C'était tout.

Rien, se dit-il. Rien de ce que j'espérais.

Le banquier l'observait. Il nota rapidement les noms et les numéros figurant sur les divers documents. Puis il referma la boîte.

— C'est tout ? demanda le banquier.

— Pour l'instant, répondit Wallander. Maintenant, j'aimerais voir les comptes qu'il détenait chez vous.

En quittant la salle des coffres, une idée lui vint brusquement à l'esprit.

— Quelqu'un d'autre que Johannes Lövgren avait-il accès à ce coffre ? demanda-t-il.

— Non, répondit le banquier.

— Sais-tu s'il y est venu récemment ?

— J'ai consulté sa fiche et je peux te dire que ça fait bien des années qu'il n'a pas ouvert ce coffre.

Lorsqu'ils revinrent dans le hall, le cultivateur était toujours là à se plaindre. Il était maintenant lancé sur le chapitre de la baisse des cours des céréales.

— J'ai tous les chiffres dans mon bureau, dit le banquier.

Wallander s'assit et parcourut deux feuilles entières de listing. Johannes Lövgren disposait de quatre comptes différents. Deux d'entre eux étaient également au nom de Maria Lövgren. Le montant total de ces deux comptes était de quatre-vingt-dix mille couronnes. Aucun mouvement n'avait été enregistré sur l'un ou l'autre d'entre eux depuis bien longtemps. Seuls les intérêts venaient d'y être portés. Le troisième compte datait de l'époque d'avant la retraite de Johannes Lövgren. Il se montait à cent trente-deux couronnes et quatre-vingt-dix-sept centimes.

Il ne restait plus qu'un compte, également au seul nom de Johannes Lövgren. Le montant en était bien plus considérable, puisqu'il s'élevait à près d'un million. Le 1ᵉʳ janvier, des intérêts d'un montant de quatre-vingt-dix mille couronnes y avaient été portés. Le 4 janvier, Johannes Lövgren était venu retirer vingt-sept mille couronnes.

Wallander leva les yeux vers l'homme qui était assis de l'autre côté du bureau.

— Jusqu'où est-il possible de remonter, en ce qui concerne ce compte ? demanda-t-il.

— En principe, les dix dernières années. Mais, naturellement, ça prendra du temps. Il va falloir faire procéder à des recherches dans les fichiers informatiques.

— Commence par l'année dernière. Je veux voir tous les mouvements enregistrés sur ce compte au cours de l'année 1989.

Le banquier se leva et quitta la pièce. Wallander se plongea dans la lecture de l'autre feuille. Elle faisait apparaître que Johannes Lövgren disposait de près de sept cent mille couronnes placées dans différents comptes en actions que la banque gérait pour lui.

Jusque-là, Lars Herdin est dans le vrai, pensa-t-il.

Il se souvenait de sa conversation avec Nyström, qui l'avait assuré que son voisin n'avait pas d'argent.

On ne connaît pas toujours très bien son voisin, se dit-il.

Au bout d'environ cinq minutes, l'homme revint du hall de la banque. Il tendit à Wallander une nouvelle feuille de sortie d'imprimante.

Par trois fois au cours de l'année 1989, en janvier, juillet et septembre, Johannes Lövgren avait procédé à des retraits d'argent d'un montant total de soixante-dix-huit mille couronnes.

— Est-ce que je peux garder ces feuilles ? demanda Wallander.

Le banquier hocha affirmativement la tête.

— J'aimerais bien parler à la caissière qui a donné son argent à Johannes Lövgren la dernière fois, reprit Wallander.

— Elle s'appelle Britta-Lena Bodén. Je vais la faire appeler.

La femme qui pénétra dans le bureau était très jeune, elle devait avoir à peine plus de vingt ans.

— Elle sait de quoi il s'agit, dit le banquier.

Wallander la salua d'un petit signe de tête.

— Je t'écoute, dit-il.

— Ça faisait vraiment beaucoup d'argent, dit la jeune femme, autrement je ne m'en serais certainement pas souvenue.

— Avait-il l'air inquiet, nerveux ?

— Pas que je me rappelle.

— Comment désirait-il avoir son argent ?

— En billets de mille.

— Uniquement en billets de mille ?

— Je lui en ai aussi donné quelques-uns de cinq cents.

— Dans quoi a-t-il mis l'argent ?

La jeune femme avait bonne mémoire.

— Dans une serviette de couleur brune. Un de ces vieux modèles qui ferment au moyen d'une courroie.

— Pourrais-tu la reconnaître, si tu la voyais ?

— Peut-être. La poignée était abîmée.

— Comment ça : abîmée ?

— Le cuir était fendu.

Wallander hocha la tête. Elle avait vraiment une excellente mémoire.

— Autre chose ?

— Non, une fois qu'il a eu son argent, il est parti.

— Et il était seul.

— Oui.

— Est-ce que quelqu'un l'attendait à l'extérieur ?

— On ne peut pas le voir de la caisse.

— Quelle heure était-il ?

Elle dut réfléchir un instant avant de répondre.

– Je suis partie déjeuner pas longtemps après. Il devait donc être environ midi.

– Je te remercie de ton aide. Si tu te souviens d'un détail, ne manque pas de nous le faire savoir.

Wallander se leva et sortit dans le hall. Il s'arrêta un moment et se retourna. La jeune femme disait vrai. De la caisse, il était impossible de voir si quelqu'un attendait à l'extérieur.

Le cultivateur n'était plus là et d'autres clients étaient arrivés. Quelqu'un qui parlait une langue étrangère était en train de changer de l'argent à l'une des caisses.

Wallander sortit. La succursale de la Handelsbanken se trouvait non loin de là, dans Hamngatan.

L'employé qui l'accompagna dans la salle des coffres était nettement plus aimable. Mais, lorsqu'il ouvrit la boîte métallique, il fut tout aussi déçu que la première fois. Elle ne contenait absolument rien.

Dans ce cas également, Johannes Lövgren était le seul à avoir accès à son coffre. Il en avait fait l'acquisition en 1962.

– Quand y est-il venu pour la dernière fois ? demanda Wallander.

La réponse le fit sursauter.

– Le 4 janvier, répondit l'employé après avoir consulté la fiche. À treize heures quinze pour être précis. Il est resté vingt minutes.

Wallander interrogea tout le personnel de la banque, mais personne ne fut en mesure de lui dire si Johannes Lövgren transportait quelque chose quand il avait quitté les lieux. Personne ne se souvenait de sa serviette non plus.

Dans toutes les succursales de banque, il faudrait une personne comme celle de la Föreningsbanken, se dit-il.

Une fois dehors, il affronta la tempête pour gagner, par les petites rues, une cafétéria où il prit une tasse de café accompagnée d'un petit pain à la cannelle.

J'aimerais bien savoir ce que Johannes Lövgren a fait entre midi et treize heures quinze, se dit-il. Qu'est-ce qu'il a bien pu faire entre ses visites aux deux banques ? Comment est-il venu à Ystad ? Et comment en est-il reparti ? Puisqu'il n'avait pas de voiture.

Il sortit son bloc-notes et écarta quelques miettes du revers de la main, sur la table. Au bout d'une demi-heure il avait dressé un tableau complet des questions auxquelles il fallait, d'urgence, obtenir une réponse.

En regagnant sa voiture, il entra au passage dans un magasin d'habillement et acheta une paire de chaussettes. Il eut un choc quand on lui en annonça le prix, mais il l'acquitta sans sourciller. Jusque-là, c'était Mona qui achetait ses vêtements. Il chercha dans sa mémoire la dernière fois où il avait acheté lui-même une paire de chaussettes.

Quand il arriva à sa voiture, un papillon de contravention était glissé sous l'un des essuie-glaces.

Si je ne la paie pas, je serai traîné en justice, pensa-t-il. Et la procureure Anette Brolin sera obligée de venir au tribunal me rappeler à mes devoirs.

Il jeta le papillon dans la boîte à gants et se dit de nouveau qu'elle était très belle. Belle et séduisante. Puis il pensa au petit pain qu'il venait de manger.

Thomas Näslund ne se manifesta pas avant trois heures de l'après-midi. Wallander avait déjà pris la décision de reporter au lendemain le voyage à Kristianstad.

— Je suis trempé, dit Näslund au téléphone. Ça fait des kilomètres que je marche dans la boue.

— Tire-lui les vers du nez. Ne lui fais pas grâce. Il faut absolument qu'on sache tout ce qu'il sait.

— Est-ce qu'il faut que je l'amène ? demanda Näslund.

— Raccompagne-le chez lui. Il aura peut-être plus de facilité à parler s'il est assis à sa table de cuisine.

La conférence de presse débuta à seize heures. Wallander chercha Rydberg, mais personne ne savait où il était passé.

La salle était comble. Il nota la présence de la jeune femme de la radio locale et prit très vite la décision de s'informer de ce qu'elle savait sur Linda, au juste.

À ce moment, il ressentit une douleur à l'estomac.

Je ne me laisse pas assez aller, se dit-il. Et tout ce que je n'ai pas le temps de faire. Je suis à la poursuite des meurtriers de gens qui sont morts et je n'ai pas le temps de me consacrer aux vivants.

L'espace d'une brève seconde, il n'eut plus conscience que d'un seul désir.

Partir. Prendre la fuite. Disparaître. Commencer une autre vie.

Puis il monta sur la petite estrade et souhaita la bienvenue à tous ceux qui s'étaient donné la peine de venir assister à cette conférence de presse.

Au bout de cinquante-sept minutes, ce fut terminé. Wallander eut l'impression d'avoir assez bien réussi à démentir toutes les informations selon lesquelles la police recherchait des ressortissants étrangers, dans le cadre de l'enquête sur le double meurtre de Lenarp. On ne lui avait pas posé de questions le mettant vraiment dans l'embarras. Il était donc assez content de lui en descendant de l'estrade.

La jeune fille de la radio locale voulut bien attendre que la télévision ait fini de l'interviewer. Comme toujours quand on braquait sur lui une caméra, il perdit un peu contenance et les mots se bouscu lèrent dans sa bouche. Mais le reporter se déclara satisfait et ne demanda pas à refaire la prise.

– Vous devriez mieux choisir vos informateurs, dit Wallander quand tout fut terminé.

– Peut-être, répondit le reporter avec un sourire.

Une fois l'équipe de la télévision partie, Wallander proposa à la jeune fille de la radio locale de l'accompagner dans son bureau.

Le micro de la radio l'impressionnait moins que la caméra de télévision.

L'interview terminée, elle éteignit son magnétophone. Il allait se mettre à lui parler de Linda lorsque Rydberg frappa à la porte et entra.

— On a bientôt fini, dit Wallander.

— On a déjà fini, dit la jeune fille en se levant.

Il la regarda partir d'un air penaud. Il n'avait pas eu le temps de lui dire un seul mot au sujet de Linda.

— Ça ne s'arrange pas, dit Rydberg. On vient d'avoir un appel de l'accueil des réfugiés, en ville, pour nous dire qu'une voiture avait pénétré dans la cour et qu'on avait jeté un sac de betteraves pourries à la tête d'un vieux Libanais.

— Merde alors ! dit Wallander. Raconte un peu.

— Il est maintenant à l'hôpital pour se faire soigner. Mais le directeur est inquiet.

— Est-ce qu'on a pu relever le numéro de la voiture ?

— Non, ça s'est passé trop vite.

Wallander réfléchit un instant.

— Pour le moment, on ne bouge pas. Demain, il devrait y avoir des démentis très énergiques, dans toute la presse, à propos de cette histoire d'étrangers. Et dès ce soir à la télévision. On peut espérer que les esprits se calmeront un peu, après ça. Mais on peut toujours demander à la patrouille de nuit de surveiller discrètement le camp de réfugiés.

— Je vais passer la consigne, dit Rydberg.

— Ensuite, reviens ici pour qu'on fasse le point.

Il était vingt heures trente lorsque Wallander et Rydberg se préparèrent à se quitter.

— Qu'est-ce que tu en penses ? demanda Wallander lorsqu'ils rangèrent leurs papiers.

Rydberg se gratta le front.

— Bien sûr que ce que nous a confié Herdin est précieux, dit-il. Mais encore faut-il mettre la main sur cette femme cachée et sur cet enfant. Il est certain que ça a beaucoup fait progresser les choses et que la solution n'est sans doute plus très loin, maintenant. Tellement près de nous qu'on a du mal à la voir. Mais, en même temps...

Il s'interrompit au milieu de sa phrase.

– En même temps ?

– Je ne sais pas, poursuivit-il. Il y a quelque chose de curieux dans tout ça. En particulier en ce qui concerne ce nœud coulant. Je ne saurais pas dire quoi exactement.

Il haussa les épaules et se leva.

– On continue demain matin, dit-il.

– Est-ce que tu te rappelles avoir vu chez Lövgren une vieille serviette de couleur brune ? demanda Wallander.

Rydberg secoua la tête.

– Pas que je me souvienne, dit-il. Mais les placards étaient pleins de vieilles saletés. Je me demande bien pourquoi les personnes âgées se transforment en écureuils.

– Envoie quelqu'un là-bas, demain matin, chercher une serviette brune. La poignée est abîmée.

Rydberg partit. Wallander vit que sa jambe lui faisait mal. Il se dit alors qu'il fallait qu'il demande à Ebba si elle avait pu toucher Sten Widén. Mais il laissa la chose en plan pour le moment. Au lieu de cela, il chercha l'adresse personnelle d'Anette Brolin dans un répertoire administratif. À sa grande surprise, il découvrit qu'ils étaient presque voisins.

Je pourrais l'inviter à dîner, se dit-il.

C'est alors qu'il se rappela l'alliance qu'elle portait.

Il rentra chez lui dans la tempête et prit un bain. Puis il s'étendit sur son lit, par-dessus les draps, et se mit à feuilleter un livre sur la vie de Giuseppe Verdi.

Le froid le réveilla en sursaut, quelques heures plus tard.

Sa montre-bracelet indiquait minuit moins quelques minutes.

Il était furieux de s'être réveillé. Maintenant il n'allait pas pouvoir se rendormir.

Poussé par ce sentiment de découragement, il s'habilla, se disant qu'il pouvait aussi bien aller terminer la nuit dans son bureau.

En sortant dans la rue, il remarqua que le vent avait faibli. Il faisait déjà un peu plus froid.

La neige, se dit-il. Elle ne va plus tarder.

Il tourna dans Österleden. Un taxi solitaire se dirigeait en sens inverse. Il traversa lentement la ville déserte.

Soudain, il décida de passer devant le camp de réfugiés, à l'entrée ouest de la ville.

Celui-ci était constitué d'un certain nombre de baraquements alignés les uns à côté des autres, au milieu d'un champ. De gros projecteurs illuminaient ces sortes de boîtes peintes en vert.

Il rangea sa voiture sur le parking et en descendit. Non loin de là, il entendait le ressac de la mer.

Il observa l'ensemble du camp.

Il aurait suffi de l'entourer d'une clôture de fil de fer barbelé et il aurait fait un magnifique camp de prisonniers, se dit-il.

Il allait remonter en voiture quand il entendit un léger cliquetis.

Juste après retentit une petite explosion.

Puis de grandes flammes commencèrent à s'élever de l'un des baraquements.

7

Il aurait été incapable de dire combien de temps il était resté paralysé par ces flammes qui s'élevaient dans la nuit d'hiver. Peut-être quelques minutes, peut-être quelques secondes seulement. Mais lorsqu'il parvint à secouer sa torpeur, il eut la présence d'esprit de se précipiter sur son téléphone de bord pour donner l'alerte.

La liaison était très mauvaise, mais il entendit tout de même une voix d'homme lui répondre.

– Le camp de réfugiés d'Ystad est en train de brûler ! s'écria Wallander. Il faut faire donner tous les moyens de lutte contre l'incendie ! Le vent est très violent.

– Qui est à l'appareil ? demanda l'homme de permanence.

– Kurt Wallander, de la police d'Ystad. Je passais par hasard à côté quand le feu s'est déclaré.

– Quel numéro de matricule ? demanda la voix, sans se laisser démonter.

– Merde alors ! Quarante-sept, onze, vingt et un ! Faites vite !

Il raccrocha, afin de s'éviter d'autres questions du même genre. Il savait en outre que ce service chargé de centraliser les appels d'urgence était parfaitement en mesure d'identifier les policiers travaillant dans le secteur.

Puis il traversa la route en courant, en direction du baraquement en train de brûler. Le vent attisait le bûcher. Il eut le temps de se demander ce qui se serait passé si cet incendie s'était déclaré la veille au soir, au plus fort de la tempête. Mais les flammes étaient déjà en train de se communiquer au baraquement voisin.

Pourquoi personne ne donne-t-il l'alerte ? se demanda-t-il. En fait, il ne savait même pas si tous les bâtiments de ce camp étaient habités. Quand il alla cogner à la porte de celui qui n'était encore qu'effleuré par les flammes, il sentit sur son visage la chaleur de l'incendie.

Le baraquement où le feu avait pris n'était maintenant plus qu'un brasier. Il tenta de s'approcher de la porte, mais les flammes le repoussèrent. Il fit rapidement le tour du bâtiment. De l'autre côté se trouvait une seule fenêtre. Il frappa au carreau et tenta de regarder à l'intérieur, mais la fumée était si épaisse qu'il ne vit qu'une sorte de brume blanche. Il chercha des yeux un objet avec lequel frapper, mais ne trouva rien. Il ôta alors sa veste, en entoura l'un de ses avant-bras et donna un grand coup de poing dans le carreau. Il retint son souffle pour éviter d'inhaler de la fumée, tout en cherchant à tâtons la poignée de la crémone. À deux reprises il dut reculer pour reprendre sa respiration, avant de parvenir à ouvrir la fenêtre.

– Sortez ! cria-t-il dans le brasier. Sortez vite !

À l'intérieur, il distingua deux rangées de lits superposés. Il se hissa sur le rebord de la fenêtre et sentit des éclats de verre lui pénétrer dans la cuisse. Les couchettes du haut étaient vides. Mais sur l'une de celles du bas il vit une forme humaine.

Il cria de nouveau, mais n'obtint pas de réponse. Il sauta alors à l'intérieur par la fenêtre et se cogna la tête à une table en se recevant sur le sol. La fumée commençait déjà à l'étouffer, tandis qu'il avançait vers la couchette. Il crut d'abord que ce qu'il touchait était un corps sans vie. Mais il comprit très vite que ce qu'il avait pris pour un être humain n'était en fait qu'un matelas roulé sur lui-même. Au même instant, sa veste prit feu et il se jeta dehors la tête la première. Au loin, il entendit un bruit de sirènes et, en s'éloignant d'un pas chancelant du baraquement en feu, il constata qu'autour des autres s'agglutinaient des personnes à moitié habillées. Le feu s'était maintenant communiqué à deux autres bâtiments. Il en ouvrit brutalement les portes et vit qu'ils étaient habités. Mais ceux qui dormaient là étaient déjà en sécurité à l'extérieur. Il ressentait une douleur à la tête et une autre à la cuisse et était pris de nausées à cause de toute la fumée qu'il avait inhalée. C'est alors qu'arriva la première voiture de pompiers, suivie de près par l'ambulance. Il vit que c'était Peter Edler, un homme de trente-cinq ans consacrant ses loisirs au cerf-volant, qui était en charge de la lutte contre le feu. Il n'avait entendu dire de lui que du bien, car il n'hésitait jamais sur les mesures à prendre. Il alla le rejoindre d'un pas mal assuré et s'aperçut en même temps qu'il était brûlé à l'un des bras.

— Tu as vraiment l'air mal en point, dit Peter Edler. Je crois qu'on va réussir à éviter que le feu se propage aux autres baraquements.

Les pompiers étaient déjà en train d'arroser les bâtiments qui se trouvaient le plus près. Wallander entendit Edler demander un engin pour tracter ceux qui brûlaient, afin d'isoler ces foyers d'incendie du reste du camp.

La première voiture de police arriva alors, gyrophare allumé, dans un grand bruit de sirène et de pneus. Wallander vit que c'étaient Peters et Norén. Il alla les trouver en clopinant.

— Comment ça va ? demanda Norén.

— Ça va aller, répondit Wallander. Mettez des barrages en place et demandez à Edler s'il a besoin d'aide.

Peters le dévisagea.

— Tu as vraiment une sale mine, dit-il. Comment es-tu arrivé ici ?

— Je me baladais, répondit Wallander. Allez, faites ce que je vous ai dit.

L'heure qui suivit fut placée à la fois sous le signe de la pagaille et d'une lutte efficace contre le feu. Le directeur du camp errait en tous sens, complètement déboussolé, et Wallander dut se fâcher un peu pour obtenir de lui le nombre des réfugiés hébergés dans le camp et ensuite pour qu'il soit procédé au dénombrement des présents. À sa grande surprise, il s'avéra que le service de l'Immigration n'avait pas une idée très précise du nombre de réfugiés se trouvant à Ystad et que les données dont il disposait étaient très difficiles à interpréter. Le directeur du camp ne fut pas non plus d'un grand secours sur ce point. Pendant ce temps, un tracteur éloignait les baraquements en train de brûler et bientôt les pompiers furent maîtres de la situation. Seules quelques personnes durent être évacuées sur l'hôpital en ambulance. La plupart d'entre elles étaient simplement choquées. Mais un petit Libanais s'était cogné la tête contre une pierre en tombant.

Edler entraîna Wallander à l'écart.

— Va te faire soigner, dit-il.

Wallander acquiesça d'un signe de tête. Son bras le brûlait et lui faisait mal et il sentait que l'une de ses jambes était gluante de sang.

— Je n'ose pas penser à ce qui serait arrivé si tu n'avais pas été là pour donner l'alerte au moment même où le feu a éclaté, dit Edler.

— Comment peut-on être assez bête pour disposer des baraquements aussi près les uns des autres ? demanda Wallander.

Peter Edler secoua la tête.

— Le vieux m'a l'air de commencer à être dépassé par les événements. Mais tu as raison, c'est vrai qu'ils sont beaucoup trop rapprochés.

Wallander alla trouver Norén, qui finissait juste de mettre en place les barrages.

— Je veux voir ce directeur dans mon bureau demain matin, dit-il.

Norén enregistra cet ordre d'un signe de tête.

— Tu as vu quelque chose ? demanda-t-il.

— J'ai entendu quelque chose cliqueter. Et puis le baraquement qui explosait. Mais je n'ai vu personne, aucune voiture, rien. Si c'est un incendie criminel, ils ont dû utiliser un détonateur à retardement.

— Tu veux que je te ramène chez toi ou bien à l'hôpital ?

— Je n'ai pas besoin d'aide. Mais je m'en vais, maintenant.

Au service des urgences de l'hôpital, il comprit qu'il était nettement plus atteint qu'il ne le pensait. L'un de ses avant-bras portait une grosse trace de brûlure, il avait une plaie à l'aine et à la cuisse causée par des éclats de verre et, au-dessus de l'œil droit, s'étalaient une grosse bosse ainsi que des écorchures assez profondes. En outre, il s'était apparemment mordu la langue sans s'en rendre compte.

Il était près de quatre heures du matin lorsqu'il quitta l'hôpital. Ses pansements le gênaient un peu et il se sentait toujours un peu nauséeux.

Au moment où il sortait de l'hôpital, l'éclair d'un flash se déclencha tout près de son visage. Il reconnut le photographe de l'un des grands journaux du matin de Scanie. Lorsqu'une silhouette sortit de l'obscurité et s'approcha de lui, de toute évidence pour l'interviewer, il agita la main en signe de refus.

Il fut très étonné de sentir qu'il avait sommeil. Il se déshabilla et se glissa sous les couvertures. Il était tout endolori et des flammes dansaient dans sa tête. Pourtant, il s'endormit aussitôt.

À huit heures, il se réveilla avec l'impression que quelqu'un lui assenait de grands coups sur la tête. Une fois les yeux ouverts, il sentit que c'étaient ses tempes qui battaient. Il avait de nouveau rêvé de cette femme de couleur qui avait déjà hanté ses nuits. Mais, quand il avait tendu la main vers elle, Sten Widén s'était soudain interposé, sa bouteille de whisky à la main, et la femme lui avait tourné le dos et avait suivi Sten à la place.

Il resta allongé sans bouger. Son bras et son cou lui brûlaient et sa tête lui faisait mal. Un instant, il fut tenté de se retourner contre le mur et de se rendormir. Oublier toutes ces enquêtes et ces flammes qui brûlaient dans la nuit.

Il n'eut pas le temps de prendre une décision. Il fut interrompu dans ses pensées par la sonnerie du téléphone.

Je n'ai pas envie de répondre, se dit-il.

Puis il se tira péniblement de son lit et gagna la cuisine en trébuchant.

Une surprise l'attendait.

— Kurt, dit la voix au bout du fil. C'est Mona.

Il fut soudain envahi par un sentiment de joie profonde.

Mona, pensa-t-il. Mon Dieu ! Mona ! Comme tu m'as manqué.

— Je t'ai vu en photo dans le journal, dit-elle. Comment vas-tu ?

Il se souvint alors de ce photographe, devant l'hôpital, au milieu de la nuit. L'éclair de ce flash qui fusait devant lui.

— Bien, dit-il. J'ai seulement un peu mal.

— C'est sûr ?

Soudain, sa joie s'évanouit. Le mal le reprenait, cette fois sous la forme de cette violente douleur à l'estomac.

— Tu t'inquiètes vraiment de ma santé ?

— Et pourquoi pas ?

— Tu veux dire : pourquoi ?

Il entendait la respiration de Mona dans son oreille.

— Je te trouve brave, dit-elle. Je suis fière de toi. Le journal dit que tu as sauvé des vies humaines sans penser à la tienne.

— Je n'ai sauvé personne. Qu'est-ce que c'est que ces bêtises ?

— Je voulais m'assurer que tu n'étais pas blessé.

— Qu'est-ce que tu aurais fait, dans ce cas-là ?

— Qu'est-ce que j'aurais fait ?

— Oui : si j'avais été blessé. Si j'étais mourant ? Qu'est-ce que tu aurais fait ?

— Pourquoi es-tu en colère ?

— Je ne suis pas en colère. Je te pose une simple question. Je veux que tu reviennes. Ici. Vivre avec moi.

— Tu sais bien que ce n'est pas possible. Tout ce que je souhaite, c'est qu'on puisse se parler.

– Mais tu ne donnes jamais de tes nouvelles ! Comment est-ce qu'on pourrait se parler, alors ?

Il l'entendit soupirer. Cela le rendit furieux. Ou bien lui fit peur.

– Bien sûr qu'on peut se voir, dit-elle. Mais pas chez moi. Ni chez toi.

Il prit soudain une décision. Ce qu'il avait dit n'était pas totalement vrai. Mais pas totalement faux non plus.

– Il y a un certain nombre de choses dont il faudrait qu'on parle, dit-il. Des détails d'ordre pratique. Je peux venir à Malmö, si tu veux.

Elle ne répondit pas tout de suite.

– Pas ce soir, dit-elle. Mais demain, c'est possible.

– Où ça ? Tu veux qu'on mange ensemble ? Les seuls endroits que je connaisse, c'est le restaurant du Savoy et le buffet de la gare.

– Le Savoy, c'est très cher.

– Eh bien, le buffet de la gare, alors. À quelle heure ?

– Vingt heures.

– J'y serai.

Ils en restèrent là. Il regarda son visage tuméfié dans la glace de l'entrée.

Était-il content ? Ou bien inquiet ?

Il n'arrivait pas à se déterminer. Soudain, ses pensées étaient devenues très confuses. Au lieu de rencontrer Mona, il se voyait tout à coup à l'hôtel Savoy en compagnie d'Anette Brolin. Et celle-ci s'était brusquement changée en négresse, sans pour autant cesser d'occuper ses fonctions de procureure à Ystad.

Il s'habilla, négligea de prendre son café et rejoignit sa voiture. Le vent était maintenant totalement tombé. Il faisait de nouveau un peu plus chaud. Une légère brume montait de la mer, assez humide.

En arrivant au commissariat, il fut accueilli par des hochements de tête amicaux et des tapes dans le dos. Ebba le prit même

133

dans ses bras et lui fit cadeau d'un pot de confiture de poires. Il en fut à la fois un peu gêné et secrètement flatté.

Il aurait fallu que Björk soit là pour voir ça, se dit-il.

Qu'il soit ici, et non pas en Espagne.

Parce que c'est ce dont il rêve : des policiers qui soient en même temps des héros.

À neuf heures et demie, tout était redevenu normal. Il avait déjà eu le temps de tancer vertement le directeur du camp de réfugiés pour la façon assez négligente dont il tenait le compte des occupants de ses baraquements. Ce dernier, un petit homme tout rond respirant la paresse et le manque de volonté, s'était défendu énergiquement en faisant observer qu'il avait appliqué scrupuleusement les instructions du service de l'Immigration.

— C'est le rôle de la police de garantir la sécurité, avait-il dit afin d'essayer d'embrouiller les choses.

— Comment pourrait-on garantir quoi que ce soit si tu ne sais même pas le nombre et l'identité de ceux qui logent dans tes foutus baraquements ?

En sortant du bureau de Wallander, le directeur était rouge de colère.

— Je me plaindrai. C'est à la police de garantir la sécurité des réfugiés.

— Tu peux te plaindre à qui tu voudras : au roi, au Premier ministre, à la Cour européenne, je m'en fous. Mais, à partir de maintenant, je veux qu'il y ait des listes exactes des personnes résidant dans ce camp, avec leur nom et le baraquement dans lequel elles logent !

Juste avant la réunion qui devait se tenir pour faire le point sur l'enquête, Peter Edler l'appela au téléphone.

— Alors, comment va le héros du jour ? demanda-t-il.

— Arrête tes vannes, répondit Wallander. Avez-vous trouvé quelque chose ?

— Ça n'a pas été bien difficile. Un petit détonateur habilement agencé qui a mis le feu à des chiffons imbibés d'essence.

– Tu es certain ?

– Bien sûr que oui ! Tu vas avoir tout ça noir sur blanc dans quelques heures.

– Il va falloir qu'on essaie de mener cette enquête-là en plus de celle sur le double meurtre. Mais, s'il arrive encore quelque chose, il faudra absolument que je fasse venir des renforts de Simrishamn ou de Malmö.

– Il y a encore de la police, à Simrishamn ? Je croyais qu'on l'avait supprimée.

– Ce sont les pompiers volontaires qui ont été supprimés. En fait, on dit même qu'on va obtenir quelques postes supplémentaires, par ici.

Wallander ouvrit la réunion en faisant part de ce que Peter Edler venait de lui apprendre. Il s'ensuivit une brève discussion pour savoir qui pouvait être à l'origine de cet attentat. Tout le monde tomba d'accord pour penser qu'il s'agissait probablement là de gamineries qui avaient mal tourné. Mais la gravité de l'affaire ne fut contestée par personne.

– Il faut absolument qu'on leur mette la main dessus, dit Hansson. C'est aussi important que les meurtriers de Lenarp.

– Ce sont peut-être les mêmes que ceux qui ont jeté le sac de betteraves à la tête de ce vieux bonhomme ? dit Svedberg.

Wallander crut percevoir un rien de mépris dans sa voix.

– Va l'interroger. Il pourra peut-être nous fournir un signalement.

– Je ne parle pas arabe, dit Svedberg.

– Les interprètes, c'est pas fait pour les chiens ! explosa Wallander. Je veux absolument savoir d'ici ce soir ce qu'il a dit.

Cette fois, la réunion ne s'éternisa pas. L'enquête était maintenant parvenue à un stade critique. Les résultats et les conclusions à tirer n'étaient pas nombreux.

– Pas de réunion cet après-midi, dit Wallander. Sauf s'il se passait quelque chose de sensationnel. Martinsson s'occupera du camp de réfugiés. Svedberg ! Tu pourras peut-être prendre le relais de Martins son, si ça ne peut pas attendre.

— Je suis sur la piste de la voiture avec laquelle ce chauffeur de camion a failli entrer en collision, dit Martinsson. Je te donnerai ce que j'ai.

La réunion terminée, Näslund et Rydberg restèrent dans le bureau de Wallander.

— Il va falloir commencer à faire des heures supplémentaires, dit Wallander. Quand est-ce que Björk rentre d'Espagne ?

Personne ne le savait.

— Est-ce qu'il est au courant de ce qui s'est passé ? demanda Rydberg.

— À ton avis, est-ce que ça l'intéresse ? répliqua Wallander.

Il appela Ebba et elle lui fournit immédiatement la réponse. Elle savait même par quelle compagnie aérienne il revenait.

— Samedi soir, dit-il. Mais, étant donné que j'assure son intérim, j'ordonne qu'on effectue toutes les heures supplémentaires qui seront nécessaires.

Rydberg parla ensuite de la visite qu'il avait rendue à la ferme du meurtre.

— J'ai cherché partout, dit-il. J'ai tout retourné. J'ai même regardé dans les bottes de foin, à l'écurie. Mais pas de serviette brune.

Wallander savait que c'était vrai. Rydberg ne lâchait jamais prise avant d'être sûr de son fait.

— Comme ça, on est fixés, dit-il. Une serviette brune contenant vingt-sept mille couronnes a disparu.

— On a tué des gens pour nettement moins que ça, fit observer Rydberg.

Ils restèrent muets un instant, à méditer sur ce que venait de dire Rydberg.

— Pourquoi est-ce que c'est si difficile de mettre la main sur cette voiture ? demanda Wallander en tâtant du bout des doigts la bosse qui ornait son front. J'en ai donné le signalement au cours de la conférence de presse en demandant au conducteur de se mettre en rapport avec nous.

– Patience, dit Rydberg.

– Et les filles des Lövgren, qu'est-ce qu'elles ont dit ? Si ça a été mis par écrit, j'en prendrai connaissance dans la voiture en allant à Kristianstad. Au fait, est-ce que l'un ou l'autre d'entre vous pense que l'attentat de cette nuit a quelque chose à voir avec les menaces dont j'ai été l'objet ?

Rydberg et Näslund secouèrent tous deux la tête.

– Moi non plus, dit Wallander. Ce qui veut dire qu'il nous faut prendre des mesures en vue de vendredi ou samedi. Je me suis dit que tu pourrais réfléchir un peu à la question, Rydberg, et me faire des propositions cet après-midi.

Rydberg fit la grimace.

– Ce n'est vraiment pas mon fort.

– Tu es un excellent policier. Tu t'en tireras très bien.

Rydberg le regarda d'un air sceptique.

Puis il se leva et sortit. Sur le pas de la porte, il s'arrêta.

– La fille des Lövgren avec laquelle j'ai parlé, celle qui vit au Canada, est venue avec son mari. Il est dans la police montée. Il m'a demandé pourquoi on ne porte pas d'arme.

– Ça ne tardera peut-être plus beaucoup, maintenant, dit Wallander.

Il s'apprêtait à interroger Näslund sur le résultat de son entretien avec Herdin, lorsque le téléphone sonna. C'était Ebba qui l'informait qu'elle avait au bout du fil le chef du service de l'Immigration.

Il eut la surprise de constater que c'était une femme. Dans son esprit, les directeurs des grands services de l'État étaient toujours de vieux messieurs compassés et pleins de morgue.

Elle avait une voix agréable. Mais ses propos le firent très vite sortir de ses gonds. Il se modéra, cependant, se disant que c'était peut-être une faute grave, de la part d'un obscur fonctionnaire de police de province – de surcroît détenteur de son autorité par intérim –, que de contredire les propos du grand pontife de l'une des administrations du pays.

– Nous sommes très mécontents, dit-elle. La police doit être capable de garantir la sécurité de nos réfugiés.

On croirait entendre cette nouille de directeur, pensa-t-il.

– Nous faisons tout notre possible, répondit-il, en essayant de dissimuler sa colère.

– Apparemment, ce n'est pas suffisant.

– Notre tâche aurait été grandement facilitée si nous avions pu disposer d'informations actualisées sur le nombre de réfugiés séjournant dans les différents camps.

– Notre service maîtrise parfaitement la situation.

– Ce n'est pas vraiment mon impression.

– La ministre est très préoccupée.

Wallander vit aussitôt l'image d'une dame rousse prenant régulièrement la parole à la télévision.

– Je suis tout disposé à entendre ce qu'elle a à me dire, lança-t-il avec une grimace à l'adresse de Näslund, qui était en train de feuilleter des papiers.

– Il me semble que la police n'affecte pas des effectifs suffisants à la protection des réfugiés.

– À moins que ce ne soient les réfugiés qui arrivent ici en trop grand nombre. Sans que vous sachiez exactement où ils se trouvent, d'ailleurs.

– Que veux-tu dire ?

La voix si aimable s'était soudain considérablement rafraîchie. Wallander sentit la colère monter en lui.

– Ce que je veux dire, c'est que l'incendie de cette nuit a donné lieu à une pagaille assez impressionnante. De façon générale, il est bien difficile d'obtenir des directives dépourvues d'ambiguïté de la part du service de l'Immigration. Il nous arrive fréquemment de recevoir de chez vous des arrêtés d'expulsion. Mais, quant à savoir où se trouvent les personnes en question, c'est une autre affaire. Et parfois, il nous faut chercher pendant des semaines pour leur mettre la main dessus.

Ce n'était là que la vérité. Il avait bien souvent entendu ses collègues de Malmö se lamenter sur l'incapacité du service de l'Immigration à faire face à sa tâche.

– C'est faux, dit la femme. Et je n'ai pas l'intention de perdre un temps précieux à discuter avec toi.

Fin de la conversation.

– Espèce de bonne femme ! dit Wallander en raccrochant avec force.

– Qui était-ce ? demanda Näslund.

– Un de ces grands chefs qui ignorent totalement la réalité. Tu veux bien aller chercher un peu de café ?

Rydberg apporta le compte rendu des entretiens que Svedberg et lui avaient eus avec les deux filles des Lövgren. Wallander l'informa du coup de téléphone qu'il venait de recevoir.

– La ministre en personne ne va pas tarder à appeler pour nous faire part de ses préoccupations, dit Rydberg en partant d'un rire méchant.

– Dans ce cas, ce sera à toi de répondre, dit Wallander. Je vais essayer d'être revenu de Kristianstad avant seize heures.

Quand Näslund apporta les deux tasses de café, il n'avait déjà plus envie d'en boire. Ce qu'il avait hâte de faire, maintenant, c'était de quitter le bâtiment. Ses pansements le gênaient et il avait mal à la tête. Une petite promenade en voiture ne lui ferait pas de mal.

– Tu me feras ton rapport dans la voiture, dit-il à Näslund en repoussant la tasse de café.

Näslund eut l'air bien embarrassé.

– En fait, je ne sais pas vraiment où aller. Lars Herdin en savait aussi peu sur l'identité de cette femme qu'il était bien informé sur les finances de Lövgren.

– Mais il savait tout de même bien quelque chose ?

– Je l'ai cuisiné de toutes les façons possibles, dit Näslund.

Et je crois qu'il disait la vérité en affirmant que tout ce qu'il savait à propos de cette femme, c'était qu'elle existait.

– Comment le savait-il ?

– Un jour où il se trouvait à Kristianstad, il les a rencontrés par hasard dans la rue, Lövgren et elle.

– Quand ça ?

Näslund feuilleta ses notes.

– Il y a onze ans.

Wallander but une gorgée de café.

– Ce n'est pas possible, dit-il. Il en sait certainement plus long que ça, beaucoup plus. Comment peut-il être aussi sûr que cet enfant existe ? Comment est-il au courant des sommes versées à cette femme ? Tu ne l'as pas poussé un peu dans ses retranchements ?

– Il affirme que c'est quelqu'un qui l'a informé de ça par écrit.

– Qui ça ?

– Il n'a pas voulu me le dire.

Wallander réfléchit un instant.

– On va tout de même à Kristianstad, dit-il. Nos collègues de là-bas pourront peut-être nous aider. Après ça, j'irai personnellement m'occuper de Lars Herdin.

Ils prirent l'une des voitures de service. Wallander s'installa sur le siège arrière et laissa Näslund conduire. Une fois qu'ils furent sortis de la ville, il s'avisa que ce dernier allait beaucoup trop vite.

– On ne répond pas à un appel d'urgence, dit-il. Modère-toi un peu. Il faut que je lise des papiers et que je réfléchisse.

Näslund réduisit sa vitesse.

Le paysage était gris et brumeux. Wallander regarda cette étendue désolée qui défilait de l'autre côté de la vitre. Autant il se sentait chez lui dans le printemps et l'été scaniens, autant il restait étranger au silence maussade de l'automne et de l'hiver.

Il se rejeta en arrière et ferma les yeux. Son corps lui faisait mal et son bras le brûlait. Il s'aperçut en outre qu'il avait des palpitations.

Les divorcés sont facilement victimes d'attaques cardiaques, pensa-t-il. On mange trop et on grossit, et puis on se ronge de solitude. Ou bien alors on se lance tête baissée dans de nouvelles aventures sentimentales et le cœur finit par lâcher.

La pensée de Mona le rendait furieux et triste à la fois.

Il ouvrit les yeux et regarda de nouveau le paysage scanien.

Puis il lut la transcription des entretiens que la police avait eus avec les deux filles des Lövgren.

Mais elles ne contenaient rien qui puisse leur fournir une piste. Pas d'ennemis, pas de conflits refoulés.

Pas d'argent non plus.

Johannes Lövgren n'avait pas informé ses filles de l'ampleur de ses moyens financiers.

Wallander essaya de se représenter cet homme. Comment fonctionnait-il ? Qu'est-ce qui le motivait ? Qu'avait-il pensé que deviendrait tout cet argent, une fois qu'il aurait disparu ?

Cette idée le fit sursauter.

Il devait bien y avoir un testament quelque part.

Mais s'il n'était pas dans l'un des coffres qu'il avait à la banque, où pouvait-il bien être ? Le défunt aurait-il un troisième coffre ?

– Combien de banques y a-t-il à Ystad ? demanda-t-il à Näslund.

– Une dizaine, répondit celui-ci.

– Demain, tu iras trouver celles auxquelles nous n'avons pas encore rendu visite. Pour savoir si Johannes Lövgren ne disposerait pas d'autres coffres. Et puis, je voudrais savoir comment il venait en ville et retournait à Lenarp. Les taxis, les autobus, tout.

Näslund enregistra cet ordre d'un signe de tête.

– Il pouvait très bien prendre l'autobus de ramassage scolaire, dit-il.

– Il n'est pas possible que personne ne l'ait vu.

Ils passèrent par Tomelilla. Là, ils coupèrent la grande route de Malmö et continuèrent en direction du nord.

– Comment se présente la maison de Lars Herdin ? demanda Wallander.

– Pas à la dernière mode. Mais propre et ordonnée. Curieusement, il prépare ses repas dans un four à micro-ondes. Il m'a même offert des petits gâteaux maison. Il a un gros perroquet en cage. Le jardin est bien entretenu et toute la ferme est en bon état. Pas de clôtures abîmées ou ce genre de choses.

– Qu'est-ce qu'il a comme voiture ?

– Une Mercedes rouge.

– Une Mercedes ?

– Oui. Une Mercedes.

– Je croyais qu'il disait qu'il avait du mal à joindre les deux bouts ?

– Sa Mercedes à elle toute seule a dû lui coûter plus de trois cent mille.

Wallander réfléchit un instant.

– Il faut absolument qu'on en sache un peu plus long sur son compte. Même s'il n'a aucune idée de l'auteur de ces deux meurtres, il est possible qu'il le sache sans s'en rendre compte lui-même.

– Qu'est-ce que ça a à voir avec la Mercedes ?

– Rien. Il se trouve seulement que j'ai l'impression que Lars Herdin est plus important pour nous qu'il ne le pense lui-même. Et puis, on peut toujours se demander comment il se fait qu'un cultivateur, de nos jours, ait les moyens de se payer une voiture coûtant trois cent mille couronnes. Peut-être détient-il un reçu sur lequel il est marqué qu'il a acheté un tracteur ?

Ils pénétrèrent dans Kristianstad et s'arrêtèrent devant le commissariat juste à l'instant où commençait à tomber une pluie mêlée de neige. Wallander perçut aussi, dans sa gorge, les signes avant-coureurs d'un rhume.

Merde alors, se dit-il. Je ne peux pas tomber malade à un moment pareil. Je ne veux pas aller voir Mona avec de la fièvre et le nez qui coule.

La police d'Ystad et celle de Kristianstad n'entretenaient pas des relations particulièrement étroites et ne collaboraient que lorsque la situation l'exigeait absolument. Mais Wallander connaissait certains des membres de cette dernière d'un peu plus près, après les mesures de réorganisation qui venaient d'être prises au niveau départemental. Il espérait en particulier que Göran Boman serait de service. Celui-ci était du même âge que lui et ils avaient fait connaissance autour d'un verre de whisky, un soir, à Tylösand. Ils venaient de subir une journée d'étude fort éprouvante organisée par la formation permanente de la police nationale. Il s'agissait en l'occurrence des moyens de mettre en œuvre une meilleure politique du personnel sur leurs lieux de travail respectifs. Le soir, ils avaient partagé une demi-bouteille de whisky et n'avaient pas tardé à se rendre compte qu'ils avaient beaucoup de choses en commun. En tout premier lieu l'hostilité affichée du père de chacun d'eux, lorsqu'ils leur avaient fait part de leur intention d'entrer dans la police.

Wallander et Näslund se rendirent à l'accueil. La jeune fille du standard, qui, très curieusement, parlait avec un accent du Nord très chantant, les informa que Boman était bel et bien de service.

– Il procède à un interrogatoire, dit-elle. Mais il n'en a certainement plus pour longtemps.

Wallander en profita pour faire un tour aux toilettes. Il eut un choc en voyant l'image de lui-même que lui renvoyait la glace. Ses écorchures et ses bosses étaient maintenant d'un rouge vif. Il se rinça le visage à l'eau froide. À ce moment, il entendit la voix de Göran Boman dans le couloir.

Les retrouvailles furent cordiales. Wallander était heureux de revoir son collègue. Ils allèrent chercher une tasse de café et s'installèrent dans le bureau de Boman. Wallander constata alors qu'il était meublé exactement comme le sien, mais de façon plus agréable. Un peu comme Anette Brolin avait métamorphosé le lugubre local de son prédécesseur.

Boman était naturellement au courant du double meurtre de Lenarp, de même que de l'attaque du camp de réfugiés et des exploits, quelque peu amplifiés par la rumeur, de Wallander à cette occasion. Ils s'entretinrent un moment des réfugiés. Boman partageait l'avis de Wallander quant à la très mauvaise organisation de l'accueil des demandeurs d'asile. La police de Kristianstad avait, elle aussi, dû faire face à de nombreuses décisions d'expulsion qui n'avaient pu être appliquées qu'avec beaucoup de peine. Pas plus tard que juste avant Noël, on les avait avisés que plusieurs citoyens bulgares allaient devoir être reconduits à la frontière. D'après le service de l'Immigration, ils se trouvaient dans un camp à Kristianstad. Mais ce n'est qu'au bout de quelques jours de recherches qu'on avait réussi à les localiser à… Arjeplog, à l'autre extrémité du pays.

Puis ils en vinrent à l'objet précis de cette visite. Wallander fit à son collègue un compte rendu détaillé de l'affaire.

— Et tu aimerais donc qu'on mette la main sur cette femme, dit Göran Boman lorsqu'il eut terminé.

— Tu m'as parfaitement compris.

Näslund était jusque-là resté silencieux.

— J'ai pensé à une chose, dit-il alors. Si Johannes Lövgren a bien eu un enfant de cette femme et en supposant qu'il soit né ici, on devrait en trouver trace dans les registres d'état civil. Normalement, Lövgren doit bien être mentionné comme étant son père.

Wallander hocha la tête.

— En effet, dit-il. De plus, on sait à peu près quand l'enfant est né. Il est possible de concentrer les recherches sur une période de dix ans, en gros de 1947 à 1957, à en croire ce que dit Lars Herdin. Et je pense qu'il est dans le vrai.

— Combien d'enfants naissent à Kristianstad en l'espace de

dix ans ? demanda Boman. Ça nous aurait demandé un temps fou, avant l'ère de l'informatique.

— Naturellement, il est toujours possible que cet enfant soit déclaré comme étant « de père inconnu », dit alors Wallander. Mais, dans ce cas-là, il faudra examiner de plus près toutes les naissances portant cette mention.

— Pourquoi ne lances-tu pas un avis de recherche et ne demandes-tu pas à cette femme de se faire connaître ? demanda Boman.

— Parce que je suis convaincu qu'elle ne le ferait pas. J'en ai le sentiment. Ce n'est peut-être pas une manière de travailler qui soit très recommandable, dans notre métier. Mais je préfère essayer comme ça d'abord.

— On va la retrouver. Nous vivons à une époque et dans une société où il est presque impossible de disparaître. À moins de se suicider de façon ingénieuse, en éliminant toute trace du cadavre. On a eu un cas de ce genre, l'été dernier. Tout du moins, je pense que c'est ce qui s'est passé. Un homme qui était fatigué de tout. Sa femme nous a alertés après la disparition de son bateau. On ne l'a toujours pas retrouvé et je ne crois pas qu'on le reverra jamais. Je pense qu'il est parti en mer et qu'il a sabordé son bateau et a coulé avec. Mais, si la femme et l'enfant dont tu parles existent vraiment, on les retrouvera. Je mets tout de suite quelqu'un au travail.

Wallander ressentit une brûlure à la gorge.

Et, aussitôt après, il se rendit compte qu'il commençait à trans pirer.

Il aurait bien voulu rester là, au calme, à parler posément de ce double meurtre avec Boman. Il avait l'impression que celui-ci était un bon policier. La sûreté de son jugement lui serait précieuse. Mais il se sentait tout à coup trop fatigué.

Ils mirent fin à leur entretien et Boman les raccompagna jusqu'à leur voiture.

— On la trouvera, répéta-t-il.

145

– Et après ça, il faut qu'on se voie, un soir. Tranquillement. Autour d'un verre de whisky.

Göran Boman accepta d'un signe de tête.

– On aura peut-être la chance d'avoir une autre de ces journées d'étude complètement stupides, dit-il.

Le temps n'avait pas changé et il tombait toujours un mélange de pluie et de neige. Wallander sentit l'humidité transpercer la semelle de ses chaussures. Il se glissa sur le siège arrière et se cala dans un coin. Il ne tarda pas à s'endormir.

Il ne se réveilla que lorsque Näslund freina devant le commissariat d'Ystad. Il se sentait fiévreux et vraiment pas dans son assiette. Il continuait à neiger et il demanda à Ebba si elle n'aurait pas des comprimés contre le mal de tête. Il voyait bien qu'il ferait mieux de rentrer se coucher, mais il tenait absolument, auparavant, à savoir ce qui s'était passé au cours de la journée. Et puis il voulait également savoir ce que Rydberg avait trouvé en ce qui concernait la surveillance des camps de réfugiés. Son bureau était couvert de post-it portant des messages téléphoniques. Parmi les personnes qui avaient appelé se trouvait Anette Brolin. Ainsi que son père. Mais pas Linda. Ni Sten Widén. Il jeta un coup d'œil sur ces papiers et les mit tous de côté, sauf ceux d'Anette Brolin et de son père. Puis il appela Martinsson.

– Bingo ! s'exclama aussitôt celui-ci. Je crois qu'on a trouvé la voiture. Une bagnole correspondant à la description a été louée, la semaine dernière, à l'agence Avis de Göteborg. Et elle n'a pas été rendue. Il y a simplement un détail qui m'étonne.

– Lequel ?

– Elle a été louée par une femme.

– Qu'est-ce qu'il y a d'étrange à ça ?

– Il me semble difficile de penser que c'est une femme qui a commis ce double meurtre.

– Qu'est-ce que tu en sais ? Il faut mettre la main sur cette voiture. Et sur son conducteur. Quel que soit son sexe. Ensuite, on verra bien s'ils ont quoi que ce soit à voir avec cette affaire. Être en mesure d'éliminer un suspect est aussi important que de voir confirmer des soupçons. Mais donne le numéro de cette voiture au chauffeur de camion et demande-lui si ça ne lui rappelle pas quelque chose.

Wallander mit fin à l'entretien et alla retrouver Rydberg.

— Alors ? demanda-t-il.

— Ce n'est pas marrant, ce que tu m'as demandé, répondit Rydberg d'un ton lugubre.

— Qui a dit que le travail de la police était fait pour être drôle ?

Mais, comme il s'en doutait, Rydberg avait bien travaillé. Il avait établi la liste des différents camps et rédigé un bref mémo à propos de chacun d'entre eux. Pour l'instant, il suggérait que les patrouilles de nuit en fassent le tour, suivant un itinéraire assez ingénieux qu'il avait établi.

— Parfait, dit Wallander. Veille seulement à ce que ces patrouilles comprennent bien tout le sérieux de la situation.

En retour, il fit à Rydberg un compte rendu du résultat de leur voyage à Kristianstad. Puis il se leva.

— Maintenant, je rentre chez moi, dit-il.

— Tu as l'air plutôt mal fichu.

— J'ai attrapé un rhume. Mais je pense que tout doit pouvoir aller tout seul, maintenant.

Il rentra directement chez lui, se fit chauffer du thé et se fourra au lit. Quand il se réveilla, au bout de quelques heures, sa tasse de thé était toujours sur sa table de chevet, intacte. Il était dix-huit heures quarante-cinq. Ce petit somme lui avait fait du bien. Il jeta ce thé imbuvable et se fit du café à la place. Puis il appela son père.

Il comprit aussitôt que celui-ci n'avait pas entendu parler de l'incendie de la nuit.

— Est-ce qu'on ne devait pas jouer aux cartes ? demanda son père, non sans vivacité.

— Je ne suis pas en forme, dit Wallander.

– Tu n'es jamais malade.

– Je suis enrhumé.

– Je n'appelle pas ça être malade.

– Tout le monde ne peut pas avoir une santé de fer comme toi.

– Qu'est-ce que tu veux dire par là ?

Wallander poussa un soupir.

S'il ne trouvait pas très vite quelque chose, cette conversation allait devenir insupportable.

– Je viendrai te voir demain matin, dit-il. Juste après huit heures. Si tu es levé.

– Je ne dors jamais après quatre heures et demie.

– Mais moi si.

Il mit fin à la communication et raccrocha.

En même temps, il regretta la promesse qu'il venait de faire à son père. Commencer la journée en allant le voir chez lui, c'était hypothéquer lourdement celle-ci sur le plan de l'ardeur au travail et du sentiment de culpabilité.

Il regarda tout autour de lui dans l'appartement. Partout, il y avait une épaisse couche de poussière. Bien qu'il aérât régulièrement, cela sentait le renfermé. La solitude et le renfermé.

Soudain, il se mit à penser à cette femme de couleur dont il ne cessait de rêver, ces derniers temps. Cette femme qui venait gentiment le retrouver, nuit après nuit. D'où venait-elle ? Où l'avait-il vue ? En photo dans un journal ou bien à la télévision, fugitivement ?

Il se demanda comment il pouvait se faire qu'il connaisse, en rêve, une tout autre passion sexuelle que celle qu'il avait éprouvée envers Mona ?

Ces pensées l'excitèrent quelque peu. Il hésita une nouvelle fois à appeler Anette Brolin. Mais il ne parvenait pas à se décider. Furieux, il s'assit sur le canapé à fleurs et alluma la télévision. Il était presque dix-neuf heures. Il mit donc l'une des chaînes danoises, sur laquelle les informations allaient commencer.

Le présentateur annonça d'abord brièvement les principales

nouvelles. Encore une famine quelque part. En Roumanie, la terreur ne faisait que croître. À Odense, la police venait de saisir une grosse quantité de drogue.

Il saisit la télécommande et éteignit le poste. Il était incapable d'en entendre plus ce jour-là.

Il se mit alors à penser à Mona. Mais ses réflexions prirent un tour inattendu. Soudain, il n'était plus tellement certain de souhaiter qu'elle lui revienne. Qu'est-ce qui lui disait, au juste, que les choses se passeraient mieux qu'avant, entre eux ?

Rien. Tout cela n'était qu'illusions dont il se berçait.

Inquiet, il se rendit dans la cuisine pour se verser un verre de jus de fruits. Puis il s'assit et fit pour lui-même le point sur l'enquête. Une fois que ce fut fini, il étala toutes ses notes sur la table et les regarda comme s'il s'était agi des pièces d'un puzzle. Soudain, il eut l'impression qu'ils n'étaient pas loin de la solution. Même si bien des fils étaient encore suspendus dans le vide, un certain nombre de détails concordaient.

Il était encore impossible de désigner un coupable. Même pas un ou plusieurs suspects. Pourtant, il avait le sentiment que la police n'était plus loin du but. Cela le satisfaisait et l'inquiétait tout à la fois. Il lui était arrivé trop souvent d'avoir la responsabilité d'enquêtes criminelles délicates qui commençaient bien mais aboutissaient ensuite dans des culs-de-sac dont elles ne parvenaient plus jamais à sortir et, dans le pire des cas, finissaient par être abandonnées.

Patience, se dit-il. Patience…

Il était presque vingt et une heures. Une fois de plus, il eut envie d'appeler Anette Brolin. Mais il s'abstint. Il ne savait pas vraiment quoi lui dire. Et puis il risquait de tomber sur son mari.

Il s'assit sur le canapé et mit de nouveau la télévision.

À son immense étonnement, il se trouva face à face avec son propre visage. En fond sonore, on entendait une voix féminine très monocorde. D'après ce reportage, la police d'Ystad et Kurt Wallander lui-même mettaient bien peu d'empressement à assurer la sécurité des différents camps de réfugiés de la région.

Sa photo disparut de l'écran et laissa la place au visage de la femme que l'on interviewait devant un grand immeuble. Lorsque son nom apparut en incrustation, il comprit qu'il aurait dû la reconnaître plus tôt. C'était le chef du service de l'Immigration, la femme avec laquelle il s'était entretenu au téléphone dans le courant de la journée.

Ce manque d'intérêt de la part de la police ne laissait-il pas soupçonner des arrière-pensées racistes ? expliquait-elle.

Son sang ne fit qu'un tour.

C'est faux – espèce de sale bonne femme, pensa-t-il. Pourquoi est-ce qu'ils ne m'ont rien demandé, avant de passer ce reportage, bon sang ? J'aurais pu leur montrer le plan de surveillance qu'a établi Rydberg.

Racistes, eux ? Qu'est-ce qu'elle voulait dire ? Le sentiment de honte qu'il éprouvait à l'idée d'avoir été injustement montré du doigt se mêlait à un autre, celui de la révolte.

C'est alors que le téléphone sonna. Tout d'abord, il fut tenté de ne pas répondre. Puis il décrocha assez brutalement.

La voix était la même que la fois précédente. Un peu rauque et de toute évidence déguisée. Wallander eut l'impression que son correspondant avait posé un mouchoir sur le micro.

– Nous attendons des résultats, dit la voix.

– Va te faire foutre ! explosa Wallander.

– Au plus tard samedi, poursuivit la voix.

– C'est vous qui avez mis le feu cette nuit, espèces de salauds ? cria-t-il dans le combiné.

– Au plus tard samedi, répéta la voix sans se démonter. Au plus tard samedi.

La communication fut coupée.

Tout à coup, Wallander se sentit mal à l'aise. Il ne pouvait se défaire d'un sombre pressentiment. On aurait dit une douleur qui se répandait lentement à travers tout son corps.

Tu as peur, se dit-il. Tu as peur, Kurt Wallander.

Il retourna dans la cuisine et alla se poster à la fenêtre pour regarder dans la rue.

Soudain, il se rendit compte que le vent avait cessé de souffler. Le réverbère ne bougeait plus.

Il était persuadé que quelque chose allait arriver.

Mais quoi ? Et où ?

8

Le matin, il sortit son plus beau costume.

Il observa d'un œil triste une tache sur l'un des revers.

Ebba, pensa-t-il. Elle pourra m'aider. Quand je vais lui dire que j'ai rendez-vous avec Mona, elle va mettre tout son cœur à faire disparaître cette tache. Elle est d'avis que le nombre de divorces fait peser une menace bien plus grave sur notre société que l'accroissement et le durcissement de la criminalité…

À sept heures et quart, il posa son costume sur le siège arrière de sa voiture et partit. Une couche de gros nuages recouvrait la ville.

Il prit lentement la direction de l'est, traversa le bois de Sandskogen, longea le terrain de golf désaffecté et, un peu plus loin, emprunta la petite route menant à Kåseberga.

Pour la première fois depuis plusieurs jours, il avait le sentiment d'avoir assez dormi : neuf heures sans interruption. Sur son front, sa bosse avait commencé à désenfler et sa brûlure au bras ne lui faisait plus mal.

Il passa méthodiquement en revue le bilan de la situation qu'il avait dressé la veille au soir. Le plus important, maintenant, était de retrouver la femme cachée de Johannes Lövgren. Et son fils. C'est à l'intérieur des cercles concentriques autour de ces deux personnes que devaient se trouver les auteurs du crime. Il était parfaitement évident que ce double meurtre était lié aux vingt-sept mille couronnes disparues, et peut-être même à la fortune de Johannes Lövgren dans son ensemble.

Quelqu'un qui était bien informé, qui savait, et qui avait pris le temps de donner du foin à la jument avant de quitter les lieux. Quelqu'un – ou plusieurs personnes – qui était bien au courant des habitudes de Johannes Lövgren.

La voiture louée à Göteborg ne cadrait pas avec le reste. Mais elle n'avait peut-être rien à voir avec cette affaire.

Il regarda sa montre. Huit heures moins vingt. Jeudi 11 janvier.

Au lieu de se rendre tout droit chez son père, il suivit la nationale sur quelques kilomètres de plus et prit la petite route en terre battue zigzaguant entre les collines, le long de la côte, en direction de Backåckra. Il laissa sa voiture sur le parking désert et monta à pied sur la hauteur d'où l'on pouvait découvrir la mer.

Là se trouvait un site mégalithique restauré quelques années auparavant, invitation au calme et à la solitude.

Il s'assit sur une pierre et se mit à contempler la mer.

Il n'avait jamais été très enclin à la philosophie ni n'avait particulièrement éprouvé le besoin de rentrer en lui-même, comme on dit. La vie était faite d'une série de questions d'ordre pratique attendant chacune sa solution. Tout ce qui se situait au-delà était inévitable et ce n'était pas le fait d'y chercher un sens qui n'existait pas, de toute façon, qui changerait grand-chose.

Mais s'offrir quelques minutes de solitude était tout différent. Le fait de ne plus penser du tout apportait un profond sentiment de paix. Se contenter d'écouter, de voir, rester immobile.

Un bateau se dirigeait vers une destination quelconque. Un gros oiseau de mer planait sans bruit sur les vents ascendants. Tout était parfaitement calme.

Au bout de dix minutes, il se leva et regagna sa voiture.

Quand il franchit le seuil de l'atelier, son père était déjà en train de peindre. Cette fois-ci, il allait y avoir un coq de bruyère sur la toile.

Son père le regarda d'un œil torve.

Wallander constata qu'il était sale. En outre, il sentait mauvais.

153

– Pourquoi viens-tu ?

– C'est bien ce qu'on a décidé hier, non ?

– À huit heures, oui.

– Enfin quoi, bon sang, ce n'est tout de même pas à dix minutes près ?

– Comment peut-on être dans la police, quand on n'est pas capable d'être à l'heure ?

Wallander ne répondit pas. Au lieu de cela, il se mit à penser à Kristina, sa sœur. Il fallait absolument qu'il trouve le temps de l'appeler au téléphone. Pour lui demander si elle était consciente de l'état de plus en plus déplorable de leur père. Il avait toujours pensé que la sénilité ne survenait que petit à petit. Il comprenait maintenant à quel point il s'était trompé.

Son père prenait de la peinture sur sa palette avec son pinceau. Ses mains ne tremblaient toujours pas. Puis, avec beaucoup d'application, il posa une touche de rouge pâle sur le plumage du coq de bruyère.

Wallander s'assit sur le vieux traîneau et l'observa.

L'odeur qui émanait de son corps était forte et désagréable. Elle lui rappelait celle d'un clochard étendu sur un banc qu'il avait vu un jour, dans le métro, à Paris, au cours de leur voyage de noces, à Mona et à lui.

Il faut que je dise quelque chose, pensa-t-il. Même si mon père est en train de retomber en enfance, il faut que je lui parle comme à un adulte.

Le vieil homme se concentrait toujours sur sa peinture.

Combien de fois a-t-il pu peindre ce tableau au cours de son existence ?

Une rapide évaluation de tête lui permit de parvenir au chiffre de sept mille.

Sept mille couchers de soleil.

Il se versa du café à la cafetière qui était en train de fumer sur le réchaud à essence.

– Comment ça va ? demanda-t-il.

– Quand on a mon âge, on va comme on peut, répondit son père d'une voix maussade.

– Tu n'as pas envisagé d'aller vivre ailleurs ?

– Où est-ce que je pourrais bien aller vivre ? Et pourquoi aller ailleurs ?

Ces questions le frappèrent au visage comme des coups de fouet.

– Dans une maison de retraite.

Son père brandit alors son pinceau dans sa direction comme s'il s'agissait d'une arme.

– Tu veux ma mort ?

– Bien sûr que non ! Je veux ton bien, au contraire.

– Tu crois que je ferais long feu, parmi tout un tas de vieux bonshommes et de vieilles bonnes femmes ? Et puis là-bas, on n'a certainement pas le droit de peindre dans sa chambre.

– Maintenant, on a le droit à un appartement indépendant.

– J'ai ma maison indépendante. Je ne sais pas si tu t'en es aperçu. Tu es peut-être trop malade pour ça ?

– Je suis simplement un peu enrhumé.

Ce n'est qu'en le disant qu'il s'aperçut que son rhume ne s'était pas déclaré. Il avait disparu aussi rapidement qu'il était venu. Cela lui était déjà arrivé plusieurs fois auparavant. Quand il avait beaucoup à faire, il ne s'accordait pas le luxe d'être malade. Mais, une fois une enquête criminelle terminée, il était fréquent que l'infection se déclenche aussitôt.

– Ce soir, j'ai rendez-vous avec Mona, dit-il.

Il ne servait à rien de continuer à parler de maison de retraite ou même de résidence pour personnes âgées, il s'en rendait bien compte. Il fallait d'abord qu'il parle à sa sœur.

– Tu ferais mieux de l'oublier, puisqu'elle t'a quitté.

– Je n'ai aucune envie de l'oublier.

Son père peignait toujours. Il en était maintenant au rose des nuages. La conversation s'arrêta là.

– Est-ce que tu as besoin de quelque chose ? demanda Wallander.

Sans le regarder, son père lui répondit :

– Tu t'en vas déjà ?

Le reproche était à peine voilé. Wallander comprit que ce serait peine perdue que de tenter d'étouffer ce sentiment de mauvaise conscience qui venait de flamber en lui.

– J'ai du travail, dit-il. J'assure l'intérim du chef de la police et j'ai un double meurtre à tenter d'élucider. Sans compter des pyromanes à retrouver.

Le père pouffa de mépris en se grattant entre les jambes.

– Chef de la police, dit-il. Qu'est-ce que c'est que ça, je vous demande un peu ?

Wallander se leva.

– Je reviendrai, papa, dit-il. Je t'aiderai à mettre de l'ordre dans tout ce fouillis.

L'éclat de colère de son père le prit tout à fait au dépourvu.

Il jeta son pinceau par terre et alla se planter devant lui en brandissant l'un de ses poings vers son visage.

– Qu'est-ce que tu viens me parler de fouillis ? s'écria-t-il. Pourquoi est-ce que tu viens te mêler de ma vie ? J'ai une femme de ménage et une personne pour tenir la maison. Et puis d'ailleurs, je pars pour Rimini. On m'a proposé d'y exposer mes tableaux. Je demande vingt-cinq mille couronnes pièce. Et tu viens me parler de maison de retraite. Mais tu ne réussiras pas à me faire mourir. Je t'en fiche mon billet !

Wallander sortit en claquant la porte de l'atelier derrière lui.

Il est fou, se dit-il. Il faut que je mette un terme à tout ça. Il s'imagine peut-être sincèrement qu'il a une femme de ménage et quelqu'un pour tenir sa maison. Et même qu'il va exposer ses tableaux en Italie.

Il hésita un moment à retourner voir son père, qu'il entendait maintenant faire beaucoup de bruit dans la cuisine. On aurait dit qu'il jetait des casseroles à travers la pièce.

Mais il préféra reprendre sa voiture. Le mieux était d'appeler sa sœur. Sans tarder. À eux deux, ils parviendraient peut-être à faire comprendre à leur père que cela ne pouvait pas continuer ainsi.

À dix heures, il réunit le personnel disponible pour faire de nouveau le point. Ceux qui avaient vu le reportage, aux informations de la veille, partageaient son sentiment d'indignation. Après un échange de vues de quelques minutes, on décida de rédiger une mise au point très sèche et de la faire diffuser par l'agence nationale de presse.

– Pourquoi est-ce que le directeur de la police ne réagit pas ? demanda Martinsson.

Sa question fut accueillie par un rire de mépris.

– Lui ! dit Rydberg. Il ne réagit que lorsqu'il a quelque chose à y gagner personnellement. Il se fout pas mal des conditions de travail de la police de province.

Après ce commentaire, on se concentra de nouveau sur le double meurtre.

Il ne s'était rien passé de sensationnel, nécessitant un examen sérieux de leur part. Toute l'équipe en était toujours à la phase préparatoire.

On recueillait les informations et les examinait, on vérifiait et enregistrait les différentes indications fournies par le public.

Tout le monde était d'accord pour penser que la piste de la maîtresse cachée et de l'enfant naturel était la plus vraisemblable. Nul ne doutait non plus que le vol fût bien à l'origine de l'affaire.

Wallander demanda si le calme avait régné dans les différents camps de réfugiés.

– J'ai pris connaissance du rapport de cette nuit, dit Rydberg. Tout a été calme. Ce qu'on a signalé de pire, c'est un élan en liberté sur la E14.

– Demain on est vendredi, dit Wallander. Hier soir, j'ai reçu un nouvel appel anonyme. Du même individu. Il m'a renouvelé la menace qu'il se passera quelque chose demain, vendredi.

Rydberg proposa d'aviser la direction centrale de la police.

Celle-ci verrait alors s'il convenait d'affecter des moyens supplémentaires à la surveillance des camps.

— D'accord, dit Wallander. Autant prendre le maximum de précautions. Dans notre propre secteur, on va mettre sur pied une patrouille de nuit supplémentaire exclusivement chargée des camps de réfugiés.

— Dans ce cas-là, il va falloir que tu donnes ordre de faire des heures supplémentaires, dit Hansson.

— Je sais, dit Wallander. Je veux Peters et Norén, pour cette nouvelle équipe de nuit. Et puis je veux que quelqu'un appelle les directeurs des différents camps. Sans leur faire peur, mais en leur demandant de faire preuve d'un surcroît de vigilance.

Au bout d'une bonne heure, la réunion fut terminée.

Wallander était seul dans son bureau et s'apprêtait à rédiger sa réplique à la télévision d'État.

C'est alors que le téléphone sonna.

Göran Boman l'appelait de Kristianstad.

— Je t'ai vu à la télé, hier soir, dit-il en riant.

— C'était un peu gros, hein ?

— Oui. Tu n'as pas protesté ?

— Je suis justement en train de leur écrire une lettre.

— À quoi est-ce qu'ils pensent, ces journalistes, au juste ?

— Certainement pas à ce qui est vrai et à ce qui ne l'est pas. Plutôt à la grosseur du titre de leur papier.

— J'ai de bonnes nouvelles pour toi.

Wallander se sentit soudain tout excité.

— Tu l'as trouvée ?

— Peut-être. Je t'envoie quelques papiers par fax. On a neuf candidates possibles. L'état civil, c'est une bonne invention. Tu devrais regarder un peu ce qu'on a déniché. Et puis après, tu n'auras qu'à me rappeler pour me dire s'il y en a une dont tu veux qu'on s'occupe en priorité.

— Entendu, Göran. Je te rappelle.

Le fax se trouvait à l'accueil. Une jeune intérimaire qu'il n'avait pas encore vue était en train de sortir une feuille de papier du réceptacle.

– Qui c'est, Kurt Wallander ? demanda-t-elle.

– C'est moi, répondit-il. Où est Ebba ?

– Je crois qu'elle est partie chez le teinturier, dit la jeune fille.

Le rouge de la confusion lui monta aux joues. C'était sa faute, si elle n'était pas à son poste.

Boman avait envoyé quatre pages en tout. Wallander regagna son bureau et les étala sur sa table. Il parcourut tous ces noms, les uns après les autres, s'attachant particulièrement à leurs dates de naissance ainsi qu'à celles de leurs enfants de père inconnu. Il ne tarda pas à éliminer quatre d'entre eux. Il ne lui resta plus alors que cinq femmes ayant eu des fils pendant les années 1950.

Deux d'entre elles habitaient toujours Kristianstad. Une autre était domiciliée à Gladsax, près de Simrishamn. Des deux dernières, l'une vivait maintenant à Strömsund, tout là-haut dans le Nord, et la seconde avait émigré en Australie.

Il sourit en se disant qu'il serait peut-être nécessaire d'envoyer quelqu'un de l'autre côté du globe pour cette enquête.

Puis il appela Göran Boman.

– Bien, dit-il. Ça m'a l'air tout à fait prometteur. Si on est sur la bonne piste, on a le choix entre cinq noms.

– Tu veux que je les convoque pour les interroger ?

– Non. Je veux m'en charger moi-même. Ou, plus exactement, je me suis dit qu'on pourrait peut-être le faire ensemble. Si tu as le temps.

– Je le prendrai. On commence aujourd'hui ?

Wallander regarda sa montre.

– Je préfère attendre demain, dit-il. J'essaierai d'être chez toi vers neuf heures. S'il ne se passe rien de grave cette nuit.

Il raconta à Boman les menaces anonymes proférées au téléphone.

— Est-ce que vous avez trouvé ceux qui ont mis le feu, l'autre nuit ?

— Pas encore.

— Je vais préparer le terrain pour demain. Vérifier qu'aucune d'entre elles n'a déménagé.

— On pourrait se retrouver à Gladsax, suggéra Wallander. C'est à mi-chemin.

— À neuf heures, à l'hôtel Svea de Simrishamn. Ça ne fait jamais de mal de commencer la journée par une tasse de café.

— Entendu. À bientôt. Merci pour ton aide.

Bon sang, se dit Wallander après avoir reposé le combiné. Ça commence enfin pour de bon.

Puis il rédigea sa lettre destinée à la télévision. Il n'y mâcha pas ses mots et décida d'en envoyer une copie au service de l'Immigration, à la ministre chargée de ce domaine, au responsable régional de la sécurité publique et au directeur de la police nationale.

Debout dans le couloir, Rydberg parcourut ce qu'il avait écrit.

— Bien, dit-il. Mais ne crois pas que ça puisse servir à quoi que ce soit. Dans ce pays, les journalistes, surtout ceux de la télévision, n'ont jamais tort.

Il donna la lettre à taper et alla prendre une tasse de café à la cafétéria. Il n'avait pas encore eu le temps de penser à manger un morceau. Il était près de treize heures et il décida de faire le ménage parmi tous les papiers lui signalant que quelqu'un l'avait appelé au téléphone, avant d'aller manger.

La veille au soir, il s'était senti mal à l'aise en recevant cet appel anonyme. Mais il avait maintenant chassé tous ces mauvais pressentiments. S'il arrivait quelque chose, la police était prête à intervenir.

Il composa le numéro de Sten Widén. Mais, au moment où cela commençait à sonner, il reposa brusquement le combiné. Ils avaient bien le temps de s'amuser à chronométrer le temps qu'un cheval mettait à manger son picotin.

Au lieu de cela, il composa le numéro des services du procureur.

La standardiste lui répondit qu'Anette Brolin était dans son bureau.

Il se leva et gagna l'autre extrémité du bâtiment. Au moment où il allait frapper à la porte, celle-ci s'ouvrit.

— Je sortais déjeuner, dit-elle.

— On y va ensemble ? proposa-t-il.

Elle parut hésiter un instant. Puis elle sourit brièvement.

— Pourquoi pas ?

Wallander suggéra le restaurant de l'hôtel Continental. On leur indiqua une table près de la fenêtre donnant sur la gare et ils commandèrent tous deux du saumon.

— Je t'ai vu à la télévision, dit Anette Brolin. Comment peuvent-ils passer des reportages aussi bâclés et aussi tendancieux ?

Wallander, qui s'était rapidement préparé à s'entendre critiquer, se détendit.

— Les journalistes considèrent les policiers comme du gibier sur lequel on peut tirer à vue, dit-il. Qu'on en fasse trop ou trop peu, on est critiqués. Et ils ne comprennent pas non plus qu'on est parfois obligés de dissimuler certaines informations pour des raisons qui tiennent au bon déroulement de l'enquête.

Sans réfléchir, il lui parla ensuite de la fuite. Et il lui dit à quel point il avait pris cela mal, lorsqu'il avait constaté que des renseignements confidentiels avaient aussitôt été portés à la connaissance de la télévision.

Il remarqua qu'elle l'écoutait. Soudain, il eut l'impression de découvrir un autre être humain, derrière la procureure et ses vêtements de bon goût.

Une fois leur repas terminé, ils commandèrent du café.

— Ta famille est venue vivre ici également ? demanda-t-il.

— Non. Mon mari est resté à Stockholm. Et je n'ai pas voulu que mes enfants changent d'école pour un an.

Wallander ne put s'empêcher d'être déçu.

Il avait, malgré tout, caressé l'espoir que cette alliance ne signifiait rien de particulier.

Le serveur apporta la note et Wallander tendit la main pour la prendre.

– On partage, dit-elle.

On vint leur servir un peu de café supplémentaire.

– Parle-moi de cette ville, dit-elle. J'ai regardé certaines des affaires criminelles de ces dernières années. Il y a une grande différence avec Stockholm.

– Elle est de moins en moins grande, dit-il. Bientôt, toute la campagne suédoise ne sera plus qu'un simple faubourg des villes principales. Il y a vingt ans, par exemple, on n'avait pas de drogue ici. Il y a dix ans, on en trouvait dans des villes comme Ystad ou Simri shamn. Mais la police contrôlait encore à peu près la situation. Aujourd'hui, il y a de la drogue partout. Quand je passe devant un beau manoir à l'ancienne, il m'arrive de penser qu'il dissimule peut-être un grand laboratoire d'amphétamines.

– Les actes de violence sont plus rares, dit-elle. Et pas tout à fait aussi graves.

– Malheureusement, il n'y en a plus pour longtemps, dit-il. Il n'y aura bientôt plus de différence entre les grandes villes et la campagne. À Malmö, la délinquance organisée est déjà loin d'être négligeable. Tous ces ferries et l'absence de contrôles dignes de ce nom aux frontières font office de morceaux de sucre attirant la racaille. On a un enquêteur qui est venu de Stockholm il y a quelques années. Il s'appelle Svedberg. Il a demandé sa mutation parce qu'il ne tenait plus le coup là-haut. Mais, voici quelques jours, il m'a dit qu'il se demandait s'il n'allait pas y retourner.

– Pourtant, ça respire le calme ici, dit-elle, pensive. On ne peut plus en dire autant de Stockholm.

Ils sortirent du restaurant. Wallander avait laissé sa voiture dans Stickgatan, tout près de là.

– Tu as le droit de te garer ici ? demanda-t-elle.

– Non, répondit-il. Si j'ai une contravention, je la paie, en général. Mais je commence à me demander si je ne devrais pas plutôt m'exposer aux foudres de notre procureure.

Ils rentrèrent au commissariat en voiture.

– J'avais l'intention de t'inviter à dîner, un de ces soirs, dit-il. Je pourrais te montrer le coin.

– Avec plaisir, dit-elle.

– Tu rentres souvent chez toi ?

– Une semaine sur deux.

– Et ton mari ? Les enfants ?

– Il vient quand il a le temps. Et les enfants quand ils en ont envie.

Je t'aime, se dit Wallander. Ce soir, j'ai rendez-vous avec Mona et je vais lui dire que j'aime une autre femme.

Ils prirent congé à l'accueil du commissariat.

– Je viendrai te faire un rapport lundi, dit Wallander. On commence à avoir pas mal d'indices.

– Est-ce que tu envisages de procéder à des arrestations ?

– Non, pas encore. Mais les recherches auxquelles on a fait procéder à la banque ont donné pas mal de résultats.

Elle hocha la tête.

– De préférence avant dix heures, lundi. Le reste de la journée, je suis prise par des incarcérations et au tribunal.

Ils se mirent d'accord pour neuf heures.

Wallander la regarda s'éloigner dans le couloir.

En rentrant dans son bureau, il se sentait étrangement émoustillé.

Anette Brolin, se dit-il. Ne dit-on pas que tout est possible en ce bas monde ?

Il consacra le reste de la journée à la lecture de différents procès-verbaux d'interrogatoires auxquels il avait simplement eu, jusque-là, le temps de jeter un coup d'œil. Le rapport d'autopsie définitif était également arrivé. Il eut un nouveau haut-le-corps devant le déchaînement de violence dont avaient été victimes les deux vieillards. Il lut le compte rendu de l'audition de leurs deux filles ainsi que des résultats du porte-à-porte à Lenarp.

Tout concordait et se recoupait.

Personne ne se doutait que Johannes Lövgren était un homme beaucoup plus complexe qu'il ne le paraissait. Ce simple cultivateur possédait une double nature bien dissimulée.

Une fois, pendant la guerre, à l'automne 1943, il avait été traîné devant le tribunal pour une affaire de voies de fait. Mais il avait été acquitté. Quelqu'un était allé rechercher les minutes de l'enquête et il en prit attentivement connaissance. Mais il n'eut pas l'impression de pouvoir trouver là un motif vraisemblable de vengeance. C'était plutôt une banale histoire de différend ayant tourné à la bagarre, dans la salle commune d'Erikslund.

À quinze heures trente, Ebba vint lui apporter son costume tout propre.

— Tu es un ange, dit-il.

— J'espère que tu vas passer une soirée vraiment agréable, lui répondit-elle avec un sourire.

Wallander en eut un instant le souffle coupé. Elle parlait sérieusement.

Avant dix-sept heures, il eut encore le temps de remplir une grille de Loto sportif, de prendre rendez-vous au contrôle technique pour sa voiture et de préparer mentalement un certain nombre des importants entretiens qui l'attendaient, le lendemain. Puis il se fit un petit pense-bête à usage domestique, afin de ne pas oublier de rédiger une note à l'intention de Björk, d'ici le retour de celui-ci.

À dix-sept heures trois, Thomas Näslund passa la tête par l'entrebâillement de la porte.

— Tu es encore là ? dit-il. Je croyais que tu étais rentré chez toi.

— Qu'est-ce qui te fait croire ça ?

— C'est Ebba qui me l'a dit.

Je la reconnais bien là, se dit-il avec un sourire. Demain,

il faudra que je lui achète des fleurs avant de partir pour Simrishamn.

Näslund pénétra dans le bureau.

– Tu as un moment ? demanda-t-il.

– Un, mais pas deux.

– J'en ai pour très peu de temps. Il s'agit de ce type, Klas Mânson.

Wallander dut réfléchir un instant avant de se rappeler de qui il s'agissait.

– Ah oui, celui qui a attaqué une boutique ouverte le soir ?

– C'est ça. On a des témoins qui affirment que c'est lui, bien qu'il se soit mis un bas sur la tête, ce salaud-là. Mais son tatouage au poignet, il n'a pas pu le cacher. C'est clair comme de l'eau de roche que c'est lui. Mais la nouvelle procureure n'est pas d'accord avec nous.

Wallander haussa les sourcils.

– Comment ça ?

– Elle trouve que notre enquête est bâclée.

– C'est vrai ?

Näslund le regarda, surpris.

– Pas plus que les autres. C'est quand même évident que c'est lui.

– Qu'est-ce qu'elle a dit, alors ?

– Eh bien, que si on n'est pas capables de lui fournir des preuves plus convaincantes, elle a l'intention de le remettre en liberté. C'est quand même un peu raide, qu'une bonne femme de Stockholm vienne ici nous donner des leçons !

Wallander sentit que la moutarde lui montait au nez, mais il se garda bien de le laisser paraître.

– Avec Per Åkeson, il n'y aurait pas eu de difficultés, ajouta Näslund. C'est l'évidence même que c'est ce type qui a dévalisé la boutique.

– Montre-moi ton rapport, dit Wallander.

– J'ai demandé à Svedberg de le relire.

– Dépose-le ici et j'en prendrai connaissance demain matin.

Näslund se prépara à partir.

– Il faudrait quand même lui dire deux mots, à celle-là ! lança-t-il.

Wallander hocha la tête avec un sourire.

– Je m'en charge, dit-il. Bien sûr qu'on ne peut pas laisser une procureure venue de Stockholm bousculer toutes nos habitudes.

– J'étais sûr que tu serais de mon avis, dit Näslund en sortant.

Magnifique prétexte pour une invitation à dîner, pensa Wallander. Il enfila sa veste, posa son costume nettoyé de frais sur son bras et éteignit le plafonnier.

Après avoir rapidement pris une douche, il était à Malmö un peu avant dix-neuf heures. Il eut la chance de trouver une place de parking sur la place centrale et descendit les quelques marches du bistrot à l'enseigne de « Chez Kock ». Il avait le temps de prendre un petit verre avant d'aller retrouver Mona au buffet de la gare.

Malgré le prix, qui le fit bondir, il commanda un double whisky. Il en aurait préféré un au malt, mais dut se contenter d'une marque moins coûteuse.

Dès la première gorgée, il renversa quelques gouttes sur lui.

Allons bon, une nouvelle tache. Presque au même endroit que la précédente.

Je rentre chez moi, se dit-il, plein de mépris envers lui-même. Je rentre chez moi et je vais me coucher. Je ne suis même plus capable de tenir un verre sans en renverser.

En même temps, il était bien conscient que ce n'était là que vanité. Vanité et nervosité incurable à l'idée de retrouver Mona. C'était peut-être bien son rendez-vous le plus important depuis le jour où il lui avait proposé de se marier.

Et voilà qu'il s'était fixé pour but d'annuler un divorce qui était déjà entré en vigueur.

Mais que cherchait-il, au juste ?

Il essuya le revers de sa veste avec une serviette en papier, vida son verre et commanda un nouveau whisky.

Dans dix minutes, il devrait partir.

Mais, avant cela, il lui fallait prendre une décision. Que dire à Mona ?

Et que répondrait-elle ?

On lui amena son verre et il l'avala d'un trait. L'alcool lui brûlait les tempes et il se rendit compte qu'il commençait à être en nage.

Il ne put parvenir à aucun résultat.

Au fond de lui-même, il espérait que ce serait Mona qui trouverait les paroles libératrices.

N'était-ce pas elle qui avait voulu ce divorce ?

C'était donc à elle de prendre les initiatives qu'il convenait pour y mettre fin.

Il régla la note et partit. À pas lents, afin de ne pas arriver en avance.

En attendant le feu vert, au coin de Vallgatan, il prit deux décisions.

Il parlerait sérieusement de Linda à Mona. Et il lui demanderait conseil en ce qui concernait son père. Mona le connaissait bien. Même si les rapports entre eux n'avaient jamais été excellents, elle était bien au fait de ses sautes d'humeur.

Je devais appeler Kristina, se dit-il tout en traversant la rue. J'ai dû faire exprès de l'oublier.

Tandis qu'il franchissait le pont sur le canal, une voiture de blousons noirs arriva à sa hauteur. Un jeune en état d'ébriété passa le haut du corps par la portière et hurla quelque chose.

Wallander se rappelait être maintes fois passé sur ce pont, plus de vingt ans auparavant. À cet endroit, la ville n'avait pas changé. À l'époque, il était jeune agent de police et allait patrouiller à la gare, le plus souvent en compagnie d'un collègue plus âgé, afin de veiller à ce que l'ordre règne. Il leur était arrivé d'expulser telle ou telle personne en état d'ébriété ou dépourvue de billet. Mais il n'avait jamais, ou très rarement, dû avoir recours à la force.

Ce monde-là n'existe plus, se dit-il. Il est irrémédiablement révolu.

Il pénétra dans la gare. Là, en revanche, bien des choses avaient changé, depuis la dernière fois qu'il était venu en patrouille à cet endroit. Mais le dallage était toujours le même. Ainsi que le grincement des roues des wagons et des locomotives quand les trains freinaient.

Soudain, il vit sa fille.

Il crut d'abord qu'il avait la berlue. Il aurait aussi bien pu s'agir de la fille qui jetait du foin du haut du grenier, chez Sten Widén. Mais ensuite, le doute ne fut plus permis. C'était bien sa fille.

Elle était en compagnie d'un Noir à la peau d'ébène et tentait d'acheter un billet à un distributeur automatique. L'Africain mesurait près de cinquante centimètres de plus qu'elle. Il avait les cheveux crépus et portait une salopette mauve.

Comme s'il était en train d'effectuer une filature, Wallander se jeta derrière un pilier pour se dissimuler aux regards.

L'Africain dit quelque chose qui fit rire Linda.

Il songea que cela faisait bien des années qu'il n'avait pas vu sa fille rire.

Ce qu'il voyait le désespérait. Il sentait qu'elle lui échappait. Elle était là, tout près de lui, et pourtant hors de sa portée.

Ma famille, se dit-il. Je suis dans une gare en train d'espionner ma propre fille. Pendant que ma femme, qui est également sa mère, est peut-être déjà en train de m'attendre, au restaurant, pour que nous dînions ensemble en essayant de ne pas nous disputer au point d'attirer l'attention de toute la salle.

Il s'aperçut tout à coup qu'il avait la vue trouble. Ses yeux étaient voilés de larmes.

Celles-ci étaient là, en fait, depuis le moment où il avait vu Linda rire.

L'Africain et elle se dirigèrent vers l'accès aux quais. Il voulut courir vers elle, la prendre dans ses bras. Mais elle avait disparu de son champ visuel et il dut reprendre sa filature improvisée. Restant bien soigneusement dans l'ombre, il se faufila sur ce quai balayé par un vent glacial en provenance du Sund. Il les vit alors marcher main dans la main en riant, puis les portes d'un train en partance pour Lund ou Landskrona se refermèrent sur eux avec un bruit d'air comprimé.

Il s'efforça de se dire qu'elle avait l'air heureuse. Qu'elle était toujours aussi peu embarrassée que lorsqu'elle était très jeune. Mais tout ce qu'il eut l'impression de ressentir, lui-même, ce fut à quel point il était misérable.

Kurt Wallander. Le policier pathétique à la vie de famille en lambeaux.

Et maintenant il était en retard. Mona était peut-être déjà repartie. Elle qui était tellement ponctuelle, elle détestait devoir attendre les autres.

Surtout lui.

Il se mit à courir le long du quai. À côté de lui, une locomotive d'un rouge agressif faisait le bruit d'un fauve en colère.

Il allait tellement vite que, dans l'escalier montant au restaurant, il trébucha. Le cerbère à la nuque rasée le regarda d'un œil mauvais.

– Eh bien, dit-il. Où est-ce qu'on va comme ça ?

Cette question paralysa Wallander. Il n'en comprenait que trop bien la signification. Le cerbère pensait qu'il était ivre et s'apprêtait à lui interdire l'accès au buffet.

– Je vais dîner avec ma femme, dit-il.

– Oh non, dit le cerbère. Moi, je crois que tu vas rentrer bien gentiment chez toi.

Wallander sentit la colère monter en lui.

– Je suis dans la police ! hurla-t-il. Et je ne suis pas ivre, contrairement à ce que tu penses. Laisse-moi rentrer, si tu ne veux pas avoir des ennuis.

— Tiens, mon œil ! répondit le cerbère. Tu ferais mieux de filer, avant que j'appelle les flics.

Un instant, il eut envie de frapper. Mais il eut malgré tout suffisamment de sang-froid pour s'en abstenir et sortit à la place sa carte de sa poche intérieure.

— Je suis vraiment dans la police, dit-il. Et je ne suis pas ivre. J'ai trébuché, c'est tout. Et puis, il est exact que ma femme m'attend.

Le cerbère regarda la carte d'un œil soupçonneux.

Et soudain, son visage s'illumina.

— Mais je te reconnais, dit-il. Je t'ai vu à la télé, l'autre soir.

Wallander se dit qu'il allait enfin pouvoir se réjouir d'être passé à la télévision.

— Je suis d'accord avec toi, tu sais, dit le cerbère. Totalement.

— À quel propos ?

— Qu'il faut leur tenir la dragée haute, à tous ces nègres. Qu'est-ce que c'est que toute cette racaille qu'on laisse entrer dans le pays et qui assassine des vieilles personnes sans défense ? Je suis d'accord avec toi qu'il faut leur foutre des coups de pied au cul. Et plus vite que ça.

Wallander comprit qu'il ne servirait à rien de tenter de discuter avec cet homme. Il préféra arborer son plus beau sourire.

— J'ai une faim de loup, dit-il.

Le cerbère lui ouvrit alors la porte toute grande.

— On ne prend jamais trop de précautions, tu le comprends bien, n'est-ce pas ?

— Bien sûr, dit Wallander en pénétrant dans la chaleur du restaurant.

Il ôta son manteau et fit le tour de la salle des yeux.

Mona était assise dans un coin, près d'une fenêtre donnant sur le canal.

Peut-être avait-elle même été témoin de toute cette scène ?

Il rentra le ventre, se lissa les cheveux et alla la retrouver.

Tout alla mal dès le premier moment.

Il vit qu'elle avait remarqué la tache sur le revers de sa veste et cela le rendit furieux. Il n'était même pas sûr de parvenir véritablement à le cacher.

— Bonsoir, dit-il, en s'asseyant en face d'elle.

— En retard, comme d'habitude, dit-elle. Comme tu as grossi !

Il se sentit aussitôt humilié. Pas la moindre gentillesse, pas la moindre tendresse.

— Toi, par contre, tu es toujours la même. Comme tu es bronzée !

— On est allés passer une semaine à Madère.

Madère. D'abord Paris, puis Madère.

Leur voyage de noces. L'hôtel perché au bord de la falaise, le petit restaurant de poisson, en bas, près de la mer. Et voilà qu'elle y était allée avec quelqu'un d'autre.

— Ah bon, dit-il. Je croyais que Madère était notre île à tous les deux.

— Ne fais pas l'enfant !

— Je suis sérieux !

— Non, tu es puéril.

— Bien sûr que je suis puéril. Quel mal y a-t-il à ça ?

La conversation s'engageait mal. Quand une serveuse très aimable s'approcha de leur table, il eut l'impression qu'on venait le tirer d'un trou d'eau glacée dans lequel il était tombé. Et, lorsque le vin arriva sur la table, l'atmosphère s'en ressentit aussitôt.

Wallander regardait cette femme à laquelle il avait été marié et se disait qu'elle était très belle. Au moins à ses yeux. Il s'efforça d'éviter d'avoir des pensées qui risquaient d'éveiller en lui une pointe de jalousie.

Il s'efforça également de donner l'impression d'un calme qu'il était hélas loin de posséder.

Ils trinquèrent.

— Reviens, la supplia-t-il. Repartons de zéro.

171

– Non, dit-elle. Il faut que tu comprennes que c'est fini. Terminé.

– Pendant que je t'attendais, je suis rentré dans la gare, dit-il. J'ai vu notre fille.

– Linda ?

– Tu as l'air étonnée ?

– Je croyais qu'elle était à Stockholm.

– Qu'est-ce qu'elle ferait à Stockholm ?

– Elle devait aller se renseigner dans une école populaire supérieure, voir s'ils n'auraient pas des cours qui lui conviendraient.

– Je ne me suis pas trompé. C'était bien elle.

– Tu lui as parlé ?

Wallander secoua la tête.

– Je n'ai pas eu le temps, dit-il. Elle prenait le train.

– Quel train ?

– Celui de Lund ou de Landskrona. Elle était en compagnie d'un Africain.

– Ah bon.

– Qu'est-ce que tu veux dire ?

– Eh bien que Herman est ce qu'il est arrivé de mieux à Linda depuis bien longtemps.

– Herman ?

– Herman Mboya. Il est originaire du Kenya.

– Il portait une salopette mauve.

– C'est vrai qu'il a parfois des tenues assez cocasses.

– Qu'est-ce qu'il fait en Suède ?

– Il est étudiant en médecine. Il va bientôt être médecin.

Wallander écoutait, stupéfait, ce qu'elle lui disait. Est-ce qu'elle se moquait de lui ?

– Médecin ?

– Oui ! Médecin ! Docteur, si tu préfères. Il est gentil, plein d'humour et d'attentions.

– Ils vivent ensemble ?

– Il a un petit appartement d'étudiant à Lund.

– Je t'ai demandé s'ils vivaient ensemble.

– Je crois que Linda s'est enfin décidée.

– Décidée à quoi ?

– À aller vivre avec lui.

– Comment est-ce qu'elle va pouvoir suivre les cours d'une école populaire supérieure à Stockholm, alors ?

– C'est Herman qui le lui a suggéré.

La serveuse vint remplir leurs verres de vin. Wallander se rendit compte que la tête commençait à lui tourner.

– Elle m'a appelé, il y a quelques jours. Elle était à Ystad. Mais elle n'est pas venue me voir. Si tu la vois, toi, tu pourras lui dire qu'elle me manque.

– Elle fait ce qu'elle veut.

– Je te demande seulement de lui dire ça !

– Bon, bon. Ne crie pas !

– Je ne crie pas !

À ce moment, on leur apporta le plat de viande. Ils le mangèrent en silence. Wallander ne lui trouva aucun goût. Il commanda une autre bouteille de vin, tout en se demandant comment il allait faire pour rentrer chez lui.

– Ça a l'air d'aller, pour toi, dit-il.

Elle hocha la tête, de façon très décidée et peut-être même avec un rien de défi.

– Et toi ?

– J'ai plein d'emmerdements. Mais à part ça, ça va.

– De quoi voulais-tu me parler ?

C'est vrai, il avait oublié. Oublié de trouver un prétexte à cette rencontre. Il n'avait plus aucune idée de ce qu'il pourrait bien dire.

La vérité, se dit-il, non sans ironie. Pourquoi ne pas essayer de lui dire la vérité ?

– Je voulais simplement te voir, dit-il. Le reste, c'était du bluff.

Elle sourit.

– Je suis contente qu'on ait pu se rencontrer, dit-elle.

Soudain, il éclata en sanglots.

— Tu me manques affreusement, marmonna-t-il.

Elle tendit la main et la plaça sur la sienne, mais ne dit rien.

Et c'est à ce moment que Wallander comprit que tout était bel et bien fini entre eux. Leur divorce était irrémédiable. Peut-être leur arriverait-il encore de dîner ensemble. Mais leurs vies divergeaient maintenant pour de bon. Son silence ne mentait pas.

Il se mit à penser à Anette Brolin. Et à cette femme de couleur qui hantait ses nuits.

La solitude l'avait pris par surprise. Maintenant, il allait devoir se familiariser avec elle et essayer de se forger, petit à petit, cette nouvelle vie dont personne d'autre que lui ne pouvait prendre la responsabilité.

— Je voudrais te poser une seule question, dit-il. Pourquoi m'as-tu quitté ?

— Si je ne t'avais pas quitté, c'est ma vie qui m'aurait quittée, moi, dit-elle. Je voudrais que tu comprennes que ce n'était pas ta faute. C'est moi qui ai senti qu'il fallait absolument que je parte, c'est moi qui ai pris cette décision. Un jour, tu comprendras ce que je veux dire.

— Je veux comprendre maintenant.

Au moment de partir, elle voulut payer sa part. Mais il refusa et elle finit par céder.

— Comment vas-tu rentrer chez toi ? demanda-t-elle.

— Il y a un bus de nuit, répondit-il. Et toi ?

— À pied, dit-elle.

— Je t'accompagne.

Elle secoua la tête.

— Non, séparons-nous ici. Ça vaut mieux. Mais tu peux me téléphoner, si tu veux. J'aimerais bien qu'on ne se perde pas de vue.

Elle lui donna un rapide baiser sur la joue. Il la vit franchir le canal d'un pas énergique. Une fois qu'elle eut disparu entre l'hôtel Savoy et le Syndicat d'initiative, il se lança sur ses traces. Un peu plus tôt dans la soirée, il avait pris sa fille en filature. Maintenant, c'était au tour de sa femme.

Près du magasin de matériel hi-fi, au coin de la place centrale, une voiture était garée. Elle ouvrit la portière et monta sur le siège avant. Lorsque le véhicule passa à sa hauteur, Wallander se jeta rapidement dans l'entrée d'un immeuble. Il put simplement apercevoir l'homme qui était au volant.

Il regagna sa propre voiture. En fait, il n'y avait pas de bus de nuit. Il entra dans une cabine téléphonique et composa le numéro d'Anette Brolin. Lorsqu'elle répondit, il raccrocha rapidement.

Il monta dans sa voiture, mit une cassette de Maria Callas et ferma les yeux.

Le froid le réveilla en sursaut. Il avait dormi près de deux heures. Bien qu'il ne fût pas vraiment en état de le faire, il décida de rentrer chez lui au volant, en prenant de petites routes passant par Svedala et Svaneholm. Il ne risquait guère d'y tomber sur des patrouilles de police.

Ce fut pourtant ce qui arriva. Il avait tout simplement oublié la surveillance nocturne des camps de réfugiés qu'il avait lui-même ordonnée.

Après s'être assurés que tout était calme à Hageholm, Peters et Norén virent tout à coup, entre Svaneholm et Slimminge, une automobile qui zigzaguait. Ils avaient beau connaître parfaitement la voiture de Wallander, il ne leur vint pas à l'idée que ce pût être lui qui était sur les routes à cette heure de la nuit. De plus, sa plaque minéralogique était tellement sale qu'elle était illisible. Ce n'est que lorsqu'ils l'eurent arrêtée et une fois la vitre baissée, sur leur prière instante, qu'ils reconnurent leur chef par intérim.

Ni l'un ni l'autre ne surent quoi dire. La lampe de poche de Norén éclairait les yeux injectés de sang de Wallander.

— Tout est calme ? demanda celui-ci.

Norén et Peters se regardèrent.

— Oui, dit Peters. On dirait.

— Parfait, dit Wallander, en s'apprêtant à remonter sa vitre.

C'est alors que Norén se décida.

— Je crois qu'il vaut mieux que tu descendes, dit-il. Tout de suite.

Wallander leva des yeux étonnés vers ce visage qu'il distinguait à peine, du fait de la lueur de la lampe.

Puis il s'inclina et fit ce qu'on lui disait.

Il descendit de voiture.

La nuit était glaciale. Il sentit qu'il avait froid.

Quelque chose venait de prendre fin.

9

Kurt Wallander ne se sentait pas le moins du monde dans la peau d'un policier qui riait[1] lorsqu'il poussa les portes de l'hôtel Svea, à Simrishamn, juste après sept heures en ce vendredi matin. Un rideau de pluie mêlée de neige rendait la ville presque invisible et l'humidité avait eu le temps de pénétrer dans ses chaussures en l'espace des quelques pas séparant sa voiture de l'hôtel.

De plus, il avait mal à la tête.

Il demanda à la serveuse si elle n'aurait pas des cachets à lui donner. Celle-ci revint avec un verre d'eau dans lequel moussait une poudre blanche.

En buvant son café, il remarqua que sa main tremblait.

Il se dit que ce devait être le fait tout autant du soulagement que de l'angoisse.

Quelques heures plus tôt, lorsque Norén lui avait ordonné de descendre de voiture, sur cette petite route entre Svaneholm et Slimminge, il s'était dit que tout était terminé, qu'il allait être révoqué. Un cas aussi flagrant d'ivresse au volant ne pouvait motiver qu'une suspension avec effet immédiat. Et même s'il devait retrouver le service actif, après avoir purgé sa peine de

---

1. Allusion au livre de Maj Sjöwall et Per Wahlöö, *Le Policier qui rit*, Union générale d'éditions, coll. « 10/18 » ; réimp. Rivages/Noir, n° 715, 2008. *(N.d.T.)*

prison, il ne pourrait plus jamais regarder ses anciens collègues dans les yeux.

Il avait eu le temps de se dire qu'il réussirait peut-être à trouver du travail comme responsable de la sécurité dans une entreprise quelconque. Ou bien à se faire embaucher dans une société de gardiennage pas trop sourcilleuse quant au passé de ses employés. Mais sa carrière dans la police serait terminée. Or c'était dans la police qu'il avait toujours voulu être.

Il ne lui était pas venu à l'idée de tenter de soudoyer Peters et Norén. Il savait bien que c'était hors de question. Tout ce qu'il pouvait faire, c'était d'en appeler à leurs sentiments. À un esprit de corps, à une camaraderie et une amitié qui, à vrai dire, n'existaient pas.

Mais cela ne s'était pas avéré nécessaire.

– Monte avec Peters, moi je ramène ta voiture, avait dit Norén.

Wallander se souvenait du soulagement qu'il avait éprouvé, mais aussi du mépris manifeste que trahissait la voix de Norén.

Sans dire un mot, il était allé s'asseoir sur le siège arrière de la voiture de police. Pendant tout le trajet jusqu'à Mariagatan, à Ystad, Peters n'avait pas desserré les lèvres.

Norén était arrivé juste après eux, avait garé sa voiture et lui avait rendu ses clés.

– Est-ce que quelqu'un t'a vu ? avait demandé Norén.

– Personne d'autre que vous.

– Alors, tu as une sacrée veine.

Peters avait approuvé d'un signe de tête. Wallander avait alors compris que cela resterait entre eux. Norén et Peters se rendaient coupables, en sa faveur, d'une grave entorse au règlement. Pourquoi, il n'en avait pas la moindre idée.

– Merci, avait-il dit.

– Pas de quoi, avait répondu Norén.

Et, sur ces mots, ils étaient partis.

Wallander était monté chez lui et avait vidé le peu qu'il restait d'une bouteille de whisky. Puis il avait sommeillé pendant quelques heures dans son lit. Sans penser ni rêver à quoi que ce soit. À six heures et quart, il avait repris le volant de sa voiture, après s'être rasé de façon très sommaire.

Naturellement, il savait bien qu'il n'avait pas encore retrouvé un état de parfaite sobriété. Mais il ne risquait plus de rencontrer Peters et Norén, qui avaient quitté leur service à six heures.

Il s'efforça de se concentrer sur ce qui l'attendait. Göran Boman allait venir le rejoindre et ils allaient tous deux se lancer à la poursuite du chaînon manquant dans l'enquête sur le double meurtre de Lenarp.

Il écarta toutes les autres pensées. Elles n'auraient qu'à attendre des circonstances plus propices, attendre qu'il n'ait plus la gueule de bois et qu'il ait pris un peu de recul.

Il était seul dans la salle à manger de l'hôtel. Il regarda la mer, qu'il entrevoyait confusément, toute grise, à travers la neige fondue. Un bateau de pêche était en train de quitter le port et il tenta de déchiffrer son immatriculation, peinte en noir sur le bordé.

Une bière, pensa-t-il. Une bonne vieille bière blonde, voilà ce qu'il me faut en ce moment.

La tentation était forte. Il se dit également qu'il pourrait essayer de faire discrètement un saut au Systemet[1] afin de ne pas être à sec le soir venu.

Il sentait qu'il n'était pas capable de redevenir sobre trop vite.

Je fais vraiment un foutu policier, se dit-il.

Un flic douteux.

La serveuse remplit sa tasse de café. Un instant, il imagina qu'il prenait une chambre dans cet hôtel et qu'elle venait l'y retrouver. Derrière les rideaux tirés, il oublierait qu'il existait, il oublierait ce qui l'entourait et se laisserait tout simplement couler dans un monde n'ayant rien à voir avec la réalité.

---

1. Abréviation familière de Systembolaget, chaîne de magasins détenant en Suède le monopole de la vente d'alcool. *(N.d.T.)*

Il but son café et prit sa serviette. Il disposait encore de quelques instants pour revoir les éléments de l'enquête.

Poussé par un soudain sentiment d'inquiétude, il se rendit à la réception et appela le commissariat d'Ystad. C'est Ebba qui lui répondit.

— Tu as passé une bonne soirée ? demanda-t-elle.

— Ça n'aurait pas pu être mieux, répondit-il. Encore merci pour ton aide.

— De rien. Quand tu voudras.

— Je t'appelle de l'hôtel Svea, à Simrishamn. Au cas où il se passerait quelque chose. Dans un moment, je vais partir faire un tour dans la région avec Boman, de la police de Kristianstad. Je vous rappellerai dans la journée.

— Tout est calme. Il ne s'est rien passé dans les camps de réfugiés.

Il raccrocha donc et alla faire un brin de toilette en évitant de se regarder dans la glace. Du bout des doigts, il tâta la bosse de son front. Elle était encore sensible. Par contre, sa brûlure au bras avait presque complètement disparu.

Il n'avait plus mal à la cuisse non plus, sauf s'il s'étirait.

Il regagna la salle à manger et commanda un petit déjeuner. Tout en mangeant, il feuilleta les papiers qu'il avait amenés.

Göran Boman était un homme ponctuel. À neuf heures tapantes, il fit son entrée.

— Quel temps ! s'exclama-t-il.

— Ça vaut quand même mieux qu'une tempête de neige, répondit Wallander.

Pendant que son collègue buvait son café, ils dressèrent un plan de bataille pour la journée.

— On dirait qu'on a de la chance, dit Boman. Il semble qu'on va pouvoir toucher la femme de Gladsax et les deux de Kristianstad sans trop de difficultés.

Ils commencèrent par la première.

— Elle s'appelle Anita Hassler, précisa Boman. Elle a

cinquante-huit ans. Elle est remariée depuis quelques années avec un agent immobilier.

– Hassler, c'était son nom de jeune fille ? demanda Wallander.

– Maintenant, elle s'appelle Johansson. Et son mari Klas Johansson. Ils habitent un quartier résidentiel, légèrement en dehors du village. On a fouiné un peu dans ses affaires. D'après ce qu'on a pu savoir, elle est femme au foyer.

Pour le reste, il se fia à ce qui était marqué sur ses papiers.

– Le 9 mars 1951, elle a donné naissance à un fils à la maternité de Kristianstad. À quatre heures treize, très précisément. Pour autant qu'on sache, c'est son seul enfant. Mais son mari en avait déjà quatre de son côté. Il a d'ailleurs six ans de moins qu'elle.

– Son fils a donc maintenant trente-neuf ans, calcula Wallander.

– Il a été baptisé sous le nom de Stefan. Il habite un peu plus loin sur la côte, à Åhus, et il est contrôleur des impôts. Rien à dire sur sa situation financière. Il est marié, deux enfants, vit dans une maison mitoyenne.

– Les contrôleurs des impôts ont-ils l'habitude de commettre des meurtres ? demanda Wallander.

– Pas très souvent, répondit Boman.

Ils partirent pour Gladsax. La neige fondue s'était maintenant changée en pluie battante. À l'entrée de la localité, Göran Boman prit à droite.

Le lotissement tranchait très nettement sur le reste du village, avec ses maisons basses et blanches. Wallander se dit qu'il aurait aussi bien pu s'agir du faubourg aisé d'une grande ville quelconque.

La maison était située tout en bout de rangée. Devant, une énorme antenne parabolique reposait sur un socle en ciment. Le jardin était bien entretenu. Ils restèrent quelques minutes dans la voiture, à observer cette belle demeure en brique rouge. Une Nissan blanche stationnait devant l'entrée du garage.

– Le mari n'est probablement pas là, dit Göran Boman. Son bureau est à Simrishamn. Il paraît qu'il est spécialisé dans la vente de propriétés à des Allemands disposant d'un solide compte en banque.

– C'est légal ? s'étonna Wallander.

Boman haussa les épaules.

– Des prête-noms, dit-il. Les Allemands de l'Ouest paient bien et la transaction se fait entre Suédois. Il y a pas mal de gens, en Scanie, qui gagnent leur vie de cette manière-là, en étant nominalement propriétaires fonciers.

Soudain, ils virent une forme qui bougeait derrière un rideau. Ce mouvement était si difficilement perceptible qu'il fallait les yeux exercés d'un policier pour le distinguer.

– On dirait qu'il y a du monde, dit Wallander. On y va ?

La femme qui vint leur ouvrir était vraiment séduisante. Elle portait un jogging assez informe, mais il émanait d'elle une très forte séduction. Wallander eut le temps de penser qu'elle n'avait véritablement pas l'air d'une Suédoise.

Il se dit également que la façon de se présenter pouvait avoir autant d'importance que toutes les autres questions réunies.

Comment réagirait-elle lorsqu'ils lui diraient qu'ils étaient de la police ?

Tout ce qu'ils purent constater, ce fut un léger haussement de sourcils. Puis un sourire révélant une dentition sans défaut. Wallander se demanda si Göran Boman ne s'était pas trompé. Avait-elle vraiment cinquante-huit ans ? Si on ne lui avait rien dit, il aurait penché pour quarante-cinq.

– Je ne m'attendais pas à cette visite, dit-elle. Si vous voulez vous donner la peine d'entrer.

Ils pénétrèrent dans une salle de séjour d'un goût très sûr. Les murs étaient couverts d'étagères abondamment pourvues en livres. Dans un coin se trouvait l'un des modèles les plus luxueux de téléviseurs Bang & Olufsen. Dans un aquarium nageaient des poissons tigrés. Wallander avait bien du mal à associer cette pièce à l'idée qu'il se faisait de Johannes Lövgren. Il était difficile de déceler le moindre lien entre eux.

– Est-ce que je peux vous offrir quelque chose ? demanda-t-elle.

Ils répondirent par la négative, tout en s'asseyant.

– Nous sommes venus te poser quelques questions de pure routine dans le cadre d'une enquête que nous menons. Il faut tout d'abord que je me présente : Kurt Wallander, de la police d'Ystad, et voici mon collègue Göran Boman, de Kristianstad.

– Une visite de la police, comme c'est passionnant, dit la femme, toujours aussi souriante. Il se passe si peu de choses ici, à Gladsax.

– Nous aimerions te demander si tu ne connaîtrais pas quelqu'un du nom de Johannes Lövgren, dit Wallander.

Elle les regarda, l'air très étonnée.

– Johannes Lövgren ? Non, qui est-ce ?

– Tu es certaine ?

– Bien sûr que oui !

– Il a été assassiné, ainsi que son épouse, dans un village du nom de Lenarp, il y a quelques jours de cela. Tu en as d'ailleurs peut-être entendu parler par les journaux.

Son étonnement paraissait très sincère.

– Je ne comprends absolument rien à ce que vous me dites, répondit-elle. Je me souviens d'avoir lu quelque chose en ce sens dans les journaux. Mais je ne vois pas très bien le rapport avec moi.

En effet, se dit Wallander, en regardant Göran Boman, qui paraissait du même avis. Ça n'a vraiment rien d'évident.

– En 1951, tu as donné naissance à un fils, à Kristianstad, dit Boman. D'après différents papiers que j'ai pu consulter, tu as déclaré cet enfant comme étant de père inconnu. Et nous nous demandions si ce Johannes Lövgren ne serait pas, par hasard, le père en question.

Elle les regarda longtemps avant de répondre.

– Je ne comprends pas pourquoi tu me poses cette question, dit-elle. Et je comprends encore moins le lien que cela peut avoir avec ce paysan assassiné. Mais, pour vous êtes agréable, je peux vous dire que le père de Stefan s'appelle Rune Stierna. Il était déjà marié. Je n'ignorais pas à quoi je m'exposais, c'est pourquoi j'ai décidé de le remercier de cet enfant en gardant son identité secrète. Il est mort voici douze ans et Stefan a entretenu de bons rapports avec lui pendant toute sa jeunesse.

– Je comprends parfaitement que nos questions te paraissent bizarres, dit Wallander. Mais nous sommes souvent dans l'obligation d'en poser de ce genre.

Ils prirent encore note de ses réponses à quelques autres questions, avant de s'apprêter à prendre congé.

– J'espère que tu voudras bien nous excuser de t'avoir dérangée, dit Wallander en se levant de son siège.

– Vous me croyez, n'est-ce pas ? demanda-t-elle.

– Oui, dit Wallander. Nous te croyons. D'ailleurs, si tu nous as menti, nous ne tarderons pas à en être informés.

Elle éclata de rire.

– Je vous dis la vérité. J'ai beaucoup de mal à mentir. Mais n'hésitez pas à revenir, si vous avez d'autres questions bizarres à me poser.

Ils sortirent et regagnèrent leur voiture.

– En voilà déjà une, dit Boman.

– Ce n'est certainement pas elle, répondit Wallander.

– Est-ce vraiment la peine d'aller trouver son fils à Åhus ?

– Je crois que non. Pour l'instant, tout du moins.

Ils allèrent chercher la voiture de Wallander et se rendirent tout droit à Kristianstad.

Lorsqu'ils parvinrent aux collines de Brösarp, la pluie cessa de tomber et les nuages commencèrent à se dissiper.

Au commissariat de Kristianstad, ils changèrent de nouveau de voiture et effectuèrent le reste de leur tournée dans l'un des véhicules de la police.

– Margareta Velander, dit Göran Boman. Quarante-neuf ans, tient le magasin de coiffure Die Welle, dans Krokarpsgatan. Trois enfants, divorcée, remariée et divorcée de nouveau. Elle habite un lotissement, sur la route de la province de Blekinge. En décembre 1958, elle a donné naissance à un fils prénommé Nils qui m'a l'air d'un type assez bizarre. Il est marchand forain de babioles d'importation. En outre, il est propriétaire d'une agence de vente par correspondance de sous-vêtements féminins sexy. Tu ne devineras jamais où il habite : à Sölvesborg. Qui peut bien avoir l'idée d'acheter des sous-vêtements sexy en provenance de Sölvesborg, bon sang ?

– Bien des gens, crut pouvoir affirmer Wallander.

– Il a déjà été en prison pour voies de fait, reprit Boman. Je n'ai pas lu le rapport, mais il en a pris pour un an. Il faut qu'il y soit allé assez fort.

– Je veux absolument consulter ce document. Où est-ce que ça s'est passé ?

– Il a été condamné par le tribunal de Kalmar. J'ai demandé qu'on sorte le dossier.

– De quand cela date-t-il ?

– De 1981, je crois.

Wallander se mit à réfléchir, tandis que Boman les conduisait à travers la ville.

– Elle avait donc dix-sept ans quand l'enfant est né. Au cas où Johannes Lövgren serait le père, ça fait une belle différence d'âge.

– J'y ai déjà pensé. Mais on peut en tirer pas mal de conclusions.

Le salon de coiffure pour dames était installé au sous-sol d'un immeuble locatif tout à fait banal, à la sortie de la ville.

– On pourrait peut-être en profiter pour se faire couper les cheveux, dit Boman. Où est-ce que tu vas, toi, d'habitude ?

Wallander faillit répondre que c'était Mona, sa femme, qui s'en chargeait.

– Ça dépend, répondit-il évasivement.

Les trois fauteuils du salon étaient occupés lorsqu'ils arrivèrent. Deux des clientes étaient sous le casque, alors que la troisième se faisait faire un shampooing.

La femme qui lui massait les cheveux les regarda, l'air étonnée.

– Je ne prends que sur rendez-vous, dit-elle. Et c'est complet pour aujourd'hui. Demain aussi. Si vous venez pour vos femmes.

– Margareta Velander ? demanda Göran Boman.

Il lui montra sa carte de police.

– Nous aimerions te parler, poursuivit-il.

Wallander nota qu'elle paraissait avoir peur.

– Je ne suis pas libre en ce moment, dit-elle.

– Nous pouvons attendre, dit Boman.

– Si vous voulez vous asseoir dans la salle d'attente, dit-elle. Je n'en ai pas pour longtemps.

La salle en question était toute petite. Une table recouverte d'une toile cirée et quelques chaises prenaient presque toute la place. Sur une étagère était posée toute une pile d'hebdomadaires, entre des tasses à café et une cafetière d'une propreté relative. Wallander alla regarder de près une photo en noir et blanc. Elle était floue et passée et montrait un jeune homme en uniforme de marin. Wallander réussit à déchiffrer le mot *Halland* sur la bande de sa casquette.

– Le *Halland*, dit-il, c'était un croiseur ou un contre-torpilleur ?

– Un contre-torpilleur. Mais il y a longtemps qu'il a été envoyé à la casse.

Margareta Velander pénétra dans la pièce. Elle s'essuyait les mains à une serviette-éponge.

– J'ai quelques minutes de libres, dit-elle. De quoi s'agit-il ?

– Nous aimerions savoir si tu connais quelqu'un du nom de Johannes Lövgren, dit Wallander en guise d'entrée en matière.

– Vous désirez un peu de café ?

Ils déclinèrent tous deux cette offre et Wallander conçut

quelque humeur du fait qu'elle leur ait tourné le dos au moment où il lui avait posé sa question.

– Johannes Lövgren, répéta-t-il. Un cultivateur d'un petit village près d'Ystad. Est-ce que tu le connaissais ?

– Celui qui a été assassiné ? demanda-t-elle en le regardant droit dans les yeux.

– Oui, dit-il. Celui qui a été assassiné. En effet.

– Non, répondit-elle en se servant un peu de café dans un gobelet en plastique. Pourquoi le connaîtrais-je ?

Les deux policiers échangèrent un rapide regard. Quelque chose dans sa voix laissait entendre qu'elle n'était pas très à l'aise.

– Au moins de décembre 1958, tu as mis au monde un fils baptisé Nils. Tu l'as déclaré comme étant de père inconnu.

Au moment où il prononçait le nom de Nils, la femme se mit à pleurer.

Elle renversa son gobelet et le café se mit à couler sur le sol.

– Qu'est-ce qu'il a fait ? demanda-t-elle. Qu'est-ce qu'il a encore fait ?

Ils attendirent qu'elle se soit un peu calmée avant de lui poser de nouvelles questions.

– Nous ne sommes pas venus annoncer quoi que ce soit, dit Wallander. Mais nous aimerions savoir si Johannes Lövgren ne serait pas, par hasard, le père de Nils.

– Non.

Sa façon de répondre n'était pas particulièrement convaincante.

– Dans ce cas, nous aimerions connaître son identité.

– Pourquoi ça ?

– C'est important pour notre enquête.

– Je vous ai déjà dit que je ne connaissais personne du nom de Lövgren.

– Comment s'appelait le père de Nils ?

– Je ne vous le dirai pas.

– Ça restera confidentiel.

Cette fois, sa réponse se fit attendre assez longtemps.

– Je ne sais pas qui c'est.

– En général, les femmes savent qui est le père de leur enfant.

– Pendant ces années-là, j'ai fréquenté plusieurs hommes. C'est pour ça que je ne sais pas qui est le père de Nils et que je l'ai déclaré de père inconnu.

Elle se leva brusquement de sa chaise.

– Il faut que j'y retourne, dit-elle. Mes clientes vont brûler, sous leur casque.

– Nous attendrons.

– Mais je n'ai rien d'autre à vous dire !

Elle avait l'air de plus en plus aux abois.

– Nous avons d'autres questions à te poser.

Dix minutes plus tard, elle était de retour. Elle tenait à la main un certain nombre de billets qu'elle fourra dans un sac accroché au dossier d'une chaise. Elle semblait maintenant avoir repris le contrôle d'elle-même et être prête à la lutte.

– Je ne connais personne du nom de Lövgren, dit-elle.

– Et tu maintiens que tu ne sais pas qui est le père de l'enfant que tu as eu en 1958.

– Oui.

– Tu es bien consciente que nous pouvons te contraindre à répondre à ces questions sous la foi du serment ?

– Je ne mens pas.

– Où pouvons-nous voir ton fils ?

– Il voyage beaucoup.

– D'après nos renseignements, il est domicilié à Sölvesborg.

– Eh bien, allez-y !

– C'est ce que nous avons l'intention de faire.

– Je n'ai rien d'autre à vous dire.

Wallander hésita un instant. Puis il montra la photographie accrochée au mur et demanda :

– C'est lui, le père de Nils ?

Elle venait d'allumer une cigarette. Quand elle rejeta la fumée, ils crurent presque entendre un sifflement.

– Je ne connais pas de Lövgren. Je ne comprends pas de quoi vous voulez parler.

– Très bien, dit Göran Boman en mettant fin à l'entretien. Mais nous serons peut-être dans l'obligation de revenir.

– Je n'ai rien d'autre à dire. Pourquoi est-ce qu'on ne me fiche pas la paix ?

– Quand la police recherche les coupables d'un double meurtre, elle ne peut laisser personne en paix, dit Göran Boman. C'est comme ça.

Quand ils se retrouvèrent dans la rue, le soleil brillait. Ils restèrent debout près de la voiture.

– Qu'est-ce que tu en penses ? demanda Göran Boman.

– Je ne sais pas. Mais il y a quelque chose de louche.

– Tu veux qu'on s'occupe de son fils, avant de passer à la troisième ?

– Je crois bien que oui.

Ils partirent pour Sölvesborg et eurent bien du mal à trouver l'adresse qu'on leur avait indiquée. Elle correspondait à une maison en bois en très mauvais état, en dehors du centre de la ville, entourée de vieilles voitures et de machines en pièces détachées. Un berger allemand en colère tirait sur sa chaîne. La maison avait l'air abandonnée. Mais, en se penchant en avant, Göran Boman découvrit sur la porte un petit morceau de papier portant, inscrit en lettres maladroites, le nom de Nils Velander.

– C'est bien ici, dit-il.

Il frappa à plusieurs reprises. Mais personne ne répondit. Ils firent alors le tour complet de la maison.

– Quel infect trou à rats, dit Göran Boman.

Une fois revenus à leur point de départ, Wallander appuya sur la poignée de la porte.

Celle-ci n'était pas fermée à clé. Wallander regarda, interrogatif, Boman, qui haussa les épaules.

– Eh bien, si c'est ouvert, on peut entrer, dit-il.

189

Ils se retrouvèrent dans un vestibule sentant le renfermé. Ils tendirent l'oreille. Tout était calme, du moins jusqu'à ce qu'un chat jaillisse d'un coin sombre en poussant un miaulement de fureur, les faisant sursauter, avant de disparaître par l'escalier menant au premier étage. La pièce située à gauche faisait l'effet d'être une sorte de bureau. Elle contenait deux armoires de rangement toutes bosselées et une table sur laquelle se trouvaient une foule de papiers et d'objets divers, ainsi qu'un téléphone et un répondeur automatique. Wallander souleva le couvercle d'un carton posé sur la table. Il contenait un assortiment de sous-vêtements en cuir noir et une adresse.

– C'est destiné à Fredrik Åberg, Dragongatan, à Alingsås, dit-il avec une grimace. Je suppose que c'est sans mention d'expéditeur.

Ils passèrent dans la pièce suivante, qui servait d'entrepôt à Nils Velander pour son entreprise de vente par correspondance. Il y avait même un certain nombre de fouets et de laisses à chien.

Tout semblait avoir été jeté là au hasard, sans souci de rangement.

La pièce suivante était une cuisine dans laquelle les assiettes sales s'entassaient sur l'évier. Un poulet à moitié consommé gisait sur le plancher. Partout, cela sentait le pipi de chat.

Wallander poussa la porte de la resserre.

Elle renfermait un alambic et deux grosses dames-jeannes.

Boman hocha la tête en ricanant.

Ils montèrent à l'étage et passèrent la tête dans une chambre sur le sol de laquelle gisaient des draps sales et des tas de vêtements. Les rideaux étaient tirés et ils comptèrent jusqu'à sept chats qui s'enfuirent à leur approche.

– Quel infect trou à rats, dit de nouveau Boman. Comment peut-on vivre dans des conditions pareilles ?

La maison donnait l'impression d'avoir été abandonnée précipitamment.

– On ferait peut-être mieux de ne pas rester là, dit Wallander. Il nous faudrait un mandat de perquisition, pour examiner tout ça sérieusement.

Ils descendirent l'escalier. Göran Boman pénétra dans le bureau et mit en marche le répondeur automatique.

La voix de Nils Velander – à supposer que ce fût lui – faisait savoir qu'il n'y avait personne, pour l'instant, chez Raffsets, mais que l'on pouvait parfaitement enregistrer sa commande sur le répondeur.

Lorsqu'ils sortirent dans la cour, le berger allemand se mit de nouveau à tirer de toutes ses forces sur sa chaîne.

Tout à côté du pignon gauche, Wallander découvrit une porte presque masquée par ce qu'il restait d'une machine à calandrer et donnant accès à une cave.

Il ouvrit cette porte, qui n'était pas fermée à clé elle non plus, et s'enfonça dans les ténèbres. En tâtonnant, il finit par trouver un interrupteur. Dans un coin se trouvait une vieille chaudière à mazout. Le reste de l'espace était occupé par des cages à oiseaux vides. Il appela Boman, qui vint le rejoindre.

– Des sous-vêtements en cuir et des cages à oiseaux vides. Je me demande bien ce qu'il peut faire, dans la vie, ce type-là.

– Je crois qu'il serait bon qu'on le sache, répondit Boman.

Au moment où ils s'apprêtaient à quitter l'endroit, Wallander découvrit une petite armoire métallique derrière la chaudière. Comme tout le reste, dans cette maison, elle n'était pas fermée à clé. Il plongea la main à l'intérieur et sentit un sac en plastique. Il le sortit et l'ouvrit.

– Regarde un peu ça, dit-il à Boman.

Le sac contenait une liasse de billets de mille couronnes.

Wallander en compta au total vingt-trois.

– Je crois qu'il va falloir qu'on parle un peu à ce gars-là, dit Boman.

Ils remirent l'argent à l'endroit où il se trouvait et sortirent de la cave sous les aboiements du berger allemand.

— On va en parler à nos collègues de Sölvesborg, suggéra Göran Boman, pour qu'ils nous le dénichent.

Au commissariat local, ils tombèrent sur quelqu'un qui connaissait très bien Nils Velander.

— Il n'a certainement pas la conscience tranquille, dit leur interlocuteur. Mais la seule chose dont on puisse vraiment le soupçonner, c'est d'importer illégalement des oiseaux de Thaïlande. Et puis d'être bouilleur de cru.

— Il a déjà été condamné une fois pour voies de fait, dit Göran Boman.

— En général, il n'est pas violent, répondit leur collègue. Mais je vais essayer de vous le trouver. Vous croyez vraiment qu'il serait capable d'assassiner des gens ?

— On n'en sait rien, dit Wallander. Mais on veut absolument lui parler.

Ils regagnèrent Kristianstad. La pluie s'était de nouveau mise à tomber. Le collègue de Sölvesborg leur avait fait très bonne impression et ils étaient sûrs qu'il mettrait la main sur Nils Velander.

Mais Wallander était sceptique.

— On n'a aucune certitude, dit-il. Des billets de mille dans un sac en plastique, ça ne prouve absolument rien.

— Mais il y a tout de même quelque chose, dit Göran Boman.

Wallander était bien d'accord avec lui. Cette coiffeuse pour dames et son fils avaient quelque chose de louche.

Ils s'arrêtèrent pour déjeuner à un motel, à l'entrée de Kristianstad.

Wallander se dit qu'il devait téléphoner au commissariat d'Ystad. Mais quand il voulut le faire, l'appareil était en panne.

Il était déjà quatorze heures trente lorsqu'ils revinrent à Kristian stad. Avant de s'attaquer à la troisième femme de la liste, il fallait que Göran Boman passe à son bureau.

À la réception, la standardiste les arrêta.

– On a appelé d'Ystad, dit-elle. Il faut que Kurt Wallander les rappelle.

– Va dans mon bureau, dit Boman.

Plein de sombres pressentiments, Wallander composa le numéro, tandis que Boman allait chercher du café.

Sans dire un mot, Ebba lui passa Rydberg.

– Il vaudrait mieux que tu reviennes ici, dit ce dernier. Il y a un cinglé qui a descendu un réfugié somalien, à Hageholm.

– Qu'est-ce que tu me racontes là ?

– Rien d'autre que ce que je te dis. Le Somalien en question était allé faire un petit tour à pied. Et quelqu'un l'a abattu avec une carabine. Je t'ai cherché partout. Où est-ce que tu étais fourré, bon sang ?

– Il est mort ?

– Il a eu toute la tête déchiquetée.

Wallander se sentit de nouveau pris de nausées.

– J'arrive, dit-il.

Il raccrocha au moment même où Göran Boman rentrait dans la pièce, transportant avec précaution deux gobelets en plastique pleins de café. Il lui raconta brièvement ce qui s'était passé.

– Je te fais reconduire en voiture d'intervention. La tienne te sera ramenée plus tard par quelqu'un d'ici.

Tout alla très vite.

Deux ou trois minutes plus tard, Wallander quittait la ville à bord d'une voiture de police et dans un hurlement de sirène. À Ystad, Rydberg l'attendait et ils partirent aussitôt pour Hageholm.

– Est-ce qu'on a des indices ? demanda Wallander.

– Aucun. Mais, quelques minutes après le meurtre, la rédaction du *Sydsvenska Dagbladet* a reçu une communication téléphonique. Quelqu'un qui disait que c'était pour venger Johannes Lövgren. Et que, la prochaine fois, ce serait une femme, pour venger Maria.

– Mais c'est de la folie, dit Wallander. Ça fait longtemps qu'on a abandonné la piste d'un meurtrier d'origine étrangère.

– Tout le monde ne semble pas du même avis. Il y en a qui ont l'air de penser qu'on cherche à protéger des étrangers.

– Mais j'ai fait paraître un démenti.

– Ceux qui ont fait ça se foutent pas mal de tes démentis. Ils ont trouvé un excellent prétexte pour sortir leurs flingues et se mettre à faire des cartons.

– C'est de la folie !

– Bien sûr que c'est de la folie. Mais ça n'empêche pas que c'est vrai !

– Est-ce qu'ils ont enregistré cet appel, au journal ?

– Oui.

– Alors, je veux entendre la bande. Pour savoir si c'est la même personne que celle qui m'a appelé.

La voiture traversait à toute allure la campagne scanienne.

– Qu'est-ce qu'on fait, maintenant ? demanda Wallander.

– Il faut qu'on mette la main sur les auteurs du double meurtre de Lenarp, dit Rydberg. Et plus vite que ça.

À Hageholm, c'était le chaos le plus complet. Des réfugiés en colère et en larmes s'étaient rassemblés dans le réfectoire, des journalistes procédaient à des interviews et le téléphone n'arrêtait pas de sonner. Wallander descendit de voiture sur un chemin bourbeux menant à une tourbière, à quelques centaines de mètres des maisons d'habitation. Le vent s'était levé et il remonta le col de sa veste. L'accès avait été interdit sur toute une zone, le long du chemin. La victime gisait sur le ventre, la tête dans la boue.

Wallander souleva avec précaution le drap qui recouvrait le corps.

Rydberg n'avait pas exagéré. Il ne restait presque plus rien de sa tête.

– Un coup porté presque à bout portant, dit Hansson, tout près de là. Celui qui a fait ça a dû sortir de l'endroit où il était caché et faire feu à un ou deux mètres de distance.

– Une seule fois ? demanda Wallander.

– Le directeur du camp dit qu'il a entendu deux coups de feu l'un après l'autre.

Wallander regarda tout autour de lui.

– Des traces de voiture ? demanda-t-il. Où mène ce chemin-là ?

– À deux kilomètres d'ici, il rejoint la E14.

– Et personne n'a rien vu ?

– Ce n'est pas facile d'interroger des gens qui parlent quinze langues différentes. Mais on s'en occupe.

– Est-ce qu'on sait qui est la victime ?

– Il avait une femme et neuf enfants.

Wallander regarda Hansson, l'air incrédule.

– Neuf enfants ?

– Tu vois d'ici les titres des journaux, demain ? Un réfugié innocent abattu au cours d'une promenade. Neuf orphelins d'un seul coup.

À ce moment, Svedberg descendit de l'une des voitures de police et vint vers eux en courant.

– Le patron est au bout du fil, dit-il.

Wallander eut l'air surpris.

– Je croyais qu'il ne rentrait d'Espagne que demain.

– Pas lui, le grand patron, celui de Stockholm.

Wallander monta dans la voiture et prit le téléphone de bord. Le directeur de la police nationale parlait très fort et ses propos l'indisposèrent tout de suite.

– C'est très grave, dit-il. On ne veut pas de meurtres racistes dans ce pays.

– Non, répondit Wallander.

– Il faut faire passer cette affaire avant toute autre enquête.

– Bien. Mais nous avons déjà le double meurtre de Lenarp sur les bras.

– Avez-vous avancé ?

– Je le pense. Mais ça prend du temps.

– J'exige que tu me remettes un rapport, à moi personnellement.

Je dois participer à un débat télévisé, ce soir, et j'ai besoin de toutes les informations disponibles.

— Je m'en occupe.

Fin de la communication.

Wallander resta un moment assis dans la voiture.

Il va falloir que Näslund se charge de ça, se dit-il. Leur envoyer tous les papiers qu'ils veulent.

Il était très abattu. Sa gueule de bois s'était dissipée et il pensait à ce qui s'était passé la nuit précédente. L'arrivée de Peters à bord d'une nouvelle voiture de police se serait de toute façon chargée de lui rafraîchir les idées.

Puis il pensa à Mona et à l'homme qui était venu la chercher.

Et au rire de Linda. Et à cet homme de couleur qui l'accompagnait.

À son père qui peignait son éternel tableau.

Et finalement à lui-même.

Il y a un temps pour vivre et un temps pour mourir.

Puis il se força à descendre de voiture afin de prendre part aux constatations sur place.

Ça suffit comme ça, se dit-il.

Sinon, on n'y arrivera jamais.

Il était quinze heures et quart. Il s'était de nouveau mis à pleuvoir.

10

Debout dans la pluie qui tombait à verse, Kurt Wallander grelottait. Il était presque dix-sept heures maintenant, et la police avait installé des projecteurs tout autour du lieu du crime. Il observa deux ambulanciers qui apportaient une civière, en pataugeant dans la boue. On s'apprêtait à enlever le cadavre du Somalien assassiné. En voyant ce bourbier, il se demanda si même un policier aussi capable que Rydberg pourrait y trouver le moindre indice.

Pourtant, il se sentait soulagé, en ce moment précis. Dix minutes plus tôt, ses hommes avaient été assaillis par une épouse hysté rique et neuf enfants qui hurlaient. La femme du défunt s'était jetée par terre et ses lamentations avaient été tellement déchirantes que plusieurs des policiers n'avaient pu supporter ce spectacle et s'étaient retirés. À son grand étonnement, Wallander avait constaté que le seul qui fût en mesure d'affronter cet être éploré et ces enfants au désespoir était Martinsson, le plus jeune de tous, qui n'avait encore jamais eu au cours de sa carrière le pénible devoir d'annoncer à quelqu'un le décès d'un membre de sa famille. Il avait pris la femme dans ses bras, s'était mis à genoux dans la boue et avait réussi à se faire comprendre d'elle malgré la barrière linguistique. En revanche, le pasteur qu'on avait appelé d'urgence n'avait été capable de rien. Finalement, Martinsson était parvenu à ramener cette femme et ses enfants au bâtiment principal du camp, où un médecin était prêt à s'occuper d'eux.

Rydberg s'approcha à pas lourds. Son pantalon était taché de boue jusqu'en haut des jambes.

— Quel merdier, dit-il. Mais Hansson et Svedberg ont fait du bon boulot. Ils ont réussi à dénicher deux réfugiés et un interprète qui pensent vraiment avoir vu quelque chose.

— Quoi ?

— Comment est-ce que je le saurais ? Je ne parle ni arabe ni swahili. Mais ils sont en route pour Ystad, en ce moment. Le service de l'Immigration a promis de nous fournir des interprètes. Je me suis dit qu'il valait mieux que ce soit toi qui procèdes aux interrogatoires.

Wallander approuva d'un signe de tête.

— Est-ce qu'on dispose de quelque chose ? demanda-t-il.

Rydberg sortit son carnet de notes en bien piteux état.

— Il a été abattu à treize heures exactement. Le directeur était en train d'écouter le flash d'information à la radio quand le coup de feu a retenti. Ou plutôt : les deux coups de feu, comme tu le sais. Il était mort avant d'avoir touché le sol. Il semblerait que ce soit du plomb. Je suppose que c'est du Glyttorp Nitrox 36. Voilà, c'est à peu près tout.

— Ça ne fait pas beaucoup.

— Moi, je trouve que c'est comme si on ne savait rien. Mais peut-être que les témoins pourront nous en dire plus.

— J'ai déjà ordonné des heures supplémentaires pour tout le monde, dit Wallander. Maintenant, on va bosser vingt-quatre heures sur vingt-quatre s'il le faut.

Une fois de retour au commissariat, il fut près de sombrer dans le désespoir en procédant à l'interrogatoire du premier témoin. L'interprète connaissant soi-disant le swahili ne comprenait pas le dialecte que parlait le témoin. C'était un jeune homme originaire du Malawi. Il fallut près d'une demi-heure à Wallander pour se rendre compte que l'interprète ne traduisait absolument pas ce que disait le témoin. Puis il lui fallut encore près de vingt minutes avant de s'aviser que, pour une obscure raison, ce témoin parlait le lovale, une langue répandue dans certaines parties du Zaïre et de la Zambie. C'était une chance. L'un des fonctionnaires du service de l'Immigration connaissait une vieille missionnaire parlant couramment le lovale. Elle avait près de quatre-vingt-dix ans et vivait dans une maison de retraite, à Trelleborg. Après avoir pris contact avec ses collègues de là-bas, Wallander obtint l'assurance qu'on allait l'amener en voiture à Ystad. Il craignait qu'une nonagénaire ne soit peut-être pas la personne la plus indiquée en ce genre de circonstances. Mais il se trompait. Cette petite dame aux cheveux blancs et aux yeux vifs n'eut pas plus tôt franchi le seuil de son bureau qu'elle se mit à bavarder sans aucune difficulté avec le jeune témoin.

Malheureusement, il s'avéra que celui-ci n'avait rien vu.

— Demandez-lui pourquoi il s'est fait porter témoin, alors, dit Wallander d'un ton las.

La vieille femme et le jeune homme se lancèrent de nouveau dans une longue conversation.

— Il a simplement pensé que c'était excitant, finit-elle par dire. Et on peut le comprendre.

— Ah bon ? s'étonna Wallander.

— Tu as été jeune, toi aussi, n'est-ce pas ? dit la vieille femme.

On renvoya le citoyen du Malawi à Hageholm et la vieille femme à sa maison de retraite.

Le témoin suivant, en revanche, s'avéra plus solide. C'était un interprète iranien parlant bien suédois. Comme le Somalien abattu, il était en train de se promener quand les coups de feu avaient retenti.

Wallander sortit une carte d'état-major de la région de Hageholm. Il porta une croix à l'endroit du meurtre et l'interprète put aussitôt lui indiquer où il se trouvait lui-même à ce moment-là. La distance était d'environ trois cents mètres.

— Après les coups de feu, j'ai entendu une voiture, ajouta l'interprète.

— Mais tu ne l'as pas vue ?

— Non. J'étais dans le bois. De là, on ne voit pas la route.

Il indiqua la direction du sud, sur la carte. Puis il dit quelque chose qui prit Wallander totalement au dépourvu :

— C'était une Citroën.

— Une Citroën ?

— Oui, une 2 CV, celle que vous appelez « le crapaud », en Suède.

— Comment peux-tu en être sûr ?

— J'ai grandi à Téhéran. Quand on était petits, on apprenait à reconnaître les différentes voitures au bruit qu'elles faisaient. Et les Citroën n'étaient pas bien difficiles. Surtout la 2 CV.

Wallander eut du mal à en croire ses oreilles. Mais il prit très rapidement une décision.

— Viens avec moi dans la cour. Mais tu vas tourner le dos et fermer les yeux.

Il sortit sous la pluie, mit en marche sa Peugeot et lui fit faire le tour du parking, tout en observant si l'interprète ne trichait pas.

— Eh bien ? dit-il ensuite. Quelle marque était-ce ?

— Une Peugeot, répondit l'interprète sans l'ombre d'une hésitation.

— Bien. C'est même absolument parfait.

Wallander renvoya le témoin et donna ordre qu'on recherche une Citroën qui aurait pu circuler en direction de l'ouest entre Hageholm et la E14. Cette information fut également transmise à l'agence suédoise de presse.

Le troisième témoin était une jeune Roumaine. Pendant son interrogatoire, dans le bureau de Wallander, elle ne cessa d'allaiter son enfant. L'interprète parlait assez mal suédois, mais Wallander estima malgré tout pouvoir se faire une assez bonne idée de ce que cette femme avait vu.

Elle se promenait sur le même chemin que le Somalien abattu et l'avait croisé en rentrant au camp.

— Combien de temps ? demanda Wallander. Combien de

temps entre le moment où tu l'as rencontré et celui où tu as entendu les coups de feu ?

— Trois minutes, peut-être.

— Tu as vu quelqu'un d'autre ?

La femme hocha affirmativement la tête et Wallander se pencha sur le bureau, impatient d'entendre ce qu'elle avait à dire.

— Où ? dit-il. Montre-moi sur la carte !

L'interprète prit l'enfant dans ses bras pendant que la femme cherchait l'endroit sur la carte.

— Là, dit-elle en montrant avec un stylo.

Wallander vit tout de suite que c'était tout près du lieu du crime.

— Raconte-moi, dit-il. Prends tout ton temps. Réfléchis bien.

L'interprète traduisit et la femme réfléchit.

— Un homme en salopette bleue, dit-elle. Il était dans le champ.

— Comment était-il ?

— Il n'avait pas beaucoup de cheveux.

— Quelle taille ?

— Taille normale.

— Est-ce que je suis de taille normale, moi ? demanda Wallander en allant se placer au milieu de la pièce.

— Il était plus grand.

— Quel âge avait-il ?

— Il n'était pas jeune. Pas vieux non plus. Peut-être quarante-cinq ans.

— Est-ce qu'il t'a vue ?

— Je ne crois pas.

— Qu'est-ce qu'il faisait, dans ce champ ?

— Il mangeait.

— Il mangeait ?

— Il mangeait une pomme.

Wallander réfléchit un instant.

— Un homme en salopette bleue dans un champ, juste à côté du chemin. C'est bien ça ?

– Oui.

– Est-ce qu'il était seul ?

– Je n'ai vu personne d'autre. Mais je ne crois pas qu'il était seul.

– Qu'est-ce qui te fait dire ça ?

– On aurait dit qu'il attendait quelqu'un.

– Est-ce qu'il était armé ?

La femme réfléchit de nouveau.

– Je crois me souvenir qu'il y avait un paquet de couleur brune à ses pieds, dit-elle. Mais ce n'était peut-être que la terre.

– Qu'est-ce qui s'est passé une fois que tu as vu cet homme ?

– Je suis rentrée aussi vite que j'ai pu.

– Pourquoi t'es-tu pressée ?

– Ce n'est pas bien de rencontrer dans un bois des hommes qu'on ne connaît pas.

Wallander hocha la tête.

– As-tu vu une voiture ? demanda-t-il.

– Non. Pas de voiture.

– Peux-tu nous décrire cet homme avec un peu plus de détails ?

Elle réfléchit longuement avant de répondre. L'enfant dormait maintenant dans les bras de l'interprète.

– Il avait l'air assez fort, dit-elle. Je crois qu'il avait de grosses mains.

– De quelle couleur étaient ses cheveux ? Le peu qu'il avait ?

– De couleur suédoise.

– Blonds, c'est ça ?

– Oui. Et il était chauve comme ça.

Elle dessina une demi-lune en l'air.

Après cela, elle put rentrer au camp. Wallander alla chercher une tasse de café. Svedberg lui demanda s'il voulait une pizza. Il acquiesça d'un signe de tête.

À vingt heures quarante-cinq, tout le monde se regroupa à la cafétéria pour une nouvelle réunion. Wallander fut étonné de leur trouver aussi bonne mine à tous, sauf Näslund tout de même. Celui-ci était enrhumé et avait de la fièvre. Mais, malgré cela, il refusait de rentrer chez lui.

Tandis qu'ils prenaient leurs pizzas et leurs sandwiches, Wallander s'efforça de faire le point. Il tira un écran sur l'un des murs et leur projeta une diapositive représentant une carte du lieu du crime. Sur celle-ci, il avait porté une croix à l'endroit où avait été commis le meurtre et il avait également dessiné l'emplacement qu'occupaient les divers témoins ainsi que leurs mouvements.

– On n'est donc pas totalement dans le noir, dit-il pour commencer son exposé. On sait l'heure exacte du crime et on dispose de deux témoins dignes de foi. Quelques minutes avant les coups de feu, la Roumaine a vu un homme en salopette bleue dans un champ, juste à côté du chemin. Ça correspond exactement au temps qu'a dû mettre la victime pour arriver à cet endroit. On sait également que le meurtrier a ensuite disparu en direction du sud-ouest, à bord d'une Citroën.

L'exposé fut interrompu par l'entrée de Rydberg dans la pièce. Tout le monde éclata de rire en le voyant couvert de boue presque de la tête aux pieds. Il ôta ses chaussures sales et trempées d'un coup sec de la cheville et prit le sandwich qu'on lui tendait.

– Tu arrives bien, dit Wallander. Qu'est-ce que tu as trouvé ?

– J'ai tourné en rond dans ce champ pendant près de deux heures. La Roumaine a pu m'indiquer assez précisément l'endroit où se tenait l'homme. Et on a trouvé des traces de pas. Des empreintes de bottes, plus exactement. Et c'est bien ce que portait cet homme, d'après elle. Le genre de bottes de caoutchouc vertes qu'on connaît bien. Et j'ai aussi retrouvé un trognon de pomme.

Rydberg sortit un sac en plastique de sa poche.

– Avec un peu de chance, il y aura peut-être des empreintes digitales dessus.

– On peut relever des empreintes digitales sur un trognon de pomme ? s'étonna Wallander.

— On peut en relever sur n'importe quoi, dit Rydberg. On peut aussi trouver un poil, un peu de salive, un fragment de peau.

Il posa le sac en plastique sur la table, prudemment, comme s'il s'agissait d'un vase en porcelaine.

— Ensuite, j'ai suivi les traces de pas, dit-il. Si c'est bien ce mangeur de pomme qui est l'assassin, je crois que les choses se sont passées comme ceci.

Il tira son stylo de son carnet et alla se placer tout à côté de l'écran.

— Il voit le Somalien arriver sur le chemin. Alors il jette son trognon de pomme et traverse le champ tout droit, de façon à lui barrer la route. J'ai pu constater que ses bottes ont amené un peu de terre glaise sur le chemin. Là, il tire ses deux coups de feu à environ quatre mètres de distance. Puis il fait demi-tour et court sur une cinquantaine de mètres à partir du lieu du crime. À cet endroit, le chemin tourne et, en plus, il y a là un petit renfoncement qui permet à une voiture de faire la manœuvre. Et j'ai en effet relevé des traces de pneus. Ainsi que deux mégots.

En disant cela, il sortit un nouveau sac en plastique de sa poche.

— Ensuite, il saute dans sa voiture et part en direction du sud. Je crois que c'est ainsi que ça s'est passé. J'ai d'ailleurs l'intention de me faire rembourser mes frais de nettoyage.

— Tu as mon accord, dit Wallander. Mais, pour l'instant, il faut réfléchir.

Rydberg leva la main, comme s'il était encore à l'école.

— J'ai quelques idées, dit-il. Pour commencer, je suis sûr qu'ils étaient deux. Un qui attendait dans la voiture et un qui a tiré.

— Qu'est-ce qui te fait croire ça ?

— Les gens qui croquent une pomme dans une situation critique ne sont en général pas des fumeurs. Je suis d'avis qu'il y avait quelqu'un qui attendait à côté de la voiture. Un fumeur. Et que le meurtrier, lui, croquait une pomme.

– Ce n'est pas impossible.

– Et puis j'ai l'impression que tout a été très bien organisé. Il n'est pas bien difficile de savoir que les réfugiés de Hageholm se promènent souvent sur ce chemin. Ils sont d'ailleurs le plus souvent en groupe. Mais il arrive aussi qu'ils soient seuls. Il suffit de s'habiller en cultivateur pour que personne ne soupçonne quoi que ce soit. Il me semble aussi que l'endroit a été choisi de façon à ce que la voiture puisse attendre sans qu'on la voie du camp. J'ai donc la conviction que cet acte de folie est en fait une exécution perpétrée de sang-froid. La seule chose qu'ignoraient les meurtriers, c'était l'identité de celui qui allait arriver seul sur ce chemin. Mais je ne crois que ça avait beaucoup d'importance à leurs yeux.

Le silence se fit dans la cafétéria. L'analyse à laquelle s'était livré Rydberg était tellement limpide que personne n'avait quoi que ce soit à objecter. Ce meurtre apparaissait maintenant dans toute sa sauvagerie.

C'est Svedberg qui finit par rompre le silence.

– Il y a quelqu'un qui vient d'apporter une cassette de la part du *Sydsvenska*.

On alla chercher un magnétophone.

Wallander reconnut aussitôt la voix. C'était bien le même homme qui l'avait déjà, à deux reprises, appelé au téléphone pour proférer des menaces.

– On va envoyer cet enregistrement à Stockholm. Ils pourront peut-être nous en dire plus.

– Je pense qu'il faudrait aussi essayer de savoir de quelle variété de pomme il s'agit, suggéra Rydberg. Avec un peu de chance, on pourra peut-être réussir à trouver la boutique dans laquelle il l'a achetée.

Puis ils commencèrent à s'interroger sur le mobile de ce geste.

– La xénophobie, dit Wallander. Ça peut recouvrir beaucoup de choses. Mais je crois qu'il faut qu'on se mette à fouiller un peu dans tous ces mouvements nationalistes. Il semble qu'on soit au début d'une nouvelle phase. On ne se contente plus de peindre des slogans sur les murs. On jette des bombes incendiaires et on tue. Mais je ne pense pas que ce soient les mêmes qui ont mis le feu à ce baraquement, ici, à Ystad. Je penche plutôt pour l'hypothèse d'une grosse blague ou bien le geste de quelques ivrognes qui se sont monté la tête contre les étrangers. Mais cet assassinat est quelque chose de différent. Ou bien ce sont des gens qui agissent pour leur propre compte. Ou bien alors ils font partie d'un mouvement organisé. Et, dans ce cas-là, il va falloir qu'on donne un bon coup de pied dans la fourmilière. Qu'on fasse appel à la population pour qu'elle nous fournisse des tuyaux. J'ai l'intention de demander à Stockholm de nous aider à dresser un peu le tableau des mouvements dont je parlais. C'est une affaire d'importance nationale. Ce qui veut dire que les moyens ne vont pas nous manquer. Et puis, quelqu'un a bien dû voir cette Citroën, elles ne sont pas tellement nombreuses, dans le pays.

– Il existe un club de propriétaires de Citroën, dit Näslund d'une voix rauque. On peut toujours essayer de rapprocher leur fichier de celui des immatriculations. Les membres de ce club connaissent certainement chacune des Citroën en circulation par ici.

On se répartit le travail. Il était près de vingt-deux heures trente lorsque la réunion prit fin. Mais personne ne demanda à rentrer chez lui.

Wallander tint une conférence de presse improvisée dans le hall d'accueil du commissariat. Il en profita pour demander de nouveau avec insistance que toute personne ayant vu une Citroën sur la E14 se fasse connaître. Il donna également le signalement provisoire du meurtrier.

Une fois qu'il eut cessé de parler, les questions se mirent à pleuvoir.

– S'il vous plaît, dit-il. Je vous ai dit tout ce que j'avais à vous dire.

En regagnant son bureau, il croisa Hansson qui lui demanda s'il voulait venir voir un enregistrement du débat auquel avait participé le directeur de la police nationale.

— Oh non ! répondit-il. Surtout pas en ce moment.

Il débarrassa sa table de tous les papiers qui l'encombraient, conservant seulement celui sur lequel il avait noté de téléphoner à sa sœur, qu'il colla sur le combiné de l'appareil. Puis il appela Göran Boman à son domicile. C'est lui-même qui lui répondit.

— Où en es-tu ? demanda-t-il.

— On possède un certain nombre d'indices. Il ne nous reste plus qu'à bosser.

— De mon côté, j'ai de bonnes nouvelles pour toi.

— C'est bien ce que j'espérais.

— Nos collègues de Sölvesborg ont réussi à mettre la main sur Nils Velander. Apparemment, il possède un bateau dont il va s'occuper de temps en temps. On recevra demain le procès-verbal de son audition, mais je peux déjà t'en donner les grandes lignes. En ce qui concerne l'argent qui se trouve dans le sac en plastique, il dit que c'est le produit de la vente de ses sous-vêtements. Et il accepte qu'on échange ces billets-là contre d'autres, afin de vérifier les empreintes digitales.

— Il faudrait se mettre en rapport avec la Föreningsbanken, ici, à Ystad, pour voir si on pourrait les identifier d'après leurs numéros.

— Ils seront là demain. Mais, très honnêtement, je ne pense pas que ce soit lui.

— Pourquoi ?

— Je ne sais pas.

— Je croyais que tu avais parlé de bonnes nouvelles ?

— J'en ai, en effet. J'en viens à la troisième de ces femmes. Je me suis dit que tu ne verrais pas d'objection à ce que j'aille la trouver tout seul.

— Bien sûr que non.

— Comme tu t'en souviens, elle s'appelle Ellen Magnuson.

Elle a soixante ans et travaille dans l'une des pharmacies de la ville. En fait, je l'ai déjà rencontrée. Il y a quelques années, elle a renversé et tué un ouvrier du service de la voirie, au volant de sa voiture. Ça s'est passé devant l'aérodrome d'Everöd. Elle a alors affirmé qu'elle avait été aveuglée par le soleil et c'est certainement vrai. En 1955, elle a donné naissance à un fils déclaré de père inconnu. Il s'appelle Erik et habite Malmö. Il travaille au conseil général. Je suis donc allé la voir chez elle. Elle avait l'air très tendue et inquiète, comme si elle attendait la visite de la police. Elle a nié que Johannes Lövgren soit le père de son enfant. Mais j'ai eu très nettement le sentiment qu'elle mentait. Si tu veux bien me faire confiance, j'ai l'intention de m'intéresser à elle d'un peu plus près. Sans perdre totalement de vue notre amateur d'oiseaux et sa mère.

— Pendant les prochaines vingt-quatre heures, je ne vais certainement pas pouvoir m'occuper de grand-chose d'autre que de ce Somalien abattu, dit Wallander. Alors, je te suis reconnaissant de tout le temps que tu pourras consacrer à m'aider à propos de l'autre affaire.

— Je te fais parvenir les papiers, dit Boman. Ainsi que l'argent. Je suppose qu'il va falloir que tu signes un reçu.

— Quand tout ça sera fini, on boira un whisky ensemble.

— On doit avoir une séance de travail au château de Snogeholm, au mois de mars, à propos des nouveaux circuits de la drogue dans les pays de l'Est, dit Boman. Ce serait peut-être une bonne occasion ?

— Excellente idée, dit Wallander.

Ils mirent fin à leur entretien et il alla retrouver Martinsson afin de savoir si des informations étaient parvenues à propos de la Citroën recherchée.

Martinsson secoua négativement la tête. Toujours rien.

Wallander regagna son bureau et posa les pieds sur la table. Il était maintenant vingt-trois heures trente. Il laissa lentement ses idées se remettre en place. Il reconstitua tout d'abord mentalement le déroulement de ce meurtre. N'avait-il rien oublié ? Y avait-il la moindre faille dans le raisonnement de Rydberg, ou bien quoi que ce soit nécessitant une intervention immédiate ?

Non, il avait l'impression que l'enquête se déroulait de la façon la plus efficace possible. Il n'y avait plus maintenant qu'à attendre le résultat des différentes analyses et à espérer qu'on trouverait la trace de cette voiture.

Il changea de position sur son siège, défit son nœud de cravate et pensa à ce que lui avait dit Göran Boman. Il avait pleinement confiance dans le jugement de ce dernier.

S'il avait eu l'impression que cette femme mentait, il en était certainement ainsi.

Mais pourquoi attachait-il si peu d'importance à Nils Velander ?

Il ôta ses pieds de la table et tira vers lui une feuille de papier vierge. Il dressa rapidement la liste de tout ce qu'il lui fallait trouver le temps de faire au cours des prochains jours. Il prit également la décision de tenter d'obliger la Föreningsbanken à lui ouvrir ses portes le lendemain, bien que ce fût samedi.

Une fois cette liste établie, il se leva et s'étira. Il était maintenant un peu plus de minuit. Dans le couloir, il entendit Hansson parler à Martinsson. Mais il ne réussit pas à comprendre ce qu'ils disaient.

Devant sa fenêtre, un réverbère se balançait au vent. Il se sentait sale et en sueur et envisagea un moment d'aller prendre une douche dans les vestiaires. Il ouvrit la fenêtre et respira une bouffée d'air froid. La pluie avait cessé de tomber.

Il se sentait inquiet. Comment empêcher ce meurtrier de frapper de nouveau ?

La prochaine victime devait être une femme, pour venger la mort de Maria Lövgren, selon les termes du message qui avait été enregistré.

Il s'assit à son bureau et sortit le dossier contenant tout ce qui concernait les camps de réfugiés de Scanie.

Il était peu probable que le meurtrier frappe de nouveau à

Hageholm. Mais ce n'étaient pas les possibilités qui manquaient, dans ce domaine. Et s'il choisissait sa victime de façon aussi gratuite qu'à Hageholm, le champ de celles-ci s'élargissait presque à l'infini.

De plus, il était impossible d'interdire aux étrangers de sortir.

Il repoussa le dossier et glissa une feuille de papier dans sa machine à écrire.

Il était maintenant près de minuit et demi. Il se dit qu'il pourrait aussi bien consacrer le temps dont il disposait à rédiger son compte rendu à l'intention de Björk qu'à quoi que ce soit d'autre.

À ce moment précis, Svedberg poussa la porte de son bureau.

– Des nouvelles ? demanda Wallander.

– En quelque sorte, dit Svedberg, l'air malheureux.

– Qu'est-ce qu'il y a ?

– Je ne sais pas très bien comment te dire ça. Mais on vient d'avoir un coup de téléphone d'un paysan qui habite Löderup.

– Il a vu la Citroën ?

– Non. Mais il dit que ton père est en train de se promener dans les champs en pyjama. Avec une valise à la main.

Wallander fut pétrifié de stupéfaction.

– Quoi ! Qu'est-ce que tu dis ?

– Ce type m'avait l'air tout à fait sain d'esprit. En fait, c'est à toi qu'il voulait parler. Mais on l'a mal aiguillé et c'est moi qui ai reçu la communication. Je me suis dit que c'était plutôt à toi de décider quoi faire.

Il resta immobile, les yeux dans le vide. Puis il se leva.

– Où ça, tu dis ?

– D'après ce que disait ce paysan, ton père se dirigeait vers la route nationale.

– Je m'en occupe. Je reviens dès que possible. Demande qu'on me prépare une voiture-radio, pour qu'on puisse me joindre en cas de besoin.

– Tu veux que je vienne avec toi, ou bien quelqu'un d'autre ?

Wallander déclina son offre d'un simple signe de tête.

– Mon père est atteint de sénilité, dit-il. Il faut que j'essaie de le faire admettre quelque part.

Svedberg ne tarda pas à lui apporter les clés d'une voiture-radio.

Au moment où il allait franchir les portes du bâtiment, il aperçut un homme qui se tenait dans le noir, à l'extérieur. Il ne tarda pas à reconnaître un reporter de l'un des journaux du soir.

– Je ne veux pas de lui sur mes talons, dit-il à Svedberg.

Celui-ci hocha la tête d'un air entendu.

– Attends une seconde, je vais faire marche arrière avec ma voiture et caler juste devant la sienne. Tu n'auras qu'à en profiter pour filer.

Wallander alla s'asseoir au volant et attendit.

Il vit le journaliste gagner sa voiture en courant. Trente secondes plus tard, Svedberg arrivait dans son propre véhicule et en coupait le moteur. La voie était libre.

Wallander partit à vive allure – et même bien trop vive. Il ignora totalement la limitation de vitesse du bois de Sandskogen. En outre, il était presque seul sur la route. Des lièvres effrayés traversaient la chaussée encore toute luisante de pluie.

Lorsqu'il arriva au village où habitait son père, il n'eut pas besoin de chercher bien longtemps. Les phares de la voiture le lui montrèrent tout de suite, en train de patauger au milieu d'un champ, pieds nus et en pyjama bleu à rayures. Il portait son vieux chapeau et tenait une valise. Lorsque les phares l'aveuglèrent, il leva la main devant ses yeux en un geste de colère. Puis il continua à marcher. D'un pas énergique, comme s'il était en route vers un but soigneusement déterminé à l'avance.

Wallander coupa le moteur mais laissa les phares allumés.

Puis il s'élança dans le champ.

– Papa ! s'écria-t-il. Qu'est-ce que tu es en train de faire, bon sang ?

Son père ne répondit pas et continua à marcher. Wallander le suivit, mais trébucha et tomba sur le sol détrempé.

— Papa ! s'écria-t-il de nouveau. Arrête-toi ! Où est-ce que tu vas ?

Pas de réaction. Son père parut même presser le pas. Ils n'allaient pas tarder à atteindre la route nationale. Wallander se mit alors à courir pour le rattraper et le prit par le bras. Mais il se dégagea et poursuivit son chemin.

Wallander perdit alors toute patience.

— Police ! s'écria-t-il. Si tu ne t'arrêtes pas, on va procéder aux tirs de sommation.

Son père s'arrêta net et se retourna. Il cligna des yeux sous la lueur des phares.

— Qu'est-ce que je disais, hein ? s'écria-t-il. Tu vois bien que tu veux ma mort !

Puis il jeta sa valise à la face de son fils. Le couvercle s'ouvrit et il s'en échappa un mélange indescriptible de linge sale, de pinceaux et de tubes de peinture.

Wallander sentit un immense chagrin monter en lui. Son père était là, en train de marcher dans la campagne au milieu de la nuit et de se figurer qu'il partait en Italie.

— Calme-toi, papa ! dit-il. Je voudrais simplement t'emmener à la gare en voiture. Pour t'éviter de faire le chemin à pied.

Son père le regarda d'un œil méfiant.

— Je ne te crois pas.

— C'est quand même naturel que je vienne chercher mon père pour l'emmener à la gare quand il part pour un voyage pareil.

Wallander ramassa la valise, referma le couvercle et se dirigea vers la voiture. Il mit la valise dans le coffre et s'installa au volant pour attendre. Son père ressemblait à un animal pris au piège d'un puissant projecteur, au milieu de ce champ. Un animal maintenant acculé qui n'attendait plus que le coup de feu fatal.

Puis il commença à s'approcher de la voiture. Wallander n'aurait pas su dire si c'était de sa part une manifestation de dignité ou bien le signe définitif de son humiliation. Il ouvrit la portière arrière et son père monta dans la voiture, s'enveloppant les épaules dans une couverture que Wallander avait sortie du coffre.

Ce dernier sursauta en voyant quelqu'un surgir soudain de l'obscurité. Un vieil homme vêtu d'une salopette pas très propre.

— C'est moi qui ai appelé, dit-il. Comment ça se passe ?

— Très bien, répondit Wallander. Merci d'avoir appelé.

— Je l'ai aperçu totalement par hasard.

— Je comprends. Merci, encore une fois.

Il s'installa au volant. En tournant la tête, il vit que son père grelottait, sous sa couverture.

— On va à la gare, papa, dit-il. Il n'y en a pas pour longtemps.

Il se rendit tout droit au service des urgences de l'hôpital. Il eut la chance de rencontrer le jeune médecin qu'il avait déjà vu lorsque Maria Lövgren était à l'agonie. Il lui expliqua ce qui venait de se passer.

— On va le mettre en observation pour cette nuit, dit le médecin. Il a très bien pu prendre froid. Demain, notre assistante sociale se chargera de lui trouver une place quelque part.

— Merci, dit Wallander. Je vais rester encore un petit moment avec lui.

On l'avait essuyé et étendu sur une civière.

— Enfin, dit-il. J'y suis, sur ma couchette pour l'Italie.

Wallander était assis sur une chaise, juste à côté.

— Oui, dit-il. C'est le grand départ pour le Sud.

Il était plus de deux heures quand il quitta l'hôpital. Il n'eut pas loin à aller pour revenir au commissariat. Tout le monde, sauf Hansson, était rentré se coucher. Ce dernier était en train de regarder l'enregistrement du débat auquel avait participé le directeur de la police nationale.

— Rien à signaler ? demanda Wallander.

— Non. Rien, répondit Hansson. Pas mal de gens ont appelé pour nous faire part de telle ou telle chose. Mais rien de vraiment décisif. J'ai pris la liberté d'envoyer tout le monde dormir un peu.

– Tu as bien fait. Mais c'est curieux que personne ne se manifeste à propos de cette voiture.

– C'était justement ce à quoi j'étais en train de penser. Il n'a peut-être emprunté la E14 que sur une petite distance, avant de prendre de nouveau une petite route. J'ai bien regardé la carte. Il y en a tout un tas, dans le secteur. Et puis une grande zone de loisirs dans laquelle il n'y a personne, à cette époque de l'année. Les patrouilles qui assurent la protection des camps vont passer toutes ces petites routes au peigne fin, cette nuit.

Wallander approuva d'un hochement de tête.

– On va envoyer un hélicoptère dès qu'il fera jour, dit-il. Elle est peut-être cachée quelque part dans la zone de loisirs, cette voiture.

Il se servit une tasse de café.

– Svedberg m'a parlé de ton père, dit Hansson. Comment est-ce que ça s'est passé ?

– Très bien. Il est atteint de sénilité et il est maintenant à l'hôpital. Mais tout s'est très bien passé.

– Va dormir quelques heures. Tu as l'air épuisé.

– J'ai encore un peu de paperasse à faire.

Hansson éteignit le magnétoscope.

– Alors j'en profite pour piquer un petit roupillon sur le divan, dit-il.

Wallander retourna dans son bureau et s'assit à sa machine à écrire. La fatigue lui brûlait les yeux.

Pourtant, cette fatigue lui permettait aussi de voir les choses avec une lucidité inattendue. Un double meurtre a été commis, pensa-t-il. Et la chasse que nous livrons au meurtrier déclenche un autre meurtre. Qu'il va nous falloir élucider très rapidement si nous ne voulons pas en avoir bientôt un de plus sur les bras.

Tout cela s'était déroulé en l'espace de cinq jours.

Il rédigea sa note à l'intention de Björk et décida de la lui faire remettre par quelqu'un, le lendemain, à l'aéroport.

Il bâilla. Il était maintenant quatre heures moins le quart. Il était trop fatigué pour penser à son père. Il avait simplement peur que l'assistante sociale ne soit pas en mesure de trouver une solution satisfaisante.

Le morceau de papier portant le nom de sa sœur était toujours fixé sur le téléphone. Dans quelques heures, dès qu'il ferait jour, il faudrait qu'il l'appelle.

Il bâilla de nouveau et renifla ses aisselles. L'odeur lui fit froncer le nez. À ce moment, Hansson passa la tête par la porte de son bureau.

Wallander comprit que quelque chose était arrivé.

– Je crois qu'on tient le bon bout, dit Hansson.

– Quoi ?

– Un type nous a appelés de Malmö pour nous dire que sa voiture avait été volée.

– Une Citroën ?

Hansson se contenta d'un hochement de tête.

– Comment se fait-il qu'il s'en aperçoive à quatre heures du matin ?

– Il a dit qu'il s'apprêtait à partir pour une foire-exposition, à Göteborg.

– Est-ce qu'il a signalé cette disparition à nos collègues de Malmö ?

Hansson hocha de nouveau la tête. Wallander empoigna le combiné.

– Alors on s'en occupe, dit-il.

La police de Malmö promit de procéder très rapidement à l'audition de cet homme. Le numéro de la voiture, sa couleur et l'année de fabrication étaient déjà en cours de diffusion dans tout le pays.

– Une 2 CV bleu clair à toit blanc, immatriculée BBM 160.

Il ne doit pas y en avoir des masses de ce modèle-là dans le pays. Combien ? Une centaine ?

— Si elle n'est pas enterrée quelque part, on va la retrouver, dit Wallander. À quelle heure le soleil se lève-t-il ?

— Dans quatre ou cinq heures, répondit Hansson.

— Dès qu'il fera jour, il faut envoyer un hélicoptère au-dessus de cette zone de loisirs. Je te charge de faire le nécessaire.

Hansson se contenta une nouvelle fois d'un hochement de tête. Il se préparait à quitter la pièce lorsqu'il se souvint tout à coup de quelque chose qu'il avait oublié, du fait de sa fatigue.

— Bon sang, c'est vrai ! J'oubliais.

— Quoi ?

— Le type qui a téléphoné pour dire que sa voiture avait été volée. Il est dans la police.

Wallander le regarda d'un air étonné.

— Dans la police ? Qu'est-ce que tu veux dire ?

— Eh bien oui, quoi. Comme toi et moi.

11

Wallander alla s'allonger dans l'une des cellules du commissariat. Avec beaucoup de peine, il réussit à programmer le réveil de sa montre-bracelet en s'accordant deux heures de sommeil. Lorsque retentirent les petits bips, il se réveilla avec un mal de tête lancinant. Sa première pensée fut pour son père. Il alla prendre des comprimés contre la migraine dans une boîte à pharmacie qu'il trouva dans un placard et les avala au moyen d'une tasse de café tiède. Puis il resta longtemps indécis, se demandant s'il devait d'abord prendre une douche ou bien appeler sa sœur à Stockholm. Il finit par opter pour la première solution et descendre dans les vestiaires. Son mal de tête se dissipait lentement. Mais, lorsqu'il s'affala dans le fauteuil de son bureau, il était toujours perclus de fatigue. Il n'était encore que sept heures et quart, mais il savait que sa sœur était matinale. Et en effet, elle répondit presque aussitôt à son appel. En termes aussi prudents que possible, il la mit au courant de ce qui venait de se passer.

— Pourquoi ne m'as-tu pas appelée plus tôt ? demanda-t-elle vivement. Tu as bien dû t'apercevoir de ce qui se préparait ?

— Oui, mais sans doute trop tard, répondit-il évasivement.

Ils se mirent d'accord pour attendre le résultat de son entrevue avec l'assistante sociale de l'hôpital avant de décider quand elle viendrait en Scanie.

— Comment vont Mona et Linda ? demanda-t-elle lorsque la communication toucha à sa fin.

Il comprit qu'elle n'était pas informée des derniers événements de sa vie familiale.

— Très bien, dit-il. Je te rappelle.

Après cela, il prit sa voiture pour se rendre à l'hôpital. La température était retombée en dessous de zéro et un vent glacial du sud-ouest balayait la ville.

L'une des infirmières, qui venait de prendre connaissance du rapport de sa collègue de nuit, lui dit que son père avait mal dormi. Mais, apparemment, sa promenade nocturne à travers champs ne devrait pas lui laisser de séquelles sur le plan physique.

Wallander préféra attendre de s'être entretenu avec l'assistante sociale avant d'aller le voir.

Il n'avait guère confiance dans ce genre de personnes. Il avait bien trop souvent eu l'occasion, lors de l'arrestation de jeunes délinquants, de voir celles auxquelles la police s'adressait alors suggérer des mesures tout à fait erronées. Elles se laissaient facilement influencer alors que, selon lui, elles auraient dû se montrer énergiques et intraitables. Ils lui avaient fait piquer plus d'une colère, ces services sociaux qui lui semblaient, par leur mollesse, inciter les jeunes criminels à poursuivre dans la voie sur laquelle ils s'étaient engagés.

Mais à l'hôpital, ce n'est peut-être pas pareil, se dit-il.

Après un petit moment d'attente, il fut reçu par une femme dans la cinquantaine. Il lui dressa le tableau du rapide déclin de son père, insistant sur ce qu'il avait d'inattendu et sur l'impuissance qui était la sienne.

— Ce n'est peut-être que passager, répondit la femme. Il arrive que les personnes âgées soient atteintes de troubles temporaires. Si cela passe, il suffira peut-être de prévoir pour lui une aide ménagère. En cas de sénilité chronique, par contre, il faudra que nous trouvions autre chose.

Ils décidèrent que son père resterait en observation jusqu'au début de la semaine suivante. Ensuite, elle verrait avec les médecins ce qu'il conviendrait de faire.

Wallander se leva. La femme qu'il avait devant lui avait l'air de savoir ce dont elle parlait.

— Il est difficile d'être sûr de faire ce qu'il faut, dit-il.

Elle acquiesça d'un signe de tête.

— Rien n'est plus difficile que d'être obligé de devenir les parents de ses propres parents, dit-elle. Je suis bien placée pour le savoir. Ma mère a fini par être dans un tel état que je ne pouvais plus la garder à la maison.

Wallander alla ensuite trouver son père, qui était couché dans une chambre où il y avait quatre autres lits. Tous étaient pris. L'un des malades était plâtré, un autre recroquevillé comme s'il avait d'affreuses douleurs à l'estomac. Le père de Wallander, lui, se contentait de regarder le plafond.

— Comment ça va, papa ? demanda-t-il.

La réponse se fit attendre.

— Laisse-moi tranquille, finit par lâcher le vieillard à voix basse.

Mais le ton de celle-ci n'était plus celui, méfiant et hargneux, de la nuit précédente. Wallander eut surtout le sentiment qu'elle était très triste.

Il resta un moment assis sur le bord du lit. Puis il partit.

— Je reviendrai te voir, papa, dit-il. Et puis j'ai le bonjour à te dire de la part de Kristina.

Il se hâta de quitter l'hôpital, en proie à un profond sentiment d'impuissance. Le vent glacial le saisit au visage. Il n'eut pas envie de repasser par le commissariat et se contenta d'appeler Hansson à partir de son téléphone de bord, malgré la piètre qualité de la liaison.

— Je pars pour Malmö, dit-il. Est-ce que l'hélicoptère est au travail ?

— Oui, ça fait une demi-heure, répondit Hansson. Mais toujours rien. Il y a aussi deux patrouilles sur le terrain, avec des chiens. Si cette foutue voiture est dans le secteur, on va certainement la retrouver.

Wallander prit la direction de Malmö. La circulation était dense, malgré l'heure matinale. À plusieurs reprises, il fut victime de queues de poisson de la part d'automobilistes très pressés.

Ça n'arriverait pas si j'étais dans une voiture de police, se dit-il. Mais après tout, qui sait si ça changerait vraiment quelque chose, de nos jours ?

Il était neuf heures et quart lorsqu'il pénétra dans le bureau du commissariat de Malmö où l'attendait l'homme dont la voiture avait été volée. Avant d'aller le retrouver, il s'était entretenu quelques instants avec l'agent qui avait recueilli sa plainte.

– C'est vrai que c'est un collègue ? avait-il demandé.

– C'*était* un collègue, avait répondu l'agent. Mais il est maintenant à la retraite anticipée.

– Pour quelle raison ?

L'agent avait haussé les épaules.

– Des problèmes nerveux, je crois.

– Tu le connais ?

– Il n'était pas du genre bavard. Bien qu'on ait travaillé dix ans ensemble, je ne peux pas dire que je le connaisse vraiment. Et, honnêtement, je crois que je ne suis pas le seul dans ce cas.

– Il y a quand même bien quelqu'un qui doit le connaître ?

L'agent avait de nouveau haussé les épaules.

– Je vais voir ça. Mais ça arrive à tout le monde de se faire voler sa voiture, hein ?

Wallander pénétra dans le bureau et salua Rune Bergman. Cet ancien collègue, âgé maintenant de cinquante-trois ans, avait bénéficié d'une mise à la retraite anticipée quatre ans auparavant. Il était maigre et avait le regard vague et inquiet. Sur l'une des ailes du nez, il avait une cicatrice faisant penser à un coup de couteau.

Wallander eut aussitôt le sentiment que l'homme qui se trouvait devant lui était sur ses gardes. Il n'aurait pas su dire pourquoi, mais c'était ainsi. Et cette impression ne fit que se confirmer au fur et à mesure de l'entretien.

— Je t'écoute, dit-il. À quatre heures du matin, tu t'es donc aperçu que ta voiture avait été volée.

— Oui, je devais monter à Göteborg. Quand je vais aussi loin, j'aime partir très tôt le matin. Mais quand je suis allé chercher ma voiture, elle n'était plus là.

— Elle se trouvait dans un garage ou bien sur une place de parking ?

— Dans la rue, devant ma maison. J'ai bien un garage, mais il y a tellement de bazar dedans qu'il n'y a plus de place pour la voiture.

— Où habites-tu ?

— Dans un lotissement, du côté de Jägersro.

— Est-ce qu'un de tes voisins aurait remarqué quelque chose ?

— Je leur ai demandé, mais personne n'a rien vu ni entendu.

— Quand as-tu vu ta voiture pour la dernière fois ?

— Je ne suis pas sorti de la journée. Mais la veille au soir, elle était là.

— Fermée à clé ?

— Bien sûr.

— L'antivol était mis ?

— Malheureusement non, il ne fonctionne plus.

Les réponses tombaient de façon très naturelle. Pourtant, Wallander n'arrivait pas à se défendre de l'impression que cet homme était sur ses gardes.

— Qu'est-ce que c'était que cette foire-exposition à laquelle tu voulais aller ? demanda-t-il.

Cette fois, son interlocuteur eut l'air surpris.

— Qu'est-ce que ça a à voir avec cette affaire ?

— Rien. Je me posais seulement la question.

— Ah bon. Eh bien, il s'agit d'aviation.

— D'aviation ?

– Oui, je m'intéresse aux vieux avions. Je construis des modèles réduits.

– Si j'ai bien compris, tu es à la retraite anticipée.

– Qu'est-ce que ça à voir avec le vol de ma voiture, enfin merde ?

– Rien.

– Alors pourquoi est-ce que tu ne la cherches pas, plutôt que de fouiller dans ma vie privée ?

– On s'en occupe. Comme tu le sais, nous avons tout lieu de penser que celui qui l'a volée a commis un meurtre. Je devrais peut-être plutôt dire : a exécuté quelqu'un.

Soudain, l'homme le regarda droit dans les yeux. Plus rien de vague dans son regard.

– Oui, j'ai appris ça, dit-il.

Wallander n'avait plus de questions à poser.

– J'aimerais bien t'accompagner jusque chez toi, dit-il. Pour voir où se trouvait ta voiture.

– Ne compte pas sur moi pour t'offrir le café. C'est tellement en désordre chez moi.

– Tu es marié ?

– Divorcé.

Ils partirent dans la voiture de Wallander. Le lotissement en question était déjà assez ancien et était situé derrière le champ de courses de Jägersro. Ils s'arrêtèrent devant une maison en brique jaune avec une petite pelouse sur le devant.

– Elle se trouvait exactement à l'endroit où tu t'es arrêté, dit l'homme.

Wallander fit marche arrière sur quelques mètres et ils descendirent de voiture. Il nota que l'endroit était à égale distance de deux réverbères.

– Est-ce qu'il y a beaucoup d'autres voitures qui couchent dehors, ici ? demanda-t-il.

– À peu près une devant chaque maison. La plupart des gens

qui habitent ici en ont deux et il n'y a de la place que pour une dans le garage.

Wallander montra de la main les réverbères.

— Ils fonctionnent ? demanda-t-il.

— Oui. S'il y en a un qui est en panne, je le remarque aussitôt.

Wallander regarda tout autour de lui et se mit à réfléchir. Mais il ne réussit pas à trouver d'autre question à poser.

— Je pense que nous ne tarderons pas à avoir des nouvelles l'un de l'autre, dit-il.

— Je tiens à récupérer ma voiture, lui répondit son ancien collègue.

Soudain, Wallander s'avisa qu'il avait bel et bien une dernière question à poser.

— Est-ce que tu as un permis de port d'arme ? demanda-t-il. Une arme ?

L'homme parut se figer sur place.

Au même moment, une idée folle traversa le cerveau de Wallander.

Cette histoire de vol de voiture était inventée de toutes pièces.

L'homme qui se tenait près de lui était l'un des deux qui avaient tué ce Somalien, la veille.

— Qu'est-ce que tu veux dire ? demanda-t-il. Un permis de port d'arme ? Tu n'es quand même pas assez bête pour penser que j'aie quoi que ce soit à voir avec cette histoire, hein ?

— Toi qui as été dans la police, tu dois bien savoir qu'on est parfois obligé de poser toutes sortes de questions, dit Wallander. Est-ce que tu as des armes chez toi ?

— J'ai des armes, mais j'ai aussi les permis qu'il faut.

— Quelle sorte d'armes ?

— J'aime bien chasser. C'est ce qui fait que j'ai un Mauser pour la chasse à l'élan.

— Et puis ?

— Une carabine espagnole, une Lanber Baron, pour la chasse au lièvre.

— Je vais envoyer quelqu'un les chercher.

— Pourquoi ça ?

— Parce que l'homme qui a été assassiné hier a été abattu avec une carabine, presque à bout portant.

L'homme le regarda d'un air de mépris.

— Tu es complètement cinglé, dit-il. C'est pas possible d'être ravagé à ce point-là.

Wallander le quitta sur ces paroles et revint tout droit au commissariat. Il emprunta un téléphone pour appeler Ystad. On n'avait toujours pas trouvé trace de la voiture. Il demanda ensuite à parler à l'officier de service à la brigade criminelle de Malmö. Il avait déjà eu l'occasion de rencontrer cet homme qu'il considérait comme suffisant et très imbu de ses prérogatives. Cela s'était produit la fois où il avait fait la connaissance de Göran Boman.

Wallander dit ce qui l'amenait.

— Je voudrais faire contrôler les armes que détient cet homme, dit-il. Je veux aussi faire fouiller sa maison. Et je veux savoir s'il a des liens avec des organisations racistes.

Son collègue le regarda attentivement pendant un bon moment.

— As-tu des raisons quelconques de croire qu'il ait pu inventer cette histoire de vol de voiture ? Et qu'il puisse être mêlé à ce meurtre ?

— Il détient des armes. Et nous sommes obligés d'explorer toutes les pistes.

— Il y a une centaine de milliers de carabines dans ce pays. Et tu crois vraiment qu'il est possible de lancer un mandat de perquisition à propos d'un vol de voiture ?

— Cette affaire doit passer avant toutes les autres, dit Wallander, qui sentait que la moutarde commençait à lui monter au nez. Je veux bien appeler le responsable départemental de la sécurité publique. Et le directeur de la police nationale, s'il le faut.

— Je vais faire mon possible. Mais ça n'est jamais très bien vu de fouiller dans la vie privée des collègues. Je ne sais pas si tu t'es demandé ce que diraient les journaux, si ça venait à leur connaissance ?

– Je m'en fous, dit Wallander. J'ai trois meurtres sur les bras. Et on m'en a déjà promis un quatrième. Celui-là, j'ai bien l'intention d'essayer de l'empêcher.

Sur le chemin du retour à Ystad, il s'arrêta à Hageholm. Les constatations sur place touchaient à leur fin. Il profita de son passage pour examiner d'un peu plus près, sur les lieux mêmes, la théorie de Rydberg quant à la façon dont le meurtre s'était déroulé, et il conclut en lui donnant raison. La voiture était certainement garée à l'endroit qu'il avait indiqué.

Soudain, il s'aperçut qu'il avait oublié de demander à l'homme qu'il venait d'interroger s'il fumait. Ou bien s'il aimait les pommes.

Il regagna Ystad. Il était maintenant midi. En pénétrant dans le commissariat, il croisa une secrétaire qui sortait déjeuner. Il en profita pour lui demander de lui acheter une pizza.

Il passa la tête dans le bureau de Hansson : toujours pas trace de la voiture.

– On se réunit dans mon bureau dans un quart d'heure, dit Wallander. Tâche de mettre la main sur tout le monde. Ceux qui sont à l'extérieur, tu dois pouvoir les toucher par téléphone.

Il s'assit dans son fauteuil sans ôter son manteau et appela de nouveau sa sœur. Ils convinrent qu'il irait la chercher à l'aéroport de Sturup, à dix heures, le lendemain matin.

Puis il tâta du doigt la bosse de son front, dont la couleur oscillait maintenant entre le jaune, le noir et le rouge.

Vingt minutes plus tard, tout le monde était présent, sauf Martinsson et Svedberg.

– Svedberg est parti jeter un coup d'œil dans une carrière, dit Rydberg. Quelqu'un nous a appelés pour nous signaler la présence suspecte d'une voiture à cet endroit. Martinsson, lui, est sur la piste d'un des membres de ce club de propriétaires de Citroën qui sait, paraît-il, tout sur ce genre de bagnoles en Scanie. C'est un dermatologue de Lund.

— Un dermatologue de Lund ? s'étonna Wallander.

— Il y a bien des putes qui collectionnent les timbres-poste, dit Rydberg. Pourquoi pas des dermatologues cinglés de Citroën ?

Wallander rendit compte de son entrevue avec leur collègue de Malmö. Lorsqu'il précisa qu'il avait donné ordre qu'on examine de très près tout ce qui avait trait à cet homme, il ne put s'empêcher de penser qu'il s'aventurait sur un terrain très glissant.

— Ça ne me paraît pas très vraisemblable, dit Hansson. Un flic qui a l'intention de commettre un meurtre n'est tout de même pas assez bête pour attirer l'attention sur lui en allant porter plainte pour vol de voiture.

— C'est possible, dit Wallander. Mais nous ne pouvons pas nous permettre de négliger la moindre piste, si mince soit-elle.

La discussion tourna ensuite autour de cette voiture introuvable.

— On a vraiment très peu d'appels de la part du public. Ça me renforce dans mon idée qu'elle n'a pas quitté le secteur.

Wallander déplia la carte d'état-major et ils se penchèrent sur elle comme s'ils étaient en train de préparer une offensive.

— Les lacs, dit Rydberg. Ceux de Krageholm et de Svaneholm. Ils peuvent très bien être allés y jeter la voiture. C'est plein de petites routes, par là.

— C'est tout de même risqué, dit Wallander. Il y a des gens qui auraient pu les voir.

Ils décidèrent malgré tout de passer au peigne fin les abords de ces lacs. De même que d'aller fouiller les granges abandonnées.

Une patrouille était venue de Malmö avec des chiens, mais n'avait rien trouvé. Les recherches à partir de l'hélicoptère s'étaient révélées vaines, elles aussi.

— Ton Arabe s'est peut-être trompé ? demanda Hansson.

Wallander réfléchit un instant.

— On va recommencer, dit-il. Cette fois-ci, on va lui proposer six voitures, dont une Citroën.

Hansson promit de s'en charger.

Ils passèrent ensuite à l'examen de la situation de l'enquête sur le double meurtre de Lenarp. Là non plus, aucune trace de cette voiture que le chauffeur de camion affirmait avoir croisée tôt le matin.

Wallander se rendit compte que ses hommes étaient fatigués. On était maintenant samedi et nombre d'entre eux étaient à la tâche sans discontinuer depuis plusieurs jours.

— On laisse tomber Lenarp jusqu'à lundi matin, dit-il. On se concentre sur Hageholm. Ceux qui ne sont pas absolument indispensables n'ont qu'à rentrer chez eux se reposer. La semaine prochaine risque d'être aussi dure que celle-ci.

Puis il se souvint que, le lundi, Björk serait de nouveau à son poste.

— Ce sera à Björk de prendre le relais, dit-il. Alors j'en profite pour vous remercier de l'aide que vous m'avez apportée.

— On est reçus à l'examen ? demanda ironiquement Hansson.

— Avec mention très bien, répondit Wallander.

Après la réunion, il demanda à Rydberg de rester un instant. Il éprouvait le besoin de parler calmement de la situation avec quelqu'un. Et Rydberg était, comme d'habitude, celui en qui il avait le plus confiance quant à la sûreté de son jugement. Il lui fit part des efforts de Göran Boman, à Kristianstad. Rydberg hocha pensivement la tête. Wallander comprit qu'il était très sceptique.

— Ça me fait l'effet d'une bombe à retardement, dit-il. Plus j'y pense, plus ce double meurtre me plonge dans la perplexité.

— Comment ça ?

— Je n'arrive pas à oublier ce que cette femme a dit avant de mourir. J'imagine que, malgré son état, elle devait être bien consciente que son mari était mort. Et qu'elle n'allait pas tarder à le suivre. Il me semble que, dans ce genre de circonstances, c'est un simple réflexe que de tenter de fournir la clé de l'énigme. Et tout ce qu'elle a dit, c'est ce mot « étranger ». Et non seulement dit mais répété, quatre ou cinq fois. Ça doit quand même bien signifier quelque chose. Et puis il y a ce nœud coulant tellement bizarre. Tu l'as d'ailleurs dit toi-même : ça sent la haine et la vengeance, cette histoire. Et pourtant, on fait porter nos recherches dans une direction toute différente.

– Svedberg a fouillé toute la famille des Lövgren, dit Wallander. Il n'a trouvé trace d'aucun étranger. Rien que des cultivateurs bien suédois et un ou deux artisans.

– N'oublie pas sa double vie, dit Rydberg. Nyström a parlé de son voisin comme d'un type sans histoire et sans fortune. Et il ne nous a pas fallu plus de deux jours pour apprendre que, tout ça, c'était faux. Qu'est-ce qui empêche, au juste, que cette affaire ait d'autres côtés insoupçonnés ?

– Qu'est-ce qu'il faut faire, selon toi ?

– Ce qu'on est en train de faire. Mais également être prêts à admettre que la piste que nous suivons ne mène peut-être nulle part.

Puis ils en vinrent à évoquer le meurtre du Somalien.

Depuis qu'il avait quitté Malmö, Wallander n'arrivait pas à se débarrasser d'une idée qui lui trottait dans la tête.

– Est-ce que je pourrais te demander quelque chose ? dit-il.

– Bien sûr que oui, répondit Rydberg, intrigué.

– C'est à propos de notre collègue. Je sais que c'est plutôt une intuition qu'autre chose. Et que l'intuition n'est pas très recommandable, dans notre métier. Mais je me suis dit qu'on devrait avoir ce type-là à l'œil, toi et moi. Au moins pendant le week-end. Ensuite, on verra s'il faut continuer et mettre les autres au courant. Mais si, comme je le pense, cette histoire de vol de voiture est inventée de toutes pièces et s'il est mouillé dans cette affaire, il ne doit pas être très rassuré, en ce moment.

– Je suis d'accord avec Hansson quand il dit que quelqu'un qui est dans la police peut difficilement être assez bête pour monter un vol de voiture bidon alors qu'il s'apprête à commettre un meurtre, objecta Rydberg.

– Je pense que vous avez tort, répondit Wallander. Et qu'il se met le doit dans l'œil, lui aussi, quand il part du principe que sa qualité de membre de la police doit le mettre à l'abri de tous les soupçons.

Rydberg frotta son genou douloureux.

– Comme tu veux, finit-il par dire. Mon avis n'a pas beaucoup d'importance, en l'occurrence, si tu estimes qu'il faut qu'on suive cette piste.

– Ce que je veux, c'est le surveiller de près. Je propose qu'on se partage le travail équitablement jusqu'à lundi matin. Ça ne va pas être marrant, mais c'est possible. Je peux prendre les nuits, si tu préfères.

Il était midi. Rydberg accepta de se charger de cette surveillance jusqu'à minuit et Wallander lui donna l'adresse.

Au même moment, la secrétaire entra avec la pizza qu'il avait commandée.

– Tu as mangé ? demanda-t-il à Rydberg.

– Oui, répondit celui-ci d'une voix très peu convaincante.

– Prends celle-ci. Je vais aller en acheter une autre.

Rydberg ingurgita la pizza. Puis il s'essuya la bouche et se leva.

– Tu as peut-être raison, dit-il.

– Peut-être, répondit Wallander.

Le reste de la journée s'écoula sans qu'il se passe quoi que ce soit.

La voiture était toujours aussi introuvable. Les pompiers avaient dragué les lacs des alentours pour ne ramener que des pièces d'une vieille moissonneuse-batteuse.

Le public était toujours aussi avare de renseignements.

La presse, la radio et la télévision ne cessaient en revanche d'appeler pour obtenir les dernières informations. Wallander ne put que renouveler auprès d'eux sa prière d'insister pour qu'on lui signale toute Citroën bleu et blanc. Les directeurs de divers camps de réfugiés appelèrent pour faire part de leur inquiétude et pour demander une surveillance policière accrue. Wallander leur répondit avec toute la patience dont il était encore capable.

À quatre heures de l'après-midi, une vieille femme fut renversée et tuée par une voiture, à Bjäresjö. Revenu de son expédition dans la carrière, Svedberg se chargea de mener l'enquête, bien que Wallander lui eût promis qu'il serait libre cet après-midi-là.

À dix-sept heures, c'est Näslund qui appela, et Wallander eut très nettement l'impression qu'il avait bu. Il demanda s'il y avait du nouveau ou s'il pouvait aller passer la soirée chez des amis, à Skillinge. Wallander lui donna l'autorisation.

À deux reprises, il appela l'hôpital pour avoir des nouvelles de son père. On lui répondit qu'il était assez fatigué et plutôt absent.

Juste après l'appel de Näslund, il composa le numéro de Sten Widén et entendit, au bout du fil, une voix qu'il connaissait déjà.

— C'est moi qui t'ai aidée à décrocher ton échelle, l'autre jour, dit-il. Tu as compris tout de suite que j'étais dans la police. J'aimerais parler à Sten, s'il est là.

— Il est parti acheter des chevaux au Danemark, répondit la jeune fille répondant au nom de Louise.

— Quand est-ce qu'il rentre ?

— Peut-être demain.

— Peux-tu lui demander de m'appeler ?

— Entendu.

Wallander n'eut pas plus tôt raccroché qu'il eut le sentiment très net que Widén n'était pas du tout au Danemark. Peut-être même était-il tout à côté de Louise, en train d'écouter.

À moins qu'ils n'aient été, tous les deux, dans le grand lit défait.

Rydberg ne donna pas de ses nouvelles.

Il remit sa note destinée à Björk à l'une des patrouilles du maintien de l'ordre, avec mission de la lui remettre dès sa descente d'avion, à Sturup, le soir même.

Puis il consacra quelque temps aux factures qu'il avait oublié de payer, à la fin du mois précédent. Il rédigea donc toute une série de virements postaux qu'il mit, accompagnés d'un chèque, dans une enveloppe brune. Il se rendit alors compte que ce n'était pas encore ce mois-ci qu'il aurait les moyens de s'offrir un magnétoscope ou une chaîne stéréo.

Puis il répondit à l'offre qu'on lui avait faite de participer à un voyage de groupe à l'Opéra de Copenhague, à la fin du mois de février. Il accepta cette proposition, car il n'avait encore jamais vu *Wozzeck* sur scène.

À vingt heures, il prit connaissance du rapport de Svedberg sur l'accident de voiture de Bjäresjö. Il comprit aussitôt qu'il n'y avait pas lieu de faire arrêter le chauffeur. La vieille avait en effet traversé la route sans regarder, juste devant une voiture roulant à allure très modérée. Le cultivateur qui conduisait était irréprochable et tous les témoignages concordaient. Il nota de faire en sorte qu'Anette Brolin prenne connaissance de ce rapport, une fois que l'on aurait procédé à l'autopsie de la victime.

À vingt heures trente, deux hommes entamèrent un pugilat dans un immeuble locatif, à la sortie de la ville. Peters et Norén parvinrent rapidement à séparer les combattants. Il s'agissait de deux frères bien connus des services de police. Ils se battaient en général trois fois par an.

De Marsvinsholm, on signala la disparition d'un lévrier. Étant donné qu'on avait vu celui-ci détaler vers l'ouest, il transmit l'affaire à ses collègues de Skurup.

À vingt-deux heures, il quitta le commissariat. Il faisait froid et le vent soufflait en rafales. Le ciel était étoilé et il ne neigeait toujours pas. Il rentra chez lui, enfila de gros sous-vêtements d'hiver et mit un bonnet de laine. Il arrosa, de façon un peu distraite, ses fleurs qui piquaient du nez devant la fenêtre. Puis il prit la direction de Malmö.

C'était Norén qui était de garde, cette nuit-là. Wallander avait promis de l'appeler une ou deux fois. Mais il était probable que Norén allait avoir suffisamment à faire avec Björk, qui allait rentrer pour apprendre aussitôt que ses vacances étaient bel et bien terminées.

Wallander s'arrêta à un motel, à Svedala. Il hésita longuement avant de décider de se contenter d'une salade. Il se demanda si c'était bien le moment de changer ses habitudes alimentaires. Car, s'il mangeait trop, il risquait fort de ne pas pouvoir rester éveillé comme il le fallait.

Une fois son repas terminé, il but plusieurs tasses de café. Une femme d'un certain âge s'approcha alors de sa table pour lui vendre la publication des Témoins de Jéhovah. Il en acheta un exemplaire, se disant que cette lecture serait suffisamment ennuyeuse pour l'occuper toute la nuit.

Peu après, il reprit la E14 et couvrit les vingt derniers kilomètres le séparant de Malmö. Mais, soudain, il fut pris de doutes quant au bien-fondé de la tâche qu'il s'était fixée, ainsi qu'à Rydberg. Jusqu'à quel point avait-il le droit de faire confiance à son intuition ? Les objections de Hansson et de Rydberg n'étaient-elles pas suffisantes pour justifier l'abandon de cette idée de surveillance nocturne ?

Il se sentait très indécis. Irrésolu.

Et la salade qu'il avait mangée ne l'avait pas véritablement rassasié.

Il était un peu plus de vingt-trois heures trente lorsqu'il vint se ranger dans une rue latérale à la maison jaune habitée par Rune Bergman. Il sortit dans la nuit glaciale en enfonçant son bonnet sur ses oreilles. Autour de lui, la lumière était éteinte dans toutes les maisons. Au loin, il entendit le crissement des pneus d'une voiture. Il resta le plus possible dans l'ombre et s'engagea dans une rue du nom de Rosenallén.

Il découvrit presque tout de suite Rydberg, debout près d'un grand marronnier ; le tronc en était si gros qu'il le dissimulait complètement. S'il l'avait repéré, c'était uniquement parce que c'était le seul endroit à l'abri des regards d'où l'on pouvait avoir vue sur la maison jaune.

Il se glissa à son tour dans l'ombre de ce gros arbre.

Rydberg était gelé. Il se frottait les mains l'une contre l'autre et tapait des pieds.

– Est-ce qu'il s'est passé quelque chose ? demanda Wallander.

– Pas grand-chose en l'espace de douze heures. À seize heures, il est allé faire ses courses à la boutique du quartier. Deux heures plus tard, il est sorti refermer sa barrière, que le vent avait ouverte. Mais il est sur ses gardes. Je me demande si tu n'aurais pas raison, après tout.

Rydberg montra de la main la maison voisine de celle qu'habitait Rune Bergman.

– Elle est vide, dit-il. Du jardin, on peut voir aussi bien la rue que la porte de derrière. Pour le cas où il aurait l'idée de filer par là. Il y a un banc sur lequel on peut s'asseoir. Si on est assez chaudement vêtu.

En arrivant, Wallander avait remarqué une cabine téléphonique. Il demanda à Rydberg d'aller appeler Norén. S'il ne s'était rien passé d'important, il n'aurait qu'à rentrer chez lui directement.

– Je serai là à sept heures, dit Rydberg. Tâche de ne pas mourir de froid, d'ici là.

Il disparut sans faire de bruit. Wallander resta un instant à observer la maison jaune. Deux fenêtres étaient éclairées, l'une au rez-de-chaussée, l'autre au premier. Les rideaux étaient tirés. Il regarda sa montre. Minuit passé de trois minutes. De là où il était, il avait une vue bien dégagée. Pour ne pas avoir trop froid, il se mit à marcher de long en large, cinq pas dans chaque sens.

Lorsqu'il consulta de nouveau sa montre, il était une heure moins dix. La nuit allait être longue et il commençait déjà à avoir froid. Il essaya de faire passer le temps en observant les étoiles dans le ciel. Mais, quand il commença à avoir mal au cou, il se remit à marcher.

À une heure et demie, la lumière du rez-de-chaussée s'éteignit. Wallander crut entendre la radio, au premier étage.

Il n'a pas l'air d'aimer se coucher tôt, ce Rune Bergman, se dit-il.

C'est peut-être une habitude qu'on prend quand on est à la retraite anticipée.

À deux heures moins cinq, une voiture passa dans la rue, suivie juste après par une autre. Puis le silence se fit de nouveau.

À l'étage, la lumière était toujours allumée. Wallander, lui, avait froid.

À trois heures moins cinq, la lumière s'éteignit. Wallander tenta de discerner le bruit de la radio. Mais en vain. Il se mit à battre des bras pour se réchauffer.

Il fredonnait intérieurement une valse de Strauss.

Le bruit fut si faible qu'il l'entendit à peine.

Le cliquetis d'une serrure. Ce fut tout. Wallander se figea sur place et tendit l'oreille.

Puis il aperçut une ombre.

L'homme avait dû prendre grand soin de ne pas faire de bruit. Pourtant, Wallander attendit quelques secondes, puis il enjamba prudemment la clôture. Il eut du mal à s'orienter, dans l'obscurité, mais discerna un étroit passage entre un hangar et le jardin qui jouxtait celui de Bergman. Il avança alors très rapidement. Beaucoup trop rapidement même, compte tenu qu'il n'y voyait presque pas.

Et il se retrouva dans la rue parallèle à Rosenallén.

S'il était arrivé une seconde plus tard, il n'aurait pas vu Rune Bergman disparaître par une rue transversale, sur la droite.

Il hésita une seconde. Sa voiture n'était garée qu'à cinquante mètres de là. S'il n'allait pas la chercher tout de suite et si Rune Bergman en avait une garée à proximité, il n'aurait aucune chance de le suivre à la trace.

Il courut comme un fou jusqu'à sa voiture. Ses membres gourds de froid se mirent à craquer sous l'effort qu'il leur demandait et, au bout de quelques pas, il était déjà à bout de souffle. Il ouvrit brutalement la portière, chercha un instant ses clés et décida rapidement de tenter de couper la route à Rune Bergman.

Il s'engagea dans la rue qu'il croyait être la bonne, mais s'aperçut un instant trop tard que c'était une impasse. Il poussa un juron et fit marche arrière. Rune Bergman avait sans doute le choix entre bien des rues, lui. En outre, il y avait un grand parc, non loin de là.

Décide-toi, se dit-il, furieux. Décide-toi, merde !

Il prit alors la direction du vaste parking situé entre le champ de courses de Jägersro et des grandes surfaces. Il se préparait à abandonner la partie lorsqu'il vit Bergman. Celui-ci était dans une cabine téléphonique, près d'un hôtel tout neuf, juste à l'entrée de la côte menant aux écuries du champ de courses.

Wallander freina, coupa le moteur et éteignit ses phares.

Apparemment, l'homme en train de téléphoner ne s'était pas aperçu de sa présence.

Quelques minutes plus tard, un taxi vint se ranger près de l'hôtel. Bergman monta sur le siège arrière et Wallander mit son moteur en marche.

Le taxi s'engagea sur l'autoroute de Göteborg. Wallander laissa passer un poids lourd afin de se dissimuler derrière lui.

Il regarda son compteur à essence. Il ne pourrait certainement pas suivre ce taxi plus loin que Halmstad.

Soudain, il le vit mettre ses clignotants de droite pour prendre la sortie en direction de Lund. Wallander l'imita.

Le taxi s'arrêta devant la gare. Lorsque Wallander passa à son tour devant celle-ci, il aperçut Rune Bergman en train de régler la course. Il alla se garer dans une rue latérale, sans se soucier de se trouver sur un passage clouté.

Bergman marchait d'un bon pas et Wallander avait du mal à le suivre, dans l'obscurité.

Rydberg ne s'était pas trompé. Cet homme était sur ses gardes.

Soudain, il s'arrêta net et se retourna.

Wallander n'eut que le temps de se jeter sous une porte cochère. Il se cogna le front et sentit sa bosse s'ouvrir, au-dessus de son œil. Le sang coulait le long de son visage. Il s'essuya avec son gant, compta jusqu'à dix et reprit sa filature. Le sang commençait déjà à coaguler.

Bergman s'arrêta devant la façade d'une maison recouverte de toiles et d'échafaudages. Il se retourna de nouveau mais, cette fois, Wallander réussit à se tapir derrière une voiture en stationnement.

Puis il disparut.

Wallander attendit d'avoir entendu la porte de l'immeuble se refermer. Peu de temps après, la lumière s'alluma dans une pièce au deuxième étage.

Il traversa la rue en courant et se faufila derrière les toiles. Sans réfléchir, il grimpa l'échelle jusqu'au premier étage de l'échafaudage.

Les planches grinçaient et gémissaient sous ses pas. Il devait également, de temps à autre, essuyer le sang qui lui obscurcissait la vue. Puis il se hissa jusqu'à l'étage suivant. Les fenêtres éclairées n'étaient plus qu'à un bon mètre au-dessus de sa tête. Il ôta son cache-col et s'en fit un bandage provisoire au front.

Il monta prudemment un nouvel étage de l'échafaudage. L'effort qu'il avait dû accomplir l'avait tellement épuisé qu'il resta allongé pendant plus d'une minute avant de trouver la force de continuer. Il se traîna alors avec précaution sur ces planches glaciales couvertes de débris du crépi de la façade. Il n'osait pas penser à quelle hauteur au-dessus du sol il se trouvait, car cela lui aurait aussitôt donné le vertige.

Il passa la tête par-dessus le rebord de la première des deux fenêtres. À travers les rideaux de tulle, il vit une femme en train de dormir dans un grand lit. Sur l'autre bord de celui-ci, les couvertures étaient rejetées, comme si quelqu'un s'était levé précipitamment.

Il progressa jusqu'à la fenêtre suivante.

Quand il passa de nouveau la tête par-dessus le rebord, il vit cette fois Rune Bergman en conversation avec un homme vêtu d'une robe de chambre brun foncé.

Wallander eut l'impression d'avoir déjà vu cette tête-là quelque part. Tellement cette Roumaine avait été précise dans sa description de l'homme qui attendait dans le champ, en croquant une pomme.

Il sentit son cœur se mettre à battre.

Il ne s'était donc pas trompé. Ce ne pouvait être personne d'autre.

Les deux hommes s'entretenaient à voix basse. Il ne réussit pas à entendre ce qu'ils disaient. Tout à coup, l'homme à la robe de chambre disparut par une porte et Wallander se trouva face à face avec Rune Bergman, qui le regardait droit dans les yeux.

Il m'a vu, se dit-il en baissant la tête.

Ces salauds-là ne vont pas hésiter à me tuer.

Il se sentit paralysé par la peur.

Je vais mourir, pensa-t-il. Ils vont me tirer une balle dans la tête.

Mais personne ne vint lui brûler la cervelle. Et il finit par oser relever la tête.

L'homme en robe de chambre était debout et croquait une pomme.

Bergman, lui, tenait deux carabines entre les mains. Il en posa une sur la table. Puis il dissimula la seconde sous son manteau. Wallander estima alors qu'il en avait assez vu. Il se retourna et commença à redescendre par le même chemin que celui qu'il avait emprunté pour arriver là.

Il ne sut jamais comment cela s'était passé.

Il avait dû se tromper, dans le noir, et, quand il voulut saisir l'échafaudage, sa main ne rencontra que le vide.

Et il bascula.

Cela se passa si vite qu'il n'eut même pas le temps de se dire qu'il allait mourir.

Juste au-dessus du niveau du sol, l'une de ses jambes resta coincée entre deux planches. Lorsque le choc survint, la douleur fut affreuse. Mais il resta suspendu en l'air, la tête à peine à un mètre au-dessus de l'asphalte.

Il tenta de se dégager. Mais son pied était bloqué. Il était accroché là, la tête en bas, sans rien pouvoir faire. Il sentait le sang lui cogner dans les tempes.

La douleur était si vive qu'il en eut les larmes aux yeux.

En même temps, il entendit la porte d'entrée se refermer.

Rune Bergman avait quitté l'immeuble.

Il se mordit les phalanges pour ne pas crier.

À travers la toile, il vit l'homme qui s'arrêtait brusquement. Juste devant lui.

Puis il vit une flamme.

Le coup de feu, se dit-il. Je suis mort.

Ce n'est qu'un instant après qu'il comprit que Rune Bergman avait simplement allumé une cigarette.

Puis les pas s'éloignèrent.

Il faillit perdre conscience, sous l'afflux de sang à sa tête. L'image de Linda lui traversa fugitivement l'esprit.

Au prix d'un effort surhumain, il réussit à empoigner l'un des montants de l'échafaudage. Au moyen de l'un de ses bras, il parvint à se hisser suffisamment pour pouvoir saisir l'échafaudage à l'endroit où son pied était resté bloqué. Puis il rassembla ses forces en vue d'une ultime tentative et tira violemment. Son pied se dégagea et il se retrouva sur le dos, au milieu d'un tas de gravats. Il resta un instant immobile, s'efforçant de déterminer s'il s'était cassé quelque chose.

Puis il se mit debout, mais fut aussitôt obligé de s'appuyer contre le mur pour ne pas s'effondrer sur le sol.

Il lui fallut près de vingt minutes pour regagner sa voiture. Les aiguilles de l'horloge de la gare indiquaient quatre heures et demie.

Il se laissa tomber sur le siège du conducteur et ferma les yeux.

Puis il rentra à Ystad.

Il faut que je dorme, se dit-il. Demain est un autre jour. Je pourrai faire ce qu'il y a à faire.

En voyant son visage dans la glace de la salle de bains, il ne put s'empêcher de pousser un cri. Puis il nettoya ses plaies à l'eau chaude.

Il était près de six heures quand il se fourra entre ses draps, après avoir mis le réveil à sept heures moins le quart. Il n'osait pas dormir plus longtemps que cela.

Il tenta de trouver la position dans laquelle il aurait le moins mal.

Au moment où il s'endormait, un claquement à la porte d'entrée le fit sursauter.

C'était le journal du matin qui tombait sur le plancher par l'ouverture de la boîte aux lettres.

Puis il s'allongea de nouveau de tout son long.

En rêve, il vit Anette Brolin venir vers lui.

Quelque part, un cheval hennissait.

C'était le dimanche 14 janvier. Le jour s'annonçait, marqué par une recrudescence du vent du nord-ouest.

Kurt Wallander dormait.

12

Il crut qu'il avait dormi longtemps. Mais quand il ouvrit les yeux et regarda son réveil sur la table de nuit, il se rendit compte que ce sommeil n'avait duré que sept minutes. C'était le téléphone qui l'en avait tiré. Rydberg l'appelait de Malmö, depuis une cabine.

— Rentre, lui dit Wallander. Inutile de rester te geler là-bas. Viens chez moi.

— Qu'est-ce qui s'est passé ?

— C'est lui.

— Tu es sûr ?

— Absolument certain.

— J'arrive.

Wallander se tira péniblement de son lit. Il avait mal partout dans le corps et le sang lui cognait dans les tempes. Tout en faisant chauffer du café, il s'assit à la table de la cuisine avec un peu de coton et un miroir de poche. Avec beaucoup de peine, il réussit à fixer une compresse sur la plaie de sa bosse. Il avait l'impression que tout son visage était violacé.

Quarante-trois minutes plus tard, Rydberg était sur le pas de la porte.

Pendant qu'ils prenaient le café, Wallander raconta ce qui lui était arrivé.

— Excellent, dit ensuite Rydberg. C'est du bon boulot de

terrain, ça. Maintenant, on n'a plus qu'à cueillir tous ces salauds. Comment s'appelle-t-il, le type de Lund ?

– J'ai oublié de regarder son nom dans l'entrée. Et puis d'ailleurs, ce n'est pas à nous de le faire. C'est à Björk.

– Il est rentré ?

– Il devait revenir hier soir.

– Alors, on va le tirer du lit.

– La procureure également. Sans oublier nos collègues de Malmö et de Lund.

Tandis que Wallander s'habillait, Rydberg s'activa au téléphone. Wallander nota avec satisfaction que son collaborateur n'admettait aucune objection.

Il se demanda si Anette Brolin avait la visite de son mari, ce week-end-là.

Rydberg revint ensuite se poster à l'entrée de la chambre à coucher et le regarda faire son nœud de cravate.

– Tu as l'air d'un boxeur, dit-il. On dirait même que tu viens de te faire mettre KO.

– Tu as pu toucher Björk ?

– Il semblerait qu'il a consacré toute sa soirée à se mettre au courant de ce qui s'est passé. Il a été soulagé d'apprendre que nous avions au moins résolu l'un de ces meurtres.

– La procureure ?

– Elle a dit qu'elle arrivait.

– C'est elle-même qui a répondu ?

Rydberg le regarda d'un air étonné.

– Qui d'autre ?

– Son mari, par exemple.

– Quelle importance est-ce que ça peut avoir ?

Wallander ne se donna pas la peine de répondre.

– Ce que je peux me sentir mal, bon sang, dit-il à la place. Viens, on y va.

Ils sortirent dans le petit matin. Le vent soufflait toujours en rafales et le ciel était couvert de nuages noirs.

– Tu crois qu'il va neiger ? demanda Wallander.

– Pas avant le mois de février, répondit Rydberg. Je le sens. Mais alors, ça ne sera pas marrant.

Au commissariat régnait le calme dominical. À la permanence, Norén avait été remplacé par Svedberg. Rydberg lui fit un rapide compte rendu des événements de la nuit. Tout ce que ce dernier trouva à dire, ce fut :

– Ah ben, merde. Un flic ?

– Un ancien flic.

– Où est-ce qu'il avait planqué la voiture ?

– On ne le sait pas encore.

– Mais vous êtes sûrs de votre coup ?

– Oui, à peu près.

Björk et Anette Brolin arrivèrent ensemble au commissariat. Le premier, âgé de cinquante-quatre ans et originaire du Västmanland, dans le centre de la Suède, affichait un bronzage du plus bel effet. Wallander avait toujours vu en lui le responsable idéal de la police d'un district de taille moyenne de ce pays. Il était affable, pas trop intelligent, et en même temps très soucieux de la bonne renommée de la police.

Il regarda Wallander, stupéfait.

– Tu es dans un de ces états.

– Ils m'ont tapé dessus.

– Tapé dessus ? Qui ça ?

– Les flics, tiens. Voilà ce qui arrive, quand on assure l'intérim. On se fait tabasser.

Björk éclata de rire.

Anette Brolin le regarda avec quelque chose qui ressemblait à une sincère compassion.

– Ça doit faire mal, dit-elle.

– Ça passera, répondit Wallander.

Il détourna le visage en répondant cela, car il venait de se rappeler qu'il avait oublié de se laver les dents.

Ils se réunirent dans le bureau de Björk.

Étant donné qu'on n'avait pas encore eu le temps de mettre quoi que ce soit par écrit, Wallander préféra exposer l'affaire oralement. Björk et Anette Brolin posèrent tous deux de nombreuses questions.

— Si quelqu'un d'autre que toi m'avait tiré du lit un dimanche matin pour me raconter une pareille histoire à dormir debout, je ne l'aurais pas cru, dit Björk.

Puis il se tourna vers la procureure.

— Est-ce qu'on peut procéder à une arrestation sur de pareilles bases ? lui demanda-t-il. Ou bien faut-il se contenter d'un simple interrogatoire ?

— Je les décréterai en état d'arrestation après avoir entendu leur déposition, répondit Anette Brolin.

Elle exprima également le souhait que la Roumaine puisse identifier l'homme de Lund au cours d'une confrontation.

— Il nous faut une décision du tribunal, pour ça, fit observer Björk.

— C'est vrai, dit Anette Brolin. Mais il y a moyen de s'arranger pour que cette confrontation ait lieu de façon impromptue, non ?

Wallander et Rydberg la regardèrent d'un œil curieux.

— Rien n'empêche qu'on aille chercher cette femme dans son camp et qu'ils se croisent dans un couloir, poursuivit-elle.

Wallander approuva cette idée d'un hochement de tête. Anette Brolin ne le cédait en rien à Per Åkeson quand il s'agissait de tourner une législation quelque peu paralysante.

— Très bien, dit Björk. Je prends contact avec nos collègues de Malmö et de Lund. Et, dans deux heures, on va les cueillir. À dix heures.

— Et la femme qui dormait, à Lund ? demanda Wallander.

— On l'emmène aussi. Comment est-ce qu'on se répartit les interrogatoires ?

— Je tiens à m'occuper de Rune Bergman. Rydberg n'aura qu'à prendre l'amateur de pommes.

– À quinze heures, nous procéderons à la mise en état d'arrestation, dit Anette Brolin. Jusque-là, je serai chez moi.

Wallander la raccompagna jusqu'au hall d'accueil.

– J'avais pensé te proposer d'aller dîner ensemble, hier, dit-il. Mais il y a eu de l'imprévu.

– Il y aura d'autres occasions, répondit-elle. Je crois que tu as fait du bon travail. Qu'est-ce qui t'a mis sur la piste, au juste ?

– Rien, en fait. Ça a été purement une question d'intuition.

Il la regarda s'éloigner en direction de la ville. C'est alors qu'il se rendit compte qu'il n'avait plus pensé à Mona depuis le soir où ils avaient dîné ensemble.

Ensuite, les choses allèrent très vite.

On dérangea Hansson au milieu de son repos dominical pour lui donner l'ordre d'aller chercher la Roumaine et un interprète.

– Nos collègues ne sont pas ravis, dit Björk, soucieux. Ce n'est jamais très agréable de devoir coffrer un des nôtres. On va passer un sale hiver, après ça.

– Comment ça, un sale hiver ? demanda Wallander.

– On va encore dauber sur la police.

– Il est à la retraite anticipée, n'est-ce pas ?

– Oui, mais quand même. Les journaux ne vont pas manquer de crier sur tous les toits que c'est quelqu'un de la police qui a fait le coup. Et notre corporation va encore être l'objet de vives critiques.

À dix heures, Wallander se retrouva devant cet immeuble entouré d'échafaudages et de toiles. Quatre policiers en civil de Lund lui prêtaient main-forte.

– Il est armé, dit Wallander, tandis qu'ils attendaient dans la voiture. Et il a déjà exécuté quelqu'un de sang-froid. Mais je crois qu'il ne faut pas s'affoler. Il ne doit pas se douter que nous sommes sur sa piste. Il suffira que deux d'entre nous sortent leurs armes.

Avant de quitter Ystad, il avait pris son arme de service.

Sur la route de Lund, il avait tenté de se remémorer quand

il s'en était servi pour la dernière fois. Il parvint à la conclusion que c'était plus de trois ans auparavant, à l'occasion de la capture d'un évadé de la prison de Kumla qui s'était barricadé dans une villa sur la plage de Mossby.

Une fois devant l'immeuble, il se rendit compte qu'il était monté nettement plus haut qu'il ne l'aurait pensé. S'il avait touché le sol, il n'aurait pas manqué de se briser la colonne vertébrale.

Le matin, la police de Lund avait envoyé un commissaire déguisé en porteur de journaux reconnaître les lieux.

– On récapitule, dit Wallander. Pas d'escalier de secours derrière l'immeuble ?

Le policier assis à côté de lui secoua négativement la tête.

– Pas d'échafaudage sur la façade arrière ?

– Rien.

D'après les renseignements obtenus, l'appartement était occupé par un certain Valfrid Ström.

Son nom ne figurait pas dans les fichiers de la police. Mais nul ne savait non plus de quoi il vivait.

À dix heures précises, ils sortirent de la voiture et traversèrent la rue. L'un des policiers resta posté à l'entrée de l'immeuble. Il y avait un interphone, mais il ne marchait pas. Wallander dut donc ouvrir la porte en forçant la serrure avec un tournevis.

– L'un d'entre vous reste dans l'escalier. Toi et moi, on monte. Comment t'appelles-tu ?

– Enberg.

– Prénom ?

– Kalle.

– Alors viens, Kalle.

Devant la porte de l'appartement, ils tendirent l'oreille dans la pénombre.

Wallander dégaina son pistolet et fit signe à Enberg de faire de même.

Puis il sonna.

Une femme en robe de chambre vint lui ouvrir. Wallander la reconnut tout de suite. C'était elle qui dormait dans le grand lit.

Il tenait son pistolet caché derrière son dos.

– Police, dit-il. Nous aimerions parler à ton mari, Valfrid Ström.

La femme, qui avait la quarantaine et un visage aux traits marqués, eut l'air d'avoir peur.

Puis elle s'écarta pour les laisser entrer.

Tout à coup, Valfrid Ström se trouva devant eux, vêtu d'un survêtement vert.

– Police, dit Wallander. Nous te prions de nous suivre.

L'homme à la calvitie en forme de demi-lune le dévisagea.

– Pourquoi ça ?

– Nous désirons t'interroger.

– À quel propos ?

– Tu le sauras quand nous serons au commissariat.

Puis Wallander s'adressa à la femme :

– Il vaudrait mieux que tu viennes aussi. Si tu veux bien t'habiller.

L'homme qui se tenait devant lui ne se départait pas de son calme.

– Je n'ai pas l'intention d'aller où que ce soit si on ne me dit pas pourquoi, objecta-t-il. Tu pourrais d'ailleurs peut-être commencer par me montrer ta carte ?

Lorsque Wallander voulut plonger la main dans sa poche intérieure pour sortir le portefeuille contenant sa carte, il ne lui fut plus possible de cacher qu'il tenait un pistolet à la main ; il dut en effet le passer de la droite à la gauche.

Au même moment, Ström se jeta sur lui. Wallander reçut un coup de boule au front, juste à l'endroit de sa bosse. Il fut projeté en arrière sans pouvoir se retenir et son pistolet lui glissa des doigts. Kalle Enberg n'eut pas le temps de réagir, l'homme en survêtement vert avait déjà franchi la porte. La femme se mit à crier et Wallander chercha son pistolet à tâtons, sur le sol.

Puis il s'élança dans l'escalier tout en hurlant pour prévenir les deux hommes postés un peu plus bas.

Valfrid Ström était leste. Il assena un coup de coude sur la pointe du menton du policier posté devant la porte. Quant à celui qui se tenait à l'extérieur, Ström n'eut qu'à pousser l'un des battants de la porte sur lui pour le faire tomber et avoir le champ libre. Wallander, aveuglé par le sang qui lui coulait dans les yeux, trébucha sur le collègue inanimé qui gisait en travers de l'escalier. Il tira sur le cran d'arrêt de son pistolet, qui s'était bloqué.

Puis il se retrouva dans la rue.

— De quel côté est-il parti ? demanda-t-il à son autre collègue, qui était empêtré dans les toiles de l'échafaudage.

— À gauche, lui répondit-il.

Il s'élança. Il aperçut le survêtement vert de Ström juste au moment où celui-ci disparaissait sous un viaduc. Il ôta son bonnet et s'essuya le visage. Un groupe de femmes d'un certain âge semblant se rendre à l'église s'écarta de son chemin en poussant des cris de frayeur. Il s'engagea sous le viaduc au moment où un train passait dessus, dans un fracas assourdissant.

Lorsqu'il se retrouva dans la rue, de l'autre côté, il vit Valfrid Ström arrêter une voiture, en faire sortir de force le conducteur et s'éloigner au volant de celle-ci.

Le seul véhicule se trouvant à proximité était une grosse bétaillère. Le chauffeur était en train d'acheter des préservatifs à un distributeur automatique. Quand il vit Wallander foncer sur lui le pistolet à la main et le sang lui coulant sur le visage, il lâcha le paquet qu'il tenait à la main et s'enfuit à toutes jambes.

Wallander grimpa sur le siège du conducteur. Derrière lui, il entendit hennir un cheval. Le moteur était en marche et il lui suffit d'engager la première.

Il pensait avoir perdu Ström de vue, mais il ne tarda pas à l'apercevoir de nouveau. Il grillait un feu rouge et s'engageait dans une rue étroite menant vers la cathédrale. Wallander s'activa sur le changement de vitesses pour ne pas perdre le contact. Derrière lui, il entendait toujours des hennissements et il sentait l'odeur chaude du fumier.

Dans un virage assez serré, il manqua de déraper vers deux voitures particulières garées le long du trottoir, mais il réussit à redresser à temps.

Les deux hommes se dirigeaient maintenant vers l'hôpital et une zone industrielle. Tout à coup, Wallander s'aperçut qu'il y avait le téléphone à bord de la bétaillère. D'une main, il tenta de composer le numéro d'appel d'urgence, tout en gardant le contrôle du véhicule.

Au moment où on lui répondit, il dut reprendre le volant à deux mains pour négocier une courbe. Le combiné lui échappa et il se rendit compte qu'il ne pourrait pas le ramasser sans s'arrêter.

C'est de la folie, se dit-il, complètement à bout. De la folie pure et simple.

Soudain, il se rappela qu'il aurait dû, à ce moment même, se trouver à Sturup pour accueillir sa sœur.

Au rond-point à l'entrée de Staffanstorp, la poursuite prit fin. Valfrid Ström fut contraint de freiner brusquement pour laisser passer un autobus déjà engagé. Il perdit le contrôle de sa voiture et alla percuter un pilier en ciment. Wallander, qui se trouvait encore à une centaine de mètres de là, vit une grande flamme s'élever de l'automobile. Il freina tellement fort, à son tour, que la bétaillère dérapa et alla verser dans le fossé. Les portes arrière s'ouvrirent d'elles-mêmes et trois chevaux sortirent d'un bond et s'éloignèrent au galop, à travers champs.

Valfrid Ström avait été éjecté, lors de la collision. Mais il avait un pied arraché et le visage tailladé d'éclats de verre.

Avant même d'arriver à sa hauteur, Wallander savait qu'il était mort.

Des gens accoururent des maisons avoisinantes et des voitures vinrent se ranger le long de la route.

Brusquement, il s'aperçut qu'il tenait toujours son pistolet à la main.

Quelques minutes plus tard, la première voiture de police arriva, suivie par une ambulance. Wallander montra sa carte et empoigna le téléphone de bord pour demander à parler à Björk.

— Alors, ça s'est bien passé ? demanda celui-ci. Rune Bergman s'est laissé arrêter sans difficulté et il arrive. La Yougoslave est déjà là, avec l'interprète.

— Tu peux les envoyer à la morgue de l'hôpital de Lund, dit Wallander. C'est un cadavre qu'il va falloir qu'elle identifie. Je te signale d'ailleurs qu'elle est roumaine.

— Qu'est-ce que tu veux dire ?

— Rien d'autre que ce que je viens de dire, répondit Wallander, avant de raccrocher.

En même temps, il vit l'un des chevaux arriver au galop, dans le champ voisin. C'était une belle bête à la robe blanche.

Il se dit qu'il n'avait jamais vu un aussi bel animal.

À son retour à Ystad, il constata que la nouvelle de la mort de Valfrid Ström s'était déjà répandue. Sa femme avait été victime d'une crise de nerfs et le médecin interdisait pour l'instant que l'on procède à son interrogatoire.

Rydberg annonça que Rune Bergman niait tout en bloc. Il n'avait pas volé sa propre voiture avant de l'enterrer quelque part. Il ne s'était pas rendu à Hageholm. Il n'était pas allé rendre visite à Valfrid Ström cette nuit-là.

En outre, il exigeait qu'on le ramène immédiatement à Malmö.

— Espèce de sale rat, dit Wallander. Je vais le faire parler, moi.

— Tu ne vas rien faire de la sorte, coupa Björk. Ce rodéo dans les rues de Lund nous a déjà causé suffisamment d'ennuis. Je ne comprends pas que quatre policiers adultes n'aient pas été capables de mettre la main sur un homme qui n'était pas armé, afin de l'interroger. Je ne sais pas si tu le sais, d'ailleurs, mais l'un des chevaux est mort dans l'accident de la bétaillère. Il s'appelait Super Nova et son propriétaire en exige cent mille couronnes.

Wallander sentit une fois de plus la colère monter en lui.

Björk ne comprenait donc pas que ce qu'il escomptait de lui, c'était une aide morale ? Et non pas ce genre de jérémiades ?

– Maintenant, nous attendons que cette Roumaine ait identifié le corps, dit Björk. J'interdis à quiconque de déclarer quoi que ce soit à la presse ou aux médias. Je m'en charge.

– Ce n'est pas nous qui nous en plaindrons, dit Wallander.

Il regagna son bureau, en compagnie de Rydberg, et ferma la porte.

– Est-ce que tu te rends compte de la tête que tu as ? demanda ce dernier.

– Je préfère ne pas le savoir.

– Ta sœur a appelé. J'ai dit à Martinsson d'aller la chercher à l'aéroport. J'ai pensé que tu avais oublié. Il a dit qu'il allait se charger d'elle jusqu'à ce que tu sois libre.

Wallander eut un hochement de tête de gratitude.

Quelques minutes plus tard, Björk fit une entrée remarquée dans le bureau.

– Il a été identifié, dit-il. Nous tenons notre assassin.

– Elle l'a reconnu ?

– Sans l'ombre d'un doute. C'était bien l'homme qui croquait une pomme au milieu du champ.

– Qui était-ce ? demanda Rydberg.

– Il avait quarante-sept ans et se faisait passer pour un homme d'affaires, répondit Björk. Mais la Säpo[1] n'a pas mis longtemps à satisfaire à notre demande de renseignements. Depuis les années 60, Valfrid Ström a épousé la cause de divers mouvements nationalistes. Tout d'abord un qui s'appelait l'Alliance démocratique et ensuite d'autres, nettement plus militants. Mais,

—————

1. Équivalent de la DST française. *(N.d.T.)*

quant à savoir ce qui a pu le pousser à commettre un meurtre de sang-froid, Rune Bergman pourra peut-être nous le dire. Ou bien sa femme.

Wallander se leva.

– Maintenant, on s'occupe de Bergman, dit-il.

Ils se rendirent tous trois dans la pièce où Rune Bergman était en train de fumer.

Wallander prit la conduite des opérations. Il passa aussitôt à l'attaque.

– As-tu une idée de ce que j'ai fait, cette nuit ? demanda-t-il.

– Non. Comment le saurais-je ? répondit Bergman en le dévisageant d'un air de mépris.

– Je t'ai suivi jusqu'à Lund.

Wallander crut pouvoir distinguer un très rapide changement d'expression sur le visage de son interlocuteur.

– Je t'ai suivi jusqu'à Lund, répéta-t-il. Et je suis monté sur l'échafaudage qui est dressé devant l'immeuble où habitait Valfrid Ström. Je t'ai vu échanger ta carabine contre un autre fusil. Il est vrai que Ström n'est plus de ce monde. Mais un témoin l'a identifié comme étant l'assassin de Hageholm. Qu'est-ce que tu dis de tout ça ?

Bergman n'en disait rien du tout.

Il alluma une nouvelle cigarette et continua à regarder fixement devant lui.

– Alors, on reprend depuis le début, dit Wallander. Nous savons comment ça s'est passé. Il n'y a plus que deux choses que nous ignorons. La première, c'est ce que tu as fait de ta voiture. La seconde, c'est : pourquoi avez-vous abattu ce Somalien ?

Bergman gardait toujours le silence.

Juste après quinze heures, cet après-midi-là, il fut déclaré en état d'arrestation, accusé de meurtre ou de complicité de meurtre et se vit attribuer un avocat.

À seize heures, Wallander put interroger brièvement la femme de Valfrid Ström. Elle était toujours sous le choc, mais répondit à ses questions. Elle lui apprit que son mari s'occupait d'importer des voitures de luxe. Elle ajouta qu'il était aussi violemment opposé à la politique suédoise à l'égard des réfugiés. Mais elle n'était mariée avec lui que depuis un peu plus d'un an.

Wallander eut l'impression très nette qu'elle n'aurait pas beaucoup de mal à se remettre de cette perte.

Après cette déposition, il s'entretint un moment avec Rydberg et Björk. Peu après, la femme de Valfrid Ström fut relâchée et reconduite à Lund, avec interdiction de quitter la ville.

Immédiatement après cela, Wallander et Rydberg tentèrent une nouvelle fois de faire parler Rune Bergman. L'avocat était un jeune homme énergique qui déclara tout net qu'il n'y avait pas l'ombre d'une preuve et que cette arrestation ne pouvait manquer de déboucher sur une erreur judiciaire.

À peu près à ce moment, Rydberg eut une idée.

— Où est-ce que Valfrid Ström a essayé de se réfugier ? demanda-t-il.

Wallander désigna un point sur une carte.

— La poursuite s'est arrêtée à Staffanstorp. Peut-être disposait-il d'un local commercial à cet endroit ou bien à proximité ? Ce n'est pas très loin de Hageholm, si on connaît bien toutes les petites routes.

Un bref entretien téléphonique avec la femme de Valfrid Ström confirma cette hypothèse. Celui-ci disposait en effet d'un entrepôt pour ses voitures d'importation, entre Staffanstorp et Veberöd. Rydberg s'y rendit à bord d'une voiture-radio et ne tarda pas à rappeler Wallander.

— Bingo ! s'exclama-t-il. Il y a bien une Citroën bleu et blanc.

— On devrait peut-être entraîner nos enfants à identifier les moteurs de voitures, dit Wallander.

Il s'attaqua de nouveau à Rune Bergman, mais celui-ci persistait dans son silence.

Rydberg revint à Ystad après avoir procédé à un rapide examen de la voiture. Il avait trouvé une boîte de cartouches dans la boîte à gants. Pendant ce temps, la police de Malmö et de Lund avait effectué une perquisition chez Bergman et chez Ström.

— On dirait que ces deux messieurs étaient membres d'une sorte de Ku Klux Klan suédois, dit Björk. J'ai l'impression qu'on va avoir pas mal de choses à tirer au clair, car ils ne doivent pas être seuls.

Bergman refusait toujours de parler.

Wallander se sentait très soulagé que Björk soit de retour et se charge des rapports avec la presse et les médias. Son visage lui brûlait et lui faisait mal et il était très fatigué. À dix-huit heures, il put enfin appeler Martinsson et parler à sa sœur. Puis il alla la chercher en voiture. Elle sursauta en voyant son visage tuméfié.

— Il vaut peut-être mieux que papa ne me voie pas dans cet état-là, dit-il. Je t'attends dans la voiture.

Sa sœur avait déjà rendu visite à leur père à l'hôpital, au cours de la journée. Il était alors toujours très fatigué. Mais il s'était déridé en voyant sa fille.

— Je ne crois pas qu'il se souvienne vraiment de ce qui s'est passé cette nuit-là, dit-elle tandis qu'ils se dirigeaient vers l'hôpital. Ça vaut peut-être mieux ainsi.

Wallander resta dans la voiture pendant que sa sœur allait de nouveau rendre visite à leur père. Il ferma les yeux et écouta quelques airs d'un opéra de Rossini. Quand elle ouvrit la portière de la voiture, il sursauta. Il s'était endormi.

Ensuite, ils allèrent ensemble à la maison de Löderup.

Wallander vit sur le visage de sa sœur qu'elle était choquée par l'état de délabrement dans lequel se trouvait celle-ci. Ils firent un peu de ménage, tous les deux, jetèrent des restes de nourriture et emportèrent le linge sale.

— Comment a-t-il pu en arriver là ? demanda-t-elle.

Il eut l'impression qu'il y avait comme un soupçon de reproche dans sa voix.

Peut-être n'avait-elle pas tort ? Peut-être aurait-il pu en faire plus ? Au moins s'aviser à temps de l'état dans lequel se trouvait leur père ?

Après avoir fait quelques provisions, ils regagnèrent Mariagatan. Pendant le repas, ils examinèrent la situation.

– Le mettre dans une maison de retraite, ce serait sa mort, dit-elle.

– Quelle autre solution vois-tu ? dit Wallander. Il ne peut pas vivre ici. Pas plus que chez toi. Et à Löderup non plus. Alors, qu'est-ce qui reste ?

Ils tombèrent d'accord pour penser que le mieux serait que leur père puisse rester chez lui et bénéficier d'une aide ménagère.

– Il ne m'a jamais aimé, dit Wallander, tandis qu'ils prenaient le café.

– Bien sûr que si.

– Pas depuis que j'ai décidé d'être dans la police.

– Il avait peut-être envisagé autre chose pour toi ?

– Mais quoi ? Il ne dit jamais rien !

Un peu plus tard, Wallander fit le lit pour sa sœur sur le canapé et, lorsqu'ils eurent épuisé le sujet de leur père, il lui raconta tout ce qui venait de se passer. Il se rendit vite compte que la vieille complicité qui les unissait avait disparu.

On se voit trop peu souvent, se dit-il. Elle n'ose même pas me demander pourquoi Mona et moi ne vivons plus ensemble.

Il sortit une bouteille de cognac à moitié vide. Mais elle secoua la tête en signe de refus et il se contenta de remplir son propre verre.

Le bulletin d'information fut, ce soir-là, essentiellement consacré à l'affaire Valfrid Ström. Mais le nom de Rune Bergman ne fut pas dévoilé. Wallander n'ignorait pas que c'était dû au fait qu'il avait jadis été dans la police. Il se dit que le directeur de la police nationale devait avoir mis en place tous les rideaux de fumée nécessaires pour que l'identité de Rune Bergman soit tenue secrète le plus longtemps possible.

Mais, tôt ou tard, la vérité finirait bien par éclater.

Au moment où les informations se terminaient, le téléphone sonna.

Wallander demanda à sa sœur d'aller répondre.

— Demande qui c'est et dis que tu vas voir si je suis là, lui demanda-t-il.

— C'est quelqu'un du nom de Brolin, dit-elle en revenant de l'entrée.

Il s'arracha péniblement à son fauteuil et alla prendre l'appareil.

— J'espère que je ne te réveille pas, dit Anette Brolin.

— Pas du tout, j'ai la visite de ma sœur.

— Je t'appelle seulement pour te dire que je trouve que vous avez fait un excellent travail.

— On a surtout eu de la chance.

Pourquoi m'appelle-t-elle ? s'interrogea-t-il. Puis il prit rapidement une décision.

— Un verre ? proposa-t-il.

— Volontiers. Où ça ?

Il nota l'étonnement que trahissait sa voix.

— Ma sœur est en train de se coucher. Alors, chez toi ?

— Entendu.

Il raccrocha et retourna dans la salle de séjour.

— Je n'ai pas du tout l'intention d'aller me coucher, dit sa sœur.

— Je sors un peu. Ne reste pas à m'attendre. Je n'ai aucune idée de l'heure à laquelle je rentrerai.

La fraîcheur du soir rendait l'air plus facile à respirer. En tournant dans Regementsgatan, il se sentit soudain plus léger. Ils avaient résolu l'énigme du sauvage assassinat de Hageholm en moins de quarante-huit heures. Ils pouvaient maintenant se concentrer sur le double meurtre de Lenarp.

Il savait qu'il avait fait du bon travail. Il s'était fié à son intuition, avait agi sans l'ombre d'une hésitation et cela avait donné de bons résultats.

Le souvenir de cette chasse à l'homme au volant de la

bétaillère lui faisait encore froid dans le dos. Et pourtant, il se sentait indiscutablement soulagé.

Il appuya sur l'interphone et Anette Brolin lui répondit. Elle habitait au deuxième étage d'un immeuble du début du siècle. L'appartement était grand, mais fort peu meublé. Le long d'un mur étaient posés plusieurs tableaux qui attendaient toujours d'être accrochés.

– Gin tonic ? proposa-t-elle. J'ai bien peur de ne pas avoir grand-chose d'autre.

– Volontiers, répondit-il. En ce moment, je peux me contenter de n'importe quoi. Du moment que c'est alcoolisé.

Elle s'assit en face de lui, sur une banquette, les jambes repliées. Il la trouva très belle.

– Est-ce que tu as une idée de la tête que tu as ? demanda-t-elle en éclatant de rire.

– Tout le monde me pose la même question, répondit-il.

Puis il se souvint de Klas Månson, celui qui avait dévalisé une boutique et qu'Anette Brolin avait refusé d'arrêter. Il se dit qu'il n'avait vraiment pas la force de parler de son travail. Pourtant, il n'y avait pas moyen de faire autrement.

– Klas Månson, dit-il. Le nom te rappelle quelque chose ?

Elle acquiesça d'un signe de tête.

– Hansson s'est plaint auprès de moi que tu aies qualifié notre enquête de bâclée. Et que tu aies dit que tu n'avais pas l'intention de le maintenir en détention si on n'améliorait pas ça.

– C'est vrai qu'elle était bâclée. Le rapport était mal rédigé. Les preuves insuffisantes. Les témoignages assez flous. Ce serait une véritable faute professionnelle que de demander le maintien en détention sur des bases pareilles.

– Elle n'est pas pire que beaucoup d'autres. Et puis tu as oublié une chose.

– Quoi donc ?

– Le fait que Klas Månson est coupable. Il n'en est pas à son coup d'essai, dans ce domaine.

– Alors, fournissez-moi un rapport plus convaincant.

– Je ne vois pas ce qu'on peut reprocher à celui qu'on a déjà remis. Si on relâche ce salaud de Månson, il va commettre de nouvelles agressions.

– On ne peut pas mettre les gens en prison aussi facilement que ça.

Wallander haussa les épaules.

– Est-ce que tu accepterais de le garder sous les verrous si je t'amenais un témoignage plus circonstancié ?

– Ça dépend de ce que dira ce témoin.

– Pourquoi est-ce que tu t'obstines ? Klas Månson est coupable. Il suffit qu'on puisse le garder un certain temps pour qu'il craque. Mais s'il a le moins du monde le sentiment qu'il peut s'en tirer, il ne dira pas un mot.

– Un procureur doit être obstiné. Sinon, que deviendrait la justice de ce pays ?

Wallander sentait que l'alcool lui donnait de l'audace.

– C'est une question que pourrait également poser le dernier des membres de la police judiciaire, dit-il. Il y eut un temps où je pensais que la police était là pour assurer la sécurité des personnes et des biens de tous, sans distinction. Et je le pense toujours, en fait. Mais j'ai également vu la justice se dégrader. J'ai vu plus ou moins encourager des jeunes ayant commis des délits à continuer. Personne n'intervient. Personne ne se soucie de ce que deviennent les victimes d'une violence qui ne fait que croître. Ça va de mal en pis.

– On croirait entendre mon père, dit-elle. Il est juge à la retraite. Et je peux te jurer que c'est un réactionnaire bon teint.

– Peut-être. Je suis peut-être conservateur. Mais je n'en démords pas. Je dois dire qu'il y a des fois où je comprends que les gens prennent eux-mêmes les choses en main.

– Tu irais peut-être même jusqu'à comprendre que des cerveaux un peu fragiles tuent un réfugié innocent ?

– Oui et non. L'insécurité ne fait qu'augmenter, dans ce

pays. Les gens ont peur. Surtout à la campagne, comme dans cette région. Tu ne vas pas tarder à t'apercevoir qu'il y a un grand héros, en ce moment, par ici. Un homme qu'on approuve en secret, derrière les rideaux tirés. Celui qui a pris l'initiative d'un référendum communal interdisant aux réfugiés de venir s'installer dans la localité de Sjöbo.

— Qu'est-ce qui se passerait si on se plaçait au-dessus des lois votées par le Parlement ? Nous avons une certaine politique, sur le chapitre des réfugiés, et il importe de l'appliquer.

— C'est faux. C'est au contraire l'absence d'une véritable politique, sur ce point, qui est à l'origine de ce chaos. En ce moment, nous vivons dans un pays où n'importe qui peut pénétrer n'importe où, n'importe quand, de n'importe quelle façon et pour n'importe quelle raison. Il n'y a plus de contrôles aux frontières. Les douanes sont paralysées. Il existe tout un tas de petits aérodromes non surveillés sur lesquels on débarque chaque nuit des immigrants en situation irrégulière ainsi que de la drogue.

Il sentait qu'il commençait à s'emporter. Le meurtre de ce Somalien était un crime qui était loin de revêtir un seul aspect.

— Rune Bergman doit naturellement se voir appliquer la peine la plus sévère possible. Mais le service de l'Immigration et le gouvernement doivent également assumer leur part de responsabilités.

— Cesse de dire des bêtises.

— Vraiment ? Alors laisse-moi te dire qu'en ce moment il y a des gens qui ont appartenu aux services de sécurité fascistes de Roumanie qui commencent à demander l'asile ici. Tu es d'avis qu'il faut le leur accorder ?

— Le principe du droit d'asile ne doit pas être remis en question.

— Vraiment ? Jamais ? Même quand il n'est pas justifié ?

Elle se leva et alla remplir leurs verres. Wallander commençait à se sentir mal à l'aise.

Nous sommes trop différents, se dit-il. Au bout de dix minutes de discussion, un abîme se creuse entre nous.

L'alcool le rendait agressif. Il la regarda et sentit monter en lui le désir.

Depuis combien de temps Mona et lui n'avaient-ils pas fait l'amour, au juste ?

Près d'un an. Une année dépourvue de toute vie sexuelle.

Cette pensée le fit gémir.

— Tu as mal ? demanda-t-elle.

Il hocha la tête. Ce n'était pas vrai du tout.

Mais il céda à un obscur besoin de compassion.

— Il vaut peut-être mieux que tu rentres chez toi, dit-elle.

C'était la perspective qu'il redoutait le plus. Il n'avait plus de « chez lui », depuis que Mona en était partie.

Il vida son verre et le tendit pour qu'elle le remplisse de nouveau. Il était désormais tellement ivre qu'il perdait toute retenue.

— Encore un, dit-il. Je l'ai bien mérité.

— Ensuite, il faudra que tu t'en ailles, dit-elle d'une voix soudain nettement plus distante.

Mais il n'était plus en état d'y prêter attention. Lorsqu'elle vint lui apporter son verre, il la prit par la taille et l'assit de force dans son fauteuil.

— Assieds-toi là, à côté de moi, dit-il en posant la main sur sa cuisse.

Elle se dégagea et lui allongea une gifle avec la main qui portait son alliance. Il sentit celle-ci lui érafler la joue.

— Rentre chez toi, dit-elle.

Il posa son verre sur la table.

— Qu'est-ce que tu vas faire, sinon ? demanda-t-il. Appeler la police ?

Elle ne répondit pas. Mais il vit qu'elle était furieuse.

Quand il voulut se lever, il tituba.

Soudain, il comprit ce qu'il avait tenté de faire.

– Excuse-moi, dit-il. Je suis fatigué.

– Oublions ça, dit-elle. Mais il faut que tu rentres, maintenant.

– Je ne sais pas ce qui m'a pris, dit-il en lui tendant la main.
Elle ne la refusa pas.

– N'en parlons plus, dit-elle. Bonne nuit.

Il chercha quelque chose à ajouter. Quelque part, au fond
de sa conscience obscurcie par l'alcool, se nichait l'idée qu'il
venait de commettre un acte à la fois impardonnable et dangereux. Comme lorsqu'il était rentré au volant de sa voiture,
après avoir bu, le soir où il avait rencontré Mona à Malmö.

Il sortit et entendit la porte se refermer derrière lui.

Il faut que je cesse de boire de l'alcool, se dit-il, furieux. Je
ne le supporte pas.

Une fois dans la rue, il respira profondément l'air frais de
la nuit.

Comment peut-on être assez bête pour se comporter de la
sorte, bon sang ? se demanda-t-il. Comme un jeune homme qui
vient de s'enivrer et qui ne sait rien des femmes ni du monde.
Ni de lui-même.

Il rentra chez lui à pied.

Le lendemain, il allait falloir recommencer à donner la chasse
aux meurtriers de Lenarp.

13

Le lundi 15 janvier, Kurt Wallander alla acheter deux bouquets au grand marché aux fleurs qui se trouvait à la sortie de la ville en direction de Malmö. Il se souvint que, huit jours auparavant, il empruntait la même route pour se rendre à Lenarp sur les lieux d'un crime qui retenait encore toute son attention. Il se dit que la semaine qui venait de s'écouler avait été la plus chargée de toutes ses années dans la police. En regardant son visage dans le rétroviseur, il s'avisa que chaque éraflure, chaque bosse, chacun de ces tons à mi-chemin entre le violet et le noir en portait la marque.

La température était tombée légèrement en dessous de zéro. Mais le vent ne soufflait pas. Le ferry blanc en provenance de Pologne s'apprêtait à entrer dans le port.

En arrivant au commissariat, juste après huit heures, il remit l'un des bouquets à Ebba. Elle refusa tout d'abord de l'accepter, mais il constata qu'elle était très contente de cette attention. Il emmena le second dans son bureau. Là, il sortit une carte de son tiroir et resta longtemps à méditer les termes de son envoi à Anette Brolin. Un peu trop longtemps même, à son goût. Quand il finit par se décider, il avait abandonné tout espoir de trouver la formule parfaite. Il se contenta donc de lui présenter ses excuses pour sa conduite inconsidérée de la veille, demandant qu'elle soit mise au compte de la fatigue.

Je suis timide de nature, écrivit-il. Ce n'était quand même pas tout à fait vrai.

Mais il se disait que cela inciterait peut-être Anette Brolin à tendre l'autre joue.

Il se préparait à emprunter le couloir menant au bureau de la procureure lorsque Björk poussa la porte du sien. Comme d'habitude, il avait frappé si faiblement que Wallander ne l'avait pas entendu.

— On t'a envoyé des fleurs ? demanda Björk. C'est vrai que tu l'as bien mérité. Je suis impressionné par la rapidité avec laquelle tu as résolu le meurtre de ce nègre.

Wallander n'apprécia guère d'entendre parler en ces termes du Somalien assassiné. Le cadavre allongé sous la bâche, sur ce chemin, était un être humain maintenant décédé, rien d'autre. Mais, naturellement, il se garda bien d'aborder le sujet.

Björk portait une chemise à fleurs achetée en Espagne. Il s'assit sur la chaise branlante, près de la fenêtre.

— Je suis venu pour qu'on voie ensemble cette affaire de meurtre à Lenarp, dit-il. J'ai déjà pris connaissance des éléments de l'enquête. Il y a bien des choses qui ne tiennent pas. Je me suis dit qu'on pourrait confier la responsabilité générale de la suite des opérations à Rydberg, pendant que toi, tu te chargerais de faire parler Rune Bergman. Qu'est-ce que tu en dis ?

Wallander répondit par une autre question :

— Qu'en dit Rydberg ?

— Je ne lui en ai pas encore parlé.

— Je crois qu'il vaudrait mieux faire l'inverse. Il y a encore pas mal de travail à faire sur le terrain et Rydberg a mal à la jambe, en ce moment.

Ce que disait Wallander n'était jamais que la vérité. Mais s'il proposait une répartition inverse des rôles, ce n'était pas vraiment parce qu'il était soucieux du sort de son collègue.

Il ne voulait pas abandonner la chasse aux meurtriers de Lenarp.

Même si le travail de police était basé sur la collaboration, il estimait que ces assassins lui appartenaient.

– Il y aurait bien une troisième solution, dit Björk. C'est que Svedberg et Hansson se chargent de Rune Bergman.

Wallander hocha la tête. Il était d'accord avec lui.

Björk se leva péniblement de sa chaise.

– Il faudrait de nouveaux meubles, ici, dit-il.

– Il faudrait surtout plus de personnel, répondit Wallander.

Une fois Björk parti, il s'installa à sa machine à écrire et rédigea un long rapport sur l'arrestation de Rune Bergman et de Valfrid Ström. Il s'efforça de le faire en des termes auxquels Anette Brolin ne pourrait rien trouver à objecter. Cela lui prit près d'une heure. À neuf heures et quart, il tira la dernière feuille de papier de sa machine, signa et alla porter le tout à Rydberg.

Celui-ci était assis à son bureau et avait l'air fatigué. Lorsque Wallander pénétra dans la pièce, il était en train de mettre fin à une communication téléphonique.

– Il paraît que Björk veut nous séparer, dit-il. Mais je ne suis pas mécontent d'être débarrassé de Rune Bergman.

Il posa le rapport sur son bureau.

– Parcours-le, dit-il. Si tu n'as pas d'objection, donne-le à Hansson.

– Svedberg a effectué une nouvelle tentative auprès de Bergman, ce matin, dit Rydberg. Mais il ne dit toujours rien. Pourtant, j'ai vérifié ses cigarettes : la marque concorde bien avec celle des mégots trouvés là-bas.

– Je me demande ce qu'on va finir par trouver. Qui est derrière ça ? Des néo-nazis ? Des racistes avec des ramifications dans toute l'Europe ? Comment peut-on commettre un pareil crime, enfin merde ? Sortir de voiture, comme ça, et aller tuer quelqu'un qu'on n'a jamais vu simplement parce qu'il se trouve être noir ?

– Je ne sais pas. Mais j'ai bien l'impression que c'est quelque chose à quoi il va falloir qu'on s'habitue.

Ils tombèrent d'accord pour se retrouver une demi-heure plus tard, lorsque Rydberg aurait lu le rapport. Ils s'attaqueraient alors de nouveau à l'affaire de Lenarp.

Wallander alla jusqu'au bureau de la procureure. Anette Brolin était au tribunal. Il remit le bouquet de fleurs à la réceptionniste.

— C'est son anniversaire ? demanda celle-ci.

— C'est à peu près ça, dit Wallander.

De retour à son bureau, il trouva sa sœur qui l'attendait. Quand il s'était réveillé, le matin, elle était déjà levée et sortie.

Elle lui dit qu'elle avait parlé avec un médecin et avec l'assistante sociale.

— Papa a l'air d'aller mieux, dit-elle. Ils ne pensent pas qu'il soit atteint de sénilité chronique. Ce n'est peut-être qu'un égarement passager. On s'est mis d'accord pour faire l'essai de la solution de l'aide ménagère. Est-ce que tu aurais le temps de nous emmener là-bas vers midi, aujourd'hui ? Sinon, je pourrais peut-être emprunter ta voiture.

— Bien sûr que je t'emmène. Est-ce qu'on sait qui sera chargé de prendre soin de lui ?

— Je vais rencontrer une femme qui n'habite pas loin de chez lui.

Wallander hocha la tête.

— Je suis heureux que tu sois là, dit-il. Je ne crois pas que j'y serais arrivé tout seul.

Ils convinrent de se retrouver à l'hôpital peu après midi. Une fois sa sœur partie, il mit de l'ordre sur son bureau et posa devant lui le gros dossier de l'enquête sur Maria et Johannes Lövgren. Il était temps de s'en occuper de nouveau.

Björk lui avait dit qu'ils pourraient être quatre à travailler sur cette affaire, pour l'instant. Näslund étant alité avec la grippe, ils ne furent que trois à se réunir dans le bureau de Rydberg. Martinsson avait l'air d'avoir la gueule de bois et ne desserrait pas les lèvres. Mais Wallander savait qu'il était capable de passer résolument à l'action, comme lorsqu'il s'était chargé de la femme prise d'une crise d'hystérie, à Hageholm.

Ils commencèrent par revoir tout ce que l'enquête avait fait apparaître jusque-là.

Martinsson put compléter au moyen de différents renseignements obtenus grâce à la consultation des fichiers centraux sur la criminalité. Wallander se sentit rassuré par cette façon patiente et méthodique d'examiner chaque détail. Un observateur non initié aurait sans doute trouvé cette manière de procéder fastidieuse et peu dynamique. Mais, pour ces trois policiers, la chose se présentait différemment. La vérité et la solution de l'énigme pouvaient se dissimuler derrière la combinaison la plus invraisemblable de détails.

Ils firent l'inventaire des fils qui étaient toujours suspendus dans le vide et qu'il convenait donc, en toute priorité, de tenter de relier à quelque chose.

— Tu t'occupes du voyage de Johannes Lövgren à Ystad, dit-il à Martinsson. Il faut absolument qu'on sache comment il y est venu et comment il en est reparti. Également s'il disposait d'autres coffres dont on n'a pas encore connaissance. Et puis ce qu'il a fait au cours de l'heure qui s'est écoulée entre sa visite à ses deux coffres. Est-ce qu'il est allé faire des courses quelque part ? Est-ce que quelqu'un l'a vu ?

— Je crois que Näslund a déjà commencé à téléphoner aux banques, dit Martinsson.

— Appelle-le chez lui pour le lui demander, dit Wallander. On ne peut pas attendre qu'il soit guéri.

Rydberg devait de nouveau aller voir Lars Herdin, tandis que Wallander retournait à Malmö pour parler à cet homme du nom d'Erik Magnuson, que Göran Boman soupçonnait d'être le fils caché de Johannes Lövgren.

— On laisse tout le reste de côté, pour l'instant, et on se retrouve ici à dix-sept heures.

Avant de se rendre à l'hôpital, il appela Göran Boman à Kristianstad pour lui parler d'Erik Magnuson.

– Il travaille pour le conseil général, lui répondit son collègue. Malheureusement, je ne sais pas ce qu'il fait. On a été plutôt débordés, ici, ce week-end, avec pas mal de bagarres et de soûlographies, alors on n'a pas eu le temps de faire grand-chose d'autre que de tirer l'oreille à certains lascars.

– Je vais certainement le retrouver, dit Wallander. Je t'appelle au plus tard demain matin.

Quelques minutes après midi, il partit pour l'hôpital. Sa sœur l'attendait à la réception et ils prirent tous deux l'ascenseur menant au service où leur père avait été transféré après la première journée d'observation.

Quand ils arrivèrent, sa sortie était déjà signée et il était assis sur une chaise, dans le couloir, en train de les attendre. Il avait son chapeau sur la tête et la valise contenant ses sous-vêtements sales et ses tubes de peinture était posée à côté de lui. Wallander ne reconnaissait pas son costume.

– C'est moi qui le lui ai acheté, dit sa sœur quand il lui posa la question. Ça doit bien faire trente ans que ça ne lui est pas arrivé.

– Comment vas-tu, papa ? demanda Wallander lorsqu'il fut près de lui.

Son père le regarda droit dans les yeux. Wallander comprit qu'il était remis.

– Je suis bien content de rentrer à la maison, dit-il sèchement, en se levant.

Wallander prit sa valise, tandis qu'il s'appuyait sur sa sœur. Elle resta assise à côté de lui, sur le siège arrière, pendant tout le trajet jusqu'à Löderup.

Pressé de partir pour Malmö, Wallander leur dit qu'il reviendrait vers dix-huit heures. Sa sœur devait rester passer la nuit et lui demanda d'acheter de quoi dîner.

Dès son arrivée, leur père avait troqué son costume neuf

contre la vieille salopette qu'il mettait toujours pour peindre. Il était déjà dehors, près de son chevalet, occupé à sa sempiternelle activité.

– Tu crois que ça suffira, l'aide ménagère ? demanda Kurt à sa sœur.

– On verra bien, répondit celle-ci.

Il était près de deux heures de l'après-midi lorsque Wallander vint ranger sa voiture devant le bâtiment principal du conseil général du département de Malmöhus. En cours de route, il avait rapidement déjeuné dans un motel de Svedala. Il gara sa voiture et pénétra dans le grand hall.

– J'aimerais parler à Erik Magnuson, dit-il à la femme qui avait poussé la glace de sa cabine.

– Il y en a au moins trois, ici, dit-elle. Lequel cherches-tu ? Wallander sortit sa carte de police et la lui montra.

– Je ne sais pas, dit-il. Mais, d'après mes renseignements, il est né à la fin des années 50.

La femme vit aussitôt de qui il s'agissait.

– Ce doit être celui qui travaille au dépôt central, dit-elle. Les deux autres sont nettement plus vieux. Qu'est-ce qu'il a fait ?

Il ne put s'empêcher de sourire d'une curiosité si peu dissimulée.

– Rien. J'ai simplement quelques questions de routine à lui poser.

Elle lui indiqua comment se rendre au dépôt central. Après l'avoir remerciée, il regagna sa voiture.

Le dépôt en question se trouvait à la sortie nord de la ville, près du port pétrolier. Wallander dut malgré tout chercher un bon moment avant de trouver.

Il poussa une porte marquée « Bureau ». À travers un grand panneau vitré, il put voir des chariots élévateurs circulant en tous sens entre les innombrables rangées de marchandises.

Le bureau lui-même était vide. Il descendit donc un escalier et se retrouva dans le hall du dépôt. Un jeune homme aux cheveux lui tombant sur les épaules était en train de mettre en piles de grands sacs en plastique contenant du papier hygiénique. Wallander s'avança vers lui.

– Je voudrais parler à Erik Magnuson, dit-il.

Le jeune homme désigna de la main un chariot de couleur jaune qui venait de se ranger près d'un quai où un poids lourd était en train de décharger.

L'homme qui était assis dans la cabine avait les cheveux blonds.

Wallander se dit que Maria Lövgren aurait difficilement pu parler d'étranger, si c'était ce jeune homme qui lui avait passé le nœud coulant autour du cou.

Mais il écarta cette idée. Il allait de nouveau bien trop vite en besogne.

– Erik Magnuson ! cria-t-il pour tenter de percer le vacarme du chariot.

L'homme le regarda d'un air étonné, avant de couper son moteur et de descendre d'un bond.

– Erik Magnuson ? demanda Wallander.

– Oui.

– Police. J'aimerais te parler un instant.

Tout en disant cela, il observa le visage qu'il avait devant lui. Mais celui-ci ne trahissait pas le moindre embarras. Il avait tout simplement l'air étonné. Étonné de façon tout à fait naturelle.

– Pourquoi ça ? demanda-t-il.

Wallander regarda tout autour de lui.

– Est-ce qu'on peut s'asseoir quelque part ? demanda-t-il.

Magnuson le conduisit vers un coin du bâtiment où était installé un distributeur automatique de café. Il y avait également une table assez sale et quelques bancs très branlants. Wallander inséra deux pièces d'une couronne et obtint un gobelet de café. Magnuson, lui, se contenta de prendre un peu de tabac à priser.

– Je suis de la police d'Ystad, commença par dire Wallander.

J'ai quelques questions à te poser à propos d'un meurtre assez sauvage qui a été commis dans un village du nom de Lenarp. Tu en as peut-être entendu parler dans les journaux ?

— Je crois que oui. Mais qu'est-ce que j'ai à voir là-dedans ?

Wallander était justement en train de se poser la même question. Magnuson n'avait pas l'air inquiet du tout de voir la police lui rendre visite sur son lieu de travail.

— Je suis dans l'obligation de te demander le nom de ton père.

Le front d'Erik Magnuson se fronça.

— Mon père ? dit-il. J'en ai pas.

— Tout le monde a un père.

— En tout cas, je le connais pas.

— Comment ça se fait ?

— Ma mère était pas mariée, quand elle m'a eu.

— Et elle ne t'a jamais dit qui était ton père ?

— Non.

— Tu ne le lui as jamais demandé ?

— Bien sûr que si. J'ai pas arrêté de lui casser les oreilles avec ça pendant toute mon enfance. Après, j'ai renoncé.

— Qu'est-ce qu'elle te disait quand tu lui posais la question ?

Magnuson se leva et alla à son tour prendre un gobelet de café à la machine.

— Pourquoi est-ce que tu veux le savoir ? demanda-t-il. Est-ce qu'il a un rapport avec ce meurtre ?

— Attends une seconde, dit Wallander. Qu'est-ce que te répondait ta mère quand tu lui demandais qui était ton père ?

— Ça dépendait.

— Ça dépendait ?

— Y avait des moments où elle en était plus très sûre elle-même. Parfois c'était un voyageur de commerce qu'elle n'avait jamais revu. Parfois quelqu'un d'autre.

— Et tu t'es contenté de ça ?

— Qu'est-ce que tu voulais que je fasse, bon sang ? Si elle voulait pas me le dire, elle voulait pas.

Wallander réfléchit un instant à ces réponses. Pouvait-on vraiment être aussi peu curieux de savoir qui était son père ?

— Avec ta mère, ça va bien ? demanda-t-il.

— Qu'est-ce que tu veux dire par là ?

— Tu la vois souvent ?

— Elle m'appelle de temps en temps au téléphone. Et puis je vais la voir à Kristianstad en voiture. Mais je m'entendais mieux avec mon beau-père.

Wallander sursauta. Göran Boman ne lui avait rien dit à propos d'un beau-père quelconque.

— Ta mère est remariée ?

— Pendant mon enfance, elle vivait avec un homme. Ils se sont jamais mariés. Mais je l'appelais quand même papa. Ils se sont quittés quand j'avais quinze ans, à peu près. Et l'année d'après, je suis venu ici, à Malmö.

— Comment s'appelle-t-il ?

— Il s'appelle plus. Il est mort. En voiture.

— Et tu es certain que ce n'est pas ton vrai père ?

— Ça serait difficile de trouver plus différents que lui et moi.

Wallander se livra à une nouvelle tentative :

— L'homme qui a été assassiné à Lenarp s'appelait Johannes Lövgren. Ce ne serait pas ton père, par hasard ?

L'autre le regarda d'un air étonné.

— Mais enfin, comment veux-tu que je le sache ? Tu n'as qu'à aller demander ça à ma mère.

— C'est déjà fait. Mais elle le nie.

— Demande-lui encore, alors. Moi, j'aimerais bien savoir qui est mon père. Assassiné ou pas.

Wallander le crut sur parole. Il nota cependant l'adresse et le numéro de téléphone d'Erik Magnuson, avant de prendre congé.

— Nous reprendrons peut-être contact avec toi, dit-il.

L'homme remonta dans la cabine du chariot.

Wallander regagna Ystad. Il se gara sur la place centrale et descendit la rue piétonne pour aller acheter des compresses dans une pharmacie. L'employé regarda non sans compassion son visage tuméfié. Il fit ses provisions dans le grand magasin situé sur la place. En allant reprendre sa voiture, il revint soudain sur ses pas pour aller acheter une bouteille de whisky au Systemet. Il alla même jusqu'à s'en offrir une au malt.

À seize heures trente, il était de retour au commissariat. Ni Rydberg ni Martinsson n'étaient dans leur bureau. Il enfila donc le couloir menant chez la procureure. La jeune réceptionniste l'accueillit avec un sourire.

— Elle a été drôlement contente des fleurs, dit-elle.

— Elle est dans son bureau ?

— Non, elle est au tribunal jusqu'à dix-sept heures.

Wallander revint sur ses pas. Dans le couloir, il tomba sur Svedberg.

— Comment ça se passe avec Bergman ? lui demanda-t-il.

— Il est toujours aussi peu bavard. Mais il va finir par flancher. Les preuves s'accumulent. Je pense qu'on va pouvoir prouver que le crime a été commis avec son arme.

— Et à part ça ?

— Il semble que Ström et Bergman aient tous deux eu des activités au sein de groupes hostiles aux immigrés. Mais on ne sait pas encore s'ils agissaient pour leur propre compte ou bien pour celui d'une organisation quelconque.

— En d'autres termes, tout le monde est content ?

— Pas vraiment, non. Björk dit qu'il se réjouit qu'on ait arrêté le meurtrier, mais qu'il y a erreur sur la personne. J'ai l'impression qu'il va minimiser l'importance de Bergman et tout mettre sur le dos de Valfrid Ström. Étant donné que celui-ci ne peut plus rien dire. Pour ma part, je crois bien que Bergman n'a pas seulement eu un rôle passif dans cette affaire.

— Je me demande si c'est Ström qui m'a appelé au téléphone, la nuit, dit Wallander. Je n'ai pas eu le temps de beaucoup lui parler et je ne suis pas parvenu à me faire une opinion sur ce sujet.

Svedberg le regarda, l'air d'en attendre plus.

– Ce qui veut dire ?

– Que, dans le pire des cas, il y en a d'autres qui sont prêts à terminer le travail laissé en plan par Bergman et Ström.

– Je vais demander à Björk de ne pas mettre fin à la surveillance des camps de réfugiés, dit Svedberg. Par ailleurs, d'après certains renseignements, ce serait une bande de jeunes qui aurait mis le feu ici, à Ystad.

– N'oublie pas le vieux qui a pris un sac de betteraves sur la tête, dit Wallander.

– Et à Lenarp, quoi de neuf ?

Wallander répondit d'une manière évasive :

– Pas grand-chose. Mais on a repris sérieusement l'affaire en main.

À dix-sept heures dix, Martinsson et Rydberg pénétrèrent dans son bureau. Rydberg lui faisait toujours l'impression d'être vraiment très fatigué. Quant à Martinsson, il était mécontent.

– La façon dont Lövgren est allé à Ystad, le vendredi 5 janvier, et en est revenu reste une énigme, dit-il. J'ai parlé au chauffeur de l'autobus qui fait la ligne. Il m'a dit que Johannes et Maria le prenaient habituellement pour aller en ville. Ensemble ou bien chacun de son côté. Mais il était absolument certain que Johannes ne l'avait pas pris depuis le Nouvel An. Les taxis ne sont pas non plus allés à Lenarp. D'après Nyström, ils prenaient l'autobus, quand ils avaient besoin d'aller quelque part. Et on sait bien qu'il était près de ses sous.

– Ils buvaient toujours le café ensemble, dit Wallander. Dans l'après-midi. Les Nyström doivent donc savoir si Johannes Lövgren est allé à Ystad ou non.

– C'est bien ça qui est bizarre, dit Martinsson. Tous deux affirment qu'il n'est pas allé en ville ce jour-là. Et pourtant, on sait qu'il a rendu visite à deux banques différentes entre onze heures trente et douze heures quarante-cinq. Il a donc bien dû s'absenter de chez lui pendant trois ou quatre heures.

– Curieux, dit Wallander. Continue de travailler là-dessus.

Martinsson reprit ses notes.

– En tout cas, il n'avait pas d'autre coffre en ville.

– Bien. C'est toujours ça de sûr.

– Mais il pouvait très bien en avoir un à Simrishamn, à Trelleborg ou à Malmö, objecta Martinsson.

– Concentre-toi d'abord sur la façon dont il est venu à Ystad, dit Wallander en tournant les yeux vers Rydberg.

– Lars Herdin ne démord pas de son histoire, dit celui-ci après avoir jeté un coup d'œil sur son carnet de notes en piteux état. Il affirme toujours avoir rencontré par hasard Johannes Lövgren en compagnie de cette femme, à Kristianstad, au printemps 1979. Et que c'est une lettre anonyme qui lui a appris l'existence de cet enfant.

– Est-il en mesure de donner un signalement de cette femme ?

– Très vaguement. Il va peut-être falloir qu'on finisse par les mettre toutes en rang et lui demander de nous dire laquelle c'est. Si tant est qu'elle soit parmi elles, ajouta-t-il.

– Tu as l'air d'en douter.

Rydberg referma son carnet de notes d'un geste qui traduisait un rien d'humeur.

– Rien ne colle, dit-il. Tu le sais parfaitement. Je sais bien qu'on est obligés de suivre les indices dont on dispose. Mais je ne suis pas du tout sûr qu'on soit sur la bonne piste. Ce qui me contrarie, c'est que je n'arrive pas à en trouver d'autres à suivre.

Wallander lui raconta son entrevue avec Erik Magnuson.

– Pourquoi ne lui as-tu pas demandé s'il avait un alibi pour la nuit du meurtre ? s'étonna Martinsson quand il en eut fini.

Il se sentit rougir, sous ses bosses et ses bleus.

Il avait complètement oublié. Mais il se garda bien de l'avouer.

– J'ai préféré attendre, dit-il. Parce que je désire avoir un prétexte pour le revoir.

Il se rendit compte à quel point c'était peu convaincant.

Mais ni Rydberg ni Martinsson ne parurent s'étonner de cette explication.

La conversation s'enlisa, chacun restant plongé dans ses pensées.

Wallander se demanda combien de fois il s'était déjà trouvé dans une semblable situation : cette sorte de point mort. L'impression de monter un cheval qui ne veut plus avancer. Ils allaient devoir le faire bouger de force.

— Qu'est-ce qu'on fait, maintenant ? demanda Wallander, lorsque le silence finit par devenir un peu trop pesant.

C'est lui-même qui répondit à cette question :

— Toi, Martinsson, il faut absolument que tu trouves comment Lövgren a pu aller à Ystad et en revenir sans que quiconque s'en aperçoive. Il faut qu'on le sache très vite, maintenant.

— Dans un des placards de la cuisine, on a trouvé une boîte de tickets de caisse. Il peut très bien être allé faire des achats dans une boutique quelconque, ce vendredi-là. Un employé pourrait l'avoir vu.

— Il disposait peut-être d'un tapis volant, ironisa Martinsson. Je vais continuer à chercher.

— La famille, dit Wallander. Il faut voir ce que ça peut nous donner.

Il sortit une liste de noms et d'adresses de son gros dossier et la tendit à Rydberg.

— L'enterrement est pour mercredi, dit celui-ci. Dans l'église de Villie. Je n'aime pas les enterrements. Mais celui-ci, je crois que je vais y aller.

— Moi, je retourne à Kristianstad dès demain, dit Wallander. Göran Boman a des soupçons à l'égard d'Ellen Magnuson. Il pense qu'elle ne dit pas la vérité.

Ils levèrent la réunion, peu avant dix-huit heures, en décidant de se retrouver le lendemain après-midi.

— Si Näslund est remis, il faudra qu'il se charge de cette voiture de location volée, dit Wallander. Et cette famille de

Polonais, au fait, est-ce qu'on a fini par savoir ce qu'elle fait à Lenarp ?

– Lui, il travaille à la sucrerie de Jordberga, dit Rydberg. En fait, il est en règle. Mais je crois qu'il en a été le premier surpris.

Une fois Rydberg et Martinsson partis, Wallander resta dans son bureau. Il y avait devant lui toute une pile de documents dont il fallait qu'il prenne connaissance. C'étaient les conclusions de l'enquête sur cette histoire de voies de fait sur laquelle il travaillait pendant la nuit du Nouvel An. Il y avait également d'autres rapports sur tout un tas de choses, depuis de jeunes taureaux échappés jusqu'à ce camion qui s'était renversé au cours de la récente nuit de tempête. Tout en dessous de la pile, il trouva même un papier lui annonçant une augmentation de salaire. Il fit rapidement le calcul : elle allait lui valoir trente-neuf couronnes de plus par mois.

Cela terminé, il était près de dix-neuf heures trente. Il appela Löderup et dit à sa sœur qu'il arrivait.

– On commence à avoir faim, dit-elle. Est-ce que tu travailles aussi tard que ça tous les soirs ?

Il prit une cassette contenant un opéra de Puccini et alla chercher sa voiture. Il aurait bien voulu s'assurer au préalable qu'Anette Brolin avait oublié l'incident de la soirée précédente. Mais il n'en avait pas le temps. Cela attendrait.

Sa sœur lui avait dit que la personne qui allait se charger de s'occuper de leur père était une femme de caractère d'une cinquantaine d'années qui ne devrait pas avoir trop de mal à venir à bout de lui.

– Il n'est pas possible de trouver mieux, dit-elle en venant à sa rencontre dans la cour.

– Qu'est-ce qu'il fait, en ce moment ?

– Il peint.

Pendant que sa sœur préparait le repas, Wallander resta assis dans l'atelier à regarder le tableau prendre forme sous ses yeux.

Son père semblait avoir tout oublié de ce qui s'était passé ces derniers jours.

Il faut que je vienne le voir régulièrement, se dit-il. Au moins trois fois par semaine et de préférence à heures fixes.

Après le repas, ils jouèrent tous les trois aux cartes pendant quelques heures. À vingt-trois heures, leur père alla se coucher.

– Demain, il faut que je rentre chez moi, dit sa sœur. Je ne peux pas rester plus longtemps.

– Merci d'être venue, dit Wallander.

Ils convinrent qu'il viendrait la chercher le lendemain matin à huit heures pour l'emmener à l'aéroport.

– Oui, mais à Everöd, parce qu'il n'y avait plus de place au départ de Sturup.

Cela tombait très bien car Wallander devait se rendre à Kristianstad, de toute façon.

Peu après minuit, il poussa la porte de son appartement. Il se versa un grand verre de whisky qu'il emmena dans la salle de bains. Il resta longtemps dans sa baignoire à laisser ses membres se délasser dans l'eau chaude.

Malgré ses efforts, la pensée de Rune Bergman et de Valfrid Ström n'arrêtait pas de lui trotter dans la tête. Il essaya de comprendre. Mais la seule conclusion à laquelle il put parvenir, ce fut celle qu'il avait déjà retenue bien des fois auparavant : un nouveau monde était né sans qu'il s'en rende véritablement compte. En tant que policier, il vivait toujours dans un autre monde, plus ancien. Comment apprendre à vivre dans le nouveau ? Que faire de cet immense sentiment d'insécurité qu'on éprouve envers tous les grands changements, surtout si, par-dessus le marché, ils interviennent beaucoup trop rapidement ?

Le meurtre de ce Somalien constituait un nouveau type de meurtre.

Celui de Lenarp, par contre, était beaucoup plus traditionnel.

Était-ce si sûr que ça, malgré tout ? Sa sauvagerie et ce nœud coulant...

Il ne savait plus.

Il était près de minuit et demi quand il se glissa enfin dans la fraîcheur de ses draps.

Mais la solitude au fond de ce lit lui parut plus dure que jamais à supporter.

Ensuite, il ne se passa plus rien pendant trois jours.

Näslund revint et réussit à résoudre l'énigme de la voiture volée.

Un homme et une femme avaient procédé à une tournée de cambriolages et avaient ensuite laissé la voiture à Halmstad. La nuit du meurtre, ils se trouvaient dans une pension de famille de Båstad. Le propriétaire de celle-ci confirmait cet alibi.

Wallander alla s'entretenir avec Ellen Magnuson. Mais celle-ci niait obstinément que Johannes Lövgren soit le père de son fils Erik.

Il rendit également une nouvelle fois visite à Erik Magnuson et lui réclama l'alibi qu'il avait oublié de lui demander lors de leur première rencontre.

Magnuson était en compagnie de sa fiancée, ce soir-là. Il n'y avait aucune raison de mettre sa parole en doute.

Martinsson n'arrivait toujours pas à savoir comment Lövgren avait bien pu se rendre à Ystad.

Les Nyström étaient catégoriques, de même que les chauffeurs d'autobus et les propriétaires de taxi.

Rydberg alla assister à l'enterrement et s'entretint avec dix-neuf membres différents de la famille des Lövgren.

Mais toujours pas le moindre élément nouveau.

La température se maintenait aux alentours de zéro. Un jour le vent se calmait, le lendemain il se levait de nouveau.

Wallander rencontra Anette Brolin dans un couloir. Elle le remercia pour les fleurs. Pourtant, il n'était pas bien sûr qu'elle ait vraiment tiré un trait sur ce qui s'était passé cette nuit-là.

Rune Bergman persistait à garder le silence, bien que les preuves contre lui fussent accablantes. Divers mouvements nationalistes paramilitaires tentèrent de revendiquer la responsabilité de l'organisation de leur crime. Un débat passionné prit naissance, dans la presse et les autres médias, sur l'immigration en Suède. Le calme régnait maintenant en Scanie, mais des croix se mirent à brûler, dans d'autres parties du pays, devant divers camps de réfugiés.

Wallander et ses collaborateurs chargés de résoudre l'énigme du double meurtre de Lenarp se coupèrent de tout cela. Il était très rare qu'ils en viennent à échanger des idées qui ne fussent pas directement liées à cette enquête en train de s'enliser. Mais Wallander comprit qu'il n'était pas le seul à éprouver ce sentiment d'inquiétude et de vertige face à la société de l'avenir qui était en train de se dessiner devant eux.

Nous vivons comme si nous pleurions un paradis perdu, se dit-il. Comme si nous regrettions le bon vieux temps des voleurs de voitures et des perceurs de coffres-forts qui soulevaient bien poliment leur casquette quand on venait les arrêter. Mais cette époque est irrémédiablement révolue et toute la question est de savoir si elle était vraiment aussi belle qu'on a tendance à le penser en se fiant à ses souvenirs.

Le vendredi 19 janvier, tout se produisit en même temps.

La journée avait pourtant mal commencé pour Kurt Wallander. À sept heures et demie, il conduisit sa voiture au contrôle technique et faillit bien se voir signifier une interdiction d'utilisation du véhicule. En parcourant le bilan de l'examen, il constata qu'il en aurait pour plusieurs milliers de couronnes de réparations.

Il gagna le commissariat la mort dans l'âme.

Il n'avait même pas eu le temps d'ôter son manteau, dans son bureau, que Martinsson entrait en coup de vent.

– Bon sang, dit-il. Ça y est. Je sais maintenant comment Johannes Lövgren est allé à Ystad et en est revenu.

Wallander oublia instantanément l'histoire de sa voiture.

– Il ne s'est pas vraiment servi d'un tapis volant, poursuivit Martinsson. C'est le ramoneur qui l'a emmené.

Wallander se laissa tomber dans son fauteuil.

– Quel ramoneur ?

– Artur Lundin, le ramoneur de Slimminge. Il faut te dire que Hanna Nyström s'est soudain souvenue que le ramoneur était passé le vendredi 5 janvier. Il avait nettoyé les cheminées des deux propriétés et était reparti. Quand elle m'a dit qu'il avait terminé par celles de Lövgren et qu'il était reparti vers dix heures et demie, ça a commencé à faire tilt. Je viens de parler à ce ramoneur. J'ai pu le trouver pendant qu'il était en train de travailler au centre de soins de Rydsgård. Il s'avère que ce type n'écoute jamais la radio, ne regarde jamais la télé et ne lit même pas les journaux. Il ramone les cheminées et passe le reste de son temps à boire de l'eau-de-vie et à élever des lapins. Il n'avait pas la moindre idée que les Lövgren avaient été assas sinés. Mais ce qu'il a pu me dire, par contre, c'est que Johannes Lövgren est allé avec lui à Ystad. Comme il a une camionnette et que Lövgren était assis à l'arrière, là où il n'y a pas de vitres, ce n'est pas étonnant que personne ne l'ait vu.

– Mais les Nyström ont quand même bien dû le voir revenir.

– Eh non, triompha Martinsson. C'est ça la clé du mystère. Lövgren avait demandé à Lundin de le déposer sur la route de Veberöd. De là, il y a un chemin de terre qui aboutit sur le derrière de la maison des Lövgren. Il n'y a pas plus d'un kilomètre. Même si les Nyström étaient à leur fenêtre, ils pouvaient penser que Lövgren revenait de l'écurie.

Wallander fronça les sourcils.

– Je trouve ça bizarre, tout de même.

– Lundin est quelqu'un de très ouvert. Il m'a dit que Lövgren lui avait promis une flasque de vodka s'il le ramenait également. Il l'a donc déposé à Ystad et est allé ramoner deux maisons au nord de la ville. Puis il a repris Lövgren à l'heure convenue et l'a déposé sur la route de Veberöd. Et il a eu sa bouteille de vodka.

– Parfait. Les heures concordent bien ?

– Exactement.

– Lui as-tu parlé de la serviette ?

– Il croit se rappeler, en effet, que Lövgren avait une serviette.

– Avait-il autre chose ?

– Il ne le pense pas.

– Est-ce qu'il a vu si Lövgren avait rendez-vous avec quelqu'un, à Ystad ?

– Non.

– Lövgren lui a-t-il dit ce qu'il allait faire en ville ?

– Rien du tout.

– Il est donc peu probable que ce ramoneur ait pu savoir que Lövgren transportait vingt-sept mille couronnes dans sa serviette ?

– En effet. D'ailleurs, il n'a pas vraiment la tête d'un braqueur. Il me fait l'effet d'un ramoneur célibataire qui est très content de son sort, avec ses lapins et son eau-de-vie. Et rien d'autre.

Wallander réfléchit.

– Est-ce que Lövgren pourrait avoir donné rendez-vous à quelqu'un, sur ce chemin de terre ? Puisqu'on n'a pas retrouvé la serviette.

– Peut-être. Je crois que je vais le passer au peigne fin, ce chemin, avec des chiens.

– Fais-le tout de suite. On va peut-être finir par arriver à quelque chose.

En sortant, Martinsson faillit rentrer dans Hansson, qui arrivait en sens inverse.

– Tu as un moment ? demanda-t-il.

Wallander fit oui de la tête.

– Qu'est-ce que ça donne, avec Bergman ?

– Toujours aussi muet. Mais il n'y coupera pas. La Brolin va le coffrer dans la journée.

Wallander ne jugea pas bon de relever la façon cavalière dont Hansson parlait de la procureure.

– Qu'est-ce que tu voulais ? se contenta-t-il de demander.

Hansson alla s'asseoir sur la chaise, près de la fenêtre, l'air gêné.

— Tu sais peut-être que je joue un peu aux courses, commença-t-il. Au fait, le canasson que tu m'as indiqué a terminé bon dernier, l'autre jour. Qui est-ce qui t'avait donné ce tuyau ?

Wallander se souvenait vaguement, en effet, d'avoir lancé quelque chose en ce sens, un jour qu'il était dans le bureau de Hansson.

— Je plaisantais, dit-il. Continue.

— J'ai appris que vous vous intéressez à un certain Erik Magnuson, qui travaille au dépôt central du conseil général, à Malmö. Or, il se trouve qu'il y a un Erik Magnuson qui fréquente le champ de courses de Jägersro. Il joue gros, perd beaucoup et travaille, d'après ce que je sais, au conseil général.

Wallander dressa aussitôt l'oreille.

— Quel âge a-t-il ? Comment est-il ?

Hansson lui donna son signalement. Il comprit aussitôt que c'était bien l'homme qu'il avait déjà rencontré à deux reprises.

— Il paraît qu'il a des dettes, dit Hansson. Et les dettes de jeu, c'est mauvais.

— Parfait. C'est exactement le genre de renseignement dont on avait besoin.

Hansson se leva.

— On ne sait jamais, dit-il. Le jeu, c'est un peu comme la drogue. Je veux dire : sauf si on est comme moi et qu'on joue uniquement pour le plaisir.

Wallander repensa à quelque chose que lui avait dit Rydberg. Sur les gens qui pouvaient être prêts à n'importe quelle forme de violence du fait de leur dépendance.

— Bien, dit-il. Très bien.

Hansson quitta le bureau. Wallander réfléchit un court instant avant d'appeler Göran Boman, à Kristianstad. Il eut la chance de pouvoir le joindre immédiatement.

— Qu'est-ce que tu veux que je fasse ? demanda-t-il lorsque Wallander lui eut fait part de ce que Hansson venait de lui rapporter.

– Avoir sa mère à l'œil.

Boman lui promit qu'il allait placer Ellen Magnuson sous surveillance policière.

Wallander tomba sur Hansson juste au moment où il s'apprêtait à quitter le commissariat.

– Tu m'as parlé de dettes de jeu, dit-il. Sais-tu à qui Erik Magnuson doit de l'argent ?

Hansson connaissait la réponse à cette question :

– Il y a un homme à Tågarp qui prête de l'argent. Si Erik Magnuson en doit à quelqu'un, ça ne peut être qu'à lui. Il prête à des taux usuraires à pas mal de gros joueurs de Jägersro. Et je crois même savoir qu'il a à sa disposition un certain nombre de types pas très tendres qu'il envoie à ceux qui ont tendance à ne pas s'acquitter en temps utile.

– Où est-ce qu'on peut le trouver ?

– Il tient l'unique quincaillerie de Tågarp. C'est un petit gros dans la soixantaine.

– Comment s'appelle-t-il ?

– Larson. Mais il est plus connu sous le nom de Nicken.

Wallander retourna dans son bureau. Il tenta de joindre Rydberg, mais en vain. Comme toujours, Ebba savait pourquoi. Rydberg n'arriverait pas avant dix heures, parce qu'il était à l'hôpital.

– Il est malade ?

– C'est certainement ses rhumatismes, dit Ebba. Tu n'as pas vu comme il boite, depuis quelques semaines ?

Wallander décida de ne pas attendre Rydberg. Il mit son manteau et alla prendre sa voiture pour se rendre à Tågarp.

La quincaillerie se trouvait au milieu de l'agglomération.

En ce moment, il y avait des brouettes en solde.

L'homme qui sortit de l'arrière-boutique, lorsque retentit la cloche de la porte d'entrée, était en effet petit et gros. Comme il était seul dans le magasin, Wallander décida de ne pas s'embarrasser de précautions oratoires. Il sortit sa carte de police et la montra. L'homme connu sous le nom de Nicken la regarda de près, mais sans paraître affecté le moins du monde.

– Ystad, dit-il. Qu'est-ce que la police de là-bas peut bien me vouloir ?

– Est-ce que tu connais quelqu'un qui s'appelle Erik Magnuson ?

L'homme qui se tenait derrière le comptoir était bien trop malin pour mentir.

– C'est bien possible. Pourquoi ça ?

– Quand as-tu fait sa connaissance ?

Erreur, se dit Wallander. Je lui offre une porte de sortie.

– Je ne m'en souviens pas.

– Mais tu le connais ?

– On a des intérêts communs.

– Comme par exemple les courses de trot et les paris ?

– Peut-être bien.

Wallander fut très agacé par l'assurance de cet homme.

– Écoute-moi bien, dit-il. Je sais que tu prêtes de l'argent à des gens qui n'ont pas vraiment les moyens de jouer aussi gros qu'ils le voudraient. Pour l'instant, je n'ai pas l'intention de te demander quels taux tu pratiques. Je ne m'occupe pas de savoir si cette activité est légale ou pas. Ce qui m'intéresse, c'est quelque chose de totalement différent.

Le dénommé Nicken l'observait, l'air intrigué.

– Je veux savoir si Erik Magnuson te doit de l'argent et, si oui, combien, dit Wallander.

– Rien, répondit l'homme.

– Rien ?

– Pas un centime.

Nouvelle erreur, se dit-il. La piste de Hansson n'était qu'une impasse de plus.

Aussitôt après, il se rendit compte que c'était exactement l'inverse. Ils étaient enfin sur la bonne piste.

– Mais, si tu veux le savoir, il m'en a dû.

– Combien ?

– Pas mal. Mais il a remboursé. Vingt-cinq mille couronnes.

– Quand ça ?

L'homme réfléchit rapidement.

– Il y a huit jours. Jeudi dernier.

Jeudi 11 janvier, eut le temps de se dire Wallander.
Trois jours après le meurtre de Lenarp.

– Comment a-t-il payé ?

– Il est venu ici.

– En billets de combien ?

– De mille et de cinq cents.

– Dans quoi est-ce qu'il transportait l'argent ?

– Dans quoi est-ce qu'il transportait l'argent ?

– Oui : dans une valise ? Une serviette ?

– Dans un sac en plastique. De chez ICA, je crois.

– Il était en retard pour payer ?

– Un peu.

– Qu'est-ce qui se serait passé s'il n'avait pas payé ?

– J'aurais été obligé de lui rafraîchir la mémoire.

– Sais-tu comment il s'était procuré cet argent ?

L'homme haussa les épaules. À ce moment, un client pénétra dans la boutique.

– Ce n'est pas mes oignons, dit-il. Autre chose ?

– Non, merci. Pas pour l'instant. Mais peut-être par la suite.

Wallander alla reprendre sa voiture. Le vent s'était levé.

Ça y est, se dit-il. On le tient.

Qui aurait pu se douter qu'il sortirait quelque chose de bon de la misérable passion de Hansson pour les courses ?

Wallander regagna Ystad avec le sentiment d'avoir tiré le gros lot à la loterie.

Il sentait qu'il était sur la bonne piste.

Tiens-toi bien, Erik Magnuson, se dit-il. On arrive.

14

Kurt Wallander et ses collaborateurs étaient maintenant prêts au combat, après une séance de travail très intense qui s'était prolongée tard dans la soirée, en ce 19 janvier. Björk avait assisté à toute la réunion et, lorsque Wallander l'avait demandé, il avait accepté de décharger Hansson de son travail sur l'assassinat de Hageholm pour qu'il puisse se joindre au groupe de Lenarp, comme on les appelait maintenant. Näslund était toujours malade, mais avait fait savoir par téléphone qu'il serait de retour le lendemain.

Bien que ce fût le week-end, l'ardeur au travail ne devait souffrir aucun relâchement. Martinsson avait procédé, assisté de maîtres-chiens, à une inspection minutieuse du chemin reliant la route de Veberöd à l'arrière de l'écurie des Lövgren. Il avait passé au peigne fin ces 1 912 mètres qui traversaient deux petits bois, délimitaient deux propriétés, puis couraient parallèlement au lit d'un cours d'eau presque asséché. Il n'avait rien trouvé de sensationnel, bien qu'étant rentré au commissariat avec un sac en plastique plein d'objets divers. Parmi ceux-ci, il y avait une roue de voiture de poupée toute rouillée, un morceau de tissu couvert de cambouis et un paquet de cigarettes vide de marque étrangère. Tout ceci allait être analysé, mais Wallander doutait fort que cela puisse apporter quoi que ce soit à l'enquête.

La principale décision prise au cours de cette réunion fut de placer Erik Magnuson sous surveillance constante. Il était locataire d'une maison dans l'ancien lotissement de Rosengård. Hansson ayant annoncé qu'il y avait des courses de trot ce dimanche-là à Jägersro, on s'arrangea pour l'avoir à l'œil pendant toute la réunion.

– Mais l'administration ne rembourse aucun pari, tenta de plaisanter Björk, sans grand succès.

– Alors je propose qu'on se cotise, répondit Hansson. Pour une fois qu'une enquête peut nous rapporter de l'argent.

Mais le sérieux l'emportait, malgré tout, au sein du groupe, dans le bureau de Björk. Chacun avait le sentiment qu'on approchait du moment décisif.

La question qui suscita le plus de discussion fut celle de savoir s'il convenait de laisser Erik Magnuson se douter de quelque chose. Rydberg et Björk étaient hésitants. Mais Wallander, lui, était d'avis qu'ils n'avaient rien à perdre à ce que Magnuson s'aperçoive qu'il était l'objet de l'attention de la police. Bien sûr, il fallait que la surveillance soit discrète. Mais il n'y avait pas lieu de prendre des mesures supplémentaires afin de dissimuler cette vigilance.

– Qu'il s'inquiète un peu, dit Wallander. S'il a de bonnes raisons pour ça, j'espère qu'on ne tardera pas à les connaître.

Il leur fallut trois heures pour examiner tout ce dont ils disposaient et qui pouvait avoir un certain rapport avec Erik Magnuson. Mais ils ne trouvèrent rien, et rien non plus pouvant s'opposer à ce qu'il ait été présent à Lenarp cette nuit-là, en dépit de l'alibi de sa fiancée. De temps en temps, Wallander ressentait une vague inquiétude à l'idée de s'engager dans une nouvelle impasse, malgré tout.

Mais c'était principalement Rydberg qui paraissait le plus dubitatif. Il ne cessait de se demander si un homme seul pouvait vraiment avoir commis ce double crime.

– Je ne peux pas m'empêcher de me dire qu'il y a quelque chose, dans cette boucherie, qui implique une certaine collaboration.

— Rien n'empêche qu'Erik Magnuson ait eu un complice, répondit Wallander. Il faut prendre les choses les unes après les autres.

— S'il a commis ce crime afin de rembourser une dette de jeu, il est peu probable qu'il se soit embarrassé d'un complice, objecta Rydberg.

— Je sais, dit Wallander. Mais il faut bien aller de l'avant.

Une rapide démarche de Martinsson leur permit de disposer d'une photo d'Erik Magnuson figurant dans les archives du conseil général. Elle était reproduite dans une brochure présentant les nombreuses activités de celui-ci et destinée à un public qui était censé tout en ignorer. Björk, qui était d'avis que chaque institution, aussi bien nationale que municipale, avait besoin d'un service spécialement chargé de présenter sa défense en chantant ses mérites dès que le besoin s'en faisait sentir, estimait que cette publication était excellente. Quoi qu'il en soit, elle représentait bel et bien Erik Magnuson, à côté de son chariot jaune, vêtu d'une salopette blanche. Il souriait.

Les policiers étudièrent ce visage et le comparèrent ensuite à certaines photos en noir et blanc de Johannes Lövgren. Ils en disposaient d'une, en particulier, le montrant près de son tracteur, dans un champ labouré de frais.

Ce conducteur de tracteur et ce conducteur de chariot élévateur pouvaient-ils être père et fils ?

Wallander avait du mal à se pénétrer de ces deux photos et à les laisser n'en faire plus qu'une.

Tout ce qu'il lui semblait voir, c'était le visage ensanglanté d'un vieil homme auquel on avait coupé le nez.

Vers onze heures du soir, le vendredi, ils avaient définitivement arrêté leur plan de bataille. Mais, à cette heure-là, Björk les avait déjà quittés pour prendre sa place à un dîner organisé par le club de golf local.

Wallander et Rydberg devaient consacrer leur samedi à une nouvelle tentative auprès d'Ellen Magnuson, à Kristianstad.

Martinsson, Näslund et Hansson se chargeraient, à eux trois, de surveiller Erik Magnuson et d'interroger sa fiancée quant à l'alibi qu'il avait fourni. Le dimanche, la surveillance continuerait et on passerait de nouveau en revue les résultats de l'enquête. Le lundi, Martinsson, qui avait été promu, sans le mériter véritablement, à la dignité d'expert en informatique, devait tirer au clair les affaires d'Erik Magnuson. Celui-ci avait-il d'autres dettes ? Avait-il déjà eu maille à partir avec la justice ?

Wallander demanda à Rydberg d'examiner seul tous ces éléments, afin de procéder à ce qu'il appelait une « croisade » : tenter de « croiser », de relier des événements et des personnes qui n'avaient apparemment rien en commun. Existerait-il malgré tout des rapports qui seraient jusque-là passés inaperçus ? C'était ce que Rydberg devait tenter de tirer au clair.

Ils sortirent ensemble du commissariat. Wallander se rendit soudain compte à quel point son collègue était fatigué et il se souvint alors qu'il était allé passer une visite à l'hôpital.

— Comment ça va ? lui demanda-t-il.

Rydberg haussa les épaules et marmonna une réponse incompréhensible.

— Les jambes ? demanda Wallander.

— Ça va comme ça peut, répondit Rydberg, apparemment peu désireux de s'étendre sur les maux dont il était affligé.

Wallander rentra chez lui et se servit un verre de whisky. Mais il le laissa intact sur la table basse et alla se coucher. La fatigue prit le dessus. Il s'endormit et perdit de vue toutes ces idées qui se bousculaient dans sa tête.

Au cours de la nuit, il rêva de Sten Widén.

Ils assistaient ensemble à la représentation d'un opéra chanté dans une langue inconnue.

Une fois réveillé, il fut incapable de se souvenir de quel opéra il s'agissait.

En revanche, il se souvint dès son réveil de quelque chose dont ils avaient parlé la veille.

Le testament de Johannes Lövgren. Ou plutôt ce testament inexistant.

Rydberg s'était entretenu avec l'avocat auquel les deux filles des Lövgren avaient confié la succession, homme à qui s'adressaient souvent les organisations agricoles de la région. Il n'y avait pas de testament. Cela signifiait que les deux femmes allaient hériter de la totalité de la fortune insoupçonnée de leur père.

Erik Magnuson pouvait-il savoir que Johannes Lövgren était à la tête d'une petite fortune ? Ou bien celui-ci s'était-il montré aussi avare de confidences envers lui qu'envers sa femme ?

Wallander se leva, bien décidé à savoir, avant la fin de la journée, si Johannes Lövgren était, oui ou non, celui de qui Ellen Magnuson avait eu ce fils clandestin.

Il prit un rapide petit déjeuner et retrouva Rydberg au commissariat juste après neuf heures. Martinsson, qui avait passé la nuit dans une voiture devant la maison d'Erik Magnuson, à Rosengård, avant de transmettre le relais à Näslund, avait laissé un message disant qu'il ne s'était absolument rien passé au cours des dernières heures. Magnuson était chez lui. La nuit avait été calme.

Le temps était brumeux. La terre était couverte de givre, dans les champs. Rydberg était assis à côté de Wallander, sur le siège avant de la voiture, mais n'avait pas l'air décidé à desserrer les dents. Ce n'est que lorsqu'ils approchèrent de Kristianstad que la conversation put s'amorcer.

À dix heures et demie, ils retrouvèrent Göran Boman au commissariat de Kristianstad.

Ils relurent ensemble le procès-verbal de l'audition d'Ellen Magnuson.

– On ne peut rien retenir contre elle, dit Boman. On a fouillé tout ce qui la concerne et on n'a rien trouvé. Il ne faut pas plus d'une feuille de papier pour résumer l'histoire de sa vie. Elle travaille dans la même pharmacie depuis trente ans. Pendant quelques années, elle a fait partie d'un ensemble vocal, mais elle a maintenant cessé. Elle emprunte beaucoup de livres à la bibliothèque. Elle passe ses vacances chez une sœur, à Vemmenhög, ne va jamais à l'étranger, n'achète jamais de vêtements neufs. C'est quelqu'un qui, au moins en apparence, mène une vie sans histoire, réglée presque comme du papier à musique. Le plus étonnant, c'est encore qu'elle supporte ce genre d'existence.

Wallander le remercia pour le travail qu'il avait effectué.

– Maintenant, à notre tour, dit-il.

Ils partirent chez Ellen Magnuson.

Quand elle vint leur ouvrir, Wallander se fit la réflexion que son fils lui ressemblait beaucoup. Il n'arrivait pas à savoir si elle s'attendait à leur visite. Son regard avait quelque chose d'absent, comme si elle était en fait bien loin de là.

Wallander fit des yeux le tour de cet appartement dans lequel il n'était encore jamais venu. Ellen Magnuson leur avait demandé s'ils voulaient une tasse de café. Rydberg avait décliné, mais lui, il avait accepté.

Chaque fois qu'il pénétrait dans un nouvel appartement, il avait l'impression d'avoir devant les yeux la couverture d'un livre dont il venait de faire l'acquisition. L'appartement lui-même, les meubles, les tableaux, les odeurs, tout cela constituait le titre. Maintenant, il allait se mettre à lire. Mais l'appartement d'Ellen Magnuson était dépourvu d'odeurs. Wallander avait l'impression de se trouver dans un logement inhabité, respirant une sorte de désolation, de résignation de couleur grise. Sur un fond de tapisserie passée étaient accrochés divers chromos représentant des motifs abstraits assez difficiles à identifier. La pièce était remplie de meubles démodés, aux formes lourdes. Des nappes de dentelle étaient soigneusement disposées sur des tables pliantes en acajou. Sur une étagère accrochée au mur, il y avait la photographie d'un enfant assis devant un rosier. Wallander ne put s'empêcher de remarquer que la seule photo de son fils que cette femme voulût bien montrer datait de son enfance. En tant qu'adulte, il n'était absolument pas présent.

Le séjour donnait sur une petite salle à manger. Wallander poussa avec le bout du pied la porte entrouverte. À sa grande stupéfaction il découvrit, accroché au mur, l'un des tableaux de son père.

C'était la version sans coq de bruyère.

Il resta à le regarder jusqu'à ce qu'il entende, derrière lui, le bruit caractéristique d'un plateau chargé de tasses à café que l'on apportait.

Il avait l'impression de voir ce tableau pour la première fois.

Rydberg s'était assis sur une chaise, près de la fenêtre. Wallander se dit qu'il devrait penser à lui demander, un jour, pourquoi il s'asseyait toujours près des fenêtres.

À quoi tiennent nos habitudes ? s'interrogea-t-il. Quelle usine secrète les fabrique, les bonnes aussi bien que les mauvaises ?

Ellen Magnuson lui servit une tasse de café.

Il se dit qu'il ne pouvait plus reculer, maintenant.

– Göran Boman, de la police de Kristianstad, est déjà venu vous poser quelques questions, dit-il. Ne vous étonnez pas si nous venons à notre tour vous poser les mêmes.

– Ne vous étonnez pas non plus si je vous fais les mêmes réponses, dit-elle.

À cet instant, Wallander comprit que la femme qu'il avait en face de lui était bien celle dont Johannes Lövgren avait eu un enfant clandestin.

Il le savait sans vraiment savoir pourquoi.

Pris de panique, il décida en toute hâte de mentir afin de connaître la vérité. Ou bien il se trompait fort, ou bien Ellen Magnuson ne devait guère avoir l'habitude de la police. Elle penserait sans doute qu'ils cherchaient à savoir la vérité en la disant eux-mêmes. C'était à elle de mentir, pas à eux.

– Madame Magnuson, dit Wallander. Nous savons que

Johannes Lövgren est le père de votre fils Erik. Il ne sert à rien de le nier.

Elle le regarda, l'air effrayée. Ce qu'il y avait d'absent dans son regard avait disparu. Maintenant, elle était de nouveau très présente dans cette pièce.

— Ce n'est pas vrai, dit-elle.

Un mensonge qui demande grâce, pensa-t-il. Elle ne va pas tarder à craquer.

— Bien sûr que si, dit-il. Vous savez aussi bien que nous que c'est vrai. Si Johannes Lövgren n'avait pas été assassiné, nous n'aurions jamais eu besoin de vous poser ce genre de question. Mais, dans ces conditions, il nous faut absolument en avoir la certitude. Et si vous ne nous la fournissez pas tout de suite, vous serez obligée de répondre à ces mêmes questions sous serment, devant un tribunal.

Les choses allèrent plus vite qu'il ne l'aurait cru.

— Pourquoi voulez-vous le savoir ? s'écria-t-elle. Je n'ai rien fait. On n'a pas le droit d'avoir des secrets ?

— Personne n'interdit les secrets, dit lentement Wallander. Mais, tant qu'il y aura des assassins, la police devra tenter de découvrir les coupables. Et pour cela, il lui faut poser des questions. Et obtenir des réponses.

Ils l'écoutèrent tous deux raconter son histoire. Wallander la trouva d'une tristesse indicible. La vie qu'elle déroulait devant lui était aussi désolée que le paysage couvert de givre qu'ils avaient traversé le matin même.

Elle était la fille d'un couple de cultivateurs assez âgés d'Yngsjö. Mais elle avait réussi à s'arracher à la terre et à devenir préparatrice en pharmacie. Johannes Lövgren était entré dans sa vie en tant que client de celle dans laquelle elle travaillait. Elle se souvenait même que la première fois qu'il était venu, c'était pour acheter du bicarbonate. Il était ensuite revenu et avait commencé à la poursuivre de ses assiduités.

Son histoire à lui, c'était celle de l'agriculteur solitaire. Ce n'est qu'après la naissance de l'enfant qu'elle avait appris qu'il était marié. Elle avait alors été accablée de douleur, mais jamais pleine de haine. Il avait acheté son silence au moyen de ces sommes versées régulièrement, plusieurs fois par an.

Mais c'était elle qui avait élevé son fils. Il était à elle et bien à elle.

– Qu'est-ce que tu as pensé, quand tu as appris qu'il avait été assassiné ? demanda Wallander quand elle se tut.

– Je crois en Dieu, dit-elle. Je crois donc en une justice qui venge les offenses.

– Qui les venge ?

– Combien de personnes Johannes a-t-il trompées ? demanda-t-elle. Il nous a tous trompés. Moi, son fils, sa femme et ses filles.

Et elle ne va pas tarder à apprendre que son fils est un assassin, pensa Wallander. Peut-être se le représentera-t-elle sous la forme d'un archange venu accomplir un châtiment divin ? Aura-t-elle la force de supporter cela ?

Il continua à poser ses questions. Rydberg changea de position, sur sa chaise, près de la fenêtre. Dans la cuisine, on entendit une pendule sonner.

Quand ils finirent par quitter l'appartement, Wallander se dit qu'il avait maintenant la réponse à toutes les questions qu'il se posait.

Il savait maintenant qui était la femme cachée. Et le fils clandestin. Il savait qu'elle attendait de l'argent de Johannes Lövgren. Mais ce dernier n'était pas au rendez-vous.

Il avait également obtenu une réponse inattendue à une autre de ses questions.

Ellen Magnuson n'avait jamais remis à son fils l'argent que lui donnait Johannes Lövgren. Elle le versait sur un compte en banque. Il ne pourrait y toucher qu'une fois qu'elle serait morte. Peut-être avait-elle peur qu'il le dissipe au jeu.

Mais Erik Magnuson savait bel et bien que Johannes Lövgren

était son père. Sur ce point, il avait menti. Peut-être savait-il donc aussi que ce même homme ne manquait pas d'argent ?

Rydberg était resté muet, pendant tout cet entretien. Au moment où ils avaient été sur le point de s'en aller, il avait demandé si elle voyait souvent son fils, s'ils s'entendaient bien et si elle connaissait sa fiancée.

Elle avait répondu de façon évasive :

— Il est adulte, maintenant. Il a sa propre vie. Mais il est gentil et il vient me voir. Bien sûr que je sais qu'il est fiancé.

Nouveau mensonge, pensa Wallander. Elle n'était pas au courant de l'existence de cette fiancée.

Ils s'arrêtèrent pour manger à l'auberge de Degeberga. Rydberg semblait être sorti de sa torpeur.

— Tu as mené cet interrogatoire de main de maître, dit-il. Il faudrait donner ça en exemple à l'école de police.

— Et pourtant, j'ai menti, dit Wallander. Et ce n'est pas considéré comme un procédé très honnête.

Au cours du déjeuner, ils discutèrent de la conduite à tenir. Ils furent d'accord pour attendre les résultats des enquêtes en cours sur Erik Magnuson. Une fois celles-ci terminées et leurs résultats connus, ils le convoqueraient pour l'interroger.

— Tu crois que c'est lui ? demanda Rydberg.

— Bien sûr que oui, répondit Wallander. Seul ou bien avec d'autres. Et toi, qu'est-ce que tu en penses ?

— J'espère que tu as raison.

Ils furent de retour au commissariat d'Ystad à quinze heures quinze. Näslund était dans son bureau, en train d'éternuer. Il avait été relevé par Hansson à midi.

Au cours de la matinée, Erik Magnuson avait acheté des chaussures et était allé déposer des grilles de tiercé dans un bureau de tabac. Puis il était rentré chez lui.

— Est-ce qu'il a l'air d'être sur ses gardes ? demanda Wallander.

— Je ne sais pas, répondit Näslund. Il y a des moments où je le pense. Et d'autres où je me dis que je me fais des idées.

Rydberg rentra chez lui et Wallander s'enferma dans son bureau.

Il se mit à feuilleter distraitement un nouveau tas de papiers que quelqu'un avait déposé sur son bureau.

Il avait du mal à se concentrer.

Il était inquiet de ce qu'Ellen Magnuson leur avait raconté.

Il se disait qu'il n'était pas si éloigné lui-même, avec son existence assez douteuse, de la réalité que connaissait cette femme.

Quand ceci sera terminé, je me mettrai en congé, se dit-il. Avec toutes les heures supplémentaires que j'ai faites, je dois pouvoir prendre une semaine. Sept jours à ne m'occuper que de moi-même. Sept jours pour sept années difficiles. Après ça, je serai un autre homme.

Il se demanda s'il ne devrait pas aller passer ces sept jours dans un établissement de santé où on pourrait l'aider à maigrir. Mais l'idée le rebuta. Il préférait prendre sa voiture et partir vers le sud.

Peut-être pour Paris ou pour Amsterdam. À Arnhem, aux Pays-Bas, il connaissait un policier qu'il avait rencontré lors d'un séminaire sur la drogue. Peut-être pourrait-il aller le trouver ?

Mais il faut d'abord résoudre le meurtre de Lenarp, se dit-il. Ce sera pour la semaine prochaine.

Ensuite, je déciderai où aller...

Le jeudi 25 janvier, la police alla chercher Erik Magnuson afin de l'interroger. Son interpellation eut lieu juste devant sa maison. C'est Rydberg et Hansson qui y procédèrent, tandis que Wallander regardait, depuis la voiture dans laquelle il était resté assis. Magnuson les suivit jusqu'au véhicule de police sans protester. Ceci se passait le matin, au moment où il partait pour son travail. Wallander, voulant que les premiers interrogatoires se déroulent sans trop éveiller l'attention, lui permit d'appeler son lieu de travail et de fournir une explication pour son absence.

Björk, Wallander et Rydberg se chargèrent de l'interrogatoire.

En fait, Björk et Rydberg restèrent à l'arrière-plan, laissant Wallander poser toutes les questions.

Au cours des journées qui s'étaient écoulées auparavant, la police avait été confortée dans son opinion que c'était bien Erik Magnuson qui était l'auteur du double meurtre de Lenarp. Diverses enquêtes avaient fait apparaître qu'il avait de lourdes dettes. À plusieurs reprises il n'avait évité que d'extrême justesse le sort réservé à celui qui ne paie pas ses dettes de jeu. Hansson avait également pu constater à Jägersro qu'il jouait gros. Sa situation financière était désespérée.

L'année précédente, il avait été l'objet des soupçons de la police d'Eslöv à propos d'une affaire de hold-up. Mais on n'avait jamais pu réunir contre lui des preuves suffisantes. En revanche, il avait probablement été mêlé à un trafic de stupéfiants. Sa fiancée, qui était au chômage, avait été condamnée à plusieurs reprises pour diverses infractions en la matière et une autre fois pour escroquerie postale. Il était donc établi qu'Erik Magnuson avait de lourdes dettes. Pourtant, il semblait par moments rouler sur l'or. Et ce n'était pas son salaire d'employé du conseil général qui pouvait expliquer cela.

Ce jeudi matin devait donc marquer un tournant dans l'enquête. L'énigme de Lenarp allait enfin être résolue. Ce matin-là, Wallander s'était réveillé de bonne heure, avec un sentiment très puissant d'attente dans tout le corps.

Dès le lendemain, vendredi 26 janvier, il comprit qu'il s'était trompé.

Les soupçons portant sur Erik Magnuson, au moins en tant que coauteur du crime, étaient réduits à néant. Cette piste n'était qu'une impasse de plus. Le vendredi matin, ils comprirent qu'ils ne réussiraient jamais à prouver que Magnuson était coupable du double meurtre de Lenarp – pour la bonne raison qu'il en était innocent.

Son alibi pour la nuit du meurtre avait été confirmé par la mère de sa fiancée, en visite chez lui. Personne ne pouvait mettre sa parole en doute. C'était une vieille dame qui dormait mal la nuit. Et elle pouvait attester que, la nuit où Johannes et Maria Lövgren avaient été si sauvagement assassinés, Erik Magnuson n'avait pas cessé de ronfler.

L'argent avec lequel il avait réglé sa dette au quincaillier de Tågarp provenait de la vente de sa voiture. Il put même montrer le reçu de l'opération, et l'acheteur de la Chrysler, un menuisier de Lomma, confirma qu'il avait payé comptant et en billets de mille et de cinq cents couronnes.

Il y avait également une explication plausible au fait que Magnuson ait menti au sujet de la paternité de Johannes Lövgren. Il l'avait fait par égard pour sa mère, pensant qu'elle désirait la tenir secrète. Lorsque Wallander lui avait dit que Johannes Lövgren était fortuné, il avait eu l'air sincèrement étonné.

Il ne restait donc plus rien.

Lorsque Björk demanda si quelqu'un s'opposait à ce qu'Erik Magnuson soit renvoyé chez lui et lavé de tout soupçon, personne n'eut quoi que ce soit à objecter. Wallander se sentait très coupable du tour qu'il avait fait prendre à toute cette affaire. Seul Rydberg paraissait impassible. Il est vrai que c'était lui qui avait été le plus réticent depuis le début.

Leur enquête était réduite en miettes, il n'en restait plus rien.

Il n'y avait plus rien d'autre à faire qu'à tout reprendre de zéro.

C'est à ce moment-là que la neige fit son apparition.

La nuit du samedi 27 janvier, une violente tempête arriva du sud-ouest. Au bout de quelques heures, la E14 était bloquée. La neige tomba pendant six heures sans désemparer. La violence du vent rendait les chasse-neige inopérants. Ils n'avaient pas plus tôt fini de dégager une route que celle-ci était de nouveau recouverte de neige par le vent.

Pendant vingt-quatre heures, la police ne put rien faire d'autre qu'empêcher la situation de tourner au chaos pur et simple. Puis la tempête s'éloigna, aussi vite qu'elle était arrivée.

Le 30 janvier, Wallander eut quarante-trois ans. Il fêta son anniversaire en changeant ses habitudes alimentaires et en recommençant à fumer. Il eut aussi la joie de recevoir un coup de téléphone de sa fille. Linda était à Malmö et elle lui annonça qu'elle avait décidé de suivre les cours d'une école populaire supérieure pour adultes, près de Stockholm. Elle promit de venir le voir avant de partir.

Wallander organisa ses journées de façon à pouvoir rendre visite à son père au moins trois fois par semaine. Il put écrire à sa sœur, à Stockholm, que l'aide ménagère avait fait des merveilles. Il ne restait plus trace de cet égarement qui l'avait incité à partir à pied pour l'Italie au beau milieu de la nuit. La venue régulière de cette femme avait été son salut.

Un soir, quelques jours après son anniversaire, Kurt Wallander appela au téléphone Anette Brolin et proposa une excursion en voiture à travers la Scanie hivernale. Il la pria de nouveau de l'excuser pour sa conduite, ce soir-là, chez elle. Elle accepta sa proposition et, le dimanche suivant, 4 février, il lui montra le site d'Ales stenar et le château de Glimmingehus. Ils dînèrent à l'auberge de Hammenhög et Wallander commençait à se dire qu'elle avait vraiment décidé qu'il était quelqu'un d'autre que cet homme qui l'avait prise si brutalement sur ses genoux.

Les jours passèrent sans que quoi que ce soit de nouveau intervienne dans le cadre de l'enquête. Martinsson et Näslund furent affectés à d'autres tâches, permettant à Wallander et à Rydberg de continuer à concentrer leurs efforts sur le double meurtre de Lenarp.

Au milieu du mois de février, par une belle journée froide et ensoleillée mais sans un souffle de vent, Wallander reçut dans son bureau la visite de la fille de Johannes et Maria Lövgren qui vivait et travaillait à Göteborg. Elle était revenue en Scanie voir poser la pierre tombale de ses parents, dans le cimetière de Villie. Wallander lui dit la vérité, à savoir que l'enquête piétinait totalement. Le lendemain de cette visite, il se rendit lui-même dans ce cimetière et resta un moment devant cette dalle noire à lettres d'or, plongé dans ses pensées.

Le mois de février se passa à élargir et à approfondir l'enquête.

Rydberg, qui était toujours aussi renfermé et souffrait beaucoup de sa jambe malade, utilisait surtout le téléphone, alors que Wallander se rendait souvent sur le terrain. Ils ne laissèrent pas une seule agence bancaire de Scanie de côté, mais ne trouvèrent pas d'autre coffre au nom de Johannes Lövgren. Wallander interrogea plus de deux cents personnes apparentées aux deux époux ou bien les connaissant. Il se livra même à certains retours sur divers éléments de cette volumineuse enquête, reprenant des points estimés établis depuis longtemps, mettant sens dessus dessous des rapports jugés définitifs et les examinant de nouveau de près. Mais nulle part il ne put trouver la moindre ouverture.

Par une froide et venteuse journée de février, il alla chercher Sten Widén et l'emmena à Lenarp. Ensemble, ils se rendirent près de cette jument qui cachait peut-être un secret et la virent manger son picotin, suivis partout comme leur ombre par le vieux Nyström. Les filles des Lövgren lui avaient fait cadeau de l'animal.

La maison elle-même, muette et claquemurée, avait été mise en vente auprès d'un agent immobilier de Skurup. Wallander resta un moment debout dans la bourrasque à contempler les fenêtres de la cuisine, qui n'avaient pas été réparées mais simplement bouchées avec un morceau de contre-plaqué. Il tenta de renouer le contact avec Sten Widén, mais l'ami pas plus que l'entraîneur ne lui parut guère s'en soucier. En le raccompagnant chez lui, il comprit que c'était fini pour toujours.

L'enquête préliminaire sur le meurtre du réfugié somalien fut menée à bien et Rune Bergman présenté au tribunal d'Ystad, envahi par des représentants du monde des médias. Il avait pu être établi que c'était Valfrid Ström qui avait tiré le coup fatal, mais Bergman fut tout de même condamné pour complicité et l'examen psychologique auquel il fut soumis le déclara totalement responsable.

Wallander fut cité comme témoin et il eut à plusieurs reprises l'occasion d'assister aux interrogatoires menés par Anette Brolin, ainsi qu'à son réquisitoire. Rune Bergman ne fut pas très bavard, même s'il avait fini par sortir de son mutisme systématique. Les débats permirent de mettre au jour tout un paysage raciste clandestin dans lequel les idées politiques du Ku Klux Klan jouaient le rôle principal. Rune Bergman et Valfrid Ström avaient à la fois agi seuls et été affiliés à diverses organisations racistes.

Wallander se fit de nouveau la réflexion que quelque chose d'important était en train de se passer en Suède. Il eut même fugitivement l'occasion de constater qu'il nourrissait personnellement des opinions parfois bien contradictoires quant à certains arguments hostiles aux immigrés qui furent agités dans la presse ou dans le débat public au moment du procès. Le gouvernement et le service de l'Immigration étaient-ils vraiment bien informés quant à l'identité des gens qui arrivaient en Suède ? Qui méritait d'être qualifié de réfugié et qui n'était qu'un aventurier ? Était-il même possible de faire vraiment la différence ?

Combien de temps pourrait-on continuer à pratiquer une politique libérale en matière de droit d'asile sans risquer d'aboutir au chaos ? Existait-il une limite à ne pas dépasser ?

Wallander effectua diverses tentatives assez peu convaincantes en vue de s'informer sur ces questions. Il comprit alors qu'il nourrissait les mêmes inquiétudes diffuses que tant d'autres gens envers l'étranger, envers ce qu'il ne connaissait pas.

À la fin du mois de février, Rune Bergman fut condamné à une lourde peine de prison. Au grand étonnement de tout le monde, il ne fit pas appel de ce jugement, qui devint alors exécutoire.

La neige ne tomba plus, cet hiver-là, en Scanie. Un matin de mars, de bonne heure, Anette Brolin et Wallander firent ensemble une longue promenade le long de l'isthme de Falsterbo. De concert, ils regardèrent les premiers oiseaux migrateurs revenir des contrées éloignées qu'éclaire la Croix du Sud. Soudain, il lui prit la main et elle ne la retira pas, du moins pas immédiatement.

Il réussit à maigrir de quatre kilos. Mais il comprit qu'il ne retrouverait jamais le poids qui était le sien lorsque Mona l'avait quitté si brutalement.

De temps en temps, leurs voix se croisaient le long des fils du téléphone. Il nota que sa jalousie était en train de se dissiper lentement. La femme de couleur qui avait hanté ses rêves, peu auparavant, ne se manifestait plus, elle non plus.

Au mois de mars, Svedberg manifesta de nouveau son désir de retourner à Stockholm. Dans le même temps, Rydberg prit un congé de maladie de deux semaines. Tout le monde pensa d'abord que c'était à cause de sa jambe malade. Mais un jour Ebba confia à Wallander que Rydberg était probablement atteint d'un cancer. Elle ne précisa pas comment elle le savait ni de quelle forme de cancer il s'agissait. Lorsque Wallander lui rendit visite à l'hôpital, Rydberg lui dit qu'il était là simplement pour un examen de routine. Une tache sur une radio avait laissé penser qu'il pouvait avoir quelque chose au gros intestin.

Wallander éprouva une vive douleur à l'idée que Rydberg était peut-être gravement malade. C'est avec un sentiment croissant d'impuissance qu'il continuait à travailler à son enquête. Un jour, il jeta de colère ses gros dossiers contre le mur et le sol fut jonché de papiers. Il resta longtemps assis à contempler ce désastre. Puis il se mit à quatre pattes pour trier toutes ces feuilles et reprendre de zéro.

Quelque part, il y a quelque chose que je ne vois pas, se dit-il.

Un rapport, un détail, qui est précisément la clé qu'il faut que je tourne. Mais faut-il la tourner vers la droite ou vers la gauche ?

Il téléphonait souvent à Göran Boman pour s'épancher dans son giron.

De sa propre initiative, Boman avait fait procéder à des investigations très poussées sur la personne de Nils Velander et d'autres coupables possibles. Mais nulle part la montagne ne s'ouvrait. Wallander passa même deux jours entiers en compagnie de Lars Herdin sans progresser d'un pouce.

Mais il se refusait toujours à admettre que ce crime puisse rester non élucidé.

Au milieu du mois de mars, il réussit à persuader Anette Brolin de l'accompagner à Copenhague pour assister à un opéra. Au cours de la nuit, elle fit ce qu'elle put pour atténuer sa solitude. Mais, quand il lui dit qu'il l'aimait, elle se déroba.

Les choses étaient comme elles étaient. Rien de plus.

Le samedi 17 et le dimanche 18 mars, sa fille vint lui rendre visite. Elle arriva seule, sans cet étudiant en médecine kenyan, et Wallander alla la chercher à la gare. La veille, Ebba avait envoyé une de ses amies faire le ménage de fond en comble dans l'appartement de Mariagatan. Et il eut enfin l'impression de retrouver sa fille. Ils firent une longue promenade en voiture autour de la pointe est de la Scanie, déjeunèrent à Lilla Vik et restèrent ensuite à bavarder jusqu'à cinq heures du matin. Ils rendirent visite à son père, le grand-père de Linda, et il les étonna bien en leur racontant des histoires drôles datant de l'époque où Wallander était enfant.

Le lundi matin, il l'emmena prendre son train.

Il lui semblait avoir regagné un peu de sa confiance.

Une fois de retour dans son bureau, penché sur ses documents, il eut la surprise de voir Rydberg entrer en coup de vent. Celui-ci alla s'asseoir sur la chaise, près de la fenêtre, et lui dit sans détour qu'on lui avait annoncé qu'il avait un cancer de la prostate. Il allait devoir subir un traitement de radiothérapie et de chimiothérapie qui risquait d'être à la fois long et inopérant. Mais il n'était pas venu mendier la compassion, simplement rappeler à Wallander le dernier mot prononcé par Maria Lövgren. Ainsi que le nœud coulant. Puis il se leva, serra la main de son collègue et partit.

Ce dernier resta seul avec sa douleur et son enquête. Björk

considérait qu'il devait y travailler seul, car la police était débordée, pour l'instant.

Au cours du mois de mars, il ne se passa rien. En avril non plus.

Les nouvelles de la santé de Rydberg étaient très variables. C'était toujours Ebba qui les donnait.

L'un des premiers jours de mai, Wallander alla trouver Björk pour lui proposer de confier l'enquête à quelqu'un d'autre. Mais son supérieur refusa. Il devait continuer, au moins jusqu'à l'été et aux vacances. Ensuite, on aviserait.

Il reprit tout à plusieurs reprises, revint en arrière, tourna ses documents dans tous les sens, essayant de les faire vivre. Mais les pierres sur lesquelles il marchait restaient toujours aussi froides.

Au début du mois de juin, il changea sa Peugeot et prit une Nissan à la place. Le 8 juin, il partit en vacances et prit la direction de Stockholm, afin de rendre visite à sa fille.

Ensemble, ils se rendirent au cap Nord en voiture. Herman Mboya était retourné au Kenya, mais devait revenir au mois d'août.

Le lundi 9 juillet, Wallander était de nouveau à son poste.

Björk lui avait laissé un mot lui disant qu'il devait poursuivre l'enquête jusqu'à son retour, début août. Ensuite, ils verraient tous les deux ce qu'il conviendrait de faire.

Des nouvelles de Rydberg l'attendaient également. Celui-ci allait mieux. Les médecins avaient bon espoir, malgré tout, de guérir son cancer.

Le mardi 10 juillet fut une belle journée, à Ystad. Wallander descendit déjeuner à pied, dans le centre de la ville, et flâna un peu. Il entra dans le magasin de la place du marché et se décida presque à acheter une nouvelle chaîne stéréo.

Puis il se souvint qu'il avait toujours dans son portefeuille, depuis son voyage au cap Nord, des billets norvégiens qu'il n'avait pas encore changés. Il se rendit à la Föreningsbanken et se plaça dans la queue du seul guichet qui était ouvert.

Il ne reconnut pas la femme qui se tenait de l'autre côté du comptoir. Ce n'était ni Britta-Lena Bodén, celle qui avait si bonne mémoire, ni une autre de celles qu'il avait déjà vues. Il se dit qu'il devait s'agir d'une remplaçante pour les mois d'été.

L'homme qui se trouvait devant lui procédait à un gros retrait en espèces. Wallander se demanda en passant à quoi cette somme allait bien pouvoir lui servir. Tandis que l'autre comptait ses billets, il lut distraitement le nom inscrit sur le permis de conduire qu'il avait posé près de lui, sur le comptoir.

Ce fut ensuite son tour et il put procéder à l'échange de ses billets. Derrière lui, dans la queue, il entendit un vacancier qui parlait italien ou espagnol.

Ce n'est qu'une fois dans la rue que l'idée lui vint.

Il s'immobilisa, comme figé sur place par cette soudaine inspiration.

Puis il retourna à la banque. Il attendit que les touristes aient fini de changer leur argent et montra alors sa carte à la caissière.

— Est-ce que Britta-Lena Bodén est en vacances ? demanda-t-il avec un sourire.

— Elle doit être chez ses parents, à Simrishamn, dit la caissière. Il lui reste deux semaines.

— Ses parents s'appellent bien Bodén, n'est-ce pas ?

— Oui. Son père tient une station-service à Simrishamn. Je crois qu'elle porte maintenant l'enseigne de Statoil.

— Merci. Je désire simplement lui poser quelques questions de routine.

— Je te reconnais, dit la caissière. Vous n'avez pas encore pu résoudre cette affreuse histoire, hein ?

— Oui, dit Wallander. C'est assez affreux, en effet.

Il courut presque jusqu'au commissariat, prit le volant et partit pour Simrishamn. Le père de Britta-Lena Bodén lui dit que celle-ci passait la journée sur la plage, à Sandhammaren, avec quelques amis. Il dut chercher longtemps avant de la trouver, bien cachée derrière une dune. Elle jouait au backgammon avec ses amis et tous regardèrent Wallander d'un air étonné quand ils le virent approcher en marchant difficilement dans le sable.

— Je ne te dérangerais pas si ce n'était pas aussi important, dit-il.

Britta-Lena Bodén comprit apparemment tout le sérieux de la chose et se leva. Elle portait un simple bikini et Wallander détourna les yeux. Ils allèrent s'asseoir légèrement à l'écart des autres, afin de pouvoir parler librement.

— C'est au sujet de cette journée de janvier, dit Wallander. Je voudrais te demander d'y repenser et en reparler avec toi. Et, en particulier, que tu essaies de te souvenir s'il y avait quelqu'un d'autre que Johannes Lövgren dans la banque, quand il a procédé à ce gros retrait d'argent.

Elle avait toujours aussi bonne mémoire.

— Non, dit-elle. Il était seul.

Il savait que ce qu'elle disait était vrai.

— Réfléchis bien, dit-il. Lövgren est sorti en poussant la porte et celle-ci s'est refermée derrière lui. Qu'est-ce qui s'est passé ensuite ?

Sa réponse fut aussi catégorique que rapide :

— La porte n'a pas eu le temps de se refermer.

— Un autre client est arrivé ?

— Deux.

— Tu les connaissais ?

— Non.

La question suivante était capitale.

— Parce que c'étaient des étrangers ?

Elle le regarda, très surprise.

— Oui. Comment le sais-tu ?

— Je ne le savais pas il y a encore très peu de temps. Mais continue.

– C'étaient deux hommes. Assez jeunes.

– Qu'est-ce qu'ils voulaient ?

– Changer de l'argent.

– Tu te rappelles de quelle monnaie il s'agissait ?

– Des dollars.

– Ils parlaient anglais ? C'étaient des Américains ?

Elle secoua négativement la tête.

– Non, pas anglais. Je ne sais pas quelle langue ils parlaient.

– Qu'est-ce qui s'est passé ensuite ? Essaie de revoir la scène.

– Ils sont venus au comptoir.

– Tous les deux ?

Elle réfléchit bien avant de répondre. Le vent chaud lui ébouriffait les cheveux.

– L'un des deux est venu poser les billets sur le comptoir. Je crois qu'il s'agissait de cent dollars. Je lui ai demandé s'il voulait les changer. Il m'a répondu en hochant la tête.

– Que faisait l'autre, pendant ce temps-là ?

Elle réfléchit de nouveau.

– Il a laissé tomber quelque chose par terre et s'est baissé pour le ramasser. Je crois que c'était un gant.

Pour la question suivante, il revint légèrement en arrière.

– Johannes Lövgren venait de sortir. Il avait mis une assez grosse somme d'argent dans sa serviette. Est-ce que tu lui avais donné autre chose ?

– Le récépissé de son retrait.

– Et il l'a également mis dans sa serviette ?

Pour la première fois, elle parut hésiter.

– Je crois bien, dit-elle.

– Supposons qu'il ne l'ait pas mis dans sa serviette. Qu'est-ce qui s'est passé, ensuite ?

– Il n'y avait pas de papier sur le comptoir. Ça, j'en suis sûre. Parce que je l'aurais pris et je l'aurais mis de côté.

– Est-ce qu'il a pu tomber par terre ?

– C'est possible.

– Et l'homme qui s'est penché pour ramasser son gant a très bien pu le prendre ?

– En effet.

– Qu'est-ce qu'il y avait de marqué, sur ce récépissé ?

– Le montant. Le nom. L'adresse.

Wallander retint sa respiration.

– Tout ça ? Tu es sûre ?

– Il avait rédigé son bordereau de retrait en écriture scripte. Je me souviens qu'il avait également inscrit son adresse, bien que ce ne soit pas nécessaire.

Wallander revint de nouveau en arrière.

– Nous disons donc que Lövgren a pris son argent et s'en est allé. À la porte, il rencontre deux inconnus. L'un d'entre eux se baisse et ramasse un gant et peut-être également son récépissé. Et, à l'extérieur, il y a Johannes Lövgren avec ses vingt-sept mille couronnes. C'est bien ça ?

Soudain, elle comprit.

– C'est eux qui ont fait le coup ?

– Je ne sais pas. Continue.

– J'ai changé l'argent et il a mis les billets dans sa poche. Et puis ils sont partis.

– Combien de temps est-ce que ça a pris ?

– Trois ou quatre minutes, pas plus.

– Il doit bien y avoir une trace de cette opération, à la banque ?

Cette fois, elle fit oui de la tête.

– Je suis allé changer de l'argent, aujourd'hui. Il a fallu que je donne mon nom. Est-ce qu'ils ont indiqué une adresse, eux ?

– Peut-être. Je ne me souviens pas.

Wallander hocha la tête. Enfin, une lueur qui s'allumait.

– Tu as une mémoire formidable. Est-ce que tu as revu ces deux hommes ?

– Non. Jamais.

– Tu les reconnaîtrais ?

– Peut-être. Je le crois bien.

Wallander réfléchit quelques instants.

– Je vais peut-être être obligé de te demander d'interrompre tes vacances pendant quelques jours.

– Mais on va à Öland demain !

Wallander prit instantanément sa décision.

– Impossible, dit-il. Peut-être après-demain. Mais pas avant.

Il se leva et secoua le sable de ses vêtements.

– Arrange-toi pour que tes parents sachent où on peut te joindre, dit-il.

Elle se leva et se prépara à rejoindre ses amis.

– Est-ce que je peux leur dire ? demanda-t-elle.

– Invente quelque chose, répondit-il. Je te fais confiance.

Peu après quatre heures de l'après-midi, le récépissé de l'opération de change fut retrouvé dans les archives de la banque.

La signature était illisible. Aucune adresse n'était indiquée.

À son grand étonnement, Wallander ne fut même pas déçu. Il se dit que c'était sans doute dû au fait qu'il savait désormais, malgré tout, comment les choses avaient pu se passer.

De la banque, il se rendit directement à l'hôpital, où Rydberg était en convalescence.

Lorsque Wallander frappa à la porte, il était assis sur son balcon. Il avait maigri et il était très pâle.

Ils prirent tous les deux place sur le balcon et Wallander fit part de sa découverte à son collègue.

Rydberg hocha pensivement la tête.

– Tu as sans doute raison, dit-il lorsque Wallander cessa de parler. C'est certainement comme ça que ça s'est passé.

– Toute la question est de savoir comment les retrouver. Des touristes de passage en Suède il y a plus de six mois de ça.

– Ils sont peut-être toujours là. Comme réfugiés, demandeurs d'asile, immigrants.

– Par où commencer ? demanda Wallander.

– Je ne sais pas, répondit Rydberg. Mais tu vas certainement trouver quelque chose.

Ils restèrent près de deux heures sur le balcon de Rydberg. Peu avant dix-neuf heures, Wallander regagna sa voiture.

Les pierres sur lesquelles il marchait n'étaient plus aussi froides.

15

Les jours suivants, Kurt Wallander devait toujours se les rappeler comme ceux pendant lesquels *la carte avait pris forme*. La seule base dont il disposait, c'était les souvenirs de Britta-Lena Bodén et une signature illisible. Il y avait là la matière de tout un scénario et les dernières paroles de Maria Lövgren constituaient un des morceaux de ce puzzle qui trouvait enfin sa place. Mais il fallait également prendre en considération ce nœud coulant tellement curieux. Ensuite, il dessinerait sa carte. Le jour même de sa conversation avec Britta-Lena Bodén, dans les dunes écrasées de soleil de Sandhammaren, il était allé trouver Björk chez lui, l'avait arraché à son repas et avait aussitôt obtenu de lui la promesse d'affecter Hansson et Martinsson à temps complet à cette enquête qui devait être relancée et se voir de nouveau accorder la priorité.

Le mercredi 11 juillet, on procéda à une reconstitution, à la banque, avant l'ouverture des guichets. Britta-Lena Bodén reprit sa place derrière le comptoir. Hansson joua le rôle de Johannes Lövgren, et Martinsson et Björk celui des deux étrangers venus changer leurs dollars. Wallander exigea que tout se passe exactement comme cette fois-là, six mois plus tôt. Le directeur de l'agence finit par consentir à ce que la caissière remette les vingt-sept mille couronnes en grosses coupures diverses à Hansson, à qui Ebba avait prêté une vieille serviette.

Wallander resta sur le côté, à observer ce qui se passait.

À deux reprises, il demanda que l'on recommence, à la suite d'une remarque de Britta-Lena Bodén se souvenant que tel ou tel détail n'était pas parfaitement exact.

C'était pour raviver ses souvenirs que Wallander avait souhaité procéder à cette reconstitution. Il espérait que cela lui permettrait d'ouvrir une case de plus dans sa mémoire si étrangement précise.

Une fois l'opération terminée, elle hocha la tête. Elle avait dit tout ce dont elle se souvenait et n'avait plus rien à ajouter. Wallander la pria de bien vouloir retarder son voyage à Öland de quelques jours encore et la laissa ensuite seule dans une pièce où on lui demanda de regarder les photos de certains criminels d'origine étrangère qui, pour une raison ou pour une autre, avaient été pris dans les filets de la police suédoise. Comme cela ne donnait pas non plus de résultats, on l'emmena en avion à Norrköping afin qu'elle puisse procéder de même sur les importantes archives photographiques du service de l'Immigration. Au bout de dix-huit heures passées à regarder des photographies en quantité industrielle, elle fut de retour à l'aérodrome de Sturup, où Wallander l'accueillit en personne. Le résultat était négatif.

La démarche suivante consistait à faire appel à Interpol. On mit toutes les données du crime sur des ordinateurs qui procédèrent ensuite, au quartier général européen, à des analyses comparatives. Mais il ne se passa toujours rien qui vînt modifier sensiblement la situation.

Pendant que Britta-Lena Bodén suait sur toutes ces photographies, Wallander interrogeait longuement, à trois reprises, Artur Lundin, le ramoneur de Slimminge. On procéda à une reconstitution de leur aller et retour entre Lenarp et Ystad et on le chronométra, avant de l'effectuer de nouveau. Wallander continuait à dessiner sa carte. De temps en temps, il allait voir Rydberg, qui restait assis, toujours aussi pâle et sans forces, sur son balcon, afin d'examiner avec lui les derniers développements de l'enquête. Rydberg disait que cela ne le dérangeait pas et ne le fatiguait pas non plus. Mais, chaque fois, Wallander le quittait avec très mauvaise conscience.

Anette Brolin revint des vacances qu'elle avait passées avec son mari et ses enfants dans une villa, à Grebbestad, sur la côte ouest. Sa famille était revenue avec elle à Ystad et Wallander crut bon d'adopter le ton le plus officiel possible lorsqu'il l'appela pour lui faire part des progrès inattendus réalisés dans cette enquête déjà considérée comme presque enterrée.

Mais, après une première semaine assez fébrile, le rythme ralentit notablement.

Wallander regardait sa carte. Ils étaient de nouveau embourbés.

– Il faut un peu de patience, dit Björk. Avec Interpol, la pâte ne lève jamais bien vite.

Wallander ne put s'empêcher de grimacer intérieurement en entendant cette métaphore d'un goût douteux.

En même temps, il comprit que Björk avait raison.

Lorsque Britta-Lena Bodén revint d'Öland et s'apprêta à reprendre son travail à la banque, Wallander obtint pour elle quelques jours de congé supplémentaires. Puis il lui fit faire le tour des camps de réfugiés de la région d'Ystad. Ils rendirent même visite aux camps flottants installés dans le port pétrolier de Malmö. Mais nulle part elle ne reconnut le visage des deux hommes.

Wallander fit alors venir de Stockholm un dessinateur.

Mais, en dépit de leurs efforts répétés à tous les deux, Britta-Lena Bodén ne parvint pas à lui faire dresser un seul portrait dont elle fût satisfaite.

Wallander commençait à perdre espoir. Björk lui enjoignit de rendre sa liberté à Hansson et de se contenter de Martinsson comme seul et unique adjoint.

Le vendredi 20 juillet, Wallander fut de nouveau sur le point de renoncer.

Tard le soir, il rédigea une note suggérant que l'enquête soit provisoirement mise en sommeil, en l'absence d'éléments susceptibles de faire progresser de façon décisive le travail de la police.

Il posa la feuille de papier sur son bureau et décida de la remettre à Björk et à Anette Brolin le lundi matin.

Il passa le samedi et le dimanche dans l'île danoise de Bornholm. Il pleuvait et ventait et, pour comble de malheur, il eut mal à l'estomac à cause de quelque chose qu'il avait mangé sur le ferry. Il passa la soirée du dimanche au lit, se levant à intervalles réguliers pour vomir.

Le lundi matin, à son réveil, il se sentit mieux. Il se demanda pourtant s'il devait rester au lit ou non.

Il finit malgré tout par se lever et prendre sa voiture. Il arriva à son bureau juste avant neuf heures. En l'honneur de l'anniversaire d'Ebba, un gâteau attendait tout le monde à la cafétéria. Il était donc près de dix heures lorsque Wallander put enfin relire sa note à l'intention de Björk. Il s'apprêtait à se lever pour aller la déposer lorsque le téléphone sonna.

C'était Britta-Lena Bodén.

— Ils sont revenus. Venez vite !

— Qui ça ? demanda Wallander.

— Ceux qui changeaient de l'argent. Tu ne comprends donc pas ?

Dans le couloir, il buta sur Norén qui revenait d'un contrôle routier.

— Viens avec moi ! lui cria Wallander.

— Pour quoi faire, bon sang ? demanda Norén, qui mâchait un sandwich.

— T'occupe pas. Viens !

Lorsqu'ils arrivèrent devant la banque, Norén tenait toujours son sandwich à moitié consommé à la main. En chemin, Wallander avait grillé un feu rouge et roulé sur une plate-bande pour couper court. Il laissa sa voiture au milieu des étals du marché, devant l'hôtel de ville. Cela ne les empêcha pas d'arriver trop tard. Les deux hommes avaient eu le temps de disparaître. Britta-Lena Bodén n'avait pas eu la présence d'esprit de demander à quelqu'un de les suivre.

Mais elle avait en revanche pensé à mettre en marche la caméra de surveillance.

Wallander examina de près la signature figurant sur le récépissé de change. Elle était toujours aussi illisible. Mais c'était bien la même. Aucune adresse n'était indiquée, cette fois non plus.

– Bien, dit Wallander à Britta-Lena Bodén, qui tremblait de tous ses membres dans le bureau du directeur de l'agence. Qu'est-ce que tu leur as dit, quand tu es allée téléphoner ?

– Qu'il fallait que j'aille chercher un tampon.

– Est-ce que tu crois qu'ils se sont doutés de quelque chose ? Elle secoua négativement la tête.

– Bien, dit de nouveau Wallander. Tu as fait exactement ce qu'il fallait.

– Tu crois que vous allez pouvoir leur mettre la main dessus ? demanda-t-elle.

– Oui, dit Wallander. Cette fois, on les tient.

La bande-vidéo de la caméra de la banque montra deux hommes dont l'apparence n'était pas particulièrement méridionale. L'un d'entre eux avait des cheveux blonds coupés court, l'autre était chauve. En jargon policier, ils furent aussitôt baptisés Lucia et Boule-de-billard.

Après avoir écouté divers enregistrements de langues étrangères, Britta-Lena Bodén parvint à la conclusion que les deux hommes parlaient entre eux une langue slave, probablement le tchèque ou le bulgare. Le billet de cinquante dollars qu'ils avaient changé fut immédiatement transmis aux services techniques pour examen approfondi.

Björk convoqua une réunion dans son bureau.

– Six mois après, ils refont surface, dit Wallander. Pourquoi retournent-ils dans la même petite agence ? Tout d'abord et tout naturellement, parce qu'ils habitent à proximité. Ensuite, parce que l'une de leurs visites précédentes leur a si bien réussi. Mais, cette fois-ci, ils n'ont pas eu de chance. Celui qui était devant eux dans la queue ne retirait pas d'argent, il en déposait. Mais c'était un homme d'un certain âge, comme Johannes Lövgren. Ils croient peut-être que tous les hommes âgés qui ont l'air de cultivateurs procèdent toujours à des retraits importants ?

– Des Tchèques, dit Björk. Ou des Bulgares.

– Ce n'est pas tout à fait sûr. L'employée peut se tromper. Mais ça cadre assez bien avec leur allure.

Ils passèrent quatre fois encore la bande-vidéo et décidèrent quelles images faire tirer et agrandir.

– Il faut absolument interpeller tous les Européens de l'Est de la ville et de la région, dit Wallander. C'est très déplaisant et ça va nous valoir d'être accusés de discrimination raciale, mais on s'en fout. Il faut bien qu'ils soient quelque part. Je vais appeler le responsable régional de la sécurité publique et lui demander ce qu'ils ont l'intention de faire à leur niveau.

– Il faut passer cette bande à toutes les patrouilles, dit Hansson. Puisqu'ils se promènent dans la rue.

Wallander n'oubliait pas le spectacle dont il avait été témoin à la ferme.

– Après ce qu'ils ont fait à Lenarp, il faut les considérer comme dangereux, dit-il.

– Si c'étaient bien eux, dit Björk. On n'en est pas encore sûrs.

– C'est vrai, convint Wallander. Mais tout de même.

– Alors, on met toute la gomme, dit Björk. Kurt, tu diriges les opérations et tu répartis le travail comme bon te semble. Tout ce qui n'est pas absolument urgent attendra. Je vais appeler la procureure pour lui annoncer la bonne nouvelle.

Mais rien ne se passa.

Malgré l'ampleur des moyens mis en œuvre et la petite taille de la ville, les deux hommes restaient introuvables.

Le mardi et le mercredi s'écoulèrent sans aucun résultat. Les responsables de la police des deux départements avaient fait le nécessaire, chacun de son côté. La bande-vidéo avait été copiée et diffusée. Jusqu'au dernier moment, Wallander hésita à communiquer les photos à la presse. Il craignait que les deux hommes ne soient encore plus difficile à localiser s'ils savaient qu'ils étaient recherchés. Il demanda son avis à Rydberg, qui n'était pas d'accord avec lui.

— Les renards, il faut les forcer à sortir de leur terrier, dit-il. Attends encore quelques jours. Mais ensuite fais publier ces photos.

Ils restèrent longtemps à contempler les épreuves que Wallander avait apportées.

— Un « visage de meurtrier », ça n'existe pas, dit-il. On s'imagine toujours le contraire, on pense à un certain profil, une certaine dentition, une certaine ligne de cheveux. Mais non, ça ne colle jamais.

Le mardi 24 juillet fut très venté, en Scanie. Des lambeaux de nuages traversaient le ciel à vive allure et les rafales atteignirent la force 10. À son réveil, à l'aube, Wallander resta longtemps allongé sur son lit à écouter souffler la tempête. Quand il monta sur sa balance, dans la salle de bains, il constata qu'il avait encore maigri d'un kilo. Cela lui fit un tel effet qu'il n'éprouva plus du tout son habituelle répugnance lorsqu'il vint ranger sa voiture sur le parking du commissariat.

Cette enquête est en train de tourner à la défaite personnelle, s'était-il dit. Je n'arrête pas de harceler mes collaborateurs, mais pour finir on se retrouve une fois de plus devant le néant.

Il faut pourtant bien qu'ils soient quelque part, ragea-t-il en claquant la portière de sa voiture. Quelque part, mais où ?

Il s'arrêta à l'accueil pour échanger quelques mots avec Ebba. Près du standard téléphonique, il aperçut soudain une boîte à musique à l'ancienne.

— Ça existe encore ? demanda-t-il. Où as-tu trouvé ça ?

— Je l'ai achetée à la foire de Sjöbo, répondit-elle. On trouve parfois des choses intéressantes, au milieu de tout le fatras.

Wallander sourit et continua son chemin. En gagnant son

bureau, il passa la tête dans celui de Hansson et de Martinsson et leur demanda de venir le rejoindre.

Toujours pas la moindre trace de Boule-de-billard et de Lucia.

– Encore deux jours, dit Wallander. Si nous n'avons rien jeudi, je convoque une conférence de presse et je leur communique les photos.

– On aurait dû le faire tout de suite, dit Hansson.

Wallander ne répondit pas.

Ils étudièrent de nouveau la carte. Martinsson devait continuer à s'occuper d'inspecter divers terrains de camping où les deux hommes avaient pu trouver refuge.

– Les auberges de la jeunesse, ajouta Wallander. Et toutes les chambres louées par des particuliers.

– C'était plus facile, jadis, dit Martinsson. Les gens ne se déplaçaient pas, en été. Maintenant, ils ont tous la bougeotte.

Hansson, pour sa part, devait aller rendre visite à certaines entreprises de travaux publics pas très à cheval sur la réglementation et bien connues pour avoir recours à de la main-d'œuvre clandestine en provenance de divers pays de l'Est.

Wallander, enfin, se proposait d'aller faire un tour à la campagne. Il n'était pas impossible que les deux hommes aient trouvé refuge chez un gros producteur de fraises, par exemple.

Mais tous ces efforts furent vains.

Quand ils se retrouvèrent, tard dans l'après-midi, ils n'avaient rien à signaler.

– Tout ce que j'ai trouvé, dit Hansson, c'est un plombier algérien, deux maçons kurdes et un nombre incalculable de manœuvres polonais. J'ai bien envie de mettre un mot à Björk à ce sujet. Si on n'avait pas eu ce foutu meurtre, on aurait pu nettoyer un peu tout ça. Ils sont payés comme les enfants qui travaillent pendant l'été pour se faire un peu d'argent de poche et ils ne sont pas assurés. En cas d'accident, le patron dira qu'il ne les connaissait pas et qu'ils n'avaient rien à faire sur son chantier.

Martinsson ne ramenait pas de bonnes nouvelles non plus.

– J'ai bien trouvé un Bulgare chauve, qui aurait pu mériter de s'appeler Boule-de-billard, dit-il. Malheureusement, il est médecin à l'hôpital de Mariestad et il aurait pu nous fournir n'importe quel alibi.

Wallander se leva pour ouvrir la fenêtre car l'air était étouffant, dans ce bureau.

Soudain, il se souvint de la boîte à musique d'Ebba. Bien qu'il n'ait pas entendu sa mélodie, celle-ci avait trotté dans son inconscient pendant toute la journée.

– Les foires, dit-il soudain en se retournant. On devrait s'y intéresser. Laquelle est la prochaine ?

Hansson et Martinsson connaissaient bien la réponse.

Celle de Kivik, bien sûr ; la célèbre foire de Kivik.

– Elle commence aujourd'hui, dit Hansson. Et se termine demain.

– Alors, je vais y aller demain, dit Wallander.

– C'est grand, objecta Hansson. Tu devrais emmener quelqu'un.

– Je peux y aller, si tu veux, dit Martinsson.

Hansson eut l'air soulagé. Wallander se fit la réflexion qu'il devait y avoir des courses hippiques, le mercredi soir.

Ils mirent fin à leur réunion, se saluèrent et se séparèrent. Wallander resta assis à son bureau pour trier tout un tas de messages téléphoniques. Il les mit de côté pour le lendemain et se prépara à partir. Soudain, il vit un morceau de papier qui était tombé sous la table. Il se pencha pour le prendre et vit que c'était le directeur d'un camp de réfugiés qui avait tenté de le joindre.

Il composa le numéro et laissa sonner dix fois. Il allait raccrocher lorsque quelqu'un lui répondit au bout du fil.

– Ici Kurt Wallander, de la police d'Ystad. Je voudrais parler à quelqu'un du nom de Modin.

– C'est moi.

– Ah bon. Tu m'as appelé ?

– Oui. Je crois que j'ai quelque chose d'important à signaler.

Wallander retint son souffle.

– C'est à propos de ces deux hommes que vous recherchez. Je suis rentré de vacances aujourd'hui. Et j'ai trouvé sur mon bureau les photos que la police nous a fait parvenir. Je connais ces deux hommes, parce qu'ils ont séjourné ici pendant un certain temps.

– J'arrive, dit Wallander. Attends-moi dans ton bureau, j'arrive.

Il lui fallut dix-neuf minutes pour gagner ce camp situé près de Skurup. Il était installé dans un ancien presbytère et n'était utilisé qu'en cas de besoin, lorsque tous les autres camps permanents étaient pleins.

Le directeur était un petit homme d'environ soixante ans. Il attendait au milieu de la cour lorsque Wallander y fit une entrée remarquée au volant de sa voiture.

– Le camp est vide, pour l'instant, dit Modin. Mais on attend un certain nombre de Roumains, la semaine prochaine.

Ils pénétrèrent dans son petit bureau.

– Reprends tout depuis le commencement, dit Wallander.

– Ils ont logé ici entre le mois de décembre de l'année dernière et le milieu du mois de février, dit Modin en consultant ses papiers. Puis ils ont été transférés à Malmö. Plus précisément au camp de Celsiusgården.

Modin montra la photo de Boule-de-billard.

– Celui-ci s'appelle Lothar Kraftzcyk. Il est citoyen tchécoslovaque et a demandé l'asile politique parce qu'il se considère comme persécuté du fait qu'il appartient à l'une des minorités ethniques du pays.

– Il y a des minorités, en Tchécoslovaquie ? s'étonna Wallander.

– Je crois qu'il se considérait comme tzigane.

– Se considérait ?

Modin haussa les épaules.

– Je n'en suis pas persuadé, dit-il. Les réfugiés qui savent qu'ils n'ont pas de très bons motifs de rester en Suède ne tardent pas à apprendre que c'est une excellente façon d'améliorer leur dossier que de prétendre qu'ils sont tziganes.

Modin prit ensuite la photo de Lucia.

— Andreas Haas, dit-il. Tchécoslovaque lui aussi. Je ne sais plus trop quel motif il a invoqué pour justifier sa demande d'asile. Ses papiers sont partis à Celsiusgården avec lui.

— Et tu es certain que ce sont bien ces deux hommes qui sont sur ces photos ?

— Oui, j'en suis sûr.

— Continue, dit Wallander. Je t'écoute.

— Qu'est-ce que tu veux savoir ?

— Eh bien : comment étaient-ils ? Est-ce qu'il s'est passé quelque chose de particulier pendant la période où ils ont séjourné ici ? Avaient-ils beaucoup d'argent ? Enfin, tout ce dont tu peux te souvenir.

— J'ai essayé, dit Modin. Mais ils ne se faisaient guère remarquer. Il faut que tu saches que la vie dans un camp de réfugiés est sans doute l'une des choses les plus déprimantes que l'être humain puisse connaître. Ils passaient leurs journées à jouer aux échecs.

— Est-ce qu'ils avaient de l'argent ?

— Pas que je me souvienne.

— Comment étaient-ils ?

— Très réservés. Mais pas hostiles.

— Autre chose ?

Wallander vit que Modin hésitait à parler.

— À quoi penses-tu ? demanda-t-il.

— Ici, c'est un petit camp, dit Modin. La nuit, il n'y a personne, ni moi ni qui que ce soit. Pendant la journée, il n'y a pas toujours quelqu'un non plus. Mis à part une cuisinière qui vient préparer à manger. En général, il y a une voiture qui est garée dans la cour. Les clés sont dans mon bureau, qui est également fermé à clé. Mais ça n'empêche pas que, plusieurs fois en arrivant le matin, j'ai eu l'impression que quelqu'un s'était servi de la voiture au cours de la nuit. Comme si on avait pénétré dans mon bureau, pris les clés et était parti au volant.

– Et tes soupçons portaient sur ces deux hommes ?

Modin hocha la tête de haut en bas.

– Je ne sais pas pourquoi, dit-il. C'est une simple impression.

Wallander réfléchit.

– La nuit, dit-il. Personne sur place. Et certains jours non plus. C'est bien ça ?

– Oui.

– Le vendredi 5 janvier. Il y a plus de six mois de ça. Est-ce que tu te souviens s'il y avait quelqu'un ici ce jour-là ?

Modin feuilleta l'almanach posé sur sa table.

– Ce jour-là, j'ai été convoqué à une réunion d'urgence à Malmö. Il y avait un tel afflux de réfugiés qu'il a fallu trouver des lieux d'hébergement provisoires.

Maintenant, les pierres commençaient vraiment à chauffer sous les pieds de Wallander.

Sa carte s'était mise à vivre. Elle lui parlait, désormais.

– Il n'y avait donc personne ici, ce jour-là ?

– Mis à part la cuisinière. Mais la cuisine est située sur le côté. Elle a fort bien pu ne pas se rendre compte que quelqu'un prenait la voiture.

– Aucun des réfugiés ne t'a rapporté quoi que ce soit ?

– Les réfugiés ne mouchardent pas. Ils ont trop peur. Y compris les uns des autres.

Wallander se leva. Il était soudain très pressé.

– Appelle ton collègue de Celsiusgården pour lui dire que j'arrive, dit-il. Mais ne lui parle pas de ces deux hommes. Assure-toi simplement que je vais pouvoir rencontrer le directeur.

Modin le regarda.

– Pourquoi veux-tu les retrouver ? demanda-t-il.

– Il se peut qu'ils aient commis un crime. Un crime grave.

– Le meurtre de Lenarp ? C'est bien ça ?

Wallander ne trouva pas, sur le coup, de raison de ne pas répondre.

— Oui, dit-il. Nous pensons que c'est eux.

Il arriva à Celsiusgården, dans le centre de Malmö, peu après sept heures du soir. Il gara sa voiture dans une rue latérale et gagna à pied l'entrée principale, qui était surveillée par un gardien. Au bout de quelques minutes, un homme vint le chercher. Il s'appelait Larson, avait été marin et répandait autour de lui une odeur de bière sur laquelle il était impossible de se méprendre.

— Haas et Kraftzcyk, dit Wallander une fois qu'ils furent assis dans le bureau de Larson. Deux demandeurs d'asile tchèques.

La réponse de l'homme qui sentait la bière ne se fit pas attendre.

— Ah oui, les joueurs d'échecs, dit-il. Ils logent ici.

Bon sang, se dit Wallander. Ça y est.

— Ils sont ici ?

— Oui, dit Larson. Enfin : non.

— Non ?

— Ils logent ici. Mais ils ne sont pas là.

— Qu'est-ce que tu veux dire ?

— Qu'ils ne sont pas là.

— Où est-ce qu'ils sont, alors ?

— Je n'en sais rien.

— Mais tu viens de me dire qu'ils logent ici ?

— Oui, mais ils ont mis les bouts.

— Mis les bouts ?

— Oui, ça arrive très souvent, ici.

— Mais je croyais qu'ils demandaient l'asile ?

— Ça n'empêche pas.

— Et qu'est-ce que vous faites, dans ce cas-là ?

— On le signale, bien entendu.

— Et qu'est-ce qui se passe, alors ?

— La plupart du temps, rien du tout.

– Rien du tout ? Des gens qui attendent de savoir s'ils vont pouvoir rester dans ce pays ou bien s'ils vont être expulsés prennent la poudre d'escampette et personne ne s'en soucie ?

– Je suppose que la police doit essayer de les retrouver.

– C'est absolument ahurissant. Quand est-ce qu'ils ont disparu ?

– Ils sont partis au mois de mai. Je suppose qu'ils commençaient à se douter, tous les deux, que l'asile allait leur être refusé.

– Où peuvent-ils bien être passés ?

Larson écarta les bras.

– Si tu savais combien de gens vivent dans ce pays sans permis de séjour, dit-il. Il y en a je ne sais pas combien. Ils logent les uns chez les autres, ils falsifient leurs papiers, ils échangent leurs noms entre eux, travaillent au noir. Tu peux passer ta vie entière en Suède sans que personne se soucie de toi. Personne ne veut le croire. Mais c'est ainsi.

Wallander était sans voix.

– Mais c'est dingue, finit-il par dire. C'est complètement dingue.

– Je suis bien d'accord avec toi. Mais ça ne change rien.

Wallander poussa un gémissement.

– Il me faut absolument tous les documents dont tu peux disposer sur ces deux hommes.

– Je ne peux pas te les remettre comme ça.

Wallander ne put se contenir plus longtemps.

– Ces deux hommes ont commis un meurtre, dit-il. Et même deux.

– Ça n'empêche pas que je ne peux pas te remettre ces papiers.

– Je te jure que je les aurai demain. Même s'il faut que le directeur de la police nationale vienne les chercher en personne.

– Le règlement, c'est le règlement. Je n'y peux rien.

Wallander retourna à Ystad. À vingt heures quarante-cinq, il frappa à la porte de la maison de Björk et le mit rapidement au courant de ce qui venait de se passer.

– Demain, on lance l'avis de recherche officiel, l'informa Wallander.

Björk approuva d'un signe de tête.

– Je convoquerai une conférence de presse à quatorze heures, dit-il. Le matin, j'ai une réunion de concertation avec les responsables départementaux de la police. Mais je vais faire en sorte qu'on oblige ce directeur à nous remettre les documents concernant ces deux hommes.

Wallander alla voir Rydberg à l'hôpital. Il le trouva assis sur son balcon, dans l'obscurité.

Il comprit soudain que Rydberg avait mal.

Celui-ci parut lire dans ses pensées et lui dit :

– Je ne vais jamais m'en tirer. Je vais peut-être vivre jusqu'à Noël, mais ce n'est pas sûr.

Wallander ne savait pas quoi répondre.

– Il faut tenir le coup, dit Rydberg. Mais dis-moi plutôt pourquoi tu viens.

Wallander lui raconta. Il entrevoyait tout juste le visage de Rydberg dans l'obscurité. Puis ils gardèrent tous deux le silence.

La soirée était fraîche. Mais Rydberg ne semblait rien remarquer, assis là dans sa vieille robe de chambre, avec ses pantoufles aux pieds.

– Ils ont peut-être quitté le pays, dit Wallander. On ne leur mettra peut-être jamais la main dessus.

– Dans ce cas, il faudra accepter de vivre avec l'idée que nous connaissons la vérité, malgré tout. La justice, ce n'est pas seulement le fait que les gens qui commettent des crimes soient punis. Pour nous, c'est aussi le fait de ne jamais renoncer.

Rydberg se leva péniblement et alla chercher une bouteille de cognac. D'une main tremblante, il en remplit deux verres.

– Il y a de vieux policiers qui meurent en pensant toujours à des énigmes qu'ils n'ont pas réussi à résoudre. Je suppose que je suis de ceux-là.

– As-tu jamais regretté d'être entré dans la police ? demanda Wallander.

– Jamais. Pas une seule fois.

Ils burent leur cognac. Ils bavardèrent un peu, entrecoupant cela de périodes de silence. Ce n'est que sur le coup de minuit que Wallander se leva pour partir. Il avait promis de revenir le lendemain soir. Lorsqu'il quitta la pièce, Rydberg était toujours assis dans le noir, sur son balcon.

Le mercredi 25 juillet au matin, Wallander examina, en compagnie de Hansson et de Martinsson, ce qui s'était passé depuis leur réunion de la veille. Étant donné que la conférence de presse ne devait avoir lieu que l'après-midi, ils décidèrent d'aller malgré tout faire une petite visite à la foire de Kivik. Hansson se chargea de rédiger le communiqué de presse avec Björk. Wallander pensait que Martinsson et lui seraient de retour au plus tard à midi.

Ils passèrent par Tomelilla et, juste au sud de Kivik, se retrouvèrent pris dans une longue file de voitures. Ils quittèrent la route et allèrent se garer dans un champ où un paysan cupide leur réclama vingt couronnes de droit de stationnement.

Au moment précis où ils arrivaient sur le terrain où se déroulait la foire, avec vue magnifique sur la mer, il se mit à pleuvoir. Ils regardèrent ce fourmillement de gens et de baraques, ne sachant pas quoi faire. Les haut-parleurs hurlaient, imités par des jeunes gens en état d'ébriété, et ils étaient bousculés en tous sens par la foule.

– On se donne rendez-vous quelque part au milieu ? suggéra Wallander.

– On aurait dû apporter des talkies-walkies, au cas où il se passerait quelque chose, dit Martinsson.

– Il ne se passera rien, dit Wallander. On se retrouve dans une heure.

Il vit Martinsson s'éloigner en traînant les pieds et disparaître dans la foule. Pour sa part, il remonta le col de sa veste et partit dans la direction opposée.

Au bout d'une bonne heure, ils étaient tous les deux trempés et d'assez mauvaise humeur, du fait de la bousculade.

– Y en a marre, dit Martinsson. On va prendre un café quelque part.

Wallander montra du doigt une tente sous laquelle se déroulait un spectacle dit de « cabaret ».

– Tu y es allé ? demanda-t-il.

– Tout ce qu'il y a à voir, c'est un gros tas de viande qui se met à poil. Le public hurle, on se croirait à un meeting d'obsédés sexuels. Pouah.

– On fait le tour, dit-il. Je crois qu'il y a encore quelques baraques, par-derrière. Après, on s'en va.

Ils se glissèrent entre une caravane et quelques piquets de tente tout rouillés, en pataugeant dans la boue.

Il y avait en effet quelques marchands forains, à cet endroit, tous installés sous des bâches tendues par des barres de fer peintes en rouge.

Wallander et Martinsson virent les deux hommes en même temps.

Ils se tenaient près d'un étal recouvert de vestes de cuir. Le prix était marqué sur un panneau et Wallander eut le temps de se faire la réflexion qu'elles étaient incroyablement bon marché.

Derrière ce comptoir improvisé se tenaient les deux hommes, en train de dévisager les deux policiers.

Wallander comprit trop tard qu'ils l'avaient repéré. Sa photo avait si souvent été publiée dans les journaux et montrée à la télévision qu'on pouvait dire que son signalement était connu de tous, dans le pays.

Ensuite, tout se passa très vite.

L'un des deux hommes, celui qu'ils avaient pris l'habitude d'appeler Lucia, glissa la main sous les vestes de cuir posées devant lui et sortit une arme. Martinsson et Wallander se jetèrent tous deux de côté. Mais Martinsson se prit les pieds dans les ficelles de la tente hébergeant le spectacle de cabaret, tandis que Wallander se cognait la tête contre l'arrière d'une caravane. L'homme fit feu sur Wallander. La détonation fut à peine perceptible, au milieu du vacarme causé par les « cavaliers de la mort », sur leurs motos rugissantes, dans une tente voisine. La balle alla se ficher dans la caravane, à quelques centimètres à peine de la tête de Wallander. L'instant d'après, il s'aperçut que Martinsson tenait un pistolet à la main. Alors qu'il était venu désarmé, son collègue avait donc pris son arme de service.

Martinsson tira. Wallander vit Lucia sursauter et porter la main à son épaule. Son arme lui glissa des doigts et tomba sur la partie de l'étal la plus éloignée de lui. Martinsson se dépêtra des cordes de la tente en poussant un hurlement et se jeta sur ce comptoir improvisé, droit vers le blessé. Tout s'effondra sous son poids et il se retrouva au milieu d'un amas de vestes de cuir. Pendant ce temps, Wallander s'était précipité pour aller ramasser l'arme qui gisait dans la boue. Simultanément, il vit Boule-de-billard s'enfuir et disparaître dans la foule. Personne ne semblait avoir remarqué l'échange de coups de feu. Les vendeurs des stands voisins regardèrent donc Martinsson d'un air étonné lorsque celui-ci effectua son bond de félin.

– Suis l'autre ! s'écria-t-il du milieu de son tas de vestes. Je m'occupe de celui-ci.

Wallander s'élança, le pistolet à la main. Boule-de-billard se trouvait quelque part dans cette foule. Effrayés, les gens s'écartaient de son chemin en le voyant se précipiter vers eux, le visage couvert de boue et le pistolet dégainé. Il pensait avoir perdu de vue celui qu'il poursuivait lorsque, tout à coup, il l'aperçut de nouveau en train de fuir à toutes jambes au milieu des badauds de la foire. Il frappa une femme d'un certain âge qui lui barrait le passage et celle-ci s'effondra sur un étal de pâtisseries. Wallander trébucha sur ce fatras, renversa une voiture de bonbons et repartit à ses trousses.

Soudain, l'homme disparut à ses yeux.

Merde ! se dit-il. Merde !

Puis il le vit de nouveau en train de s'éloigner du périmètre de la foire. Wallander le suivit. Deux gardiens accoururent dans sa direction, mais s'écartèrent en le voyant agiter son arme et en l'entendant leur crier de le laisser passer. L'un des deux alla s'affaler dans une tente où l'on vendait de la bière, tandis que l'autre renversait un stand de bougies artisanales.

Wallander courait aussi vite qu'il pouvait et sentait son cœur battre comme un piston dans sa poitrine.

Soudain, l'homme disparut derrière le haut d'une butte, vers la mer. Wallander n'était plus guère qu'à une trentaine de mètres de lui. Mais, en atteignant la crête à son tour, il trébucha et tomba la tête la première. Surpris, il lâcha l'arme qu'il tenait à la main et elle tomba dans le sable. Un instant, il se demanda s'il ne devait pas s'arrêter et tâcher de la retrouver. Puis il vit Boule-de-billard qui s'éloignait en courant, le long de la grève, et il s'élança de nouveau à sa poursuite.

Celle-ci prit fin lorsque les deux hommes furent totalement à bout de forces. Boule-de-billard s'appuya contre une barque noire de goudron posée à l'envers sur le sable. Wallander se tenait à dix mètres de lui, essoufflé au point d'avoir l'impression qu'il allait s'effondrer.

C'est alors qu'il vit Boule-de-billard sortir un couteau et commencer à s'approcher de lui.

C'est avec ce couteau-là qu'il a tranché le nez de Johannes Lövgren, se dit-il. Et qu'il l'a obligé à révéler l'endroit où il avait caché son argent.

Il chercha des yeux quelque chose pour se défendre. Mais tout ce qu'il trouva, ce fut un vieil aviron.

Boule-de-billard se rua en avant avec son couteau. Wallander para maladroitement le coup au moyen de l'aviron.

Lorsque son adversaire renouvela son assaut, il frappa plus violemment. Cette fois, il le toucha à la clavicule. Il entendit celle-ci se briser sous le coup. L'homme chancela. Wallander lâcha alors l'aviron et frappa à la pointe du menton avec le poing droit. Il ressentit une vive douleur à une phalange.

Mais l'homme s'effondra.

Wallander, lui, tomba à la renverse sur le sable mouillé.

Peu après, Martinsson arriva à toutes jambes.

La pluie avait soudain cessé de tomber à verse.

— On les tient, dit Martinsson.

— Oui, c'est vrai, dit Wallander.

Il alla jusqu'au bord de l'eau se rincer le visage. Loin à l'horizon, il vit un cargo qui faisait route vers le sud.

Il se dit qu'il était content de pouvoir apporter une bonne nouvelle à Rydberg, dans sa détresse.

Deux jours plus tard, celui qui s'appelait Andreas Haas avoua que c'étaient eux qui avaient commis le double meurtre. Mais il en rejeta toute la responsabilité sur son complice. Lorsqu'on fit part à Kraftzcyk de cet aveu, il abandonna la partie à son tour. Mais se déchargea naturellement sur son compatriote.

Tout s'était bien passé comme Wallander se l'était imaginé. Les deux hommes s'étaient rendus dans plusieurs banques et, sous le prétexte de changer de l'argent, s'étaient efforcés de repérer un client procédant à un gros retrait en espèces. Et ils avaient suivi le ramoneur lorsque celui-ci avait ramené Johannes Lövgren chez lui. Ils l'avaient pris en filature le long du chemin de terre et, deux jours plus tard, ils étaient revenus dans la voiture du camp de réfugiés.

— Il y a une chose que je ne comprends toujours pas, dit Wallander, qui procédait à l'interrogatoire de Lothar Kraftzcyk. Pourquoi avez-vous donné à manger à la jument ?

L'homme le regarda, l'air étonné.

— L'argent était caché dans le foin, dit-il. Alors on en a peut-être jeté un peu devant le cheval en cherchant la serviette.

Wallander hocha la tête. La solution de l'énigme n'était donc pas plus compliquée que cela.

— Autre chose, dit-il. Le nœud coulant ?

Cette fois, il n'obtint pas de réponse. Aucun des deux hommes ne voulait admettre qu'il était l'auteur de ce procédé barbare. Il répéta sa question, mais en vain.

La police tchécoslovaque put cependant leur faire savoir que Haas et Kraftzcyk avaient déjà été condamnés dans leur pays, tous les deux, pour divers actes de violence.

Après avoir quitté le camp de réfugiés, ils avaient loué une petite maison délabrée près de Höör. Les vestes qu'ils vendaient étaient le produit d'un cambriolage opéré chez un marchand de cuir de Tranås.

Les formalités d'arrestation ne prirent que quelques minutes.

Personne n'avait le moindre doute quant à la culpabilité des deux hommes, même s'ils persistaient à se rejeter la faute l'un sur l'autre.

Assis dans la salle du tribunal, Wallander regardait ces deux hommes qu'il avait traqués pendant si longtemps. Il se souvenait de ce petit matin de janvier où il avait pénétré dans la ferme de Lenarp. Même si l'énigme était maintenant résolue et les deux coupables en voie d'être châtiés, il se sentait mal à l'aise. Pourquoi avaient-ils étranglé de la sorte Maria Lövgren ? Pourquoi cette violence gratuite ?

Il frissonna. Il n'avait pas la réponse à cette question. Et c'était bien cela qui l'inquiétait.

Tard le soir du 4 août, Wallander prit une bouteille de whisky et se rendit chez Rydberg. Le lendemain, Anette Brolin devait aller avec lui rendre visite à son père.

Il pensait à la question qu'il lui avait posée.

Accepterait-elle de divorcer pour lui ?

Elle avait naturellement répondu non.

Mais il savait qu'elle n'avait pas pris cette question en mauvaise part.

En se rendant chez Rydberg, il écouta Maria Callas sur son radiocassette. La semaine suivante, il serait en congé afin de rattraper toutes ses heures supplémentaires. Il irait à Lund rendre visite à Herman Mboya, revenu du Kenya. Le reste du temps, il le mettrait à profit pour repeindre son appartement.

Peut-être pourrait-il même s'offrir une nouvelle chaîne haute-fidélité ?

Il gara sa voiture devant l'immeuble dans lequel habitait Rydberg.

Une grosse lune jaune brillait dans le ciel. Il sentit l'approche de l'automne.

Rydberg était assis sur son balcon, dans le noir, comme d'habitude.

Wallander servit deux verres de whisky.

— Tu te souviens des soucis que nous ont donnés les dernières paroles de Maria Lövgren ? dit Rydberg. On se voyait déjà obligés de rechercher les coupables parmi les étrangers. Quand Erik Magnuson est venu sur le tapis, ensuite, ça nous a fait l'effet d'être du pain bénit. Mais ce n'était pas lui. C'était quand même des étrangers. Et il y a un pauvre Somalien qui est mort pour rien.

— Tu le savais, n'est-ce pas ? demanda Wallander. Tu étais sûr que c'étaient des étrangers.

— Je n'en étais pas sûr, dit évasivement Rydberg. Mais je le pensais bien.

Ils s'entretinrent longuement de cette enquête, comme si elle n'était déjà plus qu'un lointain souvenir.

— On a commis bien des erreurs, dit Wallander, pensif. J'ai commis bien des erreurs.

— Tu es un bon policier, affirma Rydberg avec force. Je ne te l'ai peut-être jamais dit. Mais je trouve que tu es drôlement bien.

— J'ai commis bien des erreurs, répéta Wallander.

— Tu n'as pas lâché prise, dit Rydberg. Tu n'as jamais renoncé. Tu voulais absolument mettre la main sur ces types. C'est ça qui est important.

Peu à peu, ils eurent épuisé tous leurs sujets de conversation.

Je suis assis près d'un homme qui va mourir, se dit vaguement

Wallander. Je ne me suis sans doute pas encore vraiment rendu compte que Rydberg allait mourir.

Il se souvenait de la fois où il avait reçu un coup de couteau, dans sa jeunesse.

Il se rappelait également que, à peine six mois plus tôt, il avait pris le volant en état d'ébriété. En fait, il ne devrait plus être dans la police, maintenant.

Pourquoi est-ce que je ne le dis pas à Rydberg ? se demanda-t-il. Pourquoi est-ce que je ne lui dis rien ? Mais, au fond, peut-être le sait-il déjà ?

Et il repensa à la phrase qu'il se répétait souvent : *Il y a un temps pour vivre et un temps pour mourir.*

— Comment vas-tu ? demanda-t-il prudemment.

Il ne pouvait pas voir le visage de Rydberg, dans le noir.

— En ce moment, je ne souffre pas, répondit celui-ci. Mais je sais que les douleurs reviendront demain. Ou après-demain.

Il était près de deux heures du matin lorsqu'il quitta Rydberg, qui s'obstinait à rester assis sur son balcon.

Wallander préféra rentrer à pied.

La lune s'était cachée derrière un nuage.

De temps en temps, il faisait un faux pas.

Il ne cessait d'entendre la voix de Maria Callas, dans sa tête.

Une fois rentré chez lui, il resta un long moment couché dans le noir, les yeux ouverts, avant de s'endormir.

Il repensa à cette violence sans bornes. L'ère nouvelle qui s'annonçait exigeait une nouvelle sorte de policiers.

Nous vivons à une époque où on étrangle les gens avec des nœuds coulants, se dit-il. Les temps seront de plus en plus angoissants.

Puis il se força à écarter ces pensées et se mit à rechercher la femme de couleur de ses rêves.

L'enquête était terminée.

Il pouvait enfin s'accorder le repos.

LES CHIENS DE RIGA

ROMAN

*traduit du suédois
par Anna Gibson*

1

La neige arriva peu après dix heures.

L'homme qui tenait la barre jura à voix basse. S'il n'avait pas été retardé la veille au soir à Hiddensee, il serait déjà en vue d'Ystad. Encore sept milles… En cas de tempête, il serait contraint de couper le moteur et d'attendre que la visibilité revienne.

Il jura de nouveau. J'aurais dû m'occuper de ça à l'automne, comme prévu, échanger mon vieux Decca contre un système radar performant. Les nouveaux modèles américains sont bien, mais moi, j'étais avare. Et je me méfiais des Allemands de l'Est. Sûr qu'ils allaient m'escroquer.

Il avait encore du mal à admettre qu'il n'y avait plus d'Allemagne de l'Est – qu'un pays entier avait brusquement cessé d'exister. En une nuit, l'Histoire avait fait le ménage de ses vieilles frontières. Il ne restait plus que l'Allemagne tout court. Et personne ne savait ce qui se passerait le jour où les deux peuples commenceraient sérieusement à partager le quotidien. Au début, après la chute du Mur, il s'était inquiété. Le grand chambardement allait-il saper les bases de son propre business ? Mais son partenaire est-allemand l'avait rassuré. Rien n'allait changer dans un avenir prévisible. La nouvelle donne créerait peut-être même des possibilités inédites…

Le vent tournait. Sud-sud-est. Il alluma une cigarette et remplit de café la tasse en faïence logée dans son emplacement spécial à côté du compas. La chaleur le faisait transpirer. Ça puait le diesel là-dedans. Il jeta un regard à la salle des machines, où le pied de Jakobson dépassait de l'étroite couchette. La chaussette trouée laissait voir son gros orteil.

Je le laisse dormir. Si on doit attendre, il prendra la barre et je me reposerai quelques heures. Il goûta le café tiède en repensant à la veille au soir. Pendant plus de cinq heures, ils avaient attendu dans le petit port à l'abandon à l'ouest de Hiddensee que le camion arrive pour récupérer la marchandise. Weber avait imputé le retard à une panne. C'était bien possible. Un vieux camion de l'armée soviétique bricolé avec des bouts de ficelle... un miracle s'il roulait encore. Pourtant il se méfiait. Même si Weber ne l'avait jamais arnaqué, il avait décidé une fois pour toutes de ne pas lui faire confiance. Simple précaution. À chaque voyage, c'était une cargaison de grande valeur qu'il acheminait vers l'ex-RDA. De vingt à trente équipements informatiques complets, une centaine de téléphones portables et autant d'autoradios. Il y en avait pour des millions, et il était seul responsable. S'il se faisait prendre, la sanction serait lourde. Weber ne volerait pas à son secours. Dans le monde où ils vivaient, c'était chacun pour soi.

Il corrigea le cap ; deux degrés vers le nord. Vitesse constante : huit nœuds. Encore six milles avant d'apercevoir la côte suédoise et de mettre le cap sur Brantevik. Il distinguait encore les vagues ; mais les flocons tombaient de plus en plus serrés.

Plus que cinq trajets. Ensuite ce sera fini. Cinq allers et retours, et je pourrai me tirer avec l'argent. Il sourit en allumant une nouvelle cigarette. Bientôt il aurait atteint son but. Il laisserait tout derrière lui, il ferait le long voyage jusqu'à Porto Santos et il ouvrirait son bar. Il ne serait plus obligé de grelotter dans ce poste de pilotage puant, plein de courants d'air, pendant que Jakobson ronflait sur la couchette crasseuse de la salle des machines. Il ne savait pas très bien ce qui l'attendait dans sa nouvelle vie. Il aurait voulu y être déjà.

La neige cessa aussi brusquement qu'elle avait commencé.

Il n'en crut pas ses yeux. Les flocons ne tourbillonnaient plus de l'autre côté du carreau. J'arriverai peut-être au port avant la tempête. À moins qu'elle ne se dirige vers le Danemark ?

Il remplit de nouveau sa tasse en sifflotant tout bas. La sacoche contenant l'argent était suspendue au mur de la passerelle. Trente mille couronnes plus près de Porto Santos, la petite île au large de Madère. Le paradis inconnu qui l'attendait...

Ce fut alors qu'il l'aperçut. Si la neige n'avait pas cessé de façon si abrupte, il ne l'aurait jamais vu. Un canot pneumatique rouge oscillait sur les vagues, cinquante mètres à bâbord. Un canot de sauvetage. Il essuya la buée du carreau avec sa manche. L'embarcation était vide. Il décida de ralentir. Le changement de bruit du moteur réveilla aussitôt Jakobson, dont le visage mal rasé apparut dans l'ouverture de la salle des machines.

– On est arrivés ?

– Il y a un canot à bâbord. On va le charger, il doit bien valoir quelques billets de mille. Tu me relaies à la barre et je prends la gaffe.

Jakobson obéit pendant que Holmgren enfilait son bonnet et quittait la passerelle. Sitôt dehors, le vent le gifla et il dut s'accrocher au bastingage pour parer les vagues. La gaffe était fixée entre le toit de la cabine et le winch. Ses doigts ankylosés peinaient à défaire les nœuds. Enfin il la dégagea. Le canot n'était plus qu'à quelques mètres de la coque.

Soudain, il tressaillit.

L'embarcation n'était pas vide. Elle contenait deux hommes. Deux hommes morts. Jakobson cria quelques mots de la passerelle. Lui aussi venait de découvrir le contenu du canot.

Ce n'était pas la première fois que Holmgren voyait un cadavre. Un jour, pendant son service militaire, une pièce d'artillerie avait explosé au cours d'une manœuvre, déchiquetant quatre de ses amis. Et sa longue carrière de pêcheur professionnel lui avait plusieurs fois fourni l'occasion de voir des corps échoués ou flottant à la dérive.

Deux hommes. Bizarrement habillés, en costume et cravate. Ce n'étaient pas des pêcheurs, ni des marins. Ils gisaient enchevêtrés, comme s'ils avaient voulu se protéger l'un l'autre. Il tenta d'imaginer ce qui avait pu se produire.

— Et merde, dit Jakobson, surgissant à ses côtés. Qu'est-ce qu'on fait ?

— Rien. Si on les prend à bord, ça donnera lieu à un tas de questions désagréables. On ne les a pas vus. Il neige.

— On les laisse dériver ?

— Oui. Ils sont morts, on ne peut rien faire. Et je ne veux pas qu'on me demande d'où je venais avec ce bateau. Et toi ?

Jakobson secoua la tête. En silence, ils contemplèrent les deux morts. Ils étaient jeunes. Trente ans, pas plus. Le visage blanc, pétrifié. Holmgren frissonna.

— C'est bizarre, dit Jakobson. Il n'y a pas de nom.

Holmgren prit la gaffe et fit pivoter le canot dans l'eau. Jakobson avait raison. Aucun nom. À quel bateau appartenait-il ?

— On est encore loin d'Ystad ?

— Six milles.

— On pourrait les lâcher plus près de la côte. Comme ça ils s'échoueront et quelqu'un les trouvera.

Holmgren réfléchit. C'était évidemment désagréable de laisser ces hommes à leur sort. Mais s'ils prenaient le canot en remorque, un ferry ou un cargo risquait de les repérer…

Soudain sa décision fut prise. Il défit une amarre et se pencha par-dessus bord. Jakobson remit le cap sur Ystad. Quand le canot se retrouva dix mètres derrière, au-delà du sillage de l'hélice, il l'arrima solidement.

Dès qu'ils furent en vue de la côte suédoise, Holmgren trancha l'amarre. Très vite, le canot disparut. Deux heures plus tard, ils entraient dans le port de Brantevik. Jakobson empocha ses cinq billets de mille, monta dans sa Volvo et prit la route de Svarte, où il habitait. Holmgren ferma le poste de pilotage à clé et déroula le taud sur la cale vide. Le port était désert. Il inspecta méthodiquement les cordages. Puis il prit la sacoche contenant l'argent et rejoignit sa vieille Ford, qui démarra en râlant.

En temps normal, il se serait réfugié dans le rêve de Porto Santos. Mais le canot pneumatique dansait devant ses yeux. Il tenta d'évaluer l'endroit où il s'échouerait. Les courants étaient capricieux, le vent soufflait par rafales imprévisibles ; le canot pouvait se retrouver n'importe où... Pourtant, intuitivement, il pariait sur les environs d'Ystad – à moins qu'il ne soit découvert entre-temps par les passagers ou l'équipage de l'un des nombreux ferries reliant la Suède à la Pologne. Il ne savait pas. Il ne pouvait que deviner.

Le crépuscule tombait lorsqu'il entra dans la ville d'Ystad. Il s'arrêta à un feu rouge devant l'hôtel Continental.

Deux hommes en costume et cravate enlacés dans un canot... Quelque chose clochait. Quoi ? Le feu passa au vert. Au même instant, il comprit. Ce n'était pas un accident, pas un naufrage : les deux hommes étaient déjà morts quand on les avait mis dans le canot. D'où lui venait cette certitude ? Il aurait été incapable de le dire. Les deux hommes avaient été placés dans le canot. Morts.

Au lieu de continuer tout droit, il tourna à droite sur la place centrale et s'arrêta près des cabines téléphoniques devant la librairie. Il réfléchit à ce qu'il allait dire. Puis il composa le numéro de la police. Lorsqu'on lui répondit, il vit par les vitres sales de la cabine qu'il neigeait de nouveau.

On était le 12 février 1991.

2

Le commissaire Kurt Wallander bâillait dans son bureau. Un muscle se contracta. Douleur fulgurante. Il essaya de fermer la bouche, se frappa la mâchoire à coups de poing. Un jeune collègue qui venait d'apparaître sur le seuil du bureau s'immobilisa, interdit. La douleur avait lâché prise, mais Wallander continuait de se triturer la mâchoire. Martinsson fit mine de repartir.

– Entre ! Ça ne t'est jamais arrivé d'avoir une crampe à force de bâiller ?

– Non. Franchement, je me demandais ce que tu fabriquais.

– Maintenant tu le sais. Alors ?

Martinsson s'assit avec une grimace. Il avait apporté son bloc-notes.

– On vient de recevoir un drôle d'appel.

– Des drôles d'appels, on en reçoit tous les jours.

– Je ne sais pas quoi en penser. Un type a téléphoné d'une cabine pour nous annoncer qu'un canot contenant deux cadavres allait bientôt s'échouer sur la côte. Puis il a raccroché. Il n'a laissé aucun nom, aucune précision, rien.

– Qui a pris la communication ?

– Moi. Et il m'a convaincu.

– Pardon ?

– Ce doit être l'habitude. Parfois on sait tout de suite que ce n'est pas sérieux. Mais ce type paraissait sûr de lui.

– Deux cadavres dans un canot qui va bientôt s'échouer sur la côte ?

– Oui.

Wallander étouffa un bâillement.

– Que disent les rapports ? Il y a eu des accidents en mer aujourd'hui ?

– Rien.

– Transmets l'info aux districts côtiers. Préviens les Secours en mer. Pour le reste, on attend. On ne peut pas lancer un avis de recherche sur la base d'un coup de fil anonyme.

– Je suis d'accord, dit Martinsson en se levant. Attendons.

Wallander jeta un regard par la fenêtre.

– Ça va être la pagaille, cette nuit. La neige...

– Moi en tout cas, je rentre chez moi. Neige ou pas neige.

Resté seul, Wallander s'étira. Il était fatigué. Deux nuits de suite, il avait été tiré de son lit par des alertes. La première fois, un violeur présumé s'était retranché dans une maison de vacances désertée de Sandskogen. Le type était drogué, on le soupçonnait d'être armé ; ils avaient dû attendre jusqu'à cinq heures du matin qu'il abandonne la partie. Le lendemain, c'était une agression dans le centre-ville, un anniversaire qui avait dégénéré. Le héros de la fête, un homme d'une quarantaine d'années, s'était pris un couteau de cuisine dans la tempe.

Wallander se leva et enfila sa veste. *Il faut que je dorme. Quelqu'un d'autre s'occupera de la tempête.*

Sur le parking, le vent le heurta de plein fouet. Il monta dans sa Peugeot. La neige déposée sur le pare-brise lui donna la sensation d'être enveloppé dans un cocon accueillant. Il mit le contact, glissa une cassette dans la fente et ferma les yeux.

Aussitôt, ses pensées revinrent à Rydberg. Il ne s'était pas écoulé un mois depuis la mort de son collègue et ami. Wallander avait appris la nouvelle de son cancer un an plus tôt, alors qu'ils luttaient ensemble pour résoudre un crime brutal commis à Lenarp. Au cours des derniers mois, quand il fut clair pour chacun – y compris pour Rydberg lui-même – que la fin était proche, Wallander avait tenté d'imaginer ce que ce serait de se rendre au commissariat chaque matin en sachant que son ami n'y serait plus. Comment allait-il s'en sortir sans les conseils, la jugeote et l'expérience du vieux ? Il était encore trop tôt pour répondre à cette question ; il n'y avait pas eu de grosses affaires depuis la disparition de Rydberg. Mais la douleur et le manque étaient tangibles.

Il démarra, actionna les essuie-glaces. La ville paraissait abandonnée, comme si les gens se préparaient à subir le siège de la tempête imminente. Il s'arrêta à une station-service sur Österleden pour acheter un journal. Il comptait prendre un bain et se préparer à dîner ; avant de se coucher, il appellerait son père. Depuis la nuit, un an plus tôt, où celui-ci était parti de sa maison à pied, vêtu de son seul pyjama et en proie à une confusion aiguë, Wallander avait pris l'habitude de l'appeler tous les soirs. Par sollicitude, mais aussi pour soulager sa mauvaise conscience de lui rendre si rarement visite. Depuis l'incident, son père avait droit à une aide ménagère payée par la commune. Cette femme venait régulièrement, et l'humeur paternelle s'en trouvait nettement améliorée. Pourtant, la mauvaise conscience était là ; il était un fils bien peu présent.

Wallander prit son bain, prépara une omelette et appela son père. Au moment de fermer les rideaux de la chambre, il jeta un regard dans la rue déserte. Le lampadaire oscillait sur son fil ; quelques flocons dansaient dans le faisceau lumineux. Trois degrés en dessous de zéro. La tempête s'était peut-être déplacée vers le sud ? Il tira les rideaux et se glissa entre les draps. Il s'endormit très vite.

Au réveil, il se sentait reposé. Dès sept heures et quart, il était de retour au commissariat. À part quelques accidents de la route sans gravité, la nuit avait été étonnamment calme. Pas de tempête de neige. Il se rendit à la cafétéria, salua d'un signe de tête quelques agents de circulation fatigués, affalés autour d'une table, et se servit un café dans un gobelet en plastique. Dès le réveil, il avait décidé de consacrer cette journée à conclure certains dossiers en attente. Entre autres, une affaire de coups et blessures impliquant un groupe de Polonais. Comme d'habitude, chacun rejetait la faute sur les autres. Aucun témoin digne de ce nom n'avait pu rendre compte des événements de façon univoque. Personne ne serait poursuivi pour avoir dans un accès d'humeur démis la mâchoire de son prochain. En attendant, il fallait rédiger le rapport.

À dix heures et demie, il alla chercher un autre café et retourna dans son bureau où le téléphone sonnait.

– Tu te souviens du canot ?

Martinsson enchaîna sans lui laisser le temps de répondre :

– Le type qui nous a appelés ne racontait pas de bobards. Un canot pneumatique contenant deux cadavres s'est échoué à Mossby Strand. C'est une femme qui l'a découvert en promenant son chien. Elle était hystérique au téléphone.

– Quand a-t-elle appelé ?

– Il y a trente secondes.

Deux minutes plus tard, Wallander prenait la route de Mossby Strand. Devant lui, Peters et Norén à bord d'une voiture de police, sirène hurlante. Derrière lui, une ambulance. En queue du cortège, Martinsson. La route longeait la mer. Wallander frissonna à la vue des vagues glacées qui se brisaient sur le rivage.

La plage de Mossby Strand gisait à l'abandon – kiosque claquemuré, balançoires grinçant au bout de leurs chaînes. En descendant de voiture, Wallander sentit la morsure du vent. Au sommet de la dune herbeuse qui descendait en pente douce vers la plage, il vit une femme qui retenait son chien d'une main tout en gesticulant de l'autre. Il se hâta vers elle. Plein d'appréhension, comme toujours. Il ne s'y habituerait jamais. Les morts étaient comme les vivants ; il n'y en avait pas deux semblables.

– Ils sont là-bas !

La femme était hors d'elle. Wallander suivit son regard. Un canot pneumatique rouge était coincé entre les rochers à côté du ponton réservé aux baigneurs.

– Attendez ici, ordonna-t-il.

Puis il s'élança, en trébuchant dans le sable. Il s'avança sur le ponton et s'approcha du canot. Deux hommes morts, pâles et enchevêtrés. Il tenta de photographier dans son esprit ce qu'il voyait. *La première impression.* L'expérience lui avait appris qu'elle était décisive. Un cadavre était presque toujours le dernier maillon d'une chaîne d'événements longue et complexe. Parfois, on pouvait deviner d'emblée la nature de la chaîne.

Martinsson, qui avait pensé à mettre des bottes, tira le canot sur le sable. Wallander s'accroupit et contempla les deux hommes pendant que les ambulanciers transis de froid patientaient à côté avec leurs brancards. Wallander jeta un regard vers la dune, où Peters tentait de calmer la femme hystérique. Encore une chance qu'on ne soit pas en été, quand la plage est pleine d'enfants… Les deux hommes n'étaient pas beaux à voir. Les corps commençaient à se décomposer et l'odeur de la mort, cette odeur semblable à aucune autre, était perceptible malgré le vent.

Il enfila des gants en latex et entreprit d'explorer les poches du premier. Rien. Mais en écartant doucement un pan de veste, il découvrit que la chemise blanche était tachée à hauteur de poitrine. Il leva la tête vers Martinsson.

– Ce n'est pas un accident. C'est un meurtre. Celui-ci, du moins, s'est pris une balle en plein cœur.

Il se redressa et s'éloigna de quelques pas pour laisser Norén photographier le canot.

– Qu'en penses-tu ?

Martinsson grimaça.

– Aucune idée.

Wallander fit lentement le tour du canot sans quitter les deux hommes du regard. Tous deux étaient blonds et âgés d'une trentaine d'années, pas plus. À en juger d'après leurs mains et leurs vêtements, ce n'étaient pas des travailleurs manuels. Mais qui étaient-ils ? Pourquoi n'avaient-ils rien dans les poches ?

Wallander tournait autour du canot en échangeant de temps à autre quelques mots avec Martinsson. Après une demi-heure, il estima en avoir assez vu. Entre-temps, l'équipe technique s'était mise au travail ; une petite tente de plastique recouvrait le canot. Norén avait fini de prendre ses photos. Tout le monde avait froid et envie de s'en aller.

Qu'aurait dit Rydberg ? Wallander retourna à sa voiture, alluma le chauffage. La mer était grise et il avait la tête vide. Qui étaient ces hommes ?

Plusieurs heures plus tard – à ce stade, Wallander avait si froid qu'il tremblait de la tête aux pieds –, il crut enfin pouvoir donner le feu vert aux ambulanciers. Mais les deux hommes étaient comme scellés dans leur étreinte ; il fallut forcer et casser des membres. Lorsque les corps eurent été emportés, il explora minutieusement le canot. Il ne trouva rien ; même pas l'ombre d'une pagaie. Wallander regarda la mer, comme si la solution se trouvait du côté de l'horizon.

– Il faut que tu parles à la femme, dit-il à Martinsson.

– Quoi ? Je l'ai déjà fait.

– À fond. On ne peut pas parler dans un vent pareil. Emmène-la au commissariat. Norén va veiller à ce que ce canot arrive au commissariat en l'état. Dis-le-lui de ma part.

J'aurais eu besoin de Rydberg maintenant, pensa-t-il dans la voiture. Qu'aurait-il vu ? Qu'aurait-il pensé ?

De retour au commissariat, il se rendit tout droit dans le bureau du chef et lui fit un bref compte rendu de ce qu'il avait vu à Mossby Strand. Björk l'écoutait d'un air soucieux. Wallander avait souvent l'impression que Björk se sentait agressé à titre personnel lorsqu'un crime grave se produisait dans son district. Pour le reste, il avait un certain respect pour lui. Il ne se mêlait jamais du travail des policiers sur le terrain, et il ne lésinait pas sur les encouragements lorsqu'une enquête piétinait. Entre-temps, il pouvait se montrer lunatique, mais ça, Wallander s'y était habitué.

– C'est toi qui t'en charges, dit Björk lorsqu'il eut fini. Martinsson et Hansson t'aideront. Je crois qu'on peut mettre pas mal de personnel sur le coup.

– Hansson s'occupe du violeur qu'on a pris l'autre nuit. Peut-être Svedberg ?

Björk acquiesça en silence. Wallander obtenait presque toujours gain de cause.

En quittant le bureau du chef, il sentit qu'il avait faim. À cause de sa tendance à grossir, il préférait en général sauter le déjeuner. Mais les hommes morts dans le canot l'inquiétaient. Il prit la voiture, la laissa dans Stickgatan et s'engagea dans le lacis de ruelles jusqu'au salon de thé Fridolfs Konditori, où il avala quelques sandwiches et but un verre de lait tout en faisant le point : *Hier soir, peu avant dix-huit heures, un inconnu téléphone au commissariat et laisse un avertissement anonyme, qui se révèle fondé. Un canot pneumatique rouge contenant deux cadavres s'échoue à Mossby Strand. L'un des deux au moins a été tué d'une balle dans le cœur. Dans leurs poches, on ne trouve rien qui dévoile leur identité.*

Voilà. C'était tout.

Wallander griffonna quelques notes sur la serviette en papier. D'emblée, beaucoup de questions en suspens. Intérieurement, il s'adressait sans cesse à Rydberg. *Est-ce que je raisonne juste ? Est-ce que j'oublie quelque chose ?* Il essayait de visualiser les réactions du vieux. Parfois ça marchait, parfois il ne voyait que les traits émaciés de son ami sur son lit de mort.

À quinze heures trente, de retour au commissariat, il emmena Martinsson et Svedberg dans son bureau, ferma la porte et demanda au standard de ne lui passer aucune communication jusqu'à nouvel ordre.

– Ça ne va pas être facile, commença-t-il. On peut espérer

que l'autopsie donnera quelque chose, ainsi que l'analyse du canot et des vêtements. Il y a cependant deux ou trois questions auxquelles je voudrais qu'on réponde dès maintenant.

Svedberg était resté debout, adossé au mur, son bloc-notes à la main. Quarante ans, presque chauve, né à Ystad – les mauvaises langues disaient que le mal du pays l'étreignait à peine quitté le périmètre de la ville –, il pouvait donner une impression de lenteur quasi apathique. Mais il était minutieux, et cette qualité importait à Wallander. Martinsson était à bien des égards l'opposé de Svedberg. Trente ans à peine, originaire de Trollhättan, il voulait faire carrière. D'autre part il adhérait au parti de centre droit Folkpartiet et, d'après la rumeur, il avait de bonnes chances d'être élu au conseil communal à l'automne. En tant que policier, Martinsson était impulsif et parfois négligent. Mais il avait de bonnes idées et son ambition lui donnait beaucoup d'énergie lorsqu'il croyait détenir la clé d'un problème.

– Je veux savoir d'où venait le canot, poursuivit Wallander. Quand nous connaîtrons la date de la mort des deux hommes, il faudra déterminer la distance parcourue et le point d'origine de sa dérive.

Moue dubitative de Svedberg.

– Tu crois que c'est possible ?

– Il faut appeler l'Institut météorologique. Ils sont très forts. On devrait pouvoir obtenir une trajectoire approximative. D'autre part, je veux savoir tout ce qu'il est possible de savoir sur ce canot. Où il a été fabriqué, sur quel type de bateau on le trouve. Tout.

Il se tourna vers Martinsson.

– Ce sera ton boulot.

– Est-ce que je ne devrais pas commencer par jeter un coup d'œil aux fichiers informatiques – au cas où ces types seraient recherchés ?

– Oui. Prends contact avec les Secours en mer, tous les districts de la côte sud. Et vois avec Björk si on ne devrait pas se mettre en contact avec Interpol. À mon avis, il va falloir ratisser large.

Martinsson prit note. Svedberg mâchonnait pensivement son crayon.

– De mon côté, enchaîna Wallander, je vais m'occuper de leurs vêtements. Il doit y avoir une piste de ce côté-là.

On frappa à la porte. Norén apparut avec une carte marine.

– J'ai pensé que ça pourrait servir.

Wallander déroula la carte sur le bureau, et tous les quatre se penchèrent dessus comme s'ils préparaient une bataille navale.

– À quelle vitesse dérive un canot, compte tenu du fait que les vents et les courants peuvent jouer dans tous les sens ?

La question venait de Svedberg. Ils contemplèrent la carte en silence. Après quelques minutes, Wallander l'enroula sur elle-même et la rangea dans un coin, derrière son fauteuil. Personne n'avait répondu.

– Alors on s'y met, conclut-il. Je propose qu'on se retrouve à dix-huit heures pour faire le point.

Svedberg et Norén sortirent. Wallander retint Martinsson.

– Qu'a dit la femme ?

Martinsson haussa les épaules.

– Mme Forsell. Veuve, professeur de lycée à la retraite. Elle habite une maison à Mossby – à l'année, depuis qu'elle ne travaille plus – avec son chien qui s'appelle Tegnér[1]. Drôle de nom pour un chien. Tous les jours, elle va le promener sur la plage. Hier soir, il n'y avait pas de canot ; aujourd'hui, il était là. Elle l'a découvert vers dix heures et quart et elle a appelé directement.

– Ce n'est pas un peu tard pour sortir son chien ?

– Je lui ai posé la question. Mais il se trouve qu'elle avait choisi un autre itinéraire pour sa première sortie ce matin, à sept heures.

---

1. Isaias Tegnér (1782-1846) : célèbre poète romantique suédois. (N.d.T.)

Wallander changea de sujet :

— L'homme qui a appelé hier. Comment était-il ?

— Comme je l'ai dit. Convaincant.

— Un accent ? Un âge ?

— L'accent de Scanie, pareil que Svedberg. La voix un peu éraillée. Il fume, j'imagine. Quarante à cinquante ans. Il s'exprimait de façon simple et distincte. On peut imaginer n'importe quoi, employé de banque, agriculteur...

— Pourquoi a-t-il appelé ?

— Je me suis interrogé là-dessus. Si ça se trouve, il était impliqué. Ou alors il a vu ou entendu quelque chose. Il y a plein de possibilités.

— Laquelle te semble la plus logique ?

— La dernière, dit Martinsson. Il a pu voir ou entendre quelque chose. Ça ne me paraît pas le genre de meurtre sur lequel l'auteur a envie d'attirer l'attention de la police.

Wallander s'était tenu le même raisonnement.

— Allons plus loin. Si notre interlocuteur n'est pas impliqué, il n'a sans doute pas assisté au meurtre. On peut penser qu'il a plutôt vu le canot.

— Un canot à la dérive. Où voit-on cela ? À bord d'un bateau.

— Précisément. Mais s'il n'est pas impliqué, pourquoi veut-il rester anonyme ?

— Les gens ne veulent pas avoir d'histoires. Tu le sais aussi bien que moi.

— Peut-être. Mais il y a une autre possibilité. Il ne veut pas avoir affaire à la police pour des raisons entièrement personnelles.

— Ce n'est pas un peu tiré par les cheveux ?

— Je réfléchis tout haut. Nous devons essayer de retrouver ce type, d'une manière ou d'une autre.

— Tu veux qu'on lance un appel pour lui demander de reprendre contact avec nous ?

— Oui. Mais pas aujourd'hui. D'abord je veux en savoir plus sur ces deux morts.

Wallander prit la route de l'hôpital. Malgré de fréquentes visites, il peinait encore à s'orienter dans le nouveau complexe. Il s'arrêta à la cafétéria du rez-de-chaussée, acheta une banane et demanda le chemin de l'amphithéâtre.

Le docteur Mörth, responsable de l'autopsie, n'avait pas encore entamé l'examen approfondi des corps. Il put néanmoins répondre à la première question de Wallander.

– Les deux hommes ont été abattus d'une balle en plein cœur, presque à bout portant. Je suppose que c'est la cause du décès.

– Je voudrais connaître les résultats le plus vite possible. Peux-tu me dire dès maintenant depuis combien de temps ils sont morts ?

– Non. Et c'est une réponse en soi.

– C'est-à-dire ?

– Qu'ils sont morts depuis assez longtemps. Dans ce cas, il est plus difficile de déterminer le moment exact du décès.

– Deux jours ? Trois jours ? Une semaine ?

– Je n'aime pas jouer aux devinettes.

Mörth disparut en direction de la salle d'autopsie. Wallander retira sa veste, enfila des gants en latex et commença à examiner les vêtements, posés sur un plan de travail qui ressemblait à un évier de cuisine démodé.

Le premier costume était fabriqué en Angleterre, le second en Belgique. Les chaussures étaient italiennes et Wallander devina qu'elles avaient coûté cher. Idem pour les chemises, les cravates et les sous-vêtements. Excellente qualité. Wallander examina le tout deux fois avant de laisser tomber. Seule certitude, ces hommes n'étaient pas des pauvres. Mais où étaient les portefeuilles, les alliances, les montres-bracelets ? Le plus surprenant était que ni l'un ni l'autre n'avaient eu leur veste sur le dos au moment de mourir. Il n'y avait aucune déchirure, aucune trace de poudre sur les costumes.

Wallander tenta de se représenter la scène. Deux hommes sont abattus presque à bout portant. Puis on leur remet leur veste avant de les larguer dans un canot de sauvetage. Pourquoi ?

Il examina les vêtements une troisième fois. Quelque chose m'échappe. *Rydberg, aide-moi.*

Mais Rydberg restait muet. Wallander retourna au commissariat. L'autopsie durerait encore plusieurs heures et les résultats préliminaires seraient disponibles au plus tôt le lendemain. Il trouva sur son bureau un mot de Björk disant qu'il valait sans doute mieux attendre un jour ou deux avant de contacter Interpol. Wallander s'énerva. Il avait souvent du mal à comprendre la prudence excessive de son chef.

La réunion de dix-huit heures fut brève. Martinsson leur apprit qu'aucun avis de recherche n'avait été lancé qui aurait pu concerner les deux hommes du canot. Svedberg avait eu une longue conversation avec un météorologue de la station de Norrköping, qui s'était engagé à l'aider en échange d'une demande officielle de la police d'Ystad.

Wallander confirma le fait que les deux hommes avaient été assassinés. Mais pourquoi leur avait-on enfilé leur veste après leur mort ?

— On continue encore quelques heures, conclut-il. Si vous avez des affaires en cours, mettez-les en attente ou confiez-les à quelqu'un d'autre. Ça ne va pas être facile. Je vais demander des renforts dès demain.

Une fois seul, Wallander déroula la carte marine sur son bureau et suivit du doigt le tracé de la côte jusqu'à Mossby Strand. Le canot avait pu dériver sur une longue distance, mais tout aussi bien dans un sens puis dans l'autre. Ou en zigzag…

Le téléphone sonna. Il hésita ; il était tard et il voulait rentrer chez lui pour réfléchir au calme. Il prit le combiné et reconnut la voix de Mörth.

— Tu as déjà fini ?

— Non. Mais il y a un détail qui me paraît important. Je préfère t'en parler tout de suite.

Wallander retint son souffle.

— Ces deux hommes ne sont pas suédois. Du moins, ils ne sont pas nés en Suède.

— Comment le sais-tu ?

— J'ai examiné leur bouche. Leurs dents n'ont pas été soignées par un dentiste suédois. Plutôt par un Russe.

— Pardon ?

— Du moins, par un dentiste des pays de l'Est. Leurs méthodes sont complètement différentes des nôtres.

— Tu en es certain ?

— Sinon je ne t'aurais pas appelé.

— Bien sûr. Je te fais confiance.

— Autre chose. Ces deux hommes ont dû être assez contents de mourir, si tu me pardonnes ce cynisme. Ils ont été sérieusement torturés. Brûlés, écorchés, toutes les horreurs qu'on peut imaginer.

Wallander ne dit rien.

— Tu es toujours là ?

— Oui. Je réfléchis à ce que tu viens de m'apprendre.

— Je suis sûr de mon fait.

— Je n'en doute pas. Mais ce n'est pas banal.

— Tu auras mon rapport complet demain. Sauf les résultats de certains tests de laboratoire qui prendront plus de temps.

Après avoir raccroché, Wallander se rendit à la cafétéria déserte, se servit les dernières gouttes qui restaient dans la cafetière et s'assit à une table.

Des Russes ? Torturés ?

Même Rydberg aurait pensé que l'enquête s'annonçait difficile.

Il était dix-neuf heures trente lorsqu'il déposa sa tasse dans l'évier. Puis il prit sa voiture et rentra chez lui.

Le vent était tombé. Il faisait soudain plus froid.

3

Wallander fut réveillé en sursaut par une douleur intense à la poitrine. Il était deux heures du matin. Ça y est, c'est la fin, pensa-t-il dans le noir. Trop de travail, trop de stress. L'heure des comptes a sonné. Il resta immobile, submergé de honte et de désespoir à l'idée que sa vie n'avait finalement rien donné. L'angoisse augmentait avec la douleur. Impossible de contrôler la panique. Combien de temps resta-t-il ainsi ? Peu à peu, par un énorme effort de volonté, il se ressaisit.

Il se leva avec précaution, s'habilla et descendit dans la rue. La douleur affluait par vagues, se propageait dans ses bras et semblait de ce fait perdre un peu de son intensité. Il prit la voiture, se persuada de respirer à fond et traversa la ville déserte jusqu'aux urgences. Une infirmière au regard bienveillant l'accueillit. Au lieu de le congédier comme un type hystérique menacé par l'embonpoint, elle l'écouta et parut prendre son angoisse au sérieux. De la salle de soins voisine montait une sorte de rugissement, comme d'un homme ivre. Wallander était allongé sur un lit à roulettes, la douleur revenait par intervalles ; soudain un jeune médecin se matérialisa devant lui. Il décrivit une nouvelle fois ses symptômes. On le conduisit dans une autre salle où il fut relié à un moniteur. On prit sa tension et son pouls, on lui posa de nouvelles questions. Non, il ne fumait pas ; non, il n'avait jamais eu de douleurs thoraciques inopinées ; non, à sa connaissance il n'y avait pas de maladies cardiaques chroniques dans la famille. Le médecin examina l'électrocardiogramme.

— Rien à signaler, dit-il. Tout paraît normal. À quoi attribues-tu cette crise d'anxiété ?

— Je ne sais pas.

— Tu es policier. J'imagine que cela implique pas mal de stress, par moments.

— Ce n'est pratiquement que du stress.

— Ta consommation d'alcool ?

— Normale, je dirais.

Le médecin s'assit sur un coin de table et déposa le dossier. Wallander vit qu'il était très fatigué.

— Je ne crois pas à une attaque, dit-il. Ce serait plutôt un signal d'alarme, un message de ton organisme. Tout ne va peut-être pas pour le mieux, mais tu es seul à pouvoir en juger.

— Il y a de ça. Je me demande tous les jours ce qui m'arrive, ce que c'est que cette vie. Et je m'aperçois que je n'ai personne à qui parler.

— Ce n'est pas bien. Tout le monde devrait avoir un confident.

Le bip du médecin se mit à pépier comme un oisillon dans la poche de sa blouse. Il se leva.

— Tu restes ici cette nuit. Essaie de te reposer.

Wallander resta allongé sur le lit à écouter le bourdonnement d'un ventilateur invisible. Des bruits de voix lui parvenaient du couloir.

Toute douleur a une explication. Si ce n'est pas le cœur, qu'est-ce que c'est ? Ma mauvaise conscience permanente de consacrer si peu de temps et d'énergie à mon père ? L'inquiétude pour ma fille ? La peur que sa lettre – sa lettre disant qu'elle se plaît à Stock holm, qu'elle étudie bien, qu'il lui semble avoir enfin trouvé ce qu'elle cherchait depuis longtemps – soit un mensonge ? La peur lancinante qu'elle tente à nouveau d'en finir, comme quand elle avait quinze ans ? Est-ce la jalousie, la douleur d'avoir été abandonné par Mona ? Mais ça fait déjà plus d'un an...

La lumière était vive dans la chambre. Il pensa que toute sa vie était marquée par un isolement qu'il ne parvenait pas à rompre. Une douleur comme celle qu'il avait ressentie cette nuit pouvait-elle être attribuée à la solitude ? Ses propres hypothèses ne lui inspiraient aucune confiance.

— Je ne peux pas continuer comme ça, dit-il à voix haute. Je dois prendre ma vie en main. Bientôt. Tout de suite.

Il se réveilla en sursaut à six heures. Le médecin le dévisageait.

— Pas de douleurs ?

— Non, tout va bien. Qu'est-ce que ça pouvait être ?

— Tension. Stress. Tu le sais mieux que moi.

— Oui, dit Wallander. Sans doute.

— À mon sens, tu devrais faire un bilan de santé approfondi, ne serait-ce que pour te rassurer. Ensuite tu auras tout le temps d'explorer les secrets de ton âme.

Wallander rentra chez lui, prit une douche et but un café. Le thermomètre indiquait trois degrés en dessous de zéro. Ciel limpide, pas un souffle de vent. Il resta longtemps assis à ruminer les pensées de la nuit. La douleur, la visite à l'hôpital – tout cela paraissait irréel. Mais il ne pouvait contourner l'évidence. Il était responsable de sa vie.

À huit heures et quart, il s'obligea à redevenir policier.

À peine arrivé au commissariat, il fut violemment pris à partie par Björk. Pourquoi n'avait-il pas fait appel immédiatement au laboratoire de la police scientifique de Stockholm pour une investigation approfondie du lieu du crime ?

— Quel lieu du crime ? rétorqua Wallander. Si on a une certitude, c'est bien que ces deux hommes n'ont pas été tués dans le canot.

— Maintenant que Rydberg n'est plus là, on est obligés de

faire appel à l'extérieur. On n'a pas les compétences requises. Comment se fait-il que tu n'aies même pas interdit l'accès à la plage ?

– Le canot n'était pas sur la plage. Il dérivait sur l'eau. Tu trouves qu'on aurait dû dresser un périmètre sur les vagues ?

Wallander était furieux. D'accord, il n'avait pas l'expérience de Rydberg. Mais il était quand même capable de déterminer s'il fallait ou non faire appel aux techniciens de Stockholm.

– Soit tu me laisses fixer les priorités, dit-il, soit tu me retires la direction de l'enquête.

– Il n'est pas question de ça. Mais je maintiens que c'était une erreur de ne pas en parler à Stockholm.

– Je ne partage pas cet avis.

Il n'y avait rien à ajouter.

– Je passe te voir tout à l'heure, conclut Wallander. J'ai certains éléments à te soumettre.

– Quels éléments ? Je croyais qu'on était au point mort.

– Pas tout à fait. Je passerai dans dix minutes.

Wallander alla à son bureau et appela l'amphithéâtre. Surprise, on lui passa Mörth directement.

– Du nouveau ?

– Je suis en train de rédiger mon rapport. Tu ne peux pas patienter une heure ou deux ?

– Je dois informer mon chef. Dis-moi au moins depuis combien de temps ils sont morts.

– Il faut attendre les résultats des analyses. Contenu de l'estomac, état de décomposition des tissus, etc.

– Mais ton avis personnel ?

– Je n'aime pas les colles.

– Tu as de l'expérience. Tu connais ton boulot. Les résultats confirmeront sans doute tes hypothèses. Alors vas-y. Je te promets que ça restera entre nous.

Mörth réfléchit.

– Une semaine. Au minimum. Mais ne le dis à personne.

– J'ai déjà oublié. Et tu es toujours certain que ce sont des étrangers, des Russes ou des gens originaires des pays de l'Est ?

– Oui.

– Autre chose ?

– Je ne connais rien aux munitions. Mais je n'ai encore jamais vu ce type de balle.

– D'accord. Autre chose ?

– L'un des deux hommes porte un tatouage à l'épaule. Je crois que ça s'appelle un yatagan.

– Un quoi ?

– Une sorte de sabre courbe. Écoute, on ne peut pas demander à un légiste d'être expert en armes anciennes.

– Il y a une inscription ?

– Pardon ?

– Les tatouages portent parfois une inscription, un nom de femme ou un nom de lieu.

– Là, il n'y a rien.

– Autre chose ?

– Pas pour l'instant.

– Je te remercie.

Wallander alla chercher un café et se dirigea ensuite vers le bureau de Björk. La porte de Martinsson était ouverte, comme celle de Svedberg, mais ses collègues restaient invisibles. Björk était au téléphone. Wallander s'assit et attendit en buvant son café. Björk paraissait très énervé. Wallander sursauta lorsqu'il raccrocha avec violence.

– Et merde, dit Björk. À quoi ça sert de travailler ?

– Bonne question. Mais encore ?

Björk tremblait d'indignation. Wallander ne l'avait jamais vu dans un tel état.

– Je ne sais pas si je peux te le dire. De toute façon, je n'ai pas le choix. L'un des meurtriers de Lenarp – celui qu'on surnommait Lucia – a obtenu un droit de sortie l'autre jour.

Évidemment il n'est jamais revenu. Il a sans doute quitté le pays. On ne le reverra pas.

Wallander n'en croyait pas ses oreilles.

— Un droit de sortie ? Mais il était en prison depuis moins d'un an ! Pour l'un des crimes les plus graves jamais commis dans ce pays ! Comment a-t-il pu obtenir un droit de sortie ?

— Il devait assister à l'enterrement de sa mère...

— Sa mère est morte depuis dix ans ! Je m'en souviens encore, c'était écrit dans le rapport que nous a envoyé la police tchèque.

— Une femme s'est présentée à la prison de Hall en affirmant être sa sœur. Elle a insisté. Personne n'a pris la peine de vérifier quoi que ce soit. Elle avait un carton imprimé, l'enterrement devait avoir lieu dans une église d'Ängelholm. Certains dans ce pays sont encore naïfs au point de croire qu'on ne falsifie pas un faire-part de funérailles. On lui a accordé une sortie sous surveillance. C'était avant-hier. Bien entendu, il n'y avait pas d'enterrement, pas de mère morte, pas de sœur. Ils ont agressé le surveillant, l'ont ligoté et jeté dans un bois dans les environs de Jönköping. Ils ont même eu le culot de prendre le véhicule de l'administration pénitentiaire et d'embarquer sur le ferry à Limhamn. On a retrouvé la voiture à l'aéroport de Copenhague. Et ils ont disparu.

— Ce n'est pas possible. Qui a accordé ce droit de sortie ?

— La Suède est un pays fantastique. Ça me rend malade.

— Mais qui est responsable ? Celui qui a fait ça devrait prendre sa place en cellule. Comment est-ce possible ?

— Je vais me renseigner. En attendant, voilà le travail. Le bonhomme s'est envolé.

Wallander revoyait intérieurement le vieux couple assassiné à Lenarp. Un meurtre d'une cruauté invraisemblable. Il jeta à Björk un regard désemparé.

— À quoi ça rime ? À quoi ça sert qu'on s'échine dans ces conditions ?

Björk ne répondit pas. Wallander se leva et s'approcha de la fenêtre.

– Je ne sais pas si je vais tenir le coup encore longtemps.

– On n'a pas le choix. Que voulais-tu me dire à propos des deux hommes du canot ?

Wallander lui fit son rapport. Il se sentait lourd, épuisé, déçu. Björk prit quelques notes.

– Des Russes…, dit-il en écho lorsque Wallander eut fini.

– En tout cas originaires des pays de l'Est. Mörth paraissait sûr de lui.

– Dans ce cas, je dois prévenir les Affaires étrangères. C'est à eux de prendre contact avec la police russe. Ou polonaise, ou autre.

– Si ça se trouve, ce sont des Russes qui vivaient en Suède. Ou en Allemagne. Ou au Danemark, pourquoi pas ?

– La plupart des Russes se trouvent tout de même encore en Union soviétique, dit Björk. Je m'en occupe tout de suite. Le mini stère sait gérer ce type de situation.

– On pourrait remettre les corps dans le canot et demander aux gardes-côtes de les ramener dans les eaux internationales. Comme ça, on en serait débarrassés.

Björk parut ne pas entendre.

– On a besoin d'aide pour l'identification, dit-il. Photographies, empreintes, vêtements.

– Il y a un tatouage. Un yatagan.

– Un quoi ?

– Un yatagan. Un sabre courbe.

Björk secoua la tête et prit le combiné.

– Attends !

Björk suspendit son geste.

– Je pense à l'homme qui a appelé. D'après Martinsson, il avait l'accent de Scanie. On devrait pouvoir le retrouver.

– Des indices ?

– Rien. Je propose qu'on lance un appel à témoins. D'ordre

très général. Quelqu'un a-t-il vu un canot pneumatique rouge flotter à la dérive ? Veuillez contacter la police, etc.

Björk acquiesça.

– Je dois organiser une conférence de presse de toute façon. Les journalistes me harcèlent. Comment peuvent-ils être renseignés aussi vite sur ce qui se passe sur une plage déserte ? Ça me dépasse. Hier, il ne leur a fallu qu'une demi-heure.

– Tu sais très bien qu'il y a des fuites.

Wallander repensait au double meurtre de Lenarp.

– Des fuites ? Où donc ?

– Ici. La police du district d'Ystad.

– Qui en est responsable ?

– Comment veux-tu que je le sache ? C'est ton boulot de rappeler au personnel qu'on a une obligation de réserve.

Björk laissa tomber sa main à plat sur la table, comme une gifle symbolique. Mais il ne fit aucun commentaire.

– On lance un appel à témoins, dit-il simplement. À midi, à temps pour le journal télévisé. Je veux que tu assistes à la conférence de presse. Dans l'immédiat, il faut que j'appelle Stockholm pour prendre des instructions.

Wallander se leva.

– Ce serait bien de ne pas avoir à s'en occuper.

– De quoi ?

– De retrouver ceux qui ont tué ces hommes.

– Je vais voir avec Stockholm, éluda Björk.

Wallander quitta le bureau. La porte de Martinsson et celle de Svedberg étaient encore ouvertes, mais les collègues eux-mêmes restaient invisibles. Neuf heures trente. Il descendit au sous-sol, où le canot rouge avait été placé sur des tréteaux. Il l'examina attentivement à la lumière d'une torche électrique puissante, mais ne découvrit rien. Aucun nom de marque, aucun pays de fabrication. Comment expliquer cette absence ? Soudain, son attention fut retenue par un bout de corde. À la différence des autres, qui servaient à maintenir le plancher de bois au fond du canot, celle-ci semblait avoir été tranchée à l'aide d'un couteau. Pourquoi ? Il tenta d'imaginer les conclusions qu'en aurait tirées Rydberg, mais son cerveau était vide.

À dix heures, il était de retour dans son bureau. Il composa le numéro de poste de Martinsson, puis celui de Svedberg, sans résultat. Il ramassa un bloc-notes et entreprit de résumer le peu qu'il savait concernant les victimes. Deux hommes originaires d'Europe de l'Est, tués d'une balle dans le cœur presque à bout portant, avant d'être revêtus de leur veste et lâchés dans un canot de sauvetage anonyme. Torturés. Il repoussa le bloc. Une pensée venait de le frapper. Des gens torturés puis assassinés... On les cache, on leur creuse un trou, on les expédie au fond de l'eau avec des poids autour des jambes. Les larguer dans un canot, cela implique qu'on prend le risque d'une découverte.

Était-ce délibéré ? Voulait-on que les corps soient retrouvés ? Leur présence dans le canot suggérait qu'ils avaient été tués en mer...

Il arracha la feuille et la jeta au panier. *J'en sais trop peu. Rydberg m'aurait dit d'être moins impatient.*

Le téléphone sonna. Onze heures moins le quart. À l'instant même où il reconnut la voix de son père, il se rappela qu'ils avaient rendez-vous ce jour-là. Il aurait dû passer le prendre à Löderup à dix heures et l'accompagner à Malmö pour acheter de la toile et des couleurs.

– Alors ? Qu'est-ce que tu fous ?

Wallander résolut très vite de dire la vérité.

– Pardonne-moi, j'avais complètement oublié.

Long silence.

– C'est au moins une réponse honnête, dit enfin son père.

– Je peux venir demain.

– Alors à demain.

Wallander griffonna deux mots sur un post-it qu'il colla sur le téléphone. Il ne s'agirait pas d'oublier, cette fois.

Il refit le numéro de Svedberg. Pas de réponse. Mais Martinsson décrocha au premier signal. Wallander le rejoignit.

– J'ai appris une chose aujourd'hui, commença Martinsson. Il est presque impossible de décrire un canot de sauvetage. Ils se ressemblent tous, seuls les experts parviennent à les distinguer. Alors j'ai pris la voiture jusqu'à Malmö et j'ai fait le tour des importateurs.

Ils passèrent à la cafétéria chercher du café. Martinsson ramassa aussi quelques biscottes et suivit Wallander dans son bureau.

– Alors maintenant, tu sais tout sur les canots de sauvetage…

– Non. Je sais deux ou trois choses. Mais j'ignore d'où venait celui-ci.

– C'est bizarre qu'on n'ait trouvé aucune inscription. D'habitude, les équipements de sauvetage en sont bardés.

– Les importateurs de Malmö sont du même avis. Mais il y a peut-être une solution du côté des gardes-côtes. Le capitaine Österdahl.

– Qui ?

– Un type qui a consacré toute sa vie aux bateaux de surveillance des douanes. Quinze ans à Arkösund, dix ans dans l'archipel de Gryt, ensuite Simrishamn. Puis la retraite. Au fil des ans, il a constitué un fichier personnel de tous les types d'embarcations possibles et imaginables, y compris les canots de sauvetage.

– Qui t'a dit cela ?

– J'ai eu de la chance. Le type qui m'a répondu avait travaillé sous les ordres du capitaine.

– Très bien. Il pourra peut-être nous aider.

– Si lui ne le peut pas, personne ne le peut, dit Martinsson sur un ton philosophe. Il habite du côté de Sandhammaren. Je pensais le faire venir ici pour qu'il examine le canot. À part ça ? Du nouveau ?

Wallander lui fit part des conclusions de Mörth. Martinsson l'écouta attentivement.

— Ça signifie qu'on va peut-être collaborer avec la police sovié tique. Tu parles le russe ?

— Pas un mot. Ça signifie surtout qu'on sera peut-être déchargés de l'affaire.

— On peut toujours l'espérer...

Martinsson parut soudain pensif.

— C'est vrai, reprit-il. Je me surprends parfois à reculer devant certaines enquêtes. Trop désagréables. Trop sanglantes, trop irréelles. À l'école de police, on ne nous a jamais appris à faire face à des cadavres torturés échoués dans des canots. J'ai l'impression d'être dépassé. Et je n'ai que trente ans.

Wallander avait souvent nourri des réflexions semblables au cours des dernières années. Il était de plus en plus difficile d'être flic, face à cette criminalité nouvelle dont ils n'avaient aucune expérience. On disait que beaucoup quittaient le métier et se repliaient sur le secteur privé pour des raisons financières. Mais c'était un mythe. En réalité, la plupart des démissions s'expliquaient par le désarroi.

— On devrait peut-être aller voir Björk et demander une formation spéciale. Comment gérer les cas de torture...

Il n'y avait aucune ironie dans le ton de Martinsson. Wallander y perçut seulement l'incertitude que lui-même ressentait très souvent.

— Chaque génération de flics entonne le même refrain, dit-il. On ne fait pas exception à la règle.

— Rydberg ne s'est jamais plaint, que je sache.

— Rydberg était exceptionnel. Juste une question, avant que tu partes. Le type qui a appelé... Il ne pouvait pas s'agir d'un étranger ?

— Jamais de la vie. Un pur Scanien.

— Autre chose, par rapport à cette conversation ?

— Non. Je vais à Sandhammaren, ajouta Martinsson en se levant. Tenter de retrouver le capitaine Österdahl.

— Bonne chance. Au fait, sais-tu où se cache Svedberg ?

– Aucune idée. Je ne sais même pas de quoi il s'occupe. La météo peut-être ?

Wallander prit la voiture et se rendit dans le centre-ville pour déjeuner. La nuit irréelle qu'il venait de vivre se rappela à son souvenir. Il se contenta d'une salade.

Il revint au commissariat peu avant le début de la conférence de presse. Il avait pris quelques notes et alla tout droit dans le bureau de Björk.

– Je déteste les conférences de presse, dit celui-ci. C'est pourquoi je n'aurai jamais de responsabilités nationales. Sans compter les autres raisons…

Ensemble ils entrèrent dans la salle où attendaient les journalistes. Rien à voir avec la cohue de l'année précédente, lors de l'enquête sur le double meurtre de Lenarp. Cette fois, ils n'étaient que trois. Wallander reconnut la représentante d'*Ystads Allehanda*, dont les comptes rendus étaient généralement clairs et concis, et le localier d'*Arbetet*, qu'il avait croisé une ou deux fois. Le troisième journaliste, plus jeune, avait les cheveux coupés en brosse et portait des lunettes. Wallander ne l'avait encore jamais vu.

– Où sont les autres ? souffla Björk. *Sydsvenskan ? Skånska Dagbladet ?* La radio ?

– Je n'en sais rien. Allez, c'est à toi.

Björk grimpa sur la petite estrade et prit la parole sur un ton morose. Pourvu qu'il abrège, pensa Wallander.

Puis ce fut son tour.

– Je résume : un canot de sauvetage contenant les corps de deux hommes s'est échoué sur la plage de Mossby Strand. Nous ne les avons pas encore identifiés. À notre connaissance, aucun naufrage ne semble à l'origine de l'événement. On ne nous a pas davantage signalé de disparition en mer. Nous avons donc besoin de l'aide du public. De la vôtre, autrement dit.

Il ne dit rien du coup de téléphone anonyme, enchaîna directement sur l'appel à témoins.

– Nous voulons donc que toute personne ayant vu ou entendu quelque chose fasse part de ses observations à la police. Un canot pneumatique rouge à la dérive le long des côtes, ou tout autre élément d'importance. J'ai fini.

Björk remonta sur l'estrade.

– Si vous avez des questions, c'est le moment.

La dame d'*Ystads Allehanda* prit la parole. Est-ce que ça ne commençait pas à faire beaucoup de crimes dans la paisible Scanie ?

Wallander soupira intérieurement. *Paisible*. Ça n'a jamais été très paisible par ici.

Björk démentit cette allégation en disant que le nombre de crimes signalés n'avait pas augmenté de façon significative. La dame n'insista pas. Le correspondant d'*Arbetet* n'avait rien à ajouter. Björk s'apprêtait à conclure lorsque le jeune homme à lunettes leva la main.

– J'ai une question. Pourquoi ne dites-vous pas que ces hommes ont été assassinés ?

Wallander jeta un rapide regard à Björk.

– Nous n'avons pas encore élucidé les circonstances de la mort de ces deux hommes, dit Björk.

– Ce n'est pas vrai. Tout le monde sait qu'ils ont été tués d'une balle dans le cœur.

– Question suivante.

Wallander vit que Björk transpirait.

– *Question suivante*, mima le journaliste. Pourquoi devrais-je poser une autre question alors que tu n'as pas répondu à la première ?

– Tu as obtenu la réponse que je peux te fournir pour l'instant.

– On croit rêver ! Mais va pour une autre question. Pourquoi ne dites-vous pas que les victimes étaient probablement d'origine russe ? Et pourquoi organisez-vous une conférence de presse si vous ne répondez pas aux questions et ne dites pas la vérité ?

Fuite, pensa Wallander. Où diable a-t-il déniché ces informations ? Et pourquoi Björk s'obstine-t-il à ne pas répondre ? Il a raison, ce type. Pourquoi ne pas reconnaître des faits avérés ?

— Comme le disait à l'instant le commissaire Wallander, nous n'avons pas encore identifié ces deux hommes. C'est la raison pour laquelle nous lançons un appel à témoins, en espérant que la presse relaiera notre demande auprès du public.

Le jeune journaliste rangea son bloc-notes d'un geste ostentatoire.

— Merci d'être venus, conclut Björk.

Dans le couloir, Wallander s'adressa à la dame d'*Ystads Allehanda* :

— Qui est ce type ?

— Aucune idée. C'est vrai, ce qu'il a dit ?

Wallander ne répondit pas. Elle eut la politesse de ne pas insister.

— Pourquoi ne leur as-tu pas dit la vérité ? demanda-t-il lorsqu'il eut rattrapé Björk.

— Je déteste les journalistes. Comment s'est-il procuré l'info ? Qui est responsable de la fuite ?

— Ça peut être n'importe qui. Même moi, si ça se trouve.

Björk s'arrêta net et le dévisagea. Puis il changea de sujet.

— Le ministère nous demande de garder profil bas, dit-il.

— Pourquoi ?

— Pose-leur la question. J'espère qu'on aura de nouvelles instructions cet après-midi.

Wallander retourna dans son bureau. Il en avait soudain par-dessus la tête. Dans le tiroir qui fermait à clé, il conservait la copie d'une offre d'embauche : l'entreprise Gummifabrik, basée à Trelleborg, cherchait un nouveau responsable de la sécurité. Attachée à cette copie, il y avait sa lettre de candidature, rédigée quelques semaines plus tôt. Il la relut ; il envisageait sérieusement de l'envoyer. Si le travail policier devenait une sorte de jeu autour de fuites ou d'informations censurées sans raison valable, il ne voulait plus en faire partie. Deux corps échoués sur une plage, pour lui, c'était un événement sérieux, qui requérait sa présence pleine et entière. Il ne pouvait pas envisager une existence où le travail de flic ne répondait pas à des principes intangibles, d'un point de vue rationnel et d'un point de vue moral.

Sa diatribe silencieuse fut interrompue par l'arrivée de Svedberg, qui poussa la porte avec son pied.

— Où tu étais passé, toi ?

Svedberg parut surpris.

— J'avais laissé un mot sur ton bureau. Tu ne l'as pas trouvé ?

Le post-it avait glissé à terre. Wallander le ramassa et apprit que Svedberg pouvait être joint chez les météorologues de l'aéroport de Sturup.

— J'ai imaginé un raccourci, dit Svedberg. Je connais un gars à l'aéroport, il s'appelle Janne, on va souvent observer les oiseaux ensemble à Falsterbo. Il m'a aidé à estimer le point de départ du canot.

— Je croyais que les experts de l'Institut météorologique s'en occupaient ?

— J'ai pensé que ça irait plus vite comme ça.

Svedberg étala ses papiers sur la table. Des diagrammes, des colonnes de chiffres.

— On est partis de l'hypothèse que le canot avait dérivé pendant cinq jours. Les vents n'ont pas changé de direction ces dernières semaines. On a donc pu faire une estimation. Mais elle ne nous avance pas à grand-chose.

— C'est-à-dire ?

— Il a sans doute dérivé sur une longue distance.

— C'est-à-dire ?

— Qu'il a pu venir de très loin. D'Estonie ou du Danemark.

Silence.

– C'est sérieux ?

– Oui. Tu peux toi-même poser la question à Janne.

– C'est bien, dit Wallander. Va voir Björk et dis-lui de transmettre l'info au ministère des Affaires étrangères. Avec un peu de chance, on pourra se laver les mains de toute cette histoire.

– C'est-à-dire ?

Wallander lui résuma les événements de la journée. Svedberg parut déçu.

– Je n'aime pas lâcher une enquête en cours.

– Rien n'est encore sûr. Je t'informe juste de ce qui se passe.

Svedberg sorti, Wallander contempla sa lettre de candidature. Intérieurement, il voyait sans cesse le canot et les deux hommes assassinés.

À seize heures, on lui remit le protocole de l'autopsie – analyse préliminaire, en attendant les résultats du labo. Mais les hommes étaient vraisemblablement morts depuis une semaine. Vraisemblablement aussi, ils avaient été exposés à l'eau de mer durant toute cette période. L'un des deux avait moins de trente ans, l'autre quelques années de plus. Ils avaient été en excellente santé. Avant de mourir, tous deux avaient été soumis à la torture ; et leurs dents avaient été effectivement soignées par un dentiste d'Europe de l'Est.

Wallander repoussa le rapport et regarda par la fenêtre. La nuit tombait, et il avait faim. Björk lui annonça au téléphone que le ministère transmettrait ses consignes le lendemain dans la matinée.

– Alors je rentre.

– Vas-y. Je me demande qui était ce journaliste…

Ils eurent la réponse le lendemain. *Expressen* faisait état en première page d'une découverte sensationnelle sur la côte scanienne. L'article affirmait que les victimes étaient probablement des citoyens soviétiques. Le ministère des Affaires étrangères était sur le coup et la police d'Ystad avait reçu l'ordre d'étouffer l'affaire. Le journal exigeait des explications.

Il était déjà quinze heures lorsque Wallander découvrit ces gros titres.

Entre-temps, les événements s'étaient précipités.

4

Wallander franchit le seuil du commissariat à huit heures. Le temps s'était réchauffé, quelques degrés au-dessus de zéro ; une pluie fine tombait sur la ville. Il avait bien dormi, pas de nouvelle alerte nocturne du côté du cœur, il se sentait en forme. Son seul souci, c'était de ne pas savoir de quelle humeur serait son père lorsqu'il le retrouverait, plus tard dans la matinée.

Martinsson vint à sa rencontre dans le couloir. Tiens donc. Quand Martinsson était agité au point de ne pouvoir rester dans son bureau, il y avait du sensationnel dans l'air.

– Le capitaine a résolu l'énigme du canot ! Tu as le temps ?

– J'ai toujours le temps. On se retrouve dans mon bureau. Vois si Svedberg est arrivé.

Quelques minutes plus tard, ils étaient rassemblés.

– En fait, commença Martinsson, on devrait constituer un fichier spécial pour les gens comme lui. Et monter une brigade à l'échelle nationale dont la seule mission serait de collaborer avec les détenteurs de savoirs singuliers.

Wallander acquiesça. L'exemple le mieux connu était le vieux bûcheron de Härjedalen qui, quelques années plus tôt, avait identifié la capsule d'une bouteille de bière asiatique qui avait laissé dans l'embarras aussi bien la police que les experts de Vin & Sprit. L'aide du bûcheron avait permis de condamner un tueur qui, sans lui, s'en serait probablement tiré à bon compte.

Martinsson était intarissable.

– Je préfère mille fois les capitaines Österdahl à tous ces consul tants qui courent partout en proclamant des évidences contre des honoraires exorbitants. Le capitaine était content de rendre service.

– Alors ?

Martinsson jeta son bloc-notes sur la table. Comme un lapin tiré d'un chapeau invisible, ce qui exaspéra Wallander. Toujours ce côté théâtral de Martinsson. Mais c'était peut-être un comportement normal pour un futur politicien de province...

– Nous sommes tout ouïe, dit-il.

– Hier soir, après que vous êtes rentrés chez vous, le capitaine Österdahl et moi avons passé quelques heures au sous-sol. On n'a pas pu le faire plus tôt, parce qu'il joue au bridge tous les après-midi et qu'il a refusé de faire une exception pour nous. C'est un monsieur qui sait ce qu'il veut. J'aimerais être comme lui quand j'aurai son âge.

– Continue.

Wallander en savait assez sur le chapitre des vieux messieurs décidés. À commencer par son propre père.

– Il a fait le tour du canot à quatre pattes comme un chien. Il l'a même reniflé. Puis il a dit que ce canot avait au moins vingt ans, et qu'il avait été fabriqué en Yougoslavie.

– Comment pouvait-il le savoir ?

– Le mode de fabrication. Les matériaux. Il n'est revenu sur sa conclusion à aucun moment. Tous ses arguments sont consignés dans ce bloc-notes. Je vénère les gens qui savent de quoi ils parlent.

– Comment se fait-il qu'on n'ait trouvé aucune marque d'origine ?

– Il avait une excellente explication à ça. Les Yougoslaves expédient leurs canots en Grèce et en Italie, où des entreprises leur fournissent pour ainsi dire de faux papiers. Comme les montres fabriquées en Asie qui portent des noms de marques européennes.

– Qu'a-t-il dit, à part ça ?

– Plein de choses. Je crois qu'il connaît par cœur l'histoire du canot de sauvetage. Apparemment, il y en avait déjà à la préhistoire. Les premiers auraient été fabriqués avec des roseaux. Quant à celui qui nous occupe, on le trouve le plus souvent à bord de petits cargos soviétiques ou d'Europe de l'Est. Jamais sur des bateaux scandi naves. L'Inspection maritime ne les accepte pas.

– Pourquoi ?

Martinsson haussa les épaules.

– Mauvaise qualité. Risque de déchirures. Mélange de caout-chouc défectueux.

– Si Österdahl a raison, ce canot ne serait pas passé par l'Italie ou la Grèce. Alors quoi ? Il se serait trouvé à bord d'un bateau yougoslave ?

– Pas nécessairement. Certains canots fabriqués en Yougos-lavie partent directement en Union soviétique, dans le cadre du troc obligé entre Moscou et les pays voisins. Il affirme d'ailleurs en avoir vu un exactement semblable à celui-ci à bord d'un chalutier russe intercepté au large de Häradskär.

– Mais nous pouvons nous concentrer sur l'hypothèse d'un bateau de l'Est ?

– D'après le capitaine Österdahl, oui.

– Bien, dit Wallander. Ça fait une incertitude en moins.

– C'est bien la seule, intervint Svedberg.

– Si notre informateur anonyme ne nous rappelle pas, nous en savons beaucoup trop peu. Mais il semble acquis que les corps ont dérivé jusqu'ici depuis les rivages de la Baltique. Et qu'ils ne sont pas suédois.

Il fut interrompu par trois coups frappés à la porte. Une secrétaire lui remit une enveloppe – les résultats complé-mentaires de l'auto psie. Wallander demanda à Svedberg et à Martinsson de patienter pendant qu'il les feuilletait. Soudain il tressaillit.

— Tiens donc ! On a découvert un truc intéressant dans leur sang.

— Le sida ? proposa Svedberg.

— Non. Une bonne dose d'amphétamines.

— Des toxicomanes russes, dit Martinsson. Des toxicomanes russes torturés et assassinés. En costume et cravate. Dérivant dans un canot de sauvetage yougoslave. C'est autre chose que les bouilleurs de cru et les exhibitionnistes du dimanche...

— Nous ne savons pas s'ils sont russes. Au fond, nous ne savons rien du tout.

Il composa le numéro de Björk.

— Björk.

— C'est Wallander. Je suis avec Svedberg et Martinsson. Tu as reçu les instructions du ministère ?

— Rien encore. Mais j'attends.

— Je vais faire un tour à Malmö. J'en ai pour quelques heures.

— Vas-y. Je t'appelle dès que j'ai du nouveau. Est-ce que tu as été harcelé par les journalistes ?

— Non, pourquoi ?

— J'ai été réveillé à cinq heures ce matin par *Expressen*. Depuis, le téléphone n'arrête pas de sonner. Je dois dire que je suis un peu soucieux.

— Il n'y a pas de quoi. De toute façon, ils écrivent ce qu'ils veulent.

— C'est bien le problème. Si les journaux se mettent à spéculer à tort et à travers, ça gêne notre travail.

— Dans le meilleur des cas, ça incitera un éventuel témoin à nous contacter.

— J'en doute. Et je n'aime pas être réveillé à cinq heures du matin. On ne sait pas ce qu'on raconte dans ces cas-là.

Wallander coupa la communication.

— Patience, dit-il. En attendant, vous continuez à travailler vos pistes. J'ai une vieille affaire à éclaircir à Malmö. On se retrouve dans mon bureau après le déjeuner.

Resté seul, Wallander regretta d'avoir laissé entendre qu'il se rendait à Malmö pour raison professionnelle. Comme tout un chacun, les policiers consacraient une partie de leur temps de travail à régler des affaires personnelles. Il avait beau le savoir, ça le mettait mal à l'aise.

Il informa le standard qu'il serait joignable après le déjeuner. Puis il quitta la ville, traversa Sandskogen et prit la sortie de Kåseberga. La pluie fine avait cessé. En contrepartie, il y avait du vent.

Il entra dans le village et fit le plein d'essence. Comme il était en avance, il prit la direction du port et laissa la voiture. Pas un chat. Le kiosque et les fumeries de poisson étaient cadenassés.

Drôle d'époque. Certains coins de ce pays ne sont ouverts que pendant les mois d'été. Des villages entiers affichent fermé le reste du temps...

Malgré le froid, il sortit sur la jetée. La mer était déserte. Aucun bateau en vue. Il pensa aux hommes morts dans le canot rouge. Que s'était-il passé ? Pourquoi avaient-ils été torturés ? Qui leur avait remis leur veste après leur mort ?

Il jeta un coup d'œil à sa montre, retourna à la voiture et continua tout droit jusqu'à Löderup, où vivait son père, dans une maison qui semblait avoir été jetée au hasard sur la plaine.

Comme toujours, il trouva le vieil homme occupé à peindre dans l'ancienne écurie. Wallander pénétra dans l'atmosphère saturée de térébenthine et de peinture à l'huile. C'était comme d'entrer tout droit dans son enfance. Cela faisait partie de ses tout premiers souvenirs, cette étrange odeur qui entourait toujours son père devant le chevalet. Le motif qu'il peignait était lui aussi toujours le même : paysage au coucher du soleil. Parfois, si le client en manifestait le désir, il ajoutait un coq de bruyère au premier plan, à gauche.

Wallander père était un peintre du dimanche professionnel. Le fait de ne jamais changer de motif était comme l'aboutissement, le perfectionnement de sa vocation. Wallander avait mis long-temps à comprendre que ce n'était pas une question de paresse ou de manque de talent. L'absence d'innovation donnait à son père le sentiment de sécurité dont il avait apparemment besoin pour appréhender sa vie.

Son père posa son pinceau et s'essuya les mains sur un torchon crasseux. Comme à son habitude, il portait un bleu de travail et des bottes en caoutchouc à tige coupée.

– Je suis prêt, dit-il.

– Tu ne te changes pas ?

– Et pourquoi je me changerais ? Il faut aller chez son mar-chand de couleurs en costume maintenant ?

Wallander renonça à argumenter. L'obstination de son père était sans limites. Il risquait aussi de se mettre en colère, et dans ce cas le voyage à Malmö serait un enfer.

– Tu fais comme tu veux, dit-il simplement.

– Oui. Je fais comme je veux.

Ils prirent la voiture. Son père contemplait le paysage par le pare-brise.

– C'est laid, dit-il soudain.

– Pardon ?

– La Scanie est laide en hiver. Boue grise, arbres gris, ciel gris. Et des gens encore plus gris.

– Tu as peut-être raison.

– Bien sûr que j'ai raison. Il n'y a pas à discuter. La Scanie est laide en hiver.

Le marchand de couleurs se trouvait dans le centre de Malmö. Wallander eut la chance de trouver une place libre devant la boutique. Son père savait exactement ce qu'il voulait. Toile, couleurs, pinceaux, quelques grattoirs… Au moment de payer, il tira de sa poche une liasse de billets froissés. Wallander se tenait en retrait. Il ne fut même pas autorisé à porter les achats jusqu'à la voiture.

– Ça y est, j'ai fini, dit son père. On peut rentrer.

De façon impulsive, Wallander lui proposa de s'arrêter en route pour déjeuner. À son étonnement, son père accepta. Ils s'arrêtèrent devant le motel de Svedala.

– Dis au maître d'hôtel qu'on veut une bonne table.

– C'est une cafétéria, papa. Je ne pense pas qu'il y ait de maître d'hôtel.

– Alors on va ailleurs. Si je déjeune au restaurant, je veux être servi.

Wallander jeta un regard découragé au bleu de travail plein de taches. Puis il se rappela qu'il y avait une vieille pizzeria à Skurup. Là-bas, personne ne se formaliserait de l'accoutrement paternel. Ils reprirent la voiture. Une fois attablés, ils choisirent tous les deux le plat du jour. Du cabillaud. Entre deux bouchées, Wallander regardait son père en pensant qu'il n'apprendrait sans doute jamais à le connaître avant qu'il soit trop tard. Il avait toujours cru qu'il ne lui ressemblait en rien. Mais depuis quelques années le doute s'insinuait. Mona lui avait souvent reproché la même obstination fatigante, le même égoïsme sourcilleux. Je refuse peut-être d'admettre les ressemblances, avait-il songé alors. Peut-être ai-je peur de devenir comme lui ? Une tête de mule qui ne voit que ce qu'il a envie de voir ?

D'un autre côté, l'aspect tête de mule était un atout dans son travail. Sans un entêtement à certains égards anormal, bien des enquêtes s'enliseraient. Ce n'était pas une déformation professionnelle, plutôt une disposition nécessaire pour exercer ce métier.

– Pourquoi ne dis-tu rien ? demanda soudain son père.

– Excuse-moi. Je réfléchissais.

– Je ne veux pas déjeuner au restaurant avec toi si tu ne dis rien.

– Que veux-tu que je te dise ?

– Tu pourrais me raconter comment tu vas. Et comment va ta fille. Tu pourrais me dire si tu t'es trouvé une nouvelle bonne femme.

– Quoi ?

– Tu pleures toujours le départ de Mona ?

– Je ne pleure pas. Mais ce n'est pas pour autant que j'ai trouvé une nouvelle bonne femme, comme tu dis.

– Pourquoi ?

– Ce n'est pas si facile.

– Et alors ? Que fais-tu ?

– Pardon ?

– Ce n'est pourtant pas difficile à comprendre. Je te demande ce que tu fais pour trouver une femme !

– Je ne vais pas danser, si c'est ce que tu crois.

– Je ne crois rien. Je m'interroge. Je trouve que tu deviens de plus en plus bizarre d'année en année.

Wallander posa sa fourchette.

– Comment ça, bizarre ?

– Tu aurais dû m'écouter. Tu n'aurais jamais dû devenir flic.

Et voilà, pensa Wallander. Retour à la case départ. Rien n'a changé…

L'odeur de la térébenthine. 1967. Un jour de printemps, froid et venteux. Ils vivent encore à Limhamn, mais plus pour longtemps. Il guette la voiture du facteur. L'aperçoit, se précipite, ouvre l'enveloppe. Ça y est ! Il a été admis à l'école de police, il va commencer à l'automne. Il court jusqu'à la maison, déboule en trombe dans la petite pièce où son père peint son éternel paysage et crie : « J'ai été admis à l'école de police ! » Mais son père ne le félicite pas. Ne pose même pas son pinceau. (Il se rappelle encore qu'il travaillait les nuages à ce moment-là, teintés de rouge par le soleil couchant.) Et il comprend que son père est déçu. Par lui, qui va devenir policier.

Le serveur enleva leurs assiettes et revint avec les cafés.

– Je n'ai jamais compris pourquoi tu t'opposais à ce choix, dit Wallander.

– Tu as fait comme tu voulais.

– Ce n'est pas une réponse.

– Qu'est-ce que tu crois ? Je n'avais pas imaginé que j'aurais un fils qui rentrerait dîner le soir avec des vers de terre sortant de ses manches de chemise.

Wallander sursauta. Des *vers* ?

— Que veux-tu dire ?

Son père vida sa tasse de café tiède.

— J'ai fini. On peut y aller.

Wallander demanda l'addition et régla la note.

Je n'obtiendrai jamais de réponse. Je ne comprendrai jamais.

Ils retournèrent à Löderup. Le vent soufflait plus fort. Le père emporta la toile et les couleurs dans son atelier.

— Tu ne comptes pas venir jouer aux cartes bientôt ?

— Dans quelques jours.

Wallander reprit la route d'Ystad sans savoir s'il était en colère, ou juste secoué. *Des vers sortant de ses manches de chemise.* Qu'avait-il voulu dire ?

À midi quarante-cinq, il était de retour dans son bureau. Bien décidé à exiger une explication de son père lorsqu'il le reverrait.

Puis il redevint policier. Avant toute chose, il fallait rappeler Björk. Mais la sonnerie le devança.

— Wallander.

Grésillement sur la ligne. Il répéta son nom.

— C'est toi qui t'occupes du canot ?

Une voix inconnue. Un homme qui parlait vite, en forçant sa voix.

— Qui est à l'appareil ?

— Peu importe. Je te parle du canot.

Wallander se redressa dans son fauteuil et attrapa un crayon.

— C'est toi qui as appelé l'autre jour ?

— Moi ? Je n'ai pas appelé.

L'homme paraissait sincèrement surpris.

— Ce n'est pas toi qui as téléphoné l'autre jour pour nous signaler qu'un canot allait s'échouer dans les parages ?

Long silence.

— Alors je n'ai rien à dire, fit l'homme, qui raccrocha.

Wallander nota rapidement l'échange de répliques. Il avait commis une erreur. L'homme voulait lui parler des deux morts dans le canot ; en apprenant qu'il y avait déjà eu un appel, la surprise – ou peut-être la peur – l'avait poussé à raccrocher.

Pour Wallander, la conclusion s'imposait d'elle-même. Cet interlocuteur n'était pas celui de Martinsson.

Autrement dit, d'autres personnes détenaient des informations. Cela ne l'étonnait pas vraiment ; il en avait déjà discuté avec son collègue. Ceux qui avaient vu quelque chose devaient se trouver à bord d'un bateau. Un équipage, en d'autres termes, puisque personne ne s'aventurait seul en mer pendant les mois d'hiver. Mais quel bateau ? Un ferry peut-être, un chalutier, un cargo ou l'un des nombreux pétroliers qui sillonnaient la Baltique.

Martinsson entrouvrit la porte.

– C'est l'heure de la réunion ?

Wallander décida de taire l'appel pour l'instant. Il éprouvait confusément le besoin de présenter à ses collègues un point réfléchi de la situation.

– Je n'ai pas encore parlé à Björk, dit-il simplement. On peut se voir dans une demi-heure.

Martinsson disparut et il fit le numéro.

– Björk.

– Wallander. Alors ?

– Passe dans mon bureau, tu ne seras pas déçu.

En effet, les nouvelles étaient surprenantes.

– On va avoir de la visite, dit Björk. Ils nous envoient un fonctionnaire pour nous aider à mener à bien cette enquête.

– Un fonctionnaire des Affaires étrangères ? Qu'est-ce qu'il peut savoir d'une enquête criminelle ?

– Aucune idée. Mais il débarque cet après-midi. Je propose que tu ailles l'accueillir. Il atterrit à Sturup à dix-sept heures vingt.

– Ça me scie. Il vient pour nous aider ou pour nous surveiller ?

– Je n'en sais rien. Mais ce n'est que le début. Devine qui a téléphoné ?

– Le grand patron.

Björk tressaillit.

– Comment le sais-tu ?

– C'est toi qui joues aux devinettes. Que voulait-il ?

– Il exige d'être informé en continu. Et il veut nous envoyer des types. Un de la crim' et un des stups.

– Eux aussi, il faut aller les chercher à l'aéroport ?

– Non. Ils se débrouillent.

– Ça me paraît bizarre, dit Wallander après un silence. Surtout cette histoire de fonctionnaire. Est-ce qu'ils ont pris contact avec la police soviétique ?

– Tout s'est déroulé conformément au protocole. C'est ce qu'ils m'ont dit. Ne me demande pas ce que ça signifie.

– Comment se fait-il qu'on ne t'informe pas correctement ?

Björk écarta les mains.

– Je suis dans le métier depuis suffisamment de temps pour savoir ce qu'il en est dans ce pays. Parfois on ne me tient pas au courant. Parfois c'est un ministre de la Justice qui se fait manipuler. Mais la plupart du temps, c'est le peuple suédois qui n'est pas informé de ce qui se passe – ou alors d'une infime partie seulement.

Wallander hocha la tête. Les scandales juridiques des dernières années avaient dévoilé le système de tunnels invisibles aménagé dans les sous-sols de l'État, reliant différents départements, différentes institutions. Des soupçons longtemps rejetés au titre d'affirmations sectaires s'étaient révélés fondés. Le pouvoir réel opérait en grande partie dans ces couloirs secrets et peu éclairés, loin de la transparence officielle de l'État de droit.

On frappa à la porte. « Entrez ! » cria Björk. C'était Svedberg, brandissant un tabloïd.

– J'ai pensé que ça vous intéresserait.

Wallander sursauta en découvrant la première page d'*Expressen*, où de gros titres belliqueux annonçaient la découverte sensationnelle faite sur la côte scanienne. Björk lui arracha le journal.

Svedberg et Wallander s'approchèrent pour lire par-dessus son épaule, et Wallander reconnut avec effarement son propre visage crispé. La photo était floue. Elle avait dû être prise au cours de l'enquête sur le double meurtre de Lenarp.

L'enquête est dirigée par le commissaire Knut Wallman.

La légende l'affublait d'un nom qui n'était pas le sien. Björk jeta le journal sur la table. La tache pourpre sur son front annonçait une explosion imminente. Svedberg prit discrètement le chemin de la sortie.

– Tout est là ! cria Björk. Comme si c'était toi, Wallander, ou toi, Svedberg, qui aviez écrit l'article. Ils savent que le ministère est sur le coup, que le grand patron suit l'enquête de près. Ils savent même que le canot est yougoslave. Pour ma part, je l'ignorais. C'est vrai ou pas ?

– C'est vrai, dit Wallander. Martinsson m'en a parlé ce matin.

– Ce matin ? C'est pas vrai ! Quand est-ce qu'il est imprimé, ce putain de journal ?

Björk décrivait des cercles dans le bureau. Wallander et Svedberg échangèrent un regard. Quand il se mettait en colère, Björk était capable de développements intarissables.

Il ramassa le journal et lut à haute voix :

– *Escadrons de la mort soviétiques. La nouvelle Europe a ouvert les portes de la Suède à une criminalité ayant des ramifications politiques.* Qu'est-ce que ça veut dire ? Vous pouvez me l'expliquer ? Wallander !

– Aucune idée. Je crois que le mieux est de s'en foutre.

– Comment veux-tu t'en foutre ? On va être assiégés par les médias !

Comme s'il venait de lancer une prophétie, le téléphone sonna. Un journaliste de *Dagens Nyheter* voulait un commentaire. Björk couvrit l'écouteur avec sa main.

– Il faut organiser une conférence de presse. Ou rédiger un communiqué. Qu'est-ce qui est le mieux, à votre avis ?

– Les deux, proposa Wallander. Mais attends demain pour la

conférence de presse. Le fonctionnaire aura peut-être un avis sur la question.

Björk transmit l'information au journaliste et raccrocha sans répondre aux questions. Svedberg quitta la pièce. Björk et Wallander rédigèrent ensemble un court communiqué de presse.

— Il faut qu'on s'occupe de cette histoire de fuites, dit Björk. J'ai été beaucoup trop naïf, on dirait. Je me souviens que tu m'en as parlé l'année dernière, pendant l'affaire des meurtres de Lenarp. Il me semble avoir dit à l'époque que tu exagérais. Qu'est-ce qu'on peut faire ?

— Rien. C'est ce que j'ai cru comprendre à l'époque. Il faut vivre avec.

— Je suis content de partir à la retraite, dit Björk après un silence. Parfois, j'ai l'impression que le temps m'échappe.

— On partage tous cette impression. Je vais chercher le fonctionnaire à l'aéroport. Comment s'appelle-t-il ?

— Törn.

— Prénom ?

— Sais pas.

Wallander retourna dans son bureau où l'attendaient ses collègues. Svedberg racontait à Martinsson ce dont il venait d'être témoin dans le bureau de Björk.

Wallander décida d'abréger. Il évoqua l'appel anonyme et leur fit part de sa conclusion : il existait plus d'un témoin.

— Ce type était-il scanien ? demanda Martinsson.

— Oui.

— Dans ce cas, on devrait pouvoir les retrouver tous les deux. On exclut les pétroliers et les gros cargos. Que reste-t-il ?

— Les bateaux de pêche. Combien y en a-t-il le long de la côte sud ?

— Beaucoup. Mais on est en février, certains restent sans doute au port... N'empêche, ça représente un gros boulot.

— On décidera demain. Tout aura peut-être changé d'ici là.

Il leur résuma ce que lui avait appris Björk. Martinsson

réagit comme lui, avec un mélange de surprise et d'irritation. Svedberg se contenta de hausser les épaules.

– On n'en fera pas beaucoup plus aujourd'hui, conclut Wallander. Je vais rédiger un rapport sur les événements intervenus jusqu'ici. Vous aussi. Demain, on fera le point avec les collègues de la crim' et des stups. Et avec le dénommé Törn.

Wallander arriva en avance à l'aéroport. Il prit un café avec les collègues du contrôle de l'air et des frontières, écouta la complainte ordinaire, les horaires de travail, les salaires, etc. À dix-sept heures quinze, il s'assit sur un banc et regarda distraitement l'écran de télévision qui diffusait de la pub au plafond. Enfin le vol fut annoncé. Le fonctionnaire s'attendait-il à être accueilli par un policier en uniforme ? *Si je croise les mains dans le dos et que je me balance d'avant en arrière, il m'identifiera peut-être...*

Il regarda sortir les passagers, dont aucun ne semblait guetter un visage inconnu. Quand tous furent passés, il comprit qu'il avait dû le manquer. À quoi ressemble un fonctionnaire des Affaires étrangères ? À n'importe qui ? À un diplomate ? Mais à quoi ressemble un diplomate ?

– Kurt Wallander ?

Il fit volte-face. Une femme d'une trentaine d'années se tenait devant lui. Elle enleva un gant et lui tendit la main.

– Birgitta Törn, du ministère des Affaires étrangères. Tu attendais peut-être un homme ?

– Sans doute.

– Il n'y a pas encore beaucoup de femmes diplomates de carrière, mais le ministère est géré en grande partie au féminin.

– Ah. Bienvenue en Scanie.

Pendant qu'ils attendaient les bagages, il l'observa à la dérobée. Elle avait une expression indéfinissable. Les yeux, surtout... Au moment de s'emparer de la valise qu'elle lui désignait, il croisa son regard et comprit. Elle portait des lentilles de contact.

Mona en avait eu, elle aussi, au cours des dernières années de leur mariage.

Ils regagnèrent la voiture. Wallander l'interrogea sur le temps qu'il faisait à Stockholm, sur son voyage, et elle répondit avec une certaine froideur, lui sembla-t-il.

— On m'a réservé une chambre dans un hôtel du nom de Sekelgården. Je voudrais jeter un coup d'œil aux rapports disponibles. Je suppose qu'on t'a averti que tous les éléments de l'enquête devaient être mis à ma disposition.

— Non. On ne m'a averti de rien. Mais rien n'est secret, alors il n'y a pas de problème. Le dossier se trouve sur la banquette arrière.

— Tu es prévoyant.

— Au fond, je n'ai qu'une question. Pourquoi es-tu ici ?

— La situation instable à l'Est conduit le ministère à suivre avec attention tout événement sortant de l'ordinaire. De plus, nous pouvons vous assister dans vos démarches auprès des pays non membres d'Interpol.

Elle parle comme un politicien, pensa Wallander. Pas de place pour l'incertitude.

— Un événement sortant de l'ordinaire…, fit-il en écho. On peut peut-être appeler ça ainsi. Si tu veux, je peux te montrer le canot au commissariat.

— Non, merci. Je ne me mêle pas du travail policier. Mais une réunion demain matin serait la bienvenue. Je voudrais me faire une idée précise de la situation.

— On peut organiser une réunion à huit heures. Tu ignores peut-être que la direction nous envoie deux enquêteurs supplémentaires ?

— J'en ai été informée.

L'hôtel Sekelgården se trouvait dans une petite rue derrière la place centrale. Wallander coupa le contact et ramassa le dossier avant de prendre dans le coffre la valise de Birgitta Törn.

— Tu es déjà venue à Ystad ?

– Je ne crois pas.

– Dans ce cas, je propose que la police d'Ystad t'invite à dîner.
Elle eut un sourire imperceptible.

– C'est très aimable à toi. Mais j'ai du travail.

Cette réponse l'irrita. Un policier d'une petite ville de province n'était-il pas une compagnie assez intéressante pour elle ?

– Le mieux, pour se restaurer, est sans doute l'hôtel Continental. À droite, en partant de la place. Veux-tu que je passe te chercher demain matin ?

– Je me débrouillerai. Merci d'être venu m'accueillir.

Wallander rentra chez lui. Il était dix-huit heures trente et il sentit brusquement qu'il en avait assez de la vie. Ce n'était pas seulement le vide qu'il éprouvait en arrivant dans un appartement où personne ne l'attendait. Mais cette impression d'avoir de plus en plus de mal à s'orienter dans l'existence… Son corps même commençait à lui causer du souci. Et quant au travail… Son identité professionnelle lui avait toujours donné un sentiment de sécurité. Ce n'était plus le cas maintenant.

L'incertitude avait commencé l'année précédente, au moment de l'enquête sur le double meurtre de Lenarp. Il avait souvent évoqué avec Rydberg le fait qu'un pays comme la Suède, qui se transformait et perdait ses repères, avait besoin d'un nouveau type de policier. Il se sentait de jour en jour plus impuissant et – comment dire ? – à côté de la plaque. Cette incertitude-là n'était soluble dans aucun des stages de formation qu'organisait régulièrement la direction de Stockholm.

Il prit une bière dans le réfrigérateur, alluma le poste et se laissa tomber sur le canapé. Un débat papillotait à l'écran, l'un de ces innombrables débats servis chaque jour par la télévision, plus fades les uns que les autres.

Il repensa à l'offre d'emploi de l'entreprise de Trelleborg. Peut-être était-ce le changement dont il avait besoin ? Peut-être fallait-il quitter la police après un certain nombre d'années et entreprendre tout à fait autre chose ?

Il resta longtemps sur le canapé. Vers minuit, il décida d'aller se coucher.

Il venait d'éteindre la lumière lorsque le téléphone sonna. Oh non, pensa-t-il. Pas de nouveaux morts… Il se redressa, prit le combiné et reconnut aussitôt la voix qui l'avait appelé dans l'après-midi.

— Je sais peut-être quelque chose à propos du canot.

— Toute aide est la bienvenue.

— Tu ne dois dire à personne que j'ai appelé.

— Tu peux garder l'anonymat.

— Ce n'est pas assez. Je veux une garantie de la police. Il ne faudra même pas dire qu'il y a eu ce coup de fil.

Wallander réfléchit très vite. Puis il donna sa promesse. L'homme parut hésiter encore. Il avait peur.

— Je te le jure sur mon honneur de policier, ajouta Wallander.

— Je n'en donne pas cher.

— Tu as tort.

Silence. Wallander l'entendait respirer à l'autre bout du fil.

— Tu connais Industrigatan ? demanda soudain l'homme.

— Oui.

C'était une rue située dans une zone industrielle à l'est de la ville.

— Vas-y. Il n'y a personne la nuit. Coupe le moteur, éteins les phares.

— Maintenant ?

— Maintenant.

— Où dois-je m'arrêter ? C'est une longue rue.

— Vas-y. Je te trouverai. Et viens seul. Sinon tant pis.

La communication fut coupée.

Wallander envisagea brièvement d'appeler Martinsson ou Svedberg ; puis il s'obligea à raisonner froidement. Que pouvait-il arriver ?

Il repoussa les couvertures et se leva. Quelques minutes plus tard, il était dans la rue déserte. La température avait chuté en dessous de zéro. Il frissonna en ouvrant la portière de sa voiture.

Cinq minutes plus tard, il tournait au coin d'Industrigatan, royaume des concessionnaires automobiles et de diverses petites entreprises. Aucune lumière. Il s'arrêta, coupa le moteur et les phares, et attendit dans l'obscurité. L'horloge phosphorescente du tableau de bord indiquait minuit passé de sept minutes.

Minuit trente. Toujours rien. Il décida d'attendre jusqu'à une heure du matin. Ensuite il rentrerait se coucher.

Il ne l'avait pas vu venir. La silhouette s'était comme détachée de l'obscurité. Il baissa sa vitre. Le visage de l'homme était dans l'ombre. Impossible de distinguer ses traits. Mais il reconnut la voix.

– Suis ma voiture, dit l'homme avant de disparaître.

Quelques minutes plus tard une voiture le doubla, feux de stationnement allumés.

Wallander mit le contact et démarra à sa suite.

Ils quittèrent la ville, vers l'est.

Wallander s'aperçut qu'il avait peur.

5

Le port de Brantevik paraissait abandonné.

Seuls quelques points lumineux dansaient sur les eaux noires et immobiles du bassin. Pourquoi n'y avait-il pas de lumière ? Était-ce à cause du vandalisme ? Ou bien la campagne de restrictions budgétaires de la commune prévoyait-elle de ne pas remplacer les ampoules hors d'usage ? Je vis dans un monde crépusculaire, pensa Wallander. Une image symbolique se transforme en stricte réalité...

Les feux de la voiture s'éteignirent. Wallander coupa ses propres phares et attendit dans l'obscurité. L'horloge du tableau de bord avançait avec des tressautements électroniques. Une heure vingt-cinq. Soudain une lampe torche joua dans le noir, comme une luciole inquiète. Wallander ouvrit la portière et descendit. Le froid le prit au dépourvu. L'homme qui tenait la torche s'arrêta à quelques mètres. Wallander ne distinguait toujours pas son visage.

— On va sur la jetée, dit l'homme.

Il avait un accent à couper au couteau. Rien n'est vraiment menaçant, pensa Wallander, tant que c'est dit en scanien. Il ne connaissait aucun autre dialecte qui fût empreint d'une telle *sollicitude*.

Il hésita néanmoins.

— Pourquoi ?

– Tu as peur ? On va sur la jetée parce qu'il y a un bateau là-bas.

Il se mit en marche. Wallander le suivit en luttant contre le vent. Ils s'arrêtèrent devant la silhouette sombre d'un bateau de pêche. L'odeur de mer et d'huile était très forte. L'homme tendit sa torche à Wallander.

– Éclaire les amarres.

Wallander vit alors son visage pour la première fois. Quarante ans, ou un peu plus, une peau marquée par les intempéries. Un bleu de travail et une veste grise, un bonnet noir enfoncé au ras des yeux.

L'homme empoigna une amarre, monta à bord et disparut dans l'obscurité vers la passerelle. Wallander attendit. Une lanterne s'alluma. L'homme s'approcha en faisant grincer les lames du pont.

– Viens.

Wallander agrippa maladroitement le bastingage glacé et grimpa à bord. Il suivit l'homme sur le pont incliné et trébucha sur un cordage enroulé.

– Ne tombe pas à l'eau. Elle est froide.

Wallander le suivit. Ils descendirent dans la salle des machines, qui sentait l'huile et le diesel. L'homme suspendit la lanterne à un crochet et baissa la mèche.

Ses gestes étaient désordonnés. Wallander comprit soudain que l'autre avait peur ; il voulait en finir le plus vite possible.

Wallander s'assit sur l'étroite couchette recouverte d'une couverture crasseuse.

– Tu tiendras ta promesse ?

– Je tiens toujours mes promesses, dit Wallander.

– Personne ne le fait. Je pense à l'affaire qui me concerne.

– Tu as un nom ?

– Ça n'a aucune importance.

– Mais tu as vu un canot rouge contenant deux morts ?

– Peut-être.

– Sinon tu n'aurais pas appelé.

L'homme déplia la carte graisseuse posée sur la couchette.

– Ici, dit-il en indiquant un point sur la carte. C'est à cet endroit que je l'ai aperçu. Il était treize heures cinquante-deux. Le 12. Mardi dernier, donc. Et j'ai réfléchi. Pour comprendre d'où il pouvait venir.

Wallander fouilla ses poches à la recherche d'un papier et d'un crayon. Rien, bien sûr.

– Lentement, dit-il. Reprends depuis le début. C'est toi qui as découvert le canot ?

– J'ai tout noté là. À six milles d'Ystad, plein sud. Le canot dérivait vers le nord-est. J'ai noté la position exacte.

Il tendit à Wallander un bout de papier froissé. Wallander eut l'impression que les informations étaient fiables, même si ces chiffres ne lui disaient rien.

– Le canot dérivait, poursuivit l'homme. S'il avait neigé, je ne l'aurais jamais vu.

Nous ne l'aurions jamais vu, pensa Wallander très vite. Chaque fois qu'il dit *je*, il a une hésitation imperceptible. Comme s'il devait se rappeler lui-même à l'ordre, de ne dire qu'une partie de la vérité.

– Il se trouvait à bâbord. Je l'ai pris en remorque. En vue de la côte, je l'ai relâché.

Ça expliquait l'amarre tranchée. Ils étaient pressés, inquiets. Ils n'avaient pas hésité à sacrifier un bout d'amarre...

– Tu es pêcheur ?

– Oui.

Non, pensa Wallander. Tu mens. Mais pourquoi ?

– J'étais sur le chemin du retour.

– Tu possèdes une radio. Pourquoi n'as-tu pas alerté les Secours en mer ?

– J'ai mes raisons.

Wallander comprit qu'il fallait désamorcer la peur de l'homme en bleu de travail, sinon il n'arriverait à rien. *Confiance*, pensa-t-il. Il faut qu'il sente qu'il peut se fier à moi.

– Je dois en savoir plus. Personne ne saura que c'est toi qui l'as dit.

– Personne n'a rien dit. Personne n'a appelé.

Soudain, Wallander comprit. Il y avait une explication logique à cette obsession d'anonymat. Il y avait eu deux hommes à bord. Pas trois, pas davantage. Et il avait peur de l'autre homme.

– Personne n'a appelé, acquiesça Wallander. C'est ton bateau ?

– Quelle importance ?

Wallander reprit son raisonnement à zéro. Il était certain à présent que cet homme n'avait rien à voir avec les deux morts, sinon qu'il se trouvait à bord du bateau qui avait découvert le canot. Cela simplifiait la situation, même s'il ne comprenait toujours pas cette peur. *Qui était l'autre homme ?*

Contrebande, pensa-t-il soudain. Transport de clandestins ou d'alcool. C'est à ça que sert ce bateau. C'est pour ça que je ne sens aucune odeur de poisson.

– As-tu vu un bateau à proximité quand tu as découvert le canot ?

– Non.

– Tu en es sûr ?

– Je dis seulement ce que je sais.

– Mais tu as réfléchi, disais-tu ?

L'homme répondit sans hésiter :

– Le canot était dans l'eau depuis un certain temps. J'en suis sûr.

– Pourquoi ?

– Il y avait déjà des algues collées dessus.

Wallander ne se souvenait de rien de tel.

– Quand nous l'avons retrouvé, il n'y avait pas de trace d'algues.

L'homme réfléchit.

– Elles ont dû partir dans le frottement du sillage, quand je l'ai pris en remorque.

– Combien de temps a-t-il passé dans l'eau, à ton avis ?

– Difficile à dire. Peut-être une semaine.

Wallander l'observait. L'homme semblait sans cesse à l'écoute, aux aguets.

– Autre chose ? Tout peut être important.

– Je crois qu'il venait des pays baltes.

– Pourquoi ? Pourquoi pas l'Allemagne ?

– Je connais le secteur. Je crois que ce canot venait de l'autre côté de la Baltique.

Wallander tenta de visualiser la carte.

– Ça fait loin, dit-il. Il faut doubler la côte polonaise. Puis les eaux allemandes. J'ai du mal à y croire.

– On a vu ça, pendant la guerre. Les mines dérivaient très loin en peu de temps. Avec le vent qu'il y a eu ces derniers jours, ça n'a rien d'impossible.

La lueur de la lanterne vacilla.

– Je n'ai rien d'autre à dire, dit l'homme en repliant la carte. Tu te souviens de ta promesse ?

– Je m'en souviens. Mais j'ai encore une question. Pourquoi as-tu si peur de me rencontrer ? Pourquoi en pleine nuit ?

– Je n'ai pas peur. Et quand bien même ce serait le cas, ça me regarde.

L'homme rangea la carte dans une fente. Wallander essaya de penser à une autre question avant qu'il ne soit trop tard.

Ni l'un ni l'autre ne prêtèrent attention au léger mouvement de la coque. Un mouvement imperceptible, comme un reste de houle venant mourir dans les eaux du port.

De retour dans le poste de pilotage, Wallander fit brièvement jouer le faisceau de la torche sur les murs, mais ne vit rien qui pût lui permettre d'identifier ultérieurement le bateau.

– Où puis-je te joindre en cas de besoin ? demanda-t-il lorsqu'ils furent de nouveau sur la jetée.

– Tu ne peux pas me joindre. Et tu n'en auras pas besoin. Je n'ai rien d'autre à dire.

Wallander compta ses pas sur la jetée. Au soixante-treizième, il sentit sous ses semelles le gravier du port. L'homme avait été comme avalé par l'obscurité ; il avait repris sa lampe torche et avait disparu sans un mot. Wallander monta dans sa voiture et attendit quelques minutes avant de mettre le contact. Soudain il crut voir une ombre. Ce n'était probablement qu'une illusion. Il comprit qu'il était censé démarrer le premier. Une fois sur la route, il ralentit. Mais aucune lumière de phares ne surgit dans le rétroviseur.

Il était trois heures moins le quart lorsqu'il ouvrit la porte de son appartement. Il s'assit à la table de la cuisine et nota la conversation qui venait d'avoir lieu dans la salle des machines du bateau. Les pays baltes... Le canot avait-il réellement pu dériver aussi loin ? Il alla dans le séjour. Dans l'armoire, sous les piles de vieux maga zines et de programmes d'opéra, il dénicha son atlas d'écolier. Il l'ouvrit à la page qui couvrait le sud de la Suède et la mer Baltique. Les pays baltes semblaient à la fois très loin et très près.

Je ne sais rien de la mer. Je ne sais rien des vents et des courants. Peut-être a-t-il raison ? Quel intérêt aurait-il à mentir ?

Il pensa de nouveau à la peur manifeste de l'homme. Qui était l'autre membre d'équipage, capable de lui inspirer une telle crainte ?

Il était quatre heures du matin lorsqu'il se recoucha. Il mit longtemps à trouver le sommeil.

En ouvrant les yeux, il sentit qu'il avait dormi trop longtemps.

Le réveille-matin indiquait sept heures quarante-six. Il jura tout haut, se leva d'un bond et s'habilla à toute allure en rangeant au passage la brosse à dents et le dentifrice dans sa poche. Il arriva au commissariat à huit heures moins trois minutes. Ebba, à l'accueil, lui fit signe d'approcher.

– Björk t'attend. Dis donc, tu en fais une tête. Panne de réveil ?

– Et comment !

Wallander se rendit aux toilettes et se brossa les dents en essayant de rassembler ses pensées. Comment allait-il présenter son excursion nocturne dans le port de Brantevik ?

Le bureau de Björk était désert. Il se dirigea vers la plus grande des salles de réunion et frappa à la porte comme un écolier pris en faute.

Six personnes étaient assises autour de la table ovale. Six visages se tournèrent vers lui.

– Je crois que je suis un peu en retard, marmonna-t-il en s'asseyant sur la chaise la plus proche.

Björk lui jeta un regard sévère. Martinsson et Svedberg le considéraient avec un petit sourire curieux – voire goguenard, du côté de Svedberg. Birgitta Törn était assise à la gauche de Björk, l'air impénétrable.

Il y avait aussi deux hommes que Wallander n'avait jamais rencontrés. Il se leva et contourna la table pour leur serrer la main. Ils avaient tous deux une cinquantaine d'années, et se ressemblaient étrangement : grands, costauds, le visage aimable. Le premier se présenta sous le nom de Sture Rönnlund. Le second s'appelait Bertil Lovén.

– Je suis de la brigade criminelle, dit Lovén. Sture ici présent est de la brigade des stups.

– Kurt est responsable de cette enquête, dit Björk. Vous voulez du café ?

Lorsque tous eurent rempli leur gobelet, Björk ouvrit la réunion.

– Toute aide est la bienvenue, dit-il. Vous n'avez sûrement pas manqué de constater l'intérêt spectaculaire que suscite notre trouvaille du côté des médias. C'est l'une des raisons pour lesquelles nous devons mener cette enquête avec toute l'énergie et la détermination requises. Birgitta Törn est venue en premier lieu en tant qu'observatrice. Elle pourra aussi nous aider pour d'éventuels contacts avec des pays où Interpol n'a pas d'influence. Mais cela ne nous empêchera pas d'écouter son point de vue sur l'enquête proprement dite.

Ce fut au tour de Wallander. Dans la mesure où toutes les personnes présentes avaient une copie du dossier, il se contenta d'un bref résumé et d'un tableau horaire. En revanche, il s'attarda longuement sur les résultats de l'expertise médico-légale. Lorsqu'il eut fini, Lovén lui demanda d'éclaircir certains détails. Ce fut tout. Björk jeta un regard circulaire.

– Bon. Comment procédons-nous maintenant ?

Wallander s'irrita de l'attitude soumise de Björk vis-à-vis de l'envoyée du ministère et des policiers de Stockholm. Il ne put s'empêcher d'allumer un contre-feu.

– Trop de choses restent dans l'ombre, dit-il. Et je ne pense pas en premier lieu à l'état de l'enquête. Je ne comprends pas pourquoi le ministère des Affaires étrangères a estimé nécessaire de nous envoyer Birgitta Törn. Je ne peux pas croire qu'il soit simplement question de nous assister dans nos contacts avec la police soviétique. Cela peut très bien se faire par fax, via Stockholm. Pour moi, il semble que le ministère a décidé de surveiller notre travail. Si tel est le cas, je veux savoir ce qu'il s'agit de surveiller, et pour quelles raisons. Je soupçonne naturellement que le ministère sait quelque chose que nous ignorons. Mais la décision vient peut-être d'ailleurs. D'où, dans ce cas ?

Silence compact autour de la table. Björk semblait paniqué.

Birgitta Törn prit enfin la parole :

– Il n'y a pas de raison de mettre en doute les motifs officiels de ma venue à Ystad. La situation instable dans les pays de l'Est exige que nous suivions attentivement cette affaire.

– Nous ne savons même pas si ces hommes sont originaires des pays de l'Est. À moins, une fois encore, que vous ne sachiez quelque chose que nous ignorons. Dans ce cas, j'aimerais savoir quoi.

– Nous devrions peut-être nous calmer un peu, intervint Björk.

– Je veux une réponse ! Je ne me contenterai pas de vagues considérations sur une situation politique instable.

Birgitta Törn perdit soudain son air ineffable. Le regard qu'elle jeta à Wallander exprimait on ne peut plus clairement la prise de distance, voire le mépris. Je me rends indésirable, pensa-t-il. La piétaille encombrante, c'est moi.

– J'ai dit ce qu'il en était, répliqua-t-elle. Si tu étais raisonnable, tu comprendrais que cet éclat n'a aucune raison d'être.

Wallander secoua la tête et se tourna vers Lovén et Rönnlund.

– Et vous ? Quelles sont vos instructions ? Stockholm n'envoie jamais de personnel à moins d'une demande officielle de notre part. À ma connaissance, nous n'avons rien demandé. Je me trompe ?

Avec autorité, il se tourna vers Björk, qui fit non de la tête.

– Il s'agit donc bien d'une initiative de la direction. Si nous devons collaborer, je voudrais savoir à quel titre. Notre compétence locale ne peut être mise en cause avant même que le travail ait commencé !

Lovén se tortilla sur sa chaise. Ce fut Rönnlund qui répondit. Sur un ton empreint de sympathie.

– Le patron estime que vous pouvez avoir besoin d'aide. Notre mandat est de nous tenir à votre disposition. Rien d'autre. C'est vous qui dirigez le travail. Si nous pouvons vous aider, ce sera avec plaisir. Bertil pas plus que moi ne mettons en cause votre capacité à mener cette enquête par vous-mêmes. À titre personnel, je trouve que vous avez fait preuve de rapidité et de concentration au cours de ces quelques jours.

Wallander accueillit le compliment avec un hochement de tête. Martinsson souriait, Svedberg se curait pensivement les dents avec une écharde prélevée sous le plateau de la table.

– Alors nous pouvons peut-être passer à la suite, proposa Björk.

– Parfait, dit Wallander. J'ai quelques théories que j'aimerais vous soumettre. Mais d'abord, je voudrais vous raconter une petite aventure nocturne.

Sa colère était retombée. Il s'était mesuré à Birgitta Törn et n'avait pas été vaincu. Il comprendrait bien assez vite les raisons de sa venue. La sympathie de Rönnlund avait conforté son assurance. Il résuma le coup de téléphone et la visite au port de Brantevik. Il souligna la conviction de l'homme selon laquelle le canot pouvait provenir des pays baltes. Dans un accès d'initiative imprévu, Björk appela le standard et demanda que quelqu'un leur procure sur-le-champ une carte détaillée et lisible de toute la zone concernée. Wallander vit intérieurement Ebba attraper le premier policier passant devant l'accueil et lui donner l'ordre de dénicher la carte dare-dare. Il se resservit du café et enchaîna sur ses théories :

– Tout indique que les hommes ont été tués à bord d'un bateau. Pourquoi n'ont-ils pas été jetés par-dessus bord ? Je n'ai qu'une explication à cela. Le ou les auteurs voulaient que les corps soient retrouvés. Pourquoi ? De plus, il devait être extrêmement difficile de savoir quand et où le canot s'échouerait. Les deux hommes ont été abattus presque à bout portant après avoir été torturés. La torture correspond en général à une vengeance ou à un besoin d'obtenir des renseignements... Autre point qu'il convient de garder présent à l'esprit : les victimes étaient droguées. Aux amphétamines, pour être précis. La drogue est, d'une façon ou d'une autre, impliquée dans cette histoire. De plus, mon impression personnelle est que ces deux hommes avaient de l'argent. Leurs vêtements l'indiquent. Selon les critères des pays de l'Est, ils devaient même être très riches. Moi par exemple, je ne pourrais jamais me payer ce genre de costume ou de chaussures.

Lovén éclata de rire. Birgitta Törn regardait fixement la table.

– Nous savons donc pas mal de choses, poursuivit Wallander, même si nous ne pouvons assembler les éléments en un tout capable d'expliquer ce double meurtre. Dans l'immédiat, nous avons un seul objectif : établir l'identité de ces deux hommes. Nous devons nous concentrer là-dessus. Voici donc les tâches prioritaires selon moi. D'abord, obtenir une expertise balistique rapide. Ensuite, la liste exhaustive des personnes disparues ou recherchées en Suède et au Danemark. Empreintes, photographies, signalements, nous devons envoyer tout ça très vite via Interpol. Peut-être trouverons-nous aussi quelque chose dans nos fichiers ? Par ailleurs, il faut contacter les polices baltes et soviétique, si ce n'est déjà fait. Birgitta Törn peut peut-être répondre à cette question ?

— Ce sera fait dans la journée. Nous allons contacter la cellule internationale de la police de Moscou.

— Il faut aussi prendre contact avec les polices d'Estonie, de Lettonie et de Lituanie.

— Ce contact a lieu via Moscou.

Wallander lui jeta un regard perplexe et se tourna vers Björk.

— Il me semble que nous avons eu une visite d'étude de policiers lituaniens l'automne dernier ?

— Birgitta Törn a sans doute raison. Il existe bien une police nationale dans ces pays. Mais c'est encore Moscou qui détient le pouvoir de décision officiel.

— Ça m'étonne. Mais le ministère doit sans doute le savoir mieux que moi...

— Oui, dit Birgitta Törn. Sans doute.

Björk conclut la réunion avant de disparaître en compagnie de l'envoyée du ministère. Une conférence de presse était prévue pour quatorze heures.

Wallander s'attarda dans la salle pour superviser la distribution des tâches. Svedberg alla chercher le sac en plastique contenant les deux balles, et Lovén accepta de s'occuper de l'expertise balistique. Les autres se répartirent le gros travail de recherche autour des personnes portées disparues. Martinsson, qui avait des contacts personnels à Copenhague, se chargea d'appeler les collègues danois.

– Ce n'est pas la peine que vous assistiez à la conférence de presse, conclut Wallander. Je m'y colle avec Björk.

Rönnlund sourit.

– Est-ce qu'elles sont aussi désagréables qu'à Stockholm ?

– Je ne sais pas ce qu'il en est à Stockholm. Mais ici, c'est sûr, ce n'est pas drôle.

Le reste de la journée passa à distribuer le signalement des deux hommes à tous les districts de police de Suède et aux autres pays scandinaves. Il apparut assez vite que leurs empreintes ne figuraient ni dans le fichier suédois ni dans le fichier danois. Interpol ne pouvait fournir de réponse dans l'immédiat. Wallander et Lovén eurent une longue conversation sur le thème de l'ex-RDA. Était-elle désormais membre d'Interpol à part entière ? Son fichier avait-il été versé dans un programme informatique central couvrant toute la nouvelle Allemagne ? Avait-il même existé un fichier criminel en Allemagne de l'Est ? Où passait la frontière entre les archives de la Stasi et un éventuel fichier de police ordinaire ?

Lovén se chargea de répondre à ces questions pendant que Wallander préparait la conférence de presse.

Lorsqu'il retrouva Björk peu avant quatorze heures, il crut percevoir une certaine réticence.

Pourquoi ne dit-il rien ? S'il estime que j'ai manqué de respect à la dame élégante du ministère...

La salle était pleine à craquer. Wallander chercha du regard le jeune journaliste d'*Expressen* ; apparemment, il n'était pas là. Björk prit la parole le premier, comme d'habitude. Il attaqua avec une violence inattendue les « racontars douteux » répandus dans la presse. Wallander pensait à sa visite nocturne à Brantevik. Quand ce fut son tour, il commença par réitérer l'appel à témoins. À la question d'un journaliste, il répondit que non, aucun témoin ne s'était encore manifesté. La conférence de presse se déroula dans un climat d'apathie surprenant. Après, dans le couloir, Björk se déclara satisfait.

– Que fait la dame du ministère ? demanda Wallander.

– Elle passe son temps au téléphone. Tu penses qu'on devrait la mettre sur écoute ?

– Ce ne serait peut-être pas une mauvaise idée.

La journée s'écoula sans incident notoire. Il s'agissait maintenant de prendre patience. Ils avaient posé leurs filets. Il y aurait forcément un résultat.

Peu avant dix-huit heures, Martinsson passa la tête par la porte du bureau de Wallander et lui proposa de dîner chez lui avec Lovén et Rönnlund, qui semblaient avoir le mal de la capitale.

– Svedberg avait d'autres projets, expliqua-t-il. Birgitta Törn a dit qu'elle allait à Malmö ce soir. Tu veux venir ?

– Pas le temps. Je suis malheureusement occupé ce soir.

Ce n'était vrai qu'en partie. Il n'avait pas encore pris la ferme décision de retourner à Brantevik pour regarder le bateau de plus près.

À dix-huit heures trente, il passa son coup de fil quotidien à son père et reçut l'ordre d'acheter un nouveau jeu de cartes en prévision de sa prochaine visite. Dès qu'il eut raccroché, il quitta le commissariat. Le vent était tombé. Le ciel était limpide. Il s'arrêta dans une supérette et fit des provisions. Après avoir mangé, il se prépara un café. Vingt heures. Il n'avait toujours pas pris sa décision. La visite à Brantevik pouvait attendre le lendemain. Il se sentait fatigué, après l'excursion de la nuit précédente.

Il resta longtemps assis à la table de la cuisine avec son café. Il tentait d'imaginer Rydberg en face de lui, commentant les événements de la journée. Pas à pas, il arpenta le terrain de l'enquête avec son visiteur invisible. Trois jours s'étaient écoulés depuis la découverte du canot à Mossby Strand. Tant qu'ils n'auraient pas établi l'identité des victimes, ils ne progresseraient pas d'un pouce. L'énigme aurait toutes les chances de demeurer scellée.

Il posa sa tasse dans l'évier. Une fleur mal en point sur l'appui de la fenêtre attira son attention. Il remplit un verre et l'arrosa avant de retourner dans le séjour. Il choisit un disque de Maria Callas. Dès les premières mesures de *La Traviata*, il prit la décision définitive de laisser attendre le bateau.

Plus tard dans la soirée, il appela sa fille. Le téléphone sonna longtemps dans le vide. À vingt-deux heures trente, il alla se coucher et s'endormit presque aussitôt.

L'événement que tous attendaient se produisit le lendemain – quatrième jour de l'enquête. Peu avant quatorze heures, Birgitta Törn entra dans le bureau de Wallander et lui tendit un télex. Par l'intermédiaire de ses supérieurs hiérarchiques de Moscou, la police lettone informait le ministère suédois des Affaires étrangères que les deux morts retrouvés dans un canot échoué sur la côte scanienne étaient vraisemblablement des citoyens lettons. Pour faciliter les recherches, le major Litvinov, de la police de Moscou, proposait que les collègues suédois prennent contact directement avec la brigade criminelle de Riga.

– Elle existe donc bien, dit Wallander. La police lettone.

– Qui a prétendu le contraire ? Mais si vous vous étiez tournés directement vers Riga, il y aurait eu des complications diplomatiques. Nous n'aurions peut-être jamais obtenu de réponse. Il ne t'échappe pas, je pense, que la situation en Lettonie est extrêmement tendue.

Wallander était au courant. Il ne s'était pas écoulé un mois depuis que les forces spéciales soviétiques, connues sous le nom redouté de « Bérets noirs », avaient tiré sur le bâtiment du ministère de l'Intérieur dans le centre de Riga. Plusieurs civils avaient été tués dans la fusillade. Wallander avait vu dans les journaux l'image des barricades improvisées à l'aide de blocs de pierre et de fragments de canalisations soudés. Mais il n'avait pas pour autant le sentiment de comprendre ce qui se passait. Comme s'il en savait toujours trop peu sur ce qui se tramait autour de lui.

– Qu'est-ce qu'on fait ? demanda-t-il.

– Nous prenons contact avec la police de Riga. Il s'agit avant tout d'obtenir une confirmation.

Wallander relut le télex. L'homme du bateau ne s'était pas trompé. Le canot provenait réellement d'un État balte.

– Nous ne savons toujours pas qui sont ces hommes, dit-il.

Trois heures plus tard, il avait la réponse. Une communication téléphonique de Riga était annoncée, et le groupe d'enquête se réunit aussitôt. Björk était tellement stressé qu'il renversa du café sur son costume.

– Quelqu'un parle le letton ? demanda Wallander.

– L'échange aura lieu en anglais, dit Birgitta Törn. Nous l'avons demandé expressément.

– Tu t'en charges, dit Björk à Wallander.

– Mon anglais n'est pas ce qu'il devrait être.

– Le leur non plus, sûrement, dit Rönnlund. Comment s'appelle-t-il déjà ? Le major Litvinov… Vous serez sans doute logés à la même enseigne.

– Le major Litvinov se trouve à Moscou, intervint Birgitta Törn. Nous attendons un appel de la police de Riga. En Lettonie.

Le téléphone sonna à dix-sept heures dix-neuf. La liaison était étonnamment bonne. Une voix se présenta : *Major Liepa, de la brigade criminelle de Riga*. Wallander écouta en prenant des notes. De temps à autre, il répondait à une question. Le major Liepa parlait un anglais exécrable ; Wallander n'était pas sûr de tout comprendre. Au moment de raccrocher, il avait cependant consigné l'essentiel.

Deux noms. Deux identités.

Janis Leja et Juris Kalns.

– Les empreintes coïncident, dit Wallander. D'après le major Liepa, il n'y a aucun doute. Il s'agit bien de ces deux-là.

– Parfait, dit Björk. Qui sont ces messieurs ?

Wallander consulta son bloc.

– *Notorious criminals*. Criminels notoires ?

– Avait-il une opinion quant à la raison pour laquelle ils ont été tués ?

– Non. Mais il ne paraissait pas surpris. Si j'ai bien compris, il va nous transmettre des documents. Il a aussi demandé si on voulait qu'il nous envoie un enquêteur letton pour nous aider.

– Excellente idée, dit Björk. Autant se débarrasser de cette histoire le plus vite possible.

– Le ministère soutient naturellement cette proposition, dit Birgitta Törn.

La décision était prise. Le lendemain – cinquième jour de l'enquête –, le major Liepa envoya un télex annonçant qu'il prendrait personnellement l'avion le lendemain après-midi. Il atterrirait à Sturup, via Stockholm.

– Un major, dit Wallander. Qu'est-ce que cela veut dire ?

– Aucune idée, répliqua Martinsson. Moi, je me ferais plutôt l'effet d'un caporal dans ce métier.

Birgitta Törn retourna à Stockholm. Wallander pensa qu'il ne la reverrait pas. Maintenant qu'elle était partie, il avait du mal à se rappeler son physique et sa voix.

Je ne la reverrai pas. Et je ne saurai jamais pourquoi elle est venue.

Björk s'était personnellement chargé d'aller accueillir le major letton à l'aéroport. Wallander avait donc quartier libre ce soir-là pour aller jouer à la canasta avec son père. Sur la route de Löderup, il pensa que le canot de Mossby Strand serait bientôt une affaire classée. Le policier letton leur fournirait un mobile possible. Puis l'enquête serait transmise à Riga. Les corps seraient rapatriés en Lettonie, où se trouvaient sans doute aussi les coupables, et la solution de l'énigme.

Il se trompait du tout au tout.

Rien n'avait encore commencé.

6

Wallander avait imaginé le major Liepa en uniforme. Mais l'homme auquel Björk le présenta ce matin-là portait un costume gris informe et une cravate nouée de travers. Petit en plus, les épaules remontées à croire qu'il n'avait pas de cou ; Wallander ne découvrit aucun signe, aucune attitude dénotant la présence d'un militaire. Le major, Karlis de son prénom, fumait à la chaîne des cigarettes fortes, qu'il tenait entre deux doigts jaunis par la nicotine.

Le tabagisme du major letton avait tout de suite posé problème au commissariat. Des gens exaspérés se plaignirent à Björk de ce qu'il ne respectait absolument pas les zones non-fumeurs. Björk rétorqua qu'il leur fallait se montrer compréhensifs avec leur hôte. Puis il soumit l'affaire à Wallander, lequel, dans son anglais boiteux, résuma au major la position suédoise. Liepa haussa les épaules et écrasa son mégot. Par la suite, il s'abstint de fumer partout, sauf dans la salle de réunion et dans le bureau de Wallander, qui finit par craquer à son tour. Une solution fut enfin trouvée : Svedberg emménagea provisoirement dans le bureau de Martinsson, et Liepa s'installa dans celui de Svedberg.

Le major Liepa était très myope. Ses lunettes aux verres nus ne semblaient pas adaptées à sa vue. Lorsqu'il examinait un document, on aurait dit qu'il reniflait le papier au lieu de lire le texte. Les autres se retenaient à peine de rire. Wallander entendit même quelques commentaires irrespectueux à l'endroit du petit major voûté, mais il n'eut aucun mal à remettre les médisants à leur place. Il avait en effet découvert en Liepa un policier de haut niveau. Par certains côtés, il lui rappelait Rydberg. Tout comme le vieux, c'était un passionné, qui n'admettait pas que l'aspect répétitif du travail de police puisse servir de prétexte à une pensée routinière. Le major Liepa était un policier enflammé. Son apparence terne cachait un enquêteur expérimenté, d'une remarquable acuité intellectuelle.

La matinée était grise et venteuse. On annonçait une tempête de neige pour la soirée. Le personnel du commissariat était décimé par une épidémie de grippe, et Björk fut contraint de détacher Svedberg de l'enquête pour l'employer à d'autres tâches urgentes. Lovén et Rönnlund étaient entre-temps retournés à Stockholm. Björk lui-même ne se sentait pas très bien ; sitôt les présentations terminées, il quitta la salle de réunion en toussant, laissant Martinsson et Wallander seuls avec le major Liepa. Le major alluma une nouvelle cigarette.

Wallander – après avoir passé la soirée de la veille à jouer aux cartes avec son père – s'était levé à cinq heures du matin pour lire la brochure consacrée à la Lettonie que lui avait dénichée son ami libraire. Peut-être serait-il judicieux, en guise d'introduction, de s'informer mutuellement de l'organisation de la police dans leurs pays respectifs ? Le simple fait que les Lettons eussent recours à des grades militaires laissait présager de grandes différences. Tout en buvant son premier café dans la cuisine, il avait tenté de formuler en anglais quelques considérations générales sur l'organisation de la police suédoise. Soudain l'incertitude le prit. Que savait-il au fond de cette organisation – sans même parler des réformes récemment annoncées par le grand patron, avec son autorité coutumière ? Il pensa aux innombrables mémos toujours aussi mal écrits censés les informer des changements décidés en haut lieu. Il avait tenté d'en parler avec Björk. Qu'impliquait au juste la nouvelle réforme ? Il avait obtenu des réponses évasives. À présent qu'il avait le major en face de lui, il décida de laisser tomber les généralités. Si des malentendus surgissaient, on pourrait toujours les résoudre au cas par cas.

Comment engager la conversation ? Quelques phrases de courtoisie seraient peut-être les bienvenues. Il demanda au major Liepa où il logeait pendant sa visite à Ystad.

– Dans un hôtel. Je ne sais pas comment il s'appelle.

Wallander fut pris de court. Liepa, à l'évidence, ne s'intéressait qu'à l'enquête.

On verra plus tard pour les politesses. Ce qui nous unit pour l'instant, c'est l'élucidation d'un double meurtre, rien d'autre.

Le major Liepa rendit compte de façon exhaustive des éléments sur lesquels ses collègues et lui s'étaient fondés pour établir l'identité des deux hommes. Son mauvais anglais l'exaspérait visiblement lui-même. Pendant la pause, Wallander appela le libraire. Aurait-il par hasard un dictionnaire anglais-letton ? Non. Tant pis. Ils seraient contraints de faire équipe tant bien que mal sans le réconfort d'une langue commune.

Après neuf heures de décryptage laborieux – Martinsson et Wallander le regard rivé à leurs copies respectives d'un incompréhensible protocole ronéoté que le major Liepa leur traduisait phrase par phrase en cherchant ses mots –, Wallander crut avoir une image à peu près cohérente de l'affaire. Janis Leja et Juris Kalns, malgré leur jeunesse relative, étaient des criminels bien connus des services de police. Des criminels aussi avides qu'imprévisibles. Wallander avait relevé le mépris avec lequel le major Liepa avait précisé qu'ils appartenaient à la minorité russe du pays. Wallander savait vaguement que la population russe, présente en Lettonie depuis son annexion par l'Union soviétique, s'opposait au mouvement indépendantiste. Il ignorait cependant tout de l'ampleur du problème – sa culture politique était bien trop réduite. Mais le major Liepa exprimait son mépris ouvertement, avec insistance.

– *Russian bandits*, avait-il dit. *Members of our eastern mafia.*

Leja avait vingt-huit ans et Kalns trente et un ; tous deux avaient un casier judiciaire chargé. Braquages, contrebande et trafic de devises. À trois reprises, ils avaient même été soupçonnés de meurtre. Mais la police lettone n'avait rien pu prouver.

Lorsque le major Liepa eut fini de traduire tous les rapports, Wallander formula une question qui lui semblait décisive.

– Ces hommes ont commis des crimes graves, dit-il. (L'adjectif lui posa problème, Martinsson finit par proposer l'anglais *serious*.) Mais il semblerait qu'ils n'aient fait que de courts séjours en prison. Pourquoi ?

Pour la première fois, le major Liepa sourit. Un large sourire approbateur qui illumina son pâle visage.

Il espérait cette question, pensa Wallander. Elle vaut toutes les formules de politesse.

– Je dois vous expliquer mon pays, dit le major Liepa en allumant une nouvelle cigarette. Les Russes ne représentent que quinze pour cent de la population en Lettonie. Mais depuis la fin de la Seconde Guerre mondiale, ils nous dominent à tout point de vue. L'implantation de citoyens russes est l'une des méthodes, peut-être la plus efficace, du communisme de Moscou pour asservir notre pays. Vous me demandez pourquoi Leja et Kalns ont passé si peu de temps en prison, alors qu'ils auraient dû être incarcérés à vie, voire exécutés ? Je ne prétends pas que tous les juges et procureurs soient corrompus. Ce serait une simplification abusive, une provocation et une erreur de tactique. En revanche, je suis convaincu que Leja et Kalns bénéficiaient d'une autre protection, nettement plus puissante.

– La mafia, dit Wallander.

– Oui et non. Dans nos pays, la mafia a elle aussi besoin de protecteurs. Je crois que Leja et Kalns consacraient une partie de leur temps à rendre service au KGB. La police secrète n'aime pas voir les siens derrière les barreaux – sauf en cas de trahison. L'ombre de Staline plane encore au-dessus de la tête de ces gens.

C'est vrai aussi en Suède, pensa Wallander très vite – même si nous ne pouvons nous vanter d'avoir un fantôme à l'arrière-plan. Un réseau de dépendances complexes, cela n'existe pas que dans les systèmes totalitaires.

– Le KGB, conclut le major Liepa. Ensuite la mafia. C'est lié. Tout est lié par des fils invisibles.

– La mafia…, répéta Martinsson, qui n'était intervenu jusque-là que pour aider Wallander à traduire sa pensée en anglais. C'est une nouveauté pour nous, en Suède, de découvrir qu'il existe des syndicats du crime à l'Est. La police a révélé il y a quelques années la présence de réseaux d'origine soviétique, à Stockholm surtout. Mais nous en savons encore très peu. Jusqu'à présent, le seul signe a été deux ou trois règlements de comptes internes extrêmement brutaux. Comme un avertissement. Nous pouvons nous attendre à ce que ces gens tentent d'infiltrer notre pègre locale au cours des années à venir, afin de s'emparer de certaines places stratégiques.

Wallander écoutait l'anglais de Martinsson avec un pincement d'envie. Il avait une prononciation affreuse, mais un vocabulaire nettement plus étendu que le sien. Pourquoi la direction n'organise-t-elle pas des cours d'anglais ? Au lieu de ces stages ineptes de gestion du personnel et de démocratie interne…

– C'est sûrement vrai, dit le major Liepa. Les pays communistes en décomposition fonctionnent comme des bateaux naufragés. Les premiers rats à quitter le navire sont les criminels. Ils ont les contacts, l'argent, les ressources. Bien souvent, les demandeurs d'asile ne sont pas des gens qui fuient l'oppression, mais des bandits à la recherche de nouveaux territoires de chasse. Il est très facile de falsifier une identité et une histoire personnelle.

– Major Liepa. Vous *croyez*, disiez-vous. *You believe. You do not know ?*

– J'en suis certain. Mais je ne peux pas le prouver. Pas encore.

Wallander perçut dans cette réponse des implications dont il ne pouvait saisir le sens, encore moins évaluer la portée. Dans le pays du major Liepa, la criminalité était liée à une élite politique qui avait le pouvoir légal d'influencer directement la machine judiciaire. Les deux hommes échoués sur la côte suédoise étaient porteurs d'un message invisible, d'un arrière-plan inconnu et complexe.

Wallander comprit soudain que, pour le major Liepa, chaque enquête était l'occasion de découvrir des preuves concernant cet arrière-plan politique. Peut-être devrions-nous travailler de la même façon en Suède ? Si ça se trouve, nous ne creusons pas assez profond dans la criminalité qui nous entoure aujourd'hui.

– Ces deux hommes, reprit Martinsson. Qui les a tués ? Pourquoi ?

– Je l'ignore. Ils ont été exécutés, c'est clair. Mais pourquoi torturés ? Par qui ? Que cherchait-on à savoir avant de les réduire au silence ? A-t-on réussi à les faire parler ? Pour moi aussi, il reste beaucoup de questions sans réponse.

– La solution ne se trouve pas en Suède, dit Wallander. Qu'en pensez-vous ?

– Je sais. Elle est peut-être en Lettonie.

Wallander tressaillit. Pourquoi ce « peut-être » ?

– Si la solution n'est pas en Lettonie, où est-elle ?

– Plus loin.

– Vers l'est ? proposa Martinsson.

– Ou vers le sud...

Wallander et Martinsson comprirent que le major ne voulait pas en dire plus pour l'instant.

Ils mirent un terme à la réunion. Wallander sentait son vieux lumbago se rappeler à lui après ces longues heures d'immobilité laborieuse. Martinsson offrit d'aider le major à changer ses devises dans une banque. Wallander lui demanda aussi de prendre contact avec Lovén à Stockholm. Où en était-on de l'expertise balistique ? De son côté, il allait rédiger un rapport sur les résultats de la réunion. La procureure Anette Brolin avait fait part de son souhait d'être informée au plus vite des progrès de l'enquête.

La Brolin, pensa Wallander en quittant la salle enfumée. Cette fois tu as de la chance, tu n'iras pas au tribunal. On va expédier notre rapport à Riga le plus vite possible, avec deux cadavres et un canot rouge. Puis on pourra refermer le dossier de l'enquête préliminaire, poser le tampon et constater tranquillement qu'on a fait notre devoir.

Il rédigea son rapport après le déjeuner, tandis que Martinsson accompagnait en ville le major Liepa, qui souhaitait acheter des vêtements pour sa femme. Il venait d'appeler le bureau des procureurs et d'apprendre qu'Anette Brolin pouvait le recevoir lorsque Martinsson apparut à la porte.

— Où est le major ? demanda Wallander.

— Il fume dans son bureau. Il a déjà renversé de la cendre sur le beau tapis de Svedberg.

— Il a déjeuné ?

— Je l'ai invité au restaurant. Il y avait du bœuf braisé en plat du jour. Ça ne lui a pas beaucoup plu, je crois. Il a surtout bu du café et fumé des cigarettes.

— Tu as parlé à Lovén ?

— Il a la grippe.

— Quelqu'un d'autre alors ?

— C'est impossible au téléphone. Personne n'est joignable, personne ne sait quand untel reviendra. Tout le monde promet de rappeler, mais personne ne le fait.

— Rönnlund pourrait peut-être t'aider ?

— J'ai essayé. Mais il était en mission. Personne ne savait où il était ni quand il rentrerait.

— Essaie encore. Je vais voir la procureure. Je pense qu'on pourra remettre le dossier au major Liepa assez vite. Avec les corps et le canot. En ce qui me concerne, il peut tout rapatrier à Riga.

– C'est de ça que je voulais te parler.

– Quoi ?

– Le canot.

– Qu'est-ce qu'il a ?

– Le major Liepa voulait l'examiner.

– Et alors ? Il suffit de descendre au sous-sol.

– Ce n'est pas aussi simple.

Wallander sentit monter l'exaspération. Martinsson avait parfois beaucoup de mal à en venir aux faits.

– Qu'y a-t-il de si compliqué à prendre un escalier ?

– Le canot a disparu.

– Quoi ?

– Tu as bien entendu.

– Qu'est-ce que tu racontes ? Il est posé sur des tréteaux en bas. À l'endroit où Österdahl l'a examiné. On devrait d'ailleurs lui écrire pour le remercier.

– Les tréteaux sont là. Mais pas le canot.

Wallander posa ses papiers et suivit Martinsson au sous-sol.

En effet, le canot avait disparu. Les deux tréteaux gisaient renversés sur le béton.

– C'est quoi, ce bordel ?

Martinsson tarda à répondre, comme s'il doutait de ses propres paroles.

– Il y a eu effraction. Hansson a vu le canot hier soir, en passant. Ce matin, un agent de la circulation a découvert que la porte avait été forcée. Il a dû être volé cette nuit.

– C'est impossible. Un cambriolage au commissariat ? Il y a du monde nuit et jour. Est-ce qu'autre chose a disparu ? Pourquoi personne n'a-t-il rien dit ?

– L'agent l'a dit à Hansson, qui a oublié de te prévenir. Mais il n'y avait rien ici, à part le canot. Toutes les autres portes étaient fermées, serrures intactes. Non, ceux qui ont fait ça voulaient le canot, rien d'autre.

Wallander contemplait les tréteaux renversés avec un malaise indéfinissable.

– Martinsson, dit-il lentement. Est-ce que tu te souviens d'avoir lu dans un journal que le canot était entreposé au sous-sol du commissariat ?

Martinsson réfléchit.

– Oui. Il me semble bien. Je crois même qu'un photographe est venu. Mais qui prendrait le risque d'entrer par effraction dans un commissariat pour récupérer un canot de sauvetage ?

– Précisément. Qui prendrait ce risque ?

– Je n'y comprends rien.

– Le major Liepa comprendra peut-être. Va le chercher. Ensuite on passera le sous-sol au crible. Et fais venir l'agent. Qui était-ce ?

– Peters, je crois. Il doit être chez lui en train de dormir. S'il y a une tempête cette nuit comme prévu, il aura du pain sur la planche.

– Tant pis. Il faut le réveiller.

Resté seul, Wallander examina la porte fracturée. Une solide porte métallique à deux serrures.

Des gens qui savaient ce qu'ils cherchaient. Des gens qui savaient forcer une serrure...

Il regarda de nouveau les tréteaux renversés. Il avait personnellement fouillé le canot, et il était certain que rien n'avait échappé à son regard.

Martinsson et Österdahl l'avaient examiné eux aussi, tout comme Rönnlund et Lovén.

Qu'est-ce qu'on n'a pas vu ?

Martinsson revint en compagnie du major Liepa, qui fumait une cigarette. Wallander alluma tous les tubes fluorescents du plafond. Martinsson résuma la situation au major, pendant que Wallander l'observait. Comme prévu, Liepa ne parut pas trop surpris. Il se contenta de hocher la tête pour signifier qu'il avait compris, et se tourna vers Wallander.

– Vous avez examiné le canot. Un vieux capitaine affirme qu'il aurait été fabriqué en Yougoslavie ? C'est sûrement vrai. On trouve beaucoup de canots de sauvetage yougoslaves à bord des bateaux lettons. Y compris ceux de la police. Mais vous l'avez examiné...

– Oui, dit Wallander.

Au même instant il comprit son énorme erreur.

Personne n'avait dégonflé le canot. Personne n'avait cherché *à l'intérieur*. Lui-même n'y avait pas songé.

Le major Liepa sembla deviner sa pensée. Wallander fut submergé de honte. Comment avait-il pu négliger ce point ? Tôt ou tard bien sûr, il en aurait eu l'idée, mais pourquoi diable n'avait-il pas réagi d'emblée ?

Inutile de se lancer dans des explications. Il se contenta de poser la question qui s'imposait :

– Que pouvait-il y avoir à l'intérieur ?

Le major Liepa haussa les épaules.

– De la drogue, sans doute.

– Ça ne tient pas debout. Deux hommes morts abandonnés dans un canot contenant de la drogue qu'on laisserait dériver au gré du vent ?

– En effet. Il s'agit sans doute d'une erreur qu'on est venu corriger ici même.

L'heure suivante fut consacrée à un ratissage méthodique du sous-sol. Wallander monta quatre à quatre jusqu'à l'accueil pour demander à Ebba de l'excuser auprès d'Anette Brolin en inventant un prétexte plausible. La rumeur du cambriolage s'était entre-temps répandue. Björk débarqua en trombe dans l'escalier.

– Si la nouvelle est divulguée, on se couvrira de ridicule.

– Il n'y aura pas de fuite cette fois-ci, dit Wallander. C'est trop embarrassant.

Il lui fit part des soupçons. Björk aurait désormais de bonnes raisons de douter de sa capacité à diriger les enquêtes difficiles. L'erreur était impardonnable.

413

*Serais-je devenu fainéant ? Suis-je même encore capable de
m'occuper de la sécurité d'une usine de Trelleborg ? Ou dois-je
retourner à Malmö et redevenir un flic de base ?*

On ne trouva rien. Pas d'empreintes, aucune trace sur le
béton poussiéreux. Le gravier, de l'autre côté de la porte, était
sans cesse sillonné par les voitures de police. Impossible de
discerner un dessin de pneus particulier.

Quand il fut clair que les recherches ne donneraient rien,
ils retournèrent dans la salle de réunion. Peters fit son entrée,
furieux d'avoir été réveillé. Il ne put que confirmer l'heure
à laquelle il avait constaté l'effraction. Wallander avait déjà
interrogé l'équipe de nuit. Personne n'avait vu ou entendu quoi
que ce soit. Résultat négatif sur toute la ligne.

Wallander se sentit brusquement épuisé. Il avait mal au crâne
à force de respirer la fumée des cigarettes du major.

Qu'est-ce que je fais ? Qu'aurait fait Rydberg à ma place ?

Deux jours plus tard, le mystère de la disparition du canot
restait entier.

Selon le major Liepa, il ne valait pas la peine de gaspiller
ses forces à tenter de le retrouver. Wallander lui donna raison
à contrecœur. Le sentiment d'avoir commis une erreur impardonnable ne le quittait pas. Il était découragé et se réveillait
chaque matin avec un mal de tête lancinant.

La tempête avait enfin atteint la Scanie. À la radio, la police
recommandait aux gens de rester chez eux et de ne prendre la
route qu'en cas de nécessité absolue. Le père de Wallander se
trouva bloqué par la neige dans sa maison ; mais quand Wallander
lui demanda au téléphone s'il avait besoin de quelque chose, il
affirma ne s'être aperçu de rien. Au milieu du chaos généralisé,
l'enquête se retrouva au point mort. Le major Liepa, enfermé
dans le bureau de Svedberg, étudiait le rapport d'expertise balistique envoyé par Lovén. Wallander eut une longue réunion avec
Anette Brolin pour l'informer de l'état de l'enquête. Chaque

fois qu'il la voyait, il se rappelait l'épisode embarrassant de l'année précédente – comment avait-il pu se prendre de passion pour cette femme ? Cela lui paraissait irréel. Anette Brolin prit contact avec le procureur général et le département juridique des Affaires étrangères pour solliciter le transfert officiel du dossier à la police lettone. Le major Liepa avait de son côté demandé à ses supérieurs de présenter une requête officielle en ce sens auprès du ministère suédois.

Un soir, alors que la tempête faisait encore rage, Wallander invita le major à dîner chez lui. Il avait acheté une bouteille de whisky, qu'ils vidèrent au cours de la soirée. Déjà après quelques verres, Wallander constata qu'il était ivre. Le major, lui, restait impassible. Wallander avait pris l'habitude de l'appeler « major », ce qui ne semblait pas le contrarier. À part cela, le policier letton n'était pas loquace. Difficile de savoir si cette circonspection tenait à son mauvais anglais, à la timidité, ou à une réserve teintée d'arrogance. Wallander lui parla de sa famille, de Linda qui étudiait à Stockholm. Le major Liepa se contenta de dire qu'il était marié et que sa femme se prénommait Baiba ; ils n'avaient pas d'enfants. La soirée languissait. Il y eut de longs moments de silence où chacun contemplait son verre.

– La Suède et la Lettonie, risqua Wallander. Y a-t-il des ressemblances, ou seulement des différences ? Quand je pense à la Lettonie, je ne vois rien. Pourtant nous sommes voisins.

Au moment même où il la formulait, Wallander perçut l'absurdité de sa question. La Suède n'était pas dirigée comme une colonie par une puissance étrangère. On n'élevait pas de barricades dans les rues suédoises. Personne n'y était exécuté, ni écrasé par des chars. Pouvait-il y avoir autre chose que des différences ?

La réponse du major le surprit.

– Je suis croyant, dit-il. Je ne crois pas en Dieu, mais cela ne m'empêche pas d'avoir la foi, comme un au-delà du paysage limité de la raison. Le marxisme lui-même renferme une grande part de foi, bien qu'il prétende être une science et non une idéologie. Ceci est ma première visite à l'Ouest. Jusqu'ici je n'ai pu me rendre qu'en Union soviétique, en Pologne et dans les autres pays baltes. Ici, je constate une abondance apparemment illimitée de biens matériels. Mais cette différence entre nous cache peut-être une ressemblance. Une pauvreté commune – bien qu'elle n'ait pas le même visage. Votre abondance nous fait défaut ; votre liberté de choix nous fait défaut. Mais dans ce pays, il me semble deviner une autre pauvreté. Celle de ne pas avoir à lutter pour sa survie. Pour moi, cette lutte a une dimension religieuse. Je ne voudrais pas être à votre place.

Le major avait soigneusement préparé sa réponse. Il ne cherchait pas ses mots.

Mais qu'avait-il dit au juste ? La *pauvreté* suédoise ? Wallander éprouva le besoin de protester.

– Vous vous trompez, major. Ici aussi, on lutte. Beaucoup de gens sont exclus – peut-on dire cela, *closed form* ? – de l'abondance dont vous parlez. Personne ne meurt de faim, c'est vrai. Mais si vous pensez qu'on n'a pas à lutter, nous aussi, vous vous trompez.

– On ne peut lutter que pour la survie. Par là, j'entends aussi la lutte pour la liberté et l'indépendance. Au-delà, c'est un choix. Pas une nécessité.

La conversation s'éteignit. Wallander aurait voulu l'interroger sur ce qui s'était passé le mois précédent à Riga, mais il n'osa pas. Il ne voulait pas dévoiler l'étendue de son ignorance. Il se leva, choisit un disque de Maria Callas et le posa sur la platine.

– *Turandot*, commenta son invité dès les premières mesures. C'est très beau.

Le major prit congé peu après minuit. La neige tourbillonnait. De sa fenêtre, Wallander le vit s'éloigner dans son pardessus informe, silhouette voûtée luttant contre le vent.

La tempête cessa le lendemain. Les pelleteuses se mirent au travail pour déblayer les routes. Wallander se réveilla avec la gueule de bois ; mais un projet avait pris forme pendant son sommeil. En attendant la décision du procureur général, il pouvait toujours emmener le major faire un tour à Brantevik.

Peu après neuf heures, ils quittèrent la ville dans la voiture de Wallander. Le paysage enneigé scintillait au soleil. Trois degrés en dessous de zéro, pas un souffle de vent.

Le port était désert. Plusieurs bateaux de pêche amarrés à la jetée. Lequel était le bon ? Wallander compta soixante-treize pas à partir du quai.

Le bateau s'appelait *Byron*. Coque en bois peinte en blanc, quarante pieds de long. Wallander posa la main sur une amarre et ferma les yeux. Était-ce bien celle-là ? Difficile à dire. Ils montèrent à bord. Une bâche rouge sombre masquait la cale. En se dirigeant vers la passerelle, Wallander trébucha sur un cordage enroulé. C'était donc bien ce bateau-là. La porte du poste de pilotage était cadenassée. Le major détacha un coin du taud et éclaira la cale avec une lampe torche. Vide.

– Aucune odeur de poisson, commenta Wallander. Pas une écaille, pas un filet. C'est un bateau qui sert à la contrebande. Mais que transporte-t-il ?

– Tout, répondit le major. On manque de tout, chez nous, alors tous les trafics sont possibles.

– Je vais me renseigner. Même si j'ai donné ma promesse, j'ai bien le droit d'identifier le propriétaire d'un bateau. Auriez-vous fait une semblable promesse à ma place, major ?

– Jamais.

Il n'y avait pas grand-chose à voir. De retour à Ystad, Wallander consacra l'après-midi à retrouver la trace du propriétaire d'un bateau de pêche nommé *Byron*. Ce fut très difficile. Le bateau avait changé de mains plusieurs fois au cours des dernières années. Une entreprise commerciale de Simrishamn – qui répondait au nom fantaisiste de Ruskpricks Fisk – l'avait revendu à un capitaine Öhrström, pêcheur professionnel, qui l'avait à son tour revendu quelques mois plus tard. Enfin il apprit que le propriétaire actuel était un certain Sten Holmgren, domicilié à Ystad. Surprise, l'homme habitait dans la même rue que lui. Mais il ne figurait pas dans l'annuaire. Wallander poursuivit ses recherches ; aucune entreprise n'était enregistrée au nom de Holmgren dans le district d'Ystad. Par mesure de sécurité, il se renseigna aussi auprès des districts de Kristianstad et de Karlskrona, sans résultat.

Wallander jeta son crayon sur la table et alla se chercher un café. À son retour, il fut accueilli par la sonnerie du téléphone.

— Devine pourquoi je t'appelle ? fit la voix d'Anette Brolin.

— Tu as peut-être des critiques à formuler, une fois de plus, concernant l'une ou l'autre affaire en cours.

— Oui. Mais encore ?

— Je renonce.

— L'enquête est close. Le dossier est transféré à Riga.

— C'est sûr ?

— Le procureur général et les Affaires étrangères se sont mis d'accord. Je viens de l'apprendre. Ils sont en train de régler les formalités à toute allure. Ton major peut rentrer à Riga. Avec les cadavres si possible.

— Il sera content. De rentrer, je veux dire.

— Ça t'attriste ?

— Pas du tout.

— Tu peux me l'envoyer. J'ai déjà informé Björk. Tu sais où il est ?

— Il fume dans le bureau de Svedberg. Je n'ai jamais vu quelqu'un fumer autant que lui.

Le major Liepa prit l'avion dès le lendemain. Les deux cercueils de plomb furent conduits en voiture à Stockholm et embarqués à leur tour dans un appareil.

Wallander et le major se quittèrent au check-in de l'aéroport de Sturup. Wallander avait apporté un cadeau d'adieu : un livre de photographies sur la Scanie. Il n'avait pas eu de meilleure idée.

– Tenez-moi au courant, dit-il.
– N'ayez crainte. Vous serez informé en continu.
Ils se serrèrent la main. Le major disparut.
Quel homme étrange, songea Wallander en reprenant la voiture. Je me demande ce qu'il a pensé de moi, au fond.

Le lendemain était un samedi. Wallander dormit tard et se rendit ensuite chez son père. Le soir, il dîna dans une pizzeria et commanda une bouteille de vin. Ses pensées tournaient autour d'un seul thème : le poste à pourvoir à Trelleborg. L'offre expirerait dans quelques jours. Devait-il, oui ou non, envoyer sa candidature ? La matinée du dimanche se passa entre la lessive, dans la buanderie de l'immeuble, et le fastidieux ménage de l'appartement. Le soir, il se rendit à l'unique cinéma encore ouvert à Ystad, vit un film policier américain et dut s'avouer qu'il était sensible au suspense, malgré toutes les invraisemblances et les exagérations du scénario.

Le lundi matin, il arriva au commissariat peu après huit heures. Il venait d'enlever sa veste lorsque Björk apparut.
– On a reçu à l'instant un télex de Riga.
– Le major Liepa ? Que raconte-t-il ?
– Rien, j'en ai peur.
Wallander leva la tête, alerté par le ton soucieux de Björk.
– Pardon ?
– Le major Liepa a été assassiné. Le jour même de son retour. Le télex est signé d'un certain commandant Putnis. On nous demande notre aide. Ça signifie, je suppose, que tu dois y aller.
Wallander s'assit et lut le télex.
Le major mort ? Assassiné ?
– C'est très regrettable, dit Björk. C'est terrible. Je vais appeler le patron et lui demander conseil.
Wallander était comme paralysé dans son fauteuil. Sa gorge se noua. Qui avait tué le petit homme myope ? Et pourquoi ?

Il pensa à Rydberg. Il se sentait brusquement très seul.

Trois jours plus tard, il embarquait pour la Lettonie. Peu avant quatorze heures, le 28 février, l'appareil de l'Aeroflot décrivit un ample virage au-dessus de la baie de Riga.

Wallander contemplait l'étendue de la mer en se demandant ce qui l'attendait.

7

Sa première pensée fut pour le froid.

La température dans le hall d'arrivée lugubre n'était pas plus élevée qu'à la descente de l'avion. Il avait débarqué dans un pays où l'on gelait autant dedans que dehors, et il regretta de ne pas avoir emporté de caleçons longs.

La file de passagers frissonnants avançait avec lenteur devant le guichet du contrôle des passeports. Silence compact. Seuls deux Danois se plaignaient bruyamment et par avance de ce qui les attendait en Lettonie. Le plus âgé était déjà venu à Riga ; il décrivait à son collègue le mélange décourageant d'apathie et d'insécurité qui régnait d'après lui dans le pays. Cela énerva Wallander. Comme s'il avait voulu qu'on témoigne plus de respect à un major myope assassiné quelques jours plus tôt.

Mais lui-même, que savait-il de ce pays ? Une semaine auparavant, il n'aurait pas pu situer les trois États baltes dans le bon ordre sur une carte. Tallinn aurait pu être la capitale de la Lettonie et Riga une ville portuaire estonienne. Ses lointains souvenirs d'école ne lui avaient laissé que des fragments d'Europe. Avant de quitter Ystad, il s'était procuré quelques livres, qui lui avaient fait entrevoir un petit pays sans cesse livré, par les caprices de l'Histoire, aux appétits conflictuels de diverses grandes puissances. La Suède même y avait sévi plusieurs fois avec une détermination sanglante. Mais il semblait que la situation actuelle eût son origine au printemps 1945, lorsque l'Union soviétique, profitant de la débâcle allemande, avait sans coup férir envahi et annexé le pays. La tentative de créer un gouvernement indépendant avait été réprimée dans le sang, et l'armée de libération venue de l'Est s'était – avec le goût immodéré de l'Histoire pour les renversements cyniques – transformée en son contraire : un régime qui étouffait la nation lettone dans son ensemble, froidement et délibérément.

Cependant, il lui semblait encore ne rien savoir. Ses connaissances n'étaient qu'un tissu de lacunes.

Les deux Danois, qui travaillaient manifestement dans l'import-export de machines agricoles, étaient entre-temps parvenus au guichet. Wallander s'apprêtait à présenter son propre passeport lorsqu'une main lui effleura l'épaule. Il sursauta. Comme un criminel, comme quelqu'un qui a peur. Il se retourna. Un homme en uniforme gris-bleu se tenait devant lui.

– Kurt Wallander ? Mon nom est Jazeps Putnis. Désolé d'arriver si tard, mais l'avion a atterri plus tôt que prévu. Nous allons, bien entendu, vous épargner les formalités. Par ici, je vous prie.

L'anglais de Jazeps Putnis était parfait. Wallander se rappela les efforts constants du major pour trouver les mots adéquats et les prononcer à peu près correctement. Il suivit Putnis jusqu'à une porte gardée par un soldat. Ils entrèrent dans un autre hall, tout aussi sinistre, où l'on déchargeait un chariot.

– Espérons que vos bagages ne tarderont pas trop, dit Putnis. Permettez-moi de vous souhaiter la bienvenue en Lettonie. Êtes-vous déjà venu dans notre pays ?

– Non, l'occasion ne s'en est jamais présentée.

– J'aurais souhaité que cette visite se déroule dans d'autres circonstances. La mort du major Liepa est un événement très regrettable.

Wallander attendit la suite, mais Jazeps Putnis – qui, d'après le télex, avait le rang de commandant – se tut soudain et rejoignit en quelques enjambées un homme en bleu de travail délavé et bonnet de fourrure qui se tenait adossé au mur. L'homme se redressa lorsque Putnis lui eut adressé la parole sur un ton autoritaire et disparut en direction du tarmac.

— Cette lenteur invraisemblable, dit Putnis avec un sourire. Avez-vous le même problème en Suède ?

— Parfois. Ça arrive qu'on doive attendre.

Le commandant Putnis était l'exact opposé du major Liepa. Très grand, des gestes énergiques, un profil aigu, et des yeux gris qui semblaient ne rien perdre de ce qui se passait autour de lui.

Wallander pensa à un animal. Un lynx peut-être, ou un léopard, en uniforme gris-bleu.

Il essaya de deviner l'âge du commandant. Peut-être la quarantaine. Peut-être beaucoup moins.

Un chariot remorqué par un tracteur approcha dans un nuage de gaz d'échappement. Wallander aperçut tout de suite sa valise, mais ne put empêcher le commandant Putnis de la porter pour lui. Dehors, à côté d'une file de taxis, une voiture noire de marque Volga les attendait. Le chauffeur se mit au garde-à-vous. Wallander fut pris au dépourvu, mais réussit à esquisser un vague salut militaire avant de monter à l'arrière.

Björk aurait dû voir ça. Et qu'avait pensé au fond le major Liepa de tous ces enquêteurs suédois en blue-jean qui ne se mettaient jamais au garde-à-vous ?

— Nous vous avons réservé une chambre à l'hôtel Latvia, dit le commandant Putnis dans la voiture. Le meilleur hôtel de la ville. Vingt-cinq étages.

— C'est sûrement parfait. Je voudrais vous présenter les condoléances de mes collègues d'Ystad. Le major Liepa n'a passé que quelques jours parmi nous, mais il s'est fait apprécier de tout le monde.

— Merci. La disparition du major est une grande perte pour nous tous.

De nouveau, Wallander attendit une suite qui ne vint pas.

Pourquoi n'ajoute-t-il rien ? Pourquoi ne me dit-il pas ce qui s'est passé ? Pour quelle raison le major a été tué, par

qui, comment... Et pourquoi m'ont-ils demandé de venir ?
Soupçonnent-ils un lien avec la visite du major en Suède ?

Il regarda défiler le paysage. Des champs désolés, où la neige
déposait des taches irrégulières. De temps à autre une maison
grise, des clôtures nues, un cochon fouillant un tas de fumier...
Une grisaille infinie, qui lui rappela sa récente excursion à
Malmö avec son père. La Scanie était peut-être laide en hiver ;
mais ici, la laideur était un vide repoussant, qui dépassait de
loin tout ce qu'il aurait pu imaginer.

Le chagrin – tel fut le sentiment qui lui vint en contemplant
ce paysage. Comme si l'histoire douloureuse du pays avait
trempé son pinceau dans un immense pot de peinture grise.

Mais il n'était pas venu à Riga pour se laisser démoraliser
par un paysage.

– Je voudrais être informé de la situation le plus vite possible,
dit-il. Je ne sais rien, sinon que le major Liepa a été assassiné
le jour de son retour à Riga.

– Lorsque vous serez installé dans votre chambre, je passerai
vous chercher. Une réunion est prévue ce soir.

– Je n'ai que ma valise à déposer. J'en ai pour deux minutes.

– La réunion est fixée à dix-neuf heures trente, répliqua le
commandant Putnis, et Wallander comprit que son énergie ne
suffirait pas à modifier le programme.

La nuit tombait alors qu'ils traversaient les faubourgs de
Riga. Wallander contempla les zones d'habitation sinistres qui
s'étendaient des deux côtés de la route. Il ne savait que penser
de ce qui l'attendait.

L'hôtel était dans le centre, à l'extrémité d'une vaste esplanade. Il aperçut une statue et reconnut Lénine. L'hôtel Latvia
se dressait comme une colonne bleu nuit vers le ciel.

Le commandant Putnis le précéda dans le hall désert. Wallander
eut le sentiment de se trouver dans un parking hâtivement
transformé en hôtel. Le long du mur, une rangée d'ascenseurs
clignotants ; des escaliers partaient dans tous les sens.

Il n'eut aucune fiche à remplir. Le commandant Putnis prit la clé que lui tendait la réceptionniste. Ils montèrent en ascenseur jusqu'au quinzième étage. Wallander avait la chambre 1506, avec vue sur les toits de la ville. La baie de Riga était-elle visible à la lumière du jour ?

Le commandant Putnis le laissa après lui avoir demandé s'il était satisfait de sa chambre. Il devait revenir deux heures plus tard pour le conduire au quartier général de la police.

Debout à la fenêtre, Wallander contempla les toits répandus sous ses yeux. L'air froid de la nuit pénétrait par les carreaux mal isolés. Le radiateur était à peine tiède. Un téléphone sonnait sans interruption quelque part.

Des caleçons longs, pensa-t-il. Première chose à acheter demain matin.

Il défit sa valise, rangea ses affaires de toilette dans l'immense salle de bains. Il avait acheté une bouteille de whisky à l'aéroport. Il hésita, puis versa quelques centilitres dans le verre à dents et alluma la radio de fabrication soviétique posée sur la table de chevet. Un homme parlait d'une voix excitée dans le poste, comme s'il commentait une rencontre sportive où les événements se bousculaient. Wallander replia le dessus-de-lit et s'allongea.

Je suis à Riga maintenant. Je ne sais toujours pas ce qui est arrivé au major Liepa, ni ce que ce commandant Putnis attend de moi.

Il faisait trop froid pour rester immobile. Il décida de reprendre l'ascenseur et de changer ses devises à la réception. L'hôtel avait peut-être un bar où il pourrait boire un café ?

En bas, il découvrit avec surprise les deux hommes d'affaires danois qui l'avaient exaspéré à l'aéroport. Le plus âgé agitait un plan de la ville sous le nez de la réceptionniste. On aurait dit qu'il lui montrait comment fabriquer une cocotte en papier, et Wallander faillit éclater de rire. Puis il découvrit l'enseigne du bureau de change. Une femme âgée et souriante prit ses deux coupures de cent dollars et lui remit en échange une épaisse liasse de billets. Lorsqu'il revint à la réception, les deux Danois avaient disparu. En réponse à sa question, l'employée lui indiqua l'immense salle de restaurant. Un serveur le conduisit à une table près de la fenêtre et lui tendit un menu. Il choisit une omelette et un café. Dehors, il voyait des gens emmitouflés et des tramways bringuebalants. Les lourdes tentures bougeaient dans le courant d'air.

Il regarda autour de lui. Un couple âgé dînait en silence, un homme seul en costume gris buvait du thé. À part ça, le restaurant était désert.

Wallander repensa aux événements de la veille. Il avait embarqué à Sturup. À Stockholm, il avait pris le bus de l'aéroport jusqu'à la gare centrale où l'attendait Linda. Il avait réservé deux chambres à l'hôtel Central, dans Vasagatan ; une pour lui et une pour Linda, afin de lui épargner le trajet jusqu'à Bromma – la banlieue où elle louait une chambre d'étudiante. Le soir, il l'avait invitée à dîner dans la vieille ville. Ils ne s'étaient pas vus depuis des mois, et la conversation languissait. Il sentit l'inquiétude le gagner. Dans ses lettres, elle affirmait se plaire à Stockholm. Mais à présent qu'il avait l'occasion de l'interroger en face, elle répondait à peine. Lorsqu'il lui demanda, sans parvenir à masquer entièrement son irritation, quels étaient ses projets, elle répliqua qu'elle n'en savait rien.

– Tu ne penses pas qu'il est temps d'envisager un avenir ?

– Ce n'est pas à toi d'en décider.

La dispute avait commencé là. Sans hausser le ton, il lui dit qu'elle ne pouvait continuer à errer indéfiniment d'une formation à l'autre, et elle répondit qu'elle était assez grande pour faire ce qu'elle voulait.

Il pensa soudain que Linda était comme lui. De quelle manière ? Il n'aurait su le dire. Mais cette impression de reconnaître sa propre voix dans celle de sa fille... Quelque chose était en train de se répéter. Quelque chose de sa propre relation compliquée à son père.

Ce fut un long dîner, arrosé de vin. Peu à peu, la tension se dissipa. Wallander lui parla de son voyage et faillit lui proposer de venir avec lui. Il était plus de minuit quand il régla l'addition. Malgré le froid, ils retournèrent à l'hôtel à pied, en flânant, et restèrent ensuite à bavarder dans sa chambre jusqu'à trois heures du matin. Lorsque enfin elle le quitta, Wallander eut le sentiment que ç'avait été une bonne soirée, tout compte fait. Mais il n'en était pas certain. Toujours cette inquiétude lancinante de ne pas savoir comment allait réellement sa fille, à quoi ressemblait vraiment sa vie...

Lorsqu'il quitta l'hôtel le lendemain matin, elle dormait encore. Il paya pour les deux chambres et écrivit une petite lettre que le réceptionniste promit de remettre à Linda.

Il fut tiré de sa rêverie par le couple âgé qui quittait la salle à manger. Personne n'était entré pendant ce temps. Restait l'homme seul devant sa tasse de thé. Il regarda sa montre. Presque une heure encore à attendre.

Il demanda l'addition, convertit mentalement la somme indiquée au bas de la note et constata qu'elle était dérisoire. De retour dans sa chambre, il feuilleta une partie des documents qu'il avait apportés. Lentement, il reprenait pied dans l'enquête – cette enquête qu'il pensait avoir définitivement remisée aux archives. Il crut de nouveau sentir l'odeur des cigarettes du major.

Le commandant Putnis frappa à sa porte à dix-neuf heures quinze. La voiture attendait devant l'hôtel. Ils traversèrent la ville jusqu'au quartier général de la police. Il n'y avait pas foule dans les rues mal éclairées. Wallander avait l'impression de voir défiler un monde de coulisses découpées dans du carton. La voiture franchit un gigantesque portail et s'arrêta dans ce qui ressemblait à la cour intérieure d'une forteresse. Le commandant Putnis n'avait rien dit de tout le trajet et Wallander attendait toujours d'apprendre la raison pour laquelle il se trouvait à Riga. Ils longèrent des couloirs déserts, descendirent une volée de marches, empruntèrent un nouveau couloir. Le commandant Putnis s'arrêta enfin devant une porte qu'il ouvrit sans frapper.

Wallander pénétra dans une grande pièce bien chauffée mais à peine éclairée, dominée par une table de réunion ovale tapissée de feutre vert. Douze chaises étaient disposées autour. Au centre, une carafe d'eau et quelques verres.

Un homme attendait dans l'ombre. Il se retourna à l'entrée de Wallander et vint à leur rencontre.

– Bienvenue à Riga. Mon nom est Juris Murniers.

– Le commandant Murniers et moi-même sommes chargés d'enquêter sur le meurtre du major Liepa, ajouta Putnis.

Wallander perçut aussitôt la tension entre les deux hommes.

Le commandant Murniers avait une cinquantaine d'années. Des cheveux gris coupés court, un visage pâle et bouffi comme s'il souffrait de diabète. Il était petit de taille et se déplaçait sans bruit.

Encore un félin. Deux chats en uniforme gris.

Wallander et Putnis enlevèrent leur manteau et s'assirent.

Murniers prit la parole. Il s'était placé de telle sorte que son visage restait presque entièrement dans l'ombre. La voix qui s'adressait à lui, dans un anglais choisi, semblait surgir de l'obscurité. Le commandant Putnis regardait droit devant lui, comme s'il n'écoutait pas vraiment.

– La mort du major reste une énigme, commença Murniers. Le jour même de son retour de Stockholm, il nous a fait son rapport. Nous étions dans cette pièce, le commandant Putnis, le major et moi-même. Nous avons discuté de la suite à donner à l'enquête ; il était entendu que le major en serait responsable. Nous nous sommes séparés vers dix-sept heures. Par la suite, nous avons appris que le major Liepa est rentré chez lui directement après la réunion. D'après le témoignage de sa femme, il était semblable à lui-même. Content d'être rentré, bien sûr. Ils

428

ont dîné ensemble et il lui a raconté son séjour en Suède. Il semble d'ailleurs que vous lui ayez fait une excellente impression, commissaire Wallander. Peu avant vingt-trois heures, alors qu'ils s'apprêtaient à se coucher, le téléphone a sonné. Sa femme n'a pas pu nous préciser l'identité de l'interlocuteur. Mais le major s'est rhabillé en disant qu'il devait se rendre au quartier général. Elle ne s'en est pas étonnée outre mesure. Il ne lui a pas dit qui l'avait appelé ni la raison pour laquelle il devait repartir ainsi en pleine nuit.

Murniers se tut et tendit la main vers la carafe d'eau. Wallander jeta un coup d'œil à Putnis, qui regardait toujours droit devant lui.

– La suite est très confuse, reprit Murniers. Tôt le lendemain matin, des ouvriers du port ont découvert le corps du major Liepa du côté de Daugavgriva – le secteur le plus reculé de la zone portuaire de Riga. Il gisait sur un quai. Nous avons pu constater ensuite qu'il avait eu le crâne fracassé par un objet dur, une barre de fer ou une masse en bois. D'après nos médecins, il a été assassiné une heure ou deux après avoir quitté son domicile. C'est tout ce que nous savons. Aucun témoin ne l'a vu, dans le port ou ailleurs. C'est une énigme. Il n'arrive pratiquement jamais qu'un policier soit tué dans ce pays. Surtout pas un policier d'un rang aussi élevé que le sien. Nous souhaitons, bien entendu, retrouver le ou les auteurs dans les plus brefs délais.

– L'appel ne provenait donc pas de la police ?

– Non, répondit Putnis très vite. Nous avons vérifié ce point. Le capitaine Kozlov – l'officier de garde cette nuit-là – a confirmé qu'aucun contact n'avait été pris avec le major Liepa ce soir-là.

– Restent deux possibilités.

Putnis hocha la tête.

– En effet, dit-il. Soit il a menti à sa femme. Soit on lui a tendu un piège.

– Dans la seconde hypothèse, il a dû reconnaître la voix. Du moins, l'auteur de l'appel s'est exprimé de manière à ne pas éveiller sa méfiance.

– C'est aussi ce que nous pensons.

– Nous ne pouvons exclure la possibilité d'un lien avec sa mission en Suède, dit Murniers du fond de sa retraite d'ombre. C'est la raison pour laquelle nous avons sollicité votre aide, commissaire Wallander. Toute piste est la bienvenue. Vous obtiendrez de notre part toute l'assistance nécessaire.

Murniers se leva.

– Je propose que nous en restions là pour ce soir. Vous devez être fatigué après votre voyage.

Wallander ne se sentait pas du tout fatigué. Il aurait volontiers travaillé toute la nuit si besoin était. Mais quand Putnis se leva à son tour, il comprit que l'entretien était clos.

Murniers enfonça un bouton fixé au bord de la table. La porte s'ouvrit aussitôt et un jeune policier en uniforme apparut.

– Voici le sergent Zids, dit Murniers. Il sera votre chauffeur pendant la durée de votre séjour à Riga.

Zids se mit au garde-à-vous. Wallander n'eut pas la présence d'esprit de réagir autrement que par un signe de tête. Putnis et Murniers ne l'ayant pas invité à dîner, il comprit qu'il avait quartier libre. Il suivit Zids jusque dans la cour, où le froid sec l'assaillit ; le contraste avec la chaleur de la salle de réunion était violent. Il monta à l'arrière d'une voiture noire. Zids referma la portière.

– Il fait froid, dit Wallander lorsqu'ils eurent franchi le portail.

– Oui, commandant. Il fait très froid en ce moment à Riga.

Commandant. Il lui paraît impensable que le policier suédois puisse avoir un rang inférieur à celui de Putnis et de Murniers. Cette idée l'amusa. Puis il songea que les privilèges étaient sans doute la chose au monde à laquelle on s'habituait le plus facilement. Voiture avec chauffeur, respect, attentions de toutes sortes...

Le sergent Zids conduisait vite. Wallander n'était pas du tout fatigué. La perspective de sa chambre d'hôtel glacée l'effrayait.

– J'ai faim, dit-il. Indiquez-moi un bon restaurant qui ne soit pas trop cher.

– Le meilleur est celui de l'hôtel Latvia.

– J'y ai déjà mangé.

– C'est le meilleur, répéta Zids, en pilant net pour éviter un tramway qui venait de débouler d'une rue latérale.

Wallander insista.

– Il doit y avoir plus d'un restaurant valable dans une ville d'un million d'habitants.

– La nourriture n'est pas bonne. Sauf à l'hôtel Latvia.

On dirait que je n'ai pas le choix. Peut-être a-t-il reçu l'ordre de ne pas me lâcher dans la ville ? Il semblerait qu'un chauffeur, dans certaines situations, constitue surtout une entrave à la liberté.

Zids freina devant l'hôtel. Wallander n'eut pas le temps de tendre la main vers la poignée ; le sergent avait déjà ouvert la portière.

– À quelle heure le commandant veut-il que je passe le prendre demain ?

– Huit heures, ce sera parfait, dit Wallander.

Le hall de l'hôtel paraissait encore plus abandonné qu'en début de soirée. L'écho d'une musique lointaine lui parvint. Il récupéra sa clé et demanda si le restaurant était encore ouvert. Le portier de nuit – dont les paupières lourdes et la pâleur lui rappelèrent le commandant Murniers – hocha la tête. Wallander en profita pour demander d'où venait la musique.

– Nous avons une soirée variétés au night-club, répondit le portier d'une voix lugubre.

En s'éloignant de la réception, Wallander aperçut un homme qu'il reconnut aussitôt : le buveur de thé solitaire du restaurant. À présent il lisait un journal, assis sur une banquette usée. Aucun doute, c'était le même homme.

Je suis surveillé, comme dans le pire roman de la guerre froide, par un homme en costume gris qui fait semblant d'être

invisible. Putnis et Murniers n'ont pas confiance, apparemment.
Mais qu'est-ce que je pourrais bien entreprendre, à leur avis ?

Le restaurant était à peine moins désert que tout à l'heure. Quelques hommes en costume sombre s'entretenaient à voix basse autour d'une longue table. À sa surprise, Wallander fut conduit au même endroit que précédemment. Il mangea un potage de légumes et une côtelette desséchée. La bière lettone en revanche avait bon goût. Il se sentait agité ; il décida de ne pas prendre de café et de partir à la recherche du night-club de l'hôtel. L'homme en costume gris était encore à son poste sur la banquette.

Soudain Wallander eut la sensation de se trouver dans un labyrinthe. Un dédale d'escaliers qui ne semblaient mener nulle part le ramena devant l'entrée du restaurant. Il tenta de s'orienter d'après la musique et finit par découvrir un panneau éclairé au bout d'un couloir. Un homme lui ouvrit en marmonnant une phrase incompréhensible en letton. Il pénétra dans un bar. Le contraste avec la salle de restaurant était total. L'endroit était bondé. Derrière la tenture séparant le comptoir de la piste de danse, un orchestre jouait une musique stridente. Wallander crut reconnaître l'un des succès du groupe Abba. L'air était irrespirable ; il se rappela de nouveau les cigarettes du major. En se frayant un passage vers une table qui semblait inoccupée, il crut sentir des regards fixés sur lui. Il avait toutes les raisons d'être prudent. Dans les pays de l'Est, les boîtes de nuit étaient le repaire notoire de gangs qui gagnaient leur vie en dépouillant les visiteurs occidentaux.

Il dut crier pour se faire entendre du serveur. Quelques minutes plus tard un verre de whisky apparut sur la table. Le prix annoncé était presque l'équivalent de celui du repas qu'il venait de prendre. Il renifla son verre en imaginant un complot à base d'alcool empoisonné – et se porta à lui-même un toast résigné.

La fille avait surgi de nulle part. Il ne s'aperçut de sa présence que lorsqu'elle se pencha tout contre lui. Son parfum lui rappela celui des pommes d'hiver. Elle lui adressa la parole en allemand, puis, comme il secouait la tête, dans un anglais hésitant, bien pire que celui du major. Il crut comprendre qu'elle lui proposait sa compagnie et qu'elle voulait boire quelque chose. Il se sentit pris de court. Une prostituée, sans aucun doute... Il chassa cette pensée. Dans cette ville froide, il avait envie de parler à quelqu'un qui ne soit pas un policier. Un verre, pourquoi pas ? C'était lui qui posait les limites. À condition de ne pas être ivre mort. Quand cela lui arrivait, exceptionnellement, il était capable de tout. La dernière fois remontait à la nuit où, dans un accès d'excitation mêlée de rage, il s'était jeté sur la procureure Anette Brolin. Il frissonna à ce souvenir. Jamais plus. Surtout pas ici, à Riga.

En même temps, il ne pouvait nier que l'attention de cette fille le flattait.

Mais elle vient trop tôt. Je débarque à peine, je ne suis pas encore habitué à cet étrange pays.

— Pas ce soir, dit-il. Peut-être demain.

En la regardant, il vit soudain qu'elle n'avait pas vingt ans. Sous la couche de maquillage, il crut entrevoir un visage qui lui rappelait celui de sa fille.

Il vida son verre, se leva et quitta le bar.

C'était moins une. Je dois faire attention.

Dans le hall, l'homme en gris lisait toujours son journal.
Dors bien. On se reverra sûrement.

Wallander passa une nuit agitée. La couverture trop lourde, le matelas inconfortable... Du fond du sommeil, il entendait un téléphone sonner sans interruption. Il voulait se lever et répondre, mais lorsque enfin il ouvrit les yeux, tout était silencieux.

Il fut réveillé par des coups frappés à la porte.

— Entrez ! cria-t-il.

On frappa de nouveau. Il s'aperçut que la clé était dans la

433

serrure. Il enfila son pantalon et alla ouvrir. Une femme vêtue d'une blouse de travail tenait un plateau de petit déjeuner. Il fut surpris ; il n'avait rien commandé. Mais cela faisait peut-être partie des habitudes de l'hôtel. À moins que le sergent Zids ne s'en soit occupé à son insu ?

La femme de chambre lui souhaita bonjour en letton. Il tenta de mémoriser la formule. Elle posa le plateau sur une table, sourit timidement et fit mine de repartir. Wallander la suivit dans l'idée de refermer à clé.

Tout alla très vite. Au lieu de sortir, elle ferma la porte de l'intérieur et se retourna, un doigt sur les lèvres. Puis elle tira un papier de sa poche. Wallander voulut protester mais elle lui couvrit la bouche de la main. Il perçut en vrac qu'elle avait peur, qu'elle était tout sauf une femme de chambre, mais qu'elle ne représentait pas une menace pour lui. Il prit le papier et lut le texte rédigé en anglais. Il le relut lentement, le mémorisa. Puis il la regarda. Elle lui tendait à présent autre chose, qui ressemblait à une affiche froissée. Il la déplia. C'était la jaquette du livre de photos sur la Scanie qu'il avait offert la semaine précédente au major Liepa. Il la regarda de nouveau. Il y avait sur son visage, outre la peur, une expression toute différente, de volonté farouche, de défi peut-être. Il traversa la chambre, prit un crayon sur le bureau et griffonna trois mots au dos de la jaquette, qui représentait la cathédrale de Lund. *I have understood.* J'ai compris. Il la lui rendit en songeant que Baiba Liepa ne ressemblait pas du tout à ce qu'il avait imaginé. Mais qu'avait-il imaginé au juste le soir où le major, assis sur son canapé de Mariagatan à Ystad, lui avait parlé de sa femme, disant qu'elle se prénommait Baiba ?

Il toussota. Elle avait déjà ouvert la porte, doucement. Puis elle disparut.

Elle était venue parce qu'elle voulait lui parler du major, son mari. Elle avait peur. Quelqu'un l'appellerait, dans sa chambre, en demandant *M. Eckers*. Alors il devrait prendre l'ascenseur jusqu'à la réception, puis l'escalier conduisant au sauna de l'hôtel. Il trouverait, à côté de l'entrée de service du restaurant, une porte en fer grise qui n'était pas fermée à clé. Cette porte donnait sur la rue, à l'arrière de l'hôtel. Elle le retrouverait là.

Please, avait-elle écrit. *Please, please.* Il était tout à fait certain maintenant que son visage n'avait pas exprimé la peur seulement, mais aussi du défi, peut-être de la haine.

Ça va bien au-delà de ce que j'imaginais. Il a fallu une messagère déguisée en femme de chambre pour que je le comprenne. J'oublie sans cesse que je me trouve dans un autre monde.

Peu avant huit heures, il prit l'ascenseur et descendit au rez-de-chaussée.

L'homme au journal avait disparu. Un autre examinait un présentoir de cartes postales.

Wallander sortit dans la rue. Le temps s'était un peu radouci. Le sergent Zids, debout à côté de la voiture, lui souhaita le bonjour. Il monta à l'arrière. Le jour se levait sur Riga. La circulation était dense, contraignant le sergent à ralentir.

Intérieurement, Wallander voyait le visage de Baiba Liepa.

Puis, sans que rien l'eût annoncée, la peur l'étreignit.

8

Il était huit heures trente lorsque Wallander découvrit que Murniers fumait les mêmes cigarettes fortes que le major Liepa. Il reconnut la marque – PRIMA – sur le paquet que le commandant venait de tirer d'une poche de son uniforme et de poser sur la table.

Il avait, plus encore qu'à l'hôtel, le sentiment de se trouver au cœur d'un labyrinthe. Le sergent Zids l'avait entraîné dans un dédale d'escaliers avant de s'arrêter devant une porte qui se révéla être celle de Murniers. Comme un jeu de piste masquant une intention délibérée. Il y avait sûrement un chemin plus simple pour se rendre dans le bureau du commandant ; mais on ne tenait pas à le lui faire connaître.

Le bureau était assez étroit et meublé de façon spartiate. Un détail retint l'attention de Wallander : il n'y avait pas moins de trois téléphones. L'un des murs était occupé par une armoire à documents cabossée. Sur le bureau, à part les téléphones, il vit un grand cendrier en fonte orné d'un motif tarabiscoté. Un couple de cygnes, crut-il tout d'abord. Puis il s'aperçut que c'était un homme aux bras musclés qui portait une bannière en luttant contre le vent.

Cendrier, téléphones… mais aucun papier. Les stores des deux hautes fenêtres, dans le dos du commandant, étaient à moitié baissés. Ou peut-être hors d'usage ?

Wallander les contempla en réfléchissant à la grande nouvelle que venait de lui annoncer Murniers.

– Nous avons arrêté un suspect. Au cours de la nuit, nos recherches ont donné le résultat que nous espérions.

Wallander avait cru qu'il s'agissait du meurtrier du major. Mais Murniers parlait des hommes du canot.

– Le prévenu appartient à un gang qui possède des ramifications à Tallinn et à Varsovie. Spécialisé dans la contrebande, le vol, le cambriolage, tout ce qui peut rapporter de l'argent. Ces derniers temps, ils étaient aussi impliqués dans le trafic de drogue qui sévit depuis peu dans notre pays. Le commandant Putnis l'interroge en ce moment même. Nous en saurons bientôt beaucoup plus.

Il avait prononcé ces derniers mots avec une assurance tranquille, comme un constat soutenu par une longue expérience. Wallander vit aussitôt un homme auquel le commandant Putnis extorquait lentement des aveux par la torture. Que savait-il de la police lettone ? Existait-il une limite aux méthodes autorisées sous une dictature ? La Lettonie était-elle une dictature ?

Il repensa au visage de Baiba Liepa, à son expression. La peur, et puis le contraire de la peur.

Quelqu'un va vous appeler en demandant M. Eckers. Vous devez venir.

Murniers sourit, comme s'il n'avait aucune difficulté à lire les pensées du policier suédois. Wallander tenta de protéger son secret en lâchant une information qui ne correspondait à aucune vérité.

– Le major Liepa m'a laissé entendre qu'il était inquiet pour sa sécurité. Mais il n'a pas précisé les raisons de cette inquiétude. C'est l'une des réponses que devrait tenter d'obtenir le commandant Putnis. Existe-t-il un lien direct entre les hommes du canot et le meurtre du major Liepa ?

Il crut voir un changement imperceptible dans l'expression de Murniers. Ce qu'il venait de dire contenait donc un élément imprévu. Mais lequel ? Il choisit de poursuivre :

– Qu'est-ce qui a pu pousser le major Liepa à ressortir de

chez lui en pleine nuit ? Qui pouvait avoir une raison de le tuer ? Il faut envisager un possible mobile d'ordre privé. C'est vrai dans tous les cas, même celui d'une personnalité politique de premier plan. On l'a fait lors de l'assassinat de Kennedy, et lorsque le Premier ministre suédois a été abattu en pleine rue, il y a quelques années. Vous avez dû envisager cette hypothèse, j'imagine, et conclure par la négative. Autrement vous ne m'auriez pas demandé de venir.

— C'est exact, commissaire Wallander. Le major Liepa était heureux en ménage. Il n'avait pas de dettes. Il ne jouait pas, il n'avait pas de maîtresse. C'était un policier consciencieux, convaincu d'œuvrer pour le bien du pays. Nous pensons en effet que sa mort a un lien avec son travail. Ces derniers temps, il se consacrait exclusivement à l'enquête concernant le canot échoué sur vos côtes. C'est pourquoi nous faisons appel à vous. Peut-être vous a-t-il dit quelque chose qu'il n'a pas eu le temps ou le désir de nous communiquer à son retour ? Nous avons besoin de savoir.

— Le major Liepa a parlé de la drogue. Il a évoqué la prolifération récente de fabriques d'amphétamines dans les pays de l'Est. Il était convaincu que ces deux hommes avaient été victimes d'un règlement de comptes interne. Mais s'agissait-il d'une vengeance ? Ou d'une tentative pour leur extorquer des renseignements, qui aurait échoué ? D'autre part, il soupçonnait que le canot contenait de la drogue, et que c'est la raison pour laquelle il avait été volé dans notre commissariat. Mais nous n'avons pas réussi à combiner ces éléments de façon satisfaisante.

— J'espère que le commandant Putnis obtiendra les réponses qui nous manquent. Il est très compétent pour cela. Pendant ce temps, je vous propose de voir par vous-même l'endroit où le major Liepa a été assassiné. Le commandant Putnis n'hésite pas à prendre son temps lorsqu'un interrogatoire l'exige.

— Le quai où le corps a été retrouvé est-il le lieu du crime ?

– Rien n'indique le contraire. Il s'agit d'un endroit très isolé. De nuit, la zone portuaire est déserte.

Non, pensa Wallander. Le major aurait opposé une résistance. Il aurait été très difficile de l'emmener en pleine nuit jusqu'à ce quai. L'argument du lieu isolé ne tient pas.

– J'aimerais rencontrer la veuve du major Liepa, dit-il. Je suppose que vous l'avez déjà entendue plusieurs fois, mais une conversation avec elle peut se révéler importante aussi pour moi.

– Oui, dit Murniers. Nous l'avons entendue dans le plus grand détail. Mais si vous le souhaitez, nous allons bien sûr vous ménager une entrevue avec elle.

La matinée était froide et grise. Le sergent Zids avait reçu l'ordre de contacter Baiba Liepa tandis que Wallander et le commandant Murniers se rendaient dans la zone portuaire.

Ils longeaient le fleuve, installés à l'arrière de la voiture de Murniers, qui était plus spacieuse et plus confortable que celle mise à la disposition de Wallander.

– Quelle est votre théorie ?

– La drogue, répondit Murniers sans hésiter. Les principaux acteurs du trafic entretiennent des armées de gardes du corps, qui sont presque sans exception des toxicomanes prêts à tout pour obtenir leur dose. Les chefs ont peut-être estimé que le major Liepa les serrait d'un peu trop près.

– Était-ce le cas ?

– Non. Ou alors, une dizaine d'officiers supérieurs auraient dû figurer avant lui sur une éventuelle liste noire. Le major ne s'était jamais encore occupé d'affaires liées à la drogue. S'il a été choisi pour se rendre en Suède, c'est pour des raisons fortuites.

– De quel type d'enquête s'occupait le major Liepa ?

Murniers répondit sans se détourner du paysage qui défilait de l'autre côté de la vitre.

– C'était un enquêteur extrêmement compétent. Nous avons eu récemment quelques crimes crapuleux à Riga. Le major Liepa a brillamment surmonté tous les obstacles et retrouvé les auteurs. On faisait souvent appel à lui là où d'autres enquêteurs, tout aussi expérimentés pourtant, avaient échoué.

La voiture s'était arrêtée à un feu rouge. Wallander contempla un groupe de personnes qui frissonnaient à un arrêt de bus. Il eut l'impression que le bus n'arriverait jamais.

– La drogue, reprit-il après un silence. Pour nous, à l'Ouest, c'est un vieux souci. Pour vous, c'est un problème récent.

– Pas tout à fait. La nouveauté tient plutôt à l'ampleur du phénomène. L'ouverture des frontières a suscité un mouvement et révélé un marché qui n'existait pas jusque-là. Je reconnais volontiers qu'il nous est arrivé de nous sentir impuissants. Il va falloir développer la collaboration avec les polices de l'Ouest, dans la mesure où une grande partie de la drogue qui transite par la Lettonie est destinée à vos marchés. Toujours la même histoire de devises fortes. Pour nous, la Suède représente indiscutablement l'un des marchés les plus convoités par les gangs de Lettonie, pour des raisons évidentes : il n'y a pas loin en bateau de Ventspils à la côte suédoise, qui est de surcroît longue et difficile à surveiller. On pourrait même dire que c'est une route de contrebande classique qui s'est rouverte. Avant, les tonneaux d'alcool prenaient le même chemin.

– Continuez, dit Wallander. Où est fabriquée la drogue ? Qui sont les protagonistes ?

– Vous devez comprendre que vous êtes ici dans un pays exsangue, aussi pauvre et délabré que ses voisins. Nous avons vécu longtemps comme enfermés dans une cage, réduits à contempler de loin les richesses de l'Occident. Soudain, elles nous deviennent accessibles. Mais à une seule condition : avoir de l'argent. Pour celui qui n'hésite pas sur le choix des moyens, la drogue est la façon la plus rapide de se procurer cet argent. Quand vous nous avez aidés à faire tomber nos murs et à ouvrir les portes de la cage, vous avez libéré une convoitise incontrôlable. Nous sommes des affamés. Affamés de tout ce qu'on nous a obligés pendant des années à *voir* tout en nous interdisant d'y toucher. Bien entendu, nous ne savons pas encore comment cela va finir.

Murniers dit deux mots au chauffeur, qui freina aussitôt. Il indiqua une façade.

– Impacts de balles, dit-il. Vieux d'un mois environ.

Wallander se pencha pour mieux voir. Le mur était criblé de trous.

– Quel est ce bâtiment ?

– Un ministère. Je vous le montre pour que vous compreniez. Nous ne savons pas comment cela va finir. La liberté va-t-elle grandir ? Se réduire, une fois de plus ? Ou disparaître tout à fait ? Vous devez comprendre, commissaire Wallander, que vous êtes dans un pays où rien n'est encore joué.

Ils parvinrent enfin à la zone portuaire. Wallander tentait d'assimiler ce que venait de lui dire Murniers. Il ressentait soudain de la sympathie pour l'homme pâle au visage bouffi. Comme si tout ce qu'il disait le concernait aussi, plus que n'importe qui peut-être.

– Nous savons qu'il existe des laboratoires qui produisent des amphétamines et peut-être aussi des drogues de synthèse comme la morphine et l'éphédrine, poursuivit Murniers. Nous soupçonnons de plus que certains cartels asiatiques et sud-américains tentent de constituer de nouvelles filières de transport pour remplacer celles qui ont été démantelées en Europe occidentale. Les pays de l'Est sont à cet égard une terre vierge, où ces gens voient la possibilité d'échapper aux policiers trop vigilants. Disons que nous sommes plus faciles à corrompre.

– Le major Liepa par exemple ?

– Le major Liepa ne se serait jamais abaissé à accepter un pot-de-vin.

– Je voulais dire le contraire. C'était peut-être un policier trop vigilant.

– Si c'est cela qui a signé son arrêt de mort, le commandant Putnis le saura bientôt.

– Qui est le suspect ?

– Un homme qu'on retrouve dans plusieurs affaires impliquant les deux morts du canot. Un ancien boucher de Riga devenu l'un des chefs du crime organisé dans ce pays et qui, étrangement, a toujours échappé à la prison. Cette fois-ci sera peut-être la bonne.

La voiture freina sur un quai encombré de ferraille et de grues dépecées. Ils descendirent et approchèrent du bord de l'eau.

– C'est là qu'on a retrouvé le major Liepa, dit Murniers.

Wallander regarda autour de lui. À l'affût des impressions les plus élémentaires.

Comment le major et ses meurtriers étaient-ils parvenus jusque-là ? Pourquoi cet endroit ? Le quai était situé à l'écart, mais ce n'était pas suffisant. Wallander contempla les débris d'une grue de chantier. *Please*, avait écrit Baiba Liepa. Murniers fumait une cigarette un peu plus loin tout en battant la semelle pour se réchauffer.

Pourquoi refuse-t-il de me renseigner sur le lieu du crime ? Pourquoi Baiba Liepa veut-elle me rencontrer en secret ? On va vous appeler en demandant M. Eckers, vous devez venir. Qu'est-ce que je fais à Riga ?

Le malaise du matin revint avec force. Sans doute était-ce le fait d'être un étranger en visite dans un pays inconnu. En tant que policier, il avait l'habitude de manipuler une réalité dont il faisait lui-même partie. Ici, il restait à l'extérieur. Peut-être pourrait-il pénétrer ce paysage fermé dans le rôle de *M. Eckers* ? Le policier Kurt Wallander, lui, était impuissant dans ce contexte.

Il retourna à la voiture.

– Je voudrais étudier vos rapports. L'autopsie, l'analyse du lieu du crime, les photographies.

– Nous allons faire traduire le dossier.

– Un interprète irait peut-être plus vite ? L'anglais du sergent Zids est excellent.

Murniers sourit d'un air absent et alluma une autre cigarette.

– Vous êtes un homme pressé, dit-il. Bien sûr, le sergent Zids pourra vous traduire le dossier de vive voix.

De retour au QG, ils se rendirent dans une pièce d'où ils pouvaient observer le commandant Putnis et le suspect par un miroir sans tain. La salle d'interrogatoire était vide à l'exception d'une petite table en bois et de deux chaises. Putnis avait enlevé sa veste d'uniforme. L'homme assis en face de lui avait une barbe de deux jours et paraissait épuisé. Il répondait très lentement aux questions.

– Ça va prendre du temps, dit Murniers d'un air pensif. Mais tôt ou tard, nous apprendrons la vérité.

– Quelle vérité ?

– Si nous avions raison ou pas.

Ils reprirent les couloirs du labyrinthe. On indiqua à Wallander un petit bureau, non loin de celui de Murniers. Le sergent Zids arriva avec le dossier relatif au meurtre du major. Avant de les laisser seuls, Murniers échangea quelques phrases en letton avec le sergent. Sur le seuil, il se retourna.

– J'oubliais. Baiba Liepa sera ici à quatorze heures pour l'interrogatoire.

Wallander se rétracta intérieurement. *Vous m'avez trahie, monsieur Eckers. Pourquoi ?*

– J'envisageais une conversation, dit-il. Pas un interrogatoire.

– J'aurais dû utiliser un autre mot. Laissez-moi vous dire qu'elle se réjouit de vous rencontrer.

Murniers disparut. Deux heures plus tard, Zids avait fini de lui traduire le rapport. Wallander avait contemplé les photographies floues montrant le corps du major. Sa conviction en était sortie renforcée : ça ne collait pas. Sachant par expérience qu'il réfléchissait mieux lorsqu'il était occupé, il pria le sergent de le conduire dans un magasin où il pourrait acheter des caleçons longs. *Long underpants*, avait-il dit, et le sergent ne manifesta aucune surprise. Wallander perçut toute l'absurdité de la situation au moment d'entrer dans le magasin, flanqué du sergent.

Comme s'il allait acheter des caleçons sous escorte policière. Zids lui servit de porte-parole, et insista pour que Wallander essaie la marchandise avant de se décider. Il en acheta deux, qu'on lui enveloppa dans du papier kraft entouré de ficelle. Dans la rue, il proposa au sergent d'aller déjeuner.

– Mais pas à l'hôtel. N'importe où, mais pas à l'hôtel Latvia.

Le sergent Zids quitta les grandes artères et s'engagea dans les ruelles de la vieille ville. Wallander eut la sensation de pénétrer dans un nouveau labyrinthe dont il ne pourrait jamais ressortir par ses propres moyens.

Le restaurant s'appelait Sigulda. Wallander choisit une omelette, le sergent une assiette de potage. L'air était irrespirable, la fumée suffocante. À leur entrée, toutes les tables étaient occupées. Mais deux mots du sergent avaient suffi à faire apparaître comme par magie une table libre. Wallander commenta le sujet entre deux bouchées.

– En Suède, ça n'aurait pas été possible. Qu'un policier débarque dans un restaurant et obtienne une table alors que tout est complet.

– Chez nous, c'est différent. Les gens préfèrent être en bons termes avec la police.

Il avait dit cela comme une évidence. Wallander s'en irrita. Le sergent Zids était trop jeune pour manifester une telle arrogance.

– À l'avenir, je ne veux plus de passe-droit.

Le sergent parut surpris.

– Alors, nous ne mangerons pas.

– La salle à manger de l'hôtel Latvia est toujours vide, répliqua Wallander sèchement.

Peu avant quatorze heures, ils étaient de retour au QG. Wallander avait consacré la fin du repas à méditer en silence sur ce qui le gênait à ce point dans le rapport traduit par le sergent. Son côté *définitif* peut-être. Comme s'il avait été rédigé dans l'intention expresse de rendre toute question superflue. Il n'avait pas poussé le raisonnement plus loin, et se méfiait de son propre jugement. Peut-être voyait-il des fantômes…

Murniers n'était pas là, et le commandant Putnis se trouvait encore dans la salle d'interrogatoire. Le sergent partit à la rencontre de Baiba Liepa ; Wallander resta seul dans le bureau qu'on lui avait attribué. Était-il placé sur écoute ? L'observait-on par un miroir sans tain dissimulé quelque part ? Comme pour démontrer son innocence, il ouvrit le paquet de papier kraft, ôta son pantalon et enfila un caleçon long. Il venait de constater que ça le grattait lorsqu'on frappa à la porte. « Entrez ! » cria-t-il. Le sergent s'effaça pour laisser passer Baiba Liepa. *Maintenant je suis Wallander. Pas M. Eckers. C'est pour cela que je veux vous voir.*

– Parlez-vous anglais, madame ?

Elle hocha la tête.

– Alors vous pouvez nous laisser seuls, dit Wallander au sergent.

Il avait tenté de se préparer à l'entrevue. *Je dois garder à l'esprit que chacun de mes faits et gestes est surveillé. Nous ne pouvons pas poser un doigt sur nos lèvres, encore moins échanger des billets. Et Baiba Liepa doit comprendre que M. Eckers existe encore.*

Elle portait un manteau sombre, un bonnet de fourrure et des lunettes – ce qui n'avait pas été le cas le matin. Elle ôta son bonnet et secoua ses cheveux noirs.

– Je vous en prie, madame Liepa, asseyez-vous.

Il sourit, très vite, comme on envoie un signal secret avec une lampe de poche. Elle l'enregistra à l'évidence, sans surprise, comme si elle n'attendait pas autre chose de sa part. Il devait à présent poser toutes les questions dont il connaissait déjà la réponse. Mais peut-être parviendrait-elle à lui communiquer un message subliminal, un aperçu des secrets destinés au seul M. Eckers ?

Il exprima ses condoléances, de façon officielle mais avec

445

chaleur. Puis il posa les questions qui s'imposaient, sans jamais lâcher l'idée qu'un inconnu écoutait et observait leur moindre parole, leur moindre geste.

— Depuis combien de temps étiez-vous mariée au major Liepa ?

— Huit ans.

— J'ai cru comprendre que vous n'aviez pas d'enfants.

— Nous voulions attendre. J'ai mon métier.

— Quel est votre métier ?

— Je suis ingénieur. Mais ces dernières années j'ai surtout traduit des textes scientifiques. Pour notre institut de formation technique, entre autres.

Comment as-tu réussi à venir m'apporter mon petit déjeuner dans la chambre ? Qui est ton complice à l'hôtel Latvia ?

Il ne fallait pas se laisser distraire.

— Et ce n'est pas compatible avec le fait d'avoir des enfants ?

Il regretta aussitôt cette question d'ordre privé, dénuée de toute pertinence. Il se fit pardonner en enchaînant sans attendre la réponse :

— Madame Liepa, vous avez dû réfléchir à ce qui a pu arriver à votre mari. J'ai lu le compte rendu de vos auditions. Vous dites ne rien savoir, ne rien comprendre, ne rien deviner. C'est sûrement vrai. Vous souhaitez plus que quiconque que l'auteur soit retrouvé et puni. Cependant je voudrais revenir sur le jour où votre mari est rentré de Suède. Vous avez pu oublier quelque chose. Ce serait compréhensible, après le choc que vous avez subi.

Sa réponse lui fournit le premier signal secret.

— Je n'ai rien oublié, dit-elle. Rien du tout.

Monsieur Eckers, je n'ai pas été sous le choc d'un événement imprévu. Ce que nous redoutions est arrivé.

— Peut-être faut-il remonter plus loin, reprit Wallander avec précaution, pour ne pas l'exposer à des difficultés auxquelles elle ne pourrait faire face.

— Mon mari ne parlait pas de son travail. Il n'aurait jamais violé le secret auquel il était astreint en tant que policier. C'était un homme d'une haute moralité.

Tout juste, pensa Wallander. Et cette morale l'a tué.

– C'est l'impression qu'il m'a faite, bien que je ne l'aie fréquenté que l'espace de quelques jours en Suède.

Comprenait-elle maintenant qu'il était de son côté ? Que c'était pour cela qu'il l'avait fait venir ? Qu'il était nécessaire de déployer cet écran de questions dépourvues de sens ?

Il réitéra sa demande. Un élément, un souvenir qu'elle aurait pu omettre lors de ses précédentes auditions… Ils continuèrent ainsi pendant un certain temps jusqu'à ce que Wallander estimât possible de conclure décemment. Il enfonça le bouton de sonnette fixé à la table, et dont le signal parvenait sans doute directement au sergent Zids. Puis il se leva et lui serra la main.

Comment as-tu appris que j'étais à Riga ? Quelqu'un a dû te le dire. Quelqu'un qui voulait qu'on se rencontre. Mais pourquoi ? En quoi penses-tu qu'un policier suédois de province puisse t'aider ?

Le sergent apparut et raccompagna Baiba Liepa vers une lointaine sortie. Wallander se posta dans le courant d'air de la fenêtre et contempla la cour intérieure. Une pluie mêlée de neige tombait sur la ville. Au-delà des murs de la forteresse, il apercevait des clochers et le haut de quelques immeubles.

Soudain il pensa qu'il se faisait des idées. Il avait laissé filer son imagination sans lui opposer la moindre résistance rationnelle. Il soupçonnait des conspirations inexistantes, il était gavé de mythes concernant les dictatures de l'Est, où chacun complotait contre chacun, selon une manipulation savamment orchestrée. Quelles raisons objectives avait-il de se défier de Murniers et de Putnis ? Le fait que Baiba Liepa ait surgi à son hôtel déguisée en femme de chambre pouvait avoir une explication nettement moins dramatique qu'il ne l'imaginait.

Il fut interrompu dans ses réflexions par l'entrée de Putnis. Le commandant paraissait fatigué, son sourire était crispé.

– L'interrogatoire est suspendu, dit-il. Le suspect n'a malheureusement pas reconnu les faits. Nous contrôlons en ce moment les informations qu'il nous a fournies. Ensuite je le questionnerai de nouveau.

– Sur quoi se fondent les soupçons ?

– Nous savons qu'il a souvent eu recours aux services de Leja et de Kalns, en tant que coursiers et hommes de main. Nous espérons prouver qu'ils ont été impliqués dans des affaires de drogue au cours de l'année écoulée. Hagelman – c'est le nom du suspect – est un homme qui n'hésiterait pas à torturer ou à assassiner ses complices s'il le jugeait nécessaire. Bien entendu, il n'a pas agi seul. Nous recherchons en ce moment même d'autres membres du réseau. Plusieurs d'entre eux sont des citoyens d'Union soviétique ; ils sont peut-être là-bas en ce moment, ce qui ne nous facilite pas la tâche. Mais patience… De plus, nous avons retrouvé plusieurs armes auxquelles Hagelman aurait eu accès. Nous sommes en train de vérifier ce point : si les balles qui ont tué Leja et Kalns pouvaient provenir de ces armes.

– Le lien avec la mort du major Liepa, qu'en faites-vous ?

– Rien pour l'instant. Mais c'était un meurtre prémédité, une exécution. Il n'a même pas été volé. Nous devons croire que sa mort est liée à son travail.

– Le major Liepa pouvait-il avoir une double vie ?

Putnis eut un faible sourire.

– Nous vivons dans un pays où le contrôle de nos concitoyens atteint à la perfection. Sans parler du contrôle interne qui existe dans la police. Si le major Liepa avait mené une double vie, nous le saurions.

– À moins qu'il n'ait été protégé.

Putnis parut surpris.

– Par qui ?

– Je ne sais pas. Je réfléchis à haute voix. Une réflexion sans pertinence, j'en ai peur.

Putnis se leva pour partir.

– Je voulais vous inviter à dîner ce soir. C'est malheureusement impossible, car je dois poursuivre l'interrogatoire. Mais le commandant Murniers a peut-être eu la même idée ? C'est un manque de courtoisie impardonnable de vous laisser seul dans une ville étrangère.

– L'hôtel Latvia est parfait. D'ailleurs, j'aurais besoin de faire la synthèse des idées qui me sont venues autour de la mort du major. La soirée ne sera pas de trop.

– Demain alors. Ce sera un honneur de vous recevoir chez moi. Ma femme Ausma est une excellente cuisinière.

– Le plaisir sera pour moi.

Putnis parti, Wallander appuya sur le bouton de la sonnette. Il voulait quitter la forteresse sans attendre une éventuelle invitation de Murniers.

– Je rentre, dit-il lorsque le sergent Zids apparut sur le seuil. Je vais travailler dans ma chambre ce soir. Vous pourrez passer me prendre à huit heures demain matin.

Quand le sergent l'eut déposé devant l'hôtel, Wallander acheta quelques cartes postales et des timbres à la réception. Il demanda aussi un plan de la ville, le trouva trop sommaire et se fit indiquer le chemin de la librairie la plus proche.

Il parcourut le hall du regard mais n'aperçut aucun homme en gris buvant du thé ou lisant un journal.

Ça signifie qu'ils sont encore là. Visibles un jour sur deux, afin que je doute de leur existence.

Il partit en quête de la librairie. Il faisait déjà nuit ; le trottoir était luisant de pluie. Beaucoup de monde dehors. Wallander s'arrêtait de temps à autre devant une vitrine. La marchandise était rare et uniforme. Parvenu à la boutique, il jeta un rapide regard derrière lui mais ne vit personne ralentir le pas.

Un homme âgé qui ne parlait pas un mot d'anglais lui vendit un plan de la ville tout en jacassant sans discontinuer en letton, comme s'il nourrissait l'espoir que Wallander le comprendrait malgré tout. Il retourna à l'hôtel. Quelque part, devant lui ou derrière, il y avait une ombre qu'il ne pouvait voir. Il décida d'interroger les commandants dès le lendemain. Pourquoi le surveillait-on ? Il le ferait sur un ton aimable. Sans sarcasme ni irritation.

À la réception, il demanda si quelqu'un avait cherché à le joindre. Le portier secoua la tête. *No calls, mister Wallander.*

Il prit l'ascenseur jusqu'à sa chambre, éloigna la table de la fenêtre pour échapper aux courants d'air et se mit à noircir ses cartes postales. Celle qu'il adressa à Björk représentait la cathédrale de Riga. Baiba Liepa habitait dans ce quartier, c'était là que le major Liepa avait reçu l'appel le soir de sa mort. *Qui a téléphoné, Baiba ? M. Eckers attend dans sa chambre, il voudrait une réponse.*

Il écrivit à Björk, à Linda et à son père. Devant la dernière carte, il hésita. Puis il la remplit et l'adressa à sa sœur Kristina.

Il était dix-neuf heures. Il fit couler un bain, un verre de whisky en équilibre sur le rebord de la baignoire. L'eau était tiède. Il ferma les yeux et déroula le film des événements depuis le début.

Les hommes morts dans le canot, leur étreinte étrange... Il tentait de voir quelque chose qui lui aurait échappé. Rydberg parlait souvent de *voir l'invisible.* De découvrir l'inattendu dans ce qui semblait à première vue anodin. Il avançait méthodiquement. Où était la piste qu'il avait négligée jusque-là ?

Il s'extirpa de la baignoire, se rhabilla, s'assit à la table et commença à prendre des notes. Il était à présent convaincu que les deux policiers lettons étaient sur la bonne piste. Rien ne contredisait l'hypothèse que les hommes du canot eussent été victimes d'un règlement de comptes. Le fait qu'ils avaient été tués sans leur veste n'avait pas de réelle importance, pas plus que l'idée d'une volonté délibérée que les corps soient retrouvés. Mais le canot... *Qui l'a volé ? Comment ces gens ont-ils pu venir si vite de Lettonie ? Ou bien a-t-il été récupéré par des Suédois, ou par des Lettons vivant en Suède, capables d'organiser la chose sur place ?* Il nota ces questions par écrit et poursuivit. Le major Liepa avait été assassiné le soir même de son retour de Suède. Tout portait à croire qu'on avait voulu le faire taire. *Que savait le major Liepa ? Et pourquoi me présente-t-on un rapport lacunaire qui évite soigneusement d'identifier le lieu du crime ?*

Il relut ses notes et poursuivit. *Baiba Liepa. Que sait-elle, qu'elle ne souhaite pas révéler à la police ?* Il repoussa son bloc et se versa un autre whisky. Il était vingt et une heures, il avait faim. Après avoir vérifié que le téléphone fonctionnait, il descendit à la réception et informa le portier qu'on pouvait le joindre dans la salle à manger. Il jeta un regard circulaire. Aucun préposé à la surveillance, apparemment... Le serveur le conduisit une fois de plus à la même table. *Peut-être y a-t-il un micro dans le cendrier ? Ou un homme caché sous la table qui enregistre les battements de mon cœur ?* Il but une demi-bouteille de vin arménien et mangea une volaille bouillie accompagnée de pommes de terre. Chaque fois que la porte à double battant s'ouvrait, il s'attendait à voir surgir le portier, lui annonçant qu'il avait une communication. Il prit un cognac avec son café et regarda autour de lui. Ce soir, le restaurant était presque plein. Quelques Russes dans un coin, un groupe d'Allemands assis autour d'une longue table en compagnie de leurs hôtes lettons. Il était vingt-deux heures trente lorsqu'il régla la note. Il hésita un instant à se rendre au night-club, puis renonça à cette idée et remonta au quinzième étage. Au moment où il tournait la clé dans la serrure, il entendit la sonnerie du téléphone. Avec un juron, il se précipita pour prendre le combiné. *Je voudrais parler à M. Eckers.* Une voix d'homme, s'exprimant en anglais avec un très fort accent. Wallander répondit comme convenu que c'était une erreur, qu'il n'y avait pas de *M. Eckers.* L'homme s'excusa et raccrocha. *Passez par la porte de service. Please, please.*

Il mit son manteau et enfonça son bonnet sur ses oreilles. Puis il se ravisa et rangea le bonnet dans sa poche. Parvenu au rez-de-chaussée, il rasa le mur de manière à ne pas être vu de la réception. Les Allemands sortirent au même moment de la salle de restaurant. Il se dépêcha de descendre l'escalier conduisant au sauna et prit le couloir qui aboutissait à l'entrée de service du restaurant. La porte grise correspondait en tout point à la description de Baiba Liepa. Il l'ouvrit doucement ; le vent froid lui cingla le visage. Il longea à tâtons la rampe et se retrouva dans la rue, derrière l'hôtel.

La rue était mal éclairée. Tant mieux. Il s'enfonça dans l'ombre. À part un vieil homme qui promenait son chien, il n'y avait personne. Il attendit. Toujours personne. Le chien leva la patte contre une poubelle pendant que le vieil homme patientait. En passant devant Wallander, il dit très vite, en anglais : *Attendez un peu, puis suivez-moi.* Un tramway passa au loin avec un bruit de ferraille. Wallander mit son bonnet. La pluie mêlée de neige avait cessé et la température était de nouveau en chute libre. Lorsque l'homme eut disparu, Wallander prit le même chemin, sans se presser. Une autre ruelle se présentait devant lui ; l'homme au chien était invisible. Soudain, une portière s'ouvrit sans bruit à sa hauteur. *Monsieur Eckers*, dit une voix de l'intérieur de la voiture, *nous devons partir*. Il se glissa à l'arrière, en même temps qu'une pensée inquiétante lui traversait l'esprit. *Je ne devrais pas faire ça, c'est de la folie.* Il se rappela la sensation qu'il avait eue le matin même, dans une autre voiture, conduite par le sergent Zids.

La peur était revenue.

9

Une odeur âcre de laine mouillée.

C'est ainsi que Wallander se rappellerait la traversée de Riga cette nuit-là. À peine s'était-il glissé dans la voiture que des mains inconnues lui avaient enfilé une cagoule. En laine ! Dès qu'il commença à transpirer, les démangeaisons devinrent insupportables. Mais la peur, la sensation intense d'une erreur fatale avaient disparu à l'instant même où la portière s'était refermée et qu'une voix calme – qui devait correspondre aux mains qui lui avaient passé la cagoule – s'était adressée à lui. *We are no terrorists. We just have to be cautious.* Il reconnut la voix du téléphone, celle qui avait demandé *M. Eckers* avant de s'excuser de son erreur. Cette voix était absolument convaincante. Après coup, il pensa que c'était un art que les gens devaient apprendre à maîtriser, dans le chaos des pays de l'Est en pleine décomposition : se montrer très convaincant en disant qu'il n'y avait aucun danger alors qu'en réalité la menace était partout présente.

La voiture était inconfortable. Le bruit du moteur signalait une fabrication soviétique. Une Lada sans doute. Combien de personnes à bord ? Au moins deux, en plus de lui. Quelqu'un à l'avant, qui toussait et conduisait, et l'homme qui s'était adressé à lui, sur la banquette arrière. De temps à autre, quelqu'un baissait une vitre pour aérer l'habitacle enfumé et il sentait le courant d'air froid. L'espace d'un instant, il crut percevoir une trace de parfum – celui de Baiba Liepa –, c'était sans doute une illusion, ou plutôt un vœu pieux. Impossible de savoir s'ils roulaient vite ou lentement. Mais soudain le revêtement de la route changea, et il devina qu'ils avaient quitté la ville. La voiture freina, tourna à deux reprises, contourna un rond-point, tourna une troisième fois, puis continua tout droit, en cahotant comme sur un chemin de terre. Le chauffeur coupa le contact, les portières s'ouvrirent, et on l'aida à descendre.

Il faisait froid. Wallander crut percevoir une odeur de résine. Quelqu'un le prit par le bras pour lui éviter de trébucher. On lui fit monter un escalier, une porte grinça en pivotant sur ses gonds. Il pénétra dans une pièce chauffée qui sentait le pétrole. Sans prévenir, on lui retira sa cagoule. Il sursauta ; le choc de voir à nouveau était plus grand que celui d'avoir été aveuglé. Il se trouvait dans une pièce tout en longueur aux murs de rondins. Sa première pensée fut qu'il était dans une cabane de chasse. Le massacre de cerf cloué au-dessus de la cheminée, les meubles en bois clair... Deux lampes à pétrole constituaient l'unique source d'éclairage.

L'homme à la voix calme reprit la parole. Son visage ne correspondait pas du tout à ce qu'avait imaginé Wallander – à supposer qu'il eût imaginé quelque chose. L'homme était de petite taille et d'une maigreur infinie, comme s'il avait enduré de longues souffrances ou une grève de la faim. Il était très pâle. Ses lunettes à monture de corne semblaient beaucoup trop grandes et trop lourdes pour ses pommettes émaciées. Difficile de lui donner un âge. Il pouvait avoir vingt-cinq ans, ou cinquante. Mais il souriait. Puis il indiqua une chaise, « *Sit down please* », de sa voix paisible. Un autre homme se détacha silencieusement de l'ombre, portant une bouteille thermos et quelques tasses. Peut-être le chauffeur ? Il était plus âgé que l'autre, l'air sombre. Il ne devait pas sourire souvent... Wallander s'assit et accepta la tasse de thé qu'il lui tendait. Les deux hommes prirent place de l'autre côté de la table. Le chauffeur tourna avec précaution le bouton du globe de porcelaine blanc. Wallander crut percevoir un bruit infime dans l'ombre, de l'autre côté du cercle de lumière. Il y a d'autres personnes ici. Quelqu'un nous attendait, quelqu'un a préparé le thé...

— Nous n'avons que du thé à vous offrir, dit l'homme à la voix calme. Mais vous avez dîné, monsieur Wallander. Et nous n'allons pas vous retenir longtemps.

Wallander sentit le malaise le reprendre. Tant qu'il était *M. Eckers*, les événements ne le concernaient pas à titre personnel. Mais voilà que ces gens l'appelaient M. Wallander ; ils l'avaient surveillé, l'avaient vu dîner à l'hôtel. Leur seule erreur avait été de téléphoner quelques secondes trop tôt, avant qu'il ait refermé la porte de sa chambre.

— J'ai toutes les raisons de me méfier. J'ignore qui vous êtes. Où est Baiba Liepa ?

— Pardonnez ce manque de courtoisie. Mon nom est Upitis. À la fin de cette conversation, vous retournerez à votre hôtel, je vous en donne ma parole.

Upitis, pensa Wallander. Quel que soit son nom, je peux être sûr que ce n'est pas celui-là.

— La parole d'un inconnu ne vaut rien. Vous m'embarquez en pleine nuit avec une cagoule sur la tête (était-ce bien *hood*, le mot anglais pour « cagoule » ?). J'ai accepté de rencontrer Mme Liepa selon ses conditions, parce que je connaissais son mari et qu'il me semblait qu'elle pouvait m'aider à faire la lumière sur la mort du major. Quant à vous, encore une fois, je ne sais pas qui vous êtes et je n'ai aucune raison de me fier à vous.

L'homme qui s'était présenté sous le nom d'Upitis hocha lentement la tête.

— Je suis d'accord. Mais ne croyez pas que ces précautions soient superflues. Nous n'avons malheureusement pas le choix. Mme Liepa n'a pas été en mesure de nous rejoindre ce soir. Je parle en son nom.

— Comment puis-je le savoir ? Et que voulez-vous ?

— Votre aide.

— Pourquoi m'avoir affublé d'un faux nom ? Pourquoi ce rendez-vous secret ?

— Au risque de me répéter, nous n'avons malheureusement pas le choix. Vous êtes en Lettonie depuis peu de temps, monsieur Wallander. Vous allez comprendre.

— Et en quoi croyez-vous que je peux vous aider ?

De nouveau, le bruit imperceptible dans l'ombre. Baiba Liepa, pensa-t-il. Elle ne se montre pas, mais elle est là...

— Je vais vous demander quelques minutes de patience, dit Upitis. Laissez-moi d'abord vous expliquer ce qu'est la Lettonie.

— Est-ce vraiment utile ? La Lettonie est un pays comme les autres. Même si j'avoue ne pas connaître les couleurs de votre drapeau.

— Je crois qu'une explication est nécessaire. Déjà lorsque vous dites que la Lettonie est un pays comme les autres, je constate que certains éléments doivent vous être précisés.

Wallander goûta le thé tiède en scrutant l'obscurité où il lui semblait discerner un mince rai de lumière, comme d'une porte mal fermée.

Le chauffeur réchauffait ses mains autour de sa tasse. Il avait baissé les yeux, et Wallander comprit que la conversation se déroulerait entre Upitis et lui.

— Qui êtes-vous ? Dites-moi au moins cela.

— Nous sommes lettons. Nés par hasard dans ce pays malmené, au cours d'une période particulièrement noire de son histoire. Nos chemins se sont croisés, et nous avons compris qu'une mission nous incombait, à laquelle nous ne pouvions échapper.

— Le major Liepa... ?

— Permettez-moi de commencer par le commencement. Vous devez comprendre que notre pays est au bord de l'effondrement. Tout comme les deux autres États baltes et le reste des pays satellites administrés par l'Union soviétique comme des provinces coloniales, nous voulons reconquérir la liberté perdue après la Seconde Guerre mondiale. Mais la liberté naît dans le chaos, monsieur Wallander, au milieu d'ombres qui nourrissent des intentions effrayantes. C'est une illusion, une illusion catastrophique, de croire qu'on puisse être simplement pour ou contre la liberté. La liberté a de nombreux visages. L'importante minorité russe implantée dans le pays afin de « dissoudre » en quelque sorte le peuple letton et nous vouer, à terme, à disparaître – cette population ne s'inquiète pas seulement d'une éventuelle remise en question de sa présence. Elle craint pour ses privilèges. L'Histoire ne connaît pas d'exemple de gens qui aient renoncé à leurs privilèges de leur plein gré. C'est pourquoi ils s'arment pour se défendre, dans le plus grand secret. C'est la raison des événements de l'automne dernier, lorsque la puissance militaire soviétique est intervenue et a instauré l'état d'urgence. Une autre illusion consiste à croire qu'on puisse passer en douceur d'une dictature brutale à quelque chose qu'on pourrait appeler démocratie. Pour nous, la liberté est une tentation, comme une belle femme à laquelle on ne résiste pas. Pour d'autres, la liberté est une menace qui doit être combattue par tous les moyens.

Upitis se tut, comme si ses paroles contenaient une révélation qui l'ébranlait lui-même.

– Une menace ? répéta Wallander.

– Il y a un risque de guerre civile. Le débat politique peut céder le pas à la folie de gens qui n'ont que la vengeance au cœur. Le désir de liberté peut se transformer en une horreur indescriptible. Des monstres rôdent à l'arrière-plan ; la nuit, on aiguise les couteaux. L'issue de ce règlement de comptes est aussi difficile à prévoir que l'avenir tout court.

Une mission à laquelle nous ne pouvions échapper. Wallander tentait de saisir l'implication réelle des paroles d'Upitis. Mais il savait d'avance qu'il n'y parviendrait pas. Ses connaissances quant aux changements à l'œuvre en Europe se réduisaient à presque rien. L'action politique n'avait jamais eu de place dans son univers de policier. Il votait lors des élections, point. Sans passion et sans réel dessein. Les changements qui ne concernaient pas directement sa propre vie lui restaient étrangers.

– La chasse aux monstres n'entre pas vraiment dans le cadre de mon travail, dit-il dans une tentative pour excuser son ignorance. J'enquête sur des crimes réels commis par des gens réels. J'ai accepté d'être *M. Eckers* dans l'optique où Baiba Liepa voulait me rencontrer sans témoins. La police lettone a demandé mon aide pour élucider le meurtre du major Liepa et pour enquêter sur un lien éventuel avec deux citoyens lettons retrouvés assassinés en Suède. Tout à coup, c'est vous qui me demandez de l'aide. On doit pouvoir se parler plus simplement, sans longues digressions sur des problèmes de société que je ne comprends pas de toute manière.

– En effet. Disons plutôt que nous nous aidons mutuellement.

Wallander chercha en vain le mot anglais pour « rébus ».

– C'est trop confus pour moi, reconnut-il. Dites-moi juste ce que vous voulez. Sans périphrases.

Upitis approcha un bloc jusque-là masqué par la lampe, et tira un crayon de sa veste élimée.

– Le major Liepa vous a rendu visite en Suède parce que deux citoyens lettons assassinés s'étaient échoués sur la côte suédoise. Vous avez collaboré avec lui ?

– Oui. C'était un policier compétent.

– Mais il n'a passé que quelques jours en Suède.

– Oui.

– Comment avez-vous pu juger de sa compétence en si peu de temps ?

– La compétence, tout comme l'expérience d'ailleurs, se discerne immédiatement.

Ces questions paraissaient innocentes. Mais il avait d'emblée perçu l'intention d'Upitis. Comme un enquêteur de haut niveau, il tissait sa toile, en gardant le regard fixé sur un but précis. Peut-être est-il de la police ? Peut-être n'est-ce pas Baiba Liepa qui se cache dans l'ombre, mais le commandant Putnis ? Ou Murniers ?

– Vous avez donc apprécié le travail du major Liepa.

– Naturellement. Je viens de vous le dire.

– Et si l'on fait abstraction de son expérience et de sa compétence professionnelles ?

– Comment pourrait-on en faire abstraction ?

– Quelle impression vous a-t-il faite en tant qu'homme ?

– La même. Il était calme, consciencieux, patient, cultivé, intelligent.

– Le major Liepa a eu la même impression de son côté, monsieur Wallander. Que vous étiez un policier compétent.

Wallander sentit le signal d'alarme familier. Intuitivement, il comprit qu'Upitis venait de pénétrer sur le territoire où attendaient les questions décisives. Par ailleurs il était confronté à une énigme. Le major Liepa n'était de retour chez lui que depuis quelques heures lorsqu'il avait été tué. Pourtant, cet Upitis détenait des informations détaillées sur le voyage du major en Suède. Des informations qui n'avaient pu être communiquées que par le major lui-même.

– J'en suis très honoré, répondit-il.

– Vous aviez beaucoup à faire pendant la visite du major Liepa.

– Une enquête pour meurtre est rarement reposante.

– Vous n'avez donc pas eu le temps de vous fréquenter ?

– Je ne comprends pas la question.

– Vous fréquenter. Vous détendre. Rire, chanter. J'ai entendu dire que les Suédois chantaient volontiers.

– Le major Liepa et moi-même n'avons pas constitué une chorale, si c'est ce que vous pensez. Je l'ai invité chez moi un soir, c'est tout. Nous avons vidé une bouteille de whisky en écoutant de la musique. Il y avait une tempête de neige ce soir-là. Puis il est retourné à son hôtel.

– Le major Liepa aimait beaucoup la musique. Il se plaignait d'avoir trop rarement le temps d'aller au concert.

Le signal d'alarme était de plus en plus insistant. Que veut-il savoir ? Qui est cet Upitis ? Où est Baiba Liepa ?

— Puis-je demander quelle musique vous avez écoutée ?

— De l'opéra. Maria Callas. Je ne me souviens pas très bien. *Turandot*, je crois.

— Pardon ?

— L'un des plus beaux opéras de Puccini.

— Et vous avez bu du whisky ?

— Oui.

— Et il y avait une tempête de neige ?

— Oui.

On y est, pensa fébrilement Wallander. Que veut-il me faire dire à mon insu ?

— Quelle marque de whisky buviez-vous ?

— J&B, je crois.

— Le major Liepa était un buveur modéré. Mais de temps en temps, il aimait bien se détendre avec un verre.

— Ah bon.

— Il était très modéré à tout point de vue.

— Je crois bien que j'étais plus ivre que lui. Si c'est ce que vous voulez savoir.

— Vous semblez pourtant avoir un souvenir précis de cette soirée…

— Nous avons écouté de la musique. Nous avons bu. Nous avons bavardé. Voilà tout.

— Vous avez naturellement parlé des deux hommes échoués sur la côte ?

— Pas dans mon souvenir. C'est surtout le major Liepa qui parlait. De la Lettonie. C'est d'ailleurs ce soir-là que j'ai appris qu'il était marié.

Soudain il perçut un changement dans l'atmosphère. Upitis l'observait attentivement, le chauffeur avait imperceptiblement bougé sur sa chaise. Wallander se fiait absolument à son intuition, et son intuition lui disait qu'ils venaient de dépasser le point de la conversation auquel tendait Upitis depuis le début. Mais de quoi s'agissait-il ? Intérieurement, il revoyait le major sur le canapé, le verre à la main, la musique sortant des enceintes de la bibliothèque.

Mais il devait y avoir autre chose... Quelque chose qui justifiait la création de *M. Eckers*, double secret d'un policier suédois.

– Vous avez offert un livre au major Liepa lors de son départ.

– J'avais acheté un livre de photographies sur la Scanie. Ce n'est peut-être pas original, mais je n'ai pas trouvé de meilleure idée.

– Le major Liepa a apprécié le cadeau.

– Comment le savez-vous ?

– Sa femme nous l'a dit.

C'est la fin de la conversation, pensa Wallander. Ces questions-ci ne servent qu'à nous éloigner du cœur du sujet.

– Avez-vous déjà collaboré avec des policiers des pays de l'Est ?

– Nous avons reçu une fois la visite d'un enquêteur polonais. Ah, oui, un groupe d'étude lituanien aussi.

Upitis repoussa son bloc-notes. Il n'avait rien noté de toute la conversation, mais Wallander avait la certitude qu'il avait appris ce qu'il voulait savoir. Quoi ? *Qu'ai-je dit de si important sans en avoir moi-même conscience ?*

Il but une gorgée du thé qui avait complètement refroidi. À mon tour, pensa-t-il. Je dois tourner cette conversation à mon avantage.

– Pourquoi le major est-il mort ?

– Le major Liepa était très préoccupé de la situation dans le pays, répondit lentement Upitis. Nous en parlions souvent. Pour savoir ce que nous pouvions faire.

– Est-ce pour cela qu'il est mort ?

– Pourquoi sinon l'aurait-on assassiné ?

– Ce n'est pas une réponse. C'est une autre question.

– C'est la vérité, j'en ai peur.

– Qui pouvait avoir une raison de le tuer ?

– Rappelez-vous ce que j'ai dit tout à l'heure. Sur les gens qui redoutent la liberté.

– Les couteaux qu'on aiguise pendant la nuit ?

Upitis hocha la tête. Wallander tentait de réfléchir, d'assimiler tout ce qu'il venait d'entendre.

– Si j'ai bien compris, dit-il, vous représentez une organisation.

– Plutôt un groupe informel. Une organisation est beaucoup trop facile à identifier et à écraser.

– Que voulez-vous ?

Upitis parut hésiter.

– Nous sommes des gens libres, monsieur Wallander. Malgré notre manque de liberté objective. Nous sommes libres en ce sens que nous avons la possibilité d'analyser ce qui se passe autour de nous. Peut-être faut-il ajouter que la plupart d'entre nous sont des intellectuels. Des journalistes, des chercheurs, des poètes. Peut-être sommes-nous le noyau d'un mouvement politique capable de sauver ce pays du désastre. Si le chaos s'installe. Si l'Union soviétique intervient militairement. Si la guerre civile ne peut être évitée.

– Le major Liepa était-il impliqué dans votre groupe ?

– Oui.

– En tant que dirigeant ?

– Nous n'avons pas de dirigeants, monsieur Wallander. Mais le major Liepa était un membre important de notre cercle. Par son rang, il jouissait d'un poste d'observation privilégié. Nous pensons qu'il a été trahi.

– Trahi ?

– La police de ce pays est aux mains de la puissance d'occupation. Le major Liepa était une exception. Il jouait double jeu avec ses collègues. Il prenait de grands risques.

Wallander se rappela les paroles de l'un des commandants. *Nous vivons dans un pays où le contrôle de nos concitoyens atteint à la perfection. Si le major Liepa avait mené une double vie, nous le saurions.*

462

– Pensez-vous qu'un membre de la police puisse être à l'origine du meurtre ?

– Nous n'avons pas de certitude. Mais nous soupçonnons que les choses se sont passées ainsi. C'est la seule hypothèse plausible.

– Qui, dans ce cas ?

– Nous espérons que vous nous aiderez à le découvrir.

Enfin, pensa Wallander. Une cohérence possible. Il songea aux lacunes de l'enquête relative à la mort du major, et à la surveillance dont lui-même faisait l'objet depuis son arrivée à Riga. Un ensemble de manœuvres de diversion apparaissait soudain en toute clarté.

– L'un des commandants, proposa-t-il. Putnis ou Murniers ?

Upitis répondit sans hésiter. Wallander pensa après coup qu'il y avait eu une note de triomphe dans sa voix.

– Nous soupçonnons le commandant Murniers.

– Pourquoi ?

– Nous avons nos raisons.

– Quelles sont-elles ?

– Le commandant Murniers s'est distingué à différents titres comme le loyal citoyen soviétique qu'il est.

– Il est russe ?

Wallander était surpris.

– Murniers est arrivé pendant la guerre. Son père appartenait à l'Armée rouge. Il a débuté dans la police en 1957. Il était très jeune. Très jeune et très prometteur.

– Il aurait assassiné l'un de ses subordonnés ?

– Il n'y a pas d'autre explication. Mais nous ignorons s'il l'a fait de ses propres mains. Ce peut être quelqu'un d'autre.

– Pourquoi le major a-t-il été tué le soir de son retour de Suède ?

– Le major Liepa était un homme taciturne. C'est une chose qu'on apprend dans ce pays. Nous étions très proches. Mais, même à moi, il ne disait que le strict minimum. On apprend à ne pas encombrer ses amis de confidences. Il nous a cependant laissé entendre qu'il avait découvert une piste.

– Laquelle ?

– Nous l'ignorons.

– Vous devez bien savoir quelque chose ?

Upitis secoua la tête. Il paraissait soudain épuisé. Le chauffeur était toujours immobile sur sa chaise.

– Comment savez-vous que vous pouvez me faire confiance ? reprit Wallander.

– Nous n'en savons rien. Mais nous devons prendre le risque. Nous imaginons bien qu'un policier suédois n'a pas envie d'être impliqué dans le chaos qui règne chez nous.

Tout juste, pensa Wallander. Je n'aime pas être surveillé, je n'aime pas être emmené en pleine nuit dans une cabane de chasse au milieu des sapins. En fait, j'ai surtout envie de rentrer à Ystad.

– Je dois rencontrer Baiba Liepa, dit-il.

Upitis acquiesça.

– Nous reprendrons contact avec vous en demandant *M. Eckers*. Peut-être dès demain.

– Je peux demander une nouvelle audition.

– Non. Trop d'oreilles sont à l'affût. Nous allons organiser une rencontre.

Le silence retomba. Upitis paraissait perdu dans ses pensées. Wallander jeta un regard sur sa droite. Le rai de lumière avait disparu.

– Avez-vous obtenu la réponse que vous espériez ?

Upitis sourit sans répondre.

– Le soir où le major Liepa est venu chez moi boire du whisky et écouter *Turandot*, il n'a rien dit qui puisse éclairer sa mort. Vous auriez pu me poser la question directement.

– Il n'y a pas de raccourcis dans notre pays. Souvent, le détour se révèle le seul chemin praticable et sûr.

Upitis se leva. Le chauffeur l'imita précipitamment.

– Je préférerais ne pas avoir la cagoule au retour, dit Wallander. Elle gratte.

– Bien entendu. Vous devez comprendre que notre prudence est aussi destinée à vous protéger.

La voiture reprit la route de Riga. Il faisait froid. À la faveur de la lune, Wallander distingua la silhouette de villages endormis. Ils traversèrent des banlieues, ombres d'immeubles sans fin, rues plongées dans le noir.

La voiture le laissa au même endroit que précédemment. Upitis lui avait recommandé d'entrer dans l'hôtel par le même chemin, mais il trouva la porte fermée à clé. Il se demandait quoi faire lorsqu'elle s'ouvrit doucement de l'intérieur. Avec surprise, il reconnut l'homme qui, deux jours plus tôt, lui avait ouvert la porte du night-club de l'hôtel. L'homme lui fit emprunter un escalier de secours et ne le laissa que lorsqu'il eut ouvert la porte de la chambre 1506. Il était deux heures passées de trois minutes.

Il faisait froid dans la chambre. Il se versa un whisky, s'enveloppa dans une couverture et s'assit à la table. Malgré la fatigue, il savait qu'il ne s'endormirait pas avant d'avoir résumé par écrit les événements de la nuit. Le stylo-bille était glacé entre ses doigts. Il rassembla les notes déjà rédigées, goûta le whisky et se mit à réfléchir.

Reviens au point de départ, aurait dit Rydberg. *Laisse tomber les failles et les zones d'ombre. Commence par ce que tu sais avec certitude.*

Mais que savait-il au juste ? Deux Lettons assassinés s'échouent à Mossby Strand dans un canot de sauvetage yougoslave. Voilà un point de départ incontestable. Un major de la police de Riga vient passer quelques jours à Ystad dans le cadre de l'enquête. Lui-même commet l'erreur impardonnable de ne pas examiner le canot à fond. Le canot est volé. Le major Liepa retourne à Riga. Il présente son rapport aux deux commandants, Putnis et

Murniers. Puis il rentre chez lui et montre à sa femme le livre que lui a offert le policier suédois Wallander. *De quoi parle-t-il avec sa femme ?* Pourquoi se tourne-t-elle vers Upitis ? Pourquoi se déguise-t-elle en femme de chambre ? *Pourquoi invente-t-elle M. Eckers ?*

Wallander vida son verre et le remplit de nouveau. Ses doigts étaient tout blancs ; il se réchauffa les mains dans la couverture.

Cherche le lien même là où tu ne penses pas pouvoir le trouver, disait souvent Rydberg. Mais quel lien ? Le seul dénominateur commun était le major Liepa. Celui-ci avait parlé de contrebande, de trafic de drogue. Le commandant Murniers également. Mais il n'y avait pas de preuves, seulement des hypothèses.

Wallander parcourut ses notes tout en pensant à une phrase d'Upitis. *Il nous a laissé entendre qu'il avait découvert une piste.*

Une piste conduisant à l'un des monstres dont parlait ce même Upitis ?

Pensif, il contempla le rideau qui bougeait doucement dans le courant d'air.

Il a été trahi. Nous soupçonnons le commandant Murniers.

Était-ce possible ? Wallander repensa à un épisode survenu l'année précédente à Malmö. Un ancien policier avait abattu de sang-froid un demandeur d'asile. Tout était possible.

Il reprit son stylo-bille. *Morts dans canot – drogue – major Liepa – commandant Murniers.* Que signifie cette chaîne ? Que cherchait Upitis ? Croyait-il que le major m'avait révélé quelque chose tout en écoutant Maria Callas sur mon canapé ? Voulait-il savoir ce que nous nous étions dit, ou seulement si le major Liepa m'avait fait une confidence ?

Trois heures et quart. Wallander comprit qu'il n'obtiendrait rien de plus cette nuit. Il alla dans la salle de bains et se brossa les dents. Dans la glace, il vit que la cagoule en laine avait laissé des marques rouges sur son visage.

Que sait Baiba Liepa ? Qu'est-ce que je ne vois pas ?

Il se déshabilla et se glissa dans le lit après avoir programmé le réveille-matin pour sept heures. Pas moyen de s'endormir. Il regarda sa montre. Quatre heures moins le quart. Les aiguilles du réveil brillaient dans le noir. Trois heures trente-cinq. Il ajusta son oreiller et ferma les yeux. Soudain il tressaillit et regarda de nouveau sa montre. Quatre heures moins neuf. Le réveil indiquait quatre heures moins dix-neuf minutes. Il se redressa. Sa montre était-elle en avance ? Cela ne s'était encore jamais produit. Il prit le réveille-matin et le régla sur sa montre. Quatre heures moins six minutes. Puis il éteignit la lumière et ferma les yeux. Sur le point de sombrer, il fut ramené à la surface. Immobile dans le noir, il pensa que c'était une illusion. Pour finir, il ralluma, se redressa dans le lit et dévissa le boîtier du réveil.

Le microphone n'était pas plus grand qu'une pièce de dix centimes ; trois ou quatre millimètres d'épaisseur.

Il était coincé entre les deux piles. Wallander crut d'abord que c'était un nid de poussière ou un morceau d'adhésif gris.

Il resta longtemps immobile, le boîtier à la main. Puis il revissa le couvercle.

Peu avant six heures, il glissa dans un demi-sommeil inquiet.

Il avait laissé la lampe de chevet allumée.

10

Au réveil, sa colère était intacte. Il se sentait tout à la fois ébranlé et humilié. Sous la douche, tandis que la fatigue le quittait peu à peu, il résolut d'en avoir le cœur net le plus vite possible. Les commandants étaient forcément en cause. Mais pourquoi lui avoir demandé son aide s'ils se méfiaient à ce point de lui ? L'homme en costume gris, c'était une chose ; un élément de l'image qu'il se faisait de l'existence ordinaire derrière ce rideau de fer qui, apparemment, n'avait pas disparu. Mais s'introduire dans sa chambre pour y dissimuler un microphone...

À sept heures trente, il prenait son café dans le restaurant de l'hôtel. Il regarda autour de lui pour découvrir une ombre éventuelle. Mais il était seul, à part deux Japonais qui s'entretenaient à voix basse, la mine soucieuse. Peu avant huit heures, il sortit dans la rue. L'air s'était radouci. Prémonition de printemps ? Le sergent Zids, debout à côté de la voiture, lui fit un signe de la main. Pour marquer son mécontentement, Wallander garda un silence renfrogné pendant tout le trajet et refusa d'être escorté jusqu'à son bureau. Il croyait connaître la direction, mais se trompa bien sûr de couloir et fut obligé de demander plusieurs fois son chemin. Il était exaspéré. Il faillit frapper à la porte de Murniers, mais se ravisa et entra dans son propre bureau. Il était encore fatigué. Il devait rassembler ses esprits avant d'affronter les commandants. Il venait d'ôter sa veste lorsque le téléphone sonna.

– Bonjour, monsieur Wallander, dit la voix de Putnis. J'espère que vous avez bien dormi.

Tu sais sûrement que je n'ai pas fermé l'œil. Le rapport circonstancié doit déjà être sur ton bureau.

– Je n'ai pas à me plaindre. Comment va l'interrogatoire ?

– Pas très bien, j'en ai peur. Mais je vais continuer ce matin. Nous avons de nouvelles informations à soumettre au prévenu, qui le pousseront peut-être à réévaluer sa situation.

– Je me sens inutile. J'ai du mal à comprendre en quoi je peux vous assister.

– Les bons policiers sont toujours impatients. Je pensais passer vous voir, si cela vous convient.

– Je suis là.

Un quart d'heure plus tard, le commandant Putnis entra, suivi d'un jeune policier portant un plateau avec deux tasses de café. Putnis avait des cernes mauves sous les yeux.

– Vous paraissez fatigué, commandant.

– L'air est malsain dans la salle d'interrogatoire.

– Vous fumez peut-être trop ?

Putnis haussa les épaules.

– Sûrement. J'ai entendu dire que les policiers suédois fumaient rarement. Mais je ne vois pas comment je supporterais une existence sans tabac.

Le major Liepa, pensa Wallander. A-t-il eu le temps de te parler de cet étrange commissariat en Suède où l'on n'a pas le droit de fumer en dehors des zones réglementaires ?

Putnis sortit son paquet de cigarettes.

– Vous permettez ?

– Je vous en prie.

Wallander goûta le café. Très fort, avec un arrière-goût amer. Putnis considérait pensivement la volute de fumée montant vers le plafond.

– Pourquoi me faites-vous surveiller ? demanda Wallander.

– Pardon ?

La colère le reprit aussitôt, devant cette innocence feinte.

— Vous me faites suivre, c'est une chose. Mais pourquoi un micro dans mon réveille-matin ?

Putnis le considéra d'un air pensif.

— Ce doit être un malentendu. Certains de mes subordonnés sont un peu trop zélés. Quant aux policiers en civil, c'est pour votre sécurité.

— Que pourrait-il m'arriver ?

— Nous souhaitons qu'il ne vous arrive rien. Mais tant que le meurtre du major Liepa n'est pas élucidé, nous observons la plus grande prudence.

— Je sais me défendre. Si je découvre un autre microphone, je rentre immédiatement en Suède.

— Tous mes regrets. Je vais passer un savon à la personne concernée.

— Mais l'ordre venait bien de vous ?

— Pas pour le microphone. L'un de mes capitaines a dû prendre une initiative malheureuse.

— Le micro était très petit. Très sophistiqué. Je suppose que quelqu'un écoutait dans une chambre voisine ?

— Bien sûr.

— Je croyais que la guerre froide était terminée.

— Lorsqu'une époque cède la place à une autre, certaines personnes restent en place, dit Putnis sur un ton philosophe. Cela vaut aussi pour les policiers, je le crains.

— Me permettez-vous de poser quelques questions qui ne sont pas directement liées à l'enquête ?

Le sourire fatigué reparut.

— Bien sûr. Mais je ne suis pas certain de pouvoir vous répondre de façon satisfaisante.

La politesse excessive de cet homme ne cadrait pas avec l'idée que se faisait Wallander d'un policier des pays de l'Est. Il se rappela que lors de leur première rencontre Putnis lui avait fait l'effet d'un félin. Un fauve souriant, pensa-t-il. Un fauve souriant et courtois.

— Je reconnais mes lacunes en ce qui concerne la situation en Lettonie. Mais j'ai suivi les événements de l'automne, les chars dans les rues, les morts, les exactions des « Bérets noirs ». J'ai vu les façades criblées de balles. Il existe ici une volonté de s'affranchir de l'occupation soviétique. Et cette volonté se heurte à une résistance.

— La légitimité de cette ambition, dit lentement Putnis, est sujette à controverse.

— Où se situe la police dans ce contexte ?

Putnis parut surpris.

— Nous sommes naturellement les garants de l'ordre.

— Comment fait-on régner l'ordre face à des chars ?

— Nous veillons à ce que les gens se tiennent tranquilles. Afin que personne ne soit blessé inutilement.

— Les chars doivent pourtant être considérés comme la principale cause de désordre, n'est-ce pas ?

Putnis écrasa soigneusement son mégot avant de répondre.

— Vous êtes policier, tout comme moi. Nous partageons le même objectif élevé, qui est de combattre le crime et de faire en sorte que les gens se sentent en sécurité. Mais nous travaillons dans des conditions très différentes. Cela influe naturellement sur la manière dont nous envisageons notre mission.

— Vous avez parlé de controverse. Cela doit aussi concerner la police...

— Je sais qu'à l'Ouest les policiers sont considérés comme des fonctionnaires sans obédience politique. La police n'est pas censée prendre parti pour ou contre le gouvernement en place. En principe, il en va de même chez nous.

— Sauf que, chez vous, il n'existe qu'un seul parti.

— Plus maintenant. De nouvelles organisations ont germé au cours des dernières années.

Putnis esquivait toutes les questions avec adresse. Wallander décida de l'attaquer de front.

– Quelle est votre position personnelle ?

– À quel sujet ?

– L'indépendance. La fin de l'occupation.

– Un commandant de la police lettone n'est pas censé s'exprimer à ce sujet. Du moins lorsqu'il s'adresse à un étranger.

– Il n'y a pas de micros ici, que je sache, insista Wallander. Votre réponse restera entre nous. De plus, je vais bientôt retourner en Suède. Il n'y a pas de risque que je m'empare d'un porte-voix pour répéter ce que vous m'aurez dit en confiance.

Putnis le considéra longuement avant de répondre.

– Je vous fais confiance, bien entendu, monsieur Wallander. Disons que je sympathise avec le mouvement qui existe chez nous, comme chez nos voisins, comme en Union soviétique. Mais je crains que tous mes collègues ne partagent pas ce point de vue.

Le commandant Murniers par exemple. Mais ça, tu ne le diras jamais.

Putnis se leva.

– Merci pour cette intéressante conversation, dit-il. Hélas, un individu désagréable m'attend dans la salle d'interrogatoire. En fait, je venais seulement vous dire que ma femme Ausma est occupée aujourd'hui et demande si vous pourriez plutôt venir dîner chez nous demain soir.

– Avec plaisir.

– Le commandant Murniers souhaite que vous passiez le voir ce matin afin de définir ensemble les tâches prioritaires. Si j'obtiens des résultats de mon côté, je vous en informerai aussitôt.

Putnis quitta le bureau. Wallander relut les notes prises pendant la nuit. *Nous soupçonnons le commandant Murniers*, avait dit Upitis. *Nous pensons que le major Liepa a été trahi. Il n'y a pas d'autre explication.*

Il se posta à la fenêtre et laissa son regard errer par-dessus les toits. Jamais encore il n'avait été impliqué dans une enquête pareille. Les gens d'ici menaient une vie dont il n'avait aucune idée. Comment devait-il se comporter ? Peut-être ferait-il mieux de rentrer en Suède ? En même temps, la curiosité le rongeait, impossible de le nier. Il voulait savoir pourquoi le petit major myope avait été assassiné. *Où était le lien ?* Il se rassit et parcourut de nouveau ses notes. Le téléphone sonna sur la table. Il prit le combiné en s'attendant à entendre la voix de Murniers.

Le grésillement était épouvantable. Soudain, il s'avisa que c'était Björk qui tentait de se faire comprendre dans son mauvais anglais.

— C'est moi ! cria-t-il. Wallander !

— Kurt ? Je t'entends très mal. C'est dingue ce que les communications sont mauvaises. Tu m'entends ?

— Je t'entends. Pas la peine de crier.

— Que dis-tu ?

— Ne crie pas. Parle lentement.

— Comment ça va ?

— On n'avance pas beaucoup.

— Allô ?

— J'ai dit que ça avançait lentement. Tu m'entends ?

— Mal. Parle moins vite et ne crie pas. Comment ça va ?

Soudain la réception devint parfaite. Björk aurait pu l'appeler de la pièce voisine.

— Ça va mieux, dit Björk. Tu peux répéter ?

— On avance lentement. Et je ne sais même pas si on avance. Un commandant du nom de Putnis interroge un suspect depuis hier. Pas moyen de savoir ce que ça va donner.

— Tu peux te rendre utile ?

Wallander hésita avant de répondre.

— Oui, dit-il enfin. Je crois que ma présence est utile. Si vous pouvez vous passer de moi encore un moment.

– Oui. C'est plutôt calme ici.
– Des nouvelles du canot ?
– Aucune.
– Et à part ça ? Martinsson est dans le coin ?
– Il est chez lui avec la grippe. On a laissé tomber l'enquête, puisque la Lettonie a pris le relais. Nous n'avons rien de neuf.
– Est-ce que vous avez eu de la neige ?

La question demeura sans réponse ; la communication venait d'être interrompue comme si quelqu'un avait coupé le fil du téléphone. Wallander raccrocha en pensant qu'il devait essayer d'appeler son père. Il n'avait pas envoyé ses cartes postales. Ne devait-il pas aussi acheter quelques souvenirs de Riga ? Mais lesquels ? Que pouvait-on rapporter de Lettonie ?

Un vague mal du pays le submergea l'espace d'un instant. Puis il finit son café froid et se pencha sur ses notes. Après une demi-heure il repoussa le fauteuil et s'étira. La fatigue commençait enfin à lâcher prise. *Je dois avant tout parler à Baiba Liepa. Tant que je ne l'aurai pas fait, je ne peux que jouer aux devinettes. C'est elle qui détient les informations décisives. Je dois comprendre le sens de l'interrogatoire de cette nuit. Ce qu'Upitis espérait m'entendre dire, ou redoutait que je sache...*

Il nota le nom de Baiba Liepa et l'entoura d'un cercle assorti d'un point d'exclamation ; puis le nom de Murniers, suivi d'un point d'interrogation. Rassemblant ses papiers, il se leva et frappa à la porte du commandant. Un grognement lui parvint. Il entra. Murniers parlait au téléphone et lui indiqua une chaise. Il s'assit. La conversation était houleuse. La voix du commandant poussait par moments jusqu'au rugissement, et Wallander pensa distraitement que ce corps usé et lourd recelait des forces non négligeables. Il ne comprenait pas un traître mot. Mais soudain, il s'aperçut que ce n'était pas du letton ; la mélodie était différente. Après un moment, il réalisa que Murniers s'exprimait en russe. Le commandant conclut par une tirade saccadée qui ressemblait à un ordre plein de menace. Puis il raccrocha brutalement.

— Imbéciles, marmonna-t-il en s'essuyant le visage avec un mouchoir.

Lorsqu'il se tourna vers Wallander, il était de nouveau calme et souriant.

— C'est compliqué d'avoir affaire à des subordonnés incompétents. Avez-vous le même problème en Suède ?

— Ça arrive, répondit poliment Wallander.

Il contemplait l'homme assis en face de lui. Pouvait-il avoir assassiné le major Liepa ? Bien sûr que oui. Son expérience lui avait appris au moins cela : il n'existait pas de meurtriers ; mais des êtres humains qui commettaient des meurtres.

— Il m'a semblé utile de refaire un point ensemble, dit Murniers. Je suis convaincu que l'homme interrogé en ce moment par le commandant Putnis est impliqué d'une manière ou d'une autre dans cette affaire. En attendant, nous pouvons peut-être chercher ensemble de nouveaux angles, de nouvelles approches ?

Wallander décida brusquement de passer à l'offensive.

— Mon sentiment est que l'enquête menée sur le lieu du crime présente des lacunes.

Murniers haussa les sourcils.

— De quelle manière ?

— Lorsque le sergent Zids m'a traduit le rapport, plusieurs éléments m'ont semblé étranges. Tout d'abord, on ne s'est apparemment pas préoccupé d'examiner le quai lui-même.

— Qu'y aurait-on trouvé, d'après vous ?

— Des traces de pneus. Le major Liepa ne s'est pas rendu à pied jusqu'au port, cette nuit-là.

Wallander attendit un commentaire qui ne vint pas.

— On n'a pas davantage recherché l'arme, poursuivit-il. De manière générale, il me paraît peu probable que le meurtre ait été commis à cet endroit. Dans le rapport que m'a traduit le sergent Zids, le lieu du crime est désigné comme étant celui-là. Cette affirmation n'est étayée par aucun argument. Mais ce qui me paraît le plus étrange, c'est l'absence de toute audition de témoins.

— Il n'y avait pas de témoins.

— Comment le savez-vous ?

— Nous avons parlé au personnel de surveillance du port. Personne n'a vu quoi que ce soit. De plus, Riga est une ville qui dort la nuit.

— Je pense davantage au quartier où vivait le major Liepa. Il est sorti de chez lui tard dans la soirée. Quelqu'un a pu entendre une porte claquer et jeter un coup d'œil au-dehors par curiosité. Une voiture a pu s'arrêter. Avec un peu de persévérance, on trouve presque toujours quelqu'un qui a vu ou entendu quelque chose.

Murniers hocha la tête.

— Nous nous en occupons en ce moment même. Plusieurs policiers circulent dans le quartier avec une photo du major Liepa.

— N'est-ce pas un peu tard ? Les gens oublient vite. Ou alors ils confondent les heures et les dates. Le major Liepa entrait et sortait de chez lui tous les jours.

— Il est parfois préférable d'attendre. Quand la rumeur de la mort du major Liepa s'est répandue, beaucoup de gens se sont imaginé avoir vu des choses. En laissant passer quelques jours, on leur donne le temps de réfléchir, de faire le tri parmi leurs observations, réelles ou imaginaires.

Murniers avait peut-être raison. D'un autre côté, dans l'expérience de Wallander, on pouvait avec profit faire deux tournées à quelques jours d'intervalle.

— D'autres remarques ? demanda Murniers.

— Comment était habillé le major Liepa ?

— Pardon ?

— Était-il en uniforme ou en civil ?

— Il portait l'uniforme. Il avait dit à sa femme qu'il devait travailler.

– Qu'a-t-on trouvé dans ses poches ?

– Des cigarettes et des allumettes. Quelques pièces de monnaie. Un stylo. Sa carte de police était dans la poche intérieure de sa veste. Il avait laissé son portefeuille à son domicile.

– Avait-il une arme de service ?

– Le major Liepa préférait ne pas porter d'arme, sauf en cas de risque immédiat.

– Par quel moyen avait-il l'habitude de se rendre à son travail ?

– Il disposait bien sûr d'une voiture avec chauffeur. Mais il choisissait souvent d'aller à pied, va savoir pourquoi.

– Dans le rapport d'audition de Baiba Liepa, j'ai lu qu'elle ne se rappelle pas avoir entendu une voiture s'arrêter dans la rue.

– Bien entendu. Nous ne l'avions pas appelé. Il a été piégé.

– Il l'ignorait encore à ce moment-là. Et il n'est pas rentré chez lui. Il a dû croire qu'il était arrivé quelque chose à la voiture. Qu'a-t-il fait alors ?

– Il a sans doute choisi d'aller à pied. Mais nous n'avons pas de certitude à ce sujet.

Wallander n'avait pas d'autres questions. Cet échange avec Murniers renforçait son sentiment que l'enquête avait été bâclée – conduite avec une négligence délibérée. Mais pour dissimuler quoi ?

– Je consacrerais volontiers quelques heures à visiter le quartier où vivait le major, dit Wallander. Le sergent Zids peut m'aider.

– Vous ne trouverez rien. Mais faites à votre guise. S'il y a du nouveau du côté de l'interrogatoire, je vous préviendrai.

Il enfonça le bouton et le sergent Zids apparut presque aussitôt. Wallander lui demanda de commencer par un tour de la ville. Il avait besoin de s'aérer l'esprit avant de se confronter une nouvelle fois au sort du major Liepa.

La mission parut amuser le sergent Zids, qui lui fit les honneurs des parcs et des avenues, avec force commentaires. Ils longèrent l'interminable boulevard Aspasias, le fleuve sur leur gauche ; le sergent freina pour lui faire admirer le monument à la liberté. Wallander tenta de comprendre ce que représentait le gigantesque obélisque. Il pensait aux paroles d'Upitis, sur la liberté qu'on pouvait désirer et craindre à la fois. Quelques hommes en piteux état, mal vêtus et transis de froid, étaient recroquevillés au pied du monument. Wallander vit l'un d'entre eux ramasser un mégot sur le trottoir. Riga est une ville aux contrastes durs, pensa-t-il. Tout ce que je perçois est aussitôt démenti par une impression contraire. Des immeubles de béton nu côtoient des chefs-d'œuvre en péril datant de l'avant-guerre. D'immenses esplanades aboutissent à des ruelles étroites, qui voisinent avec les champs d'exercice de la guerre froide et des monuments grossiers en granit.

Lorsque la voiture s'arrêtait aux feux rouges, Wallander regardait les passants qui avançaient le long des trottoirs. Étaient-ils heureux ? Étaient-ils différents des gens en Suède ? Impossible à dire.

– Le parc Verman, annonça le sergent Zids. Là-bas vous avez deux cinémas, le Spartak et le Riga. À gauche, vous voyez l'Esplanade. Nous tournons maintenant dans la rue Valdemar. Quand nous aurons franchi le canal, vous verrez le théâtre sur votre droite. Voilà, nous tournons à gauche, c'est le quai du 11-Novembre. Dois-je continuer, commandant ?

– Ça suffit, dit Wallander – qui se faisait l'effet de tout sauf d'un commandant. Plus tard vous m'aiderez à acheter des souvenirs. Dans l'immédiat, je veux que vous vous arrêtiez près de la maison du major Liepa.

– La rue Skarnu. Le cœur de la vieille ville de Riga.

Il s'arrêta derrière un camion qui déchargeait des sacs de pommes de terre. Wallander hésita un instant à emmener le sergent. Sans lui, il ne pourrait poser aucune question. D'un autre côté, il voulait être seul avec ses observations et ses pensées.

– Voilà la maison du major Liepa, dit le sergent en indiquant un bâtiment coincé entre deux immeubles, qui semblaient le soutenir.

– Son appartement donne-t-il sur la rue ?

– C'est au deuxième étage, les quatre fenêtres de gauche.

– Attendez-moi ici, dit Wallander.

La rue était presque déserte bien qu'on fût en milieu de journée. Wallander s'éloigna lentement en direction de la maison qu'avait quittée le major Liepa le soir de sa dernière sortie. Rydberg avait dit une fois qu'un policier doit être comme un comédien : capable d'appréhender l'inconnu avec empathie, de se glisser dans la peau d'un tueur ou d'une victime, d'imaginer les pensées et les schémas de réaction d'un étranger. Wallander ouvrit la porte et pénétra dans le hall où flottait une âcre odeur d'urine. Il lâcha la porte, qui se referma sans bruit.

D'où lui vint l'intuition ? Il ne put jamais le dire avec certitude. Mais là, soudain, dans la cage d'escalier plongée dans l'ombre, il lui sembla comprendre en un éclair ce qui avait pu se passer. Ce fut un flash, aussitôt consumé, d'une importance capitale. Ne rien oublier de ce qu'il venait d'entrevoir. *Il y a eu quelque chose avant.* Au moment où le major Liepa est venu en Suède, beaucoup d'événements étaient déjà intervenus. Le canot découvert par la veuve Forsell sur la plage de Mossby Strand n'était qu'un élément dans un contexte beaucoup plus vaste dont le major avait flairé la piste. C'est à cela que tendait Upitis avec ses questions : le major Liepa avait-il dévoilé ses soupçons, avait-il fait part de ce qu'il savait, ou devinait, concernant un crime commis dans son pays d'origine ? Il parut soudain parfaitement clair à Wallander qu'il avait sauté un maillon essentiel dans son raisonnement. Si le major Liepa avait été trahi par l'un des siens – peut-être par le commandant Murniers –, ne pouvait-on envisager que d'autres qu'Upitis se posent la même question ? *Que sait au juste le policier suédois Kurt Wallander ?* Se peut-il que le major Liepa ait fait état de ce qu'il savait ou soupçonnait ?

Au même moment, il comprit que la peur qu'il avait ressentie à deux reprises depuis qu'il se trouvait à Riga était un signal d'alarme. Peut-être n'avait-il pas été suffisamment sur ses gardes ? Ceux qui avaient tué les deux hommes du canot et le major Liepa n'hésiteraient pas une seconde à récidiver, s'ils l'estimaient nécessaire.

Il ressortit, traversa la rue et leva la tête vers les fenêtres. *Baiba Liepa doit savoir... Mais pourquoi n'est-elle pas venue à la cabane de chasse ? Est-elle surveillée ? Est-ce pour cela que je suis devenu M. Eckers ? Pourquoi m'a-t-on fait parler à Upitis ? Qui est Upitis ? Et qui écoutait par la porte entrebâillée ?*

Empathie, pensa-t-il. Le théâtre solitaire, maintenant ou jamais. C'est ce que Rydberg aurait fait à ma place.

Le major Liepa revient de Suède. Il fait son rapport à Putnis et à Murniers, puis il rentre chez lui. Quelque chose, dans son compte rendu de l'enquête menée en Suède, vient de signer son arrêt de mort. Il dîne avec sa femme, lui montre le livre qu'il a reçu du policier suédois. Il est content d'être de retour, il n'a aucune idée qu'il est en train de vivre sa dernière soirée. Après sa mort, sa veuve prend contact avec le policier suédois, elle invente M. Eckers. Un homme qui dit s'appeler Upitis le soumet à un interrogatoire afin d'établir ce qu'il sait ou ne sait pas. Le policier suédois est appelé à l'aide, sans qu'il soit précisé de quelle manière il peut se rendre utile. Il comprend cependant qu'il existe un lien entre un crime et la tension politique qui règne dans le pays. Voilà donc un maillon supplémentaire à ajouter aux précédents : la politique. Est-ce de cela qu'il est question entre le major et sa femme au cours de cette dernière soirée ? Peu avant vingt-trois heures, le téléphone sonne. Qui appelle ? Le major Liepa, en tout cas, ne semble pas se douter que son arrêt de mort entre dans sa phase d'exécution. Il dit qu'il est appelé par son travail, il quitte la maison. Il ne revient pas.

Aucune voiture n'est venue, pensa Wallander. Il attend quelques minutes. Il ne soupçonne encore rien. Après un moment, il se dit que la voiture est peut-être tombée en panne. Il décide de marcher.

Wallander tira le plan de Riga de sa poche et se mit en marche. Le sergent Zids le contemplait de la voiture. À qui rend-il compte de mes agissements ? pensa Wallander. Au commandant Murniers ?

La voix au téléphone a dû le mettre en confiance. Il n'a rien soupçonné – alors même qu'il devait avoir des raisons de se méfier de tous. À qui faisait-il confiance ?

La réponse coulait de source : à Baiba Liepa, sa femme.

Wallander comprit qu'il n'arriverait à rien en se promenant ainsi, un plan de la ville à la main. Ceux – ils devaient être au moins deux – qui étaient venus chercher le major pour son dernier voyage avaient observé une grande prudence. S'il voulait avancer, il devait suivre d'autres pistes.

En revenant vers la voiture, il pensa à l'étrange absence d'un rapport écrit concernant le voyage du major Liepa en Suède. Le major n'avait cessé de prendre des notes au cours de son séjour à Ystad, Wallander l'avait vu de ses propres yeux. Et il avait à plusieurs reprises souligné l'importance de rédiger sur le vif des rapports détaillés. La mémoire orale était tout à fait insuffisante pour un policier consciencieux.

Mais le sergent Zids ne lui avait traduit aucun rapport signé du major. C'étaient Putnis ou Murniers qui lui avaient rendu compte de vive voix de leur dernière entrevue.

Il lui semblait voir intérieurement le major : l'avion avait à peine décollé de Sturup qu'il dépliait la tablette et commençait à rédiger son rapport. Pendant l'attente à l'aéroport de Stockholm il continuait d'écrire et au cours de la dernière partie du voyage, au-dessus de la Baltique, il travaillait encore.

Il remonta à l'arrière de la voiture.

– Le major Liepa n'a-t-il pas laissé de rapport concernant son séjour en Suède ?

Le sergent Zids lui jeta un regard surpris dans le rétroviseur.

– Comment en aurait-il eu le temps ?

Il en aurait eu le temps, pensa Wallander. Ce rapport doit

exister quelque part. Mais quelqu'un souhaite peut-être que je ne le voie pas.

– On va acheter les souvenirs, dit-il. Ensuite on déjeunera. Mais pas de passe-droit cette fois-ci.

Zids gara la voiture devant le magasin central. Wallander fit le tour des rayons pendant une heure, suivi du sergent. Les clients étaient nombreux, la marchandise rare. Son intérêt ne s'éveilla que devant les livres et les disques. Il trouva quelques enregistrements d'opéra avec des orchestres et des chanteurs russes, à très bas prix. Il prit aussi quelques livres d'art, tout aussi bon marché. Il ne savait pas encore à qui il les offrirait. On lui emballa ses achats, et le sergent, qui semblait bien connaître les lieux, le conduisit tranquillement d'une caisse à l'autre. La procédure était si longue que Wallander se mit à transpirer.

Dans la rue, il proposa sans détour de déjeuner à l'hôtel Latvia. Le sergent hocha la tête avec satisfaction, comme si ses conseils étaient enfin entendus.

Wallander monta déposer ses cadeaux dans la chambre. Il se débarrassa de sa veste et prit le temps de se laver les mains dans l'espoir idiot que le téléphone sonnerait et que quelqu'un demanderait *M. Eckers*. Mais le téléphone resta silencieux et il reprit l'ascenseur poussif jusqu'au rez-de-chaussée. Malgré la présence du sergent Zids, il avait demandé en prenant sa clé s'il y avait des messages pour lui ; il n'y en avait pas. Il parcourut la réception du regard à la recherche d'une ombre. Rien. Il avait envoyé le sergent Zids en éclaireur dans la salle à manger, pour voir si on lui attribuerait une autre table.

Soudain il découvrit une femme qui lui faisait signe. Elle était assise derrière un comptoir proposant des journaux et des cartes postales. Il jeta un regard par-dessus son épaule, mais c'était bien à lui qu'elle s'adressait. Il approcha.

– M. Wallander souhaite-t-il acheter des cartes postales ?

– Peut-être pas tout de suite, dit Wallander, surpris de s'entendre appeler par son nom.

La femme pouvait avoir une cinquantaine d'années. Elle portait un tailleur gris, et un rouge à lèvres cramoisi qui ne lui allait pas du tout.

Elle lui tendit quelques cartes postales.

– N'est-ce pas qu'elles sont belles ? Ne vous donnent-elles pas envie de découvrir notre pays ?

– Je n'en ai malheureusement pas le temps. Sinon, ç'aurait été avec plaisir.

– Mais vous aurez peut-être le temps d'assister à un concert d'orgue ? Après tout, vous aimez la musique classique.

Il tressaillit. Comment pouvait-elle connaître ses goûts musicaux ? Ils n'étaient pas notés sur son passeport...

– Il y a un concert ce soir à l'église Sainte-Gertrude, à sept heures. Voici l'itinéraire, si vous désirez vous y rendre à pied.

Elle lui tendit un itinéraire dessiné au crayon, au dos duquel étaient tracés deux mots. *Monsieur Eckers.*

– Le concert est gratuit, ajouta-t-elle en le voyant sortir son portefeuille.

Wallander hocha la tête et rangea le papier dans sa poche. Il choisit quelques cartes postales et se rendit dans la salle à manger.

Cette fois, il était sûr qu'il rencontrerait Baiba Liepa.

Le sergent Zids lui fit signe. Il était à la table habituelle. La salle était pleine, pour une fois. Les serveurs paraissaient débordés.

Wallander s'assit et exhiba les cartes postales.

– Nous vivons dans un très beau pays, dit le sergent Zids.

Un pays malheureux, pensa Wallander. Blessé, exsangue, comme un animal poussé à bout par les chasseurs.

Ce soir, je vais rencontrer l'un de ces oiseaux aux ailes meurtries. Baiba Liepa.

11

Wallander quitta l'hôtel à dix-sept heures trente. S'il n'arrivait pas à se débarrasser dans l'heure des ombres qui le suivaient partout, il pouvait aussi bien déclarer forfait et admettre qu'il n'y parviendrait jamais. Après avoir pris congé du sergent Zids à l'issue de leur déjeuner – il s'était excusé en prétextant du travail à terminer dans sa chambre –, il avait consacré l'après-midi à imaginer des strata gèmes pour fausser compagnie à ses gardiens.

Il n'avait aucune expérience dans ce domaine. Lui-même n'avait qu'exceptionnellement suivi un suspect. Il fouilla sa mémoire. Rydberg avait-il jamais prononcé quelques paroles sages sur l'art difficile de la filature ? Mais pour autant qu'il s'en souvenait, Rydberg n'avait pas d'opinion sur ce sujet. En plus, il se trouvait dans le pire des cas de figure, puisqu'il ne connaissait pas du tout la ville. Il serait contraint de saisir l'occasion au vol, et ses chances de réussite paraissaient infimes.

Pourtant il devait essayer, il n'avait pas le choix. Baiba Liepa n'aurait jamais déployé autant d'efforts pour protéger leurs rencontres si elle ne le jugeait pas indispensable. Il ne pouvait imaginer que la femme qui avait été l'épouse du major fût encline à des dramatisations superflues.

La nuit était tombée lorsqu'il quitta sa chambre. Il déposa sa clé à la réception sans préciser à quelle heure il comptait revenir. L'église où devait avoir lieu le concert se trouvait non loin de l'hôtel. Il nourrissait le vague espoir de se fondre dans la foule des gens qui rentraient du travail.

Le vent s'était levé. Il boutonna sa veste jusqu'au col et jeta un rapide regard circulaire. Aucune ombre en vue. Naturellement. Combien étaient-ils ? Il avait lu quelque part que les experts ne suivent pas leur cible ; ils la précèdent, en occupant sans cesse de nouvelles positions. Sans se presser, il se mit en marche, en s'arrêtant régulièrement devant les vitrines. Faute de mieux, il avait décidé de jouer les flâneurs du soir, un étranger en visite à Riga, peut-être en quête de souvenirs à rapporter chez lui. Il traversa l'Esplanade et prit la rue qui obliquait derrière la chancellerie. Un court instant, il fut tenté de prendre un taxi et de faire un bout de chemin avant de changer de voiture. Mais c'était sans doute une ruse par trop naïve. Ceux qui le suivaient avaient sûrement accès à des véhicules et la possibilité d'établir en très peu de temps la destination de tous les taxis de la ville et l'identité de leurs passagers.

Il s'arrêta devant un lugubre magasin de confection pour hommes. Il ne reconnut aucun des visages qui, passant derrière lui, se reflétaient dans la vitrine. *Qu'est-ce que je fais ? Baiba, tu aurais dû dire à M. Eckers comment se rendre à l'église incognito.* Il se remit en marche. Il avait froid aux mains et regretta de ne pas avoir emporté de gants.

Par une impulsion subite, il entra dans un café. Le local bondé et enfumé sentait la bière, le tabac, la sueur. Il chercha une table du regard mais ne trouva qu'une chaise vacante, à côté de deux hommes âgés plongés dans leur conversation. Lorsqu'il demanda d'un geste s'il pouvait s'asseoir, ils se contentèrent de hocher la tête. Une serveuse qui avait des taches de sueur sous les aisselles lui cria quelque chose, et il indiqua les verres de ses voisins, sans quitter du regard la porte d'entrée. La serveuse lui apporta une bière et déposa la monnaie de son billet sur la table poisseuse. Un homme en veste de cuir élimée entra. Wallander le suivit du regard. L'homme prit place au milieu d'une tablée qui semblait l'attendre avec impatience. Wallander goûta la bière et regarda sa montre. Dix-huit heures moins cinq minutes. Il fallait prendre une décision. Les toilettes étaient juste derrière lui. Une odeur d'urine lui parvenait chaque fois que quelqu'un ouvrait ou refermait la porte. Il but la moitié de son verre et se leva à son tour. Une ampoule nue pendait au plafond. Il se trouvait dans un couloir étroit, avec des cabines de part et d'autre, et un urinoir droit devant. Il avait espéré trouver une porte de service, mais il n'y avait qu'un mur de briques. *Je n'y arriverai pas. Ce n'est même pas la peine d'essayer. Comment échapper à ce qu'on ne voit pas ? M. Eckers sera malheureusement accompagné au concert ce soir.* Sa propre impuissance l'exaspérait. Il fit mine de se poster devant l'urinoir. La porte s'ouvrit au même instant. Un homme entra et s'enferma dans une cabine.

Cet homme-là était entré dans le café après lui. Il en était sûr, il avait une bonne mémoire des visages et des vêtements. Il n'hésita pas. Le risque de commettre une erreur était énorme. Tant pis. Il sortit sans se retourner, traversa le local enfumé. Une fois dans la rue, il scruta la pénombre. Rien. Il revint sur ses pas, bifurqua dans une ruelle et se mit à courir. Parvenu à l'Esplanade, il aperçut un bus à l'arrêt et réussit à monter juste avant que les portes se referment. Il descendit à l'arrêt suivant – personne ne lui avait demandé de payer –, quitta l'avenue et s'enfonça de nouveau dans les ruelles. Il s'arrêta sous un lampadaire, sortit le plan de la ville pour s'orienter. Il était encore en avance. Il se glissa sous un porche. Dix minutes plus tard, il n'avait vu passer personne dont l'apparence lui parût suspecte. Il n'était pas du tout certain d'avoir déjoué la vigilance de ses gardiens ; du moins, il avait fait son possible.

Il franchit le seuil de l'église à dix-neuf heures moins neuf minutes. Il y avait déjà beaucoup de monde. Il chercha du regard une place libre à l'extrémité d'un banc et en découvrit une dans la nef latérale. Il s'assit et observa les gens qui continuaient d'affluer. Il ne remarqua aucun visage suspect, et pas davantage Baiba Liepa.

La musique de l'orgue s'éleva. Ce fut un choc. Comme si l'espace explosait sous l'impact de l'énorme sonorité. Wallander pensa au jour où son père l'avait emmené dans une église alors qu'il était encore enfant. Le son de l'orgue lui avait causé un effroi tel qu'il avait éclaté en sanglots. Là au contraire, elle l'apaisait. Bach n'a pas de patrie, pensa-t-il. Sa musique est partout. Il la laissa pénétrer en lui sans résistance. *Le coup de fil venait peut-être de Murniers. Quelque chose dans ce qu'a dit le major à son retour de Suède l'aurait contraint à le faire taire sans attendre. Le major a pu recevoir l'ordre de se rendre immédiatement au quartier général de la police. Il a même pu être assassiné là-bas. Rien ne contredit cette hypothèse.*

Il fut soudain tiré de ses pensées, comme si quelqu'un l'observait. Il regarda autour de lui mais ne vit que des visages fermés, concentrés sur la musique. Devant lui, des dos et des nuques. Il tourna la tête vers la nef centrale.

Baiba Liepa croisa son regard. Elle se trouvait au milieu d'une rangée, entourée de gens âgés. Elle portait son bonnet de fourrure. Lorsqu'elle eut la certitude que Wallander l'avait vue, elle détourna la tête. Jusqu'à la fin du concert, qui dura plus d'une heure, il essaya de ne pas se retourner vers elle. Mais son regard était comme aimanté, et il se surprit deux ou trois fois à l'observer malgré lui. Elle écoutait la musique, les yeux fermés. Une sensation d'irréalité le submergea. Quelques semaines plus tôt, le mari de cette femme était assis sur son canapé de Mariagatan. Ensemble ils avaient écouté Maria Callas dans *Turandot*, tandis que la tempête faisait rage au-dehors. Maintenant, il se trouvait dans une église de Riga, le major était mort, et sa veuve écoutait, les yeux fermés, une fugue de Bach.

Elle doit savoir comment nous allons sortir d'ici. C'est elle qui a choisi le lieu du rendez-vous, pas moi.

À la fin du concert, le public se leva sans attendre et convergea vers la sortie. Cette hâte surprit Wallander. Comme si la musique n'avait jamais existé, comme si les auditeurs évacuaient l'église après une alerte à la bombe. Dans la cohue, il perdit Baiba Liepa du regard et se trouva entraîné par la foule. Soudain il l'aperçut, cachée dans l'ombre de la nef latérale opposée. Il crut percevoir un signe d'elle, se dégagea tant bien que mal et la rejoignit.

– Suivez-moi, souffla-t-elle.

Contournant une chapelle mortuaire, Wallander découvrit une petite porte qu'elle ouvrit en tournant une clé plus grande que sa main. Ils se retrouvèrent dehors. Elle jeta un rapide regard circulaire avant de s'éloigner entre les tombes mal entretenues surmontées de croix en fer rouillées. Il la suivit. Parvenue au bout du cimetière, elle ouvrit un portail qui donnait sur une ruelle. Wallander vit une voiture aux feux éteints. Le moteur démarra en toussant. Cette fois, il était certain que c'était une Lada. Ils montèrent à l'arrière. Le chauffeur était très jeune, il fumait lui aussi des cigarettes fortes. Baiba Liepa adressa un sourire furtif à Wallander, et la voiture s'engagea dans une grande artère qu'il devina être l'avenue Valdemar. Ils prirent vers le nord, dépassant un parc que Wallander reconnut pour l'avoir longé en compagnie du sergent Zids. Baiba Liepa posa une question au chauffeur, qui secoua la tête. Wallander vit qu'il jetait de fréquents coups d'œil au rétroviseur. La voiture tourna à gauche, puis de nouveau à gauche. Soudain le chauffeur appuya à fond sur l'accélérateur et fit demi-tour sur la chaussée. De nouveau, ils passèrent devant le parc, Wallander avait maintenant la certitude que c'était le parc Verman. Ils revenaient vers le centre-ville, Baiba Liepa penchée en avant comme si elle donnait au chauffeur des ordres silencieux, son souffle sur sa nuque. Ils longèrent le boulevard Aspasias, puis une nouvelle place déserte, avant de traverser le fleuve sur un pont dont Wallander ignorait le nom.

Le quartier où ils venaient de pénétrer était un composite d'usines délabrées et d'immeubles sinistres. Le chauffeur ralentit, Baiba Liepa se laissa aller sur la banquette ; Wallander crut comprendre qu'ils pensaient avoir semé d'éventuels poursuivants.

Quelques minutes plus tard, la voiture freinait devant une maison à deux étages en mauvais état. Baiba Liepa fit signe à Wallander de descendre à sa suite. Elle franchit un portail en fer, remonta l'allée gravillonnée et ouvrit la porte avec une clé qu'elle tenait déjà à la main. Wallander entendit la voiture démarrer derrière lui. Il entra dans un hall où flottait une vague odeur de désinfectant, éclairé par une ampoule de faible voltage sous un abat-jour de tissu rouge – comme l'entrée d'une boîte de nuit douteuse. Elle se débarrassa de son lourd manteau, il posa sa veste sur une chaise et la suivit dans une salle de séjour où il ne remarqua tout d'abord que le grand crucifix accroché au mur. Elle alluma quelques lampes. Elle paraissait maintenant très calme. Elle lui fit signe de s'asseoir.

Après coup, il s'étonnerait de n'avoir gardé aucun souvenir de la pièce où s'étaient déroulées ses rencontres avec Baiba Liepa. Rien, à part le crucifix noir d'un mètre de haut suspendu entre deux fenêtres aux rideaux soigneusement tirés, et l'odeur de désinfectant dans l'entrée. Mais le fauteuil déglingué où il avait écouté son effrayante histoire, de quelle couleur était-il ? Aucune idée. Comme si leurs entretiens avaient eu lieu dans une pièce aux meubles invisibles. Le crucifix noir aurait pu planer dans les airs, chargé d'énergie divine.

Elle portait un tailleur de couleur rouille – il apprit plus tard que le major le lui avait acheté dans un grand magasin d'Ystad. Elle l'avait mis pour honorer sa mémoire, dit-elle. En même temps, c'était un rappel de la façon atroce dont son mari avait été trahi et assassiné. Ils ne quittaient la pièce que pour se rendre aux toilettes, qui se trouvaient à gauche dans l'entrée, ou lorsque Baiba Liepa se levait pour préparer du thé à la cuisine. C'était surtout lui qui parlait, posant toutes les questions, auxquelles elle répondait de sa voix contenue.

Leur première initiative fut de supprimer *M. Eckers*. Celui-ci avait rempli sa fonction, on n'avait plus besoin de lui.

– Pourquoi ce nom-là ? demanda-t-il.

– C'est moi qui l'ai trouvé. Il est facile à retenir. Il y a peut-être quelqu'un avec ce nom-là dans l'annuaire, je ne sais pas.

Au début, sa manière de parler lui avait rappelé Upitis. Comme si elle avait besoin de temps pour parvenir au cœur du sujet – peut-être redoutait-elle le moment de l'aborder ? Il l'avait écoutée attentivement, de peur de manquer un sous-entendu, un sens caché ; il commençait à s'habituer à cette société cryptée. Mais elle confirma les paroles d'Upitis sur les monstres, sur le mal tapi dans l'ombre, sur la lutte à mort engagée en Lettonie. Elle parla de vengeance et de haine, d'une peur qui commençait lentement à relâcher son étau, d'une génération opprimée depuis la guerre. Il pensa qu'elle était naturellement anti-communiste, anti-soviétique, qu'elle faisait partie de ces amis de l'Occident que les pays de l'Est avaient toujours paradoxalement fournis à leurs ennemis officiels. Mais toutes ses affirmations étaient étayées par des arguments solides. Il réalisa peu à peu qu'elle tentait de lui faire *comprendre*. Elle était son professeur, elle ne voulait pas qu'il reste ignorant de l'arrière-plan secret, qui expliquait un certain nombre d'événements encore difficiles à interpréter. Il comprit qu'il ne savait rien de ce qui se jouait en fait dans les pays de l'Est.

– Appelez-moi Kurt, dit-il.

Mais elle secoua la tête et conserva la distance qu'elle avait instaurée dès le départ. Pour elle, il était M. Wallander.

Il lui demanda où ils se trouvaient.

– Dans l'appartement d'une amie. Pour tenir le coup et survivre, nous devons tout partager. Surtout dans un pays et un temps où chacun est censé ne penser qu'à soi.

– Je croyais que c'était le contraire. Que dans un pays communiste seul est recevable ce qui est pensé ou réalisé en commun.

– Autrefois oui. Mais en ce temps-là, tout était différent. Peut-être pourra-t-on recréer ce rêve un jour. Mais si ça se trouve, les rêves morts ne peuvent être ressuscités. Pas plus que les êtres humains.

– Que s'est-il passé ?

Elle parut hésiter avant de comprendre qu'il parlait de son mari.

– Karlis a été assassiné, dit-elle. Il était sur les traces d'un crime majeur, impliquant plusieurs personnalités de premier plan. Il savait qu'il courait un grand danger. Mais il ne pensait pas avoir été identifié en tant que traître. *A traitor inside the nomenklatura.*

– Quand il est revenu de Suède, on m'a dit qu'il s'est rendu directement au QG de la police pour faire son rapport. Est-ce vous qui l'avez accueilli à l'aéroport ?

– Je n'étais même pas informée de son retour. Peut-être a-t-il essayé de me joindre ? Je ne le saurai jamais. Peut-être avait-il envoyé un télégramme à ses collègues, leur demandant de me transmettre l'information ? Ça non plus, je ne le saurai jamais. Il m'a appelée alors qu'il était déjà à Riga. Je n'avais même pas de quoi manger à la maison pour célébrer son retour. Un ami m'a donné une poule. Je venais de finir de préparer le repas lorsqu'il est arrivé avec le beau livre.

Wallander éprouva comme un sentiment de honte. Ce livre, acheté en grande hâte, n'avait eu pour lui aucune valeur affective. En l'écoutant à présent, il eut l'impression de l'avoir trompée.

– Il a dû vous dire quelque chose en rentrant, dit-il – de plus en plus exaspéré par l'indigence de son vocabulaire en anglais.

– Il était de très bonne humeur. Inquiet aussi, et fou de rage, bien sûr. Mais je me souviens surtout de sa joie.

– Comment cela ?

– Il a dit qu'il avait enfin compris. *Maintenant je suis sûr de moi.* Il l'a répété plusieurs fois. Comme il soupçonnait l'appartement d'être sur écoute, il m'a entraînée dans la cuisine, il a ouvert tous les robinets et il m'a parlé à l'oreille. Il a dit qu'il venait de dévoiler un complot tellement grossier, tellement barbare que vous autres, à l'Ouest, seriez enfin contraints de comprendre ce qui se passe dans les pays baltes.

– C'est ce qu'il a dit ? Un complot dans les pays baltes ? Pas en Lettonie ?

– Oui. Il s'irritait souvent de ce que les États baltes soient considérés comme un tout homogène, malgré les grandes différences qui existent entre nos trois pays. Mais cette fois, il ne parlait pas seulement de la Lettonie.

– Il a utilisé le mot « complot » ?

– Oui. *Conspiracy.*

– Saviez-vous ce que cela impliquait ?

– Comme tout le monde, il connaissait l'existence d'un réseau impliquant des criminels, des politiques et certains fonctionnaires de police, qui se protégeaient les uns les autres et se partageaient le butin. Karlis lui-même a souvent été sollicité ; mais il n'a jamais accepté de pot-de-vin. Depuis longtemps, il enquêtait en secret pour identifier les responsables. Bien entendu, je savais tout cela. Que nous vivions dans une société qui n'était au fond rien d'autre qu'une immense conspiration. De notre univers de représentation collectif était né un monstre, le complot était pour finir notre seule idéologie vivante.

– Depuis combien de temps enquêtait-il ?

– Nous étions mariés depuis huit ans. Il avait commencé bien avant notre rencontre.

– Que pensait-il pouvoir obtenir ?

– Au début, rien d'autre qu'une vérité.

– C'est-à-dire ?

– Pour la postérité. Pour une époque future dont il était certain qu'elle adviendrait. Un temps où il serait possible de dévoiler les dessous de l'occupation.

– C'était donc un opposant au régime communiste. Comment avait-il pu dans ce cas devenir un officier de police de haut rang ?

Sa réponse fut véhémente, comme s'il venait de formuler une accusation grave à l'encontre de son mari.

– Vous ne comprenez donc pas ? C'était précisément cela ! Il était communiste ! C'était la grande trahison qui le désespérait. La corruption et l'indifférence. Le rêve d'une société différente transformé en mensonge.

– Il menait donc une double vie ?

– Vous ne pouvez pas imaginer ce que c'est d'être contraint, année après année, de se faire passer pour ce qu'on n'est pas, de soutenir des opinions qu'on déteste, de défendre un régime que l'on hait. Ça ne valait pas seulement pour Karlis, mais aussi pour moi, et pour tous les autres dans ce pays qui refusent d'abandonner l'espoir d'un monde différent.

– Qu'avait-il découvert qui lui causait tant de joie ?

– Je ne sais pas. Nous n'avons pas eu le temps d'en parler. Nous échangions nos confidences sous les couvertures, là où personne ne pouvait nous entendre.

– N'a-t-il vraiment rien dit ?

– Il avait faim. Il voulait dîner, boire du vin. Je crois qu'il pensait enfin pouvoir se détendre pendant quelques heures. Se livrer à sa joie. Si le téléphone n'avait pas sonné, je crois qu'il se serait mis à chanter, son verre à la main.

Elle se tut brusquement. Wallander attendit. Il pensa qu'il ne savait pas même si le major Liepa était déjà enterré ou non.

– Réfléchissez, dit-il lentement. Il a pu suggérer quelque chose. Lorsqu'on détient un secret capital, on laisse parfois échapper un indice malgré soi.

Elle secoua la tête.

– J'ai réfléchi. Peut-être avait-il découvert quelque chose en Suède ? Peut-être était-il simplement parvenu par le raisonnement à résoudre un problème ?

– A-t-il laissé des papiers à la maison ?

– J'ai cherché. Mais il était extrêmement prudent. Les traces écrites sont trop dangereuses.

– N'a-t-il rien laissé à ses amis ? Upitis ?

– Non. Je serais au courant.

– Il vous faisait confiance ?

– Nous nous faisions confiance.

– Quelqu'un d'autre ?

– Il se fiait bien entendu à ses amis. Mais vous devez comprendre que chez nous toute confidence peut devenir un fardeau pour son destinataire. Je suis certaine qu'à part Karlis lui-même personne n'en savait autant que moi.

– Je dois tout savoir. La moindre information peut être importante.

Elle resta un instant silencieuse. Wallander s'aperçut que la concentration le faisait transpirer.

– Quelques années avant notre rencontre, à la fin des années 70, il s'est passé quelque chose qui lui a ouvert les yeux sur ce qui se tramait dans ce pays. Il en parlait souvent, en disant que chacun ouvre les yeux de façon singulière. Il utilisait une métaphore que je n'ai pas comprise tout d'abord. *Certains sont réveillés par le chant du coq, d'autres par un trop grand silence.* Maintenant je sais évidemment ce qu'il entendait par là. L'événement dont je parle, qui s'est produit il y a plus de dix ans, était une enquête longue et pénible qui l'avait conduit à identifier un criminel. Cet homme avait volé d'innombrables icônes dans nos églises – des œuvres d'art inestimables qu'il avait réussi à faire sortir du pays et à vendre pour des sommes farami neuses. Karlis avait réuni des preuves accablantes et il était certain que l'homme serait condamné. Mais les choses ne se sont pas passées ainsi.

– Qu'est-il arrivé ?

– Il n'a même pas été jugé. L'affaire a été classée sans suite. Karlis, qui ne comprenait rien, a naturellement exigé la tenue d'un procès. Mais un beau jour, l'homme, qui se trouvait en détention provisoire, a été libéré et le dossier a disparu aux archives. Karlis a été convoqué par son supérieur, et il a reçu l'ordre d'oublier l'affaire. Ce supérieur s'appelait Amtmanis. Karlis était persuadé qu'Amtmanis avait personnellement protégé le criminel, peut-être même partagé le butin avec lui. Cette histoire a été un coup très dur pour lui.

Wallander pensa au soir de tempête où le petit major myope avait été assis sur son canapé. *Je suis croyant*, avait-il dit. *Je ne crois pas en Dieu, mais cela ne m'empêche pas d'avoir la foi.*

– Que s'est-il passé ensuite ?

– Je ne connaissais pas Karlis à cette époque. Mais je crois qu'il a traversé une grave crise. Peut-être a-t-il envisagé de chercher refuge à l'Ouest ? Peut-être a-t-il envisagé de quitter la police ? De fait, je crois bien que c'est moi qui l'ai convaincu de continuer.

– Comment vous êtes-vous rencontrés ?

Elle le dévisagea.

– Est-ce important ?

– Je ne sais pas. Mais pour vous aider, je dois pouvoir vous interroger librement.

Elle eut un sourire mélancolique.

– Comment se rencontre-t-on ? Par des amis communs. J'avais entendu parler d'un jeune officier de police qui n'était pas comme les autres. Il n'avait pas un physique de séducteur, mais je suis tombée amoureuse de lui dès le premier soir.

– Et ensuite ? Vous vous êtes mariés ? Il a continué son travail ?

– Il était capitaine, à l'époque. Mais il a grimpé les échelons à une vitesse surprenante. À chaque nouvelle promotion, il rentrait à la maison en disant qu'un nouveau voile de deuil était fixé à ses épaulettes. Il cherchait des preuves du lien existant entre l'élite politique du pays, la police et différentes organisations criminelles. Il avait décidé d'identifier tous les contacts, de dresser la carte du réseau. Un jour, il a même dit qu'il existait un département invisible en Lettonie dont la seule mission était de coordonner les contacts entre la pègre, les apparatchiks et les policiers concernés. Il y a trois ans à peu près, je l'ai entendu prononcer pour la première fois le mot « complot ». Vous ne devez pas oublier qu'il se sentait soutenu à cette époque. Le vent de la perestroïka de Moscou soufflait jusque chez nous, et nous nous retrouvions de plus en plus souvent pour discuter presque ouvertement de ce qu'on pouvait faire dans notre pays.

– Son chef s'appelait encore Amtmanis ?

– Amtmanis était mort. À cette époque, Murniers et Putnis étaient déjà ses plus proches supérieurs hiérarchiques. Il se défiait des deux, dans la mesure où il pensait que l'un ou l'autre était impliqué dans le complot en question, peut-être au plus haut niveau. Il disait qu'il y avait au sein de la police un *condor* et un *vanneau*. Mais il ignorait qui était qui.

– Un condor et un vanneau ?

– Le condor est un vautour, le vanneau un oiseau chanteur innocent. Karlis s'intéressait beaucoup aux oiseaux dans sa jeunesse. Il rêvait de devenir ornithologue.

– Mais il ignorait qui était qui ? Je croyais qu'il avait identifié le commandant Murniers…

– Ça, c'était beaucoup plus tard. Il y a dix mois.

– Que s'est-il passé ?

– Karlis était sur la trace d'un gros trafic de stupéfiants. Il a dit que c'était un plan diabolique capable de nous tuer deux fois.

– Que voulait-il dire ?

– Je ne sais pas.

Elle se leva avec brusquerie, comme si elle avait soudain peur de poursuivre.

– Je peux vous proposer du thé, dit-elle. Du café, malheureusement, je n'en ai pas.

– Je prendrai volontiers du thé.

Elle disparut dans la cuisine, pendant que Wallander tentait de mettre de l'ordre dans ses questions. Lesquelles étaient prioritaires ? Il avait l'impression qu'elle lui parlait avec franchise, mais il ne savait toujours pas en quoi Upitis et elle pensaient qu'il pouvait les aider. Il doutait d'être à la hauteur de leurs attentes. *Je ne suis qu'un simple enquêteur d'Ystad. Vous auriez eu besoin d'un Rydberg. Mais il est aussi mort que le major, il ne peut rien pour vous.*

Elle revint avec un plateau, une théière et deux tasses. *Il doit y avoir quelqu'un dans l'appartement. L'eau n'a pas pu bouillir en si peu de temps. Je suis entouré de gardiens invisibles. La Lettonie est un pays où tout ou presque a lieu à mon insu.*

Il vit qu'elle était fatiguée.

— Combien de temps avons-nous encore ?

— Plus beaucoup. Ma maison est sûrement surveillée. Je ne peux pas m'absenter trop longtemps. Mais nous pouvons reprendre notre conversation ici demain soir.

— Je suis invité à dîner chez le commandant Putnis.

— Je comprends. Alors après-demain ?

Il acquiesça en silence, goûta le thé trop léger et reprit ses questions là où il les avait laissées.

— Vous avez dû réfléchir aux propos de Karlis sur la drogue capable de tuer deux fois. Upitis aussi. Vous avez dû en parler ensemble.

— Karlis a dit un jour que tout peut servir à exercer un chantage. Quand je l'ai interrogé, il a juste dit qu'il répétait les propos de l'un des commandants. Je ne sais pas pourquoi cette phrase m'est revenue. Peut-être parce que Karlis était extrêmement silencieux et renfermé à cette époque.

— Un chantage ?

— C'est le mot qu'il a employé.

— Un chantage contre qui ?

— Notre pays. La Lettonie.

— A-t-il vraiment dit cela ? Un pays entier soumis au chantage ?

— Oui. Si j'avais un doute, je ne vous en parlerais pas.

– De quel commandant s'agissait-il ?

– Je crois que c'était Murniers. Mais je n'en suis pas sûre.

– Quelle opinion avait-il du commandant Putnis ?

– Il disait que Putnis n'était pas le pire.

– Que voulait-il dire ?

– Que Putnis respectait la loi. Il n'acceptait pas de pots-de-vin de n'importe qui.

– Mais il en acceptait ?

– Tout le monde le fait.

– Mais pas le major ?

– Jamais. Il était différent.

Elle commençait à montrer des signes d'inquiétude. Wallander comprit que les autres questions devraient attendre.

– Baiba, dit-il – c'était la première fois qu'il l'appelait par son prénom –, je veux que vous réfléchissiez à tout ce que vous m'avez dit ce soir. Après-demain, je vous reposerai peut-être les mêmes questions.

– Oui. Je ne fais rien d'autre que réfléchir.

Un court instant, il crut qu'elle allait fondre en larmes. Mais elle se ressaisit et se leva. Écartant une tenture, elle découvrit une porte qu'elle ouvrit.

Une jeune femme entra dans la pièce. Elle adressa un sourire timide à Wallander et commença à ranger les tasses sur le plateau.

– Voici Inese, dit Baiba Liepa. C'est à elle que vous avez rendu visite ce soir. Ce sera votre alibi, si on vous pose des questions. Vous l'avez rencontrée dans le night-club de l'hôtel Latvia et elle est devenue votre maîtresse. Vous ne savez pas où elle habite exactement, sauf que c'est de l'autre côté du fleuve. Vous ne connaissez pas son nom de famille, puisqu'elle n'est votre petite amie que le temps de ces quelques jours à Riga. Vous croyez qu'elle est une simple employée de bureau.

Wallander resta muet de surprise. Baiba Liepa dit quelques mots en letton, et la fille qui s'appelait Inese se plaça devant lui.

– Regardez-la bien, dit Baiba Liepa. Mémorisez son visage. Après-demain, c'est elle qui viendra vous chercher. Allez au night-club après vingt heures. Elle y sera.

– Et vous ? Quel est votre alibi ?

– J'ai écouté un concert d'orgue et j'ai rendu visite à mon frère.

– Votre frère ?

– C'est lui qui conduit la voiture.

– Pourquoi m'a-t-on passé une cagoule l'autre nuit ?

– Le jugement d'Upitis est meilleur que le mien. Nous ne savions pas encore si nous pouvions vous faire confiance.

– Et maintenant ?

– Oui, dit-elle avec gravité. Je vous fais confiance.

– En quoi pensez-vous que je peux vous aider ?

– Après-demain, esquiva-t-elle. Il faut nous dépêcher maintenant.

La voiture attendait de l'autre côté du portail. Baiba Liepa ne dit rien de tout le trajet. Wallander devina qu'elle pleurait. Au moment de le laisser, non loin de l'hôtel, elle lui tendit la main et murmura quelques mots inaudibles en letton. Wallander se hâta de descendre et la voiture disparut. Il était affamé, mais se rendit tout droit dans sa chambre, se versa un verre de whisky et s'allongea sur le lit.

Il pensait à Baiba Liepa.

Il était deux heures du matin lorsqu'il se déshabilla et se glissa entre les draps. Il avait rêvé que quelqu'un était allongé près de lui. Pas Inese, l'amante officielle qu'on lui avait attribuée. Quelqu'un d'autre. Mais les commandants du rêve lui interdisaient de voir son visage.

Le sergent Zids passa le prendre à l'hôtel à huit heures précises. À huit heures trente, le commandant Murniers entrait dans son bureau.

— Nous pensons avoir retrouvé le meurtrier du major Liepa, annonça-t-il.

Wallander le dévisagea, incrédule.

— L'homme que le commandant Putnis interroge depuis deux jours ?

— Non. Celui-là est sûrement impliqué à l'arrière-plan, mais ce n'est pas lui. Suivez-moi !

Ils descendirent au sous-sol. Murniers ouvrit une porte, découvrant une pièce dont un mur entier était occupé par un miroir sans tain. Il fit signe à Wallander d'avancer.

La salle de l'autre côté du miroir était vide, à l'exception d'une table et de deux chaises. Sur l'une des chaises il reconnut Upitis. Un bandage crasseux lui couvrait la tempe. Wallander vit qu'il portait la même chemise qu'au cours de leur conversation nocturne dans la cabane de chasse.

— Qui est-ce ? demanda-t-il sans lâcher Upitis du regard.

Il craignait que son agitation intérieure ne le trahisse. Mais Murniers savait peut-être déjà tout.

— Un homme que nous surveillons depuis longtemps. Universitaire raté, poète, collectionneur de papillons, journaliste. Boit trop, parle trop. Il a passé quelques années en prison pour détournement de fonds. Nous le soupçonnons de crimes plus graves, mais nous n'avons rien pu prouver jusqu'à présent. Un message anonyme a révélé qu'il pouvait être impliqué dans la mort du major Liepa.

— Y a-t-il des preuves ?

— Il nie tout en bloc, évidemment. Mais nous avons une preuve qui pèse aussi lourd que des aveux complets.

— Laquelle ?

— L'arme du crime.

Wallander se retourna et dévisagea longuement Murniers.

— L'arme du crime, répéta celui-ci. Je vous propose d'aller dans mon bureau pour un compte rendu de l'arrestation. Le commandant Putnis devrait être arrivé maintenant.

Wallander suivit Murniers dans l'escalier. Il l'entendait fredonner tout seul.

Quelqu'un m'a mené en bateau, pensa-t-il avec effarement.
Quelqu'un m'a mené en bateau, mais je ne sais pas qui.
Je ne sais pas qui, et je ne sais même pas pourquoi.

12

Upitis fut placé en garde à vue. Au cours d'une perquisition à son domicile, la police avait trouvé une batte en bois portant des traces de sang et de cheveux. Upitis n'avait pu rendre compte de façon satisfaisante de ses agissements le soir et la nuit de la mort du major Liepa. Il prétendait avoir été ivre, il prétendait avoir rendu visite à des amis, mais lesquels ? Il ne s'en souvenait pas. Au cours de la matinée, Murniers envoya une meute de policiers interroger différentes personnes qui auraient pu fournir un alibi à Upitis, mais aucune d'entre elles ne se rappelait l'avoir vu ce soir-là. Murniers déployait une énergie colossale, tandis que Putnis restait sur la réserve.

Wallander, lui, tentait fébrilement de comprendre la situation. Sa première pensée en découvrant Upitis derrière la vitre fut naturellement qu'il avait lui aussi été trahi. Puis le doute s'était insinué. Trop de choses restaient inexpliquées. Les paroles de Baiba Liepa – selon lesquelles ils vivaient dans une société où le complot était le plus grand dénominateur commun – résonnaient encore à ses oreilles. À supposer que les soupçons du major Liepa aient été fondés, que Murniers fût un policier corrompu ; à supposer même qu'il fût le véritable responsable de la mort du major – aux yeux de Wallander toute cette affaire commençait à prendre une dimension irréelle. Murniers était-il prêt à prendre le risque d'envoyer un innocent devant les juges, simplement pour se débarrasser de lui ? Cela semblait le fait d'une arrogance proprement invraisemblable.

— Si Upitis est reconnu coupable, demanda-t-il à Putnis, quelle sera la sentence ?

— Nous sommes assez vieux jeu dans ce pays pour avoir conservé la peine capitale. Le meurtre d'un officier de police de haut rang est à peu près le pire crime qu'on puisse commettre. Il sera sans doute exécuté. Personnellement, cela me paraît juste. Qu'en pensez-vous, commissaire Wallander ?

Le commissaire ne répondit pas. La pensée qu'il se trouvait dans un pays où l'on exécutait les criminels lui clouait la bouche d'effarement.

Putnis, donc, se tenait sur la réserve. Wallander comprit que les deux commandants avaient l'habitude de chasser chacun de son côté. Putnis n'avait même pas été prévenu du message anonyme parvenu à son collègue. En fin de matinée, Wallander profita de la frénésie d'activité de Murniers pour entraîner Putnis dans son bureau. Après avoir envoyé le sergent Zids chercher du café, il tenta de se faire expliquer ce qui se passait au juste. Dès le premier jour il avait deviné une tension entre les deux commandants ; à présent, en proie lui-même à une confusion totale, il lui semblait n'avoir rien à perdre en interrogeant Putnis sans détour.

— Est-ce vraiment lui ? Quel pouvait être son mobile ? Comment une batte de bois ensanglantée peut-elle être considérée comme une preuve tant que le sang n'a pas été analysé ? Les « cheveux » peuvent aussi bien provenir de la moustache d'un chat.

Putnis haussa les épaules.

— Nous verrons bien. Murniers a l'air de croire à ce qu'il fait, et il se trompe rarement de coupable. Il est beaucoup plus efficace que moi. Mais vous semblez douter, commissaire Wallander. Puis-je vous demander les raisons de ce scepticisme ?

— Je ne doute pas. Il m'est moi-même arrivé d'arrêter des criminels complètement improbables. Je m'interroge, c'est tout.

Ils burent leur café en silence.

– Il faut évidemment arrêter le meurtrier du major Liepa, reprit Wallander. Mais cet Upitis ne me fait pas vraiment l'effet d'être à la tête d'un réseau capable d'ordonner le meurtre d'un officier de police.

– Il est peut-être toxicomane. Ces gens-là sont capables de tout. Il peut avoir reçu des ordres.

– De tuer le major Liepa avec une batte en bois ? Un couteau ou un pistolet, oui. Mais pas une batte ! Et comment a-t-il réussi à traîner le corps jusqu'à la zone portuaire ?

– Je ne sais pas. C'est précisément ce que Murniers est en train d'établir.

– Et l'autre suspect ? Comment se passe la suite de l'interrogatoire ?

– Bien. Il n'est pas encore passé aux aveux, mais il le fera. Je suis convaincu qu'il était mêlé au même trafic que les hommes échoués en Suède. Pour l'instant, je le laisse attendre. Je lui donne le temps de réfléchir.

Putnis quitta le bureau. Immobile dans son fauteuil, Wallander tentait de se faire une image de la situation. Baiba Liepa savait-elle que son ami Upitis avait été arrêté pour le meurtre de son mari ? En pensée, il retourna à la cabane de chasse dans la forêt et à l'interrogatoire auquel il avait été soumis. À quelle fin ? Upitis craignait-il de découvrir une information qui l'aurait contraint à défoncer aussi à coups de batte le crâne d'un policier suédois ? Toutes ses théories s'effondraient, ses chaînes de raisonnement se brisaient une à une. Il tenta d'en rassembler les débris afin de récupérer le moindre élément encore utilisable.

Une heure plus tard, il était parvenu à la conclusion qu'il n'y avait au fond qu'une chose à faire : retourner en Suède. Il était venu parce que la police de Riga lui avait demandé son concours. Il n'avait rien pu faire, et maintenant que le coupable semblait avoir été identifié, il n'avait plus aucune raison de rester en Lettonie. Il ne pouvait que reconnaître sa propre confusion

– il avait passé une nuit à être interrogé par un homme qui était peut-être le meurtrier qu'il recherchait, il avait tenu le rôle de *M. Eckers* sans rien savoir de la pièce dans laquelle il était censé jouer. La seule issue raisonnable était de rentrer chez lui le plus vite possible et d'oublier toute l'affaire.

Pourtant, ce constat éveillait une résistance. Sous la répugnance et la confusion, il y avait autre chose : la peur et le défi de Baiba Liepa, le regard las d'Upitis. Comment dire ? Même si la société lettone était pour lui opaque, secrète, inaccessible, il avait peut-être la faculté de voir ce que d'autres ne voyaient pas...

Il résolut d'attendre encore quelques jours. Mû par un besoin d'action après ces ruminations solitaires, il demanda au sergent qui patientait dans le couloir de lui apporter les dossiers auxquels avait travaillé le major Liepa au cours de l'année écoulée. Toute initiative lui étant pour l'instant interdite, il avait décidé de se replonger brièvement dans le passé du major, dans l'espoir d'y découvrir un élément neuf.

Le sergent fit preuve d'une grande diligence et revint après une demi-heure avec une pile de dossiers poussiéreux.

Six heures plus tard, Zids avait la voix enrouée et se plaignait d'un mal de crâne. Wallander ne lui avait même pas accordé une pause pour déjeuner. Ils avaient épluché les dossiers un à un, le sergent Zids traduisant, expliquant, répondant aux questions de Wallander avant de poursuivre. Parvenu à la page finale du dernier rapport, Wallander prit la mesure de sa déception en consultant ses notes. Le major Liepa avait consacré sa dernière année à arrêter un violeur, puis un voleur qui terrorisait depuis longtemps une banlieue de Riga ; il avait également résolu deux affaires d'escroquerie et trois meurtres, dont deux dans un cadre familial, où la victime et l'assassin se connaissaient. Pas la moindre trace de ce qui, selon Baiba Liepa, avait été la véritable mission de son mari. L'image du major Liepa en tant qu'enquêteur excessivement minutieux ne pouvait être mise en cause. Mais c'était bien le seul résultat de cette fouille dans les archives. Wallander renvoya Zids avec les dossiers en pensant que le seul élément remarquable brillait par son absence. *Il doit pourtant avoir laissé une trace écrite de ses recherches. Il ne pouvait pas travailler uniquement de mémoire.* Le major savait qu'il courait de grands risques. Comment avait-il pu conduire une enquête secrète avec l'ambition de la léguer à la postérité sans la documenter soigneusement ? Il aurait pu être écrasé par une voiture en traversant la rue et, dans ce cas, il ne serait rien resté de ses efforts… Non, il y avait forcément une trace écrite quelque part, et quelqu'un devait savoir où. Baiba Liepa ? Upitis ? Ou une tierce personne, dont le major aurait caché l'existence y compris à sa femme ? Ce n'était pas impossible. *Chaque confidence est un fardeau*, avait dit Baiba Liepa. Ces paroles reflétaient certainement la pensée de son mari.

Le sergent reparut.

– Le major Liepa avait-il de la famille, en dehors de sa femme ?

Zids secoua la tête.

– Je ne sais pas. Mais sa femme doit le savoir.

Wallander n'avait pas envie pour l'instant de poser cette question à Baiba Liepa. Désormais, pensa-t-il, il serait lui aussi obligé de se conformer à la norme du pays. Ne pas semer d'informations ou de confidences inutiles, chasser seul sur un territoire choisi par lui.

– Il doit exister un dossier personnel consacré au major. Je voudrais le voir.

– Je n'y ai pas accès. Très peu de gens ont le droit de consulter les archives du personnel.

Wallander indiqua le téléphone.

– Appelez quelqu'un qui en a le droit. Dites que le policier suédois voudrait voir le dossier personnel du major Liepa.

Après quelques efforts, le sergent réussit à joindre le commandant Murniers, qui s'engagea aussitôt à fournir le dossier en question. Trois quarts d'heure plus tard, il était sur le bureau de Wallander. La première chose qu'il vit en ouvrant la reliure rouge fut le visage du major. La photo était ancienne, et il fut surpris de voir que le major n'avait presque pas changé en dix ans.

– Traduisez, dit-il à Zids.

– Je n'ai pas le droit de voir le contenu des dossiers rouges.

– Si vous êtes allé le chercher, vous devez bien pouvoir me le traduire ?

Le sergent Zids secoua la tête, l'air malheureux.

– Je n'ai pas le droit.

– Alors je vous le donne. Vous devez juste me dire si le major Liepa avait de la famille. Ensuite je vous ordonne de tout oublier.

Le sergent Zids s'assit à contrecœur et se mit à feuilleter le dossier avec la même réticence, pensa Wallander, que s'il avait touché un cadavre.

Le major Liepa avait un père. D'après le dossier, il portait le même prénom que son fils, Karlis. Receveur des postes à la retraite, il habitait Ventspils. Wallander se rappela la brochure que lui avait montrée à l'hôtel la femme aux lèvres trop rouges, proposant un séjour sur la côte, dans la ville de Ventspils. D'après le dossier, le père avait soixante-quatorze ans et il était veuf. Wallander le referma après avoir examiné de nouveau le visage du major. Murniers entra dans le bureau à cet instant et le sergent Zids se leva d'un bond pour s'éloigner le plus possible de la reliure rouge.

– Avez-vous trouvé quelque chose d'intéressant, commissaire Wallander ?

– Rien. J'allais justement renvoyer le dossier aux archives.

Le sergent prit le dossier et disparut.

– Alors ? demanda Wallander.

– Il va craquer. Je suis sûr que c'est notre homme, même si le commandant Putnis semble hésiter.

– Je partage son hésitation. Peut-être pourrai-je en parler avec lui ce soir, examiner le fondement de nos doutes respectifs...

Soudain, il résolut d'entamer sans attendre son expédition solitaire hors de la grande confusion. Il n'avait plus de raison de garder ses pensées pour lui.

Au royaume du mensonge, la demi-vérité est peut-être reine. Pourquoi dire ce qu'il en est lorsqu'on est autorisé à manipuler la vérité comme on veut ?

— Une réflexion du major Liepa, au cours de son séjour en Suède, m'a profondément dérouté, commença-t-il. Le sens de son propos n'était pas évident, et il avait bu pas mal de whisky. Mais il m'a laissé entendre qu'il se faisait du souci ; que certains de ses collègues n'étaient peut-être pas entièrement fiables.

Le visage de Murniers ne trahit aucune surprise.

— Il était ivre bien sûr, poursuivit Wallander, vaguement honteux de calomnier ainsi un mort. Mais si j'ai bien compris, il soupçonnait l'un de ses supérieurs d'être lié à certains réseaux criminels de ce pays.

Murniers avait pris un air pensif.

— C'est une affirmation intéressante, même de la part d'un homme ivre. S'il a utilisé le terme de « supérieur », il ne peut s'agir que du commandant Putnis ou de moi-même.

— Il n'a pas cité de nom.

— A-t-il étayé ses soupçons ?

— Il a parlé de trafic de drogue, et de nouveaux circuits passant par les pays de l'Est. D'après lui, cela impliquait nécessairement des protections en haut lieu.

— C'est intéressant, répéta Murniers. J'ai toujours considéré le major Liepa comme un homme exceptionnellement raisonnable. Et doué d'une conscience tout à fait singulière.

Il n'est pas affecté par ces allégations, pensa Wallander. Cela aurait-il été possible si elles l'avaient concerné ?

— Quelles conclusions tirez-vous de ce propos du major ?

— Aucune. Je voulais juste vous en faire part.

— Vous avez bien fait, dit Murniers. Répétez-le à mon collègue, le commandant Putnis.

Murniers partit. Wallander enfila sa veste et retrouva le sergent Zids dans le couloir. De retour à l'hôtel, il s'allongea et dormit une heure, enroulé dans le couvre-lit. Il s'obligea à prendre une douche froide et enfila le costume bleu sombre qu'il avait emporté de Suède. Peu après dix-neuf heures, il redescendit dans le hall où l'attendait le sergent, adossé au comptoir de la réception.

Putnis vivait à la campagne, à quelques dizaines de kilomètres au sud de Riga. Au cours du trajet, Wallander pensa qu'il voyageait toujours de nuit, dans ce pays. Il se déplaçait dans le noir, il réfléchissait dans le noir. Là, à l'arrière de la voiture, il éprouva une fois de plus le désir de rentrer chez lui. Mais cela tenait sans doute au flou de sa mission. Fixant l'obscurité de l'autre côté de la vitre, il pensa qu'il devait téléphoner à son père dès le lendemain. Celui-ci lui demanderait sûrement quand il avait l'intention de rentrer.

Bientôt, répondrait-il. Dans très peu de temps.

Le sergent Zids quitta la route et franchit un grand portail en fer forgé. L'allée conduisant à la maison était asphaltée. Le chemin privé du commandant Putnis était le plus soigné de tous ceux que Wallander avait empruntés depuis son arrivée en Lettonie. Le sergent Zids freina devant une terrasse éclairée par des projecteurs invisibles. Wallander eut le sentiment d'avoir été transporté dans un autre pays.

Le commandant Putnis sortit sur la terrasse pour l'accueillir. Il avait abandonné l'uniforme et portait un costume de coupe impeccable qui rappela à Wallander les deux morts du canot. À ses côtés se tenait sa femme, beaucoup plus jeune que lui – Wallander devina qu'elle n'avait pas trente ans. Lors des présentations, il s'avéra qu'elle parlait un excellent anglais. Wallander entra dans la belle demeure avec la sensation de bien-être très particulière qu'on éprouve après un long et pénible voyage. Le commandant Putnis lui servit un whisky et, verre de cristal à la main, lui fit les honneurs de la maison sans dissimuler son orgueil. Wallander constata que les pièces étaient remplies de meubles importés de l'Ouest, qui créaient une atmosphère à la fois surchargée et froide.

Je serais sûrement comme eux si je vivais dans un pays où tout semble sans cesse sur le point de s'écrouler. Mais cet intérieur a dû coûter très cher. Un commandant de police gagne-t-il vraiment autant d'argent ? Pots-de-vin. Pots-de-vin et corruption... Il chassa cette pensée. Il ne connaissait pas le commandant Putnis et sa femme Ausma. Peut-être existait-il encore des fortunes familiales en Lettonie, même si la puissance d'occupation avait disposé de près de cinquante ans pour transformer toutes les règles du jeu économique.

Que savait-il au fond ? Rien du tout.

Ils dînèrent dans une salle à manger éclairée par de grands candélabres. Wallander crut comprendre que la femme de Putnis travaillait elle aussi dans la police, mais dans un autre service, très secret apparemment. Peut-être le département letton du KGB ? Elle l'interrogea sur la Suède et il s'aperçut que le vin le rendait poseur malgré lui.

Après le dîner, Ausma disparut pour préparer le café tandis que Putnis lui servait un cognac dans un séjour où s'ordonnaient plusieurs groupes d'élégants fauteuils en cuir. Wallander n'aurait jamais de sa vie les moyens d'acheter de tels meubles. Cette pensée le rendit soudain agressif. Il se sentait confusément coupable. Comme si lui-même, par le simple fait de ne pas protester, contribuait aux dessous-de-table qui avaient financé la maison du commandant Putnis.

— La Lettonie est un pays de grands contrastes, dit-il dans son anglais hésitant.

— N'est-ce pas aussi le cas de la Suède ?

— Bien sûr. Mais ce n'est pas aussi frappant qu'ici. Pour un chef de police suédois, il serait impensable de vivre dans une maison comme la vôtre.

Le commandant Putnis écarta les mains comme pour s'excuser.

– Ma femme et moi ne sommes pas riches. Mais nous avons économisé pendant de longues années. J'ai cinquante-cinq ans. Je veux avoir une vieillesse confortable. Est-ce un mal ?

– Je ne parle pas de mal. Je parle de différences. Quand j'ai rencontré le major Liepa, j'ai cru comprendre qu'il venait d'un pays très pauvre.

– Il y a beaucoup de pauvres ici, je ne le nie pas.

– J'aimerais savoir ce qu'il en est en réalité.

Le commandant Putnis le scruta de son regard aigu.

– J'ai peur de ne pas comprendre votre question.

– Les enveloppes. La corruption. Je voudrais une réponse à quelque chose que m'a dit le major lorsqu'il m'a rendu visite en Suède – alors qu'il était à peu près aussi ivre que je le suis maintenant.

– Bien entendu, dit Putnis en souriant. Je répondrai avec plaisir. Mais pour cela, je dois savoir ce qu'a dit le major Liepa.

Wallander répéta mot pour mot la citation mensongère qu'il avait présentée quelques heures plus tôt au commandant Murniers.

– Il est clair, répliqua Putnis, que la police lettone n'est pas à l'abri de pratiques irrégulières. Beaucoup de policiers ont de bas salaires, la tentation d'accepter un pot-de-vin est parfois grande. Mais je dois dire que le major Liepa avait malheureusement une certaine propension à exagérer. Son honnêteté et sa conscience professionnelle étaient admirables. Mais il n'était pas toujours objectif.

– D'après vous, il exagérait ?

– Oui, hélas.

– Par exemple, en affirmant qu'un officier de police haut placé serait lié à des réseaux criminels ?

Le commandant Putnis réchauffait son verre de cognac entre ses mains.

– Cette affirmation devait viser le commandant Murniers ou moi-même, dit-il pensivement. Cela m'étonne. C'est une accusation à la fois malheureuse et déraisonnable.

– Qui devait pourtant avoir une raison d'être…

– Le major Liepa estimait peut-être que Murniers et moi mettions trop de temps à vieillir, sourit Putnis. Que nous barrions la route à ses propres ambitions…

– Le major Liepa ne m'a pas fait l'effet d'un homme obsédé par sa carrière.

Putnis hocha la tête.

– J'entrevois une explication, dit-il. Mais cela devra rester entre nous.

– Je ne suis pas bavard.

– Il y a une dizaine d'années, le commandant Murniers s'est laissé aller à une faiblesse regrettable, en acceptant une gratification de la part du chef de l'une de nos entreprises textiles. Cet homme était soupçonné de détournements d'une grande ampleur. Des complices avaient eu le loisir d'éliminer les documents contenant la preuve décisive de ces irrégularités. Murniers avait fermé les yeux, et cet argent était sa récompense.

– Et ensuite ?

– L'affaire a été étouffée. Le chef d'entreprise a écopé d'une peine symbolique. Un an plus tard, il se retrouvait à la tête de la plus grande scierie du pays.

– Et Murniers ?

– Rien du tout. Il regrettait amèrement cet écart. Il était à l'époque surmené et sortait tout juste d'un long et pénible divorce. Le bureau politique chargé de l'affaire a choisi de ne pas donner suite. Le major Liepa a peut-être confondu cette faiblesse momentanée avec un défaut chronique ? C'est la seule réponse que je peux vous fournir. Un autre cognac ?

Wallander tendit son verre. Quelque chose l'inquiétait dans ce que venait de dire Putnis. Quoi donc ? Au même instant, Ausma revint avec le café et se mit à évoquer avec enthousiasme tout ce que Wallander devait absolument voir avant de quitter Riga. Il l'écouta, tandis que l'inquiétude continuait de travailler sa conscience comme un courant souterrain. Une parole décisive avait été prononcée, imperceptible mais suffisante pour capter son attention.

– La Porte des Suédois, poursuivait Ausma. Vous voulez me dire que vous n'avez même pas vu notre monument datant de l'époque où la Suède était l'une des grandes puissances redoutées de l'Europe ?

– Cela a dû m'échapper.

– La Suède est encore une grande puissance, intervint le commandant Putnis. Un petit pays, mais d'une richesse enviable.

Craignant de perdre le fil de son intuition, Wallander s'excusa pour se rendre aux toilettes, tira le verrou et s'assit. Bien des années plus tôt, Rydberg lui avait enseigné de ne jamais remettre à plus tard l'exploration d'une intuition – la sensation qu'un indice se balançait si près de ses yeux qu'il ne le voyait pas.

Soudain il comprit : une observation qu'avait faite Murniers, et que Putnis venait de contredire, pratiquement dans les mêmes termes.

Murniers avait parlé du caractère raisonnable du major Liepa, et le commandant Putnis avait utilisé le mot « déraisonnable ». Compte tenu de ce que Putnis venait de révéler concernant Murniers, ce n'était peut-être pas surprenant. Mais Wallander comprit soudain la raison de son inquiétude : il avait imaginé que ce serait l'inverse.

Nous soupçonnons Murniers, avait dit Baiba Liepa. *Nous soupçonnons que mon mari a été trahi.*

Il s'était peut-être trompé du tout au tout. Peut-être avait-il cru voir chez Murniers ce qu'il aurait dû chercher du côté de Putnis ? Il tenta de se rappeler le ton de Murniers. Soudain, il eut l'impression que le commandant avait voulu lui dire autre chose, en filigrane. Le major Liepa est un homme raisonnable, un policier raisonnable. Autrement dit : *il a raison.*

Soupesant cette idée, il s'aperçut qu'il avait accepté beaucoup trop facilement des soupçons de deuxième, voire de troisième main.

Il tira la chasse d'eau et retourna à son café et à son cognac.

– Nos filles, annonça Ausma en lui tendant deux photographies encadrées. Alda et Lija.

– J'ai une fille, moi aussi. Elle s'appelle Linda.

La conversation continua de rouler sans but. Wallander aurait voulu pouvoir se retirer sans paraître grossier à ses hôtes. Mais il était près d'une heure du matin lorsque le sergent Zids le déposa devant l'hôtel. Wallander s'était assoupi à l'arrière. Il avait trop bu. La gueule de bois paraissait inévitable.

Il resta longtemps allongé sans dormir, les yeux ouverts dans le noir.

Les visages des deux commandants se superposaient jusqu'à ne plus en faire qu'un seul. Wallander s'aperçut soudain qu'il ne supporterait pas de rentrer en Suède avant d'avoir fait tout son possible pour éclaircir le meurtre du major.

Les liens existent. Le major Liepa, les deux morts dans le canot, l'arrestation d'Upitis... Tout se tient. C'est moi qui ne vois rien. Et pendant ce temps, de l'autre côté du mur, des types invisibles enregistrent ma respiration.

Peut-être sont-ils capables d'en déduire que je ne dors pas ? Peut-être croient-ils pouvoir suivre le fil de mes pensées ?

Juste avant de s'endormir, il songea qu'il était en Lettonie depuis six jours déjà.

13

Wallander se réveilla comme prévu avec la gueule de bois. Une pulsation sourde dans les tempes – en se brossant les dents, il crut qu'il allait vomir. Il fit fondre deux comprimés dans un verre d'eau en pensant que l'époque où il pouvait boire de l'alcool sans en ressentir les effets le lendemain était définitivement révolue.

En se regardant dans le miroir, il constata qu'il ressemblait de plus en plus à son père. La gueule de bois ne lui donnait pas seulement des regrets d'ordre général, mais comme le sentiment d'avoir perdu quelque chose. Il crut aussi discerner dans ce visage pâle et bouffi les premiers signes du vieillissement.

À sept heures trente, il descendit et déjeuna d'un café et d'un œuf frit. La nausée se dissipa un peu. Il consacra sa demi-heure de solitude à passer une fois de plus en revue les éléments de l'écheveau embrouillé qui avait pour point de départ l'échouement d'un canot à Mossby Strand. Il fit un effort pour assimiler sa découverte de la veille au soir : c'était peut-être Putnis et non Murniers qui jouait le rôle du traître invisible… Mais ses pensées le reconduisaient sans cesse à son point de départ. Tout était trop flou, trop confus. Une enquête en Lettonie n'avait sans doute rien à voir avec une enquête en Suède. L'État totalitaire avait un aspect fuyant qui rendait infiniment plus difficiles la collecte des informations et la constitution d'un ensemble de preuves.

Peut-être en Lettonie fallait-il tout d'abord déterminer si un crime devait être élucidé, ou s'il entrait dans la catégorie de *non-crime* qui imprégnait la société tout entière.

Lorsqu'il se leva enfin pour rejoindre le sergent qui l'attendait à côté de la voiture, il était tout de même parvenu à une conclusion : il devait consacrer plus d'énergie à interroger les deux commandants. Dans l'état des choses, il ne savait même pas s'ils ouvraient ou refermaient des portes invisibles devant ses pas. La voiture traversa la ville. La succession de bâtiments délabrés et de places infiniment tristes lui insuffla cette mélancolie très spéciale qu'il n'avait jamais éprouvée avant d'arriver dans ce pays. Il s'imagina que les gens qu'il voyait, patientant aux arrêts de bus ou se hâtant le long des trottoirs, éprouvaient intérieurement la même désolation que dégageait la ville entière, et cette pensée le fit frémir. De nouveau, il eut envie de rentrer. Mais pour retrouver quoi ?

Le téléphone fit entendre sa sonnerie grelottante à l'instant où il franchissait le seuil de son bureau après avoir envoyé le sergent Zids chercher du café.

— Bonjour, dit la voix de Murniers – le sombre commandant paraissait pour une fois d'humeur joyeuse. Avez-vous passé une bonne soirée ?

— Je n'ai pas aussi bien mangé depuis mon arrivée à Riga. Mais j'ai peur d'avoir un peu trop bu.

— La mesure est une vertu que nous ignorons dans ce pays. Si j'ai bien compris, le miracle suédois doit beaucoup à votre côté sobre et contrôlé.

Wallander ne trouva rien à répondre.

— J'ai devant moi un document intéressant, poursuivit Murniers. Je pense qu'il pourra vous faire oublier vos regrets d'avoir abusé de l'excellent cognac du commandant Putnis.

— Quel document ?

— Les aveux d'Upitis. Rédigés et signés pendant la nuit. Silence.

– Vous êtes toujours là ? Vous devriez passer me voir tout de suite.

Dans le couloir, Wallander se heurta au sergent Zids portant une tasse de café. Il la prit et entra dans le bureau de Murniers, qui l'accueillit avec son habituel sourire fatigué et indiqua une chemise cartonnée posée devant lui.

– Voici le document, dit-il. Ce sera un plaisir pour moi de vous le traduire. Vous paraissez surpris, commissaire…

– Oui. C'est vous qui l'avez interrogé ?

– Non. Le commandant Putnis a demandé au capitaine Emmanuelis de prendre la relève, et il a réussi au-delà de toutes nos espérances. Emmanuelis est promis à un brillant avenir.

Y avait-il une nuance ironique dans sa voix ? Ou était-ce le ton habituel d'un policier las et désabusé ?

– Upitis, le poète et collectionneur de papillons alcoolique, décide donc de passer aux aveux. Avec l'aide de deux complices, MM. Berg klaus et Lapin, il reconnaît avoir assassiné le major Liepa dans la nuit du 23 février. Les trois hommes ont agi sur commande dans le but d'éliminer le major Karlis Liepa. Upitis prétend ignorer l'identité du commanditaire, et c'est sans doute vrai. Le contrat est passé par de nombreuses mains avant de lui parvenir. Dans la mesure où il s'agissait d'un officier de police haut placé, les gages étaient considérables. L'équivalent de cent années de salaire pour un ouvrier letton, à partager entre Upitis et les deux autres. Le contrat a été passé il y a deux mois. Le commanditaire n'avait pas fixé de délai au départ. Mais soudain, tout a changé. Trois jours avant le meurtre, alors que le major était en Suède, l'un des intermédiaires a pris contact avec Upitis pour l'informer que Liepa devait être éliminé dès son retour à Riga. On ne lui a pas précisé la raison, mais les gages ont été majorés et une voiture a été mise à sa disposition. Il a reçu l'ordre de se rendre deux fois par jour – une fois le matin, une fois le soir – à un certain cinéma de la ville, le Spartak. Il devait guetter l'apparition sur l'un des piliers d'une inscription – ce

que vous autres à l'Ouest appelez *graffiti*. Ce serait le signal.
Le matin du retour du major, Upitis a trouvé l'inscription sur
le pilier. Il a aussitôt pris contact avec Bergklaus et Lapin.
L'intermédiaire avait précisé que le major Liepa devait être
attiré hors de chez lui dans la soirée ; la suite était laissée à
leur initiative. Cela a apparemment posé de grands problèmes
au trio. Ils prévoyaient que le major serait armé, sur ses gardes,
et prêt à opposer une sérieuse résistance. Il fallait donc frapper
très vite. Le risque était énorme.

Murniers fit une pause et considéra Wallander.

– Je vais trop vite ?

– Non.

– Ils ont donc conduit la voiture dans la rue du major Liepa.
Après avoir dévissé l'ampoule du lampadaire le plus proche de
chez lui, ils se sont cachés. Auparavant, ils s'étaient raffermi
le moral à coups d'alcool dans une taverne bien connue de
la ville. Dès que le major Liepa est apparu, ils sont passés à
l'attaque. Upitis prétend que c'est Lapin qui l'a frappé, à la
nuque. Quand nous aurons mis la main sur Lapin et Bergklaus,
ils vont sûrement se renvoyer la responsabilité. Mais ce n'est
pas un problème ; notre législation, contrairement à la vôtre,
permet de condamner les auteurs collectivement, même si on
n'a pu établir qui tenait l'arme. Le major s'est effondré sur le
trottoir. Ils l'ont fourré à l'arrière de la voiture. Sur le chemin
du port il serait revenu à lui, et Lapin l'aurait de nouveau frappé
à la tête. D'après Upitis, le major Liepa était mort lorsqu'ils
l'ont traîné sur le quai. Leur idée était de mettre en scène un
accident. C'était voué à l'échec bien entendu, mais Upitis et
ses complices n'ont pas déployé beaucoup d'efforts pour égarer
les soupçons.

Murniers laissa retomber le document.

Wallander pensait à la nuit passée dans la cabane de chasse, à
Upitis et à ses questions, au rai de lumière du côté de la porte,
à la présence qui écoutait dans l'ombre.

Nous soupçonnons que le major Liepa a été trahi, nous soupçonnons le commandant Murniers.

— Comment pouvaient-ils savoir que le major reviendrait ce jour-là ? demanda-t-il.

— Un employé de l'Aeroflot a peut-être reçu un pot-de-vin. Il y a des listes de passagers. Nous allons bien sûr éclaircir ce point.

— Pourquoi le major a-t-il été tué ?

— Les rumeurs circulent vite dans un pays comme le nôtre. Le major Liepa était peut-être devenu trop gênant pour certains réseaux.

Wallander réfléchit avant de poser la question suivante. En écoutant la transcription orale des aveux d'Upitis, il avait été épouvanté. Ces aveux étaient une pure machination. Mais où était la vérité ? Les mensonges se recouvraient les uns les autres, impossible de faire la lumière sur ce qui s'était réellement produit, et pour quelles raisons cela s'était produit.

Il renonça à interroger davantage le commandant. Il ne restait plus de questions, rien que des affirmations vagues et impuissantes.

— Vous savez aussi bien que moi qu'il n'y a pas un mot de vérité là-dedans, dit-il.

Murniers le dévisagea.

— Et pourquoi donc ?

— Pour la simple raison qu'Upitis n'a pas tué le major Liepa. Ces aveux sont complètement fabriqués. On a dû les lui extorquer sous la contrainte. Ou alors il est devenu fou.

— Pourquoi un personnage douteux tel qu'Upitis n'aurait-il pas pu tuer le major Liepa ?

— Parce que je l'ai rencontré, dit Wallander. Je lui ai parlé. S'il y a une personne dans ce pays qui n'a absolument pas pu tuer le major Liepa, c'est bien Upitis.

La surprise de Murniers ne pouvait être feinte. Ce n'était donc pas lui qui était tapi dans l'ombre de la cabane de chasse. Mais alors qui ? Baiba Liepa ? Ou le commandant Putnis ?

– Vous dites que vous avez rencontré Upitis ?

Wallander décida très vite de recourir à une demi-vérité. Il n'avait pas le choix, il se sentait le devoir de protéger Baiba Liepa.

– Il m'a rendu visite à l'hôtel. Il s'est présenté sous le nom d'Upitis. Je l'ai reconnu quand le commandant Putnis me l'a montré derrière le miroir sans tain. Lors de sa visite, il m'a dit être un ami du major Liepa.

Le commandant Murniers se tenait très droit dans son fauteuil. Tendu, à l'affût, entièrement concentré sur ce que venait de dire Wallander.

– Étrange, dit-il. Très étrange.

– Il est venu pour me faire part de ses soupçons. D'après lui, le major Liepa aurait été tué par ses propres collègues.

– Par la police lettone ?

– Oui. Upitis voulait connaître la vérité, et il a demandé mon aide. Comment pouvait-il savoir qu'un policier suédois se trouvait à Riga ? Ça, je n'en ai aucune idée.

– Qu'a-t-il dit encore ?

– Que les amis du major Liepa manquaient de preuves. Mais que le major lui-même affirmait être menacé.

– Par qui ?

– Quelqu'un de la police. Peut-être aussi par le KGB.

– Pourquoi l'aurait-on menacé ?

– Pour les raisons qu'Upitis invoque dans ses aveux. Un réseau criminel avait pris la décision de le liquider. On peut bien entendu voir un lien.

– Quel lien ?

– Upitis avait deux fois raison. Bien qu'il ait dû mentir une fois.

Murniers se leva avec brusquerie. Wallander se fit la réflexion que le policier suédois était allé trop loin. Mais Murniers le dévisageait d'un regard presque implorant.

– Le commandant Putnis doit être informé de tout ceci, dit-il.

– Oui. C'est indéniable.

Murniers attrapa le combiné. Dix minutes plus tard, Putnis faisait son entrée dans le bureau. Wallander n'eut pas le temps de le remercier pour le dîner. Murniers s'était mis à parler en letton, d'une voix forcée et indignée, répétant à son collègue ce que venait de lui révéler Wallander. Celui-ci l'observait à la dérobée, en pensant que si Putnis s'était tenu dans l'ombre de la cabane de chasse, son expression le trahirait à présent. Mais Putnis resta impassible. Son visage ne révélait absolument rien. Intérieurement, Wallander cherchait une explication aux aveux truqués d'Upitis. Mais tout était tellement embrouillé qu'il renonça.

Putnis réagit différemment de Murniers.

– Pourquoi ne nous avez-vous pas informés de cette rencontre avec le criminel Upitis ?

Wallander n'avait pas de réponse. Aux yeux de Putnis, il était clair qu'il avait trahi la confiance qui pouvait exister entre eux. Mais était-ce un hasard s'il avait été invité à dîner chez le commandant le soir même où Upitis était passé aux « aveux » ? Le hasard existait-il dans un pays totalitaire ? Putnis n'avait-il pas dit qu'il préférait interroger ses prisonniers seul à seul ?

La colère de Putnis sembla retomber aussi vite qu'elle était venue. Il sourit et posa la main sur l'épaule de Wallander.

– Upitis est un monsieur plein de ressources. C'est une manœuvre très raffinée, je dois en convenir. Détourner les soupçons en rendant visite à un policier suédois de passage à Riga… Mais enfin, il a avoué. Il a seulement fallu attendre qu'il n'ait plus la force de résister. Le meurtre du major Liepa est élucidé. Il n'y a donc aucune raison de vous retenir davantage à Riga. Je vais régler les formalités de votre retour. Ensuite nous transmettrons nos remerciements au ministère des Affaires étrangères suédois par nos canaux officiels.

Ce fut à cet instant, en comprenant que son séjour en Lettonie touchait à sa fin, que Wallander entrevit en un éclair la nature du complot. Il n'en saisit pas seulement l'énormité, pas seulement l'ingénieuse combinaison de vérité et de mensonge, de fausses pistes et d'enchaînements réels. Il comprit que le major Liepa était bel et bien le policier habile et honorable qu'il avait semblé être. Il comprit la peur de Baiba Liepa autant que son défi. Et même s'il était obligé de partir à présent, il savait qu'il devait la revoir au moins une fois. Il le lui *devait*, de la même manière qu'il lui semblait avoir une dette vis-à-vis du major.

– Je vais rentrer, dit-il. Mais pas avant demain. Je n'ai pas encore eu le temps de visiter votre belle ville.

Il se tourna vers Putnis.

– Je l'ai pleinement compris hier soir en écoutant votre femme. Le sergent Zids est un guide parfait. J'espère pouvoir profiter de ses services pendant le reste de la journée, même si ma mission est officiellement terminée.

– Bien entendu, dit Murniers. Peut-être devrions-nous célébrer le dénouement de cette étrange affaire ? Il serait peu courtois de vous laisser repartir sans vous offrir un cadeau ou, du moins, une soirée d'adieu.

Wallander pensait à son rendez-vous avec Inese au night-club de l'hôtel, à Baiba Liepa, qu'il devait absolument revoir.

– Restons simples, dit-il. Après tout, nous sommes des policiers, pas des acteurs célébrant le succès d'une première. En plus j'ai des projets pour ce soir. Une dame a promis de m'accompagner.

Murniers sourit et tira des recoins de son bureau une bouteille de vodka.

– Nous n'allons pas entraver vos projets, dit-il. Je propose que nous levions nos verres maintenant.

Ils sont pressés. Si cela ne tenait qu'à eux, je serais déjà dans l'avion.

Ils portèrent un toast. Wallander trinqua avec les deux commandants. Saurait-il un jour lequel des deux avait signé l'arrêt de mort du major ? C'était à présent sa seule interrogation. Putnis ou Murniers ? Pour le reste, il ne doutait plus. Les recherches secrètes du major l'avaient bel et bien conduit à une vérité insoutenable. *Mais il devait y avoir une trace écrite.* Si Baiba Liepa voulait découvrir l'identité de l'assassin de son mari – Murniers ou Putnis –, il fallait qu'elle retrouve ces documents. Alors, elle apprendrait aussi pourquoi Upitis avait choisi de livrer ses faux aveux dans une dernière tentative désespérée, peut-être insensée, pour découvrir lequel des deux commandants était le coupable.

Je suis en train de trinquer avec l'un des pires criminels que j'aie approchés de ma vie. Mais qui est-ce ?

– Nous vous accompagnerons bien entendu à l'aéroport demain matin, dit Putnis en conclusion de la petite cérémonie.

Wallander quitta le quartier général, quelques pas derrière le sergent Zids. Il se faisait l'effet d'un prisonnier libéré. Ils traversèrent la ville en voiture. Le sergent indiquait, décrivait, racontait ; Wallander suivait son regard, hochait la tête, marmonnait « oui » ou « très joli » aux moments appropriés. Mais, en fait, il était complètement ailleurs. Il pensait à Upitis.

Qu'avait murmuré à son oreille Murniers ou Putnis ?

Quel argument avait-il extrait de son catalogue de menaces, dont Wallander osait à peine se représenter l'ampleur ?

Peut-être Upitis avait-il une Baiba à lui, peut-être avait-il des enfants. Tuait-on encore les enfants dans un pays comme la Lettonie ? Ou bien suffisait-il de brandir la menace d'un avenir barré, d'une vie détruite avant même d'avoir commencé ?

Était-ce ainsi que régnait l'État totalitaire ? En *verrouillant* les vies ?

Upitis avait-il eu le moindre choix ?

Avait-il sauvé sa vie, la vie de sa famille, celle de Baiba Liepa, en acceptant de tenir le rôle du meurtrier ? Wallander tenta de rassembler ses maigres connaissances quant aux faux procès qui couraient dans l'histoire des pays communistes comme un terrible chapelet d'injustices invraisemblables. Upitis avait sa place dans cette histoire, et Wallander pensa que cela lui resterait à jamais hermétique : qu'on puisse forcer des gens à endosser précisément les crimes qu'ils n'auraient jamais pu commettre. Avouer qu'on avait de sang-froid tué son meilleur ami, la personne qui portait le rêve d'avenir pour lequel on brûlait soi-même...

Je ne saurai jamais.

Je ne saurai jamais ce qui s'est passé et ce n'est pas plus mal, puisque je ne le comprendrais pas. Mais Baiba, elle, comprendrait. Et elle doit avoir accès à la vérité. Le testament du major... Son enquête n'est pas morte. Elle vit, mais elle ne trouve pas le repos. Elle se cache dans un endroit où l'esprit du major n'est pas seul à la veiller.

La *sentinelle*, pensa-t-il. C'est cela que je dois transmettre à Baiba Liepa. Il existe quelque part un document, caché avec tant de soin qu'elle est seule à pouvoir le découvrir et l'interpréter. C'était à elle que se fiait le major. Elle était son ange, dans un monde où les autres anges étaient tombés...

Le sergent Zids s'arrêta devant une porte du vieux mur d'enceinte de la ville. Wallander réalisa en descendant de voiture qu'il se trouvait en présence de la fameuse Porte des Suédois évoquée par la femme du commandant Putnis. Il frissonna ; le vent s'était de nouveau refroidi. Distraitement, il contempla le mur de briques lézardé et tenta de décrypter quelques signes anciens gravés dans la pierre. Très vite il renonça et retourna à la voiture.

— On continue ? fit le sergent.

— Oui. Je veux voir tout ce qui vaut la peine d'être vu.

Zids aimait conduire. Et Wallander, malgré le froid, malgré les regards furtifs du sergent dans le rétroviseur, était tout de même mieux dans la solitude de cette voiture que dans sa chambre d'hôtel. Il pensa à la soirée qui l'attendait. Rien ne devait empêcher son rendez-vous avec Baiba Liepa. L'espace d'un instant, il se dit qu'il valait peut-être mieux prendre les devants, la rejoindre à l'université – où se trouvait l'université ? – et lui raconter ce qu'il savait dans un couloir désert. Mais il ignorait même quelle discipline elle enseignait, il ne savait même pas s'il y avait une ou plusieurs universités à Riga.

Il y avait aussi autre chose, dont il commençait tout juste à prendre conscience. Ses quelques entrevues avec Baiba Liepa, brèves et amères, n'avaient pas uniquement tourné autour de la mort du major. Il y avait autre chose – un sentiment qui dépassait de loin ce à quoi il était habitué. Cela l'inquiétait. Intérieurement il entendait la voix sardonique de son père, lui renvoyant l'image du fils perdu qui, non content d'entrer dans la police, était bête au point de tomber amoureux de la veuve d'un officier de police letton assassiné.

Était-ce bien cela ? Était-il vraiment tombé amoureux de Baiba Liepa ?

Comme si le sergent Zids avait eu la faculté enviable de lire dans les pensées, il indiqua au même instant un bâtiment en brique interminable et laid et annonça que celui-ci faisait partie de l'université de Riga. Wallander le contempla par la vitre embuée. Baiba Liepa se trouvait-elle quelque part derrière ces murs ? Tous les bâtiments officiels de ce pays ressemblaient à des prisons. Et les gens à l'intérieur étaient des prisonniers. Mais pas le major, et pas davantage Upitis – bien que celui-ci fût maintenant incarcéré pour de vrai, pas seulement dans un mauvais rêve qui ne prendrait peut-être jamais fin. D'un coup, il en eut assez de tourner dans la ville avec le sergent et demanda à être ramené à l'hôtel. Sans savoir pourquoi, il ordonna à Zids de revenir à quatorze heures.

Dans le hall, il découvrit tout de suite un homme en gris. Les commandants n'éprouvaient donc plus le besoin de donner le change. Il entra dans la salle à manger et s'installa ostensiblement à une autre table, malgré l'air malheureux du serveur. Je vais semer la pagaille en me révoltant contre l'entreprise d'État qui s'occupe du placement des clients, pensa-t-il avec une sorte de rage. Il s'assit lourdement, commanda de la vodka et de la bière. Puis il sentit qu'un furoncle commençait à éclore sur sa fesse – chose qui lui arrivait régulièrement – et cela acheva de le mettre hors de lui. Il resta attablé pendant deux heures, en demandant au serveur de remplir ses verres dès qu'ils étaient vides. L'ivresse le gagnait, ses pensées chancelaient de plus en plus. Dans un accès de sentimentalité impuissante, il imagina que Baiba Liepa retournait en Suède avec lui. En quittant la salle, il ne put s'empêcher de faire signe à l'homme en gris qui veillait sur sa banquette. Il regagna la chambre, s'allongea et s'endormit. Soudain, quelque chose se mit à cogner contre ses tempes et il comprit après un certain temps que c'était Zids qui frappait à la porte. Il se leva d'un bond, cria au sergent d'attendre et s'aspergea le visage d'eau froide. Une fois dans la voiture, il demanda à être conduit hors de la ville, dans une forêt où il pourrait se promener – et, par la même occasion, se préparer à la rencontre avec sa maîtresse, qui le conduirait auprès de Baiba Liepa.

Dans la forêt, il prit froid. La terre était dure sous ses semelles et il pensa que la situation était complètement impossible.

Je vis une époque où les souris chassent le chat. Sauf que personne ne sait plus qui est chat et qui est souris. C'est ça, mon époque. Comment rester policier quand rien n'est plus ce qu'il prétend être, quand rien ne colle plus à la réalité... Même la Suède, ce pays que je croyais autrefois comprendre, ne fait pas exception à la règle. Il y a un an, j'ai pris ma voiture en état d'ivresse grave. Mais les collègues qui m'ont arrêté sur la route ont choisi de fermer les yeux. Encore un exemple où le criminel serre la main de celui qui est censé le poursuivre.

Là, au milieu des sapins, il prit brusquement la décision d'envoyer sa candidature au poste de chef de la sécurité de l'usine de caoutchouc de Trelleborg. Il était parvenu au point où cette décision s'imposait d'elle-même. Aucune palabre intérieure, aucun doute. Il était temps de rompre.

Cette initiative imaginaire le mit de bonne humeur et il retourna à la voiture, où l'attendait Zids. De retour à Riga, il dit adieu au sergent devant l'hôtel et récupéra sa clé à la réception. On lui remit une lettre du commandant Putnis. L'avion à destination d'Helsinki décollerait le lendemain matin à neuf heures trente. Il monta dans sa chambre, prit un bain tiède et se glissa dans le lit. Trois heures à attendre avant de retrouver sa maîtresse. Une fois de plus, il déroula le fil des événements, en emboîtant le pas au major. Il lui sembla deviner l'intensité de la haine que devait nourrir Karlis Liepa. La haine et l'impuissance – d'avoir accès aux preuves, et de ne rien pouvoir faire pour autant. Le major avait contemplé le cœur noir de la corruption, le lieu où Putnis ou Murniers rencontrait les bandits et négociait ce que la mafia elle-même n'avait pas réussi à obtenir : une criminalité contrôlée par l'État. Il en avait trop vu, et il avait été liquidé. Restait son testament. L'enquête, et les preuves. Mais où ?

Soudain, Wallander se redressa.

Il avait négligé la conséquence la plus grave de l'existence de ce document. Putnis et Murniers étaient naturellement parvenus à la même conclusion que lui. Leur principal souci à l'heure actuelle devait être de retrouver les preuves cachées par le major.

La peur revint d'un coup. Rien ne devait être plus simple dans ce pays que de faire disparaître un policier suédois. On pouvait organiser un accident, remplir un rapport d'enquête comme une grille de mots croisés et renvoyer en Suède un cercueil plombé avec un mot de condoléances.

Peut-être le soupçonnaient-ils déjà d'en savoir trop ?

Ou bien la décision hâtive de le renvoyer chez lui signifiait-elle qu'ils se sentaient sûrs de son ignorance ?

Je ne peux me fier à personne. Je suis complètement seul ici. Je dois imiter Baiba. Prendre la décision de faire confiance à quelqu'un, avec le risque de me tromper. En sachant que je suis entouré d'yeux et d'oreilles contrôlés par des gens qui n'hésiteraient pas une seconde à me faire prendre le même chemin que le major.

Peut-être fallait-il renoncer à cette dernière entrevue avec Baiba Liepa. Le danger n'était-il pas trop grand ?

Il se leva, se posta à la fenêtre, laissa son regard errer par-dessus les toits. Il faisait nuit. Bientôt dix-neuf heures trente. Il devait prendre une décision.

Je ne suis pas courageux. Le policier qui brave la mort et ne recule devant aucune menace – ce n'est pas moi. Si j'avais le choix, je préférerais mille fois me cantonner à des cambriolages et à des escroqueries tranquilles dans un coin pacifique de la Suède.

Il repensa à Baiba Liepa, à sa peur et à son défi. Il comprit qu'il ne se supporterait plus lui-même s'il se dérobait en cet instant.

Il enfila son costume et prit l'ascenseur. Il était vingt heures passées de quelques minutes.

Un autre homme en gris lisait le journal dans le hall. Cette fois, Wallander ne lui fit pas signe. Il se rendit tout droit au night-club, déjà bondé bien qu'on fût en tout début de soirée. Il avança à tâtons entre les tables où des femmes lui souriaient d'un air encourageant et finit par trouver une chaise vacante. Il valait mieux éviter de boire, pour garder l'esprit clair. Mais lorsqu'un serveur approcha, il commanda un whisky. L'estrade de l'orchestre était vide ; la musique provenait des enceintes fixées au plafond noir. Il tenta de discerner les visages qui l'entouraient dans cet univers crépusculaire enfumé, mais ne perçut que des ombres et des voix qui se mêlaient à la bouillie sonore déversée par les enceintes.

Inese surgit de nulle part et l'aborda avec une assurance qui le prit au dépourvu. Aucune trace de la femme timide brièvement croisée quelques jours plus tôt. Elle était très maquillée, vêtue d'une minijupe provocante. Wallander n'était pas du tout préparé à ce jeu. Maladroitement, il lui tendit la main ; elle l'ignora, se pencha sur lui et l'embrassa sur la bouche.

— On reste un peu, murmura-t-elle. Demandez-moi ce que je veux boire. Riez, soyez content de me voir.

Elle choisit un whisky et alluma une cigarette avec des gestes nerveux. Wallander joua tant bien que mal son rôle d'homme mûr flatté par l'attention d'une jeune femme. Forçant la voix pour se faire entendre par-dessus le vacarme, il lui raconta son voyage dans la ville sous la conduite du sergent. Elle s'était placée de manière à pouvoir surveiller l'entrée du night-club. Lorsqu'il lui dit qu'il rentrait en Suède le lendemain, elle tressaillit. À quel point était-elle impliquée ? Faisait-elle partie des *amis* dont avait parlé Baiba Liepa ? Ceux qui se considéraient comme les garants de ce que l'avenir du pays ne soit pas jeté aux loups…

Je ne peux pas me fier à Inese. Elle aussi joue peut-être double jeu, forcée et contrainte, ou sous l'effet ultime de l'impuissance et du désespoir.

– Payez, ordonna-t-elle. On va bientôt partir.

L'estrade s'éclaira. Des musiciens en veste de soie rose commencèrent à accorder leurs instruments. Wallander régla l'addition. Inese sourit et feignit de murmurer des paroles douces à son oreille.

– Au fond des toilettes, il y a une porte de service. Elle est fermée à clé mais si vous frappez, on l'ouvrira. Vous arrivez dans un garage. Il y a une Moskvitch blanche avec un garde-boue jaune sur la roue avant droite. La voiture n'est pas fermée. Montez à l'arrière, je vous rejoindrai. Souriez maintenant, murmurez à mon oreille, embrassez-moi. Ensuite partez.

Il obéit et se leva. Il frappa à la porte, et entendit le déclic de la serrure. Des gens entraient et sortaient des toilettes, mais personne ne parut faire attention à lui.

Je me trouve dans un pays rempli d'issues secrètes. Rien ici ne se déroule au grand jour.

Le garage, étroit et mal éclairé, sentait l'essence et l'huile de graissage. L'homme qui lui avait ouvert s'était comme volatilisé. Il vit un camion auquel manquait une roue, quelques vélos, et la Mosk vitch blanche. Il monta à l'arrière et attendit. Inese apparut. Elle était pressée. Elle mit le contact, les portes du garage s'ouvrirent. La voiture quitta l'hôtel et prit à gauche, s'éloignant des larges avenues du quartier dont l'hôtel Latvia constituait le centre. Inese surveillait le rétroviseur et changeait sans cesse de direction. Wallander perdit très vite ses repères. Au bout de vingt minutes, elle parut convaincue qu'ils n'étaient pas suivis. Elle lui demanda une cigarette, qu'il alluma pour elle. La voiture traversa un grand pont en ferraille et disparut dans un dédale d'usines et d'immeubles aux allures de casernes. Wallander ne fut pas certain de reconnaître l'immeuble devant lequel elle freina.

— Dépêchez-vous, dit-elle en coupant le contact. Nous n'avons pas beaucoup de temps.

Baiba Liepa les fit entrer et échangea quelques mots avec Inese. Savait-elle qu'il devait quitter Riga le lendemain ? Elle ne laissa rien paraître, prit sa veste et la déposa sur le dossier d'une chaise. Inese disparut. Ils se retrouvèrent seuls une fois de plus dans la pièce silencieuse aux lourdes tentures. Wallander ne savait pas par où commencer, ni même quoi dire. Il obéit donc à l'injonction souvent répétée de Rydberg : *Dis la vérité, il n'y a rien à perdre, alors dis ce qu'il en est !*

Lorsqu'il lui raconta qu'Upitis avait avoué le meurtre de son mari, elle se recroquevilla comme sous l'effet d'une douleur foudroyante.

— Ce n'est pas vrai, murmura-t-elle.

— On m'a traduit ses aveux, dit Wallander. Il aurait eu deux complices.

— Ce n'est pas vrai ! cria-t-elle.

On aurait dit un fleuve qui aurait enfin forcé un barrage. Inese apparut dans l'ombre de la porte et regarda Wallander. Soudain, il sut ce qu'il devait faire. Il se leva, s'assit sur le canapé à côté de Baiba et la serra dans ses bras. Elle sanglotait de façon convulsive. Pourquoi ? Parce que Upitis avait commis un acte de trahison inouï, incompréhensible ? Ou parce qu'on l'avait contraint à mentir par des méthodes terrifiantes ? Elle pleurait sans retenue, s'agrippant à lui comme une naufragée.

Après coup, il pensa que c'était à ce moment-là qu'il avait définitivement franchi la limite invisible et commencé d'accepter son amour pour Baiba Liepa. Cette émotion, bizarrement, s'enracinait dans le besoin qu'un autre être humain avait de lui. Il ne pensait pas avoir jamais éprouvé quelque chose de semblable.

Inese reparut avec deux tasses de thé. D'un geste furtif, elle caressa les cheveux de Baiba Liepa, qui cessa presque aussitôt de pleurer. Son visage était gris.

Wallander lui raconta tout, y compris le fait qu'il allait rentrer en Suède. Il lui livra l'histoire telle qu'il croyait l'avoir comprise, et s'étonna de sa propre conviction. Pour finir, il parla de la *sentinelle* – le testament qui devait exister quelque part. Elle parut comprendre immédiatement.

– Oui. Il a dû cacher quelque chose. Un testament ne peut pas se réduire à des pensées.

– Mais vous ne savez pas où ?

– Il n'a rien dit.

– Quelqu'un d'autre peut-il être au courant ?

– Non. Il ne se fiait qu'à moi.

– Et son père, à Ventspils ?

Elle écarquilla les yeux.

– Je me suis renseigné, dit-il. J'ai pensé que c'était une possibilité.

– Il aimait beaucoup son père. Mais il ne lui aurait jamais confié un secret.

– Où peut-il avoir caché ce document ?

– Pas chez nous. C'est trop dangereux. La police serait capable de raser l'immeuble si elle croyait pouvoir y trouver quelque chose.

– Réfléchissez. Remontez dans le temps. Où peut-il l'avoir caché ?

Elle secoua la tête.

– Je ne sais pas.

– Il a dû prévoir ce qui risquait de lui arriver. Il a dû penser que vous comprendriez que ces preuves vous attendaient. Dans un endroit que vous êtes seule à pouvoir imaginer.

Elle s'empara brusquement de sa main.

– Vous devez m'aider, dit-elle. Vous ne pouvez pas partir.

– Je ne peux pas rester. Les commandants ne comprendraient pas que je repousse mon départ. Et comment le faire à leur insu ?

– Vous pouvez revenir, dit-elle sans lâcher sa main. Vous avez une petite amie ici. Vous pouvez venir en tant que touriste.

Mais ce n'est pas elle que j'aime.

– Vous avez une femme ici, répéta-t-elle.

Il hocha la tête en silence. C'était vrai. Il avait une femme à Riga. Mais ce n'était pas Inese.

Elle n'insista pas. Elle paraissait convaincue qu'il reviendrait.

– Dans notre pays, dit-elle, on risque la mort si on parle. On risque la mort si on se tait. Ou si on ne dit pas ce qu'il faut. Ou pas aux personnes qu'il faut. Mais Upitis est fort. Il sait que nous ne l'abandonnerons pas. On lui a extorqué ces aveux. Il sait que nous le savons. C'est pourquoi nous finirons par remporter la victoire.

– Quelle victoire ?

– Nous exigeons seulement la vérité. Seulement ce qui est digne, ce qui est simple. La possibilité de vivre selon la liberté que nous avons choisie.

– C'est trop élevé pour moi. Moi, je veux savoir qui a tué le major Liepa. Et pourquoi deux cadavres se sont échoués sur la côte suédoise.

– Revenez, et je vous ferai connaître mon pays. Pas seulement moi. Inese aussi.

– Je ne sais pas...

Baiba Liepa le regarda en face.

– Vous n'êtes pas un lâche. Dans ce cas, Karlis se serait trompé. Et il ne se trompait jamais.

– C'est impossible, insista Wallander. Les commandants seraient tout de suite avertis de ma présence. J'aurais besoin d'une autre identité, d'un autre passeport.

– On peut arranger ça, dit-elle avec feu. Du moment que je sais que vous reviendrez.

– Je suis policier. Je ne peux pas risquer toute mon existence en voyageant dans le monde sous une fausse identité.

Il s'interrompit. Dans le regard de Baiba Liepa, il crut voir soudain le visage du major.

– C'est bon, dit-il lentement. Je reviendrai.

Il était minuit passé. Une fois de plus, il essaya de l'aider à imaginer où le major avait pu cacher ses documents. Baiba Liepa faisait preuve d'une concentration intense. Peine perdue.

Wallander pensait aux chiens qui l'attendaient dans le noir. Les chiens des commandants, dont la vigilance ne se relâchait jamais. Avec une sensation d'irréalité croissante, il s'aperçut qu'il était en train de se laisser entraîner dans un complot destiné à le faire revenir à Riga dans la peau d'un enquêteur clandestin. Il serait un non-policier dans un pays dont il ignorait tout, un non-policier cherchant à faire la lumière sur un crime considéré par tous comme une affaire classée. Il voyait pleinement la folie de l'entreprise, mais il ne pouvait quitter des yeux le visage de Baiba Liepa – cette femme dont la voix était habitée par une conviction capable de vaincre toutes ses résistances.

Il était près de deux heures du matin lorsque Inese vint lui annoncer qu'il était temps de partir. Puis elle le laissa de nouveau seul avec Baiba. Ils firent leurs adieux en silence.

– Nous avons des amis en Suède, dit-elle enfin. Ils prendront contact avec vous afin d'organiser votre retour.

Puis, très vite, elle se pencha et l'embrassa sur la joue.

Ils reprirent la voiture. Sur le pont, Inese indiqua le rétroviseur d'un signe de tête.

– Ça y est, ils nous suivent. Nous devons paraître amoureux et nous séparer à contrecœur devant l'hôtel.

— Je vais faire de mon mieux. Et si j'essayais de vous convaincre de monter dans ma chambre ?

Elle rit.

— Je suis une fille respectable. Mais quand vous reviendrez, on pourra peut-être envisager d'aller jusque-là.

Ils se séparèrent comme convenu. Wallander s'attarda quelques instants dans le froid devant l'hôtel en essayant de paraître triste et esseulé.

Le lendemain matin il partait pour l'aéroport.

Les commandants l'escortèrent jusque dans le terminal et lui firent des adieux chaleureux.

L'un de ces deux hommes a tué le major. À moins qu'ils ne soient de mèche ? Comment un policier d'Ystad aurait-il la prétention de découvrir la vérité ?

Tard le soir, il ouvrait la porte de son appartement de Mariagatan.

Toute l'histoire commençait déjà à lui apparaître comme un rêve. Il pensa qu'il ne reverrait pas Baiba Liepa. Elle continuerait de pleurer son mari. Et elle ne saurait jamais qui avait ordonné son exécution.

Il goûta le whisky acheté dans l'avion.

Avant de se coucher, il resta longtemps sur le canapé à écouter un disque de Maria Callas.

Il se sentait fatigué et inquiet.

Qu'allait-il arriver maintenant ?

14

Il découvrit l'enveloppe le sixième jour de son retour à Ystad.

Elle l'attendait sur le tapis de l'entrée, alors qu'il revenait d'une longue et éprouvante journée au commissariat. Il avait neigé tout l'après-midi ; il s'était longuement essuyé les pieds sur le paillasson avant d'ouvrir la porte.

Après coup, il pensa que c'était comme s'il avait tenté, jusqu'à la toute dernière minute, de résister à l'idée qu'ils reprendraient contact avec lui. Au fond de lui, il savait que c'était imminent. Mais il ne se sentait pas prêt.

Il la ramassa. Une enveloppe de papier kraft ordinaire, portant le nom d'une entreprise en haut à gauche. Sans doute un envoi publicitaire ; il la posa sur l'étagère de l'entrée et l'oublia. Après le dîner – un gratin de poisson qui avait traîné trop longtemps dans le compartiment à glaçons du réfrigérateur –, il l'aperçut en passant et l'examina de plus près. « Lippman Fleurs ». Drôle de saison pour faire sa pub, pour un fleuriste. Il faillit la jeter à la poubelle. Mais un scrupule l'empêchait toujours de se débarrasser du courrier avant de l'avoir au moins parcouru. Déformation professionnelle. Quelque chose pouvait se dissimuler entre les dépliants multicolores. Il pensait souvent qu'il vivait comme un homme obligé de retourner chaque pierre sur son chemin. Contraint de découvrir ce qui se cachait dessous.

Lorsqu'il déchira l'enveloppe et découvrit la feuille manuscrite pliée à l'intérieur, il comprit.

Il posa la lettre sur la table de la cuisine et se prépara un café. Il avait besoin de prendre son temps. Tout cela, il le faisait pour Baiba Liepa.

À sa descente d'avion à Stockholm la semaine précédente, il avait éprouvé un sentiment confus, de chagrin peut-être. En même temps, il était soulagé d'avoir quitté ce pays où on le surveillait sans cesse. Cela avait provoqué un accès de spontanéité inhabituel pour lui. « Ça fait du bien de rentrer », avait-il dit à la femme du contrôle des passeports. Elle lui avait à peine jeté un regard, comme s'il avait fait une avance déplacée, et lui avait rendu son passeport sans même l'ouvrir.

Et voilà la Suède, pensa Wallander. En surface, tout est clair et lumineux. Nos aéroports sont conçus de telle sorte qu'aucune saleté, aucune ombre n'y trouve prise. Tout est visible, tout est conforme aux apparences. Notre religion et notre pauvre espoir national, c'est la *sécurité* inscrite dans notre Constitution, qui fait savoir au monde entier que chez nous, personne ne meurt de faim. Mais nous n'adressons pas la parole aux inconnus ; car l'inconnu peut nous faire du mal, salir notre propreté, obscurcir nos néons. Nous n'avons jamais bâti un empire, et cela nous a épargné la peine de le voir s'effondrer. Mais nous étions convaincus d'avoir créé le meilleur des mondes – quoique petit –, nous étions les gardiens officiels du paradis et maintenant que la fête est terminée, nous nous vengeons en ayant les contrôleurs de passeports les plus froids du monde.

Le soulagement avait presque aussitôt cédé la place à la déprime. Dans le monde de Wallander – ce paradis retraité en voie de démantèlement – il n'y avait aucune place pour Baiba Liepa. Il ne pouvait l'imaginer ici, dans cette lumière, sous ces néons au fonctionnement impeccable et trompeur. Pourtant, elle lui manquait déjà. Lorsqu'il eut traîné sa valise jusqu'au nouveau terminal des vols intérieurs où il devait attendre l'avion pour Malmö, sa rêverie l'entraîna de nouveau vers Riga, la ville des chiens invisibles. L'avion de Malmö avait du retard.

Le billet qu'on lui avait remis donnait droit à un sandwich ; il resta longtemps assis à contempler les pistes où les avions atterrissaient et décollaient dans un tourbillon de neige fine. Autour de lui, des hommes costumés et cravatés parlaient sans interruption dans leurs portables. Un gros homme d'affaires passa devant lui, son appareil irréel coincé contre sa joue, et Wallander entendit avec surprise qu'il lisait à haute voix le conte de Hansel et Gretel. Cela le fit penser à sa propre fille. Il l'appela d'une cabine télé phonique et, contre toute attente, elle décrocha ; il fut submergé de joie de l'entendre. Un court instant, il envisagea de rester quelques jours à Stockholm ; mais le ton de Linda lui fit comprendre qu'elle était très occupée, et il ne formula pas sa proposition. Au lieu de cela, il repensa à Baiba, à sa peur et à son défi... Osait-elle vraiment croire que le policier suédois ne la laisserait pas tomber ? Mais que pouvait-il faire ? S'il retournait là-bas, les chiens flaireraient aussitôt sa piste. Il ne réussirait jamais à les semer.

À l'aéroport de Sturup, personne ne l'attendait. Il prit un taxi jusqu'à Ystad. Pendant tout le trajet, il parla météo avec le chauffeur, qui conduisait beaucoup trop vite. Quand il n'y eut plus rien à dire du brouillard et de la neige qui voltigeait dans le faisceau lumineux des phares, il crut sentir fugitivement le parfum de Baiba Liepa dans la voiture, et une inquiétude féroce le saisit à l'idée qu'il ne la reverrait pas.

Le lendemain de son retour, il se rendit chez son père à Löderup. L'aide ménagère payée par la commune lui avait coupé les cheveux, et il paraissait en meilleure forme que depuis longtemps. Wallander lui avait acheté une bouteille de cognac et son père hocha la tête avec satisfaction en identifiant la marque.

À son propre étonnement, il lui parla de Baiba.

Ils étaient dans l'ancienne écurie qui servait d'atelier. Sur le chevalet, une toile inachevée – de celles qui s'orneraient d'un coq de bruyère en bas à gauche. Lors de son arrivée, son père était en train de fignoler le bec de l'oiseau.

Il s'était essuyé les mains sur un chiffon imprégné de térébenthine et lui avait proposé de s'asseoir. Wallander lui avait parlé de son voyage à Riga. Soudain, sans savoir pourquoi, il avait cessé de décrire la ville pour lui raconter sa rencontre avec Baiba Liepa, sans préciser qu'elle était la veuve d'un major assassiné. Il dit juste son nom, qu'il l'avait rencontrée, qu'elle lui manquait.

– Elle a des enfants ?

– Non.

– Est-ce qu'elle peut en avoir ?

– Comment veux-tu que je le sache ? Je suppose que oui.

– Quel âge a-t-elle ?

– Plus jeune que moi. Trente-trois ans peut-être.

– Alors elle peut avoir des enfants.

– Je ne vois pas pourquoi tu insistes là-dessus.

– Je crois que c'est ce qu'il te faut.

– J'ai déjà Linda.

– Un enfant, c'est trop peu. Il faut en avoir au moins deux pour comprendre de quoi il retourne. Alors écoute-moi. Tu vas la ramener ici et l'épouser.

– Ce n'est pas si simple.

– Pourquoi dois-tu toujours tout compliquer sous prétexte que tu es flic ?

Et voilà, pensa Wallander. Ce n'est pas possible de parler avec lui sans qu'il trouve un prétexte pour me reprocher d'avoir signé un jour.

– Tu peux garder un secret ? demanda-t-il après un silence.

Son père le considéra d'un air méfiant.

– Comment pourrais-je ne pas le faire ? Je n'ai personne à qui parler.

– Je vais peut-être quitter la police. Je vais peut-être chercher un autre emploi. Responsable de la sécurité dans une entreprise de Trelleborg. J'ai dit *peut-être*.

Silence.

– Il n'est jamais trop tard pour retrouver ses esprits, dit enfin son père. Ton seul regret sera peut-être d'avoir attendu si longtemps.

– J'ai dit *peut-être*, papa. Rien n'est encore certain.

Mais son père ne l'écoutait plus. Il était retourné à son chevalet et au bec du coq de bruyère. Wallander s'assit sur un vieux traîneau et le contempla un moment en silence. Puis il rentra chez lui. Il pensa qu'il n'avait personne à qui parler. À quarante-quatre ans, il n'avait personne qui lui fût vraiment proche. À la mort de Rydberg, il s'était retrouvé plus seul qu'il ne l'aurait cru possible. Il n'avait plus que Linda. Mona ne lui était plus accessible. Depuis qu'elle l'avait quitté, elle était une étrangère pour lui. Il ne savait presque rien de sa vie à Malmö.

Il dépassa la sortie vers Kåseberga en pensant qu'il pourrait rendre visite à Göran Boman, au commissariat de Kristianstad. Avec lui, il serait peut-être possible de parler de tout ce qui s'était produit.

Mais il n'alla jamais à Kristianstad. Il reprit le service après avoir remis son rapport à Björk. Martinsson et les autres collègues l'interrogèrent vaguement au moment de la pause café, et il comprit très vite que personne ne s'intéressait au fond à son histoire. Il envoya sa candidature à l'entreprise de Trelleborg. Puis il changea la disposition des meubles dans son bureau, dans l'espoir de ranimer un peu son ardeur au travail. Björk, le voyant distrait et abattu, tenta maladroitement de l'encourager en le chargeant de tenir à sa place une causerie pour le Rotary Club de la ville. Wallander accepta, participa au déjeuner à l'hôtel Continental et fit une conférence ratée sur l'influence des innovations techniques sur le travail des enquêteurs. À l'instant où il se tut, il oublia ce qu'il venait de dire.

Un matin au réveil il crut être tombé malade.

Björk l'envoya pour un bilan approfondi chez le médecin de la police, qui ne lui trouva rien mais lui proposa de continuer à surveiller son poids. Il était rentré de Riga un mercredi. Le samedi soir, il prit la voiture jusqu'à Åhus, dîna au restaurant, dansa et fut invité à une table où se trouvait une kinésithérapeute de Kristianstad qui s'appelait Ellen. Mais le visage de Baiba Liepa s'interposait sans cesse, elle le suivait comme une ombre, et il reprit sa voiture de bonne heure. Longeant la côte, il s'arrêta au bord du champ abandonné où se déroulait chaque été la grande foire agricole de Kivik. L'année précédente, il avait couru là comme un dératé, une arme à la main, à la poursuite d'un tueur. À présent, une mince couverture de neige recouvrait la terre, la pleine lune faisait scintiller la mer, et lui, il voyait le visage de Baiba Liepa. Il ne pouvait la chasser de ses pensées. Il retourna à Ystad. Une fois dans l'appartement, il se paya une bonne cuite. Il avait branché la musique si fort que les voisins se mirent à cogner aux murs.

Il se réveilla le dimanche matin avec des palpitations. Le reste de la journée se passa dans une longue attente d'il ne savait quoi.

La lettre arriva le lundi. Il s'assit à la table de la cuisine avec son café et déchiffra l'élégante calligraphie. La lettre était signée d'un certain Joseph Lippman :

Vous êtes un ami de notre pays. Riga nous a fait part de votre précieuse contribution. Nous reprendrons contact avec vous prochainement pour fixer les détails de votre retour.

Wallander se demanda en quoi consistait cette précieuse contribution. Et qui était ce « nous » qui se promettait de le recontacter prochainement.

Il s'irrita aussi de la brièveté du texte. Ce message ressemblait à un ordre. Et lui, alors ? N'avait-il plus voix au chapitre ? Il n'était pas du tout décidé à entrer au service de ces personnes invisibles. Son angoisse et ses hésitations étaient bien plus fortes que sa volonté. Il voulait revoir Baiba Liepa, certes, mais pour des raisons suspectes qui, de son propre avis, l'apparentaient moins à un héros qu'à un adolescent en mal d'amour.

À son réveil le mardi matin, une décision avait cependant pris forme. Il se rendit au commissariat, participa à une réunion syndicale désespérante et alla ensuite tout droit dans le bureau de Björk.

– J'ai quelques jours de congé à prendre. Est-ce que ça pose un problème ?

Björk le considéra avec un mélange d'envie et de profonde compréhension.

– J'aimerais pouvoir en dire autant. Je viens de lire un long mémo de la direction, en imaginant tous mes collègues dans le pays en train de faire pareil au même moment, tous penchés sur nos bureaux, les sourcils froncés. On nous demande de nous prononcer sur un certain nombre de circulaires déjà distribuées sur le thème de la grande réforme. Quelles circulaires ? Je n'en ai pas la moindre idée.

– Prends quelques jours de congé, proposa Wallander.

Björk repoussa avec irritation un papier posé sur son bureau.

– Je me reposerai quand je serai à la retraite. Si je suis encore en vie à ce moment-là. D'un autre côté, ce serait idiot de mourir à mon poste. Bon, ces vacances. Tu comptes partir quelque part ?

– J'ai pensé à une semaine de ski dans les Alpes. Ce n'est peut-être pas plus mal de partir maintenant, en sachant qu'on manque toujours de personnel autour de la Saint-Jean. Je pourrai travailler à ce moment-là et prendre mes vacances d'été à la fin du mois de juillet.

– Tu as réussi à trouver une place dans un charter ? Je croyais que tout était complet à cette époque.

– Non.

Björk haussa les sourcils.

– Ça me paraît très improvisé…

– Je pars en voiture. Je n'aime pas les charters.

– Personne ne les aime.

Björk adopta sans transition la mine officielle qu'il prenait lorsqu'il souhaitait rappeler à son interlocuteur qui était le patron.

– De quoi t'occupes-tu en ce moment ?

– Pas grand-chose, pour une fois. L'agression de Svarte est sans doute l'affaire la plus urgente. Mais quelqu'un peut s'en charger à ma place.

– Quand veux-tu partir ? Aujourd'hui ?

– Jeudi, ça ira.

– Combien de temps ?

– J'ai calculé qu'il me restait dix jours à prendre.

Björk hocha la tête et prit note.

– Je pense que c'est une sage décision. Tu n'as pas l'air dans ton assiette.

– C'est le moins qu'on puisse dire.

Wallander consacra le reste de la journée à avancer le dossier de Svarte. Il passa une quantité de coups de fil et trouva même le temps de répondre à un courrier de la banque à propos d'une confusion sur son compte courant. Tout en travaillant, il restait dans l'expectative. Il ouvrit l'annuaire de Stockholm et trouva plusieurs personnes répondant au nom de Lippman. Mais aucune trace de « Lippman Fleurs » dans les pages jaunes.

Peu après dix-sept heures, il rangea son bureau et prit sa voiture. Il fit le détour par un magasin de meubles qui venait d'ouvrir et regarda un fauteuil en cuir qui lui aurait bien plu, pour l'appartement. Mais le prix l'effraya. Dans une supérette de Hamngatan, il acheta des pommes de terre et un morceau de lard. La jeune caissière lui sourit ; il se rappela qu'il avait consacré une journée, un an plus tôt, à rechercher un type qui avait cambriolé le magasin. Rentré chez lui, il se prépara à dîner et s'assit devant la télévision.

Le téléphone sonna peu après vingt et une heures.

Une voix d'homme lui enjoignit dans un suédois hésitant de

se rendre à la pizzeria qui était en face de l'hôtel Continental. Wallander en eut soudain assez de toutes ces cachotteries, et lui demanda de dire son nom.

– J'ai toutes les raisons de me méfier. Je veux savoir ce qui m'attend.

– Mon nom est Joseph Lippman. Je vous ai écrit.

– Qui êtes-vous ? insista Wallander.

– Je dirige une petite entreprise.

– Vous êtes fleuriste ?

– On peut peut-être appeler ça comme ça.

– Que me voulez-vous ?

– Je crois m'être expliqué assez clairement dans la lettre.

Wallander décida de raccrocher, puisqu'il n'obtenait aucune réponse. Il en avait par-dessus la tête de ces gens invisibles qui s'entêtaient à exiger son intérêt et sa collaboration. Ce Lippman était peut-être employé par les commandants lettons. Qu'est-ce qui contredisait cette hypothèse ?

Il prit à pied par Regementsgatan vers le centre-ville. Il était vingt et une heures trente lorsqu'il entra dans la pizzeria. Une dizaine de tables étaient occupées, mais aucune par un homme seul qui aurait pu être Lippman. Il se rappela une ancienne remarque de Rydberg. *Avant un rendez-vous, il y a toujours une décision à prendre : faut-il arriver le premier ou le dernier ?* Il l'avait oublié ; d'un autre côté, il ignorait si cela avait une importance dans ce cas précis. Il s'assit dans un coin, commanda une bière et attendit.

Joseph Lippman arriva à vingt-deux heures moins trois minutes, alors que Wallander en était à se demander si on n'avait pas voulu l'éloigner de son appartement. Lorsque la porte s'ouvrit, il eut la certitude que cet homme ne pouvait être que Lippman. Âgé d'une soixantaine d'années, vêtu d'un pardessus trop grand pour lui, il avançait avec précaution entre les tables comme s'il craignait à tout instant de marcher sur une mine. Parvenu à destination, il sourit à Wallander, ôta son pardessus et s'assit après avoir jeté un regard furtif à la table voisine, où deux hommes échangeaient des commen taires ulcérés sur un tiers absent, qui semblait se distinguer par une incompétence sans bornes.

Wallander pensa que Joseph Lippman était juif. Les joues bleutées, les yeux noirs, les lunettes rondes... tout cela participait de l'image qu'il se faisait d'une physionomie juive. Mais que savait-il en réalité d'une telle « physionomie » ? Rien du tout.

La serveuse s'approcha. Lippman commanda un thé. Sa politesse était extrême ; Wallander devina un passé marqué par les humiliations.

Puis il prit la parole, d'une voix si basse que Wallander dut se pencher pour l'entendre.

— Je vous suis reconnaissant d'être venu, dit-il.

— Vous ne m'avez pas laissé le choix. D'abord la lettre, puis ce coup de fil. Peut-être pourriez-vous commencer par me dire qui vous êtes ?

Lippman eut un geste de dénégation.

— Qui je suis, cela n'a aucune importance. L'important c'est vous, monsieur Wallander.

— Stop. Je n'ai pas l'intention de vous écouter si vous n'êtes même pas capable de me faire confiance et de me dire qui vous êtes.

La serveuse revint avec le thé, et la réponse de Lippman resta en suspens.

— Mon rôle est celui de l'organisateur et du messager, dit-il lorsque la serveuse se fut éloignée. Qui veut connaître le nom du messager ? Ce n'est pas important. Nous nous rencontrons ici ce soir ; ensuite je disparaîtrai, et nous ne nous reverrons sans doute pas. Ce n'est pas avant tout une affaire de confiance, mais une décision d'ordre pratique. La sécurité est toujours une question d'ordre pratique. De même que la confiance, d'ailleurs, à mon avis.

— Dans ce cas, nous pouvons conclure cette conversation tout de suite.

– J'ai un message pour vous de la part de Baiba Liepa.

Wallander se détendit. Il considéra l'homme assis en face de lui, qui se tenait curieusement affaissé, comme si sa santé était précaire au point qu'il risquait de s'écrouler d'un instant à l'autre.

– Je ne veux rien entendre avant de savoir qui vous êtes. C'est aussi simple que cela.

Lippman ôta ses lunettes et versa avec précaution du lait dans son thé.

– Notre prudence est surtout destinée à vous protéger, monsieur Wallander. En ces temps troublés, il vaut mieux en savoir le moins possible.

– Nous sommes en Suède. Pas à Riga.

Silence.

– Vous avez peut-être raison, dit enfin Lippman. Je suis peut-être un vieil homme incapable de discerner les changements réels.

– Les fleurs, dit Wallander pour l'encourager. C'est une activité qui a beaucoup changé, non ?

Lippman tournait lentement sa cuillère dans sa tasse.

– Je suis arrivé en Suède à la fin de l'hiver 1941, répondit-il enfin. J'étais un jeune homme hanté par le rêve de devenir artiste. Un grand artiste. L'aube se levait lorsque nous avons aperçu la côte de l'île de Gotland. Nous avions réussi ! Le bateau prenait l'eau, plusieurs de mes compagnons étaient gravement malades, nous souffrions tous de malnutrition, de tuberculose... Mais je me souviens de cette aube glaciale du début du mois de mars, et de la décision que j'avais prise alors. Un jour, je ferais une toile, je peindrais la côte suédoise, et ce serait une image de la liberté. Sombre, froide, quelques rochers noirs émergeant du brouillard. La porte du paradis pouvait donc ressembler à cela... Mais je n'ai jamais peint ce tableau. Je suis devenu jardinier. Je gagne ma vie en conseillant des entreprises suédoises sur le choix de plantes d'ornement. Je constate que les gens des nouvelles entreprises informatiques ont un besoin insatiable de cacher leurs machines parmi les plantes vertes. Je ne peindrai jamais la porte du paradis ; je devrai me contenter de l'avoir vue. Je sais aussi que le paradis a de nombreuses portes, tout comme l'enfer. On doit apprendre à les distinguer. Sinon on est perdu.

– Était-ce le cas du major Liepa ?

Lippman ne réagit pas à la mention de ce nom.

– Le major Liepa savait à quoi ressemblaient les portes, dit-il lentement. Mais ce n'est pas cela qui l'a tué. Il est mort pour avoir vu *qui en franchissait le seuil*. Ces gens-là redoutent la lumière, qui permet à des hommes tels que le major Liepa de les voir et de les reconnaître.

Wallander eut l'impression que Lippman était profondément croyant. Il s'exprimait comme un prêtre face à une congrégation invisible.

– J'ai vécu toute ma vie en exil, poursuivit-il. Au début, jusqu'au milieu des années 50, je croyais sans doute encore pouvoir retourner chez moi un jour. Puis ce furent les longues années 60-70. J'avais abandonné tout espoir. Seuls les très vieux Lettons de la diaspora – les très vieux, les très jeunes ou les très fous – croyaient encore à un tournant spectaculaire, à un bouleversement du monde qui nous permettrait enfin de rentrer chez nous. Moi, de mon côté, j'attendais seulement l'épilogue d'une tragédie qu'on pouvait d'ores et déjà considérer comme consommée. Mais soudain, il y a eu du nouveau. D'étranges rapports ont commencé à nous parvenir de notre vieux pays, des rapports tremblant d'optimisme. Nous avons vu l'énorme Union soviétique frissonner, comme si la fièvre latente se déclarait enfin. Était-ce possible ? Ce que nous n'osions plus espérer allait-il malgré tout se produire, contre toute attente ? À l'heure qu'il est, nous n'en savons rien encore. La liberté peut fort bien nous être ravie une fois de plus. L'Union soviétique est affaiblie, mais c'est peut-être une faiblesse provisoire. Notre temps est compté. Le major Liepa le savait. C'est ce qui le poussait à agir.

– Qui est ce « nous » ?

– Tous les Lettons de Suède appartiennent à une organisation ou à une autre. Nous nous sommes toujours regroupés de cette manière, comme un substitut de patrie, si vous voulez. Par le biais de ces associations, nous avons aidé les gens à ne pas oublier leur culture. Nous avons construit des réseaux d'entraide, créé des fondations... Nous avons aussi reçu des appels au secours, et tenté d'y répondre. Nous avons combattu sans relâche pour ne pas être oubliés et pour remplacer, d'une certaine façon, les villes et les villages perdus.

La porte vitrée s'ouvrit, et un homme seul entra dans la pizzeria. Lippman réagit aussitôt. Wallander se retourna et reconnut Elmberg, le gérant d'une station-service de la ville.

– Aucun danger, dit-il. Cet homme-là n'a jamais fait de mal à une mouche. Je crois aussi pouvoir affirmer que l'existence de l'État letton est le cadet de ses soucis.

– Baiba Liepa a lancé un appel au secours, coupa Lippman. Elle vous demande de venir. Elle a besoin de votre aide.

De la poche intérieure de sa veste, il tira une enveloppe.

– De la part de Baiba Liepa, dit-il. Pour vous.

L'enveloppe n'était pas scellée. Wallander en retira avec précaution une mince feuille de papier.

Le message était court, griffonné au crayon noir. Il eut l'impression qu'elle l'avait rédigé dans la plus grande hâte :

Il y a bien une sentinelle. Seule, je ne peux pas la trouver.
Faites confiance aux messagers comme vous avez fait
confiance à mon mari.

Baiba

Il reposa la lettre.

– Nous pouvons vous fournir toute l'assistance nécessaire pour retourner à Riga, dit Lippman.

– Vous ne pouvez quand même pas me rendre invisible !

– Pourquoi voudriez-vous devenir invisible ?

– Pour retourner à Riga, je dois changer de peau. Comment comptez-vous vous y prendre ? Comment pouvez-vous garantir ma sécurité ?

– Vous devez nous faire confiance, monsieur Wallander. Mais nous n'avons pas beaucoup de temps.

Wallander perçut l'inquiétude de Joseph Lippman. Il tenta de se convaincre de l'irréalité de la situation. En vain. Puis il songea que c'était *cela*, la réalité du monde. Baiba Liepa avait envoyé l'un des milliers de signaux de détresse qui s'entrecroisaient à chaque seconde au-dessus des continents. Celui-ci lui était destiné, à lui personnellement. Il devait y répondre.

– Je suis en congé à partir de jeudi, dit-il. Officiellement pour partir skier dans les Alpes. Je peux m'absenter dix jours.

Lippman repoussa sa tasse. Son expression hésitante et mélancolique avait disparu, remplacée par une totale détermination.

– Excellente idée, dit-il. Quoi de plus naturel pour un policier suédois que de tenter sa chance sur les pistes du Sud ? Quel sera votre itinéraire ?

– Le ferry jusqu'à Sassnitz. Puis en voiture, en passant par l'ex-RDA.

– Quel est le nom de votre hôtel ?

– Aucune idée. Je ne suis jamais allé dans les Alpes.

– Mais vous savez skier ?

– Oui.

Lippman s'abîma dans ses pensées. Wallander fit signe à la serveuse et commanda une deuxième bière. Lippman désirait-il encore du thé ? Pas de réponse.

Enfin il ôta ses lunettes et les essuya avec soin sur la manche de sa veste.

– C'est une excellente idée de vous rendre dans les Alpes, répéta-t-il. Mais j'ai besoin d'un peu de temps pour les préparatifs. Quelqu'un vous appellera demain soir pour vous dire quel ferry vous devrez prendre au départ de Trelleborg. Surtout, n'oubliez pas de mettre vos skis sur le toit. Faites vos bagages comme si vous alliez vraiment dans les Alpes.

– Comment comptez-vous me faire entrer en Lettonie ?

– Toutes les informations nécessaires vous seront communiquées à bord du ferry. Faites-nous confiance.

– Je ne vous garantis pas que j'accepterai vos idées.

– Dans notre monde, monsieur Wallander, il n'existe pas de garanties. Je peux seulement vous promettre que nous allons nous surpasser. Peut-être est-il temps de payer et de partir ?

Ils se séparèrent devant la pizzeria. Le vent s'était levé et soufflait par rafales intermittentes. Joseph Lippman s'éloigna en direction de la gare. Wallander prit le chemin de Mariagatan. La ville était déserte. Il pensait à ce qu'avait écrit Baiba Liepa.

Les chiens sont déjà à ses trousses. Elle a peur. Les commandants veulent le testament. La traque a commencé.

Il comprit brusquement qu'il n'y avait pas de temps à perdre.

Plus de place pour la peur ou la réflexion. Il devait répondre à son appel au secours.

Le lendemain, il prépara ses bagages. Le téléphone sonna peu après dix-neuf heures. Une voix de femme l'informa qu'il avait une place réservée sur le ferry qui quittait Trelleborg à cinq heures trente du matin. À la surprise de Wallander, elle se présenta comme une représentante de la société « Lippman Voyages ».

À minuit, il alla se coucher.

Juste avant de s'endormir, il pensa que c'était de la folie.

Il s'apprêtait à s'engager de son plein gré dans une aventure délirante vouée à l'échec. En même temps, le message de détresse de Baiba Liepa était réel, pas seulement un mauvais rêve. Il ne pouvait le laisser sans réponse.

Tôt le lendemain matin, il prit la route de Trelleborg et embarqua à bord du ferry à destination de Sassnitz. Le collègue qui contrôlait les passeports lui sourit.

— Où vas-tu ?

— Les Alpes.

— Veinard !

— Je n'aurais pas eu la force de continuer un jour de plus.

— Là, tu as quelques jours pour oublier que tu es flic.

— Oui.

Ça, c'était un mensonge pur et simple. Il savait qu'il embarquait pour sa mission la plus difficile à ce jour. Une mission qui n'existait même pas.

Dès que le ferry eut quitté le quai, il monta sur le pont. Frissonnant dans l'aube grise, il vit la mer s'ouvrir à mesure que le bateau s'éloignait du port.

Lentement, la côte suédoise disparut.

Il était descendu manger un sandwich dans la cafétéria lorsqu'un homme qui dit s'appeler Preuss l'aborda. Il avait une cinquantaine d'années, le teint couperosé et le regard fuyant.

— Allons faire un tour sur le pont, proposa-t-il en allemand.

Le brouillard était dense sur la Baltique le jour où Wallander reprit la route de Riga.

La frontière était invisible.

Pourtant elle était là, à l'intérieur de lui. Une pelote de barbelés logée sous la cage thoracique.

Wallander avait peur. Après coup, il pensa à ses derniers pas sur la terre lituanienne comme à une errance paralysante vers un lieu où il aurait pu s'écrier en paraphrasant les mots de Dante : *Abandonne tout espoir ! D'ici nul ne revient – du moins aucun policier suédois vivant.*

La nuit était limpide. Preuss, qui l'avait suivi depuis l'instant où il lui avait adressé la parole dans la cafétéria du ferry, ne paraissait pas très à l'aise, lui non plus. Wallander devinait dans l'ombre son souffle rapide et irrégulier.

– Il faut attendre, murmurait-il dans son mauvais allemand. *Warten, warten.*

Les premiers temps, ce guide qui ne comprenait pas un mot d'anglais avait exaspéré Wallander. Comment Joseph Lippman avait-il pu penser qu'un policier suédois qui parlait à peine l'anglais maîtriserait la langue allemande à la perfection ? Il avait été à deux doigts d'interrompre l'entreprise qui lui apparaissait de plus en plus comme le triomphe de fantaisistes fous à lier sur sa propre raison. Ces Lettons qui vivaient depuis trop longtemps en exil avaient perdu tout contact avec la réalité. Amers, follement optimistes ou carrément cinglés, ils prétendaient maintenant aider leurs compatriotes, qui entrevoyaient soudain la possibilité d'une renaissance. Comment ce petit homme maigre au teint gâté dénommé Preuss pourrait-il lui insuffler assez de courage et, surtout, un sentiment de sécurité suffisant pour oser mener à bien le pari délirant de revenir en Lettonie sous les traits d'un fantôme ? Que savait-il de Preuss ? Qu'il était peut-être un citoyen letton en exil, qu'il exerçait peut-être la profession de numismate dans la ville allemande de Kiel. Mais à part cela ? Absolument rien.

Quelque chose pourtant l'avait poussé de l'avant, au volant de sa voiture, Preuss perpétuellement endormi sur le siège du passager, une carte routière dépliée sur ses genoux, ouvrant parfois un œil pour lui distribuer des instructions. Le premier jour ils avaient traversé l'ex-RDA et atteint la frontière polonaise en fin d'après-midi. À cinq kilomètres de la frontière, Wallander avait laissé sa voiture dans la grange à moitié effondrée d'une ferme mal entretenue. L'homme qui les avait reçus comprenait l'anglais. Il était lui aussi un Letton de la diaspora, et il avait promis que la voiture serait bien gardée jusqu'au retour de Wallander. Puis ils avaient attendu. À la nuit tombée, Preuss et lui s'étaient enfoncés dans une épaisse forêt de sapins et ils avaient franchi la première ligne de démarcation invisible sur la route de Riga. Dans une bourgade insignifiante et poussiéreuse dont Wallander oublia aussitôt le nom, un homme enrhumé répondant au nom de Janick les attendait au volant d'un camion mangé par la rouille. Ce fut le début d'un long voyage chaotique à travers la plaine polonaise. Wallander, qui avait attrapé le rhume du chauffeur, se languissait d'un repas chaud et d'un bain ; mais nulle part on ne lui proposa autre chose que des côtes de porc froides et des lits de camp inconfortables dans des maisons sans chauffage disséminées à travers la campagne. Ils avançaient très lentement, ne se déplaçant que de nuit et juste avant le lever du jour. Le reste du temps n'était qu'une longue attente muette. Il tentait de comprendre ce luxe de précautions dont s'entourait Preuss. Quelle menace pouvaient-ils bien encourir tant qu'ils étaient en Pologne ? Mais il n'obtint aucune explication. La première nuit, il aperçut au loin les lumières de Varsovie, la nuit suivante Janick écrasa un cerf. Wallander essayait en vain de comprendre comment était structuré ce réseau, quelle était sa fonction – à part celle d'escorter des policiers suédois en état de confusion mentale aiguë qui désiraient pénétrer illégalement en Lettonie. Mais Preuss ne comprenait pas ses questions, et Janick, entre deux quintes de toux, fredonnait une rengaine anglaise datant de la Seconde Guerre mondiale. Parvenu à la frontière lituanienne, Wallander avait commencé à haïr *We'll Meet Again* et pour le reste, en ce qui le concernait, il aurait pu aussi bien se trouver au fin fond de la Russie. Ou pourquoi pas en Tchécoslovaquie ou en Bulgarie ? Il avait perdu tout sens de l'orientation, il savait à peine dans quelle direction se trouvait la Suède, et la folie de l'entreprise, à chaque nouveau kilomètre englouti par ce camion fonçant vers l'inconnu, lui paraissait de plus en plus consternante. Ils traversèrent la Lituanie à bord d'une succession de cars, tous privés d'amortisseurs. Enfin, quatre jours après le début du voyage, ils se retrouvèrent en vue de la frontière lettone, au fond d'une forêt qui sentait la résine.

– *Warten*, répéta Preuss.

Wallander, docile, s'assit sur une souche et attendit. Il avait froid et mal au cœur.

J'arrive à Riga malade et morveux, pensa-t-il avec désespoir. De toutes les bêtises que j'ai faites dans ma vie, celle-ci est la pire et ne mérite aucun respect, rien qu'un énorme éclat de rire. Qu'est-ce que je vois ? Sur une souche de la forêt lituanienne, un policier suédois au tournant de l'âge mûr, qui vient de perdre le peu de cervelle qui lui restait.

Mais il n'y avait pas de retour possible. Il ne parviendrait jamais par lui-même à revenir sur ses pas. Il était entièrement livré à ce maudit Preuss que ce fou de Lippman lui avait imposé comme guide, il n'avait aucun choix, sinon celui de poursuivre cette fuite en avant, à rebours de toute raison, vers Riga.

Sur le ferry, à peu près au moment où la côte suédoise disparaissait symboliquement de son champ de vision, Preuss lui avait enjoint de l'accompagner dehors, dans le vent glacé. Là, sur le pont, il avait tiré de sa poche des instructions écrites de Joseph Lippman ainsi qu'une identité toute neuve que Wallander était censé endosser à compter de cet instant. *Exit M. Eckers.* Cette fois, il serait *Herr Gottfried Hegel*, voyageur de commerce allemand spécialisé dans les partitions et les livres d'art. Preuss lui avait remis le plus naturellement du monde un passeport allemand portant sa photo tamponnée en bonne et due forme. Cette photo avait été prise par Linda quelques années auparavant. Comment Joseph Lippman se l'était-il procurée ? Cette énigme lui était presque insupportable. Désormais, il était donc *M. Hegel.* À force de babillage obstiné, Preuss finit par lui faire comprendre qu'il était censé lui remettre son passeport suédois jusqu'à nouvel ordre. Wallander s'exécuta en pensant que c'était de la folie.

Il s'était donc écoulé quatre jours depuis qu'il avait assumé sa nouvelle identité. Preuss était accroupi sur un monticule de racines enchevêtrées ; Wallander devinait son visage dans l'ombre et crut comprendre qu'il montait la garde, le regard tourné vers l'est. Il était minuit passé de quelques minutes. Wallander pensa qu'il allait attraper une pneumonie s'il ne quittait pas bientôt cette souche.

Soudain, Preuss se mit à gesticuler. Ils avaient suspendu une lampe à pétrole à une branche pour y voir clair. Wallander se leva et, plissant les yeux dans la direction qu'indiquait Preuss, il perçut un faible clignotement, comme si quelqu'un approchait sur un vélo à la dynamo vacillante. Preuss sauta de son perchoir et éteignit la lampe.

– *Gehen*, siffla-t-il. *Schnell nun. Gehen !*

Wallander le suivit. Les branches lui fouettaient le visage. Ça y est, pensa-t-il. Je franchis la dernière limite. Mais le fil barbelé, je l'ai dans le ventre.

Ils parvinrent à une laie qui s'ouvrait comme un sentier dans la forêt. Preuss fit signe à Wallander d'attendre tandis qu'il prêtait l'oreille. Puis ils traversèrent la coupe et s'enfoncèrent à l'abri dense des arbres. Dix minutes plus tard ils atteignirent un chemin boueux où les attendait une voiture. Wallander vit le rougeoiement d'une cigarette. Quelqu'un s'approcha, tenant une lampe de poche équipée d'un réflecteur, et il reconnut Inese.

Il se rappellerait longtemps la joie et le soulagement qu'il éprouva en la voyant. Enfin quelqu'un qui ne lui était pas complètement étranger... Dans la faible lueur de la lampe, elle lui sourit ; il ne trouva rien à dire. Preuss tendit sa main osseuse et disparut dans les ombres avant même que Wallander ait pu lui dire au revoir.

– Nous avons une longue route en perspective, dit Inese. Il faut partir.

Ils atteignirent Riga à l'aube. Entre-temps, ils s'étaient arrêtés deux ou trois fois pour qu'Inese prenne un peu de repos. Puis un pneu arrière avait crevé, et Wallander avait peiné à changer la roue. Il lui avait proposé de prendre le volant, mais elle avait secoué la tête sans explication.

D'emblée, il avait compris qu'il s'était passé quelque chose. Inese avait le visage dur, crispé. Cela ne tenait pas seulement à la fatigue et à l'effort de conduire sur ces routes sinueuses. Aurait-elle eu la force de répondre à ses questions ? Dans le doute, Wallander garda le silence. Il avait cependant appris que Baiba Liepa l'attendait, et qu'Upitis était encore en prison ; ses aveux avaient été relayés par la presse. Mais à quoi tenait la peur d'Inese ? Il n'en savait rien.

– Cette fois, je m'appelle Gottfried Hegel, dit-il après deux heures de route, alors qu'ils s'étaient arrêtés pour remplir le réservoir à l'aide d'un bidon d'essence rangé sur la banquette arrière.

– Je sais. Ce n'est pas un très beau nom.

– Dites-moi ce que je fais ici, Inese. En quoi pensez-vous que je peux vous aider ?

555

Pas de réponse. Elle lui demanda s'il avait faim, et lui tendit une bouteille de bière et un sac en papier contenant deux sandwiches à la saucisse. Le voyage continua. À un moment donné il s'assoupit, mais se réveilla peu après en sursaut, de crainte qu'elle ne s'endorme à son tour.

Wallander se rappela soudain qu'on était le 4 mars, jour anniversaire de sa sœur. Dans une tentative pour s'approprier sa nouvelle identité, il résolut que Gottfried Hegel avait beaucoup de frères et de sœurs, dont la plus jeune s'appelait Kristina. Il se représenta Mme Hegel, son épouse, sous les traits d'une femme hommasse à la moustache naissante, et leur domicile à Schwabingen comme une maison en brique rouge flanquée d'un jardin méticuleusement entretenu et sans âme. La biographie dont l'avait équipé Joseph Lippman, en complément du passeport, était des plus sommaires. Un respon sable d'interrogatoire expérimenté mettrait une minute tout au plus à anéantir Gottfried Hegel et à exiger de connaître sa véritable identité.

— Où allons-nous ?

— On y est presque.

— Comment puis-je vous aider en quoi que ce soit si on ne me dit rien ? Que me cachez-vous ? Que s'est-il passé ?

— Je suis fatiguée. Mais nous sommes heureux de vous voir de retour. Baiba sera très heureuse. Elle va pleurer en vous voyant.

— Pourquoi ne répondez-vous pas à mes questions ? Que s'est-il passé ? Je vois bien que vous avez peur.

— La situation est plus difficile depuis quelques semaines. Mais il vaut mieux que Baiba vous en parle elle-même. J'ignore beaucoup de choses.

Ils traversèrent une banlieue interminable, dans un brouillard flottant où les usines se découpaient comme des animaux préhistoriques immobiles dans la lumière jaune des rares lampadaires. Les rues étaient désertes. Wallander pensa que c'était précisément ainsi qu'il s'était toujours représenté les pays de l'Est – paradis autoproclamés du socialisme triomphant.

Inese freina devant un entrepôt. Elle coupa le contact et indiqua d'un geste la porte métallique.

– Allez-y. Frappez, on vous ouvrira. Je dois partir.

– Est-ce que nous nous reverrons ?

– Je ne sais pas. C'est Baiba qui décide.

– Vous êtes ma maîtresse, ne l'oubliez pas.

Elle eut un sourire furtif.

– J'étais peut-être la maîtresse de *M. Eckers*, mais je ne sais pas si *M. Hegel* me plaît autant. Je suis une fille honorable qui ne change pas d'amant pour un oui ou pour un non.

Wallander descendit de voiture ; elle démarra aussitôt. Il envisagea un instant de chercher un arrêt de bus et de rejoindre le centre de Riga. Il devait bien y avoir une ambassade ou un consulat de Suède capable de l'aider à rentrer chez lui. Comment réagiraient les fonctionnaires au récit véridique d'un compatriote policier de la Couronne ? Il n'osait même pas l'imaginer. Il pouvait juste espérer que la confusion mentale aiguë faisait partie des problèmes que lesdits fonctionnaires avaient l'habitude de régler dare-dare.

Mais il était trop tard. Il n'avait plus le choix, il fallait aller jusqu'au bout. Il traversa l'étendue de gravier qui crissait à chaque pas et frappa à la porte.

Un barbu lui ouvrit. Wallander ne l'avait jamais vu. Puis il s'aperçut que l'homme louchait ; après avoir jeté un coup d'œil par-dessus l'épaule de Wallander pour vérifier qu'il n'était pas suivi, il sourit, l'entraîna par le bras et referma la porte.

À sa surprise, Wallander découvrit que l'entrepôt était rempli de jouets. Comme s'il venait de pénétrer dans des catacombes où les visages des poupées le regardaient en grimaçant, telles des têtes de mort maléfiques. Il eut le temps de penser que c'était un rêve incompréhensible, qu'il se trouvait en réalité dans sa chambre à coucher de Mariagatan. Il fallait juste respirer avec calme et attendre la délivrance du réveil. Mais ce refuge n'existait plus. Trois autres hommes sortirent de l'ombre, ainsi

qu'une femme. Le seul que reconnut Wallander était le chauffeur muet qui avait assisté dans l'ombre à son entretien avec
Upitis dans une cabane de chasse cachée au milieu des sapins.

— Monsieur Wallander, dit l'homme qui avait ouvert la porte.
Nous vous sommes très reconnaissants d'être venu.

— Je suis venu parce que Baiba Liepa me l'a demandé. Je
n'ai pas d'autre motif. C'est elle que je veux voir.

— Ce n'est pas possible pour l'instant, intervint la femme,
qui parlait un anglais impeccable. Baiba est surveillée jour et
nuit. Mais nous pensons avoir trouvé un moyen de vous réunir.

L'homme approcha une chaise de cuisine. Wallander s'assit.
Quelqu'un lui tendit une tasse de thé qu'il accepta. La lumière
était rare dans l'entrepôt et Wallander avait du mal à distinguer
les visages. L'homme qui louchait semblait être le chef ou le
porte-parole du comité d'accueil. Il s'accroupit devant Wallander
et prit la parole :

— Notre situation est très difficile. Nous sommes tous surveillés en permanence. La police sait que le major Liepa peut
avoir caché des documents compromettants.

— Baiba Liepa a-t-elle retrouvé les papiers de son mari ?

— Pas encore.

— Sait-elle où ils se trouvent ?

— Non. Mais elle est convaincue que vous pouvez l'aider.

— Comment ?

— Vous êtes notre ami, monsieur Wallander. Vous êtes un
policier habitué à résoudre des énigmes.

Ils sont fous, pensa Wallander. Ils vivent dans un monde
parallèle qui leur a fait perdre tout sens des proportions. Il se
fit l'effet d'un fétu de paille, auquel ces gens s'accrochaient
comme à un ultime recours, un fétu de paille investi d'un pouvoir
magique. Soudain il crut comprendre ce que l'oppression et la
peur pouvaient engendrer chez des êtres humains. En particulier
la foi en des sauveurs inconnus prêts à voler à leur secours…
Le major Liepa, lui, n'était pas ainsi. Il ne se fiait qu'à lui-

même et aux quelques amis fidèles dont il s'entourait. Pour lui, la réalité était l'alpha et l'oméga des injustices dont souffrait la nation lettone. Il était peut-être croyant, mais il n'avait pas laissé sa foi s'obscurcir du recours à un dieu. Maintenant que le major n'était plus là, ces gens se retrouvaient privés de point fixe, et alors, c'était au policier suédois Kurt Wallander d'entrer dans l'arène et de revêtir l'habit vide.

– Je dois rencontrer Baiba Liepa le plus vite possible, répéta-t-il. C'est mon seul impératif.

– Vous la verrez avant ce soir, répondit l'homme qui louchait.

Wallander sentit qu'il était épuisé. Plus que tout, il aurait voulu prendre un bain et se glisser entre des draps frais pour dormir. Il ne se fiait pas à sa jugeote lorsqu'il était trop fatigué, il avait peur de commettre des erreurs qui se révéleraient aussitôt fatales.

L'homme qui louchait n'avait pas bougé de sa position accroupie. Soudain, Wallander vit qu'il avait un pistolet glissé dans la ceinture du pantalon.

– Que va-t-il se passer lorsqu'on aura retrouvé les papiers du major ?

– Vous devrez les sortir du pays et les faire publier chez vous. Ce sera un événement majeur, un événement historique. Le monde comprendra enfin ce qui s'est passé, et qui se passe encore, dans notre pays martyrisé.

Wallander éprouva un violent besoin de protester, de remettre ces gens désorientés dans le chemin du major Liepa. Mais son cerveau épuisé ne trouva pas le mot anglais pour « sauveur » ; il ne trouva rien d'autre qu'un étonnement infini d'être là, dans un entrepôt de jouets à Riga, sans la moindre idée de ce qu'il allait pouvoir faire pour en sortir.

Puis tout alla très vite.

La porte de l'entrepôt s'ouvrit à la volée. Wallander se leva et vit Inese qui courait entre les étagères en criant. Puis il y eut une énorme explosion. Instinctivement, il se jeta à terre et roula derrière une étagère remplie de têtes de poupées.

Ça tirait de partout. En voyant l'homme qui louchait lever son pistolet et le décharger sur une cible invisible, il comprit enfin que l'entrepôt était encerclé. Il s'enfonça dans l'ombre. Quelque part au milieu de la fumée et de la confusion une étagère d'arlequins était tombée. Il se faufila derrière et tâtonna jusqu'à rencontrer un mur. Pas d'issue. Le bruit des tirs était insoutenable. Soudain il entendit un hurlement, et vit qu'Inese était tombée sur la chaise où il s'était tenu un instant plus tôt. Elle avait le visage en sang. Il crut voir que la balle était entrée par un œil. L'homme qui louchait se couvrit la tête avec le bras. Il était touché, mais impossible de savoir s'il était mort, comme Inese, ou seulement blessé. Wallander devait absolument trouver une sortie. Mais il était acculé. Au même instant, il vit les premiers hommes en uniforme se ruer dans l'entrepôt au pas de charge avec leurs mitraillettes. Sans réfléchir, il fit basculer l'étagère la plus proche. Une pluie de poupées russes déferla sur sa tête et il se laissa ensevelir, s'attendant à être découvert d'un instant à l'autre. Il serait abattu, son faux passeport ne l'aiderait en rien. Inese était morte, l'entrepôt était cerné et les fous rêveurs n'avaient pas eu la moindre chance de riposter à l'assaut.

Le feu cessa aussi brutalement qu'il avait commencé. Dans le silence assourdissant, Wallander tenta de rester tout à fait immobile et de s'empêcher de respirer. Il entendit des voix, des soldats ou des policiers parlaient entre eux, et soudain il reconnut sans l'ombre d'un doute celle du sergent Zids. Il entrevoyait leurs uniformes dans les interstices du tas de poupées. Tous les amis du major semblaient avoir été tués ; on les emportait sur des civières de toile grise. Puis le sergent Zids sortit de l'ombre et donna l'ordre à ses hommes de fouiller l'entrepôt. Wallander ferma les yeux. Tout serait bientôt fini. Il pensa à Linda. Apprendrait-elle jamais ce qui était arrivé à son père, mystérieusement disparu au cours de ses vacances dans les Alpes ? Ou sa disparition resterait-elle une énigme célèbre dans les annales de la police suédoise ?

Mais personne n'éparpilla les jouets à coups de pied. Le bruit des bottes s'estompa peu à peu, la voix exaspérée du sergent cessa de houspiller ses hommes. Après un moment il ne resta que le silence et une odeur amère de poudre brûlée. Combien de temps resta-t-il ainsi ? Impossible à dire. Le froid qui montait du sol en ciment finit par le faire grelotter si fort que les poupées se mirent à tinter comme des hochets. Il se redressa lentement. Il n'avait plus aucune sensation dans le pied droit. Peut-être gelé ? Le sol était maculé de sang. Partout des impacts de balles. Il s'obligea à inspirer plusieurs fois de suite profondément pour ne pas vomir.

Ils savent que je suis ici. C'est moi que le sergent Zids recherchait. Mais peut-être croient-ils qu'ils ont frappé trop tôt ? Que je n'étais pas encore arrivé ?

Il s'obligea à réfléchir, malgré la vision obsédante d'Inese affaissée sur sa chaise. Il devait à tout prix quitter cette morgue, et d'abord admettre qu'il était absolument seul désormais. Il n'y avait qu'une chose à faire : dénicher le consulat de Suède et obtenir de l'aide. Il avait si peur qu'il en tremblait de la tête aux pieds. Son cœur battait à se rompre, il s'attendait à mourir d'une crise cardiaque d'un instant à l'autre. Soudain, il eut les larmes aux yeux. L'image d'Inese le bouleversait, et il ne désirait qu'une chose : s'éloigner de cet enfer. Par la suite, il n'aurait su dire combien de temps il resta ainsi avant de retrouver le contrôle de ses actes.

La porte était fermée. L'entrepôt était surveillé, cela ne faisait aucun doute. Tant que durerait la lumière du jour, il ne pourrait s'échapper. Derrière une étagère renversée il devina un vasistas recouvert d'une pellicule crasseuse. Avec précaution, il se fraya un chemin entre les jouets cassés qui jonchaient le sol et jeta un regard au-dehors. Il les vit tout de suite : deux jeeps garées côte à côte, face à l'entrepôt. Quatre soldats surveillaient le bâtiment, prêts à tirer. Wallander quitta son poste d'observation et se mit à inspecter le vaste local. Il devait y avoir de l'eau quelque part, puisqu'on lui avait donné du thé. Tout en cherchant le robinet, il réfléchit fébrilement à sa situation. Il était un homme traqué, et les chasseurs s'étaient manifestés avec une brutalité inconcevable. L'idée d'établir par lui-même un contact avec Baiba Liepa était délirante ; cela revenait à mettre en scène sa propre mise à mort. Il n'avait plus de doute à présent : les commandants – l'un des deux, du moins – étaient prêts à tout pour empêcher la mise au jour des découvertes du major, en Lettonie ou à l'étranger. Inese, la timide Inese, avait été abattue de sang-froid comme un chien indésirable. Peut-être était-ce son propre chauffeur, l'aimable sergent Zids, qui avait tiré en visant son œil.

La peur qu'il ressentait était enrobée de haine. Une haine violente. S'il avait tenu une arme entre ses mains en cet instant, il n'aurait pas hésité à s'en servir. Pour la première fois de sa vie, il sentit qu'il serait capable de tuer un autre être humain sans le prétexte de la légitime défense.

Il y a un temps pour vivre et un temps pour mourir. La formule de conjuration qu'il s'était inventée autrefois à Malmö après qu'un ivrogne lui eut enfoncé un couteau dans la poitrine, tout près du cœur – cette formule prenait à présent un sens élargi.

Il finit par trouver un WC sale où gouttait un robinet. Il se rinça le visage et étancha sa soif. Puis il gagna un coin protégé de l'entrepôt, dévissa l'ampoule nue qui l'éclairait et s'assit dans la pénombre pour attendre la nuit qui finirait bien par venir.

Afin de garder tant bien que mal la peur sous contrôle, il concentra sa pensée sur un possible plan d'évasion. D'une manière ou d'une autre, il lui fallait rejoindre le centre de Riga et trouver le consulat de Suède. Il devait s'attendre à ce que chaque policier de la ville connût désormais son signalement. Sans la protection des autorités suédoises, il serait perdu. Il lui paraissait exclu de passer inaperçu au-delà de quelques heures. De plus, le consulat devait être surveillé.

Les commandants croient que je suis en possession du secret du major. Sinon ils n'auraient pas agi de la sorte. Je parle au pluriel parce que j'ignore encore lequel des deux est à l'origine de tout ceci.

Il finit par s'assoupir, et sursauta quelques heures plus tard en entendant une voiture freiner devant l'entrepôt. Il retourna deux ou trois fois à son poste d'observation. Les soldats étaient encore là, et leur vigilance paraissait intacte. Wallander endura la suite de sa longue journée dans un état de nausée permanente. L'ampleur du mal le submergeait. Il s'obligea à explorer l'ensemble de l'entrepôt à la recherche d'une issue – l'entrée principale étant exclue à cause de la présence des soldats. Enfin il découvrit un soupirail placé au ras du sol qui devait faire office de ventilateur. Il appuya son oreille contre le mur de briques froides pour tenter de discerner la présence d'éventuels soldats de ce côté, mais c'était impossible. À supposer qu'il parvienne à sortir, que ferait-il ? Il n'en savait absolument rien. Il tenta de se reposer, mais le sommeil se refusait à lui. Le corps affaissé d'Inese et son visage en sang ne lui laissaient aucun répit.

La nuit tomba. Il commençait à faire très froid dans l'entrepôt.

Peu avant dix-neuf heures, il résolut de tenter le tout pour le tout. Avec d'infinies précautions, il commença à manœuvrer le battant rouillé du soupirail. D'un instant à l'autre, ce serait fini. Un projecteur s'allumerait, des voix excitées hurleraient des ordres et un déluge de feu s'abattrait sur le mur de briques. Enfin il parvint à desceller le vantail et à le soulever. De la zone industrielle voisine, une vague lumière jaune tombait sur l'étendue de gravier entourant l'entrepôt. Aucun soldat en vue. À une dizaine de mètres, quelques camions rouillés. Il se concentra sur cet objectif : parvenir sain et sauf jusque-là. Il inspira profondément, se redressa et courut le plus vite qu'il put.

Parvenu au premier camion, il trébucha sur un pneu déchiré et heurta le pare-chocs. Douleur fulgurante au genou. Il crut que le bruit ne manquerait pas d'attirer les soldats en faction de l'autre côté. Mais rien n'arriva. En baissant la tête, il vit que du sang coulait le long de sa jambe. La douleur était intense.

Et maintenant ? Il tenta de se représenter un consulat de Suède, ou peut-être une ambassade – il ignorait le niveau de reconnaissance dont bénéficiait la Lettonie. Puis il comprit qu'il ne pouvait pas renoncer ainsi. C'était Baiba Liepa qu'il devait rejoindre, pas un quelconque consulat. Ce n'était pas le moment d'allumer une fusée de détresse privée… Maintenant qu'il s'était extrait de la malédiction qui pesait sur l'entrepôt, il retrouvait la force de penser autrement. C'était pour Baiba Liepa qu'il était venu, c'était vers elle qu'il devait aller, même si ce devait être sa dernière initiative dans cette vie.

Il s'éloigna du bâtiment. Se faufilant parmi les ombres, il découvrit une clôture qui longeait le périmètre d'une usine. Il la suivit. Après quelque temps, il se retrouva dans une rue mal éclairée. Il ignorait toujours où il était. Mais une rumeur lui parvenait, comme d'une route à grande circulation, et il résolut de marcher dans cette direction. Parfois, il croisait un passant. En pensée, il remercia Joseph Lippman, qui avait malgré tout eu la prévoyance d'exiger qu'il enfile les vêtements apportés par Preuss dans une vieille valise. Il marcha plus d'une demi-heure, en se cachant à deux reprises au passage d'une voiture de police et en se demandant sans cesse ce qu'il devait faire. Enfin, il entrevit l'issue. Il n'avait qu'une seule personne vers qui se tourner. Le risque était énorme, mais il n'avait pas le choix. Cela impliquait aussi qu'il devait trouver une cachette jusqu'au matin. Où ? Il faisait froid, et il devait à tout prix dénicher de quoi manger pour supporter la nuit qui l'attendait.

Soudain il comprit qu'il n'aurait pas la force de marcher jusqu'à Riga. Son genou le faisait souffrir et il était étourdi de fatigue. Il ne lui restait plus qu'une solution. Voler une voiture.

Cette idée l'effraya, mais c'était sa seule chance de s'en sortir. Il venait de dépasser, à l'écart de toute habitation, une Lada qui paraissait curieusement abandonnée. Il revint sur ses pas en essayant de se rappeler les méthodes des voleurs de voitures suédois. Mais que savait-il des Lada ? Peut-être n'étaient-elles pas accessibles aux méthodes suédoises ?

La voiture était grise, avec un pare-chocs tout cabossé. Wallander s'immobilisa dans l'ombre pour évaluer la situation. Il n'y avait aux alentours que des usines fermées. Il approcha d'une clôture à moitié défoncée près du quai de chargement d'un entrepôt en ruine. Avec ses doigts engourdis, il réussit à arracher un bout de fil de fer long de trente centimètres. Il recourba l'une des extrémités et retourna vers la voiture.

Ce fut plus simple que prévu. Il inséra le fil entre la vitre et le joint, fit jouer le taquet, ouvrit la portière, se glissa à l'intérieur et se mit à farfouiller dans la pelote de câbles en maudissant l'absence d'un briquet. La sueur coulait sous sa chemise et il tremblait de froid. Par désespoir, il finit par arracher la pelote entière, dénuda deux fils et les mit en contact, sans voir qu'une vitesse était enclenchée. La voiture fit un bond. Il malmena le levier pour revenir au point mort et rétablit le contact. Le moteur démarra. Il chercha le frein à main, ne le trouva nulle part, enfonça tous les boutons du tableau de bord pour obtenir de la lumière et enclencha une vitesse au hasard.

C'est un cauchemar. Je suis un policier suédois, pas un fou affublé d'un faux passeport allemand qui vole des voitures dans la capitale lettone. Il choisit la direction qu'il avait suivie à pied, tout en essayant de comprendre l'emplacement des différentes vitesses et en se demandant pourquoi cette voiture puait le poisson.

Il finit par rejoindre la route dont le bruit lui était parvenu de loin. Au moment de s'y engager, il faillit caler, mais parvint in extremis à faire repartir le moteur. Il apercevait maintenant les lumières de Riga. Sa décision était prise. Il allait tenter de retrouver le chemin du quartier de l'hôtel Latvia, et s'arrêter dans l'un des petits restaurants qu'il avait repérés lors de sa première visite. Il remercia de nouveau en pensée Joseph Lippman, qui lui avait fait remettre par l'intermédiaire de Preuss une liasse de billets de banque lettons. Il ignorait quelle somme cela pouvait représenter, mais avec un peu de chance cela suffirait pour un repas. Il traversa le fleuve et tourna à gauche sur le quai. La circulation n'était pas particulièrement dense, mais il se retrouva soudain coincé derrière un tramway et fut aussitôt agressé par les coups de klaxon enragés d'un taxi contraint de piler derrière lui.

La nervosité prit le dessus. La seule façon qu'il trouva d'échapper au tramway fut de tourner dans une rue dont il découvrit trop tard qu'elle était à sens unique. Un bus approchait en sens inverse, la rue était beaucoup trop étroite et il eut beau malmener le levier de vitesses, il ne trouva pas la marche arrière. Il était sur le point d'abandonner le véhicule en pleine rue et de prendre la fuite, lorsque tout à coup la manœuvre réussit. Il s'engagea dans l'une des rues parallèles à celle de l'hôtel Latvia et laissa la voiture sur un emplacement autorisé. Il était trempé de sueur. Une fois de plus, il pensa qu'il allait attraper une pneumonie s'il n'avait pas très vite accès à un bain chaud et à des vêtements secs.

L'horloge de l'église indiquait vingt heures quarante-cinq. Il traversa la rue et entra dans une taverne dont il avait gardé le souvenir. Il eut de la chance ; sitôt entré dans le local enfumé, il découvrit une table libre. Les hommes qui discutaient, penchés sur leurs bières, ne parurent pas faire attention à lui. Aucun individu en uniforme ne l'aborda. Le moment était venu d'inaugurer la vie de *Gottfried Hegel*, voyageur de commerce spécialisé dans les partitions et les livres d'art. Au cours des repas partagés avec Preuss en Allemagne, il avait relevé que « menu » se disait *Speisekarte* en allemand. Ce fut ce qu'il demanda. Le menu lui-même était rédigé dans un letton incompréhensible.

Il indiqua une ligne au hasard. On lui servit un plat de bœuf en sauce et une bière. Pendant quelques instants, le vide se fit dans son esprit.

Après avoir mangé, il se sentit un peu mieux. Il commanda un café et constata que son cerveau fonctionnait de nouveau. Soudain il comprit où il passerait la nuit. Il se servirait tout bonnement de ce qu'il savait de ce pays : tout avait un prix. Lors de sa première visite, il avait remarqué dans le quartier quelques pensions de famille et deux ou trois hôtels miteux. Il présenterait son passeport allemand et il mettrait quelques billets de cent couronnes sur le comptoir ; en échange, on ne lui poserait pas de questions. Bien entendu, les commandants avaient pu adresser des recommandations à l'ensemble des hôteliers de Riga. Mais c'était un risque à prendre et, d'après son estimation, son faux passeport le protégerait au moins jusqu'à ce que les fiches soient rassemblées au matin. Avec un peu de chance, il tomberait sur un réceptionniste qui n'était pas fou de joie à l'idée de rendre service à la police.

Il but son café en pensant aux deux commandants. Et au sergent Zids, qui avait peut-être assassiné Inese. Quelque part dans cette nuit effrayante, Baiba Liepa l'attendait. *Baiba sera très heureuse.* L'une des dernières phrases d'Inese…

Il regarda l'horloge au-dessus du comptoir. Vingt-deux heures trente. Il régla l'addition et constata qu'il lui restait largement de quoi payer une chambre d'hôtel.

Il quitta la taverne, longea quelques pâtés de maisons et repéra une enseigne : Hôtel Hermès. La porte était ouverte. Il monta un escalier de bois grinçant. Une tenture s'écarta et une vieille femme voûtée apparut, plissant les yeux derrière d'épaisses lunettes. Il lui adressa un sourire qui se voulait aimable, prononça le mot *Zimmer*, et posa son passeport sur le comptoir. La vieille femme hocha la tête, lui répondit en letton et lui donna une fiche à remplir. Comme elle n'avait pas même ouvert le passeport, il résolut brusquement de changer de tactique et de s'inscrire sous un autre nom. Dans sa hâte, il ne trouva rien de mieux que Preuss. Il s'inventa un prénom : Martin ; un âge : trente-sept ans ; et un domicile : Hambourg. La femme, tout sourire, lui remit une clé et indiqua le couloir qui s'ouvrait derrière lui. Elle ne peut pas jouer la comédie, pensa-t-il. Si les commandants ne sont pas enragés au point d'ordonner une descente dans tous les hôtels de Riga cette nuit, je suis tranquille jusqu'à demain matin. Bien entendu, ils finiront par découvrir que Martin Preuss n'était autre que Kurt Wallander, mais alors je serai déjà loin.

Il ouvrit la porte de la chambre, constata avec joie qu'il y avait une baignoire et, miracle, de l'eau chaude. Il se déshabilla et se glissa dans le bain. La chaleur inonda son corps et il ferma les yeux. Lorsqu'il se réveilla, l'eau avait refroidi. Il se sécha et se glissa dans le lit. Un tramway passa dans un grand bruit de ferraille. Les yeux ouverts dans l'obscurité, il sentit la peur revenir.

Il devait se tenir à ce qu'il avait décidé. S'il ne pouvait plus se fier à son propre jugement, il était perdu. Les chiens le rattraperaient tout de suite.

Il savait ce qu'il devait faire.

Dès le matin, il partirait à la recherche de la seule personne dans Riga qui pourrait l'aider à prendre contact avec Baiba Liepa.

Il ignorait son nom.

Mais ses lèvres, il s'en souvenait, étaient beaucoup trop rouges.

16

Inese resurgit peu avant l'aube. Elle venait vers lui. Les commandants patientaient quelque part à l'arrière-plan, où elle ne pouvait les voir. Il essayait de l'avertir du danger, mais elle ne l'entendait pas. En comprenant qu'il ne pourrait pas l'aider, il fut jeté hors du rêve et ouvrit les yeux dans sa chambre de l'hôtel Hermès.

La montre posée sur la table de chevet indiquait six heures passées de quatre minutes. Immobile dans le lit, il revécut avec une acuité effarante les événements de la veille. Maintenant qu'il avait pris un peu de repos, l'atroce massacre paraissait irréel, impossible à comprendre – hors de portée pour son entendement. La mort d'Inese le remplissait de désespoir ; le fait qu'il n'ait rien pu faire pour la sauver, elle pas plus que l'homme qui louchait, ni les autres, qui l'avaient accueilli et dont il n'avait même pas eu le temps de connaître les noms – comment allait-il pouvoir vivre avec cela ?

L'angoisse le mit debout. À six heures trente, il descendit à la réception. La vieille femme au sourire plein de gentillesse et aux longues phrases incompréhensibles accepta son argent. Il fit un rapide calcul. Il avait encore de quoi passer quelques nuits à l'hôtel, au besoin.

Le petit matin était froid. Il ferma sa veste et résolut de manger avant de mettre son plan à exécution. Après vingt minutes d'errance, il trouva un bar ouvert, commanda un café et des tartines et s'assit à une table d'où il ne pouvait être vu de la porte. À sept heures et demie, il sentit qu'il n'avait plus la force de repousser l'échéance. *Ça passe ou ça casse.* Il était complètement fou d'être revenu en Lettonie.

Une demi-heure plus tard il était devant l'hôtel Latvia, à l'endroit où le sergent Zids avait eu l'habitude de l'attendre avec la voiture. Il hésita. Peut-être était-il trop tôt ? Puis il entra, jeta un regard vers la réception où quelques clients matinaux payaient leur note, dépassa les banquettes où les ombres avaient consacré tant d'heures à lire le journal. Soudain il l'aperçut. Elle ouvrait boutique, derrière sa table, disposant avec soin un éventail de journaux. Et si elle ne me reconnaît pas ? Peut-être n'est-elle qu'une intermédiaire qui exécute des ordres dont elle ignore l'enjeu ?

Au même instant elle leva les yeux vers l'endroit où il se tenait, tout près d'un pilier. À son regard, il comprit qu'elle l'avait reconnu, et qu'elle n'était pas effrayée de le revoir. Il s'avança et dit à haute voix en anglais qu'il désirait acheter des cartes postales. Pour lui donner le temps de se ressaisir, il continua sur sa lancée. Aurait-elle par hasard des cartes de l'*ancienne* Riga ? Il n'y avait personne à proximité. Lorsqu'il lui sembla avoir assez parlé, il se pencha comme pour lui demander des précisions sur un détail de la carte postale qu'il tenait à la main.

– Vous vous souvenez du concert d'orgue ? Je veux revoir Baiba Liepa. Vous êtes la seule personne qui puisse m'aider. Je sais qu'elle est surveillée, mais c'est très important. Je ne sais pas si vous êtes au courant de ce qui s'est passé hier. Montrez-moi une brochure, faites semblant de m'expliquer, et répondez-moi.

La lèvre inférieure de la femme se mit à trembler. Il vit ses yeux se remplir de larmes. Ils ne pouvaient pas prendre le risque d'attirer l'attention. Il enchaîna très vite : il souhaitait acheter des cartes postales de toute la Lettonie, pas seulement de Riga. Un ami à lui avait signalé qu'on trouvait *toujours* un excellent choix de cartes postales à l'hôtel Latvia.

Elle parut retrouver son sang-froid. Il lui dit qu'il comprenait qu'elle était au courant. Mais était-elle informée de son retour en Lettonie ? Elle secoua la tête.

— Je n'ai nulle part où aller, poursuivit-il. J'ai besoin de me cacher en attendant de revoir Baiba.

Il ne connaissait même pas son nom. Tout ce qu'il savait d'elle, c'est que son rouge à lèvres était trop intense. Avait-il le droit de lui imposer sa présence ? Ne devait-il pas renoncer et partir à la recherche du consulat de Suède ? Où se situait la limite du raisonnable dans un pays où des innocents étaient tués sans discrimination ?

— Je ne sais pas si je peux vous aider à revoir Baiba, dit-elle à voix basse. Je ne sais pas si c'est encore possible. Mais je peux vous cacher chez moi. Je suis quelqu'un de trop insignifiant pour que la police s'intéresse à moi. Revenez dans une heure, je vous rejoindrai à l'arrêt de bus de l'autre côté de la rue. Partez maintenant.

Il se redressa, la remercia comme le client satisfait qu'il était censé incarner, rangea une brochure dans sa poche et quitta l'hôtel. Pendant l'heure qui suivit, il se fondit dans la foule des clients d'un grand magasin, et s'acheta un bonnet dans l'espoir douteux de modifier sa physionomie. Quand l'heure fut écoulée, il se posta à l'arrêt de bus. Il la vit sortir de l'hôtel. Elle s'approcha et se plaça près de lui, feignant de ne pas le connaître. Le bus arriva après quelques minutes. Il monta à sa suite et s'assit quelques rangs derrière elle. Le bus fit le tour du centre pendant une demi-heure avant de continuer vers la banlieue. Wallander tenta de se repérer, mais le seul endroit qu'il reconnut fut l'immense parc Kirov. Le véhicule traversa une zone d'habitation interminable et sinistre. Lorsqu'elle se leva pour descendre, il sursauta et faillit manquer l'arrêt. Ils traversèrent un terrain de jeux où quelques enfants escaladaient un échafaudage rouillé. Wallander marcha par mégarde sur un chat mort dont le corps enflé traînait à terre, et la suivit dans un passage couvert. Leurs pas résonnaient. Ils débouchèrent dans une cour où le vent froid les frappa au visage. Elle se retourna vers lui.

— C'est tout petit chez moi. Mon père vit avec nous. Il est très âgé. Je vais simplement lui dire que vous êtes un ami que je dépanne pour un jour ou deux. Notre pays est plein de gens sans domicile, c'est normal de nous entraider. Mes deux filles vont revenir de l'école dans l'après-midi. Je leur laisserai un mot disant que vous êtes mon ami et qu'elles doivent vous préparer du thé. C'est tout ce que je peux vous offrir. Après je devrai retourner à l'hôtel.

L'appartement se composait de deux petites pièces, d'une cuisine qui ressemblait davantage à une kitchenette aménagée dans une penderie et d'une minuscule salle de bains. Un vieil homme se reposait sur un lit.

— Je ne connais même pas votre nom, dit Wallander en prenant le cintre qu'elle lui tendait.

— Vera. Vous, c'est Wallander.

Elle l'avait dit comme si « Wallander » était son prénom, et il eut la pensée fugitive que lui-même ne saurait bientôt plus de quel nom il devait se servir. Le vieil homme se redressa et voulut se lever, en s'aidant de sa canne, pour souhaiter la bienvenue à l'étranger. Wallander protesta, ce n'était pas nécessaire, il ne voulait déranger personne. Vera disposa du pain et des victuailles dans la petite cuisine et il protesta de nouveau, il avait demandé une cachette, pas une table servie. Il se sentait honteux de l'importuner ainsi, honteux aussi à la pensée de son appartement de Mariagatan qui était trois fois plus vaste que celui dont elle disposait pour loger toute sa famille. Elle lui montra la deuxième pièce, où un grand lit occupait presque toute la place.

— Fermez la porte si vous voulez être tranquille. Vous pourrez vous reposer ici. Je vais essayer de rentrer le plus tôt possible.

— Je ne veux pas que vous preniez de risques.

– Ce qui est nécessaire doit être fait. Je suis heureuse que vous vous soyez adressé à moi.

Puis elle partit. Wallander s'assit lourdement sur le lit.

Il était parvenu jusque-là.

Il ne restait plus qu'à attendre Baiba Liepa.

Vera revint peu avant dix-sept heures. Wallander avait alors pris le thé avec ses deux filles, Sabine, qui avait douze ans, et sa sœur Ieva, qui en avait quatorze. Il avait appris quelques mots de letton et fredonné de son mieux une ritournelle suédoise qui les avait fait pouffer de rire, et le père de Vera avait chanté une vieille ballade de soldat de sa voix éraillée. Pendant de brefs instants, Wallander avait presque oublié la raison de sa présence, l'œil d'Inese et le massacre. Il avait découvert qu'il existait une vie ordinaire, loin des commandants ; c'était cette vie-là que le major Liepa avait voulu protéger en endossant sa dangereuse mission. C'était pour eux, pour Sabine et Ieva et leur grand-père, que des gens se retrouvaient en cachette dans des cabanes de chasse et des entrepôts déserts.

Quand Vera eut fini d'embrasser ses filles, elle s'enferma avec Wallander dans la chambre. Ils s'étaient assis sur le grand lit, et la situation parut brusquement la gêner. Il lui effleura le bras pour la rassurer, mais son geste fut mal interprété ; elle se rétracta, et il comprit qu'il ne servirait à rien de s'expliquer. Il lui demanda simplement si elle avait réussi à prendre contact avec Baiba Liepa.

– Baiba pleure, dit-elle. Elle pleure ses amis, Inese en particulier. Elle les avait mis en garde, elle savait que la surveillance s'était intensifiée, elle les avait suppliés de faire attention. Pourtant ce qu'elle redoutait est arrivé. Baiba pleure, mais elle est aussi pleine de colère, comme moi. Elle veut vous voir ce soir, Wallander, et nous avons un plan pour cela. Mais avant que je vous en parle, il faut manger. Si nous ne nous alimentons pas, c'est comme si nous avions déjà abandonné tout espoir.

Ils s'entassèrent autour d'une table pliante fixée au mur de la pièce où le père avait son lit. Wallander pensa qu'ils vivaient comme dans une caravane. Pour que chacun trouve sa place, il fallait se soumettre à une organisation minutieuse, et cela le laissa songeur : comment était-il possible de supporter une telle promiscuité pendant toute une vie ? Il repensa à la soirée passée dans la villa du commandant Putnis. C'était pour protéger ses privilèges que l'un des commandants avait ordonné la traque sans répit de gens tels que le major et Inese. Il voyait maintenant le gouffre qui les séparait. Chaque contact entre ces deux mondes était éclaboussé de sang.

Ils mangèrent la soupe aux légumes que Vera avait préparée sur le minuscule réchaud. Les deux filles avaient mis le couvert, apporté la bière et le pain noir. Malgré la tension extrême qui émanait d'elle, Vera s'occupait de sa famille comme si de rien n'était. Une nouvelle fois, il pensa qu'il n'avait pas le droit de lui faire prendre ce risque insensé. Comment pourrait-il jamais continuer à vivre avec lui-même s'il arrivait quelque chose à Vera ?

Quand ils eurent fini de manger, les filles débarrassèrent et lavèrent la vaisselle pendant que le père retournait se reposer sur son lit.

— Comment s'appelle votre père ? demanda Wallander.

— Il a un nom étrange. Il s'appelle Antons. Il a soixante-seize ans et des problèmes de vessie. Il a travaillé toute sa vie comme contremaître dans une imprimerie. On dit que les vieux typographes sont parfois victimes d'une sorte d'empoisonnement au plomb qui les rend distraits, comme absents. Parfois il est complètement ailleurs. C'est peut-être la maladie.

Ils étaient de nouveau assis sur le lit de sa chambre à coucher et elle avait tiré la tenture devant la porte. Les filles chuchotaient et rigolaient dans l'autre pièce, et il comprit que tout se jouait maintenant.

— Vous rappelez-vous l'église où vous avez retrouvé Baiba pendant le concert ?

Il hocha la tête.

— Sauriez-vous la retrouver ?

— Pas à partir d'ici.

— Mais de l'hôtel Latvia ? Du centre ?

— Oui.

— Je ne peux pas vous raccompagner en ville, c'est trop dangereux. Mais je ne pense pas qu'on soupçonne votre présence chez moi. Vous allez prendre le bus tout seul. Ne descendez pas à l'arrêt de l'hôtel. Choisissez-en un autre, avant ou après. Allez à l'église et attendez. Vous souvenez-vous de l'issue par où vous avez quitté l'église la première fois ?

Wallander fit oui de la tête. Il pensait s'en souvenir, mais il n'en était pas certain.

— Entrez par là quand vous serez sûr que personne ne vous voit. Attendez là. Baiba viendra si elle le peut.

— Comment l'avez-vous contactée ?

— Je lui ai téléphoné.

Wallander écarquilla les yeux.

— Mais son téléphone doit être sur écoute !

— Bien sûr. J'ai dit que le livre qu'elle avait commandé était arrivé. Autrement dit, elle devait se rendre dans une certaine librairie et demander un volume, où j'avais glissé un mot disant que vous étiez chez moi. Quelques heures plus tard, je suis allée dans un magasin où une voisine de Baiba a l'habitude de se ravitailler. Là-bas, il y avait une lettre de Baiba disant qu'elle essaierait de venir à l'église ce soir.

— Mais si elle échoue ?

— Alors je ne pourrai plus vous aider. Vous ne pourrez pas revenir ici.

Wallander hocha lentement la tête. Il avait compris. En cas d'échec, il n'aurait plus d'autre choix que tenter de sortir du pays.

— Savez-vous où se trouve l'ambassade de Suède ?

Elle réfléchit.

– Je ne sais pas si la Suède a une ambassade.

– Un consulat ?

– Je ne sais pas…

– Écrivez-moi les mots lettons pour « ambassade de Suède » et « consulat de Suède ». Je dois pouvoir trouver un annuaire dans un restaurant. Écrivez-moi aussi le mot « annuaire ».

Elle déchira une feuille dans le cahier d'une des filles et lui expliqua la prononciation.

Deux heures plus tard, il prenait congé de Vera et de sa famille. Elle lui avait donné une vieille chemise de son père et une écharpe pour modifier un peu son apparence. Il ne savait pas s'il les reverrait. Lorsqu'il fut dehors, il s'aperçut qu'ils lui manquaient déjà.

Le chat mort était toujours là, sur le chemin de l'arrêt de bus, comme un mauvais présage. Vera lui avait donné de la monnaie pour payer le ticket.

Une fois dans le bus, il eut la sensation qu'on l'avait déjà repéré. Là, en début de soirée, il n'y avait pas beaucoup de voyageurs, et il s'était assis tout au fond pour surveiller les allées et venues. De temps à autre il jetait un regard par la vitre arrière crasseuse. Aucune voiture suspecte ne semblait suivre le bus.

Pourtant son instinct l'avertissait qu'ils avaient retrouvé sa trace. Il avait une quinzaine de minutes pour prendre une décision. Où allait-il descendre ? Comment les semer ? Soudain il eut une idée, tellement folle qu'elle avait peut-être une chance de réussir. Selon toute vraisemblance, ses poursuivants espéraient qu'il les mènerait à Baiba Liepa. Ils attendaient le moment où le testament du major serait à leur portée. Alors seulement, ils attaqueraient.

Il enfreignit les instructions de Vera et descendit devant l'hôtel Latvia. Sans se retourner, il entra et demanda à la réception s'il y avait une chambre pour une ou deux nuits. Il s'exprimait en anglais, à haute voix, et lorsque le réceptionniste lui confirma qu'il y avait bien une chambre, il lui remit son passeport allemand et s'inscrivit sous le nom de Gottfried Hegel. Ses bagages arriveraient plus tard, dit-il. Toujours à voix haute – pas trop cependant, pour ne pas avoir l'air de semer délibérément des fausses pistes –, il ajouta qu'il voulait être réveillé peu avant minuit parce qu'il attendait un coup de téléphone important. Dans le meilleur des cas, cela lui laissait quatre heures d'avance. Comme il n'avait pas de valise, il prit lui-même la clé et se dirigea vers l'ascenseur. La chambre se trouvait au quatrième étage. C'était maintenant ou jamais. Il devait agir sans hésitation. Il tenta de se rappeler la disposition des escaliers par rapport au couloir. En sortant de l'ascenseur au quatrième, il prit d'emblée la bonne direction et descendit l'escalier plongé dans le noir. Avec un peu de chance, ils n'avaient pas eu le temps de mettre tout l'hôtel sous surveillance. Parvenu au sous-sol, il chercha la porte qui donnait sur la rue derrière l'hôtel. Pourvu qu'elle ne soit pas fermée à clé… Il eut de la chance : la clé était dans la serrure. Il se retrouva dans la rue, s'immobilisa un instant. Tout était désert et silencieux. Il se mit à courir, changea plusieurs fois de rue ; puis il se cacha sous un porche pour reprendre son souffle et vérifier s'il était suivi. Il imagina Baiba au même instant, dans un autre quartier de la ville, essayant elle aussi de se libérer des ombres mauvaises. Elle réussirait sûrement, puisqu'elle avait eu le meilleur des professeurs : le major Liepa.

Il parvint à l'église peu avant vingt et une heures trente. Aucune lumière ne filtrait par les vitraux. Il dénicha une arrière-cour et attendit. Les bruits d'une dispute lui parvenaient. Un flot désespérant de paroles véhémentes, un bruit de chute, un cri. Puis un silence assourdissant. Il remua pour ne pas prendre froid, tenta de se rappeler quel jour on était. De rares voitures passaient dans la rue. À chaque instant il s'attendait à entendre une voiture freiner et à être aveuglé par le faisceau d'une torche, là, au milieu des poubelles.

La sensation d'avoir été repéré lui revint. Il pensa que ses manœuvres de diversion étaient vaines. Avait-il commis une erreur en se fiant à la femme aux lèvres rouges ? Peut-être l'attendaient-ils tranquillement dans le cimetière... Son seul recours était de chercher refuge auprès du consulat de Suède. Mais cela, il ne le pouvait pas.

Les cloches sonnèrent dix fois. Il quitta l'arrière-cour, scruta les ombres de la rue et gagna très vite le portail en fer qui s'ouvrit en grinçant. Un réverbère éclairait les tombes les plus proches. Il s'immobilisa, tous les sens en alerte. Rien. Très vite, il remonta l'allée vers la petite porte qu'il avait franchie un soir dans l'autre sens, en compagnie de Baiba Liepa. De nouveau, il eut la sensation d'être épié, que les ombres étaient là, quelque part, devant lui. Mais que pouvait-il faire ? Il s'approcha du mur et attendit.

Baiba Liepa se matérialisa sans bruit à ses côtés, comme si elle s'était détachée de la nuit elle-même. Il sursauta en découvrant sa présence. Elle murmura quelques mots qu'il ne comprit pas et l'entraîna par la porte entrebâillée. Il comprit qu'elle l'avait attendu à l'intérieur de l'église. Elle referma la porte avec la grande clé. L'obscurité était compacte. Elle se dirigea vers l'autel en le tenant par la main, le guidant comme un aveugle. Comment pouvait-elle s'orienter avec autant d'assurance dans le noir ? Derrière la sacristie se trouvait une sorte de resserre dépourvue de fenêtres. Une lampe à pétrole était posée sur une table. C'était là qu'elle l'avait attendu. Son bonnet de fourrure était posé sur une chaise et il découvrit avec surprise et émotion qu'elle avait placé près de la lampe une photographie du major. Il y avait aussi une bouteille thermos, quelques pommes et un morceau de pain. Comme si elle l'avait invité à une dernière communion... Il se demanda de combien de temps ils disposaient avant l'irruption des commandants, et aussi quel lien elle entretenait avec l'église, si elle avait un dieu, contrairement au major – soudain il s'aperçut qu'il en savait aussi peu sur elle que sur son défunt mari.

Une fois la porte refermée, elle ouvrit les bras et le serra contre elle. Il entendit qu'elle pleurait. Ses mains étaient comme des griffes d'acier dans son dos, à la mesure de sa rage et de son chagrin.

– Ils ont tué Inese, murmura-t-elle. Ils les ont tous tués. J'ai cru que vous étiez mort, vous aussi. Avant que Vera me contacte, je croyais que tout était fini.

– Il ne faut pas y penser maintenant.

Elle s'écarta de lui.

– Il faut toujours y penser. Toujours. Si on oublie, on oublie qu'on est des êtres humains.

– Je ne parlais pas d'oublier. Là, tout de suite, nous devons aller de l'avant. Le chagrin nous paralyse.

Elle se laissa glisser sur une chaise. Elle était exsangue. Ravagée par l'épuisement et la douleur. Combien de temps aurait-elle la force de tenir ?

La nuit qu'ils passèrent dans l'église fut un point de non-retour dans la vie de Kurt Wallander. Il eut la sensation d'avoir pénétré au cœur de sa propre existence. Jusque-là il y avait rarement réfléchi. Tout au plus lui était-il arrivé dans les moments sombres – face à des enfants tués dans des accidents ou à des gens suicidés – de tressaillir en reconnaissant l'incroyable brièveté de la vie au regard de la mort. Le temps de la vie était infime, le temps de la mort infini. Mais il avait la faculté de secouer ce genre de pensée ; la vie était pour l'essentiel, à ses yeux, un ensemble de problèmes matériels, et il doutait fort de pouvoir enrichir son existence en l'organisant selon des recettes philosophiques. Il ne se préoccupait pas davantage du contexte historique que lui avait assigné le hasard. En gros, on naissait quand on naissait et on mourait quand on mourait ; il n'avait pas poussé beaucoup plus loin sa réflexion sur les limites de l'existence. Mais cette nuit passée avec Baiba Liepa dans le froid de l'église l'obligea pour la première fois à fouiller en lui-même. Il comprit que le monde ne ressemblait pas du tout à la Suède, et que ses propres soucis étaient dérisoires comparés à la cruauté noire qui marquait la vie de Baiba Liepa. Pour la première fois, il eut la sensation de *comprendre* le massacre et la mort d'Inese. L'irréel devint réel. Les commandants étaient réels. Le sergent Zids avait tiré avec une arme réelle des balles réelles capables de déchirer un cœur et de faire surgir en une fraction de seconde un univers de désolation. Il comprit la torture que cela représentait de vivre sans cesse dans la peur. *Le temps de la peur. C'est le mien, et je ne le comprends que maintenant, alors que j'entre déjà dans l'âge mûr.*

Ils étaient ici en sécurité, l'assura-t-elle – si ce mot avait encore un sens. Le prêtre était un proche ami de Karlis, il n'avait pas hésité à fournir une cachette à Baiba lorsqu'elle avait fait appel à lui. Wallander lui parla de son sentiment instinctif. Les ombres l'avaient repéré et attendaient juste le bon moment pour frapper.

– Pourquoi attendraient-ils ? Ces gens-là ne se donnent pas la peine d'attendre lorsqu'il s'agit de punir ceux qui menacent leur existence.

Elle avait peut-être raison. Mais Wallander n'y croyait pas. L'essentiel, pour les commandants, devait être le testament du major. C'était cela, pour eux, la vraie menace – pas une veuve flanquée d'un policier suédois crédule lancé dans une vendetta secrète, solitaire et délirante.

Une autre idée venait de le frapper – si inattendue qu'il préféra n'en rien dire à Baiba jusqu'à nouvel ordre. Il existait peut-être une troisième explication au fait que les ombres ne les aient pas encore arrêtés et livrés à leur chef. Au cours de cette longue nuit dans l'église, cette idée lui parut de plus en plus plausible. Mais il ne dit rien, avant tout pour ne pas l'exposer à une source de stress supplémentaire.

Peu à peu, il comprit que le désespoir de Baiba ne tenait pas seulement à la mort de ses amis, mais à son incapacité à comprendre où Karlis avait pu cacher son testament. Elle avait envisagé toutes les possibilités, tenté de se mettre à la place de son mari, de raisonner comme lui. En vain. Elle avait arraché des carreaux dans la salle de bains, éventré des meubles, sans rien trouver d'autre que de la poussière et des squelettes de souris.

Wallander tenta de l'aider. Ils étaient assis face à face, de part et d'autre de la table, elle leur versait du thé ; le halo de la lampe transformait la nudité du lieu en une bulle d'intimité et de chaleur. S'il avait osé, Wallander l'aurait prise dans ses bras pour partager sa douleur. Il voulait la ramener avec lui en Suède. Mais elle n'accepterait jamais. Surtout pas maintenant, après la mort de ses amis. Elle préférerait mourir plutôt que renoncer.

En même temps, il méditait sur la troisième explication, qui pouvait rendre compte de la discrétion des ombres. Si cette hypothèse était correcte, ils n'avaient pas seulement affaire à un ennemi, mais aussi à un *ennemi de cet ennemi*. Le condor et le vanneau... *Je ne sais toujours pas à quel commandant correspond quel plumage. Mais si ça se trouve, le vanneau connaît très bien le condor et s'emploie à protéger les victimes désignées de celui-ci.*

Cette nuit dans l'église fut comme un voyage vers un continent inconnu, où il fallait à tout prix retrouver un objet dont ils ignoraient la nature. Un paquet enveloppé de papier kraft ? Une valise ? Le major était un homme sage qui savait qu'une cachette manquait de valeur si elle était trop bien choisie. Mais pour pouvoir se repérer dans l'univers du major, il devait en savoir plus sur Baiba. Il posa des questions qu'il aurait préféré ne pas poser, mais elle l'y encouragea, l'exhortant à ne pas la ménager.

Avec son aide, il cerna la vie des époux Liepa dans ses détails les plus intimes. Par instants, il lui semblait pressentir la solution. Mais il s'avérait à chaque fois que Baiba avait déjà exploré cette possibilité.

Trois heures et demie du matin. Il se sentait sur le point de renoncer. Le visage de Baiba était gris de fatigue.

– *Mais encore ?* demanda-t-il, autant pour lui-même que pour elle.

Une cachette doit se trouver *quelque part*, un endroit de l'espace. Un endroit sûr, capable de résister au feu, au vol, aux intempéries. Que reste-t-il ? Il s'obligea à poursuivre :

– Y a-t-il une cave dans votre immeuble ?

Elle secoua la tête.

– Nous avons déjà évoqué le grenier, la maison de vacances de votre sœur, celle de votre beau-père à Ventspils. Réfléchissez, Baiba. Il doit y avoir autre chose.

– Non. Il n'y a pas d'autre endroit.

– Ce n'est pas nécessairement à l'intérieur. Vous m'avez dit que vous alliez parfois sur la côte. Aviez-vous l'habitude de vous asseoir sur un rocher particulier ? Où dressiez-vous votre tente ?

– Je vous l'ai déjà dit. Karlis n'aurait jamais caché quelque chose là-bas.

– Dressiez-vous toujours la tente au même endroit ? Huit années d'affilée ? Ne vous est-il pas arrivé de choisir un autre lieu ?

– Nous aimions tous les deux le plaisir des retrouvailles.

Wallander la ramenait sans cesse vers le passé. Selon lui, le major n'aurait jamais choisi une cachette aléatoire. Elle devait exister dans leur histoire commune.

Il recommença depuis le début. Il n'y avait presque plus de pétrole dans la lampe, mais Baiba dénicha un cierge et fit tomber quelques gouttes de cire sur un bout de papier. Il crut qu'elle allait s'évanouir d'épuisement. Quand avait-elle dormi pour la dernière fois ? Il tenta de l'encourager en prenant un ton optimiste qui ne correspondait en rien à son sentiment réel. Il revint une fois de plus à la piste de l'appartement. Avait-elle pu omettre quelque chose ? Toute maison est constituée d'innombrables *cavités*…

Il l'entraîna à sa suite, de pièce en pièce. À la fin, elle était si exténuée qu'elle se mit à crier.

– Elle n'existe pas, cette cachette ! Nous avions un seul appartement et c'est là que nous vivions, sauf pendant les vacances d'été. La journée, j'étais à l'université et Karlis au QG de la police. Il n'y a pas de testament. Karlis devait se croire immortel.

Wallander comprit alors que sa colère était aussi dirigée contre son mari. Ce cri, cette plainte, lui rappela une scène survenue l'année précédente, lorsqu'un réfugié somalien avait été brutalement assassiné en Suède et que Martinsson tentait de calmer sa veuve, folle de désespoir.

Je vis au temps des veuves. Au temps des veuves et de la peur...

Soudain il tressaillit.

– Qu'y a-t-il ? murmura Baiba.

– Attendez. Laissez-moi réfléchir.

Était-ce possible ? Il testa son idée selon différents points de vue. Elle était absurde, complètement tirée par les cheveux, mais...

– Je vais vous poser une question, dit-il lentement. Et je veux que vous réagissiez tout de suite, sans réfléchir. Sinon vous risquez de répondre à côté.

Elle le dévisageait à la lueur vacillante de la flamme, avec une attention, une tension extrêmes.

– Karlis a-t-il pu choisir le lieu invraisemblable entre tous ? *Le quartier général de la police ?*

Un éclair sembla traverser le regard de Baiba.

– Oui, dit-elle très vite. C'est possible.

– Pourquoi ?

– Karlis était comme ça. Ça collerait avec sa personnalité.

– Où ?

– Je ne sais pas.

– Nous pouvons exclure son propre bureau. Vous a-t-il jamais parlé du bâtiment proprement dit ?

– Il le trouvait horrible. Comme une prison. *C'était* une prison.

— Réfléchissez, Baiba. Lui est-il arrivé de parler d'un endroit précis, qui aurait eu un sens particulier pour lui, qu'il haïssait plus que les autres, ou qu'il aimait, au contraire ?

— Les salles d'interrogatoire le rendaient malade.

— On ne peut rien cacher dans une salle d'interrogatoire.

— Il détestait le bureau des commandants.

— Impossible, là aussi.

Elle réfléchissait intensément, les yeux fermés. Lorsqu'elle les rouvrit, elle avait la réponse.

— Karlis parlait souvent d'un endroit qu'il appelait la chambre du Mal. C'était là, disait-il, qu'on cachait toutes les injustices, toutes les exactions commises dans ce pays. C'est là qu'il a dû enfouir ses documents. Au cœur de la mémoire de tous ceux qui ont souffert, qui souffrent encore. Il a dû cacher ses papiers dans les archives de la police.

Wallander ne la quittait pas des yeux. Toute sa fatigue avait disparu.

— Oui, dit-il. C'est sûrement ça. Une cachette à l'intérieur d'une cachette. Le jeu des coffrets chinois. Mais comment a-t-il marqué son testament pour que vous soyez seule à le reconnaître ?

Soudain elle fondit en larmes et se mit à sangloter et à rire en même temps.

— Bien sûr ! Je sais comment il a raisonné. Au début de notre histoire, il me faisait des tours de magie avec des cartes. Dans sa jeunesse, il rêvait de devenir magicien, en plus d'ornithologue. Je lui ai demandé de me dévoiler ses trucs. Il a refusé. C'est devenu une sorte de jeu entre nous. Il m'en a montré un seul, le plus simple. On partage les cartes en deux paquets, les noires d'un côté, les rouges de l'autre. Puis on demande à quelqu'un de tirer une carte, de la mémoriser et de la remettre dans le tas. On s'arrange pour présenter les deux moitiés du jeu de telle sorte qu'une carte rouge se retrouve parmi les noires, ou vice versa. Il disait souvent que j'étais sa lumière dans un monde noir. Alors nous cherchions toujours la fleur rouge cachée parmi les bleues ou les jaunes, la maison verte au milieu des maisons blanches. C'était un jeu, un secret entre nous. Il a dû procéder comme ça. Je suppose que les archives sont pleines de dossiers de différentes couleurs. Quelque part, il y en a un qui se distingue de ses voisins, par la couleur ou peut-être par la taille. C'est là qu'il faut chercher.

— Mais les archives sont sûrement gigantesques.

— Parfois, quand il partait en voyage, il laissait un jeu sur mon oreiller, avec une carte rouge glissée parmi les noires. Il existe forcément un dossier qui me concerne. C'est là qu'il a dû glisser sa carte secrète.

Il était cinq heures et demie. Wallander se pencha et lui effleura le bras.

— Je voudrais que tu reviennes avec moi en Suède, dit-il en suédois.

Elle le regarda, interdite.

— J'ai dit qu'il fallait nous reposer. Nous devons être partis avant l'aube. Je ne sais pas où j'irai, et je n'ai aucune idée de la manière dont nous allons réussir le tour de magie de nous introduire dans les archives de la police. Donc nous devons nous reposer.

Il y avait une couverture dans l'armoire, roulée sous une vieille mitre. Baiba l'étendit sur le sol. Tout naturellement, ils se blottirent l'un contre l'autre pour conserver la chaleur.

— Dormez, dit-il. Je vous réveillerai quand il sera temps.

Pas de réponse.

Elle dormait déjà.

17

Ils quittèrent l'église peu avant sept heures.

Il dut soutenir Baiba, anesthésiée par la fatigue. Il faisait encore nuit. Pendant qu'elle dormait près de lui sur le sol, il avait tenté d'inventer quelque chose. C'était à lui de le faire ; Baiba ne pouvait plus l'aider. Elle avait brûlé tous ses vaisseaux, elle était désormais aussi exposée que lui. À compter de maintenant, il était son sauveur. Or il n'avait aucun plan à lui proposer. Ses ressources d'imagination étaient épuisées.

Mais l'idée de la *troisième explication* l'aiguillonnait. Il prenait un grand risque en s'y fiant. Il pouvait se tromper. Dans ce cas, ils n'échapperaient pas aux assassins du major. Mais à sept heures, au moment de quitter l'église, il sentit qu'il n'avait plus guère le choix.

Il faisait froid dehors. Baiba pesait sur son bras. Wallander perçut un bruit infime dans le noir, comme si quelqu'un avait changé de position et fait crisser involontairement le gravier gelé. *Ça y est. Ils vont lâcher les chiens.* Mais rien n'arriva. Le silence revint, aussi compact qu'auparavant. Une fois dans la rue, il eut la certitude que les poursuivants n'étaient pas loin. Il devina un mouvement dans l'ombre, crut entendre le portail grincer derrière eux. Les chiens ne sont pas très adroits. Ou alors, ils veulent nous faire sentir leur présence.

Le froid avait ranimé Baiba. Ils s'arrêtèrent au coin de la rue. Il fallait prendre une décision.

– Connaissez-vous quelqu'un à qui je pourrais emprunter une voiture ?

Elle réfléchit ; puis elle fit non de la tête.

Il s'aperçut que la peur le rendait impatient. Pourquoi tout était-il si compliqué dans ce pays ? Comment pourrait-il l'aider alors que rien n'était normal, conforme à ce dont il avait l'habitude ?

Soudain il se rappela la voiture qu'il avait empruntée la veille. L'espoir de la retrouver était infime, mais il n'avait plus rien à perdre. Il fit entrer Baiba dans un café ouvert en pensant que cela sèmerait peut-être la confusion dans la meute. Les chiens allaient devoir se séparer, alors qu'ils craignaient sans doute qu'ils aient déjà le testament en leur possession. Cette idée fortuite l'encouragea. Elle impliquait une possibilité qu'il n'avait pas encore envisagée : proposer aux chiens de faux appâts. Il marchait vite. En premier lieu, il fallait vérifier si la voiture était encore là.

Il la découvrit à l'endroit où il l'avait laissée. Sans réfléchir, il s'installa derrière le volant, perçut de nouveau l'étrange odeur de poisson, connecta les fils, en n'oubliant pas cette fois de vérifier que le levier de vitesses était au point mort. Il s'arrêta devant le café et laissa le moteur tourner pendant qu'il allait chercher Baiba. Elle buvait un thé à une table. Il s'aperçut qu'il avait faim. Mais la faim attendrait.

Elle avait déjà payé. Ils rejoignirent la voiture.

– Comment vous l'êtes-vous procurée ?

– Une autre fois. Dites-moi comment je dois faire pour quitter Riga.

– Où allons-nous ?

– Je ne sais pas. On commence par visiter la campagne.

La circulation était intense et Wallander maudit la faiblesse du moteur. Enfin, ils dépassèrent les derniers faubourgs et se retrouvèrent sur une plaine couverte de champs et de fermes clairsemées.

– Où conduit cette route ?

– En Estonie. Elle aboutit à Tallinn.

– On ne va pas aller jusque-là.

La jauge du réservoir d'essence oscillait dangereusement ; il s'arrêta à une station-service. Un vieil homme borgne fit le plein. Au moment de payer, Wallander s'aperçut qu'il n'avait plus assez d'argent. Baiba compléta la somme et ils repartirent. Pendant l'arrêt, Wallander avait observé la route. Une voiture noire était passée – il n'avait pas identifié la marque – et, peu de temps après, une autre voiture noire. En quittant l'aire de stationnement, il avait vu dans le rétroviseur une voiture stationnée sur le bas-côté. Trois véhicules, autrement dit. Peut-être davantage.

Ils arrivèrent dans une bourgade dont Wallander ne perçut pas le nom. Sur une place, un groupe de gens faisait cercle autour d'un étal de poissons. Il coupa le contact.

Il devait absolument se reposer, s'il voulait que son cerveau conti nue à fonctionner. En apercevant une enseigne d'hôtel, il se décida très vite.

– Je dois dormir. Combien d'argent avez-vous ? Assez pour une chambre ?

Elle hocha la tête. Ils traversèrent la place. Baiba s'adressa en letton à la réceptionniste, qui rougit et renonça à leur faire remplir une fiche.

– Que lui avez-vous dit ? demanda Wallander lorsqu'ils furent dans la chambre qui donnait sur une arrière-cour.

– La vérité. Nous ne sommes pas mariés et nous ne restons que quelques heures.

– Elle a rougi, ou je me trompe ?

– Moi aussi j'aurais rougi à sa place.

La tension se dissipa l'espace d'un instant. Baiba rougit et Wallander éclata de rire. Puis il redevint sérieux.

– Je ne sais pas si vous comprenez. C'est l'entreprise la plus folle de ma carrière. Et j'ai au moins aussi peur que vous. Contrairement à votre mari, j'ai travaillé toute ma vie dans une ville qui n'est pas beaucoup plus grande que celle où nous sommes maintenant. Je n'ai aucune expérience de tueurs de ce calibre. Je passe l'essentiel de mon temps à chasser des cambrioleurs ivres morts et des vaches échappées de leur enclos.

Elle le rejoignit sur le bord du lit.

– Karlis m'a dit que vous étiez un bon policier. Il a parlé d'une erreur de négligence. Mais à part ça, il n'avait que du respect pour vous.

Wallander se remémora à contrecœur la disparition du canot. Il changea de sujet.

– Nos pays sont tellement différents. Le major aurait sûrement été capable de travailler en Suède. Mais moi, je ne pourrais jamais être policier en Lettonie.

– Vous l'êtes maintenant.

– Non. Je suis ici parce que vous me l'avez demandé. Et peut-être aussi parce que Karlis était l'homme qu'il était. En fait, je ne sais pas ce que je fais en Lettonie. Je ne suis sûr que d'une chose. Je voudrais que vous m'accompagniez en Suède. Quand tout ceci sera terminé.

Elle parut surprise.

– Pourquoi ?

Il comprit qu'il ne pourrait pas lui expliquer. Ses propres sentiments étaient trop confus, trop contradictoires.

– Rien. Oubliez ce que j'ai dit. Maintenant il faut que je dorme, si je veux pouvoir continuer à réfléchir. Vous aussi, vous avez besoin de repos. Le mieux serait peut-être que vous demandiez à la réceptionniste de frapper à la porte dans trois heures.

– Elle va rougir de nouveau, dit Baiba en se levant.

Wallander se roula en boule sous la couverture. Il était presque assoupi lorsque Baiba revint.

Il ouvrit les yeux trois heures plus tard avec la sensation de n'avoir dormi que quelques minutes. Les coups frappés à la porte n'avaient pas réveillé Baiba. Il s'obligea à prendre une douche froide pour chasser la fatigue de son corps. Une fois habillé, il pensa qu'il valait mieux la laisser dormir le temps qu'il prenne une décision. Sur un bout de papier, il griffonna un message : *Attendez-moi, je n'en ai pas pour longtemps.*

La fille de la réception lui adressa un sourire hésitant et, lui sembla-t-il, vaguement lascif. Il s'avéra qu'elle comprenait quelques mots d'anglais. Il lui demanda où il pouvait manger, et elle indiqua la porte d'un minuscule restaurant. Il s'assit de manière à pouvoir observer les allées et venues au-dehors. L'étal de poissons était encore entouré de gens emmitouflés contre le froid. La Lada était à l'endroit où il l'avait laissée.

De l'autre côté de la place, il reconnut l'une des voitures noires de la station-service. Il eut une pensée pour les chiens ; il espérait qu'ils avaient froid, dans leurs bagnoles.

La réceptionniste, qui tenait aussi le rôle de serveuse, apparut avec une cafetière et des tartines. Il mangea, tout en continuant à observer la place. Un plan commençait à prendre forme dans son esprit. Un plan complètement dément.

La nourriture l'avait un peu ragaillardi. Il retourna à la chambre, où Baiba s'était entre-temps réveillée. Il s'assit sur le bord du lit et lui fit part de son idée :

— Karlis devait avoir un confident parmi ses collègues.

— Nous ne fréquentions pas de policiers. Nous avions d'autres amis.

— Il devait bien lui arriver de prendre un café avec quelqu'un. Pas nécessairement un ami. Simplement quelqu'un qui n'était pas son ennemi.

Il lui laissa le temps de réfléchir. Tout son projet dépendait de la réponse qu'elle lui ferait maintenant. L'existence de quelqu'un, dans la police, dont le major ne se défiait pas absolument.

— Il parlait parfois de Mikelis... Un jeune sergent qui n'était pas comme les autres. Mais je ne sais rien de lui.

– Vous devez bien vous souvenir de quelque chose. Pourquoi Karlis parlait-il de lui ?

Elle avait empilé les oreillers contre le mur pour s'y adosser. Il vit qu'elle faisait un réel effort.

– Karlis disait souvent que l'indifférence de ses collègues l'effrayait. La froideur de leur réaction face à toute cette souffrance... Mikelis était l'exception. Si je me souviens bien, Karlis et lui avaient procédé à une arrestation ensemble. Un homme pauvre, père d'une famille nombreuse. Après coup, Mikelis avait dit à Karlis qu'il trouvait cela épouvantable.

– Quand cela s'est-il passé ?

– Assez récemment.

– Essayez d'être plus précise. Il y a un an ? Davantage ?

– Moins. Moins d'un an.

– Mikelis devait travailler à la brigade criminelle s'il effectuait des missions avec Karlis.

– Je ne sais pas.

– Si, forcément. Vous allez appeler Mikelis et lui dire que vous devez le voir.

Elle le regarda avec effroi.

– Il va me faire arrêter.

– Vous ne lui direz pas que vous êtes Baiba Liepa. Vous direz simplement que vous détenez une information qui peut servir sa carrière, mais que vous tenez à rester anonyme.

– Ce n'est pas facile de duper un policier, chez nous.

– Vous devrez être convaincante. Il faudra insister.

– Mais que dois-je lui dire ?

– Je ne sais pas. Aidez-moi. Quelle est la plus grande tentation pour un policier letton ?

– L'argent.

– Des devises ?

– Beaucoup de gens dans ce pays seraient prêts à vendre leur mère pour des dollars américains.

– Alors dites-lui que vous connaissez des gens qui ont des dollars.

– Il va me demander d'où vient l'argent.

Wallander réfléchissait fébrilement. Soudain il se rappela un incident récent survenu en Suède.

– Vous allez appeler Mikelis et lui dire ceci : vous connaissez deux Lettons qui ont attaqué un bureau de change à la gare centrale de Stockholm. La police suédoise ne les a jamais retrouvés. Ils sont maintenant en Lettonie et ils ont l'argent avec eux – une forte somme, en dollars essentiellement.

– Il voudra savoir qui je suis et comment je suis informée de l'affaire.

– Donnez l'impression que vous étiez la maîtresse de l'un d'entre eux. Il vous a quittée pour une autre, vous voulez vous venger, mais vous avez peur de lui et vous n'osez pas dire votre nom.

– Je ne sais pas mentir.

– Alors il faut apprendre. Maintenant ou jamais. Ce Mikelis est notre seule chance de pénétrer dans les archives. J'ai un plan, qui vaut ce qu'il vaut. Tant que vous ne proposez rien, je suis bien obligé d'inventer quelque chose.

Il se leva.

– On retourne à Riga. Je vous expliquerai dans la voiture.

– Vous voulez que Mikelis retrouve les papiers de Karlis ?

– Pas Mikelis. Moi. Mais Mikelis va me faire entrer dans la forteresse.

Ils étaient retournés à Riga. Baiba avait téléphoné d'un bureau de poste et réussi à mentir.

Ils se rendirent dans le marché couvert de la ville. Baiba lui ordonna d'attendre dans la halle aux poissons, qui ressemblait à un hangar. Il la vit disparaître dans la foule en pensant qu'il ne la reverrait pas. Mais elle parvint à retrouver Mikelis dans un autre hangar et à lui parler tout en se promenant entre les étals de viande. Elle lui apprit qu'il n'y avait pas de braqueurs, ni de dollars américains. Pendant le trajet du retour vers Riga, Wallander lui avait donné ses instructions : ne pas hésiter, aller droit au but, raconter toute l'histoire. Ils n'avaient plus le choix.

– Soit il vous fait arrêter, soit il accepte notre proposition. Si vous hésitez, il risque de soupçonner un piège, peut-être orchestré par un supérieur qui doute de sa loyauté. Vous devez pouvoir prouver que vous êtes la veuve de Karlis, même s'il ne connaît pas votre visage. Vous devez faire et dire ce que je vous ai demandé, à la lettre.

Une heure plus tard, Baiba était de retour dans la halle où l'attendait Wallander.

Son visage exprimait la joie et le soulagement. Wallander se rappela une fois de plus à quel point elle était belle.

À voix basse, elle lui raconta que Mikelis avait très peur. Il savait qu'il jouait sa carrière, et peut-être sa vie. En même temps, elle avait deviné du soulagement chez lui.

– Il est des nôtres, dit-elle. Karlis ne s'était pas trompé.

Ils avaient plusieurs heures devant eux avant que Wallander puisse mettre son plan à exécution. Pour passer le temps, ils marchèrent dans la ville, choisirent deux lieux de rendez-vous successifs et se rendirent ensuite à l'université où elle enseignait. Dans un laboratoire de biologie désert qui puait l'éther, Wallander s'endormit, la tête appuyée contre un présentoir contenant le squelette d'une mouette. Baiba grimpa sur un large appui de fenêtre, se blottit dans l'encoignure et contempla le parc au-dehors. Il n'y avait plus que l'attente – une attente épuisée et muette.

Peu avant vingt heures, ils se séparèrent dans le couloir. Un gardien qui faisait sa ronde se laissa convaincre par Baiba d'éteindre un court moment l'éclairage extérieur devant l'une des portes de service.

Wallander se glissa au-dehors à l'instant où la lumière

s'éteignit. Il traversa le parc en courant, dans la direction indiquée par Baiba. Lorsqu'il s'arrêta pour reprendre haleine, il eut la conviction que la meute patientait encore autour de l'université.

Les cloches de l'église sonnaient le dernier coup de vingt et une heures lorsque Wallander franchit la porte éclairée de l'aile de la forteresse qui était ouverte au public. Baiba lui avait minutieusement décrit la physionomie de Mikelis. La seule chose qui surprit Wallander en le voyant fut son extrême jeunesse. Mikelis était posté derrière un guichet. *Va savoir comment il a justifié sa présence ici...* Puis il s'élança. Il avança droit vers Mikelis et joua son rôle. D'une voix stridente, il se mit à protester en anglais – lui, un touriste innocent, dévalisé en pleine rue à Riga par des bandits qui avaient pris tout son argent, et non seulement cela, ce qu'il possédait de plus précieux, son passeport !

Au même instant, il comprit son erreur fatale. Il avait complètement oublié de demander à Baiba si Mikelis parlait l'anglais. *Et s'il ne comprend que le letton ? Alors il m'orientera vers quelqu'un d'autre, et tout sera perdu.*

Mais Mikelis parlait l'anglais. Mieux que le major même. Lorsqu'un collègue s'approcha pour prendre en charge le touriste importun, il fut éconduit sans ménagement. Mikelis fit entrer Wallander dans un bureau. Les autres policiers avaient manifesté de la curiosité, mais pas au point de se montrer soupçonneux et de donner l'alerte. La pièce où ils venaient d'entrer était dépouillée et excessivement froide. Mikelis lui fit signe de s'asseoir et le dévisagea avec gravité.

– L'équipe de nuit prend la relève à vingt-deux heures, dit-il. D'ici là, on va faire semblant de dresser un procès-verbal. Je vais envoyer une patrouille à la recherche de malfaiteurs dont nous allons improviser le signalement. Nous avons exactement une heure devant nous.

Comme prévu, Mikelis lui expliqua que les archives étaient immenses. Impossible d'explorer ne fût-ce qu'un centième des rayonnages qui remplissaient l'espace creusé à même la roche sous la forteresse. Si Baiba se trompait, si Karlis n'avait pas caché son testament à côté du dossier qui portait son nom, il n'y aurait rien à faire.

Mikelis lui fit un rapide croquis. Il fallait franchir trois portes successives, dont il lui remettrait les clés. Un policier montait la garde devant la dernière porte. À vingt-deux heures trente pile, Mikelis l'éloignerait sous couvert d'un appel téléphonique. Une heure plus tard – à vingt-trois heures trente précises –, Mikelis descendrait au sous-sol et éloignerait le gardien sous un autre prétexte. Wallander devait quitter les archives à ce moment-là. Ensuite il lui faudrait se débrouiller seul. S'il croisait un policier dans les couloirs et si celui-ci commençait à poser des questions, il faudrait improviser.

Pouvait-il se fier à Mikelis ?

Question absurde. Il n'y avait pas de retour possible. Il savait ce qu'il avait ordonné à Baiba de répéter au jeune sergent, tandis qu'ils essayaient des chaussures dans un magasin cet après-midi-là. Mais il ignorait ce qu'elle avait pu lui dire d'autre, qui avait finalement convaincu Mikelis de les aider. Où qu'il se tourne, il était un étranger dans le jeu qui se déroulait autour de lui.

Après une demi-heure, Mikelis sortit pour envoyer une patrouille à la recherche des agresseurs du touriste anglais Steven. C'était Wallander qui avait proposé ce nom-là, sans trop savoir pourquoi. Mikelis avait construit trois signalements qui devaient pouvoir s'ap-pliquer à une grande partie de la population de Riga. L'un d'eux n'était pas sans évoquer Mikelis lui-même. L'agression avait eu lieu près de l'Esplanade, mais M. Steven était encore sous le choc et ne se sentait pas la force d'accompagner la patrouille pour indiquer l'endroit avec précision. Mikelis revint, et ils se penchèrent de nouveau sur le croquis. Wallander s'aperçut qu'il passerait par le couloir des commandants, où il avait eu son propre bureau. Frisson involontaire. Qui avait donné l'ordre au sergent Zids de tuer Inese et les autres ? Putnis ou Murniers ?

À l'heure de la relève, Wallander s'aperçut que la nervosité lui avait retourné les tripes. Mais ce n'était pas le moment de demander où étaient les toilettes. Mikelis entrouvrit la porte et lui fit signe qu'il pouvait y aller. Il avait mémorisé le croquis. Il savait qu'il n'avait pas droit à l'erreur. Le temps qu'il retrouve son chemin, le gardien serait retourné à son poste devant la dernière porte.

La forteresse était déserte. Il se hâta le long des couloirs, s'attendant à chaque instant à voir une porte s'ouvrir et le canon d'une arme braqué sur lui. Il compta les escaliers, entendit des pas résonner au loin et pensa qu'il se trouvait au cœur d'un labyrinthe où il lui serait extrêmement facile de disparaître. Puis il descendit de nouvelles volées de marches en se demandant à quelle profondeur se situaient en réalité les archives. Il franchit les deux premières portes et regarda sa montre. Le téléphone devait sonner d'ici quelques minutes. Il prêta l'oreille. Rien. S'était-il perdu, tout compte fait ?

Une sonnerie grêle lacéra le silence. Il respira. Un bruit de pas s'éloigna dans le couloir voisin. Quand le calme fut revenu, il s'avança très vite et ouvrit la porte à l'aide des deux dernières clés que lui avait remises Mikelis.

Il savait où devaient se trouver les interrupteurs. Ses doigts tâton nèrent le long du mur et la lumière se fit. Mikelis lui avait dit que la porte ne laissait filtrer aucune clarté susceptible d'alerter le gardien.

Il eut la sensation d'avoir échoué dans un gigantesque hangar souterrain. Jamais il n'aurait imaginé que les archives puissent être aussi vastes. Un court instant, il resta comme paralysé à la vue des rayonnages innombrables surchargés de dossiers. *La chambre du Mal*. À quoi songeait le major lorsqu'il était entré là pour placer la bombe qu'il espérait voir exploser un jour ?

Il regarda sa montre, se reprocha d'avoir perdu du temps en réflexions inutiles. Il avait absolument besoin d'aller aux toilettes.

Il se mit en marche dans la direction indiquée par Mikelis. Celui-ci l'avait mis en garde : rien de plus facile que de s'égarer dans ces allées qui se ressemblaient toutes. Il maudit ses intestins, qui monopolisaient malgré lui son attention, craignant déjà ce qui risquait d'arriver s'il ne trouvait pas rapidement un WC.

Il s'immobilisa et regarda autour de lui. Il s'était trompé de route. Mais était-il allé trop loin ou avait-il changé de direction au mauvais endroit ? Il revint sur ses pas. Soudain il n'eut plus aucune idée de sa position. La panique le submergea. Quarante-deux minutes encore. Mais il aurait déjà dû trouver le bon rayonnage. Il jura à voix basse. Mikelis s'était-il trompé ? Il fallait revenir au point de départ. Il retourna en courant vers l'entrée des archives, trébucha sur une poubelle qui rebondit contre une armoire métallique avec un bruit assourdissant. Le gardien ! Il s'immobilisa, pantelant, mais aucun bruit de clé ne lui parvint. Au même instant, il comprit qu'il ne pourrait pas se retenir davantage. Il baissa son pantalon et s'accroupit au-dessus de la poubelle. Avec une rage mêlée de désespoir, il dut se résoudre à attraper un dossier et à arracher quelques pages – un compte rendu d'interrogatoire ? – pour s'essuyer. Puis il se remit en marche en sachant que désormais il n'avait plus droit à l'erreur. Il conjura intérieurement Rydberg de guider ses pas, compta les sections et les rayonnages. Cette fois, il était sur la bonne voie. Mais il avait perdu de précieuses minutes. Il lui restait à peine une demi-heure, il ne pensait pas pouvoir y arriver en si peu de temps. Mikelis n'avait pu lui expliquer en détail l'organisation des archives. Il devait se débrouiller à tâtons. Il y avait des sections, des sous-sections, peut-être d'autres subdivisions encore, et aucun ordre alphabétique simple pour s'y retrouver. *Tous les* traîtres *sont rassemblés ici. Tous ceux qui ont été surveillés, dénoncés, terrorisés au fil des ans, tous les candidats au poste d'ennemi suprême de l'État... Ils sont trop nombreux. Je ne trouverai jamais le dossier de Baiba.*

Il tenta de percer à jour le système nerveux des archives, de cerner la position où devait logiquement être caché le testament, comme un joker. Mais les minutes passaient et il n'arrivait à rien. Fébrilement il recommença depuis le début, arrachant des dossiers dont la couleur tranchait sur les autres, s'exhortant sans cesse à ne pas perdre son sang-froid.

Plus que dix minutes. Il n'avait toujours pas trouvé le dossier de Baiba. Il n'avait rien trouvé du tout. Il sentait croître le désespoir d'être parvenu jusque-là et de devoir renoncer alors que le but était si proche. Il n'avait plus le temps de chercher de façon systématique. Il ne pouvait plus que longer les rayonnages une dernière fois en espérant que son instinct l'aiguillerait. Mais il savait bien qu'aucune bibliothèque au monde n'était organisée selon un plan intuitif. Il avait échoué. Le major était un homme sage, beaucoup trop sage pour Kurt Wallander de la petite ville d'Ystad.

Si on envisage ces étagères comme un jeu de cartes... Où est la carte déviante ? Dessus ? Dessous ? Au milieu ? *Où ?*

Il choisit le milieu, effleura de la main une rangée de classeurs marron. Soudain il en vit un qui était bleu. Il arracha les deux dossiers qui l'entouraient. L'un portait le nom de Léonard Blooms, l'autre celui de Baiba Kalns. Un instant, tout s'immobilisa en lui. Puis il comprit que Kalns devait être le nom de jeune fille de Baiba. Il s'empara du document bleu, qui ne portait ni nom ni cote. Il n'avait pas le temps de l'ouvrir, l'heure était écoulée. Il se hâta vers la sortie, éteignit la lumière et entrebâilla la porte. Personne. Selon le plan de Mikelis, le gardien allait revenir d'un instant à l'autre. Wallander s'engagea dans le couloir. Soudain il entendit le pas du gardien. L'issue était bloquée. Il bifurqua vers un autre couloir et attendit en retenant son souffle. Les pas s'éloignèrent. Impossible de revenir en arrière. Comment allait-il quitter le sous-sol ? Il avança tout droit, finit par trouver un escalier et compta le nombre de marches qu'il avait descendues une heure plus tôt. Parvenu à ce qu'il pensait être le rez-de-chaussée, il ne reconnut rien. Il prit un couloir au hasard.

L'homme qui le surprit venait de fumer une cigarette. Il avait dû entendre le pas de Wallander et écraser le mégot sous sa botte en se demandant qui pouvait bien être de service à cette heure tardive. Lorsque Wallander apparut au bout du couloir, l'homme n'était qu'à quelques mètres. Costaud, une quarantaine d'années, veste d'uniforme déboutonnée – il ne lui fallut qu'une fraction de seconde pour comprendre que ce type en civil, un dossier bleu à la main, n'avait rien à faire là. Il tira son arme et cria quelque chose en letton. Wallander leva les mains, au hasard. L'homme continua de crier tout en s'approchant, l'arme pointée vers la poitrine de Wallander. Il crut comprendre que l'officier lui demandait de se mettre à genoux. Il obéit, les mains toujours levées dans un geste pathétique. Il n'y avait aucune échappatoire.

L'autre ne cessait de crier, son arme braquée sur lui. Wallander sentit monter la terreur à l'idée d'être abattu là, dans ce couloir, et ne trouva rien de mieux que de répondre en anglais.

– *It's a mistake !* répétait-il d'une voix de fausset. *It's a mistake, I am a policeman too !*

Mais pour l'autre, il n'y avait à l'évidence aucun malentendu possible. D'un geste sans équivoque, il lui ordonna de se relever et de garder les mains au-dessus de la tête. Puis il lui enfonça son arme entre les omoplates et l'obligea à avancer.

L'occasion se présenta devant un ascenseur. À ce moment-là, Wallander avait déjà perdu tout espoir. Il était pris, toute résistance était exclue, l'autre n'hésiterait pas une seconde à tirer. Mais en attendant l'ascenseur, l'officier se détourna à demi pour allumer une cigarette. Wallander décida en un éclair de jouer son va-tout. Il jeta le dossier entre les pieds de l'officier, se rua sur lui et frappa de toutes ses forces, en visant la nuque. Il entendit ses phalanges se briser. La douleur le transperça. Mais l'officier s'était écroulé. Son pistolet rebondit contre la pierre. Wallander ignorait si l'homme était mort ou seulement inconscient. Sa main le brûlait. Il ramassa le classeur, mit le pistolet dans sa poche. Et maintenant ? L'ascenseur ? Surtout pas ! Il jeta un regard par une fenêtre, reconnut la cour de la forteresse et tenta de se repérer. Après quelques instants, il comprit qu'il se trouvait dans l'aile opposée à celle où les deux commandants avaient leur bureau. L'homme se mit à gémir. Wallander savait qu'il n'aurait pas la force de l'assommer une deuxième fois. Il s'engagea dans un couloir qui s'ouvrait sur sa gauche.

De nouveau, il eut de la chance. Il déboucha dans un réfectoire, passa dans les cuisines et découvrit une porte de service mal verrouillée. Il se retrouva dans la rue. Sa main commençait à enfler. La douleur était féroce.

Baiba et lui étaient convenus d'un premier rendez-vous à minuit trente. Wallander se posta dans l'ombre du bâtiment – une ancienne église de l'Esplanade transformée en planétarium. Il attendit. Des tilleuls immenses, immobiles et froids l'entouraient. Mais pas de Baiba. La douleur devenait intolérable. À une heure et quart, il comprit qu'il était arrivé quelque chose. Elle ne viendrait pas. Aussitôt le visage défiguré d'Inese lui revint en mémoire. Les chiens et leurs maîtres avaient peut-être fini par découvrir sa fuite de l'université. Qu'avaient-ils fait de Baiba, dans ce cas ? Il n'osait même pas l'imaginer. Il quitta le parc sans savoir où aller. Il longea des rues désertes, aiguillonné par la douleur. Une jeep militaire surgit, et il se réfugia in extremis sous un porche. Peu après, une voiture de police tourna sans bruit au coin de la rue où il avançait, rasant les façades. Il dut une nouvelle fois se cacher parmi les ombres. Il avait glissé le dossier bleu sous sa chemise, les bords frottaient contre ses côtes. Où passerait-il la nuit ? La température avait chuté et il tremblait de froid. Son deuxième rendez-vous avec Baiba n'était qu'à dix heures le lendemain matin. Encore sept heures à attendre. Il ne pouvait pas rester dans la rue. Il aurait eu besoin d'aller à l'hôpital, il était persuadé d'avoir plusieurs phalanges brisées, mais il n'osait pas s'y rendre. Pas maintenant qu'il portait le testament du major. Il envisagea de chercher asile auprès du consulat de Suède, s'il existait. Mais ce n'était pas possible. Un fonctionnaire de police suédois séjournant de façon illégale dans un pays étranger serait peut-être renvoyé en Suède promptement et sous escorte… Il n'osait pas prendre ce risque.

Dans son désarroi, il résolut de retrouver la Lada qui lui avait rendu de si grands services au cours des dernières quarante-huit heures. Il retourna à l'endroit où il l'avait laissée. L'automobile avait disparu. La douleur lui avait peut-être fait perdre la mémoire ? Non, c'était bien là. Mais la voiture devait déjà se trouver dans un atelier de la police, équarrie comme un animal à l'abattoir. Celui des commandants qui le poursuivait devait déjà savoir que le testament du major ne s'y trouvait pas.

Où allait-il passer la nuit ? L'impuissance le submergea. Il se trouvait au cœur d'un territoire ennemi, livré à une meute dirigée par quelqu'un qui n'hésiterait pas une seconde à le tuer et à jeter son cadavre sur un quai verglacé ou à l'enterrer dans un coin de forêt. Sa nostalgie de la Suède était primitive, tangible. L'origine de son errance dans la nuit lettone – ce canot échoué contenant deux hommes morts – lui semblait de plus en plus floue, comme un épisode lointain dépourvu de réalité.

Il revint sur ses pas, jusqu'à l'hôtel où il avait déjà dormi. Mais la porte était verrouillée et aucune lumière ne s'alluma à l'étage lorsqu'il enfonça le bouton de la sonnette de nuit. La douleur l'étourdissait. Il devait à tout prix trouver un endroit où se réchauffer, sinon sa faculté de jugement l'abandonnerait tout à fait. Il essaya un autre hôtel, puis un troisième, plus délabré et repoussant encore que les deux autres. Cette fois, la porte n'était pas fermée à clé. Il entra. Un homme dormait dans le cagibi de la réception, la tête posée sur la table. Une bouteille à moitié vide traînait à ses pieds. Wallander contourna le comptoir, secoua l'homme et agita le passeport qu'il avait reçu de Preuss. Contre toute attente, on lui remit une clé. Alors il indiqua la bouteille, posa sur le comptoir un billet de cent couronnes et l'emporta.

La chambre était minuscule ; elle puait le moisi et le tabac froid. Il se laissa tomber sur le lit, but quelques gorgées au goulot et sentit la chaleur revenir peu à peu. Ôtant sa veste, il remplit le lavabo d'eau froide et y plongea sa main. La douleur s'estompa un peu. Il comprit qu'il resterait toute la nuit près du lavabo. De temps à autre il buvait une gorgée d'alcool, plein d'angoisse à la pensée de ce qui avait pu arriver à Baiba.

De sa main valide, il tira de sa chemise le dossier bleu et l'ouvrit. Il contenait une cinquantaine de feuillets tapés à la machine, et quelques photocopies de mauvaise qualité. Aucune photographie, contrairement à ce qu'il avait espéré. Le testament du major était rédigé en letton. À partir de la neuvième page, il découvrit que les noms de Murniers et de Putnis revenaient à intervalles réguliers, tantôt dans la même phrase, tantôt séparément. Impossible d'en tirer la moindre conclusion – savoir si les deux commandants étaient visés ou si le doigt accusateur du major ne pointait que l'un des deux. Renonçant à déchiffrer le texte secret, il abandonna le dossier par terre, rouvrit le robinet et posa sa tête sur le rebord du lavabo. Il était quatre heures du matin. Il sentit son corps s'engourdir. Soudain il sursauta ; il avait dormi dix minutes. Ses phalanges le faisaient encore souffrir, l'eau ne le soulageait plus du tout. Il vida la bouteille, enveloppa sa main dans une serviette mouillée et s'allongea sur le lit.

Il n'avait aucune idée de ce qu'il ferait si Baiba ne venait pas au rendez-vous.

Une pensée commençait à éclipser toutes les autres.

Il avait été vaincu.

Il resta ainsi jusqu'à l'aube sans trouver le sommeil.

18

D'instinct, au réveil, il flaira le danger. Sept heures du matin. Mais la menace n'était pas dans la chambre. Elle était en lui, comme un avertissement : il n'avait pas soulevé *toutes les pierres*.

La douleur s'était un peu atténuée. Il n'eut pas le courage de regarder sa main. Lorsqu'il essaya de remuer les doigts, la douleur revint, aussi aiguë qu'avant. Il sentit qu'il ne tiendrait pas le coup plus de quelques heures sans voir un médecin.

Wallander était épuisé. En sombrant dans le sommeil une heure plus tôt, il s'était cru vaincu. Le pouvoir des commandants était sans limites, sa propre marge de manœuvre dérisoire. Mais là, au réveil, il se sentait surtout vaincu par la fatigue. Il ne se fiait plus à son propre jugement, et ça, il le savait, c'était dû au manque prolongé de sommeil.

Il tenta d'interpréter sa sensation de menace diffuse. Qu'avait-il omis ? Où était l'erreur de raisonnement – ou la pensée qu'il n'avait pas pris la peine de dérouler jusqu'à son terme ? *Qu'est-ce qu'il ne voyait toujours pas ?* Il ne pouvait renier son instinct. Dans l'état semi-comateux où il se trouvait, c'était son unique repère.

Il se redressa avec précaution. Pour la première fois depuis le réveil il regarda ses doigts. Il s'en détourna avec dégoût, remplit le lavabo d'eau froide, y trempa d'abord son visage, puis sa main blessée. Après quelques minutes, il se leva pour ouvrir la fenêtre. Une forte odeur de chou lui parvint ; un jour humide se levait sur les clochers de Riga. Il resta planté là à observer les gens qui se hâtaient le long des trottoirs, incapable de répondre à sa propre question : *Qu'est-ce donc que je ne vois pas ?*

Puis il quitta l'hôtel et se laissa engloutir par la ville.

Ce fut en traversant un parc dont il ne se rappelait plus le nom qu'il constata tout à coup que Riga était une ville pleine de chiens. Pas seulement la meute invisible, non. Des chiens réels et ordinaires, que les gens promenaient, avec lesquels ils jouaient. Il s'arrêta pour en contempler deux, un berger allemand et un autre de race indéterminée, qui venaient de se jeter l'un sur l'autre. Leurs propriétaires tentaient de les séparer en leur criant dessus ; soudain, ils se mirent à s'insulter. Le berger allemand appartenait à un homme âgé, l'autre à une femme d'une trentaine d'années. Wallander eut l'impression d'assister à un règlement de comptes par procuration. Les contradictions s'affrontaient dans ce pays comme dans un combat de chiens. Et l'issue n'était pas connue d'avance.

Il arriva au grand magasin à l'heure de l'ouverture, à neuf heures trente. Le dossier bleu brûlait sous sa chemise. Son instinct lui commandait de s'en débarrasser. Il fallait trouver une cachette provisoire.

Au cours de son errance matinale dans la ville, il avait soigneusement enregistré tous les déplacements, devant et derrière lui, avec la certitude croissante que les ombres l'avaient de nouveau cerné. Elles lui semblaient même plus nombreuses qu'avant. L'orage n'allait pas tarder à éclater... À l'entrée du magasin, il s'arrêta ostensiblement pour lire un panneau d'information tout en observant du coin de l'œil une consigne où des clients déposaient déjà leurs sacs. Le comptoir formait un angle droit. Il se dirigea vers le guichet de change, tendit à l'employé un billet de cent couronnes et récupéra une liasse de billets lettons. Puis il se rendit au premier étage, au rayon des disques. Il choisit deux 33 tours de Verdi ; les pochettes avaient à peu près la même taille que le dossier. Tandis que le caissier glissait les disques dans un sac, il repéra la silhouette la plus proche, qui feignait de s'intéresser au jazz. Il redescendit, s'approcha de la consigne. Il y avait du monde devant le comptoir. Il se mêla aux autres clients. Puis il tira le dossier de sa chemise et le glissa entre les deux disques. Cela alla très vite, malgré le handicap de sa main blessée. On lui remit un jeton, et il quitta le comptoir. Les chiens étaient à leur poste, mais il eut l'impression qu'ils n'avaient pas repéré la manœuvre. Il y avait bien entendu un risque qu'ils demandent à fouiller le sac, à tout hasard ; d'un autre côté, ils l'avaient vu de leurs propres yeux acheter les disques à l'étage.

Il regarda sa montre. Plus que dix minutes avant l'heure convenue du rendez-vous. L'inquiétude était toujours là, mais il se sentait un peu plus tranquille maintenant qu'il s'était débarrassé du dossier bleu. Il se rendit au quatrième étage, rayon ameublement. Le magasin venait à peine d'ouvrir, mais des gens se promenaient déjà parmi les canapés et la literie, d'un air résigné ou rêveur. Wallander se dirigea sans hâte vers l'électroménager. Il ne voulait pas arriver en avance. Il patienta quelques minutes parmi les luminaires. Baiba et lui devaient se retrouver près des réfrigérateurs – qui étaient tous de fabrication soviétique.

Soudain, il l'aperçut. Elle examinait une cuisinière, dont il nota malgré lui qu'elle n'avait que trois brûleurs. Il comprit tout de suite qu'il s'était passé quelque chose. L'inquiétude augmenta d'un cran, aiguisant tous ses sens.

Baiba l'aperçut au même instant. Elle lui sourit, mais ses yeux trahissaient une peur extrême. Wallander s'avança vers elle sans prendre la peine de repérer avec précision les positions qu'avaient prises les ombres. Dans l'immédiat, son attention était focalisée sur un seul point : découvrir ce qui s'était passé. Il se plaça à côté d'elle. Ensemble, ils contemplèrent un réfrigérateur étincelant.

– Qu'est-il arrivé ? Dites-moi juste l'essentiel.

– Rien, répliqua Baiba. Je n'ai pas pu quitter l'université avant, parce qu'ils la surveillaient.

Pourquoi me ment-elle ? Et pourquoi ce mensonge étanche, comme si elle voulait que j'y croie ?

– Vous avez trouvé le dossier ? enchaîna-t-elle.

Il hésita. Fallait-il dire la vérité ? Soudain, il en eut assez de tous les mensonges qui l'encerclaient.

– Oui, dit-il. Mikelis était fiable.

– Donnez-le-moi. Je sais où nous pouvons le cacher.

Wallander comprit alors que ce n'était plus Baiba qui parlait. C'était sa peur, la menace à laquelle elle était exposée. Il répéta sa question d'une voix dure, presque avec colère :

– Que s'est-il passé ?

– Rien.

– Arrêtez de mentir.

Il avait haussé le ton malgré lui.

– C'est bon, dit-il, je vais vous donner le dossier. Qu'arrivera-t-il si je ne vous le donne pas ?

Il vit qu'elle était au bord de l'effondrement. *Ne me lâche pas maintenant*, pensa-t-il avec désespoir. *Tant qu'ils n'ont pas la certitude que j'ai trouvé le testament du major, on a encore une longueur d'avance.*

– Upitis va mourir, murmura-t-elle.

– Qui vous a menacée ?

Silence.

– Il faut me le dire. Ça ne changera rien pour Upitis de toute façon. Alors dites-le-moi.

Elle le regardait avec épouvante. Il lui empoigna le bras et la secoua sans ménagement.

– Qui ? *Qui ?*

– Le sergent Zids.

Il la relâcha. Cette réponse le mettait hors de lui. Ne saurait-il jamais lequel des commandants donnait les ordres ?

Soudain il vit que les ombres s'étaient rapprochées. Elles semblaient avoir pris le parti de croire qu'il détenait les documents. Sans réfléchir, il saisit la main de Baiba et se mit à courir vers les escaliers. *Ce n'est pas Upitis qui mourra le premier. C'est nous, à moins d'un miracle.*

Leur fuite avait semé la confusion dans la meute. Leur chance d'échapper aux chiens était infime, mais ils n'avaient pas le choix. Il poussa Baiba dans l'escalier, bouscula un homme qui ne s'était pas écarté à temps, déb: déboula dans un rayon de prêt-à-porter où vendeurs et clients s'immobilisèrent, stupéfaits. Puis il trébucha et tomba tête la première dans une rangée de costumes. En essayant de s'en dépêtrer, il fit tomber le portant. Il avait amorti la chute avec sa main blessée ; la douleur lui transperça le bras. Un agent de sécurité surgit et voulut l'empoigner, mais Wallander n'avait plus aucun scrupule. De sa main valide, il le frappa au visage. Puis il entraîna Baiba vers le fond du magasin où il espérait trouver une sortie de secours. Les ombres avaient réduit l'écart et les traquaient sans plus se cacher. Wallander secoua une poignée de porte qui refusait de s'ouvrir. Enfin elle céda. Ils se retrouvèrent dans un escalier, mais trop tard. Le bruit des bottes venait d'en bas. Wallander fit volte-face et se mit à grimper les étages quatre à quatre en traînant Baiba derrière lui. L'escalier aboutissait à une porte coupe-feu. Ils se retrouvèrent sur le toit.

Il n'y avait plus d'issue. À partir de ce rectangle de gravier gris, il ne restait que le grand saut vers l'éternité. Il s'aperçut qu'il tenait Baiba par la main. Ils n'avaient plus qu'à attendre. Celui des commandants qui apparaîtrait dans un instant sur le toit était l'homme qui avait assassiné le major. La porte grise allait enfin leur livrer la réponse. Avait-il raisonné juste ? Cela n'avait désormais plus aucune importance.

Mais quand la porte s'ouvrit, il fut tout de même surpris de constater qu'il s'était trompé. Pour lui, jusqu'à cet instant, le monstre tapi dans l'ombre était Murniers.

Les hommes armés prirent place sur le toit. Putnis s'avança lentement vers eux. Son visage était grave. Wallander sentit les ongles de Baiba s'enfoncer dans sa paume. Il ne peut tout de même pas ordonner à ses hommes de nous abattre ici, pensa-t-il avec désespoir. Ou bien ? Il se rappela Inese. La terreur le submergea. Il s'aperçut qu'il tremblait de tout son corps.

Puis un sourire éclaira le visage de Putnis. Dans un état de confusion totale, Wallander vit que ce n'était pas le sourire d'un fauve, mais d'un homme bienveillant.

— Ne soyez pas si effrayé, monsieur Wallander. Vous semblez croire que je suis à l'origine de tout ceci. Mais je dois dire que vous n'êtes pas quelqu'un de facile à protéger…

Le cerveau de Wallander cessa de fonctionner. Il n'y eut plus qu'un grand vide. Puis il pensa qu'il avait eu raison malgré tout. Ce n'était pas Putnis. Et la troisième hypothèse était correcte. *L'ennemi de l'ennemi* avait veillé sur eux. Soudain tout lui parut clair. Son jugement ne l'avait pas trahi. Il tendit sa main gauche pour serrer la main de Putnis, qui sourit.

— Drôle d'endroit pour des retrouvailles. Mais vous êtes un homme plein de surprises. Je n'ai toujours pas compris comment vous avez pu entrer en Lettonie incognito.

— Moi non plus. C'est une longue histoire confuse.

Putnis considérait sa main d'un air soucieux.

— Vous devriez voir un médecin.

Wallander hocha la tête et sourit à Baiba. Elle était encore tendue et semblait ne rien comprendre à ce qui se passait autour d'elle.

— Murniers, dit Wallander. C'était lui ?

— Le major Liepa avait vu juste.

— Mais il reste beaucoup de points obscurs.

— Le commandant Murniers est un homme très intelligent. Les cerveaux brillants ont une curieuse tendance à échoir aux gens brutaux dénués de scrupules.

– C'est sûr ? intervint soudain Baiba. C'est lui qui a tué mon mari ?

– Ce n'est pas le commandant qui lui a brisé le crâne. Je pencherais plutôt pour son fidèle sergent.

– Zids, dit Wallander, qui a aussi tué Inese, dans l'entrepôt.
Putnis acquiesça.

– Le commandant Murniers n'a jamais beaucoup aimé la nation lettone. Même s'il joue son rôle de policier gardant une distance respectable avec le monde politique, il est au fond de lui un partisan fanatique de l'ordre ancien. Pour lui, Dieu aura toujours son trône au Kremlin. C'est cela qui lui a permis de conclure une alliance contestable avec différents réseaux criminels sans être inquiété. Quand le major Liepa a commencé à s'intéresser à lui, Murniers a tenté de semer des pistes qui me désigneraient comme coupable. Je dois dire qu'il m'a fallu longtemps pour deviner ce qui se tramait. Ensuite j'ai estimé qu'il valait mieux feindre l'ignorance.

– Je ne comprends toujours pas, dit Wallander. Le major Liepa a parlé d'un complot qui forcerait toute l'Europe à ouvrir les yeux sur ce qui se passait dans ce pays. Alors il devait y avoir autre chose…

Putnis hocha pensivement la tête.

– Bien entendu, il y avait autre chose. Qui dépassait de loin les simples trafics d'un officier corrompu prêt à défendre ses privilèges avec toute la brutalité requise. Le major Liepa l'avait compris. C'était un complot diabolique.

Wallander tenait toujours la main de Baiba. Il sentit qu'il avait froid. Les hommes de Putnis s'étaient retirés et attendaient près de la porte coupe-feu.

– Tout était merveilleusement calculé, poursuivit Putnis. Murniers avait un plan, dont il n'a eu aucun mal à convaincre à la fois le Kremlin et les cercles russes dirigeants, en Lettonie. Il avait vu la possibilité de faire d'une pierre deux coups.

– Se servir de la nouvelle Europe privée de murs pour

organiser un trafic de drogue lucratif. Et utiliser ce trafic pour discréditer le mouvement nationaliste letton. C'est bien cela ?

Putnis hocha la tête.

– J'ai compris d'emblée que vous étiez un policier habile, commissaire Wallander. Très analytique, très patient. C'était exactement le calcul de Murniers. Le trafic serait mis sur le compte des dissidents. En Suède avant tout. L'opinion à leur égard changerait de façon spectaculaire. Qui souhaite soutenir un mouvement qui remercie ses bienfaiteurs en les inondant de saletés ? Le moins qu'on puisse dire, c'est que Murniers avait imaginé une arme à la fois dangereuse et performante, capable de décapiter une fois pour toutes la résistance dans ce pays.

Wallander regarda Baiba.

– Vous comprenez ?

Elle hocha lentement la tête. Puis elle se tourna vers Putnis.

– Où est le sergent Zids ?

– Dès que j'aurai réuni les preuves nécessaires, Murniers sera arrêté, ainsi que le sergent. Murniers est sûrement très inquiet, à l'heure qu'il est. Il n'a sans doute pas saisi que nous observions sans cesse ceux de ses hommes qui vous surveillaient. On peut bien entendu me reprocher de vous avoir exposé à des dangers excessifs. À mes yeux, c'était le seul moyen de vous permettre de retrouver les papiers du major.

– Quand j'ai quitté l'université hier, dit Baiba, Zids m'attendait. Il m'a dit que si je ne lui remettais pas les documents, Upitis mourrait.

– Upitis est innocent, naturellement. Murniers avait pris en otages les enfants de sa sœur en menaçant de les tuer si Upitis n'endossait pas le meurtre du major. Il n'y a aucune limite à ce que peut faire Murniers. Son arrestation sera une libération pour tout le pays. Il va sans dire qu'il sera condamné à mort. Le sergent Zids aussi. L'enquête du major sera rendue publique. Il faut révéler l'existence du complot, pas seulement au cours d'un procès. Le peuple entier doit en être informé.

Je pense qu'il suscitera un grand intérêt, y compris hors de nos frontières.

Wallander sentit le soulagement se répandre dans tout son corps. C'était fini.

– La seule chose qui reste à faire maintenant, dit Putnis avec un sourire, c'est de prendre connaissance des documents du major. Vous pourrez enfin rentrer chez vous, commissaire Wallander. Nous vous sommes extrêmement reconnaissants de votre aide.

Wallander prit dans sa poche le jeton en plastique.

– C'est un dossier bleu. Il se trouve dans un sac à la consigne du magasin, entre deux disques de Verdi. J'aimerais bien récupérer les disques.

Putnis éclata de rire.

– Vous êtes très habile, monsieur Wallander. Décidément, vous ne commettez aucune erreur.

Était-ce l'intonation de Putnis ? Wallander ne réussit jamais à déterminer d'où lui vint soudain l'atroce soupçon. Mais à l'instant où le jeton disparut dans une poche de l'uniforme gris, il sentit avec une acuité dévastatrice qu'il venait de commettre la pire des erreurs. Il savait sans savoir, son intuition opéra comme un court-circuit. Soudain, il eut la bouche très sèche.

Putnis continua de sourire tout en tirant le pistolet de son étui. Ses hommes se déployèrent sur le toit, leurs mitraillettes pointées vers Wallander et Baiba. Elle parut ne pas comprendre. Wallander avait la gorge nouée, d'humiliation et de terreur. La porte coupe-feu s'ouvrit ; le sergent Zids apparut sur le toit. Dans sa confusion, Wallander pensa que Zids avait attendu en coulisse le moment de faire son entrée. La représentation était terminée. Plus la peine de se cacher. Voilà ce que signifiait l'arrivée du sergent.

– Une seule erreur, reprit Putnis d'une voix neutre. Tout ce que je viens de dire est entièrement vrai. Sauf qu'il faut remplacer le nom de Murniers par le mien. Vous aviez donc raison et tort à la fois, commissaire Wallander. Si vous étiez marxiste comme moi, vous sauriez qu'on doit parfois regarder le monde à l'envers afin de le voir à l'endroit.

Il recula d'un pas.

— Vous comprendrez, j'espère, qu'il ne m'est pas possible de vous laisser retourner en Suède. Du moins, vous serez près du ciel au moment de partir.

— Pas Baiba, supplia-t-il. Pas Baiba !

— Hélas, dit Putnis.

Il leva son arme. Wallander comprit qu'il avait l'intention de commencer par elle. Il ne pouvait rien faire.

Soudain Putnis fit volte-face. La porte venait de s'ouvrir. Des policiers armés firent irruption sur le toit. Wallander reconnut le commandant Murniers. Putnis leva son arme vers lui. Murniers n'hésita pas une seconde. Il tira trois balles, coup sur coup. Putnis s'effondra, foudroyé. Wallander se jeta sur Baiba pour la protéger. Les hommes de Murniers et ceux de Putnis avaient pris position derrière les cheminées et les bouches d'aération et eux-mêmes se retrouvaient au cœur de la fusillade. Il tenta d'entraîner Baiba, au ras du sol, derrière le corps inerte de Putnis. Soudain il aperçut le sergent Zids accroupi derrière une cheminée. Il suivit son regard. Zids regardait Baiba. En un éclair, Wallander comprit qu'il avait l'intention de la prendre en otage – ou de les prendre tous deux – pour sauver sa peau. Les hommes de Murniers étaient supérieurs en nombre ; plusieurs soldats de Putnis étaient déjà tombés. Wallander aperçut le pistolet de Putnis, mais le sergent Zids se jeta sur lui avant qu'il ait pu le ramasser. Wallander lui balança son poing dans la figure, oubliant que sa main droite était blessée. Il hurla de douleur. Zids fut déstabilisé, mais se ressaisit très vite, et ce fut avec une expression de haine qu'il leva son arme pour abattre le policier suédois qui leur avait causé tant de soucis, à son chef et à lui-même. Wallander ferma les yeux. Le coup partit.

Lorsqu'il rouvrit les yeux, il vit Baiba agenouillée, serrant entre ses mains l'arme de Putnis. La balle avait atteint le sergent entre les deux yeux. Baiba pleurait, mais il sembla à Wallander que c'était de rage et de soulagement – au lieu de la peur et de l'incertitude qu'elle avait si longtemps supportées.

La fusillade cessa de façon aussi abrupte qu'elle avait commencé. Deux des hommes de Putnis étaient blessés ; les autres étaient morts. Murniers se pencha sur l'un de ses subordonnés, qui s'était pris une rafale de mitraillette en pleine poitrine. Puis il les rejoignit.

– Je suis infiniment désolé, dit-il. J'étais obligé d'entendre ce qu'avait à dire Putnis.

– Ce qu'il avait à dire se trouve sûrement consigné dans les papiers du major.

– Comment pouvais-je être sûr que ces papiers existaient, et que vous les aviez trouvés ?

– En me posant la question.

Murniers secoua la tête.

– Si j'avais pris contact avec l'un d'entre vous, je me serais retrouvé en guerre ouverte avec Putnis. Il aurait fui à l'étranger et nous ne l'aurions jamais arrêté. Je n'avais pas d'autre choix que de surveiller ceux qui vous surveillaient.

Wallander était trop épuisé pour en entendre davantage. Sa main le faisait terriblement souffrir. Il prit le bras de Baiba et se leva.

Puis il s'évanouit.

Au réveil, il se trouvait sur une table d'examen. Sa main était plâtrée et la douleur s'était enfin dissipée. Le commandant Murniers se tenait sur le seuil et fumait une cigarette. Il sourit.

– Vous sentez-vous mieux ? Nos médecins sont très habiles. Mais votre main n'était pas belle à voir. Si vous voulez, vous pourrez rapporter les radios en Suède.

– Que s'est-il passé ?

– Vous vous êtes évanoui. Je crois que j'en aurais fait autant à votre place.

– Où est Baiba Liepa ?

– Chez elle. Elle était très calme quand je l'ai laissée là-bas il y a quelques heures.

Wallander avait la bouche sèche. Il se redressa lentement.

– Du café. Ce serait possible ?

Murniers éclata de rire.

– Je n'ai jamais rencontré quelqu'un qui buvait autant de café que vous. Bien sûr, on va vous en chercher. Si vous vous sentez mieux, je suggère que nous allions au quartier général pour conclure cette affaire. Ensuite... Baiba Liepa et vous avez beaucoup de choses à vous dire, je suppose. Un médecin de la police vous fera une piqûre d'antalgiques si les douleurs reprennent. D'après le chirurgien qui vous a plâtré, ce pourrait bien être le cas.

Ils quittèrent l'hôpital dans la voiture de Murniers. La nuit tombait. En franchissant le portail de la forteresse, Wallander espéra que cette fois serait vraiment la dernière. Avant de se rendre dans son bureau, le commandant Murniers récupéra le dossier bleu qui se trouvait dans un coffre-fort surveillé par un policier armé.

– C'est peut-être une sage précaution, commenta Wallander.

– Sage ? Indispensable, vous voulez dire. La disparition de Putnis ne suffit pas à résoudre tous les problèmes. Nous vivons encore dans le même monde, commissaire Wallander. On ne s'en débarrasse pas en tirant trois balles dans le cœur d'un officier de police.

Wallander médita ces paroles en suivant Murniers dans l'escalier. Un homme les attendait devant le bureau du commandant, un plateau dans les mains. Wallander se rappela sa première visite dans cette pièce sombre – un souvenir infiniment lointain. Pourrait-il jamais vraiment appréhender ce qui s'était passé depuis lors ?

Murniers fit apparaître une bouteille et remplit deux verres.

– On n'a pas forcément envie de trinquer alors que tant de

gens sont morts. Mais je pense que nous le méritons. Vous en particulier, commissaire Wallander.

– Je n'ai commis que des erreurs. J'ai raisonné de travers, j'ai compris beaucoup trop tard de quelle façon les choses s'emboîtaient.

– Au contraire. Je suis très impressionné par votre contribution. Et par votre courage.

– Je ne suis pas quelqu'un de courageux. Je m'étonne d'être encore en vie.

Ils vidèrent leurs verres et s'assirent de part et d'autre de la table tapissée de feutre vert. Le testament du major était posé entre eux.

– Je n'ai qu'une question, je crois, dit Wallander. Upitis ?

– Il n'y avait aucune limite à l'ingéniosité du commandant Putnis. Il avait besoin d'un bouc émissaire, et d'une bonne raison de vous renvoyer chez vous. Votre compétence lui a immédiatement déplu. Plus exactement, elle lui a fait peur. Il a ordonné l'enlèvement de deux petits enfants, commissaire Wallander. Leur mère était la sœur d'Upitis. S'il refusait de signer les aveux, les enfants seraient exécutés. Quel choix lui restait-il ? Je me demande souvent ce que j'aurais fait dans une telle situation. Mais je tarde à vous dire l'essentiel. Upitis a été libéré. Et nous avons retrouvé les enfants.

Wallander resta un long moment silencieux.

– Tout a commencé par un canot échoué sur la côte suédoise, dit-il enfin.

– Le commandant Putnis et ses complices venaient de lancer leur vaste opération, en direction de la Suède entre autres. Putnis avait placé dans votre pays un certain nombre d'agents, qui avaient infiltré plusieurs associations de réfugiés lettons et s'apprêtaient à planquer de la drogue chez eux de façon à discréditer le mouvement nationaliste dans son ensemble. Mais il est arrivé quelque chose à bord de l'un des bateaux, peu après le départ de Ventspils ; apparemment, deux hommes projetaient une mutinerie dans l'idée de s'emparer du chargement d'amphétamines pour leur propre compte. Ils ont été découverts, abattus et jetés dans un canot. Dans la confusion, on a oublié qu'il y avait de la marchandise à l'intérieur. D'après ce que j'ai compris, ils ont recherché le canot pendant vingt-quatre heures sans succès. Aujourd'hui, nous pouvons nous estimer heureux qu'il ait dérivé jusqu'en Suède. Sans cela, le commandant Putnis aurait probablement réussi son coup. Ce sont bien entendu aussi ses agents qui ont eu la présence d'esprit de récupérer le canot dans votre commissariat, puisque personne ne semblait en avoir découvert le contenu.

— Il a dû se passer autre chose, dit Wallander. Pourquoi Putnis a-t-il décidé de tuer le major Liepa aussitôt après son retour ?

— Ses nerfs étaient soumis à rude épreuve. Il ignorait ce dont le major s'était occupé en Suède. Il ne pouvait prendre le risque de le laisser vivre à moins de pouvoir contrôler tous ses faits et gestes, ainsi que les personnes avec lesquelles il était en contact. Le commandant Putnis a pris peur, tout simplement. Le sergent Zids a reçu l'ordre de le tuer. Ce qu'il a fait.

Il y eut un long silence. Le commandant paraissait fatigué et soucieux.

— Que va-t-il se passer maintenant ?

— Je vais examiner les papiers du major à la loupe, dit Murniers. Ensuite on verra.

— Mais il faut les publier !

Devant le silence de Murniers, Wallander comprit que ce n'était pas du tout une évidence à ses yeux. Les intérêts du commandant ne coïncidaient pas nécessairement avec ceux de Baiba Liepa et de ses amis. Pour lui, c'était peut-être assez que Putnis ait été démasqué. Il pouvait avoir un avis très personnel sur l'opportunité de répandre cette histoire, d'un point de vue politique. La pensée que le testament du major Liepa puisse être relégué aux archives mit Wallander hors de lui.

— Je voudrais une copie du rapport d'enquête du major, dit-il.

– J'ignorais que vous compreniez le letton.

– On ne peut pas tout savoir.

Murniers le dévisagea longuement en silence. Wallander soutint son regard. Surtout, ne pas détourner les yeux. Maintenant qu'il se mesurait pour la dernière fois à Murniers, il *devait* avoir le dessus. Il le devait au petit major myope.

Soudain, Murniers sembla avoir pris sa décision. Il appuya sur le bouton caché sous la table. Un homme entra, prit le dossier et ressortit. Vingt minutes plus tard, Wallander avait à sa disposition la copie dont l'existence ne serait jamais enregistrée officiellement et pour laquelle Murniers déclinerait toujours toute responsabilité ; une copie que le policier suédois Wallander s'était appropriée sans autorisation, en violation flagrante de toutes les pratiques en vigueur entre pays amis, et qu'il avait ensuite remise à des gens qui n'avaient aucun droit de regard sur ces documents secrets. Par cette initiative, le policier suédois Wallander avait fait preuve d'un manque de jugement consternant, digne de tous les blâmes.

L'histoire s'écrirait ainsi. À supposer qu'elle s'écrive un jour, ce qui était peu probable. Wallander pensa qu'il ne saurait jamais pourquoi Murniers avait acquiescé à sa demande. Était-ce par respect pour le major ? Par souci pour le pays ? Ou lui semblait-il simplement que Wallander avait mérité ce cadeau d'adieu ?

La conversation s'épuisait. Il n'y avait plus grand-chose à ajouter.

– Le passeport sous lequel vous voyagez pour l'instant est d'une valeur extrêmement douteuse, conclut Murniers. Mais je ferai en sorte que vous puissiez retourner en Suède sans encombre. Quand voulez-vous partir ?

– Peut-être pas demain. Mais après-demain.

Le commandant Murniers le raccompagna dans la cour où attendait une voiture. Wallander se rappela soudain sa Peugeot remisée dans une grange en Allemagne, près de la frontière polonaise.

– Je me demande comment je vais rapatrier ma voiture,
dit-il tout haut.

– Pardon ?

Wallander comprit qu'il ne connaîtrait jamais la nature du lien
unissant le commandant et ceux qui se considéraient comme les
garants d'un avenir meilleur en Lettonie. Cette pierre-là, il en
avait à peine gratté la surface ; il savait qu'il ne la retournerait
jamais. Murniers n'avait à l'évidence aucune idée de la façon
dont Wallander était entré en Lettonie.

– Je n'ai rien dit, marmonna-t-il.

*Maudit Lippman. Ces organisations d'exilés lettons disposent-
elles de fonds secrets pour dédommager les policiers suédois
des voitures qu'ils ne reverront jamais ?*

Il se sentait agressé sans savoir pourquoi. Il mit ça sur le
compte de la fatigue. Tant qu'il ne serait pas reposé, il ne
pourrait pas se fier à son propre jugement.

Ils se séparèrent devant la voiture qui devait le conduire
chez Baiba Liepa.

– Je vous accompagnerai à l'aéroport, dit Murniers. Vous
aurez deux billets d'avion, le premier pour Helsinki, le deuxième
pour Stockholm. À ma connaissance, il n'y a pas de contrôle
aux frontières entre les pays nordiques. Personne ne saura que
vous êtes allé à Riga.

La voiture quitta la cour de la forteresse. La vitre de séparation,
derrière la nuque du chauffeur, était fermée. Wallander pensait
aux dernières paroles de Murniers. Personne ne saurait qu'il
était allé à Riga. Soudain il comprit que lui-même ne pourrait
jamais en parler, pas même à son père. Ce voyage resterait un
secret, ne serait-ce qu'en raison de son invraisemblance.

Il se laissa aller contre la banquette et ferma les yeux. Maintenant, l'important était sa rencontre avec Baiba Liepa. Ce qui
arriverait lors de son retour en Suède... il aurait bien le temps
d'y penser après.

Il passa deux nuits et un jour dans l'appartement de Baiba Liepa. Pendant tout ce temps il ne cessa d'attendre ce qu'il imaginait, faute de mieux, comme le pathétique *bon moment*, mais celui-ci ne se présenta jamais. Il ne dit pas un mot des sentiments contradictoires qui l'habitaient. Le moment où il fut le plus près d'elle intervint le deuxième soir, alors qu'ils regardaient ensemble un album de photos, assis sur un canapé. Lorsqu'il était arrivé chez elle, elle l'avait accueilli avec réserve, comme s'il était redevenu un étranger pour elle. Il en fut complètement désorienté. Mais pourquoi ? Qu'avait-il imaginé au juste ? Elle lui prépara un dîner, une sorte de ragoût dont une poule coriace constituait le principal ingrédient, et il eut la nette impression que Baiba n'était pas une cuisinière inspirée. *Je ne dois pas oublier que c'est une intellectuelle. Sans doute plus douée pour rêver une société meilleure que pour mitonner des petits plats. Les deux types d'êtres humains sont nécessaires – même s'ils ne peuvent pas toujours vivre heureux ensemble.*

Une vague mélancolie s'empara de lui à l'idée qu'il appartenait plutôt à la catégorie des cuisiniers. D'ailleurs, un policier ne peut pas être obsédé par les rêves ; son nez pointe toujours vers la saleté de la terre, non vers un ciel futur. En même temps, il ne pouvait nier le fait qu'il avait commencé d'aimer cette femme. D'où sa mélancolie. Cette mission, la plus étrange et la plus dangereuse de sa vie, s'achevait dans le chagrin. Il ne pouvait strictement rien y faire. Cela l'affectait de façon douloureuse. Lorsqu'elle lui apprit que sa voiture l'attendrait à Stockholm à son retour, il réagit à peine. Il éprouvait soudain une grande pitié pour Kurt Wallander.

Elle lui fit un lit dans le canapé. De la chambre à coucher lui parvenait la respiration tranquille de Baiba. Malgré la fatigue, il ne trouvait pas le sommeil. De temps à autre il se levait, traversait le plancher froid pour contempler la rue où le major avait trouvé la mort. Les ombres n'étaient plus là ; elles avaient été ensevelies en même temps que Putnis. Restait le grand vide, repoussant et douloureux.

La veille de son départ, ils se rendirent sur la tombe anonyme où Putnis avait fait enterrer Inese et ses amis. Ils pleurèrent ouvertement. Wallander sanglotait comme un enfant abandonné, avec la sensation de comprendre pour la première fois dans quel monde terrifiant il vivait. Baiba avait apporté des fleurs, des roses malingres et gelées, qu'elle déposa sur le monticule de terre.

Wallander lui avait donné la copie du testament du major. Mais elle ne le lut pas en sa présence.

Le matin de son départ, la neige tombait sur Riga.

Murniers vint le chercher en personne. Sur le seuil, Baiba l'embrassa, ils s'agrippèrent l'un à l'autre comme les rescapés d'un naufrage, et il partit.

Wallander monta les dernières marches qui menaient à l'avion.

– Bon voyage ! cria Murniers d'en bas.

Lui aussi est content de me voir partir. Je ne vais pas lui manquer.

L'appareil de l'Aeroflot décrivit une vaste courbe au-dessus de Riga. Puis le pilote mit le cap sur le golfe de Finlande.

Il n'avait pas encore atteint son altitude de croisière que Wallander s'endormit, le menton sur la poitrine.

Ce soir-là – le 19 mars – il atterrit à Stockholm.

Dans le hall des arrivées, une voix annonça au micro qu'il devait se rendre au centre d'information.

Son passeport et ses clés de voiture l'attendaient dans une enveloppe. La voiture se trouvait derrière la station de taxis. Wallander vit avec stupeur qu'elle venait d'être lavée.

Il faisait chaud dans l'habitacle. Quelqu'un l'avait donc attendu.

Le soir même, il prit la route d'Ystad.

Peu avant l'aube, il entrait dans son appartement de Mariagatan.

Épilogue

Un matin de bonne heure, au début du mois de mai, alors que Wallander était dans son bureau en train de remplir une grille de Loto sportif avec soin et beaucoup d'ennui, Martinsson frappa à la porte. Il faisait froid, le printemps n'avait pas encore débarqué en Scanie, mais la fenêtre de Wallander était ouverte, comme s'il avait besoin de s'aérer l'esprit tout en supputant distraitement les chances des différentes équipes et en écoutant une mésange enthousiaste qui chantait en haut d'un arbre. En apercevant Martinsson, il cacha la grille, se leva et ferma la fenêtre car celui-ci avait toujours peur de s'enrhumer.

– Je te dérange ?

Depuis son retour de Riga, Wallander traitait ses collègues avec brusquerie. Certains d'entre eux se demandaient en aparté comment une insignifiante fracture de la main au cours d'une semaine de ski dans les Alpes avait pu transformer à ce point son humeur. Mais personne n'osait l'interroger en face et tous pensaient que ce caprice cesserait bientôt de lui-même.

Wallander était conscient du problème. Il n'avait aucune raison de saboter le travail collectif en étalant partout sa mélancolie. Mais il ne savait comment redevenir l'ancien Wallander, le policier auto ritaire quoique gentil du district de police d'Ystad. Comme si cet homme-là n'existait plus. Lui manquait-il ? Il n'en était même pas sûr. De façon générale, il ne savait plus que penser de sa vie. Le pseudo-voyage dans les Alpes avait dévoilé le manque de vérité qu'il portait en lui. D'accord, il ne se retranchait pas délibérément derrière des mensonges. Mais il se demandait de plus en plus si son ignorance de la nature réelle du monde qui l'entourait n'était pas en soi une sorte de mensonge, même si celui-ci avait sa source dans la naïveté, et non dans un déni élaboré consciemment.

Chaque fois que quelqu'un entrait dans son bureau, il se sentait comme pris en faute. Mais il n'avait aucune idée de ce qu'il pouvait faire, à part donner le change.

— Tu ne me déranges pas, dit-il avec une amabilité forcée. Assieds-toi.

Martinsson se laissa tomber dans le fauteuil des visiteurs.

— J'ai une drôle d'histoire pour toi, commença-t-il. Deux histoires plutôt. Il semblerait que nous ayons eu la visite de fantômes du passé.

Wallander sentit tout de suite monter l'exaspération. La réalité brutale à laquelle ils étaient confrontés en tant que flics se prêtait mal aux circonvolutions. Mais il ne dit rien.

— Tu te souviens de l'homme qui nous a annoncé au téléphone qu'un canot allait s'échouer sur la côte – celui qu'on n'a jamais réussi à retrouver et qui ne nous a jamais rappelés ?

— Ils étaient deux.

— Oui. Commençons par le premier. Il y a deux semaines, Anette Brolin a failli l'inculper. Il était soupçonné de violences volontaires, mais comme son casier était vierge, on l'a relâché.

La curiosité de Wallander s'aiguisa.

— Il s'appelle Holmgren, poursuivit Martinsson. Par un pur hasard, j'ai vu le rapport sur le bureau de Svedberg. Il était désigné comme le propriétaire d'un bateau de pêche répondant au nom de *Byron*. Ça a fait tilt. Et là où c'est devenu encore plus intéressant, c'est quand j'ai vu que la victime était l'un de ses plus proches amis, un certain Jakobson qui travaillait avec lui sur le bateau.

Wallander se rappela la nuit dans le port de Brantevik. Martinsson avait raison : ils recevaient apparemment la visite de fantômes du passé. Il attendit la suite avec impatience.

– Chose étrange, ce Jakobson n'a pas voulu porter plainte. Pourtant il avait été sérieusement malmené, sans raison apparente.

– Comment l'a-t-on su alors ?

– Holmgren s'était jeté sur Jakobson avec une manivelle de winch, dans le port de Brantevik. Quelqu'un les a vus et a prévenu la police. Jakobson est resté trois semaines à l'hôpital. Il était dans un sale état. Mais il refusait toujours de porter plainte. Svedberg n'a jamais réussi à découvrir ce qui se cachait là-dessous. Moi, je me suis demandé si ça pouvait avoir un lien avec notre canot. Tu te souviens que les deux interlocuteurs tenaient absolument à rester anonymes, non seulement par rapport à nous, mais l'un vis-à-vis de l'autre ?

– Je m'en souviens.

– J'ai pensé que ça pourrait être intéressant de discuter avec ce Holmgren. Il habitait d'ailleurs la même rue que toi, Mariagatan.

– Habitait ?

– Eh oui. Quand je suis arrivé chez lui, j'ai découvert qu'il avait déménagé. Très loin. Il était parti au Portugal. Au bureau de l'état civil, il avait laissé des papiers qui le transformaient en émigrant. Il donnait une adresse bizarre dans les Açores. Le bateau, il l'avait revendu à un pêcheur danois pour un prix dérisoire.

Martinsson se tut. Wallander le regardait en silence.

– Tu avoueras que c'est une drôle d'histoire, insista Martinsson. Qu'en penses-tu ? Est-ce qu'on devrait envoyer ces infos à la police de Riga ?

– Non. Je ne pense pas que ce soit nécessaire. Mais je te remercie de m'en avoir parlé.

– Je n'ai pas fini. Écoute la suite. Tu as lu les journaux d'hier soir ?

Wallander avait depuis longtemps cessé d'acheter les journaux, sauf lorsqu'il était impliqué dans une enquête à laquelle la presse accordait une attention inhabituelle. Il fit non de la tête.

— Tu aurais dû. Les gardes-côtes de Göteborg ont repêché un canot de sauvetage qui s'est révélé appartenir à un chalutier russe. Ce canot dérivait au large de Vinga, et cela leur a paru suspect parce qu'il n'y avait pas un poil de vent ce jour-là. Le capitaine du chalutier a prétendu qu'ils devaient aller au port pour réparer un dégât au niveau de l'hélice, après une expédition de pêche du côté du Dogger Bank. Quant au canot, il a dit qu'ils l'avaient perdu sans s'en apercevoir. Par un pur hasard, un chien de la police est passé à proximité. Il est entré en transe. En dépeçant le canot, les douaniers ont découvert plusieurs kilos d'amphétamines d'excellente qualité dont on a rapidement identifié l'origine : un laboratoire polonais. Voilà. C'est peut-être la confirmation qui nous manquait. À savoir que notre canot disparu aurait mérité d'être examiné de plus près.

Cette dernière phrase contenait une critique à peine voilée. Mais Martinsson avait raison ; il avait fait preuve d'une négligence impardonnable. Soudain, il fut tenté de se confier à son collègue. De raconter enfin à quelqu'un la véritable histoire de ses vacances dans les Alpes. Mais il ne dit rien. Il lui sembla qu'il n'en avait pas la force.

— Tu as sans doute raison. Mais pourquoi ces hommes ont été tués, sans leur veste en plus, on ne le saura jamais.

— Ne dis pas ça, dit Martinsson en se levant. Qui sait ce que nous réserve l'avenir ? Regarde, nous en savons déjà davantage sur le dénouement de cette histoire.

Wallander hocha la tête. Mais il ne dit rien. Martinsson se retourna sur le seuil.

— Tu sais ce que je crois ? Mon opinion éminemment personnelle ? Holmgren et Jakobson se livraient à un trafic quelconque. Ils ont aperçu le canot par hasard, mais ils avaient de très bonnes raisons de ne pas se frotter à la police.

— Ça n'explique pas l'agression.

— Peut-être étaient-ils convenus de ne pas nous contacter ? Peut-être Holmgren a-t-il cru que Jakobson l'avait trahi ?

– Peut-être. On ne le saura jamais.

Martinsson disparut. Wallander rouvrit la fenêtre. Puis il recommença à remplir sa grille de Loto sportif.

Plus tard dans la journée, il prit sa voiture et se rendit dans un bistro récemment ouvert sur le port. Il commanda un café et commença une lettre à Baiba Liepa. En se relisant une demi-heure plus tard, il déchira la feuille.

Il quitta le bar et sortit sur la jetée.

Les bouts de papier s'éparpillèrent sur l'eau comme des miettes de pain.

Il ne savait pas encore ce qu'il lui dirait, dans sa lettre.

Mais le manque qu'il éprouvait était très fort.

Post-scriptum

Les bouleversements survenus dans les pays baltes ces dernières années sont à l'origine de ce roman. Écrire un livre dont
l'action se déroule dans un contexte étranger à l'auteur est en
soi une entreprise compliquée. Mais elle le devient encore plus
lorsque l'auteur en question tente de s'orienter dans un paysage politique et social où *rien n'est encore joué*. Mis à part
les interrogations purement matérielles – par exemple savoir
si, à telle date, une statue était encore sur son socle ou déjà
renversée et disparue ; si une rue qui a changé plusieurs fois
de nom s'appelait comme ceci ou comme ça un certain jour de
février 1991 –, il se heurte à d'autres difficultés, plus profondes.
En particulier, il doit éviter d'utiliser ce qu'on sait aujourd'hui
de l'évolution de ces États. Reconstituer des pensées et des
émotions, c'est, certes, la mission d'un écrivain. Mais il peut
avoir besoin d'aide. Dans le cas de ce livre, j'ai une grande
dette vis-à-vis de beaucoup de gens. Je veux en citer deux ;
l'un nommément, l'autre de façon anonyme. Guntis Bergklavs
m'a consacré un temps illimité en explications, souvenirs et
propositions de toutes sortes. Il m'a beaucoup appris sur les
secrets de la capitale lettone. Je remercie aussi l'enquêteur de
la brigade criminelle de Riga qui m'a patiemment éclairé sur
ses méthodes de travail et celles de ses collaborateurs.

Quelques mois après l'achèvement de ce livre au printemps
1991, l'événement décisif du putsch d'août en URSS a accéléré

la proclamation d'indépendance des États baltes. La possibilité d'un tel événement constituait l'un des points de départ de ce livre. Mais, pas plus qu'un autre, je ne pouvais prévoir qu'il aurait effectivement lieu, ni de quelle manière il tournerait.

Ceci est un roman. Autrement dit, ce qui est décrit et raconté dans ces pages n'est peut-être pas en tout point conforme à la réalité. Mais les choses auraient pu se dérouler de cette façon. La liberté de l'écrivain comporte la possibilité d'équiper un grand magasin d'une consigne qui n'existe peut-être pas. Ou d'inventer de toutes pièces un rayon ameublement. Si c'est nécessaire. Et ça l'est parfois.

Henning Mankell, avril 1992

Table

Meurtriers sans visage
Christian Bourgois, 1994, 2001
« Points Policier », n° P1122
et Point Deux, 2012

La Société secrète
Flammarion, 1998
et « Castor Poche », n° 656

Le Secret du feu
Flammarion, 1998
et « Castor Poche », n° 628

Le Guerrier solitaire
prix Mystère de la Critique
Seuil, 1999
et « Points Policier », n° P792

La Cinquième Femme
Seuil, 2000
et « Points Policier », n° P877
Point Deux, 2011

Le chat qui aimait la pluie
Flammarion, 2000
et « Castor Poche », n° 518

Les Morts de la Saint-Jean
Seuil, 2001
« Points Policier », n° P971

La Muraille invisible
prix Calibre 38
Seuil, 2002
et « Points Policier », n° P1081

Comedia Infantil
Seuil, 2003
et « Points », n° P1324

L'Assassin sans scrupules
L'Arche, 2003

Le Mystère du feu
Flammarion, 2003
et « Castor Poche », n° 910

Les Chiens de Riga
prix Trophée 813
Seuil, 2003
et « Points Policier », n° P1187

Le Fils du vent
Seuil, 2004
et « Points », n° P1327

La Lionne blanche
Seuil, 2004
et « Points Policier », n° P1306

L'homme qui souriait
Seuil, 2004
et « Points Policier », n° P1451

Avant le gel
Seuil, 2005
et « Points Policier », n° P1539

Ténèbres, Antilopes
L'Arche, 2006

Le Retour du professeur de danse
Seuil, 2006
et « Points Policier », n° P1678

Tea-Bag
Seuil, 2007
et « Points », n° P1887

Profondeurs
Seuil, 2008
et « Points », n° P2068

Le Cerveau de Kennedy
Seuil, 2009
et « Points », n° P2301

Les Chaussures italiennes
Seuil, 2009
et « Points », n° P2559
Point Deux, 2013

Meurtriers sans visage
Les Chiens de Riga
La Lionne blanche
Seuil, « Opus », 2010

L'Homme inquiet
Seuil, 2010
et « Points Policier », n° P2741

Le Roman de Sofia
Flammarion, 2011

L'homme qui souriait
Le Guerrier solitaire
La Cinquième Femme
Seuil, « Opus », 2011

Les Morts de la Saint-Jean
La Muraille invisible
L'Homme inquiet
Seuil, « Opus », 2011

Le Chinois
Seuil, 2011
et « Points Policier », n° P2936

L'Œil du léopard
Seuil, 2012
et « Points », n° P3011

La Faille souterraine
Les premières enquêtes de Wallander
Seuil, 2012
et « Points Policier », n° P3161

Le Roman de Sofia
Vol. 2 : Les ombres grandissent au crépuscule
Seuil, 2012

Joel Gustafsson
Le garçon qui dormait sous la neige
Seuil Jeunesse, 2013

Un paradis trompeur
Seuil, 2013

Mankell par Mankell
(de Kristen Jacobsen)
Seuil, 2013

RÉALISATION : NORD COMPO À VILLENEUVE-D'ASCQ
IMPRESSION : CPI BRODARD ET TAUPIN À LA FLÈCHE
DÉPÔT LÉGAL : JANVIER 2014. N° 115581 (3002593)
IMPRIMÉ EN FRANCE

Éditions Points

Le catalogue complet de nos collections est sur Le Cercle Points, ainsi que des interviews de vos auteurs préférés, des jeux-concours, des conseils de lecture, des extraits en avant-première…

www.lecerclepoints.com

Collection Points Policier

DERNIERS TITRES PARUS